AF669457

हिन्द पॉकेट बुक्स

तंत्र-सूत्र

तांत्रिक शुद्धि का आधार

ओशो, जिन्हें भगवान श्री रजनीश, ओशो रजनीश, या केवल रजनीश के नाम से भी जाना जाता है, एक भारतीय विचारक, धर्मगुरु और रजनीश आंदोलन के प्रणेता-नेता थे। उनका असली नाम चंद्र मोहन जैन था, लेकिन लोगों ने उन्हें 'ओशो' बना दिया। यह शब्द लैटिन भाषा के 'ओशनिक' शब्द से लिया गया है जिसका अर्थ है, सागर में विलीन हो जाना।

अपने संपूर्ण जीवनकाल में आचार्य रजनीश को एक रहस्यदर्शी, गुरु और आध्यात्मिक शिक्षक के रूप में देखा गया। वे धार्मिक रूढ़िवादिता के बहुत कठोर आलोचक थे। 1960 के दशक में उन्होंने पूरे भारत में एक सार्वजनिक वक्ता के रूप में यात्रा की और वे समाजवाद, महात्मा गाँधी और हिंदू धार्मिक रूढ़िवाद के प्रखर आलोचक रहे। उन्होंने मानव कामुकता के प्रति ज्यादा खुले रवैये की वकालत की, जिसके कारण वे भारत तथा पश्चिमी देशों में भी आलोचना के पात्र रहे, हालाँकि बाद में उनका यह दृष्टिकोण अधिक स्वीकार्य हो गया।

तंत्र-सूत्र

तांत्रिक शुद्धि का आधार

जीवन के ऊहापोह में शांत रहने की शाक्तिशाली विधियाँ

विज्ञान भैरव तंत्र / भाग एक

ओशो द्वारा भगवान शिव के विज्ञान भैरव तंत्र पर दिए गए
80 प्रवचनों में से प्रथम 1 से 16 प्रवचनों का संकलन।

ओशो

हिन्द पॉकेट बुक्स

यूएसए | कनाडा | यूके | आयरलैंड | ऑस्ट्रेलिया | सिंगापुर
न्यू ज़ीलैंड | भारत | दक्षिण अफ्रीका | चीन

हिन्द पॉकेट बुक्स, पेंगुइन रैंडम हाउस ग्रुप ऑफ़ कम्पनीज़ का हिस्सा है,
जिसका पता global.penguinrandomhouse.com पर मिलेगा

पेंगुइन रैंडम हाउस इंडिया प्रा. लि.,
चौथी मंजिल, कैपिटल टावर -1, एम जी रोड,
गुड़गांव 122 002, हरियाणा, भारत

पेंगुइन
रैंडम हाउस
इंडिया

प्रथम हिन्दी संस्करण हिन्द पॉकेट बुक्स द्वारा 2009 में प्रकाशित
यह हिन्दी संस्करण हिन्द पॉकेट बुक्स में पेंगुइन रैंडम हाउस द्वारा 2021 में प्रकाशित

कॉपीराइट © ओशो इंटरनेशनल फाउंडेशन, 1997

सर्वाधिकार सुरक्षित

10 9 8 7 6 5 4 3 2

इस पुस्तक में व्यक्त विचार लेखक के अपने हैं, जिनका यथासंभव तथ्यात्मक सत्यापन किया गया है, और इस संबंध में प्रकाशक एवं सहयोगी प्रकाशक किसी भी रूप में उत्तरदायी नहीं हैं।

ISBN 9788121620840

मुद्रकः रेप्रो इंडिया लिमिटेड

यह पुस्तक इस शर्त पर विक्रय की जा रही है कि प्रकाशक की लिखित पूर्वानुमति के बिना इसका व्यावसायिक अथवा अन्य किसी भी रूप में उपयोग नहीं किया जा सकता। इसे पुनः प्रकाशित कर विक्रय या किराए पर नहीं दिया जा सकता तथा जिल्दबंद अथवा किसी भी अन्य रूप में पाठकों के मध्य इसका परिचालन नहीं किया जा सकता। ये सभी शर्तें पुस्तक के ख़रीददार पर भी लागू होंगी। इस संदर्भ में सभी प्रकाशनाधिकार सुरक्षित हैं।

www.penguin.co.in

This is a legitimate digitally printed version of the book and therefore might not have certain extra finishing on the cover.

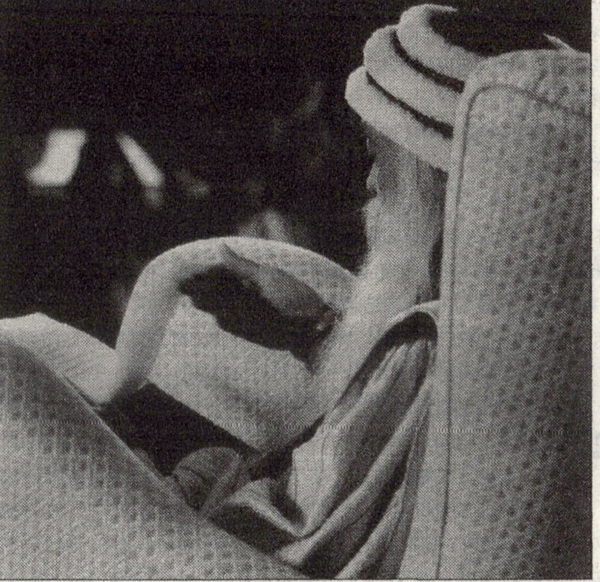

भूमिका

▲

तंत्र विज्ञान है

एक प्रश्न अपने साथ एक उत्तर लाता है और साथ ही अनेक प्रश्न भी। संदेह करने वाला मन ही समस्या है।

पार्वती कहती हैं : मेरे प्रश्नों की फिकर न करें। मैंने अनेक प्रश्न पूछ लिए : आपका सत्य रूप क्या है? समय और स्थान से परे हो कर हम उसमें पूरी तरह प्रवेश कैसे करें? लेकिन मेरे प्रश्नों की फिकर न करें। मेरे संशय निर्मूल करें। ये प्रश्न तो मैं इसलिए पूछती हूं कि वे मेरे मन में उठते हैं। मैं आपको केवल अपना मन दिखाने के लिए ये प्रश्न पूछती हूं। उन पर बहुत ध्यान मत दें। उत्तरों से मेरा काम नहीं चलेगा। मेरी जरूरत तो है कि मेरे संशय निर्मूल हों।

लेकिन संशय निर्मूल कैसे होंगे? किसी उत्तर से? क्या कोई उत्तर है जो कि मन के संशय दूर कर दे? मन ही तो संशय है। जब तक मन ही मिटता है, संशय निर्मूल कैसे होंगे?

शिव उत्तर देंगे। उनके उत्तर में सिर्फ विधियां हैं—सबसे पुरानी, सबसे प्राचीन विधियां। लेकिन तुम उन्हें अत्याधुनिक भी कह सकते हो, क्योंकि उनमें कुछ भी जोड़ा नहीं जा सकता। वे पूर्ण हैं—एक सौ बारह विधियां। उनमें सभी संभावनाओं का समावेश है; मन को शुद्ध करने के, मन के अतिक्रमण के सभी उपाय उनमें समाए हैं। शिव की एक सौ बारह विधियों में एक और विधि नहीं जोड़ी जा सकती। और यह ग्रंथ, विज्ञान भैरव तंत्र, पांच हजार वर्ष पुराना है। उसमें कुछ भी जोड़ा नहीं जा सकता; कुछ जोड़ने की गुंजाइश ही नहीं है। यह सर्वांगीण है, संपूर्ण है, अंतिम है। यह सब से प्राचीन है और साथ ही सबसे आधुनिक, सबसे नवीन। पुराने पर्वतों की भांति ये तंत्र पुराने हैं, शाश्वत जैसे लगते हैं, और साथ ही सुबह से सूरज के सामने खड़े ओस-कण की भांति ये नए हैं, ये इतने ताज़े हैं।

ध्यान की इन एक सौ बारह विधियों से मन के रूपांतरण का पूरा विज्ञान निर्मित हुआ है। एक-एक कर हम उनमें प्रवेश करेंगे। पहले हम उन्हें बुद्धि से समझने की चेष्टा करेंगे। लेकिन बुद्धि को मात्र एक यंत्र की तरह काम में लाओ, मालिक की तरह नहीं। समझने के लिए यंत्र की तरह उसका उपयोग करो, लेकिन उसके जरिए नए व्यवधान मत पैदा करो। जिस समय हम इन विधियों की चर्चा करेंगे, तुम अपने पुराने ज्ञान को, पुरानी जानकारियों को एक किनारे धर देना। उन्हें अलग ही कर देना; वे रास्ते की धूल भर हैं।

इन विधियों का साक्षात्कार निश्चय ही सावचेत मन से करो; लेकिन तर्क को हटा कर करो। इस भ्रम में मत रहो कि विवाद करने वाला मन सावचेत मन है। वह नहीं है। क्योंकि जिस क्षण तुम विवाद में उतरते हो, उसी क्षण सजगता खो देते हो, सावचेत नहीं रहते हो। तुम तब यहां हो ही नहीं।

ये विधियां किसी धर्म की नहीं हैं। याद रखो, वे ठीक वैसे ही हिन्दू नहीं हैं जैसे सापेक्षवाद का सिद्धांत आइंस्टीन के द्वारा प्रतिपादित होने के कारण यहूदी नहीं हो जाता, रेडियो और टेलीविजन ईसाई नहीं हैं। कोई कहता है कि बिजली ईसाई है, क्योंकि ईसाई मस्तिष्क ने उसका आविष्कार किया था। विज्ञान किसी वर्ण या धर्म का नहीं है। और तंत्र विज्ञान है। इसलिए स्मरण रहे कि तंत्र हिंदू कतई नहीं है। ये विधियां हिंदुओं की ईजाद अवश्य हैं, लेकिन वे स्वयं हिंदू नहीं हैं। इसलिए इन विधियों में किसी धार्मिक अनुष्ठान का उल्लेख नहीं रहेगा। किसी मंदिर की जरूरत नहीं है। तुम स्वयं मंदिर हो। तुम ही प्रयोगशाला हो, तुम्हारे भीतर ही पूरा प्रयोग होने वाला है। और विश्वास की भी जरूरत नहीं है।

ओशो

अनुक्रम

1

तंत्र में प्रवेश

सूत्र

▲

देवी कहती हैं।:
हे शिव, आपका सत्य क्या है?
यह विस्मय-भरा विश्व क्या है?
इसका बींज क्या है?
विश्व-चक्र की धुरी क्या है?
रूपों पर छाए लेकिन रूप के परे
यह जीवन क्या है?
देश और काल, नाम और प्रत्यय के परे जाकर
हम इसमें कैसे पूर्णत: प्रवेश करें?
मेरे संशय निर्मूल करें।

5

▲

कुछ भूमिका की बातें।

एक कि विज्ञान भैरव तंत्र का जगत बौद्धिक नहीं है; वह दार्शनिक नहीं है। सिद्धांत इसके लिए अर्थ नहीं रखता। यह उपाय की, विधि की चिंता करता है, सिद्धांत की कतई नहीं। तंत्र शब्द का अर्थ ही है विधि, उपाय, मार्ग। इसलिए यह कोई मीमांसा नहीं है, इस बात को ध्यान में रख लें। बौद्धिक समस्याओं और उनके ऊहापोह से इसका कोई संबंध नहीं है। यह चीजों के 'क्यों' की चिता नहीं लेता, उनके 'कैसे' की चिंता लेता है; सत्य क्या है इसकी नहीं, वरन इसकी कि सत्य को कैसे उपलब्ध हुआ जाए।

तंत्र का अर्थ विधि है। इसलिए यह एक विज्ञान-ग्रंथ है। विज्ञान 'क्यों' की नहीं, 'कैसे' की फिक्र करता है। दर्शन और विज्ञान में यही बुनियादी भेद है। दर्शन पूछता है: यह अस्तित्व क्यों है? विज्ञान पूछता है: यह अस्तित्व कैसे है? जब तुम कैसे का प्रश्न पूछते हो, तब उपाय, विधि महत्वपूर्ण हो जाती है। तब सिद्धांत व्यर्थ हो जाते हैं; अनुभव केंद्र बन जाता है।

तंत्र विज्ञान है; तंत्र दर्शन नहीं है। दर्शन को समझना आसान है; क्योंकि उसके लिए सिर्फ मस्तिष्क की जरूरत पड़ती है। यदि तुम भाषा जानते हो, यदि तुम प्रत्यय समझते हो तो तुम दर्शन समझ सकते हो। उसके लिए तुमको बदलने की, संपरिवर्तित होने की कोई जरूरत नहीं है। तुम जैसे हो वैसे ही बने रहकर दर्शन को समझ सकते हो। लेकिन वैसे ही रहकर तंत्र को नहीं समझ सकते। तंत्र को समझने के लिए तुम्हारे बदलने की जरूरत रहेगी; बदलाहट की ही नहीं, आमूल बदलाहट की जरूरत होगी। जब तक तुम बिलकुल भिन्न नहीं हो जाते हो, तब तक तंत्र को नहीं समझा जा सकता। क्योंकि तंत्र कोई बौद्धिक प्रस्तावना नहीं है; वह एक अनुभव है। और जब तक तुम अनुभव के प्रति संवेदनशील, तैयार, खुले हुए नहीं होते, तब तक यह अनुभव तुम्हारे पास आने को नहीं है।

दर्शन की फिक्र तुम्हारे मन के साथ है। उसके लिए तुम्हारा मस्तिष्क काफी है, उसको तुम्हारी समग्रता नहीं चाहिए। तंत्र तुमको तुम्हारी समग्रता में मांगता है। यह बहुत गहरी चुनौती

▲

है; इसमें तुम पूरे और इकट्ठे होकर ही उतर सकते हो। तंत्र खंडित नहीं है। उसकी अगवानी के लिए और ही तरह के रुझान, और ही तरह की यात्रा, और ही तरह के मन की जरूरत है।

यही कारण है कि देवी ऐसे प्रश्न पूछती हैं जो दार्शनिक प्रश्न जैसे दिखते हैं। विज्ञान भैरव तंत्र देवी के प्रश्नों से शुरू होता है। और सभी प्रश्न दर्शन के तल पर हाथ में लिए जा सकते हैं। दरअसल कोई भी प्रश्न दो ढंग से हल किया जा सकता है : दार्शनिक ढंग से अथवा समग्रतापूर्वक; बौद्धिक ढंग से अथवा अस्तित्वगत रूप से।

उदाहरण के लिए अगर कोई पूछे, प्रेम क्या है? तो तुम उस प्रश्न का उत्तर बौद्धिक तल पर दे सकते हो, कोई सिद्धांत प्रस्तावित कर सकते हो, किसी विशेष परिकल्पना के लिए दलील दे सकते हो। तुम एक व्यवस्था, एक सिद्धांत, एक मतवाद खड़ा कर सकते हो। और हो सकता है कि प्रेम का तुमको बिलकुल पता न हो।

मतवाद गढ़ने के लिए अनुभव की जरूरत नहीं है। सच तो यह है कि तुम जितना कम जानते हो उतना ही अच्छा। क्योंकि तब तुम बेहिचक व्यवस्था प्रस्तावित कर सकते हो। केवल अंधा आदमी आसानी के साथ प्रकाश की व्याख्या कर सकता है। जब तुम नहीं जानते हो, तब ढीठ होते हो। अज्ञान हमेशा ढीठ होता है; ज्ञान झिझकता है। जितना तुम जानते हो उतनी ही पांव के नीचे की जमीन खिसक नजर आती है। जितना तुम जानते हो उतना ही तुमको तुम्हारे अज्ञान का अनुभव होता है। और जो सच में ही ज्ञानी हैं, वे अज्ञानी हो जाते हैं। वे बच्चों की तरह या मूढ़ों की तरह सरल हो जाते हैं।

इसलिए जितना कम जानते हो उतना बेहतर। मीमांसक होना, मतवादी होना, मूढ़ाग्रही होना सचमुच आसान है। किसी भी प्रश्न को बुद्धि के तल पर हल करना सरल है।

लेकिन किसी प्रश्न को अस्तित्वगत रूप से हल करना, उसे सोचना नहीं, उसे जीना, उसमें जीना और उसके द्वारा अपने को पूरी तरह बदल जाने देना कठिन है। उसका अर्थ हुआ कि प्रेम को जानने के लिए तुमको प्रेम में उतरना पड़ेगा। वह खतरनाक है। क्योंकि तब तुम वही न रहोगे जो थे। अनुभव तुमको बदल देगा। जिस क्षण तुम प्रेम में प्रवेश करते हो, तुम एक दूसरे व्यक्ति में प्रवेश करते हो। और तब जब तुम उसके बाहर निकलोगे, तब तुमको तुम्हारा पुराना चेहरा पहचानने को नहीं मिलेगा। वह चेहरा अब तुम्हारा रहा नहीं। एक विच्छिन्नता, एक टूट पैदा हो चुकेगी। अब एक अंतराल आ गया। पुराना आदमी मर चुका और उसकी जगह एक नया आदमी आ गया है। उसे ही पुनर्जन्म कहते हैं, द्विज कहते हैं।

तंत्र गैर-दार्शनिक है और अस्तित्वगत है। इसलिए यद्यपि देवी ऐसे प्रश्न पूछती हैं जो दार्शनिक मालूम होते हैं, लेकिन शिव उत्तर उसी ढंग से नहीं देते। इस बात को आरंभ में ही समझ लेना बेहतर होगा। नहीं तो तुम हैरानी में पड़ोगे कि शिव क्यों उनके एक प्रश्न का भी उत्तर नहीं देते। जो भी प्रश्न देवी पूछती हैं, शिव उनके उत्तर ही नहीं देते। और तो भी वे उत्तर देते हैं। और सच तो यह है कि केवल शिव ने ही उनके उत्तर दिए हैं, किसी और ने नहीं। लेकिन उनके उत्तर भिन्न तल के हैं।

देवी पूछती हैं: प्रभो, आपका सत्य क्या है? शिव इस प्रश्न का उत्तर न देकर उसके बदले में एक विधि देते हैं। अगर देवी इस विधि के प्रयोग से गुजर जाएं तो वे उत्तर पा जाएंगी। इसलिए उत्तर परोक्ष है, प्रत्यक्ष नहीं। शिव नहीं बताते हैं कि मैं कौन हूं, वे एक विधि भर बताते

▲

हैं। वे कहते हैं: यह करो और तुम जान जाओगी।

तंत्र के लिए करना ही जानना है, और कोई जानना जानना नहीं है। जब तक तुम कुछ करते नहीं, जब तक बदलते नहीं, जब तक बुद्धि के अतिरिक्त किसी अन्य ही आयाम में नहीं प्रवेश करते, तब तक कोई उत्तर नहीं है। उत्तर तो दिए जा सकते हैं, लेकिन वे सब के सब झूठे होंगे। सभी दर्शन झूठे हैं।

तुम एक प्रश्न पूछते हो और दर्शन एक उत्तर दे देता है, उससे तुम चाहे संतुष्ट होते हो या नहीं होते हो। यदि संतुष्ट हुए तो तुम उस दर्शन के अनुयायी हो जाते हो; लेकिन तुम वही के वही रहते हो। और यदि नहीं संतुष्ट हुए तो दूसरे दर्शन की खोज में निकल चलते हो जिनसे संतुष्टि मिल सके। लेकिन तुम वही के वही रहते हो; अछूते रहते हो, अपरिवर्तित रहते हो।

इसलिए तुम हिंदू हो कि मुसलमान हो कि ईसाई हो कि जैन हो, इससे कुछ फर्क नहीं पड़ता। हिंदू, मुसलमान या जैन के मुखौटे के पीछे जो असली व्यक्ति है, वह वही रहता है। सिर्फ शब्दों का या वस्त्रों का भेद है। चाहे वह चर्च जाता हो कि मंदिर जाता हो कि मस्जिद जाता हो, वह वही रहता है। सिर्फ चेहरों का फर्क है। और वे चेहरे झूठे हैं, वे मुखौटे भर हैं। और मुखौटों के पीछे वही आदमी है—वही क्रोध, वही आक्रामकता, वही हिंसा, वही लोभ, वही लिप्सा—सब कुछ वही का वही है। क्या मुस्लिम कामुकता हिंदू कामुकता से भिन्न है? क्या ईसाई हिंसा और हिंदू हिंसा में फर्क है? वह एक ही है। हकीकत एक है; सिर्फ वस्त्र भिन्न हैं।

तंत्र को तुम्हारे वस्त्रों से कुछ लेना-देना नहीं है; उसे सीधे तुमसे लेना-देना है। अगर तुम प्रश्न पूछते हो तो उससे इतना ही पता चलता है कि तुम कहां हो। और उससे यह भी पता चलता है कि तुम जहां भी हो, तुमको दिखाई नहीं पड़ता है। एक अंधा आदमी पूछता है: प्रकाश क्या है? और दर्शन बताना शुरू कर देगा कि प्रकाश क्या है। मगर तंत्र केवल यह निष्पत्ति निकालेगा कि प्रकाश के बारे में प्रश्न पूछने वाला महज आंख का अंधा है। और तब तंत्र उस आदमी का उपचार शुरू करेगा, उसे बदलने का उपाय करेगा कि उसकी आंखें देख सकें। तंत्र यह नहीं बताएगा कि प्रकाश क्या है; तंत्र सिर्फ यह बताएगा कि तुम किस तरह आंख को, दृष्टि को, देखने को उपलब्ध हो सकते हो। और दृष्टि की उपलब्धि के साथ ही उत्तर उपलब्ध हो जाएगा।

इसलिए तंत्र समाधान नहीं देता है; समाधान को उपलब्ध होने की विधि देता है। अब यह समाधान बौद्धिक नहीं होगा। अगर तुम अंधे आदमी को प्रकाश के बारे में कुछ कहोगे तो वह कहना बौद्धिक होगा। और अगर अंधा स्वयं देखने में सक्षम हो जाता है तो वह अस्तित्वगत बात होगी। जब मैं कहता हूं कि तंत्र अस्तित्वगत है तो उसका यही मतलब है।

इसलिए शिव देवी के प्रश्नों के उत्तर देने नहीं जा रहे हैं, फिर भी देने जा रहे हैं। यह पहली बात। और दूसरी बात कि यह एक सर्वथा भिन्न भाषा है। इसमें प्रवेश के पहले हमें इसके संबंध में कुछ जान लेना होगा। तंत्र के सभी ग्रंथ शिव और देवी के बीच संवाद हैं। देवी पूछती हैं और शिव जवाब देते हैं। सभी तंत्र-ग्रंथ ऐसे ही शुरू होते हैं। क्यों? यह ढंग क्यों?

यह बहुत अर्थपूर्ण है। यह संवाद किन्हीं गुरु और शिष्य के बीच संवाद नहीं है, यह संवाद घटित होता है दो प्रेमियों के बीच। और तंत्र इसके द्वारा एक बहुत अर्थपूर्ण बात की खबर देता है: यह कि गहराई की शिक्षा तब तक नहीं दी जा सकती, जब तक कि दोनों के, शिष्य

और गुरु के बीच प्रेम का संबंध न हो। शिष्य और गुरु को गहरे प्रेमी होना होगा। तब—और तभी—ऊंचाई को, पार को अभिव्यक्त किया जा सकता है, प्रकट किया जा सकता है।

इसलिए यह प्रेम की भाषा है। शिष्य के लिए प्रेम के भाव में होना जरूरी है। लेकिन इतना काफी नहीं है। दो मित्र भी प्रेम में हो सकते हैं। तंत्र कहता है, शिष्य में प्रेम के अतिरिक्त ग्राहकता होनी चाहिए। तभी कुछ संभव है। शिष्य होने के लिए स्त्री होना जरूरी नहीं है; लेकिन उसके लिए स्त्रैण ग्राहकता का भाव अनिवार्य है। यहां देवी पूछती हैं, उसका अर्थ हुआ कि स्त्रैण भाव पूछता है। लेकिन स्त्रैण भाव पर यह जोर क्यों?

पुरुष और स्त्री में शारीरिक फर्क ही नहीं है, मानसिक फर्क भी है। यौन शरीर के तल पर ही नहीं, मन के तल पर भी बड़ा फर्क लाता है। स्त्रैण मन का अर्थ है ग्राहकता—समग्र ग्राहकता, समर्पण, प्रेम। शिष्य को उसी स्त्रैण मन की आवश्यकता है, अन्यथा वह नहीं सीख पाएगा। तुम पूछ तो सकते हो, लेकिन अगर खुले नहीं हो, तो उत्तर तुमको नहीं मिल सकता। प्रश्न पूछकर भी तुम बंद रह सकते हो, उस हालत में उत्तर तुम में प्रवेश नहीं करेगा। तुम्हारे द्वार-दरवाजे बंद हैं; तुम मृत हो। तुम खुले जो नहीं हो।

स्त्रैण ग्राहकता का अर्थ है: गहरे में गर्भ जैसी ग्राहकता, ताकि तुम ग्रहण कर सको, ले सको। उतना ही नहीं, उससे भी ज्यादा की जरूरत है। स्त्री कोई चीज ग्रहण ही नहीं करती है; जिस क्षण ग्रहण करती है उसी क्षण वह चीज उसके शरीर का भाग बन जाती है। बच्चा ग्रहीत हुआ। स्त्री गर्भ धारण करती है और गर्भाधान के साथ बच्चा स्त्री के शरीर का अंश बन जाता है। वह विजातीय नहीं रहा, विदेशी नहीं रहा। वह आत्मसात कर लिया गया। अब वह बच्चा कुछ ऐसा नहीं रहा जो कि मां से जुड़ा भर रहेगा; अब वह मां के अंश की तरह, मां की तरह ही जीएगा। बच्चा ग्रहीत ही नहीं होता है, स्त्रैण शरीर सृजनात्मक हो जाता है और बच्चा बढ़ने भी लगता है।

शिष्य को गर्भ जैसी ग्राहकता की जरूरत है। जो कुछ भी ग्रहण किया जाए, उसे मृत ज्ञान की तरह इकट्ठा नहीं करना है; उसे तुम्हारे भीतर बढ़ना चाहिए, उसे तुम्हारा रक्त, हड्डी ही बन जाना चाहिए। अब उसे तुम्हारा हिस्सा बन जाना पड़ेगा। उसे बढ़ने देना है, वृद्धि देनी है। और यही वृद्धि तुमको, ग्राहक को बदलेगी, रूपांतरित करेगी।

यही कारण है कि तंत्र इस उपाय को काम में लाता है। हर ग्रंथ देवी के प्रश्न से शुरू होता है और शिव उसका उत्तर देते हैं। देवी शिव की प्रिया हैं—उनका स्त्रैण अंश।

एक बात और। अब आधुनिक मनोविज्ञान, खासकर गहराई का मनोविज्ञान कहता है कि मनुष्य पुरुष और स्त्री दोनों है। कोई भी व्यक्ति न मात्र पुरुष है और न मात्र स्त्री है। प्रत्येक उभयलिंगी है; उसमें दोनों यौन मौजूद हैं। पश्चिम में यह खोज हाल की घटना है, लेकिन तंत्र के लिए हजारों साल से उसकी एक बुनियादी धारणा रही है। तुमने शिव के कुछ चित्र देखे होंगे जिनमें वे अर्धनारीश्वर हैं, आधा पुरुष और आधी नारी। मनुष्य के पूरे इतिहास में यह अपनी तरह की अकेली धारणा है। शिव को उसमें आधे पुरुष और आधी स्त्री की तरह चित्रित किया गया है।

इसलिए देवी प्रिया ही नहीं हैं, शिव की अर्धांगिनी हैं। और जब तक शिष्य गुरु का दूसरा अर्धांग नहीं बन जाता, ऊंचाई की शिक्षा, गुह्य विधियों की शिक्षा नहीं दी जा सकती। जब

▲

तुम ऐसे हो जाओगे तो संदेह नहीं बचेगा। जब तुम गुरु के साथ ऐसे एक हो जाओगे—समग्र रूपेण, गहन रूपेण—कि तर्क न रहा, बुद्धि न बची, तब तुम ग्रहण करते हो, तब तुम गर्भ बन जाते हो। और तब गुरु की शिक्षा तुममें वृद्धि पाती है, तुमको बदलने लगती है।

यही कारण है कि तंत्र प्रेम की भाषा में लिखा गया। यहां प्रेम की भाषा के संबंध में भी कुछ समझना आवश्यक है। भाषा दो प्रकार की है: तर्क की भाषा और प्रेम की भाषा। और दोनों में बुनियादी भेद है।

तर्क की भाषा आक्रामक, विवादी और हिंसक होती है। अगर मैं तार्किक भाषा का प्रयोग करूं तो मैं तुम्हारे मन पर आक्रमण सा करूंगा। मैं तुमसे अपनी बात मनवाने की, तुमको अपने पक्ष में लाने की, तुम्हें अपना खिलौना बनाने की कोशिश करूंगा। मैं जिद करूंगा कि मेरा तर्क सही है और तुम्हारा गलत। तर्क की भाषा अहं-केंद्रित होती है; इसलिए मैं सिद्ध करूंगा कि मैं सही हूं और तुम गलत। दरअसल मुझे तुमसे कुछ लेना-देना नहीं है, मुझे मेरे अहंकार से मतलब है। और मेरा अहंकार हमेशा सही होता है।

प्रेम की भाषा सर्वथा भिन्न है, वहां मुझे अपनी नहीं, तुम्हारी चिंता है। वहां मुझे कुछ सिद्ध करने को नहीं पड़ी है, अपने अहंकार को मजबूत नहीं बनाना है। तुम्हारी सहायता करना ही मेरा अभीष्ट है। यह करुणा है जो तुमको बढ़ने में, बदलने में, तुम्हारे पुनर्जन्म में सहयोगी होना चाहती है।

और दूसरी बात कि तर्क सदा बौद्धिक है। उसमें तर्क और सिद्धांत महत्वपूर्ण हैं, दलीलें अर्थपूर्ण हैं। प्रेम की भाषा में, क्या कहा जाए, यह महत्व का नहीं है; कैसे कहा जाए, महत्व का है। वाहन, शब्द महत्वपूर्ण नहीं है; महत्वपूर्ण है उसका अर्थ, उसका संदेश। यह हृदय से हृदय की गुफ्तगू है, मन से मन का वाद-विवाद नहीं। यह विवाद नहीं संवाद है, सहभागिता है। इसलिए यह दुर्लभ घटना है कि पार्वती शिव की गोद में बैठकर पूछती हैं और शिव उत्तर देते हैं। यह प्रेम-संवाद है, प्रेमालाप। इसमें कहीं कोई द्वंद्व नहीं है—शिव मानो स्वयं से बोल रहे हों।

प्रेम पर, प्रेम की भाषा पर इतना जोर क्यों है? इसलिए कि अगर तुम अपने गुरु के साथ प्रेम में हो तो सारा गेस्टाल्ट बदल जाता है, समूचा दर्शन, समूचा परिदृश्य दूसरा ही हो जाता है। तब बात ही कुछ और है। तब तुम गुरु के शब्द नहीं सुनते हो, तब तुम गुरु को पीते हो। तब शब्द अप्रासंगिक हो जाते हैं; तब शब्दों के बीच का मौन महिमावान हो उठता है। गुरु जो कुछ कहता है, वह अर्थपूर्ण हो सकता है, नहीं भी हो सकता है; उसमें असली चीज उसकी दृष्टि है, मुद्रा है; असली चीज उसकी करुणा है, प्रेम है।

इसीलिए तंत्र की एक निश्चित अवस्था है, ढंग है। उसका हरेक ग्रंथ देवी के प्रश्न और शिव के उत्तर से शुरू होता है। दलील के लिए उसमें जगह नहीं है; शब्दों का वहां अपव्यय नहीं है। उसमें तथ्यों के सीधे-सादे वक्तव्य हैं जो तारनुमा भाषा में, संक्षिप्ततम रूप में कहे गए हैं। उसमें किसी से मनवाने का आग्रह नहीं है, मात्र बताने की बात है।

अगर तुम बंद मन से शिव को प्रश्न पूछो तो वे इस ढंग से जवाब नहीं देंगे। तब पहले तुम्हारा जो बंद होना है, उसे हटाने के लिए शिव को आक्रामक होना पड़ेगा। तब पहले तुम्हारे पूर्वाग्रहों को, पूर्व-धारणाओं को नष्टि करना पड़ेगा। जब तक तुम अपने अतीत से बिलकुल

▲

विच्छिन्न नहीं होते, तब तक तुमको कुछ भी नहीं दिया जा सकता। लेकिन शिव की प्रिया के साथ, देवी के साथ यह बात नहीं है; देवी के साथ देवी का कोई अतीत नहीं है।

स्मरण रहे कि जब तुम गहरे प्रेम में होते हो, तब तुम्हारा मन विसर्जित हो जाता है, नहीं हो जाता है। तब कोई अतीत नहीं रहता है; वर्तमान का क्षण ही सब कुछ हो जाता है। जब तुम प्रेम में होते हो, तब वर्तमान ही मात्र समय होता है। वर्तमान ही सब कुछ है—न अतीत, न भविष्य।

इसलिए देवी खुली हैं। कोई सुरक्षा नहीं है वहां; कुछ साफ करने को नहीं है, कुछ नष्टि करने को नहीं है। भूमि तैयार है, उसमें बीज डालने की देर है। कहना चाहिए कि भूमि न केवल तैयार ही है, वह स्वागत की मुद्रा में है, ग्राहक है; वह गर्भ बनने को तत्पर है।

इसलिए शिव के ये वचन, जिन पर हम चर्चा करेंगे, अति संक्षिप्त हैं, सूत्ररूप में हैं। लेकिन शिव का प्रत्येक सूत्र एक वेद की, एक बाइबिल की, एक कुंरान की हैसियत का है। उनका एक अकेला वाक्य एक महान शास्त्र का, धर्म-ग्रंथ का आधार बन सकता है। शास्त्र तर्कबद्ध होते हैं; उनमें प्रस्ताव करना पड़ता है, बचाव करना पड़ता है, तर्क देना पड़ता है। यहां कोई तर्क नहीं है, प्रेम का मात्र वक्तव्य दिया गया है।

तीसरी बात कि विज्ञान भैरव तंत्र का अर्थ ही है चेतना के भी पार जाने की विधि। विज्ञान का अर्थ चेतना है, भैरव का अर्थ वह अवस्था है जो चेतना से भी परे है और तंत्र का अर्थ विधि है, चेतना के पार जाने की विधि। यह परम धर्म-सिद्धांत है—सिद्धांत के बिना धर्म-सिद्धांत।

हम मूर्च्छित हैं, अचेतन हैं, इसलिए सारी धर्म-देशना अचेतन के ऊपर उठने की, चेतन होने की देशना है। उदाहरण के लिए कृष्णमूर्ति हैं, झेन है, वे सभी अधिक से अधिक चेतना, सजगता, होश लाने की फिक्र करते हैं। क्योंकि हम मूर्च्छित हैं, बेहोश हैं, इसलिए कैसे ज्यादा होशपूर्ण, ज्यादा जाग्रत हुआ जाए? मूर्च्छा से जागरण की ओर कैसे गति हो?

लेकिन तंत्र कहता है कि यह भी द्वैत का ही खेल है—यह मूर्च्छा-अमूर्च्छा का खेल है। यदि तुम मूर्च्छा से अमूर्च्छा की यात्रा करते हो तो भी एक द्वैत की ही यात्रा करते हो। तंत्र कहता है : दोनों के पार चलो। जब तक तुम दोनों के पार नहीं जाते, तब तक परम को नहीं उपलब्ध हो सकते। इसलिए न अचेतन, न चेतन, दोनों के पार चलो; मात्र होओ। चेतन-अचेतन नहीं होना है, मात्र होना है। यह योग के भी पार है, झेन के भी पार है; यह सभी धर्म-देशनाओं के पार है।

विज्ञान का मतलब चेतना है। और भैरव एक विशेष शब्द है, तांत्रिक शब्द, जो पारगामी के लिए कहा गया है। इसलिए शिव को भैरव कहते हैं और देवी को भैरवी—वे जो समस्त द्वैत के पार चले गए हैं।

हमारे अनुभव में प्रेम ही उसकी थोड़ी झलक दे सकता है। यही कारण है कि तंत्र-विद्या सिखाने के लिए प्रेम उसका बुनियादी उपाय बन जाता है। अपने अनुभव से हम कह सकते हैं कि प्रेम ही वह कुछ है जो द्वैत के पार जाता है। जब दो व्यक्त प्रेम में होते हैं, तब ज्यों-ज्यों वे उसकी गहराई में उतरते हैं त्यों-त्यों दो कम और एक ही ज्यादा रहते हैं। और एक बिंदु आता है, एक शिखर स्पर्श होता है जहां वे देखने में ही दो होते हैं, भीतर एक ही हो जाते हैं। वहां

द्वैत का अतिक्रमण हो जाता है।

इसी अर्थ में जीसस का यह वचन कि 'परमात्मा प्रेम है' अर्थपूर्ण हो जाता है; अन्यथा नहीं। हमारे अनुभव में प्रेम परमात्मा के सबसे निकट है। इसका यह मतलब नहीं है जैसा कि ईसाई अर्थ किए चले जाते हैं कि परमात्मा प्रेमपूर्ण है कि परमात्मा को आपके लिए पिता जैसा प्रेम है। ये मूर्खता भरी बातें हैं। परमात्मा प्रेम है—यह एक तांत्रिक वक्तव्य है। इसका अर्थ है कि हमारे अनुभव में केवल प्रेम वह यथार्थ है जो परमात्मा के, भगवत्ता के निकटतम पड़ता है। क्योंकि प्रेम में एकता का अनुभव होता है। शरीर दो रहते हैं, लेकिन शरीर से परे कुछ है जो मिलकर एक हो जाता है।

यही कारण है कि यौन की भूख इतनी बड़ी है, उसकी दौड़ भारी है। असली दौड़ तो इस एकता के पीछे है। लेकिन वह एकता यौन की, काम की नहीं है। काम में दो शरीरों को एक होने का धोखा ही होता है, वे एक होते नहीं। वे आलिंगन में बंधते हैं और एक क्षण के लिए दोनों एक-दूसरे में अपने को भूल जाते हैं, और थोड़ी शारीरिक एकता अनुभव होती है। यह खोज बुरी नहीं है, लेकिन उस पर ही रुक जाना खतरनाक है। यह खोज किसी गहरी एकता की खोज की खबर भर है।

प्रेम में किसी ऊंचे तल पर कुछ आंतरिक गति करता है और एक-दूसरे में मिलकर एकता की अनुभूति होती है। उसमें द्वैत मिट जाता है। और इसी द्वैतहीन प्रेम में हमें उसकी झलक मिल सकती है जिसे भैरव की अवस्था कहते हैं। हम कह सकते हैं कि भैरवावस्था वह प्रेम है जिसमें से लौटना नहीं होता है। प्रेम के शिखर से फिर नीचे आना नहीं है; शिखर पर ही बने रहना है।

हमने कैलाश पर शिव का आवास बनाया है। वह प्रतीक है कि कैलाश सबसे ऊंचा शिखर है, सबसे पवित्र शिखर है। वहीं हमने शिव का आवास रखा है। हम वहां जा सकते हैं, लेकिन हमें वहां से नीचे उतर आना होगा। वह हमारा आवास नहीं हो सकता है। हम तीर्थयात्रा के लिए वहां जा सकते हैं। वह तीर्थ है, तीर्थयात्रा है। एक क्षण के लिए हम भी उस शिखर को छू सकते हैं, लेकिन फिर वापस आना होगा।

प्रेम में यह पवित्र तीर्थयात्रा घटित होती है, लेकिन सब के लिए नहीं। क्योंकि शायद ही कोई यौन के पार जाता है। इसलिए हम घाटी में, अंधेरी घाटी में जीते चले जाते हैं। कभी-कभी विरला कोई प्रेम के शिखर को उपलब्ध होता है; लेकिन वह भी नीचे उतर आता है, क्योंकि उस ऊंचाई पर सिर चकराने लगता है। वह इतना ऊंचा है और तुम इतने निम्न, छोटे। और वहां रहना भी कठिन है। जिन्होंने प्रेम किया है, वे जानते हैं कि प्रेम में सदा बने रहना कितना कठिन है। बार-बार वापस आना पड़ता है। वह शिव का आवास है। वे वहां रहते हैं, वह उनका घर ही है।

भैरव प्रेम में जीते हैं, प्रेम उनका आवास है। जब मैं कहता हूं कि वह उनका आवास है, उसका अर्थ है कि अब उन्हें प्रेम का भी बोध नहीं रहा। क्योंकि कैलाश पर ही रहने पर बोध भी जाता रहता है कि यह कैलाश है, शिखर है। तब शिखर समतल भूमि बन जाता है। शिव को प्रेम का बोध नहीं है। हमें प्रेम का बोध होता है, क्योंकि हम अप्रेम में जीते हैं; और इस वैषम्य के कारण, विपरीतता के कारण हमें प्रेम का बोध होता है।

▲

शिव प्रेम ही हैं। भैरव का अर्थ होता है कि वह प्रेम ही हो गया है। यह नहीं कि वह प्रेमपूर्ण है, प्रेम करता है; वह स्वयं प्रेम हो गया है, वह शिखर पर है, शिखर ही उसका आवास है।

इस सर्वोच्च शिखर को संभव कैसे बनायां जाए जो सब द्वैत के पार है, अचेतन के पार है, चेतन के पार है, शरीर और आत्मा के पार है, संसार और मोक्ष के भी पार है? इस शिखर को उपलब्ध कैसे हुआ जाए?

उसकी विधि तंत्र है। लेकिन तंत्र शुद्ध विधि है, इसलिए इसे समझने में कठिनाई होगी। इसलिए हम पहले उस प्रश्न को समझें जो देवी पूछती हैं।

हे शिव, आपका सत्य क्या है?

यह प्रश्न क्यों? तुम भी यही प्रश्न पूछ सकते हो, लेकिन उसका वही अर्थ नहीं होगा। इसलिए समझने की कोशिश करो कि देवी क्यों पूछती हैं कि आपका सत्य क्या है।

देवी गहरे से गहरे प्रेम में हैं। और जब कोई गहरे प्रेम में होता है तब पहली दफा उसे भीतर सत्य का साक्षात्कार होता है। तब शिव आकार नहीं हैं, शरीर नहीं हैं। जब तुम प्रेम में होते हो, तब प्रेमी का शरीर लुप्त हो जाता है। तब आकार मिट जाता है, निराकार प्रकट होता है। तब तुम एक अतल गहराई के सामने होते हो। यही कारण है कि हम प्रेम से इतना डरते हैं। हम एक शरीर का सामना कर सकते हैं; हम आकृति का, रूप का सामना कर सकते हैं; लेकिन हम अगाध अतल का, महाशून्य का सामना नहीं कर सकते।

अगर तुम किसी को प्रेम करते हो, सचमुच प्रेम करते हो तो उसका शरीर निश्चित रूप से विलुप्त हो जाने वाला है। ऊंचाई के शिखर के किसी क्षण में आकार मिट जाएगा और प्रेमी के माध्यम से तुम निराकार में प्रवेश कर जाओगे। यही बजह है कि हम डरते हैं। यह तो एक अतल समुद्र में गिरना हो जाएगा।

'हे शिव, आपका सत्य क्या है?'

यह महज जिज्ञासा का प्रश्न नहीं है। देवी अवश्य ही आकार के साथ प्रेम में पड़ गई होंगी। चीजें वैसे ही शुरू होती हैं। उन्होंने पहले आदमी के रूप में इस आदमी को प्रेम किया होगा। और जब प्रेम वयस्क हुआ, प्रस्फुटित हुआ, खिला, तब यह आदमी ही अंतर्धान हो गया। वह निराकार हो गया है। अब वह आदमी कहीं दिखाई नहीं देता।

'हे शिव, आपका सत्य क्या है?'

यह प्रेम के एक अत्यंत ही गहन क्षण में पूछा गया प्रश्न है। और जब प्रश्न उठते हैं तब जिन मनों से वे उठते हैं उनके अनुसार उनमें फर्क पड़ता है। इसलिए अपने-अपने मन में इस प्रश्न की स्थिति, इसका माहौल पैदा करो। पार्वती भारी अड़चन में पड़ी होंगी; देवी कठिनाई में पड़ी होंगी। शिव अंतर्धान हो गए हैं। जब प्रेम अपने शिखर पर होता है, तब प्रेमी अंतर्धान हो जाता है। यह क्यों होता है?

यह होता है, क्योंकि वास्तव में प्रत्येक व्यक्ति निराकार है। तुम शरीर नहीं हो। शरीर की तरह चलते हो, शरीर के तल पर जीते हो, लेकिन शरीर नहीं हो। जब हम बाहर से किसी को देखते हैं तब वह शरीर ही है। लेकिन प्रेम तो भीतर प्रवेश करता है। तब हम व्यक्ति को बाहर से नहीं देखते हैं। प्रेम किसी को भी वैसे देख सकता है जैसे वह अपने को भीतर से

देखता है। तब रूप विदा हो जाता है।

झेन संत रिंझाई आत्मोपलब्ध हुआ तो उसने पहला प्रश्न पूछा: मेरा शरीर कहां है? वह कहां चला गया? और वह खोजने लगा। उसने अपने शिष्यों को बुलाया और कहा: जाओ और खोजो कि मेरा शरीर कहां गया? मेरा शरीर खो गया है।

वह निराकार में, अरूप में प्रवेश कर गया था। तुम भी एक निराकार अस्तित्व हो। लेकिन तुम अपने को प्रत्यक्ष नहीं, दूसरों की वजह से जानते हो। तुम अपने को आईने के मार्फत जानते हो। किसी समय आईने में अपने को देखते हुए आंखें बंद कर लो और तब ध्यान करो : अगर आईना नहीं होता तो मैं अपना रूप कैसे पहचानता? एक ऐसी दुनिया की सोचो जहां आईना नहीं हो। तुम अकेले हो, कोई आईना नहीं है, आईने का काम करती हुई दूसरों की आंखें भी नहीं हैं। तब क्या तुम्हें चेहरा होगा? या तुम्हें शरीर होगा?

नहीं, नहीं होगा। है भी नहीं। हम अपने को दूसरों के द्वारा ही जानते हैं। और दूसरे केवल बाहरी रूप देखते हैं। और यही कारण है कि हम उसके साथ तादात्म्य कर लेते हैं।

एक दूसरा झेन संत हयाकुजो अपने शिष्यों से कहा करता था: जब ध्यान करते हुए तुम्हारा सिर खो जाए तब तुरंत मेरे पास आना। जब तुम्हें लगे कि तुम्हारा सिर तुम्हारे कंधे पर नहीं है तब डरना मत, तुरंत मेरे पास चले आना। यही सही क्षण है, जब तुम्हें कुछ सिखाया जा सकता है। सिर के रहते सिखावन संभव नहीं है। सिर सदा बीच में आ जाता है।'

देवी शिव से पूछती हैं : 'हे शिव, आपका सत्य क्या है? आप कौन हैं?'

आकार मिट गया है, इसलिए यह प्रश्न। प्रेम में तुम दूसरे में स्वयं उसकी तरह प्रविष्ट होते हो। तुम उत्तर नहीं दे रहे, तुम एक हो जाते हो। और पहली दफा तुम एक अंतस को, निराकार उपस्थिति को जानते हो।

यही कारण है कि सदियों-सदियों तक हमने शिव की कोई प्रतिमा, कोई चित्र नहीं बनाया। हम सिर्फ शिवलिंग बनाते रहे, उनका प्रतीक बनाते रहे। शिवलिंग एक निराकार आकार है। जब तुम किसी को प्रेम करते हो, किसी में प्रवेश करते हो, तब वह मात्र एक ज्योतित उपस्थिति हो जाता है। शिवलिंग वही ज्योतित उपस्थिति है, प्रकाश का प्रभा-मंडल। इसीलिए देवी पूछती हैं :

आपका सत्य क्या है? यह विस्मय-भरा विश्व क्या है ?

हम विश्व को जानते हैं, लेकिन नहीं जानते हैं कि यह आश्चर्य से भरा है। बच्चे जानते हैं, प्रेमी जानते हैं; कभी-कभी कवि और पागल जानते हैं। लेकिन हम नहीं जानते कि ब्रह्मांड आश्चर्य भरा है। हमारे लिए सब कुछ महज पुनरावृत्ति है; उसमें कोई आश्चर्य नहीं, कोई कविता नहीं। वह सपाट गद्य है हमारे लिए। तुम्हारे हृदय में वह कोई गीत नहीं पैदा करता, तुममें वह नृत्य नहीं उपजाता; तुम्हारे भीतर किसी कविता का जन्म नहीं बनता। सारा जगत यंत्रवत मालूम होता है।

बच्चे अवश्य उसे आश्चर्य-भरी आंखों से देखते हैं। और जब आंखें आश्चर्य-भरी होती हैं, तब सारा ब्रह्मांड आश्चर्य से भर जाता है। और जब तुम प्रेम में होते हो, तुम फिर बच्चों की भांति हो जाते हो। जीसस कहते हैं: केवल वे ही हमारे प्रभु के राज्य में प्रवेश करेंगे जो बच्चों की भांति हैं। क्यों? क्योंकि विश्व यदि आश्चर्यपूर्ण नहीं है तो तुम धार्मिक नहीं हो

सकते। विश्व की व्याख्या हो सके, यह दृष्टि वैज्ञानिक है। तब जगत ज्ञात है या अज्ञात। लेकिन जो अज्ञात है, वह किसी दिन ज्ञात हो सकता है। तब वह अज्ञेय नहीं है। और जगत तभी अज्ञेय है, एक रहस्य है, जब आंखें विस्मय-भरी हों।

देवी पूछती हैं : 'यह विस्मय-भरा विश्व क्या है ?'

यहां वे व्यक्तिगत प्रश्न से अचानक अव्यक्तिगत प्रश्न पर छलांग लगाती हैं। वे पूछती थीं: आपका सत्य क्या है ? और फिर अचानक पूछ बैठती हैं: यह विस्मय-भरा जगत क्या है ? जब रूप विदा होता है तब प्रेमी विश्व बन जाता है—निराकार, अंतहीन। अचानक देवी को बोध होता है कि मैं शिव के बारे में नहीं पूछ रही हूं, पूरे विश्व के बारे में पूछ रही हूं। अब शिव ही समस्त विश्व हो गए हैं। अब सब ग्रह-तारे उनके भीतर ही घूम रहे हैं; सारा आकाश, समस्त महाकाश उनसे घिरा है। अब वे सब से बड़ा घेरने वाला तत्व हैं—महा घेरनहार।

कार्ल जैस्पर्स ने ईश्वर को महा घेरनहार कहा है। जब तुम प्रेम में, प्रेम के घनिष्ठ संस्वर में प्रवेश करते हो, तब व्यक्ति का, रूप का लोप हो जाता है और प्रेमी विश्व का द्वार बनकर रह जाता है।

अगर तुम्हारी उत्सुकता वैज्ञानिक है तो तुम्हें तर्क की राह से जाना होगा। तब तुम्हें निराकार की नहीं सोचना चाहिए। तब निराकार से बचो और आकार से संतोष करो। इसलिए विज्ञान सदा रूप से बंधा है। यदि वैज्ञानिक मन को कुछ निराकार की बात कही जाए तो वह तुरंत उसे आकार में तोड़कर रख देगा। जब तक वह आकार नहीं धारण करता, वह उसके लिए व्यर्थ है। पहले उसे आकार, निश्चित आकार देना है और तब खोज शुरू होगी।

प्रेम में यदि आकार हो तो उसका अंत है। आकार को मिटा दो। जब चीजें अरूप हो जाती हैं—धुंधलकी, सीमाहीन हो जाती हैं, जब हर चीज दूसरी चीज में प्रवेश करती है, जब समस्त विश्व एकता में सिमट जाता है, तब—और तभी—यह विश्व विस्मय-भरा कलामय विश्व है।

इसका बीज क्या है ?

देवी आगे बढ़ती हैं, विश्व से भी आगे जाकर पूछती हैं: इसका बीज क्या है ? यह निराकार, विस्मय-भरा विश्व कहां से आता है? कहां इसका उद्‌गम है? या क्या कोई उद्‌गम नहीं है? बीज क्या है?

विश्व-चक्र की धुरी क्या है ?

देवी आगे पूछती हैं। यह चक्र चलता ही जाता है—महापरिवर्तन, सतत प्रवाह। लेकिन इसका मध्यबिंदु क्या है? इसकी थुरी कहां है? अचल केंद्र कहां है?

देवी किसी उत्तर के लिए नहीं रुकती हैं, पूछती ही चली जाती हैं। मानो वे किसी और से नहीं, स्वयं से ही बात कर रही हों।

रूपों पर छाए लेकिन रूप के परे यह जीवन क्या है? देश और काल, नाम और प्रत्यय के परे जाकर हम इसमें कैसे पूर्णतः प्रवेश करें? मेरे संशय निर्मुल करें।

यहां प्रश्न से अधिक संशय पर जोर है: मेरे संशय निर्मल करें।

यह महत्वपूर्ण है। अगर तुम कोई बौद्धिक प्रश्न पूछते हो तो तुम उसके हल के लिए निश्चित उत्तर चाहते हो। लेकिन देवी कहती हैं: 'मेरे संशय निर्मूल करें।' वे वास्तव में कोई

▲

उत्तर नहीं चाहतीं, अपने मन का रूपांतरण चाहती हैं। क्योंकि जो उत्तर भी दिया जाए, संदेह करने वाला मन संदेह ही करता रहेगा।

इसे ध्यान में रख लो: संदेह करने वाला मन संदेह ही करता रहेगा। उत्तर अप्रासंगिक है। मैं एक उत्तर दूं, लेकिन अगर तुम्हारा मन संदेह करने वाला है तो तुम उस उत्तर पर भी संदेह करोगे। तुम्हारा मन ही संदेह करने वाला है। और संदेह से भरे मन का अर्थ है कि तुम किसी भी चीज पर प्रश्नचिह्न लगा दोगे।

इसलिए उत्तर व्यर्थ हैं। तुम मुझसे पूछते हो: किसने संसार को बनाया? और यदि मैं कहूं कि अ ने बनाया तो तुम निश्चित रूप से पूछोगे कि अ को किसने बनाया? इसलिए असली समस्या प्रश्नों के उत्तर देना नहीं है, असली समस्या है कि संदेह करने वाले मन को कैसे बदला जाए, उसे कैसे ऐसा बनाया जाए कि वह संदेह न करे, श्रद्धा करे।

इसलिए देवी कहती हैं : 'मेरे संशय निर्मूल करें।'

दो-तीन बातें और। जब तुम प्रश्न पूछते हो तो कई कारण से पूछ सकते हो। एक कारण हो सकता है कि तुम अपनी संपुष्टि के लिए पूछते हो। तुम्हें उत्तर पता है, उत्तर तुम्हारे पास है; तुम सिर्फ पक्का करना चाहते हो कि तुम्हारा उत्तर सही है। लेकिन तब तुम्हारा प्रश्न ही झूठा है, नकली है। वह प्रश्न ही नहीं है। तुम अपने को बदलने के इरादे से नहीं, सिर्फ कुतूहलवश पूछते हो।

मन पूछता ही जाता है। मन में प्रश्न वैसे ही आते हैं जैसे पेड़ में पत्ते लगते हैं। मन का स्वभाव ही है पूछना। वह पूछता ही चला जाता है। तुम क्या पूछते हो, यह महत्व का नहीं है, मन को जो भी मिले, वह उससे ही प्रश्न पैदा कर लेगा। मन प्रश्न गढ़ने की चक्की है। मन को कुछ भी दे दो, वह उसके टुकड़े कर उससे अनेक प्रश्न बना लेगा। तुम एक प्रश्न का उत्तर दो, वह उसी एक उत्तर से अनेक प्रश्न गढ़ लेगा।

यही तो दर्शन का इतिहास रहा है। बर्ट्रेंड रसेल ने अपने संस्मरण में कहा है कि मैं बच्चा था तो सोचता था कि एक दिन जब सारे दर्शन को समझने की प्रौढ़ता आएगी तब सभी प्रश्न हल हो जाएंगे। अब जब अस्सी का हो चुका हूं तो मैं कह सकता हूं कि मेरे बचपन के प्रश्न ते त्यों के त्यों खड़े ही हैं, दर्शन के इन सिद्धांतों के कारण बहुत-से दूसरे प्रश्न भी पैदा हो गए हैं। इसलिए रसेल ने कहा कि मैं युवा था तो कहता था कि दर्शन आत्यंतिक उत्तरों की खोज है, अब यह नहीं कह सकता। इसे तो अंतहीन प्रश्नों की खोज ही कहना उचित होगा।

इसलिए एक प्रश्न अपने साथ एक उत्तर लाता है और साथ ही अनेक प्रश्न भी। संदेह करने वाला मन ही समस्या है।

पार्वती कहती हैं: मेरे प्रश्नों की फिक्र न करें। मैंने अनेक प्रश्न पूछ लिए: आपका सत्य रूप क्या है? यह आश्चर्य-भरा जगत क्या है? बीज कौन है? जागतिक चक्र की धुरी कहां है? आकार के परे जीवन क्या है? समय और स्थान से परे होकर हम उसमें पूरी तरह प्रवेश कैसे करें? लेकिन मेरे प्रश्नों की फिक्र न करें। मेरे संशय निर्मूल करें। ये प्रश्न तो मैं इसलिए पूछती हूं कि वे मेरे मन में उठते हैं। मैं आपको केवल अपना मन दिखाने के लिए ये प्रश्न पूछती हूं। उन पर बहुत ध्यान मत दें। उत्तरों से मेरा काम नहीं चलेगा। मेरी जरूरत तो है कि मेरे संशय निर्मूल हों।

▲

लेकिन संशय निर्मूल कैसे होंगे? किसी उत्तर से? क्या कोई उत्तर है जो कि मन के संशय दूर कर दे? मन ही तो संशय है। जब तक मन नहीं मिटता है, संशय निर्मूल कैसे होंगे?

शिव उत्तर देंगे। उनके उत्तर में सिर्फ विधियां हैं—सबसे पुरानी, सबसे प्राचीन विधियां। लेकिन तुम उन्हें अत्याधुनिक भी कह सकते हो, क्योंकि उनमें कुछ भी जोड़ा नहीं जा सकता। वे पूर्ण हैं—एक सौ बारह विधियां। उनमें सभी संभावनाओं का समावेश है; मन को शुद्ध करने के, मन के अतिक्रमण के सभी उपाय उनमें समाए हैं। शिव की एक सौ बारह विधियों में एक और विधि नहीं जोड़ी जा सकती। और यह ग्रंथ, विज्ञान भैरव तंत्र, पांच हजार वर्ष पुराना है। उसमें कुछ भी जोड़ा नहीं जा सकता; कुछ जोड़ने की गुंजाइश ही नहीं है। यह सर्वांगीण है, संपूर्ण है, अंतिम है। यह सब से प्राचीन है और साथ ही सबसे आधुनिक, सबसे नवीन। पुराने पर्वतों की भांति ये तंत्र पुराने हैं, शाश्वत जैसे लगते हैं, और साथ ही सुबह के सूरज के सामने खड़े ओस-कण की भांति ये नए हैं, ये इतने ताजे हैं।

ध्यान की इन एक सौ बारह विधियों से मन के रूपांतरण का पूरा विज्ञान निर्मित हुआ है। एक-एक कर हम उनमें प्रवेश करेंगे। पहले हम उन्हें बुद्धि से समझने की चेष्टा करेंगे। लेकिन बुद्धि को मात्र एक यंत्र की तरह काम में लाओ, मालिक की तरह नहीं। समझने के लिए यंत्र की तरह उसका उपयोग करो, लेकिन उसके जरिए नए व्यवधान मत पैदा करो। जिस समय हम इन विधियों को चर्चा करेंगे, तुम अपने पुराने ज्ञान को, पुरानी जानकारियों को एक किनारे धर देना। उन्हें अलग ही कर देना; वे रास्ते की धूल भर हैं।

इन विधियों का साक्षात्कार निश्चय ही सावचेत मन से करो; लेकिन तर्क को हटा कर करो। इस भ्रम में मत रहो कि विवाद करने वाला मन सावचेत मन है। वह नहीं है। क्योंकि जिस क्षण तुम विवाद में उतरते हो, उसी क्षण सजगता खो देते हो, सावचेत नहीं रहते हो। तुम तब यहां हो ही नहीं।

ये विधियां किसी धर्म की नहीं हैं। याद रखो, वे ठीक वैसे ही हिंदू नहीं हैं जैसे सापेक्षवाद का सिद्धांत आइंस्टीन के द्वारा प्रतिपादित होने के कारण यहूदी नहीं हो जाता, रेडियो और टेलीविजन ईसाई नहीं हैं। कोई नहीं कहता कि बिजली ईसाई है, क्योंकि ईसाई मस्तिष्क ने उसका आविष्कार किया था। विज्ञान किसी वर्ण या धर्म का नहीं है। और तंत्र विज्ञान है। इसलिए स्मरण रहे कि तंत्र हिंदू कतई नहीं है। ये विधियां हिंदुओं की ईजाद अवश्य हैं, लेकिन वे स्वयं हिंदू नहीं हैं। इसलिए इन विधियों में किसी धार्मिक अनुष्ठान का उल्लेख नहीं रहेगा। किसी मंदिर की जरूरत नहीं है। तुम स्वयं मंदिर हो। तुम ही प्रयोगशाला हो, तुम्हारे भीतर ही पूरा प्रयोग होने वाला है। और विश्वास की भी जरूरत नहीं है।

तंत्र धर्म नहीं, विज्ञान है, किसी विश्वास की जरूरत नहीं है। कुरान या वेद में, बुद्ध या महावीर में आस्था रखने की आवश्यकता नहीं है। नहीं, किसी विश्वास की आवश्यकता नहीं है। प्रयोग करने का महासाहस पर्याप्त है, प्रयोग करने की हिम्मत काफी है और यही इसका सौंदर्य है। एक मुसलमान प्रयोग कर सकता है और वह कुरान के गहरे अर्थों को उपलब्ध हो जाएगा। एक हिंदू अभ्यास कर सकता है और वह पहली दफा जानेगा कि वेद क्या है। वैसे ही एक जैन इस साधना में उतर सकता है; बौद्ध इस साधना में उतर सकता है। उन्हें अपने धर्म छोड़ने की जरूरत नहीं है। वे जहां हैं वहीं तंत्र उन्हें आप्त काम करेगा। उनके अपने

▲

चुने हुए रास्ते जो भी हों, तंत्र सहयोगी होगा।

इसलिए याद रहे, तंत्र शुद्ध विज्ञान है। तुम हिंदू हो सकते हो, या मुसलमान, या पारसी, या कोई भी। तंत्र तुम्हारे धर्म को जरा भी नहीं छूता है। तंत्र का कहना है कि धर्म सामाजिक मामला है। किसी भी धर्म में रहो, यह अप्रासंगिक है। लेकिन तुम अपने को रूपांतरित कर सकते हो। और उस रूपांतरण के लिए वैज्ञानिक प्रणाली जरूरी है। जब तुम बीमार पड़ते हो या तुम्हें तपेदिक या कुछ हो गया है, तब तुम्हारा हिंदू या मुसलमान होना कोई फर्क नहीं करता है। तपेदिक को तुम्हारे हिंदू, इस्लाम या किसी भी राजनीतिक या सामाजिक विश्वास के साथ लेना-देना नहीं है। तपेदिक का इलाज वैज्ञानिक ढंग से किया जाना होगा। कोई हिंदू तपेदिक या मुसलमान तपेदिक नहीं होता।

तुम अज्ञान में हो, द्वंद्व में हो; तुम सोए हो। यह एक रोग है—आध्यात्मिक रोग। और इस रोग का इलाज तंत्र के द्वारा होना है। तुम इसमें अप्रासंगिक हो, तुम्हारा विश्वास अप्रासंगिक है। यह आकस्मिक है कि तुम कहीं पैदा हुए हो और कोई दूसरा और कहीं पैदा हुआ है। यह सांयोगिक है। तुम्हारा धर्म भी सांयोगिक है। इसलिए उससे चिपके मत रहो। और अपने को रूपांतरित करने के लिए वैज्ञानिक प्रणाली का उपयोग करो।

तंत्र बहुत माना-जाना नहीं है। यदि माना-जाना भी है तो बहुत गलत समझा गया है। और उसके कारण हैं। जो विज्ञान जितना ही ऊंचा और शुद्ध होगा, उतना ही कम जनसाधारण उसे जान-समझ सकेगा। हमने सापेक्षवाद के सिद्धांत का नाम सुना है। कहा जाता था कि आइंस्टीन के जीते-जी केवल बारह व्यक्ति उसे समझते थे। सारी जमीन पर सिर्फ बारह लोग उसे समझ सके। खुद अल्बर्ट आइंस्टीन के लिए उसे दूसरों को समझाना, उसे समझने के योग्य बनाना कठिन था। क्योंकि वह सिद्धांत ही इतना ऊंचा था। मानो वह तुम्हारे सिर के ऊपर से चला जाता था।

लेकिन उसे समझा जा सकता है। एक तकनीकी ज्ञान हो, गणित का ज्ञान हो, प्रशिक्षण हो, तो वह बिलकुल समझा जा सकता है। तंत्र उससे भी कठिन है, क्योंकि किसी प्रशिक्षण से काम नहीं चलेगा। केवल रूपांतरण मदद कर सकता है।

यही कारण है कि जनसाधारण के लिए तंत्र नहीं समझा गया। और सदा यह होता है कि जब तुम किसी चीज को नहीं समझते हो तो उसे गलत जरूर समझते हो; क्योंकि तब तुम्हें लगता है कि समझते जरूर हो। तुम रिक्त स्थान में बने रहने को राजी नहीं हो।

दूसरी बात कि जब तुम किसी चीज को नहीं समझते हो, तुम उसे गाली देने लगते हो। यह इसलिए कि यह तुम्हें अपमानजनक लगता है। तुम सोचते हो, मैं और नहीं समझूं, यह असंभव है। इस चीज के साथ ही कुछ भूल होगी। और तब तुम गाली देने लगते हो। तब तुम ऊलजलूल बकने लगते हो। और कहते हो कि अब ठीक है।

इसलिए तंत्र को नहीं समझा गया, और तंत्र को गलत समझा गया। वह इतना गहरा और ऊंचा था कि यह होना स्वाभाविक था।

तीसरी बात कि चूंकि तंत्र द्वैत के पार जाता है इसलिए उसका दृष्टिकोण अति नैतिक है। कृपा कर इन शब्दों को समझो: नैतिक, अनैतिक, अति नैतिक। नैतिक क्या है, हम समझते हैं; अनैतिक क्या है, वह भी हम समझते हैं। लेकिन जब कोई चीज अति नैतिक हो

जाती है, नैतिक-अनैतिक दोनों के पार चली जाती है, तब उसे समझना कठिन हो जाता है।

तंत्र अति नैतिक है। इसे इस तरह देखो। औषधि, दवा अति नैतिक है, वह न नैतिक है और न अनैतिक। चोर को दवा दो तो उसे लाभ पहुंचाएगी। संत को दो, तो उसे भी लाभ पहुंचाएगी। वह चोर और संत में कोई भेद नहीं करेगी। दवा नहीं कह सकती कि यह चोर है इसलिए मैं उसे मारूंगी और वह साधु है उसकी मदद करूंगी। दवा वैज्ञानिक है। तुम्हारा चोर या संत होना उसके लिए अप्रासंगिक है।

तंत्र अति नैतिक है। तंत्र कहता है: कोई नैतिकता जरूरी नहीं है, कोई खास नैतिकता जरूरी नहीं है। सच तो यह है कि तुम अनैतिक हो, क्योंकि तुम्हारा चित्त अशांत है। इसलिए तंत्र शर्त नहीं लगाता कि पहले तुम नैतिक बनो तब तंत्र की साधना कर सकते हो। तंत्र के लिए यह बात ही बेतुकी है। कोई बीमार है, बुखार में है और डाक्टर आकर कहता है : पहले अपना बुखार कम करो; पहले पूरा स्वस्थ हो लो और तभी मैं दवा दूंगा।

यही तो हो रहा है। एक चोर साधु के पास आता है और कहता है कि मैं चोर हूं, मुझे ध्यान करना सिखाएं। साधु कहता है कि पहले चोरी छोड़ो, चोर रहते ध्यान कैसे करोगे। एक शराबी आकर कहता है, मैं शराबी हूं, मुझे ध्यान बताएं। और साधु कहता है, पहली शर्त कि शराब छोड़ो और तब ध्यान कर सकोगे।

ये शर्तें ही आत्मघातक हो जाती हैं। वह मनुष्य शराबी है, या चोर है, या अनैतिक है; क्योंकि उसका चित्त अशांत है, रुग्ण है। ये तो रुग्ण चित्त के प्रभाव हैं, परिणाम हैं। और उसे कहा जाता है, पहले अच्छे हो लो तब ध्यान करना। लेकिन तब ध्यान की जरूरत किसको है?

ध्यान औषधीय है; ध्यान औषधि है।

तंत्र अति नैतिक है। वह नहीं पूछता कि तुम कौन हो। तुम्हारा मनुष्य होना काफी है। तुम जहां भी हो, जो भी हो, स्वीकृत हो।

जो विधि तुम्हें तुम्हारे अनुकूल पड़े उसे चुन लो, उसमें अपनी पूरी शक्ति लगा दो, और फिर तुम वही नहीं रहोगे जो थे। वास्तविक, प्रामाणिक विधियां सदा वैसा ही करती हैं। और मैं पूर्व-शर्त खड़ी करता हूं तो वह बताता है कि विधि नकली है। अगर मैं कहूं कि पहले यह करो, वह मत करो और तब ध्यान, तो उसका अर्थ हुआ कि मैं असंभव शर्तें रख रहा हूं। क्योंकि चोर अपने विषय भर बदल सकता है, वह अचोर नहीं हो सकता। लोभी अपने लोभ के विषय बदल सकता है, वह अलोभी नहीं हो सकता। तुम उस पर या वह स्वयं अपने पर अलोभ को लाद सकता है, लेकिन वह भी लोभ के लिए ही करेगा। यदि स्वर्ग का वादा किया जाए, तो वह अलोभी होने का यत्न कर सकता है। लेकिन यह तो सबसे बड़ा लोभ हो गया, परम लोभ हो गया। अब स्वर्ग, मोक्ष, सच्चिदानंद उसके लोभ के लक्ष्य होंगे।

तंत्र कहता है, तुम आदमी को बदलाहट की प्रामाणिक विधि के बिना नहीं बदल सकते। मात्र उपदेश से कुछ नहीं बदलता है। और पूरी जमीन पर यही हो रहा है। तंत्र जो कुछ कह रहा है, सारा संसार उसकी गवाही दे रहा है। इतने उपदेश, इतनी नैतिक शिक्षा, इतने पुरोहित, इतने प्रचारक! पृथ्वी उनसे पटी है। और फिर भी सब कुछ इतना अनैतिक है। इतना कुरूप है। ऐसा क्यों हो रहा है?

अगर अस्पताल उपदेशकों के हवाले कर दिए जाएं तो वहां भी यही होगा। वे वहां

▲

जाकर उपदेश शुरू कर देंगे। वे हर बीमार आदमी को कहेंगे कि तुम अपराधी हो, तुमने ही यह बीमारी खड़ी की है, पहले तुम उसे हटाओ। यदि अस्पताल उपदेशकों के जिम्मे कर दिए जाएं तो उनका क्या हाल होगा? वही जो समूचे संसार का है।

उपदेशक उपदेश किए चले जाते हैं। वे लोगों से कहते हैं कि क्रोध मत करो और उसके लिए कोई उपाय नहीं बताते। और हमने यह उपदेश बहुत-बहुत समय से सुना है, लेकिन कभी नहीं पूछा : क्या कहते हो? मैं क्रोधी हूं और तुम कहते हो कि क्रोध मत करो। यह कैसे संभव है? जब मैं क्रोध में हूं तो उसका मतलब है कि मैं क्रोध ही हूं। और तुम सिर्फ कहते हो कि क्रोध मत करो। तो क्या मैं अपना दमन करूं? लेकिन दमन से तो और क्रोध पैदा होगा। उससे अपराध-भाव पैदा होगा। क्योंकि यदि मैं अपने को बदलने की कोशिश करूं और न बदल पाऊं तो मेरे भीतर हीनता पैदा होगी। उससे मुझ में अपराध-भाव पैदा होगा कि मैं निकम्मा हूं, कि मैं अपने क्रोध को नहीं जीत सकता।

वैसे क्रोध को कोई नहीं जीत सकता है। उसके लिए किसी उपाय की, किसी विधि की जरूरत है। क्योंकि तुम्हारा क्रोध तुम्हारे अशांत चित्त का लक्षण है। अशांत मन को बदलो और लक्षण बदल जाएगा। क्रोध इतना भर दिखा रहा है कि भीतर क्या है। भीतर को बदलो और बाहर बदल जाएगा।

इसलिए तंत्र तुम्हारी तथाकथित नैतिकता की फिक्र नहीं करता। सच तो यह है कि नैतिकता पर जोर देना क्षुद्र है, अपमानजनक है। वह अमानुषिक है। यदि कोई मेरे पास आता है और मैं उससे कहता हूं कि पहले क्रोध छोड़ो, पहले काम छोड़ो, पहले यह छोड़ो वह छोड़ो तो मैं अमानुषिक हूं। जो मैं कहता हूं वह असंभव है। और इस असंभावना के कारण ही वह आदमी भीतर से क्षुद्रता का अनुभव करेगा। वह दीन-हीन अनुभव करेगा; अपनी ही आंखों में भीतर पतित मालूम पड़ेगा। यदि वह असंभव की चेष्टा करेगा तो हारेगा। और हार के कारण वह अपने को पापी मान बैठेगा।

उपदेशकों ने सारी दुनिया को समझा दिया है कि सब पापी हो। यह उनके लिए अच्छा है। जब तक तुम यह नहीं मानते कि तुम पापी हो, उनका धंधा नहीं चलेगा। तुम्हें पापी होना पड़ेगा; तभी गिरजे, मंदिर और मस्जिद फूलते-फलते रहेंगे। तुम्हारा पाप में होना ही उनकी कमाई का मौसम है। तुम्हारा पाप ऊंचे से ऊंचे मंदिर-मस्जिद की नींव है। तुम जितने पापी होओगे उतना ही ऊंचा उनका शिखर उठेगा। वे तुम्हारे अपराध पर, पाप पर, तुम्हारे हीनता के भाव पर ही खड़े किए जाते हैं। और इस तरह उन्होंने एक दीन-हीन मनुष्यता का निर्माण किया है।

तंत्र तुम्हारी तथाकथित नैतिकता की, तुम्हारे सामाजिक रस्म-रिवाज आदि की चिंता नहीं करता है। इसका यह अर्थ नहीं कि तंत्र तुम्हें अनैतिक होने को कहता है। नहीं, तंत्र जब तुम्हारी नैतिकता की ही इतनी कम फिक्र करता है तो वह तुम्हें अनैतिक होने को नहीं कह सकता। तंत्र तो वैज्ञानिक विधि बताता है कि कैसे चित्त को बदला जाए। और एक बार चित्त दूसरा हुआ कि तुम्हारा चरित्र दूसरा हो जाएगा। एक बार तुम्हारे ढांचे का आधार बदला कि पूरी इमारत दूसरी हो जाएगी।

इसी अति नैतिक सुझाव के कारण तंत्र तुम्हारे तथाकथित साधु-महात्माओं को बर्दाश्त

नहीं हुआ। वे सब उसके विरोध में खड़े हो गए। क्योंकि अगर तंत्र सफल होता है तो धर्म के नाम पर चलने वाली सारी नासमझी समाप्त हो जाएगी।

यह देखो कि ईसाइयत वैज्ञानिक प्रगति के विरुद्ध जोर से लड़ती रही। क्योंकि उसने सोचा कि यदि भौतिक जगत में वैज्ञानिक प्रगति आई तो वह दिन दूर नहीं है जब विज्ञान मनोवैज्ञानिक और धार्मिक जगत में भी प्रवेश कर जाएगा। इसलिए ईसाइयत वैज्ञानिक प्रगति के खिलाफ जूझती रही। एक बार तुम जान गए कि विधियों के द्वारा तुम पदार्थ को बदल सकते हो तो किसी दिन तुम यह भी जान ही लोगे कि विधियों के द्वारा मन को भी बदल सकते हो। क्योंकि मन सूक्ष्म पदार्थ के अतिरिक्त कुछ भी नहीं है।

यही तंत्र की प्रस्तावना है कि मन सूक्ष्म पदार्थ के अतिरिक्त कुछ भी नहीं है और यह बदला जा सकता है। और मन बदला कि संसार बदल गया, क्योंकि तुम मन के द्वारा ही देखते हो। जो संसार तुम देखते हो उसे वैसा एक विशेष मन के कारण देखते हो। मन को बदलो और तब देखोगे कि एक भिन्न संसार ही तुम्हारे सामने होगा। और जब मन अ-मन हो जाए—वह तंत्र का आत्यंतिक लक्ष्य है कि एक ऐसी अवस्था आए जहां मन ही न रहे—तब संसार को बिना माध्यम के देखो। और जब माध्यम नहीं रहा तब तुम सत्य के बिलकुल आमने-सामने होते हो। क्योंकि अब तुम्हारे और सत्य के बीच में कोई भी न रहा। तब कुछ भी विरूप, विकृत नहीं किया जा सकेगा।

तंत्र कहता है कि उस अवस्था का नाम भैरव है जब मन नहीं रहता है—अ-मन की अवस्था। और तब पहली दफा तुम यथार्थतः उसको देखते हो जो है। जब तक मन है, तुम अपना ही संसार रचे जाते हो, तुम उसे आरोपित, प्रक्षेपित किए जाते हो। इसलिए पहले तो मन को बदलो और तब मन को अ-मन में बदलो।

और ये एक सौ बारह विधियां सभी लोगों के काम आ सकती हैं। हो सकता है, कोई विशेष उपाय तुमको ठीक न पड़े। इसलिए तो शिव अनेक उपाय बताए चले जाते हैं। कोई एक विधि चुन लो जो तुमको जंच जाए।

और यह जानना कठिन नहीं है कि कौन सी विधि तुम्हें जंचती है। हम यहां प्रत्येक विधि को समझने की कोशिश करेंगे और बताएंगे कि कैसे तुम अपने लिए वह विधि चुन लो जो कि तुम्हें और तुम्हारे मन को रूपातरित कर दे। यह समझ, यह बौद्धिक समझ बुनियादी तौर से जरूरी है, लेकिन यह अंत नहीं है। जिस विधि की भी चर्चा मैं यहां करूं उसको प्रयोग करो। सच में यह है कि जब तुम अपनी सही विधि का प्रयोग करते हो तब झट से उसका तार तुम्हारे किसी तार से लगकर बज उठता है।

इसलिए मैं यहां रोज-रोज विधियों की चर्चा किए जाऊंगा। तुम प्रयोग करना। बस उनसे खेलना। घर जाना और प्रयोग करना। और प्रयोग करते-करते जब तुम अपनी विधि के पास पहुंचोगे तो वह तुम्हारे भीतर खट से बज उठेगी, वह तुम्हें घेर लेगी। तुम्हारे भीतर कुछ विस्फोट सा होगा और तुम जानोगे कि यह विधि मेरे लिए है। लेकिन प्रयास जरूरी है। और तुम चकित रह जाओगे कि किसी दिन एक विधि ने तुम्हें बस आच्छादित कर लिया है।

इसलिए इधर मैं उनकी चर्चा किए जाऊंगा और उधर साथ ही साथ तुम उनके साथ खेलते जाना। मैं खेलना शब्द का व्यवहार करता हूं, क्योंकि तुम्हें बहुत गंभीर नहीं होना है।

▲

बस खेलना। और खेल-खेल में ही तुम्हें कुछ जंच जाएगा। जब जंच जाए तब गंभीर हो जाना, तब उसमें गहरे उतर जाना—तीव्रता से, निष्ठा से, पूरी ऊर्जा के साथ, पूरे मन से। लेकिन उसके पहले बस खेलना।

मैंने देखा है कि जब तुम खेलते हो तब तुम्हारा मन अधिक खुला रहता है। गंभीर होने पर वह उतना खुला नहीं होता, बंद होता है। इसलिए खेलना भर। गंभीर मत होना, खेलना। और ये विधियां बहुत सरल हैं। तुम उनके साथ खेल सकते हो।

एक विधि लो और उसके साथ तीन दिन खेलो। अगर तुम्हें उसके साथ निकटता की अनुभूति हो, अगर उसके साथ तुम थोड़ा स्वस्थ महसूस करो, अगर तुम्हें लगे कि यह तुम्हारे लिए है तो फिर उसके प्रति गंभीर हो जाओ। तब दूसरी विधियों को भूल जाओ, उनसे खेलना बंद करो। और अपनी विधि के साथ टिको, कम से कम तीन महीने टिको। चमत्कार संभव है। बस इतना होना चाहिए कि वह विधि सचमुच तुम्हारे लिए हो। यदि तुम्हारे लिए नहीं है तो कुछ नहीं होगा। तब उसके साथ जन्मों-जन्मों तक प्रयोग करके भी कुछ नहीं होगा। और अगर विधि तुम्हारे लिए है तो तीन मिनट काफी हैं।

ये एक सौ बारह विधियां तुम्हारे लिए चमत्कारिक अनुभव बन सकती हैं, या तुम उन्हें महज सुन सकते हो। यह तुम पर निर्भर है, मैं सभी संभव पहलुओं से प्रत्येक विधि की व्याख्या करूंगा। अगर तुम उसके साथ कुछ निकटता अनुभव करो तो तीन दिनों तक उससे खेलो और फिर छोड़ दो। अगर वह तुम्हें जंचे, तुम्हारे भीतर कोई तार बजा दे तो फिर तीन महीने उसके साथ प्रयोग करो।

जीवन चमत्कार है। अगर हमने उसके रहस्य को नहीं जाना है तो उससे यही जाहिर होता है कि तुम्हें उसके पास पहुंचने की विधि नहीं मालूम है।

शिव यहां एक सौ बारह विधियां प्रस्तावित कर रहे हैं। इसमें सभी संभव विधियां सम्मिलित हैं। यदि इनमें से कोई भी तुम्हारे भीतर नहीं 'जंचती' है, कोई भी तुम्हें यह भाव नहीं देती है कि वह तुम्हारे लिए है तो फिर कोई भी विधि तुम्हारे लिए नहीं बची। इसे ध्यान में रखो। तब अध्यात्म को भूल जाओ और खुश रहो। वह तब तुम्हारे लिए नहीं है।

लेकिन ये एक सौ बारह विधियां तो समस्त मानव-जाति के लिए हैं। और वे उन सभी युगों के लिए हैं जो गुजर गए हैं और आने वाले हैं। और किसी भी युग में एक भी ऐसा आदमी नहीं हुआ और न होने वाला ही है, जो कह सके कि ये सभी एक सौ बारह विधियां मेरे लिए व्यर्थ हैं। असंभव! यह असंभव है!

प्रत्येक ढंग के चित्त के लिए यहां गुंजाइश है। तंत्र में प्रत्येक किस्म के चित्त के लिए विधि है। कई विधियां हैं जिनके उपयुक्त मनुष्य अभी उपलब्ध नहीं हैं, वे भविष्य के लिए हैं। और ऐसी विधियां भी हैं जिनके उपयुक्त लोग रहे नहीं, वे अतीत के लिए हैं। लेकिन डर मत जाना। अनेक विधियां हैं जो तुम्हारे लिए ही हैं।

तो कल से हम इस यात्रा पर निकलेंगे।

२

योग ओर तंत्र समर्पण और विधि

प्रश्न-सार

1. योग और तंत्र में क्या फर्क है ?
2. समपर्ण की विधि क्या है ?
3. कैसे कोई विधि रास आती है ?

कई प्रश्न हैं। पहला प्रश्नः
परंपरागत योग और तंत्र में भेद क्या है ? क्या वे एक ही चीज हैं ?

तंत्र और योग बुनियादी रूप से भिन्न हैं। यद्यपि दोनों एक ही लक्ष्य पर ले जाते हैं, तो भी उनके रास्ते भिन्न हैं; भिन्न ही नहीं विपरीत हैं।

इसे ठीक से समझ लेना है। योग की प्रक्रिया भी उपायमूलक है। योग भी विधि ही है। योग कोई मीमांसा नहीं है। तंत्र की तरह ही योग भी क्रिया, उपाय, विधि पर निर्भर है। तंत्र की तरह ही योग में भी कुछ करने से, क्रिया से होना या अस्तित्व उपलब्ध होता है। लेकिन दोनों के ढंग, दोनों की प्रक्रियाएं भिन्न-भिन्न हैं।

योग में लड़ना अनिवार्य है; वह योद्धा का पथ है। तंत्र के मार्ग पर लड़ना बिलकुल नहीं है। उलटे तंत्र में भोग है, भोगना है; लेकिन बोधपूर्वक। योग होश के साथ दमन है; तंत्र होश के साथ भोग है।

तंत्र कहता है कि तुम जो कुछ हो, परम तत्व उसके विपरीत नहीं है। वह वृद्धि है, विकास है; तुम परम तत्व की ओर विकसित हो सकते हो। तुम्हारे और सत्य के बीच विरोध नहीं है। तुम उसके अंश हो; इसलिए प्रकृति के साथ विरोध की, द्वद्व की जरूरत नहीं है। तुम्हें प्रकृति का उपयोग करना है; तुम जो भी हो उसका उपयोग करना है ताकि उसके पार उठ सको।

योग में ऊपर जाने के लिए तुम्हें अपने से ही संघर्ष करना है। योग में संसार और मोक्ष—जो तुम हो और जो तुम हो सकते हो—दो विपरीत चीजें हैं। इसलिए दमन करो, जो हो उसे मिटाओ; ताकि वह हो सको जो हो सकते है। योग में पार जाना मृत्यु है। तुम्हारे स्वरूप के जन्म लेने के लिए तुम्हें मरना होगा।

तंत्र की निगाह में योग गहरा आत्मघात है। उसमें तुम्हें अपने प्रकृत रूप—शरीर, वृत्ति, इच्छा—सब कुछ को मारना होगा, नष्ट करना होगा। तंत्र कहता हैः तुम जैसे हो, अपने को स्वीकार करो। तंत्र गहरी से गहरी स्वीकृति है। अपने और सत्य के बीच, संसार और निर्वाण के बीच अंतराल नहीं बनाना है। कोई भी अंतराल नहीं। तंत्र में अंतराल जरूरी नहीं है; मृत्यु जरूरी नहीं है। वहा तुम्हारे पुनर्जन्म के लिए मृत्यु नहीं, अतिक्रमण आवश्यक है। और इस अतिक्रमण के लिए अपना उपयोग करना है।

उदाहरण के लिए यौन है, काम है। वह बुनियादी ऊर्जा है जिसके जरिए, जिससे ही तुम पैदा हुए हो। तुम्हारे अस्तित्व के, तुम्हारे शरीर के बुनियादी कोश कामजन्य हैं; कामुक हैं। यही कारण है कि मनुष्य का मन यौन के इर्द-गिर्द घूमता रहता है। योग में इस ऊर्जा से लड़ना अनिवार्य है। वहां लड़कर ही तुम अपने भीतर एक भिन्न केंद्र को जन्म देते हो। जितना ही तुम लड़ते हो उतना ही इस दूसरे केंद्र पर तुम एकत्रित होते हो, अखंड होते हो। तब यौन तुम्हारा केंद्र नहीं रह जाता। काम से लड़कर, मगर बोधपूर्बक, तुम्हारे भीतर अस्तित्व का एक नया केंद्र, एक नई धुरी, एक नया स्फटिकीकरण पैदा होगा। तब काम तुम्हारी ऊर्जा नहीं रह जाएगा। काम से लड़कर तुम अपनी ऊर्जा निर्मित करोगे। तब एक सर्वथा नई ऊर्जा, सर्वथा नया अस्तित्व-केंद्र पैदा होगा।

तंत्र में काम-ऊर्जा का उपयोग करना है। उससे लड़ो मत, उसे रूपांतरित करो। शत्रुता की भाषा में मत सोचो; उससे मैत्री साधो। वह तुम्हारी ही ऊर्जा है; वह बुरी नहीं है, दुष्ट नहीं है। सब ऊर्जा तटस्थ है। उसे ही तुम्हारे अहित में लगाया जा सकता है। तुम उस ऊर्जा को अपना अवरोधक बना सकते हो, और उसी ऊर्जा को अपनी सीढ़ी भी बना सकते हो। उपयोग की बात है। सही उपयोग करो तो वह मित्र है; गलत उपयोग से वही शत्रु हो जाती है। स्वयं में वह कोई भी नहीं है—मित्र न शत्रु।

साधारण आदमी यौन का, काम का जिस प्रकार से उपयोग करता है, काम उसका शत्रु बन जाता है। काम उसको विनष्ट करता है; काम से वह बस क्षीणबल होता है।

योग विपरीत दृष्टि, साधारण चित्त के विपरीत दृष्टि अपनाता है। साधारण चित्त अपनी ही वासनाओं से विनष्ट होता है। इसलिए योग कहता है: वासना छोड़ो और वासना-शून्य बनो। तंत्र कहता है: वासना के प्रति, कामना के प्रति जागो; उससे लड़ो मत। कामना में पूरी सजगता के साथ उतर जाओ। और जब तुम पूरे होश से कामना में उतरते हो, तुम उसका अतिक्रमण कर जाते हो। तब तुम उसमें होते हो और उसमें नहीं होते हो। उसके भीतर से गुजरकर भी तुम उससे अछूते बने रहते हो।

योग का आकर्षण है, प्रभाव है; क्योंकि योग साधारण चित्त के विपरीत है। इसलिए साधारण चित्त योग की भाषा समझता है। तुम्हें पता है कि काम कैसे तुम्हें विनष्ट करता है, कैसे तुम उसके गिर्द कठपुतली की तरह नाचते हो। अपने अनुभव से तुम यह जानते हो। इसलिए योग जब लड़ने को कहता है तब तुरंत तुम उसकी भाषा समझ जाते हो। योग का यही आकर्षण है।

तंत्र आसानी से उस आकर्षण को नहीं पा सकता। यह बहुत कठिन लगता है कि कैसे कामना में उससे पराजित हुए बिना प्रवेश हो सकता है! चित्त भयभीत होता हे। बात ही यह खतरनाक मालूम देती है। ऐसा नहीं कि यह खतरनाक है; तुम काम के संबंध में जो जानते हो उसके चलते तुम्हें यह खतरा नजर आता है। तुम अपने को जानते हो। तुम जानते हो कि तुम कैसे अपने को धोखा दे सकते हो। तुम भलीभांति जानते हो कि तुम्हारा मन चालाक है। तुम कामना में, काम में, सब चीज में उतर सकते हो और अपने को धोखे में रख सकते हो कि पूरे होश के साथ उतर रहे हो। यही कारण है कि तुम्हें खतरा मालूम देता है।

खतरा तंत्र में नहीं, तुममें है। और योग का आकर्षण भी तुम्हारे कारण है, तुम्हारे

साधारण मन के कारण है, जिसने काम का दमन किया है, जो काम का भूखा है, जो कामांध है। साधारण मन काम के संबंध में स्वस्थ नहीं है; इसलिए योग का आकर्षण है। जब मनुष्यता कुछ बेहतर होगी, जब यौन स्वस्थ होगा, प्रकृत और सामान्य होगा, तब बात कुछ दूसरी होगी।

हम प्रकृत, स्वाभाविक और सामान्य नहीं हैं। हम तो सर्वथा असामान्य, अस्वस्थ और विक्षिप्त हैं। लेकिन क्योंकि सभी लोग ऐसे ही हैं, इसलिए इसका बोध हमें नहीं होता। पागलपन ही इतना सामान्य है कि नहीं पागल होना असामान्य मालूम पड़ेगा। हमारे बीच बुद्ध असामान्य हैं। जीसस असामान्य हैं। वे हमसे अन्यथा मालूम पड़ते हैं। यह सामान्यता रोग है। और इसी सामान्य चित्त में योग का आकर्षण पैदा होता है।

यदि तुम यौन को उसकी स्वाभाविकता में ग्रहण करो, यदि उसके आस-पास पक्ष या विपक्ष का तत्वचिंतन नहीं खड़ा करो, यदि तुम उसे वैसे ही देखो जैसे अपने हाथ-पांव को देखते हो, एक स्वाभाविक चीज की तरह उसे उसकी समग्रता में स्वीकार करो, तो फिर तंत्र का प्रभाव पैदा होगा। और तभी तंत्र बहुजनहिताय सिद्ध हो सकता है।

और तंत्र के दिन आ रहे हैं। देर-अबेर पहली बार सर्व-साधारण के बीच तंत्र का विस्फोट होने वाला है। क्योंकि पहली बार यौन को, काम को स्वाभाविक ढंग से ग्रहण करने की भूमि तैयार हुई है। और संभव है कि यह विस्फोट पश्चिम में शुरू हो, क्योंकि फ्रायड, जुंग और रेख ने वहां भूमि तैयार की हुई है। वे तंत्र के बारे में तो अनभिज्ञ थे, लेकिन अनजाने ही उन्होंने तंत्र के विकास के लिए बुनियादी भूमि तैयार कर दी है। पश्चिम का मनोविज्ञान इस निष्कर्ष पर पहुंचा है कि मनुष्य की बुनियादी बीमारी कामजन्य है, उसकी बुनियादी विक्षिप्तता काम-केंद्रित है। इसलिए जब तक उसका यह काम-केंद्रित होना नहीं मिटता है, आदमी स्वाभाविक और सामान्य नहीं होगा।

सेक्स के प्रति, काम के प्रति अपनी दृष्टि और रुझान के चलते, अपने भाव के चलते आदमी गलत हो गया है। किसी भी दृष्टि या भाव की जरूरत नहीं है। और तभी तुम स्वाभाविक हो सकते हो। क्या तुम अपनी आंखों के प्रति कोई रुझान रखते हो? वे दुष्ट हैं या दिव्य? तुम अपनी आंखों के पक्ष में हो या विपक्ष में? कोई भी पक्षपात नहीं है। और इसीलिए आंखें सामान्य हैं।

फिर कोई भाव ले लो, सोचो कि आंखें बुरी हैं, और तब उनसे देखना मुश्किल हो जाएगा। तब देखना वैसे ही समस्या-मूलक हो जाएगा जैसे अभी यौन है, काम है। तब तुम देखना चाहोगे, देखने की इच्छा करोगे, देखने को व्यग्र होओगे, और जब देख लोगे तब अपराधी अनुभव करोगे। देखने के बाद तुम्हें लगेगा कि कुछ भूल हो गई, कुछ पाप हो गया। और तब तुम अपने देखने के यंत्र को, आंखों को ही नष्ट करना चाहोगे। और फिर जितना ही उन्हें नष्ट करना चाहोगे, उतना ही तुम आंख-केंद्रित हो जाओगे। और एक अनर्गल सिलसिला शुरू होगा: तुम ज्यादा से ज्यादा देखना भी चाहोगे और साथ ही ज्यादा से ज्यादा अपराधी भी अनुभव करोगे। काम-केंद्र के साथ यही दुर्घटना घटी है।

तंत्र कहता है: तुम जो भी हो उसे स्वीकार करो। तंत्र का यह मूल स्वर है: समग्र स्वीकार। और समग्र स्वीकार के जरिए ही तुम विकास कर सकते हो। तब जो भी ऊर्जा तुम्हारे पास है, उसका उपयोग करो।

पर उसका उपयोग कैसे करोगे? पहले उन्हें स्वीकारो, फिर खोजो, जानो कि यह ऊर्जा क्या है, यह तत्व क्या है, यह यौन क्या है? हम उससे परिचित नहीं हैं। हम यौन के बारे में बहुत कुछ जानते हैं जो दूसरों ने हमें सिखाया है, जो उधार ज्ञान है। हम काम-भोग से भी गुजरे होंगे, लेकिन अपराधी मन से, दमित मन से और जल्दबाजी में। मन का कोई बोझ उतार फेंकने के लिए हम संभोग में उत्तरे होंगे। तुम्हारे लिए काम-भोग प्रिय कर्म नहीं है, तुम उसमें प्रसन्न नहीं हो; लेकिन उसे तुम छोड़ भी नहीं सकते। क्योंकि जितना ही उसे छोड़ना चाहते हो, उतना ही वह आकर्षक होता जाता है। जितना ही तुम उसे नकारतें हो, उतना ही उसके प्रति आमंत्रित अनुभव करते हो।

तुम कामवासना को नकार नहीं सकते, मिटा नहीं सकते; लेकिन मिटाने के प्रयत्न में तुम उस चित्त को ही, उस सजगता और संवेदनशीलता को ही मिटा डालते हो जो कामवासना को समझ सकती थी। इसलिए तुम्हारा यौन, तुम्हारा काम संवेदनशून्य होकर जारी रहता है, और तब तुम उसे समझ नहीं पाते।

गहरी संवेदनशीलता ही किसी चीज को समझ सकती है; उसके प्रति गहरा भाव, गहरी सहानुभूति और उसमें गहरी गति ही किसी चीज को समझ सकती है। तुम काम को तभी समझ सकते हो, यदि तुम काम के पास वैसे ही जाओ जैसे कोई कवि फूलों के पास जाता है—तभी समझ सकते हो। अगर तुम फूलों के साथ अपराध अनुभव करो, तो तुम फुलवारी से आंखें बंद किए गुजर जाओगे; तुम बड़ी जल्दबाजी में रहोगे; तुम्हें फुलबारी से जल्दी-जल्दी, किसी कदर निकल भागने की फिक्र लगी रहेगी। फिर सजग और बोधपूर्ण कैसे रह सकोगे?

इसलिए तंत्र कहता है: तुम जो भी हो उसे स्वीकार करो। तुम अनेक बहु-आयामी ऊर्जाओं के रहस्य हो, महारहस्य हो; उसे स्वीकारो और प्रत्येक ऊर्जा के साथ गहरी संवेदना ओर सजगता से, प्रेम और बोध के साथ यात्रा करो। उसके साथ यात्रा करो। ओर तब प्रत्येक कामना अपने ही अतिक्रमण का वाहन बन जाती है। तब प्रत्येक ऊर्जा सहयोगी हो जाती है। और तब संसार ही निर्वाण हो जाता है, शरीर ही मंदिर बन जाता है—पवित्र मंदिर, पावन तीर्थ।

योग निषेध है; तंत्र विधेय। योग द्वैत की भाषा में सोचता है, इसलिए यह योग शब्द। योग का अर्थ है, दो चीजों को जोड़ना, उनका युग्म बनाना; दो चीजों के ऊपर जूआ रखना। लेकिन वहां दो चीजें हैं, वहा द्वैत है। तंत्र कहता है : द्वैत नहीं है। और अगर द्वैत है तो तुम उसे एक नहीं कर सकते। कितना भी प्रयत्न करो, दो रहेंगे ही। कितना भी जोड़ो, दो के दो रहेंगे ही। संघर्ष जारी रहेगा; द्वैत बचा रहेगा।

अगर संसार और परमात्मा दो हैं तो वे एक में नहीं जोड़े जा सकते। और अगर वे यथार्थ में दो नहीं हैं, दो की तरह सिर्फ भासते हैं तो ही वे एक हो सकते हैं। अगर तुम्हारा शरीर और तुम्हारी आत्मा दो हैं तो उनको जोड़ने का उपाय नहीं है। वे दो रहेंगे ही।

तंत्र कहता है: द्वैत नहीं है; वह मात्र आभास है। इसलिए आभास को मजबूत बनाने की जरूरत क्या है? इस आभास को मजबूत होने में सहयोग क्यों दिया जाए? इसी क्षण इसे समाप्त करो और एक हो जाओ। और एक होने के लिए स्वीकार चाहिए, संघर्ष नहीं। स्वीकार एक करता है। संसार को स्वीकारो, शरीर को स्वीकारो; उस सब को स्वीकारो जो इसमें निहित है। अपने भीतर दूसरा केंद्र मत पैदा करो। क्योंकि तंत्र की दृष्टि में दूसरा केंद्र अहंकार के

▲

सिवाय कुछ नहीं है। याद रहे, तंत्र की नजर में वह अहंकार ही है। इसलिए अहंकार को मत खड़ा करो, सिर्फ बोध रखो कि तुम क्या हो।

और अगर लड़ोगे तो अहंकार वहां होगा ही। इसलिए ऐसा योगी खोजना मुश्किल है जो अहंकारी न हो। सच में मुश्किल है। योगी निरहंकारिता की बात किए जा सकते हैं, लेकिन वे निरहंकारी नहीं हो सकते। उनकी पद्धति ही अहंकार का सृजन करती है। और संघर्ष वह पद्धति है, प्रक्रिया है। अगर लड़ोगे तो निश्चय अहंकार पैदा करोगे। जितना तुम लड़ोगे उतना अहंकार बलवान होगा। और अगर तुम संघर्ष में जीत गए, तो तुम्हारा अहंकार परम हो जाएगा।

तंत्र कहता है: कोई संघर्ष नहीं। और तब अहंकार की संभावना नहीं है।

लेकिन अगर हम तंत्र की मानें तो बहुत समस्याएं खड़ी होंगी। क्योंकि यदि हम लड़ते नहीं तो हमारे लिए भोग ही रह जाता है। हमारे लिए संघर्ष नहीं का मतलब होता है भोग। और तब हम डर जाते हैं। जन्मों-जन्मों हम भोग में डूबे रहे और कहीं नहीं पहुंचे।

लेकिन जो हमारा भोग है, वही तंत्र का भोग नहीं है। तंत्र कहता हैः भोगो, लेकिन होश के साथ। अगर तुम क्रोधित हो तो तंत्र यह नहीं कहेगा कि क्रोध मत करो। वह कहेगा कि पूरे दिल से क्रोध करो, लेकिन साथ-साथ उसके प्रति सजग भी रहो। तंत्र क्रोध के खिलाफ नहीं है। तंत्र आध्यात्मिक नींद, आध्यात्मिक मूर्च्छा के खिलाफ है। होश रखो और क्रोध करो। और तंत्र का यही गुह्य रहस्य है कि अगर तुम होशपूर्ण रहे तो क्रोध रूपांतरित हो जाता है, क्रोध करुणा बन जाता है। तो तंत्र के अनुसार क्रोध तुम्हारा शत्रु नहीं है; क्रोध बीजरूप में करुणा है। क्रोध की ऊर्जा ही करुणा बन जाती है। और अगर तुम उससे लड़ते हो, तो करुणा की संभावना नहीं रह जाती।

तो अगर तुम दमन में सफल हुए, तो मृत हो जाओगे। दमन के कारण क्रोध तो नहीं रहेगा, लेकिन उसी कारण करुणा भी जाती रहेगी। क्योंकि क्रोध ही करुणा बनता है। उसी तरह काम के दमन में अगर तुम सफल हुए—जो कि असंभव है—तो काम तो नहीं रहेगा, लेकिन उसके साथ ही प्रेम भी नहीं रहेगा। क्योंकि काम के मरने पर वह ऊर्जा ही कहां बची जो प्रेम में विकसित होती है! तुम कामरहित तो हो जाओगे, पर साथ ही प्रेमरहित भी हो जाओगे। और तब सारा खेल ही खतम हो गया। क्योंकि प्रेम के बिना भगवत्ता कहां है? और प्रेम के बिना मुक्ति कहां है?

तंत्र का कहना है कि इन्हीं ऊर्जाओं को रूपांतरित करना है। इसी बात को दूसरे ढंग से भी कहा जा सकता है। यदि तुम संसार के विरुद्ध हो तो निर्वाण संभव नहीं है; क्योंकि संसार को ही तो निर्वाण में रूपांतरित करना है। तब तुम बुनियादी शक्तियों के ही खिलाफ हो गए—उन्हीं शक्तियों के जो कि स्रोत हैं।

इसलिए तंत्र की कीमिया कहती है कि लड़ो मत; तुम्हें जो भी शक्तियां मिली हैं उनके साथ मैत्रीपूर्ण बनो। तुम उनका स्वागत करो। इस बात के लिए कृतज्ञ अनुभव करो कि तुम्हें क्रोध मिला है, कि तुम्हें कामवासना मिली है, कि तुम्हें लोभ मिला है। कृतज्ञ अनुभव करो; क्योंकि वे ही अप्रकट स्रोत हैं, उदगम हैं। और उन्हें रूपाततरित किया जा सकता है। और काम रूपांतरित हो तो वही प्रेम बन जाता है। काम का जहर मिट जाता है; उसकी कुरूपता जाती रहती है।

▲

बीज कुरूप है। लेकिन वही बीज जब जीवंत होता है तो अंकुर और फूल में रूपांतरित हो जाता है। और तब उसमें सौंदर्य है। बीज को मत फेंको, क्योंकि तब तुम उसके साथ फूल भी फेंक रहे हो। फूल अभी प्रकट नहीं हैं कि तुम उन्हें देख सको। वे अप्रकट हैं; लेकिन हैं। बीज का उपयोग करो कि तुम उसके फूल को प्राप्त कर सको।

इसलिए पहले स्वीकृति, संवेदनशील स्वीकृति और बोध, और तब भोग की इजाजत।

एक और बात। यह हैरानी की बात है; लेकिन तंत्र की वह गहरी से गहरी खोज है। और वह यह है कि जिस किसी चीज को भी तुम अपना दुश्मन मान लेते हो, चाहे वह लोभ हो या क्रोध हो, काम हो, कुछ भी हो, वह तुम्हारे मानने से ही दुश्मन हो जाती है। इसलिए उसे परमात्मा का वरदान मानो और उसके पास कृतज्ञ ह्रदय से पहुंचो। उदाहरण के लिए तंत्र ने काम-ऊर्जा के रूपांतरण के लिए अनेक विधियां खोज निकाली हैं। संभोग में ऐसे जाओ जैसे कि तुम भगवान के मंदिर में जा रहे हो। काम-कृत्य को ऐसे लो जैसे कि वह प्रार्थना हो, ध्यान हो। उसकी पवित्रता को अनुभव करो।

यही कारण है कि खजुराहो, पुरी और कोणार्क के मंदिरों में मैथुन की मूर्तियों अंकित हैं। मंदिर की दीवारों पर संभोग के चित्र बेतुके लगते हैं—खासकर ईसाइयत, इस्लाम और जैन धर्म की आंखों में। उनके मनों में ही यह बात नहीं अटती कि मैथुन के चित्रों से मंदिर का क्या संबंध हो सकता है। खजुराहो के मंदिरों की बाहरी दीवारों पर संभोग की, मैथुन की हर संभव मुद्रा पत्थर में अंकित है। क्यों? मंदिर में उनका क्या स्थान है? हमारे मनों में यह बात नहीं समा पाती। ईसाइयत एक ऐसे चर्च की कल्पना नहीं कर सकती जिसमें खजुराहो जैसे चित्र खुदे हों। असंभव!

आधुनिक हिंदू भी इस बात के लिए अपने को अपराधी अनुभव करते हैं। इसका कारण है कि आधुनिक हिंदुओं का मानस ईसाइयत के द्वारा निर्मित हुआ है। वे हिंदू-ईसाई हैं और इसीलिए वे और भी बदतर हैं। ईसाई होना तो ठीक है, लेकिन हिंदू-ईसाई होना बहुत अजीब, बहुत बेहूदा लगता है। वे अपराधी अनुभव करते हैं। एक हिंदू नेता पुरुषोत्तम दास टंडन ने तो यहां तक कहा कि इन मंदिरों को ध्वस्त कर देना चाहिए; वे हमारे नहीं हैं।

सच ही वे हमारे नहीं मालूम पड़ते। क्योंकि बहुत समय से, सदियों से तंत्र हमारे ह्रदयों से निर्वासित रहा है। तंत्र हमारी मुख्य धारा नहीं रहा; योग मुख्य धारा रहा। और योग खजुराहो की सोच भी नहीं सकता, और यही कारण है कि उनके नष्ट किए जाने की मांग होती है।

तंत्र कहता है: मैथुन के पास ऐसे जाओ जैसे कि पवित्र मंदिर को जा रहे हो। यही कारण है कि उसके पवित्र मंदिरों में मैथुन के चित्र अंकित हैं। उन्होंने कहा कि मैथुन में ऐसे उतरो जैसे मंदिर में प्रवेश करते हो। जब यहां मंदिर में प्रवेश करते हो तो मंदिर में मैथुन इसलिए है कि तुम्हारे मन में दोनों संबंधित हो जाएं, दोनों की संगति बैठ जाए।

और तब तुम अनुभव कर सकते हो कि संसार और निर्वाण दो विरोधी तत्व नहीं, वरन एक हैं.। वे एक-दूसरे के शत्रु नहीं हैं। वे ध्रुवीय विपरीतताएं हैं जो एक-दूसरे की सहायता करती हैं। और इस ध्रुवीयता के कारण ही वे अस्तित्व में भी हैं। अगर यह ध्रुवीयता नष्ट हो जाए तो संसार ही नष्ट हो जाएगा।

इसलिए उस गहरी एकता को देखो जो सभी चीजों के भीतर समाई है। केवल ध्रुवीय

बिंदुओं को मत देखो, उस आंतरिक धारा को भी देखो जो सब को एक करती है।

तंत्र के लिए सब कुछ पवित्र है। स्मरण रखो कि तंत्र के लिए सब कुछ पवित्र है; कुछ भी अपवित्र नहीं है। इसे इस भांति देखने की कोशिश करो। एक अधार्मिक आदमी के लिए सब कुछ अपवित्र है; तथाकथित धार्मिक आदमी के लिए कुछ चीजें पवित्र हैं और कुछ अपवित्र; और तंत्र के लिए सब कछ पवित्र है।

कुछ समय पूर्व एक ईसाई पादरी मेरे पास आया था। उसने कहा कि ईश्वर ने संसार को बनाया। मैंने उससे पूछा कि पाप को किसने बनाया? उसने उत्तर दिया कि शैतान ने पाप को पैदा किया। तब मैंने पूछा, और शैतान को किसने बनाया? और पादरी अड़चन में पड़ गया और उसने कहा, शैतान को तो ईश्वर ने ही बनाया।

अब शैतान पाप को पैदा करता है और परमात्मा शैतान को। तब असली पापी कौन है, शैतान या परमात्मा? लेकिन द्वैतवादी धारणा सदा ऐसी ही अनर्गल बातों पर पहुंचती और पहुंचाती है।

तंत्र के लिए ईश्वर और शैतान दो नहीं हैं। तंत्र में शैतान नाम की कोई चीज ही नहीं है। तंत्र में सब कुछ भागवत है, सब कुछ पवित्र है। और यही सही दृष्टिकोण और सबसे गहरा दृष्टिकोण मालूम पड़ता है। अगर इस जगत में कोई चीज अपवित्र है तो प्रश्न उठता है कि वह कहां से आती है और वह संभव कैसे है?

इसलिए दो ही विकल्प हैं। एक है नास्तिक का विकल्प जो कहता है कि सब कुछ अपवित्र है। यह दृष्टिकोण अपनी जगह ठीक है। नास्तिक भी अद्वैतवादी है; उसे संसार में कहीं भी पवित्रता दिखाई नहीं देती। और दूसरा विकल्प तांत्रिक का है। वह कहता है कि सब कुछ पवित्र है। वह भी अद्वैतवादी है। लेकिन इन दोनों के बीच जो तथाकथित धार्मिक लोग हैं, वे वास्तव में धार्मिक नहीं हैं। वे न धार्मिक हैं और न अधार्मिक, वे सदा द्वंद्व में जीते हैं। और उनका पूरा धर्मशास्त्र छोरों को मिलाने में संलग्न है। लेकिन वे छोर कभी नहीं मिलते।

अगर संसार में एक भी कोश, एक भी अणु अपवित्र है तो सारा संसार अपवित्र हो जाता है। क्योंकि पवित्र संसार में वह अकेला अपवित्र अणु कैसे रह सकता है? उसे सब कुछ का, समस्त का सहारा मिला है; होने के लिए सबका, समस्त का सहारा चाहिए। और अगर अपवित्र तत्व पवित्र तत्वों से सहारा पाता है, तो दोनों में फर्क क्या रहा? इसलिए संसार या तो समग्ररूपेण और बेशर्त पवित्र है, और या वह अपवित्र है। बीच की कोई स्थिति नहीं हो सकती।

तंत्र कहता है कि सब कूछ पवित्र है। और यही कारण है कि हम उसे समझ नहीं पाते हैं। यह सबसे गहरी अद्वैतवादी दृष्टि है—यदि इसे दृष्टि कह सकें। पर दृष्टिकोण यह नहीं है; क्योंकि कोई भी दृष्टिकोण द्वैतवादी ही होगा। तंत्र किसी के भी विरुद्ध नहीं है; इसलिए वह दृष्टिकोण नहीं है। वह तो अनुभूत एकता है, जी हुई एकता।

ये दो मार्ग हैं: योग और तंत्र। हमारे अपंग चित्त के कारण तंत्र प्रभावी नहीं हो सका। लेकिन जब कोई भीतर से स्वस्थ होता है, जब वह अराजक नहीं है, तभी तंत्र का सौंदर्य है। और वही समझ सकता है कि तंत्र क्या है। हमारे अशांत चित्त के कारण योग का आकर्षण है। अशांत चित्त को योग आसानी से आकर्षित करता है।

स्मरण रहे कि अंतिम रूप से तुम्हारा चित्त ही किसी चीज को आकर्षक या विकर्षक

बनाता है। तुम ही निर्णायक घटक हो।

और ये दोनों मार्ग, योग और तंत्र के मार्ग, एक-दूसरे से अलग हैं। मैं यह नहीं कहता कि कोई योग के द्वारा नहीं पहुंच सकता है। योग के मार्ग से भी पहुंचा जा सकता है, लेकिन प्रचलित योग के मार्ग से नहीं। जो योग प्रचलित है, वह सच्चा योग नहीं है; वह तो तुम्हारे रुग्ण चित्त की व्याख्या है। परम को उपलब्ध होने के लिए योग भी एक प्रामाणिक मार्ग हो सकता है; लेकिन वह तभी संभव है जब कि तुम्हारा चित्त स्वस्थ हो, जब वह रुगण और बीमार न हो; तब योग का रूप ही कुछ और होता है।

उदाहरण के लिए, महावीर योगमार्गी थे; लेकिन वे काम का दमन नहीं करते थे। उन्होंने काम को जाना था, उसे जीया था, उससे भलीभांति परिचय प्राप्त किया था। और तब काम उनके लिए व्यर्थ हो गया और गिर गया। बुद्ध भी योगी थे। लेकिन वे भी संसार से गुजरे थे, उससे भलीभांति परिचित थे। वे संसार से संघर्षरत नहीं थे।

तुम जिसे जान लेते हो उससे मुक्त हो जाते हो। वह फिर वैसे ही छूट जाता है जैसे वृक्ष से पुराने पत्ते झर जाते हैं। वह त्याग नहीं है; उसमें संघर्ष नहीं निहित है। बुद्ध के चेहरे को देखो; वह लड़ाके का चेहरा नहीं है। वे लड़ नहीं रहे हैं। वे कितने शांत हें; शांति के प्रतीक हैं वे। और फिर अपने योगियों को देखो; संघर्ष उनके चेहरों पर ही अंकित है। गहरे में वहा बहुत शोरगुल है, क्षोभ है, अशांति है; मानो वे ज्वालामुखी पर बैठे हों। उनकी आंखों में झांको; उनके चेहरों में झांको और तुम्हें इसका पता चलेगा कि उन्होंने अपने समस्त रोगों को किसी गहराई में दबा रखा है। वे उनके पार नहीं गए हैं।

एक स्वस्थ संसार में, जहां प्रत्येक व्यक्ति अपना प्रामाणिक जीवन जीता है, जहां कोई किसी का अनुकरण नहीं करता, वरन अपना जीवन अपने ही ढंग से जीता है, ये दोनों ही मार्ग संभव हैं। वहां वह उस गहरी संवेदनशीलता को उपलब्ध हो सकता है जो वासनाओं का अतिक्रमण करती है; वहां वह उस बिंदु पर पहुंच सकता है जहां कामनाएं व्यर्थ होकर गिर. जाती हैं।

योग से भी वह संभव है। लेकिन मेरे देखे, उसी संसार में योग कारगर होगा जहां तंत्र भी कारगर होगा। हमें स्वस्थ और स्वाभाविक चित्त की जरूरत है। जिस संसार में स्वाभाविक मनुष्य होगा वहां योग और तंत्र दोनों कामनाओं के अतिक्रमण में सहयोगी होंगे।

हमारे रुगण और बीमार समाज में योग और तंत्र में से कोई भी हमारा मार्ग-दर्शन नहीं कर सकता। यहां अगर हम योग को चुनते हैं तो इसलिए नहीं कि कामनाएं व्यर्थ हो गई हैं। नहीं, कामनाएं तो अब भी अर्थपूर्ण हैं, वे गिरी नहीं हैं; उन्हें बलपूर्वक हटाना है। और तब यदि हम योग को चुनते हैं तो उसे दमन की विधि के रूप में ही चुनते हैं। और यदि तंत्र को चुनते हैं, तो महज इस चालाकी से कि भोग में उतरने के लिए वह ओट का काम दे, छलावा बने।

इसलिए अस्वस्थ चित्त-दशा में न योग काम दे सकता है और न तंत्र ही। वे दोनों ही हमें छलावे में, धोखे में ले जाएंगे। आरंभ करने के लिए तो स्वस्थ चित्त की, विशेषकर यौन के तल पर स्वस्थ चित्त की जरूरत है। तब तुम्हें अपना मार्ग चुनने में बहुत कठिनाई नहीं है। तब तुम योग को चुन सकते हो, तब तुम तंत्र को चुन सकते हो।

बुनियादी तौर से दो प्रकार के लोग हैं, पुरुष-चित्त और स्त्री-चित्त। यह विभाजन

मनोवैज्ञानिक अर्थों में है, जैविक अर्थों में नहीं। योग उनका मार्ग है जो लोग बुनियादी रूप से और मनोवैज्ञानिक अर्थों में पुरुष-चित्त हैं—आक्रामक, हिंसक, बहिर्मुखी। और तंत्र उनका मार्ग है जो बुनियादी रूप से स्त्री-चित्त हैं—ग्रहणशील, निष्क्रिय और अहिंसक। इसे ठीक से ध्यान में रख लो। तंत्र के लिए मां काली, तारा, देवी, भैरवी महत्वपूर्ण हैं। योग में कहीं किसी देवी का नाम नहीं मिलेगा। तंत्र में देवियां ही देवियां हैं और योग में देव ही देव। योग बहिर्गामी ऊर्जा है और तंत्र भीतर आने वाली ऊर्जा। आधुनिक मनोविज्ञान की भाषा में कह सकते हैं कि योग बहिर्मुखी हे और तंत्र अंतर्मुखी।

इसलिए व्यक्तित्व पर निर्भर है। अगर तुम्हारा व्यक्तित्व अंतर्मुखी है तो संघर्ष का मार्ग तुम्हारे लिए नहीं है। और यदि तुम बहिर्मुखी हो तो संघर्ष ही तुम्हारे लिए है।

लेकिन हम तो बुरी तरह उलझे हैं, भ्रांत हैं; हमारा सब कुछ गड्ड-मड्ड है। इसलिए कुछ भी हमें काम नहीं करता; उलटे सब कुछ अशांति पैदा करता है। योग तुम्हें अशांत करेगा; तंत्र भी अशांत करेगा। हर औषधि तुम्हारे लिए नई बीमारी पैदा करेगी, क्योंकि चुनने वाला रुग्ण है और उसका चुनाव रुग्ण है।

तो मैं यह नहीं कहता कि योग से तुम नहीं पहुंचोगे। मैं तो केवल इसलिए तंत्र पर जोर देता हूं, क्योंकि हम तंत्र को समझने चले हैं।

दूसरा प्रश्न:
समर्पण के मार्ग पर चलने वाला साधक अपने लिए इन एक सौ बारह विधियों में से सही विधि कैसे प्राप्त करे?

संकल्प के मार्ग के लिए ये सारी विधियां हैं—एक सौ बारह विधियों। लेकिन समर्पण के मार्ग पर तो समर्पण ही विधि है। स्मरण रहे कि समर्पण की कोई विधि नहीं होती; सभी विधियां गैर-समर्पण के लिए हैं। क्योंकि उपाय का अर्थ ही है कि तुम अपने पर निर्भर हो। तुम कुछ कर सकते हो, उसके लिए उपाय है, और तुम वह उपाय करते हो। समर्पण के मार्ग पर तुम मिट जाते हो; फिर और क्या कर सकते हो? तुमने तो आखिरी बात कर दी—परम उपाय—समर्पण। समर्पण के मार्ग पर समर्पण ही उपाय है।

सभी एक सौ बारह उपाय संकल्प का तकाजा करते हैं; वे तुमसे कहते हैं कि कुछ करो। तुम अपनी ऊर्जा को किसी ढंग से नियोजित करते हो, उसमें संतुलन लाते हो; अपनी अराजकता के भीतर एक ठहराव, एक धुरी, एक केंद्र पैदा करते हो। तुम कुछ करते हो। उसमें तुम्हारा प्रयत्न, तुम्हारा प्रयास महत्वपूर्ण है, बुनियादी है, जरूरी है।

और समर्पण के मार्ग पर एक ही चीज जरूरी है कि तुम समर्पण कर दो, समर्पित हो जाओ। हम यहां इन एक सौ बारह विधियों में गहरे जाने वाले हैं; इसलिए यहां समर्पण के संबंध में कुछ कहना अच्छा होगा। क्योंकि समर्पण की कोई विधि नहीं है। इन एक सौ बारह विधियों में समर्पण के लिए कुछ भी नहीं है।

और शिव ने समर्पण के संबंध में कुछ भी क्यों नहीं कहा? इसीलिए क्योंकि कुछ कहा नहीं जा सकता। भैरवी, देवी स्वयं बिना किसी विधि के शिव को उपलब्ध हुईं। उन्होंने मात्र

समर्पण किया। इसलिए यहां यह जान लेना जरूरी है कि ये प्रश्न देवी अपने लिए नहीं पूछ रही हैं। पूरी मनुष्यता के लिए ये प्रश्न पूछे गए हैं। देवी तो शिव को उपलब्ध ही हैं। वे शिव की गोद में ही हैं—उनके आलिंगन में। वे शिव के साथ एक हो चुकी हैं; लेकिन फिर भी प्रश्न पूछती हैं। इसलिंए ध्यान रहे कि देवी अपने लिए नहीं, पूरी मनुष्य-जाति के लिए प्रश्न पूछती हैं। लेकिन तब प्रश्न उठता है कि अगर देवी आत्मोपलब्ध हैं तो फिर वे शिव से क्यों पूछती हैं? क्या वे स्वयं मनुष्यता से नहीं बोल सकती हैं?

क्योंकि देवी स्वयं समर्पण के मार्ग से पहुंची हैं, इसलिए विधियों के विषय में वे कुछ नहीं जानतीं। वे स्वयं तो प्रेम के द्वार से पहुंची हैं। और प्रेम अपने आप में पर्याप्त है। प्रेम को कुछ अधिक की जरूरत ही नहीं है। और बे प्रेम के जरिए ज्ञानोपलब्ध हुईं, इस कारण से विधि और उपाय के बारे में उन्हें कुछ पता नहीं है। शिव से पूछने का यही कारण है।

और शिव सीधे एक सौ बारह विधियों की चर्चा करते हैं। वे भी समर्पण की बात नहीं करेंगे, क्योंकि समर्पण वास्तव में कोई विधि नहीं है। समर्पण तुम तभी करते हो जब सब विधियां व्यर्थ हो जाती हैं; जब किसी भी उपाय से पहुंचना असंभव हो जाता है। तुमने सब प्रयत्न किए, तुमने सभी द्वार खटखटाए, लेकिन कोई भी द्वार नहीं खुलता। तुमने सभी रास्ते चल लिए, लेकिन कोई भी रास्ता मंजिल पर नहीं पहुंचाता। तुमने सब कुछ किया जो कर सकते थे और अब तुम असहाय अनुभव करते हो। उसी समग्र असहायपन में समर्पण घटित होता है।

तो समर्पण के मार्ग पर कोई विधि नहीं है।

लेकिन यह समर्पण क्या है? और वह कैसे काम करता है? और अगर समर्पण से ही सब कुछ होता है तो फिर एक सौ बारह विधियों की क्या जरूरत है? मन पूछ सकता है कि फिर इन विधियों में उलझने की क्या जरूरत है? तब तो ठीक है, समर्पण से काम होता है तो समर्पण करना ही ठीक। फिर उपायों के पीछे जाने की क्या जरूरत? और फिर कौन जानता है कि कोई खास विधि तुम्हें रास ही आएगी या रास नहीं आएगी? उसे खोजने में ही कहीं जन्म-जन्म न लग जाएं। इसलिए समर्पण करना ही अच्छा है।

समर्पण अच्छा तो है, पर कठिन है। संसार में सबसे कठिन समर्पण है। उपाय कठिन नहीं हैं; वे आसान हैं। तुम उनका अभ्यास कर सकते हो। लेकिन समर्पण के लिए कोई अभ्यास नहीं है। तुम तो यह भी नहीं पूछ सकते कि कैसे समर्पण किया जाए। सवाल ही बेतुका है। कैसे तुम पूछ सकते हो कि समर्पण कैसे किया जाए

क्या तुम पूछ सकते हो कि प्रेम कैसे किया जाए? या तो प्रेम है या प्रेम नहीं है। लेकिन तुम यह नहीं पूछ सकते कि प्रेम कैसे करें। और अगर कोई तुम्हें सिखाता है कि प्रेम कैसे करो तो निश्चित जानना कि तुम कभी भी प्रेम करने के योग्य नहीं हो सकोगे। अगर प्रेम करने की कोई विधि तुम्हारे हाथ आ गई तो तुम उस विधि से ही बंध जाओगे।

यही कारण है कि अभिनेता प्रेम नहीं कर पाते। वे इतनी विधियां, इतने उपाय जानते हैं! और हम सभी अभिनेता हैं। अगर तुम प्रेम करने के दांव-पेंच सीख गए तो तुममें प्रेम का फूल कभी नहीं खिलेगा। क्योंकि तब तुम प्रेम का छलावा ही कर सकते हो, प्रेम का धोखा ही कर सकते हो। और धोखे के कारण तुम प्रेम के बाहर हो गए; तुम प्रेम में आविष्ट नहीं हुए। तब तुम बस सुरक्षित हो, निरापद हो। प्रेम में व्यक्ति पूरी तरह खुला होता है, असुरक्षित होता

है। प्रेम खतरनाक है। तुम उसमें असुरक्षित हो जाते हो।

तो यह नहीं पूछा जा सकता कि हम कैसे प्रेम करें, या कि कैसे समर्पण करें। यह बस घटित होता है। प्रेम घटित होता है। गहरे में प्रेम और समर्पण एक ही हैं।

लेकिन आखिर यह है क्या? और अगर हम यह नहीं जान सकते कि समर्पण कैसे किया जाता है तो कम से कम इतना तो जान सकते हैं कि समर्पण करने से हम बचते कैसे हैं, हम समर्पण का प्रतिरोध कैसे करते हैं। वह जाना जा सकता है और वह जानना सहयोगी है। यह कैसे हुआ कि तुमने अब तक समर्पण नहीं किया? गैर-समर्पण की तुम्हारी युक्ति क्या है?

यदि तुम अब तक प्रेम में नहीं पड़े हो तो असली समस्या यह नहीं है कि प्रेम कैसे किया जाए। तब असली समस्या गहरे में यह खोज करने की है कि तुम प्रेम के बिना अब तक रहे कैसे? तुम्हारी युक्ति क्या है? तुम्हारी विधि क्या है? तुम्हारा सुरक्षा-कवच क्या है? तुम प्रेम के बिना जीए कैसे? वह समझा जा सकता है, और उसे समझना ही चाहिए।

पहली बात, हम अहंकार से जीते हैं, अहंकार में जीते हैं, और अहंकार-केंद्रित होकर जीते हैं। मैं हूं, लेकिन यह जाने बिना ही कि मैं कौन हूं। मैं ऐलान किए चलता हूं कि मैं हूं। यह 'मैं हूं' झूठा है; क्योंकि मैं नहीं जानता कि मैं कौन हूं। और जब तक में नहीं जानता कि मैं कौन हूं, मैं 'मैं' कैसे कह सकता हूं। यह मैं झूठा है। यह झूठा मैं ही अहंकार है। और यही हमारी सुरक्षा है।

यह अहंकार समर्पण से तुम्हारा बचाव किए चलता है। तुम समर्पण तो नहीं कर सकते, लेकिन इस सुरक्षा-व्यवस्था को जान सकते हो, उसके प्रति सचेत हो सकते हो। और अगर इसके प्रति सजग हो गए तो यह विसर्जित हो जाता है। तब धीरे-धीरे तुम उसे बल देना बंद कर देते हो और फिर एक दिन अनुभव करते हो कि मैं नहीं हूं। और जिस क्षण अनुभव करते हो कि मैं नहीं हूं, उसी क्षण समर्पण घटित हो जाता है।

इसलिए यही जानने की कोशिश करो कि तुम हो भी? क्या यथार्थ में तुम्हारे भीतर कोई केंद्र है जिसे तुम मेरा 'मैं' कह सको? अपने भीतर गहरे उतरो और खोजते चलो कि यह 'मैं' कहां है? इस अहंकार का निवास कहां है?

रिंझाई अपने गुरु के पास पहुंचा और बोला, मुझे मुक्ति दीजिए। गुरु ने कहा, अपने को मेरे पास ले आओ। अगर तुम हो तो मैं तुम्हें मुक्त कर दूंगा, अगर तुम नहीं हो तो मैं तुम्हें कैसे मुक्त करूंगा? तब तुम मुक्त ही हो। और फिर गुरु ने कहा, और यह मुक्ति तुम्हारी मुक्ति नहीं है। सच्चाई यह है कि यह मुक्ति तुमसे ही मुक्ति है। इसलिए जाओ और खोजो कि यह मैं कहां है? तुम कहां हो? और तब फिर मेरे पास आना। यही ध्यान है। जाओ और ध्यान करो।

शिष्य रिंझाई जाता है और हफ्तों, महीनों ध्यान करता है। फिर लौटकर आता है और गुरु से कहता है कि इतना पता चला है कि मैं यह शरीर नहीं हूं। गुरु ने कहा, इतना भी तुम मुक्त हुए। फिर जाओ और खोजो। रिंझाई जाता है, ध्यान करता है और पाता है कि मैं मन नहीं हूं, क्योंकि मैं मेरे विचारों को देख सकता हूं। द्रष्टा दृश्य से भिन्न है; मैं मन नहीं हूं। और गुरु के पास लौटकर यह बात बताता है। गुरु ने कहा, अब तुम तीन-चौथाई मुक्त हुए। फिर भी वापस जाओ और खोजो कि तुम क्या हो।

रिंझाई विचार करता रहा कि मैं मेरा शरीर नहीं हूं, कि मैं मेरा मन नहीं हूं, उसने पढ़ा

▲

था, अध्ययन किया था; वह बहुश्रुत था। उसने सोचा कि क्योंकि में शरीर और मन नहीं हूं, इसलिए मैं आत्मा हूं। लेकिन उसने ध्यान किया और पाया कि कोई आत्मा नहीं है। क्योंकि यह आत्मा भी हमारी मानसिक सूचना भर है—महज मतवाद, शब्दावली, मीमांसा। इसलिए एक दिन वह गुरु के पास दौड़ा आया और बोला कि मैं तो अब हूं ही नहीं। तब गुरु ने पूछा कि क्या अब भी मुझे सिखाना होगा कि मुक्ति का उपाय क्या है? रिंझाई ने कहा, मैं मुक्त हूं, क्योंकि मैं नहीं हूं। अब कोई है ही नहीं जो बंधन में हो। मैं एक विशाल शून्य हूं—एक अभाव, ना-कुछ।

केवल ना-कुछ मुक्त हो सकता है। अगर तुम कुछ हो तो तुम बंधन में रहोगे। अगर तुम हो तो बंधन में हो। केवल शून्य, रिक्त स्थान मुक्त हो सकता है। तुम उसे नहीं बोध सकते हो।

रिंझाई दौड़कर आया और बोला कि मैं अब नहीं हूं, मैं कहीं भी नहीं पाया जाता हूं। यही मुक्ति है। और पहली बार उसने अपने गुरु के पांव छुए। पहली बार! यथार्थ में नहीं, क्योंकि वह उन्हें पूर्व में भी कई बार छू चुका था। लेकिन गुरु ने कहा कि पहली बार तुमने मेरे चरण स्पर्श किए हैं। रिंझाई ने पूछा कि आप ऐसा क्यों कहते हैं? मैंने अनेक बार आपके पांव छुए हैं। गुरु ने कहा, लेकिन तब तुम मौजूद थे। इसलिए मौजूद रहते हुए तुम मेरे पांव कैसे छू सकते थे? जब तक तुम हो, तुम मेरे पांव कैसे छू सकते हो? 'मैं' किसी के पैर नहीं छ सकता। यद्यपि ऐसा दिखता है कि वह किसी के पांव स्पर्श कर रहा है, लेकिन वास्तव में वह घूमकर अपने ही पांव छूता है। इसलिए गुरु ने कहा कि तुमने पहली बार मेरे पांव छुए, क्योंकि अब तुम नहीं हो। और गुरु ने कहा कि यही अंतिम बार भी है। प्रथम और अंतिम।

जब तुम नहीं होते तब समर्पण घटित होता है। इसलिए तुम समर्पण नहीं कर सकते। और यही कारण है कि समर्पण विधि नहीं हो सकता। तुम तुम नहीं हो, समर्पण है। इसलिए तुम और समर्पण साथ-साथ नहीं जी सकते; तुम्हारे और समर्पण के बीच सह-अस्तित्व नहीं हो सकता। तुम हो या समर्पण है। इसलिए खोजो कि तुम कहां हो? तुम कौन हो?

इस खोज की व्याख्या अनेक ढंग से और अजीब-अजीब ढंग से की गई है। रमण महर्षि कहते थे कि पूछो कि 'मैं कौन हूं'? उसे गलत समझा गया। उनके नजदीकी से नजदीकी शिष्य भी उसका अर्थ नहीं समझ सके। वे समझते हैं कि यह इस बात की खोज है कि सच में मैं कौन हूं। लेकिन यह बात नहीं है। यदि तुम खोजते चले गए कि मैं कौन हूं, तो तुम इस निष्कर्ष पर अवश्य पहुंचोगे कि मैं नहीं हूं। दरअसल यह इस बात की खोज नहीं है कि मैं कौन हूं, यह तो सच में ही मिटने की खोज है।

मैंने अनेक लोगों को यह विधि दी है कि भीतर खोजो कि मैं कौन हूं। महीने, दो महीने के बाद वे आते हैं और कहते हैं कि मैं अब तक यह पता नहीं पा सका हूं कि मैं कौन हूं। प्रश्न प्रश्न ही बना है, उत्तर नहीं आया है। तब मैं उन्हें कहता हूं कि खोज जारी रखो तो किसी दिन उत्तर आ जाएगा। और वे उम्मीद करते हैं कि उत्तर आएगा। लेकिन कोई उत्तर आने को नहीं है। कोई उत्तर नहीं है, यही होगा कि प्रश्न गिर जाएगा। कोई ऐसा उत्तर नहीं आने वाला है कि तुम यह हो या वह हो। केवल प्रश्न समाप्त हो जाने वाला है। तब कोई यह पूछने को भी नहीं रहेगा कि में कौन हूं। और तब तुम जानोगे।

जब मैं नहीं रहता तो सच्चा मैं प्रकट होता है। जब अहंकार मिट जाता है तो पहली बार

तुम्हें तुम्हारे अस्तित्व से साक्षात्कार होता है। वह अस्तित्व शून्य है। और तब तुम समर्पण कर सकते हो। तब तुम समर्पित ही हो। तुम ही अब समर्पण हो।

इसलिए समर्पण के लिए कोई विधि नहीं हो सकती है। या सिर्फ ऐसी नकारात्मक विधि हो सकती है जैसे कि यह खोजना कि मैं कौन हूं।

समर्पण में क्या होता है? जब तुम समर्पण करते हो तो क्या घटित होता है? वह कैसे काम करता है? विधियों कैसे काम करती हैं? विधियां कैसे काम करती हैं, यह हम आगे समझेंगे। हम विधियों की गहराई में उतरेंगे और जानेंगे कि वे कैसे काम करती हैं। उनके काम का तो वैज्ञानिक आधार है। लेकिन यह समर्पण कैसे काम करता है?

जब तुम समर्पण करते हो तो तुम घाटी बन जाते हो। अभी तुम अहंकार हो तो शिखर की तरह हो। अहंकार का अर्थ ही है कि तुम सबसे ऊपर हो, तुम कुछ विशिष्ट हो। दूसरे तुम्हें वैसा मानें, न मानें, यह बात दूसरी है; लेकिन तुम तो यही माने बैठे हो कि तुम सबसे ऊपर हो, तुम शिखर हो। और तब कोई तुममें प्रवेश नहीं कर सकता है।

जब कोई समर्पण करता है तो वह घाटी की तरह हो जाता है। तब वह गहराई बन जाता है, ऊंचाई नहीं। और तब सारा अस्तित्व चारों ओर से उसकी ओर बहने लग जाता है। समूचा अस्तित्व अपने को उसमें उड़ेलने लगता है। वह महज खालीपन रह जाता है—एक गहराई, एक अगाध गर्त। और समस्त अस्तित्व चारों ओर से आकर उसे भरने लगता है। तुम कह सकते हो कि परमात्मा चारों तरफ से उसमें प्रवाहित होने लगता है, रंध्र-रंध्र से उसमें प्रविष्ट होने लगता है, और उसे पूरी तरह भर देता है।

यह समर्पण, यह घाटी, यह अतल हो जाना, समर्पित होना कई-कई ढंग से अनुभव में आता है। छोटा समर्पण होता है, बड़ा समर्पण भी होता है। छोटे समर्पण में भी तुम्हें उसका अनुभव होता है। गुरु के प्रति समर्पण छोटा समर्पण है, लेकिन तुम उसे अनुभव करते हो; क्योंकि गुरु तुरंत ही तुम्हारी ओर प्रवाहित होने लगता है। अगर तुम गुरु के प्रति समर्पित होते हो तो अचानक तुम उसकी ऊर्जा को अपनी तरफ प्रवाहित होते अनुभव करते हो। और यदि तुम्हें ऐसा अनुभव नहीं हो तो समझना कि तुमने अभी छोटा समर्पण भी नहीं किया है। समर्पण ही नहीं किया है।

अनेक कथाएं हैं जो अब हमारे लिए अर्थहीन हो गई हैं, क्योंकि हम उनके घटित होने की प्रक्रिया से नहीं परिचित हैं। महाकाश्यप बुद्ध के पास आया और बुद्ध ने बस अपना हाथ उसके सिर पर धर दिया और घटना घट गई। महाकाश्यप नाचने लगा। आनंद ने बुद्ध से पूछा कि उसे क्या हुआ है? मैं तो आपके पास चालीस वर्षों से हूं। क्या वह पागल हो गया है? या वह दूसरों को बेवकूफ बना रहा है? उसे क्या हो गया है कि वह नाच रहा है? मैंने तो हजारों बार आपके पैर छुए हैं।

निस्संदेह आनंद के लिए महाकाश्यप पागल मालूम पड़ेगा, या उसे लगेगा कि वह औरों की आंख में धूल झोंक रहा है। आनंद बुद्ध के पास चालीस साल जरूर था, लेकिन उसकी एक बड़ी कठिनाई थी। कठिनाई थी कि वह बुद्ध का भाई था, बड़ा भाई। चालीस वर्ष पूर्व जब आनंद बुद्ध के पास पहुंचा था तो उसने बुद्ध से पहली बात यह कही कि मैं आपका बड़ा भाई हूं और जब आप मुझे दीक्षित करेंगे तो मैं आपका शिष्य हो जाऊंगा और फिर आपसे

कुछ भी मांग नहीं कर सकूंगा, इसलिए उसके पूर्व ही आप मुझे तीन वचन दे दें।

पहला कि मैं सदा आपके साथ रहूंगा। आप मुझे यह नहीं कहेंगे कि किसी दूसरी जगह जाओ, मैं आपके साथ-साथ चलूंगा। दूसरा कि मैं उसी कमरे में सोऊंगा जिसमें आप सोएंगे। आप मुझे यह नहीं कहेंगे कि बाहर जाओ, मैं आपके साथ आपकी छाया की तरह रहूंगा। और तीसरा कि अगर मैं किसी व्यक्ति को आधी रात गए भी आपके पास लाऊंगा तो आप उसको समाधान अवश्य देंगे, आप यह नहीं कहेंगे कि यह समय ठीक नहीं है। अभी तो मैं आपका बड़ा भाई हूं, इसलिए ये तीन वचन मुझे दे दें। जब मैं शिष्य हो जाऊंगा तो मुझे ही आपका अनुगमन करना होगा, अभी आप मुझसे छोटे हैं, अभी आप मुझसे छोटे हैं, इसलिए वायदा कर दें।

बुद्ध ने वचन दे दिए। और वही आनंद की समस्या भी। आनंद बुद्ध के साथ चालीस वर्षों तक रहा, लेकिन वह समर्पित नहीं हो सका। क्योंकि यह समर्पण का भाव नहीं है। आनंद ने अनेक बार बुद्ध से पूछा कि मैं कब ज्ञान को उपलब्ध होऊंगा? और बुद्ध ने कहा कि जब तक मैं नहीं मरूंगा, तुम उपलब्ध नहीं हो सकोगे। और आनंद बुद्ध की मृत्यु के बाद ही ज्ञानोपलब्ध हुआ।

और इस महाकाश्यप को अचानक क्या हो गया था? और क्या बुद्ध ने उसके प्रति पक्षपात किया था? नहीं, उन्होंने पक्षपात नहीं किया। बुद्ध तो वह रहे हैं, सतत प्रवाहमान हैं। लेकिन उन्हें पाने के लिए घाटी बनना होगा, गर्भ बनना होगा। अगर तुम उनसे ऊपर रहे तो उन्हें कैसे पा सकोगे? वह प्रवाहमान ऊर्जा तुम तक नहीं आ पाएगी, तुम उसे चूक जाओगे। इसलिए झुक जाओ। गुरु के प्रति एक छोटे से समर्पण में भी ऊर्जा शिष्य की ओर बहने लगती है। अचानक और तुरंत तुम एक महाशक्ति का वाहन बन जाते हो।

ऐसी हजारों कहानियां हैं कि स्पर्श मात्र से, दृष्टिपात भर से लोग आत्मोपलब्ध हो गए। वे कहानियां हमें बुद्धिगम्य नहीं मालूम होतीं। यह कैसे संभव है? संभव है। तुम्हारी आंख में गुरु झांक भी दे तो तुम समग्ररूपेण बदल जाओगे। लेकिन तब, जब तुम्हारी आंखें बिलकुल खाली हों, घाटी सदृश हों। अगर गुरु की दृष्टि को तुम पी गए तो तुम तुरंत बदल जाओगे।

ये छोटे-मोटे समर्पण हैं जो पूरी तरह समर्पित होने के पहले घटित होते हैं। और ये छोटे समर्पण ही तुम्हें पूर्ण समर्पण के लिए तैयार करते हैं। एक बार तुमने जान लिया कि समर्पण के जरिए कुछ अज्ञात, कुछ अनअपेक्षित, कुछ अविश्वसनीय, कुछ स्वप्नातीत घटित होता है तो तुम्हें महासमर्पण के लिए तैयार होने में कठिनाई नहीं होती। और गुरु वही करता है, तुम्हें छोटे-छोटे समर्पण करने में मदद करता है ताकि तुम समर्पण, पूर्ण समर्पण के लिए साहस बटोर सको।

और आखिरी प्रश्नः

यह जानने के अचूक संकेत क्या हैं कि जिस खास विधि का प्रयोग कर रहे हैं उससे परम को उपलब्ध हुआ जा सकता है।

कुछ सूचक संकेत हैं। एक कि तुम अपने भीतर एक भिन्न तरह का तादात्म्य अनुभव करते हो। तुम वही नहीं रह जाते हो जो थे। यदि वह विधि तुम्हें रास आ गई तो तुरंत तुम दूसरे

आदमी हो जाते हो। अगर पति हो या पत्नी हो तो तुम वही पति या पत्नी नहीं रह जाते जो पहले थे। अगर तुम दुकानदार हो तो वही पुराने दुकानदार नहीं रह जाते। यदि विधि तुम्हारे अनुकूल पड़ जाए तो तुम जो कुछ भी हो उससे भिन्न हो जाते हो। वह पहला संकेत है।

इसलिए अगर तुम अपने बारे में कुछ अजीब अनुभव करो तो समझना कि तुम्हें कुछ घटित हो रहा है। और अगर ज्यों के त्यों रहे, कुछ अजूबापन अनुभव में नहीं आया तो समझना कि कुछ नहीं हुआ। कोई विधि तुम्हारे योग्य है या नहीं, यह जानने का यह पहला चिह्न है। अगर योग्य होगी तो तुम तुरंत दूसरे व्यक्ति में बदल जाओगे। अचानक कुछ होता है कि तुम जगत को दूसरी तरह से देखने लगते हो। आंखें तो वही रहती हैं, लेकिन उनके पीछे से देखने वाला बदल जाता है।

दूसरा संकेत है कि तनाव और द्वंद्व पैदा करने वाली चीजों का लोप होने लगता है। ऐसा नहीं है कि वर्षों की साधना के बाद द्वंद्व, चिंता और तनाव दूर होंगे। नहीं, यदि विधि रास आ गई तो वे जल्दी ही दूर होने लगते हैं। तुम अनुभव करोगे कि तुममें एक जीवंतता आ रही है और तुम निर्भार हो रहे हो। तुम पाओगे कि गुरुत्वाकर्षण का नियम विपरीत ढंग से काम करने लगा है। अब तुम्हें पृथ्वी अपनी ओर नीचे को नहीं खींचती बल्कि आकाश तुम्हें ऊपर को उठाने लगा है।

जब एक हवाई जहाज जमीन के ऊपर उठता है तो तुम कैसा अनुभव करते हो? सब कुछ विचलित हो जाता है, अचानक झटका लगता है और गुरुत्व का नियम व्यर्थ हो जाता है। अब धरती तुम्हें नीचे की ओर नहीं खींचती, तुम गुरुत्व से दूर हट रहे हो। वैसा ही झटका तब लगता है जब एक ध्यान की विधि रास आ जाती है। अचानक ऊपर उठने लगते हो। अचानक तुम्हें लगता है कि पृथ्वी व्यर्थ हो गई है, उसमें नीचे की ओर खींचने की शक्ति नहीं रही। वह अब तुम्हें नीचे नहीं खींचती, तुम ऊपर की ओर गति कर रहे हो।

धर्म की शब्दावली में इसे ही प्रसाद कहते हैं। दो शक्तियां हैं, एक गुरुत्व और दूसरी प्रसाद। गुरुत्व का अर्थ है कि तुम नीचे उतारे जा रहे हो, और प्रसाद का अर्थ है कि तुम ऊपर उठाए जा रहे हो। यही कारण है कि ध्यान में कई लोगों को अचानक लगता है कि उनका वजन नहीं रहा, कई लोगों को भीतर से लगता है कि उन्होंने पृथ्वी का संस्पर्श खो दिया। अनेक लोगों ने विधि के रास आने पर मुझे कहा है, आश्चर्य है कि आंख मूंदते ही हमें लगता है कि हम जमीन से ऊपर उठ गए हैं! एक फीट, दो फीट, यहां तक कि चार फीट ऊपर उठ गए हैं। और आंख खोलते ही हम जमीन पर ही होते हैं, जमीन से ऊपर नहीं।

बात यह है कि शरीर तो जमीन पर ही रहता है, लेकिन तुम ऊपर उठ जाते हो। यह आकाशगामिता दरअसल ऊपर का आकर्षण है। विधि काम कर गई तो तुम ऊपर की ओर खींच लिए जाते हो। विधि की सफलता इसमें है कि वह तुम्हें ऊपर से आरोहण के लिए उपलब्ध कर दे। विधि का काम यह है कि वह तुम्हें उस शक्ति के लिए उपलब्ध कर दे जो ऊपर को उठाती है। इसलिए विधि के अनुकूल होते ही तुम जानते हो कि तुम भार-शून्य हो गए।

और तीसरा संकेत कि तुम जो भी करोगे, चाहे वह कितना ही अदना सा काम क्यों न हो, वह भिन्न ढंग से करोगे। तुम भिन्न ढंग से चलोगे, भिन्न ढंग से बेठोगे, भिन्न ढंग से भोजन करोगे। हर बात भिन्न होगी। और यह भिन्नता तुम सब जगह अनुभव करोगे।

कभी-कभी तो भिन्नता का यह अजूबा अनुभव भय पैदा करता है। तब आदमी चाहता है कि वह वापस लौट जाए और वही हो रहे जो पहले था। क्योंकि पुराने का वह बिलकुल आदी था। वह परिचित दुनिया, दिनचर्या की दुनिया थी। यद्यपि ऊबभरी थी तो भी उसमें तुम्हें दक्षता हासिल थी। अब तुम सर्वत्र एक अंतराल पाओगे। तुम्हें लगेगा कि तुम्हारी दक्षता नष्ट हो गई, तुम्हारी उपयोगिता घट गई। तुम्हें लगेगा कि सर्वत्र तुम एक अजनबी हो—बाहरी आदमी।

और इस अवस्था से गुजरना ही पड़ेगा। उसके बाद तो फिर वह भी रास आ जाएगी। तुम बदले हो, संसार नहीं बदला है। इसलिए संसार के साथ अब तुम्हारा तालमेल नहीं बैठेगा। इसलिए इस तीसरे संकेत को याद रखो कि जब विधि तुम्हें जम जाएगी तब संसार के साथ तुम्हारा तालमेल टूट जाएगा। तुम उसके योग्य नहीं रहे। हर जगह कुछ चीजें ढीली होंगी, कुछ पुर्जे गायब होंगे। सर्वत्र तुम्हें लगेगा कि भूकंप हो गया है। सच तो यह है कि सब चीजें वही की वही हैं, केवल तुम दूसरे हो गए हो। लेकिन एक दूसरे तल पर, ऊंचे तल पर तुम लयबद्ध होओगे।

जब एक बच्चा बड़ा और प्रौढ़ होता हे तो उसे ऐसा ही उपद्रव अनुभव में आता है। चौदह या पंद्रह की उम्र में हर बच्चे को महसूस होता है कि वह अजनबी है। क्योंकि अब उसमें एक नई शक्ति अवतरित हुई है—काम-शक्ति। अभी तक वह शक्ति नहीं थी, या थी भी तो छिपी थी। अब पहली बार एक नए ढंग की शक्ति के लिए वह उपलब्ध हुआ है।

यही कारण है कि जब लड़की-लड़के काम के तल पर प्रौढ़ होते हैं, तो वे अपने में कुछ अजीब और बेढंगा अनुभव करते हैं। अब वे कहीं के भी नहीं मालूम होते। वे अब बच्चे तो रहे नहीं और अभी वे पूरे मनुष्य भी नहीं हुए हैं; दोनों के बीच में हैं। और इसलिए वे कहीं भी जम नहीं पाते। छोटे बच्चों के बीच खेलते हुए सयाने मालूम होते हैं और सयानों के बीच बच्चे ही रहते हैं। वे कहीं जम नहीं पाते।

वही बात तब घटित होती है जब तुम्हारे साथ विधि का तालमेल बैठ जाता है। तब एक ऐसा, ऊर्जा-स्रोत उपलब्ध होता है जो काम-शक्ति से बहुत बड़ा है। तब तुम फिर एक संक्रांति-काल में होते हो। अब तुम दुनियावी लोगों की दुनिया के लायक नहीं रहे, क्योंकि बच्चे नहीं रहे। और तुम संतों की दुनिया में भी प्रवेश नहीं कर सकते, क्योंकि पूरा आदमी होना अभी बाकी है। और बीच की स्थिति में आदमी बेढंगा अनुभव करता है।

जब कोई विधि सटीक बैठेगी तब ये तीन बातें घटित होंगी। लेकिन तुमने मुझसे यह अपेक्षा नहीं की होगी कि मैं ये बातें कहूंगा। तुम तो सोचते होगे कि मैं कहूंगा कि तुम ज्यादा मौन हो जाओगे, ज्यादा शांत हो जाओगे। और मैं उलटी बातें कह रहा हूं कि तुम उपद्रव में पड़ोगे। जब विधि अनुकूल आएगी तब तुम अधिक शांत नहीं, अधिक उपद्रव में पड़ोगे। शांति तो बाद में आएगी। और अगर शांति उपद्रव से पहले आ जाए तो समझना कि विधि विधि नहीं है। यह तो पुराने ढांचे में ही फिर से समायोजित होना है।

यही कारण है कि अधिक लोग ध्यान की बजाय प्रार्थना पसंद करते हैं। प्रार्थना तुम्हें सांत्वना देती है; वह तुम्हारे संसार के साथ तुम्हें समायोजित कर देती है। अतीत में प्रार्थना वही काम करती थी, जो आज मनोचिकित्सक कर रहे हैं। अगर तुम अशांत हो, तो वे तुम्हारी अशांति को कम करके तुम्हें तुम्हारे ढांचे में, परिवार में, समाज में फिर से समाहित कर देंगे।

▲

दो-दो साल, तीन-तीन साल तक मनोचिकित्सक के पास जाकर तुम बेहतर तो नहीं होओगे, ज्यादा समायोजित भर होओगे। ठीक वही काम पुरोहित भी करते हैं, वे तुम्हें अधिक समायोजित बनाते हैं।

तुम्हारा बच्चा मर गया है। तुम परेशान हो और पुरोहित के पास पहुंचते हो। पुरोहित कहता है, परेशान मत होओ। जिन बच्चों को परमात्मा प्यार करता हे, उन्हें वह पहले ही बुला लेता है। और यह सुनकर तुम संतोष कर लेते हो; सोचते हो कि बच्चा बुला लिया गया, परमात्मा उसे अधिक प्यार करता था। या पुरोहित दूसरी बात कहता है। वह कहता है कि चिंता मत करो, आत्मा तो कभी नहीं मरती है। तुम्हारा बच्चा स्वर्ग में है।

कुछ ही दिन हुए एक स्त्री मेरे पास आई थी। उसके पति का देहांत हो गया; वह बहुत दुखी थी। उसने मुझसे कहा, केवल यही बता दें कि किसी अच्छे स्थान पर उनका पुनर्जन्म हो गया और फिर सब ठीक रहेगा। मुझे इतना निश्चय हो जाए कि वे नरक नहीं गए हें या वे पशु नहीं हुए हैं कि वे स्वर्ग में हैं या देवयोनि में हैं तो कोई चिता नहीं रहेगी। मैं सब बर्दाश्त कर लूंगी।

कोई पुरोहित होता तो कहता, ठीक, तुम्हारा पति सातवें स्वर्ग में देवता होकर पैदा हुआ है। और वह बहुत प्रसन्न है और वह तुम्हारा इंतजार कर रहा है।

प्रार्थना तुम्हें उसी ढांचे में समायोजित करती है। तुम बेहतर अनुभव करते हो।

ध्यान विज्ञान है। वह तुम्हें समायोजन में मदद नहीं देगा। वह तुम्हें तुम्हारे रूपांतरण में जरूर सहयोग करेगा। यही कारण है कि मैं कहता हूं कि पहले ये तीन लक्षण, तीन संकेत प्रकट होंगे। शांति भी आएगी, लेकिन किसी समायोजन की तरह नहीं। शांति आएगी एक आंतरिक खिलावट की तरह। वह शांति समाज और परिवार, संसार और व्यवसाय के साथ एक समायोजन नहीं होगी। वह शांति पूरे ब्रह्मांड के साथ एक, लयबद्धता होगी। तब तुम्हारे और समग्रता के बीच एक गहरी लयबद्धता पैदा होगी। तब शांति होगी—पर वह बाद में आएगी। पहले तो तुम उपद्रव में पड़ोगे, क्योंकि तुम पागल हो।

यदि विधि ठीक है तो वह तुम्हें उस सबका बोध करा देगी जो तुम हो। तुम्हारी अराजकता, तुम्हारा मन, तुम्हारा पागलपन, सब प्रकाश में आ जाएगा। अभी तुम एक अंधेरा भरा घालमेल हो, उपद्रव हो। जब विधि काम करेगी तो अचानक प्रकाश हो जाएगा और सब घालमेल स्पष्ट होने लगेगा। पहली बार तुम्हें अपना ठीक वैसा साक्षात्कार होगा जैसे तुम हो।

तुम तो चाहोगे कि रोशनी गुल करके तुम फिर से सो जाओ—वह स्थिति डराबनी है। और यही वह बिंदु हे जब गुरु सहायक होता है। वह कहेगा: डरो मत, यह तो आरंभ भर है। और इससे भागो भी मत। पहले तो यह प्रकाश तुम्हें तुम्हाा सही रूप दिखा देगा—वह यथार्थ जो तुम हो। और फिर जैसे-जैसे तुम गति करोगे, वह तुम्हें उसमें रूपातरित करेगा जो तुम हो सकते हो।

आज इतना ही।

3

श्वासः शरीर और आत्मा के बीच सेतु

सूत्र

शिव कहते हैं:

1. हे देवी, यह अनुभव दो श्वासों के बीच घटित हो सकता है। श्वास के भीतर आने के पश्चात और बाहर लौटने के ठीक पूर्व—श्रेयस है, कल्याण है।

2. जब श्वास नींचे से ऊपर की ओर मुड़ती है, और फिर जब श्वास ऊपर से नीचे की ओर मुड़ती है—इन दो मोड़ो के द्वारा उपलब्ध हो।

3. या जब कभी अंत:श्वास और बंहिर्श्वास एक-दसरे में विलीन होती है, उस क्षण में ऊर्जारहित, ऊर्जापूरित केंद्र को स्पर्श करो।

4. या जब श्वास पूरी तरह बाहर गई है और स्वत: ठहरी है, या पूरी तरह भीतर आई है और ठहरी है—ऐसे जागतिक विराम के क्षण में व्यक्ति का क्षुद्र अहंकार? विसर्जित हो जाता है। केवल अशुद्ध के लिए यह कठिन है।

45

सत्य सदा यहीं है। वह है; वही है। किसी भविष्य में उसे उपलब्ध नहीं करना है। तुम यहीं और अभी सत्य हो। इसलिए सत्य कोई ऐसी चीज नहीं है जिसे पैदा करना है, या जिसके लिए उपाय करना है, या जिसे ख़ोजना है। इस बात को पूरी स्पष्टता के साथ समझ लो, और तभी इन विधियों को समझने और प्रयोग करने में आसानी होगी।

मन कामना का यंत्र है। मन सदा चाह में है, सदा कुछ चाह रहा है, सदा कुछ मांग रहा है। और उसका विषय, उसका उद्देश्य सदा भविष्य में होता है। मन को वर्तमान से कुछ लेना-देना नहीं है। वर्तमान क्षण में मन गति नहीं कर सकता; इस क्षण में गति के लिए स्थान नहीं है, गति के लिए मन को भविष्य चाहिए। वह या तो अतीत में गति कर सकता है, या भविष्य में। वर्तमान में वह गतिमान नहीं हो सकता; स्थान ही नहीं है।

सत्य वर्तमान में है और मन सदा भविष्य या अतीत में होता है। इसलिए मन और सत्य के बीच मिलन नहीं हो सकता।

जब मन कोई सांसारिक विषय खोजता है तो कठिनाई नहीं है। तब समस्या लाइलाज नहीं है; वह हल हो सकती है। लेकिन जब वही मन सत्य को खोजने चलता है तो प्रयत्न असंगत हो जाता है। क्योंकि सत्य यहीं और अभी है। और मन सदा वहां और भविष्य में होता है। मिलन संभव नहीं है। इसलिए पहली बात समझ लो—तुम सत्य को नहीं खोज सकते। तुम उसे पा सकते हो, लेकिन खोज नहीं सकते। यह खोज ही बाधा है।

जिस क्षण तुम खोजना शुरू करते हो उसी क्षण तुम वर्तमान से, अपने से दूर निकल जाते हो। क्योंकि तुम तो सदा वर्तमान में हो। खोजने वाला सदा वर्तमान में है और खोज सदा भविष्य में है। इसलिए खोजी और खोज में मिलन नहीं हो सकता, चाहे तुम कुछ भी खोजो। लाओत्से कहता है, खोजो और खो दोगे। खोजो मत और पा लोगे। मत खोजो और पा लो।

शिव की ये सारी विधियां मन को भविष्य या अतीत से वर्तमान की तरफ मोड़ने के लिए हैं। तुम जिसे खोज रहे थे वह उपलब्ध ही है। वह है ही, वही है। सिर्फ मन को खोज से

▲

अखोज की तरफ, चाह से अचाह की तरफ मोड़ना है।

यह कठिन है। इसके बारे में बुद्धि से सोचो तो यह बहुत कठिन है। मन को चाह से अचाह की ओर कैसे मोड़ा जाए? क्योंकि तब मन अखोज को ही खोज का, चाह को ही अचाह का विषय बना लेता है। तब मन कहता है—मुझे खोजना नहीं चाहिए। तब मन कहता है—अब अचाह मेरा उद्देश्य है। तब मन कहता है—अब मैं अकाम की अवस्था की कामना करता हूं। चाह फिर प्रवेश कर गई, पिछले दरवाजे से कामना फिर वापस आ गई।

ऐसे लोग हैं जो सांसारिक विषयों की कामना करते हैं और ऐसे लोग भी हैं जो गैर-सांसारिक विषयों की कामना करते हैं। लेकिन सब विषय सांसारिक हैं; क्योंकि कामना ही संसार है, चाह ही संसार है। इसलिए तुम किसी गैर-सांसारिक या अलौकिक की कामना नहीं कर सकते। तुम्हारे चाहते से ही वह संसार हो जाता है।

अगर तुम परमात्मा को चाह रहे हो तो परमात्मा भी तुम्हारे संसार का हिस्सा हो गया। अगर तुम मोक्ष या निर्वाण खोजते हो तो खोजते से ही तुम्हारा मोक्ष संसार हो गया। तुम्हारा मोक्ष तब संसार का अतिक्रमण नहीं करता है। क्योंकि खोजना ही संसार है, कामना ही संसार है। इसलिए तुम निर्वाण की कामना नहीं कर सकते, अचाह की चाहना नहीं कर सकते। और अगर तुम बुद्धि से इसे समझने चलो तो यह एक पहेली बन जाती है।

शिव इसके संबंध में कुछ नहीं कहते हैं।. वे झटपट विधियों की बात शुरू कर देते हैं। विधियां बौद्धिक नहीं हैं। वे देवी से यह नहीं कहते कि सत्य यहीं है; उसे खोजो मत और उसे पा लोगी। वे तुरंत विधि बताने लगते हैं।

और ये विधियां गैर-बौद्धिक हैं। उन्हें प्रयोग करो और मन मुड़ जाता है, पलट जाता है। यह मुड़ना उसका मात्र परिणाम है, उप-उत्पत्ति है। वह कोई विषय नहीं है, महज उप-उत्पत्ति है। अगर तुम किसी विधि को प्रयोग में लाए तो तुम्हारा मन भविष्य या अतीत की यात्रा से मुड़ जाएगा और तुम अचानक अपने को वर्तमान में पाओगे।

यही कारण है कि बुद्ध ने विधि दी है, लाओत्से ने विधि दी है, कृष्ण ने विधि दी है। लेकिन उन्होंने हमेशा ही अपनी विधियों को बौद्धिक सिद्धांतों से सजाकर पेश किया है। केवल शिव का ढंग दूसरा है। वे झटपट और सीधे विधि ही बताते हैं; उसके साथ कोई बौद्धिक समझ या बौद्धिक भूमिका नहीं बताते हैं। क्योंकि वे जानते हैं कि मनुष्य का मन चालाक है, सर्वाधिक चालाक है। वह किसी भी चीज को समस्या में बदल सकता है। अचाह ही समस्या बन जाएगी।

लोग मेरे पास आते हैं और पूछते हैं कि कैसे अचाह हो जाऊं? वे अचाह की चाहना कर रहे हैं। किसी ने उनसे कहा है, या उन्होंने कहीं सुना है, या कोई आध्यात्मिक गप सुनी है कि अगर तुम इच्छा न करो तो तुम आनंद को प्राप्त हो जाओगे, इच्छा न करो तो मुक्त हो जाओगे, इच्छा न करो तो दुख नहीं रहेगा। अब उनका मन उस अवस्था को पाने के लिए लालायित हो उठता है जिसमें दुख नहीं है और वे पूछते हैं कि कैसे इच्छा न करें।

उनका मन चालबाजी कर रहा है। वे अब भी इच्छा कर रहे हैं, चाह कर रहे हैं। अब सिर्फ इच्छा का विषय बदल गया है। पहले वे धन चाहते थे, यश चाहते थे, पद-प्रतिष्ठा चाहते थे। अब वे अचाह को चाह रहे हैं। केवल विषय बदल गया है, वे तो वही हैं, उनका

चाहना भी वही है। लेकिन अब वही चाह अधिक कपटपूर्ण हो गई है।

यही कारण है कि शिव किसी भूमिका के बिना ही शुरू करते हैं, वे तुरंत विधियों की बात शुरू कर देते हैं। वे विधियों, अगर उनका प्रयोग किया जाए, मन को मोड़ देती हैं। वह वर्तमान में आ जाता है। और जब मन वर्तमान में होता है तो वह ठहर जाता है। वर्तमान में तुम मन नहीं हो सकते। यह असंभव है।

इस क्षण भी अगर तुम यहीं और अभी हो तो तुम मन कैसे रह सकते हो? विचार विसर्जित हो जाते हैं, क्योंकि वे गति नहीं कर सकते। वर्तमान में गति के लिए स्थान नहीं है। वर्तमान में तुम सोच नहीं सकते। अगर तुम इसी क्षण में हो तो गति कैसे करोगे? मन ठहर जाता है और तुम अ-मन को, मन-शून्यता को उपलब्ध हो जाते हो।

इसलिए असली बात यह है कि अभी और यहीं कैसे हुआ जाए तुम चेष्टा कर सकते हो, लेकिन चेष्टा व्यर्थ होगी। क्योंकि अगर तुम वर्तमान में होने का निश्चय करते हो तो वह निश्चय ही भविष्य में खिसक जाना हुआ। जब तुम पूछते हो कि वर्तमान में कैसे हुआ जाए तो फिर तुम भविष्य के लिए ही पूछ रहे हो। यह क्षण तो इस जांच-पड़ताल में बीत रहा है कि कैसे वर्तमान में, अभी और यहीं हुआ जाए। वर्तमान क्षण पूछताछ में जा रहा है और तुम्हारा मन भविष्य के लिए सपने बुन रहा है कि किसी दिन तुम उस अवस्था में होओगे जहां कोई गति नहीं होगी, कोई चाह नहीं होगी और तब आनंद ही आनंद होगा।

तो वर्तमान में कैसे हुआ जाए? शिव इसके संबंध में कुछ नहीं कहते हैं। वे सिर्फ विधि देते हैं। इसे तुम करते हो, और अपने को अभी और यहीं पाते हो। और तुम्हारा अभी और यहीं होना सत्य है, तुम्हारा अभी और यहीं होना स्वतंत्रता है, तुम्हारा अभी और यहीं होना निर्वाण है।

आरंभ की नौ विधियां श्वास-क्रिया से संबंध रखती हैं। इसलिए पहले हम श्वास-क्रिया के संबंध में थोड़ा समझ लें और फिर विधियों में प्रवेश करेंगे।

हम जन्म के क्षण से मृत्यु के क्षण तक निरंतर श्वास लेते रहते हैं। इन दो बिंदुओं के बीच सब कुछ बदल जाता है, सब चीज बदल जाती है, कुछ भी बदले बिना नहीं रहता, लेकिन जन्म और मृत्यु के बीच श्वास-क्रिया अचल रहती है। बच्चा जवान होगा, जवान बूढ़ा होगा। वह बीमार होगा, उसका शरीर रुगण और कुरूप होगा, सब कुछ बदल जाएगा। वह सुखी होगा, दुखी होगा, पीड़ा में होगा, सब कुछ बदलता रहेगा। लेकिन इन दो बिंदुओं के बीच आदमी श्वास भर सतत लेता रहेगा, चाहे और कुछ भी हो। तुम सुखी हो कि दुखी, जवान हो कि बूढ़े, सफल कि असफल—जो भी हो, वह अप्रासंगिक हे—लेकिन एक बात निश्चि है कि इन दो बिंदुओं के बीच तुम्हें श्वास लेते ही रहना है।

श्वास-क्रिया एक सतत प्रवाह है, उसमें अंतराल संभव नहीं है। अगर तुम एक क्षण के लिए भी श्वास लेना भूल जाओ तो तुम समाप्त हो जाओगे। यही कारण है कि श्वास लेने का जिम्मा तुम्हारा नहीं है, नहीं तो मुश्किल हो जाए। कोई एक क्षण को भी श्वास लेना भूल जाए तो फिर कुछ भी नहीं किया जा सकता।

इसलिए यथार्थ में तुम श्वास नहीं लेते हो, क्योंकि उसमें तुम्हारी जरूरत नहीं है। तुम गहरी नींद में हो और श्वास चल रही है। तुम गहरी मूर्च्छा में हो और श्वास चल रही है। तुम

जरूरी नहीं हो। तुम्हारे बावजूद श्वास-क्रिया जारी रहती है।

श्वसन तुम्हारे व्यक्तित्व का एक अचल तत्व है, यह पहली बात हुई। और दूसरी बात कि वह जीवन के लिए अत्यंत आवश्यक और आधारभूत है। श्वास के बिना तुम जीवित नहीं रह सकते। इसलिए श्वास और जीवन पर्यायवाची हो गए हैं। श्वास-क्रिया जीवन की यांत्रिकी है और जीवन गहरे रूप में उससे जुड़ा है। इसलिए भारत में उसे प्राण कहते हैं। श्वास और जीवन दोनों के लिए हमने यह शब्द प्राण रखा है। प्राण का अर्थ है, जीवन-शक्ति, जीवंतता। तुम्हारा जीवन तुम्हारी श्वास है।

और तीसरी बात कि श्वास तुम्हारे और तुम्हारे शरीर के बीच सेतु है। सतत श्वास तुम्हें तुम्हारे शरीर से जोड़ रही है, संबंधित कर रही है। और श्वास न सिर्फ तुम्हारे और तुम्हारे शरीर के बीच सेतु है, वह तुम्हारे और विश्व के बीच भी सेतु है। शरीर वह विश्व है जो तुम्हारे पास आया है, जो तुम्हारे पास है। तुम्हारा शरीर विश्व का ही अंग है। शरीर की हरेक चीज, हरेक कण, हरेक कोश विश्व का अंश है। यह विश्व के साथ निकटतम संबंध है। और श्वास सेतु है। अगर सेतु टूट जाए तो तुम शरीर में नहीं रह सकोगे; तुम किसी अज्ञात आयाम में चले जाओगे। तब तुम समय और स्थान में नहीं पाए जाओगे। इसलिए श्वास तुम्हारे और देश-काल के बीच का सेतु है।

श्वास इसलिए बहुत महत्वपूर्ण, सर्वाधिक महत्वपूर्ण हो जाती है। यही कारण है कि आरंभ की नो विधियां श्वास से संबंधित हैं। अगर तुम श्वास के साथ कुछ कर सको तो तुम अचानक वर्तमान में लौट आओगे। अगर तुम श्वास के साथ कुछ कर सको तो तुम जीवन-स्रोत को उपलब्ध हो जाओगे। अगर तुम श्वास के साथ कुछ कर सको तो तुम समय और स्थान का अतिक्रमण कर जाओगे। अगर तुम श्वास के साथ कुछ कर सको तो तुम संसार में भी होओगे और उसके पार भी।

श्वास के दो बिंदु हैं, दो छोर हैं। एक छोर है जहां पर वह शरीर और विश्व को छूती है और दूसरा छोर है जहां वह तुम्हें और विश्वातीत को छूती है। और हम श्वास के एक ही हिस्से से परिचित हैं। जब वह विश्व में, शरीर में गति करती है, तभी हम उसे जानते हैं। लेकिन वह सदा ही शरीर से अशरीर में और अशरीर से शरीर में संक्रमण कर रही है। इस दूसरे बिंदु को हम नहीं जानते हैं। और अगर तुम दूसरे बिंदु को, जो सेतु का दूसरा ध्रुव है, जान जाओ—तुम एकाएक रूपोतरित होकर एक दूसरे ही आयाम में प्रवेश कर जाओगे।

लेकिन याद रखो, शिव जो कहने जा रहे हैं वह योग नहीं है; वह तंत्र है। योग भी श्वास पर काम करता है, लेकिन योग और तंत्र के काम में बुनियादी फर्क है। योग श्वास-क्रिया को व्यवस्थित करने की चेष्टा करता है। अगर तुम अपनी श्वास को व्यवस्था दो तो तुम्हारा स्वास्थ्य सुधर जाएगा। अगर तुम श्वास-क्रिया को व्यवस्थित करो, उसके रहस्यों को समझो, तो तुम्हें स्वास्थ्य और दीर्घ जीवन मिलेगा। तुम ज्यादा बली, ज्यादा ओजस्वी, ज्यादा जीवंत, ज्यादा युवा और ज्यादा ताजा हो जाओगे।

लेकिन तंत्र को उससे कुछ लेना-देना नहीं है। तंत्र श्वास की व्यवस्था की चिंता नहीं लेता, भीतर की ओर मुड़ने के लिए वह श्वास-क्रिया का उपयोग भर करता है। तंत्र में साधक को किसी विशेष ढंग की श्वास का अभ्यास नहीं करना है, कोई विशेष प्राणायाम नहीं साधना

है, प्राण को लयबद्ध नहीं बनाना है; बस, उसके कुछ विशेष बिंदुओं के प्रति बोधपूर्ण रहना है।

श्वास-प्राश्वस के कुछ बिंदु हैं जिन्हें हम नहीं जानते। हम सदा श्वास लेते रहे हैं, लेते रहेंगे; हम श्वास के साथ जन्मते हैं, श्वास के साथ मरते हैं। लेकिन हमें उसके कुछ महत्वपूर्ण बिंदुओं का बोध नहीं है। और यह हैरानी की बात है। मनुष्य अंतरिक्ष की गहराइयों में उतर रहा है, खोज कर रहा है। वह चांद पर पहुंच रहा है, वह पृथ्वी से निकलकर सुदूर अंतरिक्ष में पहुंचने की चेष्टा कर रहा है। लेकिन वह अपने जीवन के इस निकटतम अंग को नहीं समझ सका है। श्वास के कुछ बिंदु हैं जिन्हें तुमने कभी देखा ही नहीं। वे बिंदु द्वार हैं, तुम्हारे निकटतम द्वार, जिनसे होकर तुम एक दूसरे ही संसार में, एक दूसरे ही अस्तित्व में, एक दूसरी ही चेतना में प्रवेश कर सकते हो।

लेकिन वे बिंदु बहुत सूक्ष्म हैं। चांद का निरीक्षण बहुत कठिन नहीं है। चांद पर पहुंचना भी बहुत कठिन नहीं है। वह एक स्थूल यात्रा है। यंत्रीकरण हो, प्राविधि हो, ढेर सी सूचनाएं हों, और तुम चांद पर पहुंच जाओगे। श्वास-क्रिया तुम्हारी निकटतम चीज है। लेकिन जो चीज जितनी ही निकट होती है उसे देखना उतना ही कठिन हो जाता है। जो चीज जितनी निकट हो वह उतनी ही कठिन मालूम देती है, जो चीज जितनी ही प्रकट हो उतनी ही कठिन लगती है। श्वास तुम्हारे इतनी करीब है कि तुम्हारे और उसके बीच स्थान ही नहीं रहता। या इतना अल्प स्थान है कि उसे देखने के लिए बहुत सूक्ष्म दृष्टि चाहिए। तभी तुम उन बिंदुओं के प्रति बोधपूर्ण हो सकोगे। और ये बिंदु इन विधियों के आधार हैं।

अब मैं एक-एक विधि को लूंगा।

शिव उत्तर में कहते हैं: हे देवी, यह अनुभव दो श्वासों के बीच घटित हो सकता है। श्वास के भीतर आने के पाश्चत और बाहर लौटने के ठीक पूर्व—श्रेयस है, कल्याण है।

यह विधि है: 'हे देवी, यह अनुभव दो श्वासों के बीच घटित हो सकता है।' जब श्वास भीतर अथवा नीचे को आती है उसके बाद, और फिर श्वास के बाहर लौटने के ठीक पूर्व—'श्रेयस है।' इन दो बिंदुओं के बीच होशपूर्ण होने से घटना घटती है।

जब तुम्हारी श्वास भीतर आए तो उसका निरीक्षण करो। उसके फिर बाहर या ऊपर के लिए मुड़ने के पहले एक क्षण के लिए, या क्षण के हजारअवें भाग के लिए श्वास बंद हो जाती है। श्वास भीतर आती है और वहां एक बिंदु है जहां वह ठहर जाती है। फिर श्वास वाहर जाती है। और जब श्वास बाहर जाती है तो फिर वहां भी एक क्षण के लिए या क्षणांश के लिए ठहर जाती है। और फिर वह भीतर के लिए लौटती है।

श्वास के भीतर या बाहर के लिए मुड़ने के पहले एक क्षण है जब तुम श्वास नहीं लेते हो। उसी क्षण में घटना घटनी संभव है; क्योंकि जब तुम श्वास नहीं लेते हो तो तुम संसार में नहीं होते हो। समझ लो कि जब तुम श्वास नहीं लेते हो तब तुम मृत हो; तुम तो हो, लेकिन मृत। लेकिन यह क्षण इतना छोटा है कि तुम उसे कभी देख नहीं पाते।

तंत्र के लिए प्रत्येक बहिर्गामी श्वास मृत्यु है और प्रत्येक नई श्वास पुनर्जन्म है। भीतर आने वाली श्वास पुनर्जन्म है; बाहर जाने वाली श्वास मृत्यु है। बाहर जाने वाली श्वास मृत्यु का पर्याय है; अंदर आने वाली जीवन का। इसलिए प्रत्येक श्वास के साथ तुम मरते हो और

फिर जन्म लेते हो। दोनों के बीच का अंतराल बहुत क्षणिक है, लेकिन पैनी दृष्टि, शुद्ध निरीक्षण और अवधान से उसे अनुभव किया जा सकता है। और यदि तुम उस अंतराल को अनुभव कर सको तो शिव कहते हैं कि श्रेयस उपलब्ध है। तब और किसी चीज की जरूरत नहीं है। तब तुम आप्तकाम हो गए। तुमने जान लिया; घटना घट गई।

श्वास को प्रशिक्षित नहीं करना है। वह जैसी है उसे वैसी ही रहने दो। फिर इतनी सरल विधि क्यों? सत्य को जानने को ऐसी सरल विधि? सत्य को जानना उसको जानना है जिसका न जन्म है न मरण, उस शाश्वत को जानना है जो सदा है। तुम बाहर जाती श्वास को जान सकते हो, तुम भीतर आती श्वास को भी जान सकते हो; लेकिन तुम दोनों के अंतराल को कभी नहीं जानते।

प्रयोग करो और तुम उस बिंदु को पा लोगे। उसे अवश्य पा सकते हो; वह है। तुम्हें या तुम्हारी संरचना में कुछ जोड़ना नहीं है; वह है ही। सब कुछ है; सिर्फ बोध नहीं है। कैसे प्रयोग करो? पहले भीतर आने वाली श्वास के प्रति होशपूर्ण बनो। उसे देखो। सब कुछ भूल जाओ और आने वाली श्वास को, उसके यात्रा-पथ को देखो। जब श्वास नासापुटों को स्पर्श करे तो उसको महसूस करो। श्वास को गति करने दो और पूरी सजगता से उसके साथ यात्रा करो। श्वास के साथ ठीक कदम से कदम मिलाकर नीचे उतरो; न आगे जाओ और न पीछे पड़ो। उसका साथ न छूटे; बिलकुल साथ-साथ चलो।

स्मरण रहे, न आगे जाना है और न छाया की तरह पीछे चलना है—समांतर चलो, युगपत। श्वास और सजगता को एक हो जाने दो। श्वास नीचे जाती है तो तुम भी नीचे जाओ। और तभी उस बिंदु को पा सकते हो जो दो श्वासों के बीच में है। यह आसान नहीं है। श्वास के साथ अंदर जाओ; श्वास के साथ बाहर जाओ।

बुद्ध ने इसी विधि का प्रयोग विशेष रूप से किया; इसलिए यह बौद्ध विधि बन गई। बौद्ध शब्दावली में इसे अनापानसती योग कहते हैं। और स्वयं बुद्ध की आत्मोपलब्धि इस विधि पर ही आधारित थी। संसार के सभी धर्म, संसार के सभी द्रष्टा किसी न किसी विधि के जरिए मंजिल पर पहुंचे हैं। और वे सब विधियां इन एक सौ बारह विधियों में सम्मिलित हैं। यह पहली विधि बौद्ध विधि है। दुनिया इसे बौद्ध विधि के रूप में जानती है, क्योंकि बुद्ध इसके द्वारा ही निर्वाण को उपलब्ध हुए थे।

बुद्ध ने कहा है: अपनी श्वास-प्राश्वस के प्रति सजग रहो; अंदर आती-जाती श्वास के प्रति होश रखो। बुद्ध अंतराल की चर्चा नहीं करते, क्योंकि उसकी जरूरत नहीं है। बुद्ध ने सोचा और समझा कि अगर तुम अंतराल की, दो श्वासों के बीच के विराम की फिक्र करने लगे, तो उससे तुम्हारी सजगता खंडित होगी। इसलिए उन्होंने सिर्फ यह कहा कि होश रखो; जब श्वास भीतर आए तो तुम भी उसके साथ भीतर आओ और जब श्वास बाहर जाए तो तुम भी उसके साथ ही बाहर जाओ। इतना ही करो, श्वास के साथ-साथ तुम भी भीतर-बाहर चलते रहो। विधि के दूसरे हिस्से के संबंध में बुद्ध कुछ भी नहीं कहते हैं।

इसका कारण है। कारण यह है कि बुद्ध बहुत साधारण लोगों से, सीधे-सादे लोगों से बोल रहे थे। वे उनसे अंतराल की बात करते तो उससे लोगों में अंतराल को पाने की एक अलग कामना निर्मित हो जाती। और यह अंतराल को पाने की कामना बोध में बाधा बन

जाती। क्योंकि अगर तुम अंतराल को पाना चाहते हो तो तुम आगे बढ़ जाओगे; श्वास भीतर आती रहेगी और तुम उसके आगे निकल जाओगे। क्योंकि तुम्हारी दृष्टि अंतराल पर है जो भविष्य में है। बुद्ध कभी इसकी चर्चा नहीं करते; इसलिए बुद्ध की विधि आधी है।

लेकिन दूसरा हिस्सा अपने आप ही चला आता है। अगर तुम श्वास के प्रति सजगता का, बोध का अभ्यास करते गए तो एक दिन अनजाने ही तुम अंतराल को पा जाओगे। क्योंकि जैसे-जैसे तुम्हारा बोध, गहरा और सघन होगा, जैसे-जैसे तुम्हारा बोध स्पष्टा आकार लेगा—जब सारा ससर भूल जाएगा, बस श्वास का आना-जाना ही एकमात्र बोध रह जाएगा—तब अचानक तुम उस अंतराल को अनुभव करोगे जिसमें श्वास नहीं है।

अगर तुम सूक्ष्मता से श्वास-प्राश्वस के साथ यात्रा कर रहे हो तो उस स्थिति के प्रति अबोध कैसे रह सकते हो जहां श्वास नहीं है। वह क्षण आ ही जाएगा जब तुम महसूस करोगे कि अब श्वास न जाती है, न आती है। श्वास-क्रिया बिलकुल ठहर गई है। और उसी ठहराव में श्रेयस का वास है।

यह एक विधि लाखों-करोड़ों लोगों के लिए पर्याप्त है। सदियों तक समूचा एशिया इस एक विधि के साथ जीया और उसका प्रयोग करता रहा। तिब्बत, चीन, जापान, बर्मा, श्याम, श्रीलंका—भारत को छोड़कर समस्त एशिया सदियों तक इस एक विधि का उपयोग करता रहा। और इस एक विधि के द्वारा हजारों-हजारों व्यक्ति ज्ञान को उपलब्ध हुए। और यह पहली ही विधि है। दुर्भाग्य की बात कि चूंकि यह विधि बुद्ध के नाम से संबद्ध हो गई, इसलिए हिंदू इस विधि से बचने की चेष्टा में लगे रहे। क्योंकि यह बौद्ध विधि की तरह बहुत प्रसिद्ध हुई, हिंदू इसे बिलकुल भूल ही बैठे। इतना ही नहीं, उन्होंने और एक कारण से उसकी अवहेलना की। क्योंकि शिव ने सबसे पहले इस विधि का उल्लेख किया, अनेक बौद्धों ने इस विज्ञान भैरव तंत्र के बौद्ध ग्रंथ होने का दावा किया है। वे इसे हिंदू ग्रंथ नहीं मानते।

यह न हिंदू है न बौद्ध, और विधि मात्र विधि है। बुद्ध ने इसका उपयोग किया, लेकिन यह उपयोग के लिए मौजूद ही थी। और इस विधि के चलते बुद्ध बुद्ध हुए। विधि बुद्ध से भी पहले थी; वह मौजूद ही थी। इसको प्रयोग में लाओ। यह सरलतम विधियों में से है—अन्य विधियों की तुलना में; मैं यह नहीं कहता कि यह विधि तुम्हारे लिए सरल है। अन्य विधियां अधिक कठिन होंगी। यही कारण है कि पहली विधि की तरह इसका उल्लेख हुआ है।

दूसरी विधि—आरंभ की सब नौ विधियां श्वास से संबंधित हैं—इस प्रकार है:

जब श्वास नीचे से ऊपर की ओर मुड़ती है, और फिर जब श्वास ऊपर से नीचे की ओर मुड़ती है—इन दो मोड़ों के द्वारा उपलब्ध हो।

थोड़े फर्क के साथ यह वही विधि है, जोर अब अंतराल पर न होकर मोड़ पर है। बाहर जाने वाली और अंदर आने वाली श्वास एक वर्तुल बनाती हैं। याद रहे, वे समांतर रेखाओं की तरह नहीं हैं। हम सदा सोचते हैं कि आने वाली श्वास और जाने वाली श्वास दो समांतर रेखाओं की तरह हैं। मगर वे ऐसी हैं नहीं। भीतर आने वाली श्वास आधा वर्तुल बनाती है और शेष आधा वर्तुल बाहर जाने वाली श्वास बनाती है।

इसलिए पहले यह समझ लो कि श्वास और प्राश्वस मिलकर एक वर्तुल बनाती हैं।

और वे समांतर रेखाएं नहीं हैं; क्योंकि समांतर रेखाएं कहीं नहीं मिलती हैं। दूसरा यह कि आने वाली और जाने वाली श्वास दो नहीं हैं, वे एक हैं। वही श्वास जो भीतर आती है, बाहर भी जाती है। इसलिए भीतर उसका कोई मोड़ अवश्य होगा; वह कहीं जरूर मुड़ती होगी। कोई बिंदु होगा, जहां आने वाली श्वास जाने वाली श्वास बन जाती होगी।

लेकिन मोड़ पर इतना जोर क्यों है?

क्योंकि शिव कहते हैं, 'जब श्वास नीचे से ऊपर की ओर मुड़ती है, और फिर जब श्वास ऊपर से नीचे की ओर मुड़ती है—इन दो मोड़ों के द्वारा उपलब्ध हो।'

बहुत सरल है। लेकिन शिव कहते हैं कि मोड़ों को प्राप्त कर लो और आत्मा को उपलब्ध हो जाओगे। लेकिन मोड़ क्यों?

अगर तुम कार चलाना जानते हो तो तुम्हें गियर का पता होगा। हर बार जब तुम गियर बदलते हो तो तुम्हें न्यूट्रल गियर से गुजरना पड़ता है जो कि गियर बिलकुल नहीं है। तुम पहले गियर से दूसरे गियर में जाते हो और दूसरे से तीसरे गियर में। लेकिन सदा तुम्हें न्यूट्रल गियर से होकर जाना पड़ता है। वह न्यूट्रल गियर घुमाव का बिंदु है, मोड़ है। उस मोड़ पर पहला गियर दूसरा बन जाता है और दूसरा तीसरा बन जाता है।

वैसे ही जब तुम्हारी श्वास भीतर जाती है और घूमने लगती है तो उस वक्त वह न्यूट्रल गियर में होती है; नहीं तो वह नहीं घूम सकती। उसे तटस्थ क्षेत्र से गुजरना पड़ता है।

उस तटस्थ क्षेत्र में तुम न तो शरीर हो और न मन ही हो; न शारीरिक हो, न मानसिक हो। क्योंकि शरीर तुम्हारे अस्तित्व का एक गियर है और मन उसका दूसरा गियर है। तुम एक गियर से दूसरे गियर में गति करते हो, इसलिए तुम्हें एक न्यूट्रल गियर की जरूरत है जो न शरीर हो और न मन हो। उस तटस्थ क्षेत्र में तुम मात्र हो, मात्र अस्तित्व—शुद्ध, सरल, अशरीरी और मन से मुक्त। यही कारण है कि घुमाव-बिंदु पर, मोड़ पर इतना जोर है।

मनुष्य एक यंत्र है—बड़ा और बहुत जटिल यंत्र है। तुम्हरि शरीर और मन में भी अनेक गियर हैं। तुम्हें उस महान यंत्र-रचना का बोध नहीं है, लेकिन तुम एक महान यंत्र हो। और अच्छा है कि तुम्हें उसका बोध नहीं है, अन्यथा तुम पागल हो जाओगे। शरीर ऐसा विशाल यंत्र है कि वैज्ञानिक कहते हैं कि अगर हमें शरीर के समांतर एक कारखाना निर्मित करना पड़े तो उसे चार वर्गमील जमीन की जरूरत होगी। और उसका शोरगुल इतना भारी होगा कि उससे सौ वर्गमील भूमि प्रभावित होगी।

शरीर एक विशाल यांत्रिक रचना है—विशालतम। उसमें लाखों-लाखों कोशिंकाएं हैं, और प्रत्येक कोशिका जीवित है। तुम सात करोड़ कोशिकाओं के एक विशाल नगर हो; तुम्हारे भीतर सात करोड़ नागरिक बसते हैं, और सारा नगर बहुत शांति और व्यवस्था से चल रहा है। प्रतिक्षण यंत्र-रचना काम कर रही है, और वह बहुत जटिल है।

कई स्थलों पर इन विधियों का तुम्हारे शरीर और मन की इस यंत्र-रचना के साथ वास्ता पड़ेगा। लेकिन याद रखो कि सदा ही जोर उन बिंदुओं पर रहेगा जहां तुम अचानक यंत्र-रचना के अंग नहीं रह जाते हो। जब एकाएक तुम यंत्र-रचना के अंग नहीं रहे तो ये ही क्षण हैं जब तुम गियर बदलते हो।

उदाहरण के लिए, रात जब तुम नींद में उतरते हो तो तुम्हें गियर बदलता पड़ता है।

कारण यह है कि दिन में जागी हुई चेतना के लिए दूसरे ढंग की यंत्र-रचना की जरूरत रहती है। तब मन का भी एक दूसरा भाग काम करता है। और जब तुम नींद में उतरते हो तो वह भाग निष्क्रिय हो जाता है और अन्य भाग सक्रिय होता है। उस क्षण वहां एक अंतराल, एक मोड़ आता है। एक गियर बदला। फिर सुबह जब तुम जागते हो तो गियर बदलता है।

तुम चुपचाप बैठे हो और अचानक कोई कुछ कह देता है और तुम क्रुद्ध हो जाते हो। तब तुम भिन्न गियर में चले गए। यही कारण है कि सब कुछ बदल जाता है। तुम क्रोध में हुए कि तुम्हारी श्वास-क्रिया बदल जाएगी, वह अस्तव्यस्त, अराजक हो जाएगी। तुम्हारी श्वास-क्रिया में कंपन आ जाएगा, तुम्हारा दम घुटने लगेगा। उस समय तुम्हारा सारा शरीर कुछ करना चाहेगा, किसी चीज को चूर-चूर कर देना चाहेगा, ताकि यह घुटन जाए। तुम्हारी श्वास-क्रिया बदल जाएगी, तुम्हारे खून की लय दूसरी होगी, चाल दूसरी होगी। शरीर में और ही तरह का रस-द्रव्य सक्रिय होगा। पूरी ग्रंथि-व्यवस्था ही बदल जाएगी। क्रोध में तुम दूसरे ही आदमी हो जाते हो।

एक कार खड़ी है, तुम उसे स्टार्ट करो। उसे किसी गियर में न डालकर न्यूट्रल गियर में छोड़ दो। गाड़ी हिलेगी, कांपेगी, लेकिन चल तो सकती नहीं। वह गरम हो जाएगी। इसी तरह क्रोध में नहीं कुछ कर पाने के कारण तुम गरम हो जाते हो। यंत्र-रचना तो कुछ करने के लिए सक्रिय है और तुम उसे कुछ करने नहीं देते तो उसका गरम हो जाना स्वाभाविक है। तुम एक यंत्र-रचना हो, लेकिन मात्र यंत्र-रचना नहीं हो। उससे कुछ अधिक हो। उस अधिक को खोजना है। जब तुम गियर बदलते हो तो भीतर सब कुछ बदल जाता है। जब तुम गियर बदलते हो तो एक मोड़ आता है।

शिव कहते हैं, 'जब श्वास नीचे से ऊपर की ओर मुड़ती है, और फिर जब श्वास ऊपर से नीचे की ओर मुड़ती है—इन दो मोड़ों के द्वारा उपलब्ध हो।'

मोड़ पर सावधान हो जाओ, सजग हो जाओ। लेकिन यह मोड़ बहुत सूक्ष्म है और उसके लिए बहुत सूक्ष्म निरीक्षण की जरूरत पड़ेगी। हमारी निरीक्षण की क्षमता नहीं के बराबर है; हम कुछ देख ही नहीं सकते। अगर मैं तुम्हें कहूं कि इस फूल को देखो—.इस फूल को जो तुम्हें मैं देता हूं—तो तुम उसे नहीं देख पाओगे। एक क्षण को तुम उसे देखोगे और फिर किसी और चीज के संबंध में सोचने लगोगे। वह सोचना फूल के विषय में हो सकता है, लेकिन वह फूल नहीं होगा। तुम फूल के बारे में सोच सकते हो कि वह कितना सुंदर है, लेकिन तब तुम फूल से दूर हट गए। अब फूल तुम्हारे निरीक्षण-क्षेत्र में नहीं रहा; क्षेत्र बदल गया। तुम कहोगे कि यह लाल है, नीला है, लेकिन तुम उस फूल से दूर चले गए।

निरीक्षण का अर्थ होता है: किसी शब्द या शाब्दिकता के साथ, भीतर की बदलाहट के साथ न रहकर मात्र फूल के साथ रहना। अगर तुम फूल के साथ ऐसे तीन मिनट रह जाओ, जिसमें मन कोई गति न करे, तो श्रेयस घट जाएगा, तुम उपलब्ध हो जाओगे।

लेकिन हम निरीक्षण बिलकुल नहीं जानते हैं। हम सावधान नहीं हैं, सतर्क नहीं हैं। हम किसी भी चीज को अपना अवधान नहीं दे पाते हैं। हम तो यहां-वहां उछलते रहते हैं। वह हमारी वंशगत विरासत है, बंदर-वंश की विरासत। बंदर के मन से ही मनुष्य का मन विकसित हुआ है। बंदर शांत नहीं बैठ सकता। इसीलिए बुद्ध बिना हलन-चलन के बैठने पर, मात्र

बैठने पर इतना जोर देते थे। क्योंकि तब बंदर-मन का अपनी राह चलना बंद हो जाता है।

जापान में एक खास तरह का ध्यान चलता है जिसे वे झाझेन कहते हैं। झाझेन शब्द का जापानी में अर्थ होता है, मात्र बैठना और कुछ भी नहीं करना। कुछ भी हलचल नहीं करनी है, मूर्ति को तरह वर्षों बैठे रहना है—मृतवत, अचल। लेकिन मूर्ति की तरह वर्षों बैठने की जरूरत क्या है? अगर तुम अपने श्वास के घुमाव को अचल मन से देख सको तो तुम प्रवेश पा जाओगे। तुम स्वयं में प्रवेश पा जाओगे, अंतर के भी पार प्रवेश पा जाओगे। लेकिन ये मोड़ इतने महत्वपूर्ण क्यों हैं?

वे महत्वपूर्ण हैं, क्योंकि मोड़ पर दूसरी दिशा में घूमने के लिए श्वास तुम्हें छोड़ देती है। जब वह भीतर आ रही थी तो तुम्हारे साथ थी; फिर जब वह बाहर जाएगी तो तुम्हारे साथ होगी। लेकिन घुमाव-बिंदु पर न वह तुम्हारे साथ है और न तुम उसके साथ हो। उस क्षण में श्वास तुमसे भिन्न है और तुम उससे भिन्न हो। अगर श्वास-क्रिया ही जीवन है तो तब तुम मृत हो। अगर श्वास-क्रिया तुम्हारा मन है तो उस क्षण तुम अ-मन हो।

तुम्हें पता हो या नहीं, अगर तुम अपनी श्वास को ठहरा दो तो मन अचानक ठहर जाता है। अगर तुम अपनी श्वास को ठहरा दो तो तुम्हाग मन अभी और अचानक ठहर जाएगा; मन चल नहीं सकता। श्वास का अचानक ठहरना मन को ठहरा देता है। क्यों? क्योंकि वे पृथक हो जाते हैं। केवल चलती हुई श्वास मन से, शरीर से जुड़ी होती है। अचल श्वास अलग हो जाती है। और तब तुम न्यूट्रल गियर में होते हो।

कार चालू है, ऊर्जा भाग रही है। कार शोर मचा रही है, वह आगे जाने को तैयार है। लेकिन वह गियर में ही नहीं है। इसलिए कार का शरीर और कार की यंत्र-रचना, दोनों अलग-अलग हैं। कार दो हिस्सों में बंटी है। वह चलने-को तैयार है, लेकिन गति का यंत्र उससे अलग है।

वही बात तब होती है जब श्वास मोड़ लेती है। उस समय तुम उससे नहीं जुड़े हो। और उस क्षण तुम आसानी से जान सकते हो कि मैं कौन हूं, यह होना क्या है। उस समय तुम जान सकते हो कि शरीर रूपी घर के भीतर कौन है, इस घर का स्वामी कौन है। मैं मात्र घर हूं या वहां कोई स्वामी भी है। मैं मात्र यंत्र-रचना हूं या उसके परे भी कुछ है। और शिव कहते हैं कि उस घुमाव-बिंदु पर उपलब्ध हो। वे कहते हैं, उस मोड़ के प्रति बोधपूर्ण हो जाओ और तुम आत्मोपलब्ध हो।

तीसरी श्वास विधि :

या जब कभी अंत:श्वास और बहिर्श्वास एक-दूसरे में विलीन होती हैं, उस क्षण में ऊर्जारहित, ऊर्जापूरित केंद्र को स्पर्श करो।

हम केंद्र और परिधि में विभाजित हैं। शरीर परिधि है। हम शरीर को, परिधि को जानते हैं। लेकिन हम यह नहीं जानते कि कहां केंद्र है। जब बहिर्श्वास अंतःश्वास में विलीन होती है, जब वे एक हो जाती हैं, जब तुम यह नहीं कह सकते कि यह अंतःश्वास है कि बहिर्श्वास, जब यह बताना कठिन हो कि श्वास भीतर जा रही है कि बाहर जा रही है, जब श्वास भीतर प्रवेश कर बाहर की तरफ मुड़ने लगती है, तभी विलय का क्षण है। तब श्वास न बाहर जाती है और

न भीतर आती है। श्वास गतिहीन है। जब वह बाहर जाती है, गतिमान है; जब वह भीतर आती है, गतिमान है। और जब वह दोनों में कुछ भी नहीं करती है, तब वह मौन है, अचल है। और तब तुम केंद्र के निकट हो। आने वाली और जाने वाली श्वासों का यह विलय-बिंदु तुम्हारा केंद्र है।

इसे इस तरह देखो। जब श्वास भीतर जाती है तो कहां जाती है? वह तुम्हारे केंद्र को जाती है। और जब वह बाहर जाती है तो कहां से जाती है? केंद्र से बाहर जाती है। इसी केंद्र को स्पर्श करना है। यही कारण है कि ताओवादी संत और झेन संत कहते हैं कि सिर तुम्हारा केंद्र नहीं है, नाभि तुम्हारा केंद्र है। श्वास नाभि-केंद्र को जाती है, फिर वहां से लौटती है, फिर-फिर उसकी यात्रा करती है।

जैसा मैंने कहा, श्वास तुम्हारे और तुम्हारे शरीर के बीच सेतु है। तुम शरीर को तो जानते हो, लेकिन यह नहीं जानते कि केंद्र कहां है। श्वास निरंतर केंद्र को जा रही है और वहां से लौट रही है। लेकिन हम पर्याप्त श्वास नहीं लेते हैं। इस कारण से साधारणतः वह केंद्र तक नहीं पहुंच पाती है। खासकर आधुनिक समय में तो वह केंद्र तक नहीं जाती। और नतीजा यह है कि हरेक व्यक्ति विकेंद्रित अनुभव करता है, अपने को केंद्र से च्युत महसूस करता है। पूरे आधुनिक संसार में जो लोग भी थोड़ा सोच-विचार करते हैं, वे महसूस करते हैं कि उनका केंद्र खो गया है।

एक सोए हुए बच्चे को देखो, उसकी श्वास का निरीक्षण करो। जब उसकी श्वास भीतर जाती है तो उसका पेट ऊपर उठता है; उसकी छाती अप्रभावित रहती है। यही वजह है कि बच्चों के छाती नहीं होती, उनके केवल पेट होते हैं—जीवंत पेट। श्वास-प्राश्वास के साथ उनका पेट ऊपर-नीचे होता है। उनका पेट ऊपर-नीचे होता है और बच्चे अपने केंद्र पर होते हैं, केंद्र में होते हैं। और यही कारण है कि बच्चे इतने सुखी हैं, इतने आनंदमग्न हैं, इतनी ऊर्जा से भरे हैं कि कभी थकते नहीं और ओवरफ्लोइंग हैं। वे सदा वर्तमान क्षण में होते हैं; न उनका अतीत है न भविष्य। ह

एक बच्चा क्रोध कर सकता है। जब वह क्रोध करता है तो समग्रता से क्रोध करता है। वह क्रोध ही हो जाता है। और तब उसका क्रोध भी कितना सुंदर लगता है। जब कोई समग्रता से क्रोध करता है तो उसके क्रोध का अपना ही सौंदर्य है। क्योंकि समग्रता सदा सुंदर होती है।

तुम क्रोधी और सुंदर नहीं हो सकते। क्रोध में तुम कुरूप लगोगे, क्योंकि खंड सदा कुरूप होता है। क्रोध के साथ ही ऐसा नहीं है; तुम प्रेम भी करते हो तो कुरूप लगते हो। क्योंकि उसमें भी तुम खंडित हो, बंटे-बंटे हो। जब तुम किसी को प्रेम कर रहे हो, जब तुम संभोग में उतर रहे हो तो अपने चेहरे को देखो। आईने के सामने प्रेम करो और अपना चेहरा देखो। वह कुरूप और पशुवत होगा।

प्रेम में भी तुम्हारा रूप कुरूप हो जाता है। क्यों? तुम्हारे प्रेम में भी द्वंद्व है; तुम कुछ बचाकर रख रहे हो, कुछ रोक रहे हो; तुम बहुत कंजूसी से दे रहे हो। तुम अपने प्रेम में भी समग्र नहीं हो। तुम समग्रता से, पूरे-पूरे दे भी नहीं पाते।

और बच्चा क्रोध और हिंसा में भी समग्र होता है; उसका मुखड़ा दीप्त और सुंदर हो उठता है; वह यहां और अभी होता है। उसके क्रोध को न किसी अतीत से कुछ लेना-देना है

और न किसी भविष्य से; वह हिसाब नहीं रखता है। वह मात्र क्रुद्ध है। बच्चा अपने केंद्र पर है। और जब तुम केंद्र पर होते हो तो सदा समग्र होते हो। तब तुम जो कुछ करते हो वह समग्र होता है। भला या बुरा, वह समग्र होता है। और जब खंडित होते हो, केंद्र से च्युत होते हो तो तुम्हारा हरेक काम भी खंडित होता है; क्योंकि उसमें तुम्हारा खंड ही होता है, उसमें तुम्हारा समग्र संवेदित नहीं होता है। खंड समग्र के खिलाफ जाता है। और वही कुरूपता पैदा करता है।

कभी हम सब बच्चे थे। क्या बात है कि जैसे-जैसे हम बड़े होते हैं हमारी श्वास-क्रिया उथली हो जाती है? तब श्वास पेट तक कभी नहीं जाती है, नाभि-केंद्र को नहीं छूती है। अगर वह ज्यादा से ज्यादा नीचे जाएगी तो वह कम से कम उथली रहेगी। लेकिन वह तो सीने को छूकर लौट आती है। वह केंद्र तक नहीं जाती है। तुम केंद्र से डरते हो, क्योंकि केंद्र पर जाने से तुम समग्र हों जाओगे। अगर तुम खंडित रहना चाहो तो खंडित रहने की यही प्रक्रिया है।

तुम प्रेम करते हो। अगर तुम केंद्र से श्वास लो तो तुम प्रेम में पूरे बहोगे। तुम डरे हुए हो। तुम दूसरे के प्रति, किसी के भी प्रति खुले होने से, असुरक्षित और संवेदनशील होने से डरते हो। तुम उसे अपना प्रेमी कहो कि प्रेमिका कहो, तुम डरे हुए हो। वह दूसरा है, और अगर तुम पूरी तरह खुले हो, असुरक्षित हो तो तुम नहीं जानते कि क्या होने जा रहा है। तब तुम हो, समग्रता से हो—दूसरे अर्थों में। तुम पूरी तरह दूसरे में खो जाने से डरते हो। इसलिए तुम गहरी श्वास नहीं ले सकते। तुम अपनी श्वास को शिथिल और ढीला नहीं कर सकते कि वह केंद्र तक चली जाए। क्योंकि जिस क्षण श्वास केंद्र पर पहुंचेगी, तुम्हारा कृत्य अधिकाधिक समग्र होने लगेगा।

क्योंकि तुम समग्र होने से डरते हो, तुम उथली श्वास लेते हो। तुम अल्पतम श्वास लेते हो, अधिकतम नहीं। यही कारण है कि जीवन इतना जीवनहीन लगता है। अगर तुम न्यूनतम श्वास लोगे तो जीवन जीवनहीन ही होगा। तुम जीते भी न्यूनतम हो, अधिकतम नहीं। तुम अधिकतम जीयो तो जीवन अतिशय हो जाए। लेकिन तब कठिनाई होगी। यदि जीवन अतिशय हो तो तुम न पति हो सकते हो और न पत्नी। सब कुछ कठिन हो जाएगा। अगर जीवन अतिशय हो तो प्रेम अतिशय होगा। तब तुम एक से ही बंधे नहीं रह सकते। तब तुम सब तरफ प्रवाहित होने लगोगे, सभी आयाम में तुम भर जाओगे। और उस हालत में मन खतरा महसूस करता है; इसलिए जीवित ही नहीं रहना उसे मंजूर है।

तुम जितने मृत होगे उतने सुरक्षित होगे। जितने मृत होगे उतना ही सब कुछ नियंत्रण में होगा। तुम नियंत्रण करते हो तो तुम मालिक हो। क्योंकि नियंत्रण कर सकते हो, इसलिए अपने को मालिक समझते हो। तुम अपने क्रोध पर, अपने प्रेम पर, सब कुछ पर नियंत्रण कर सकते हो। लेकिन यह नियंत्रण ऊर्जा के न्यूनतम तल पर ही संभव है।

कभी न कभी हर आदमी ने यह अनुभव किया है कि वह अचानक न्यूनतम से अधिकतम तल पर पहुंच गया। तुम किसी पहाड़ पर चले जाओ। अचानक तुम शहर से, उसकी कैद से बाहर हो जाओ। अब तुम मुक्त हो। विराट आकाश है, हरा जंगल है, बादलों को छूता शिखर है। अचानक तुम गहरी श्वास लेते हो। हो सकता है, उस पर तुम्हारा ध्यान न गया हो। अब जब पहाड़ जाओ तो इसका खयाल रखना। केवल पहाड़ के कारण बदलाहट नहीं मालूम होती, श्वास के कारण मालूम होती है। तुम गहरी श्वास लेते हो और कहते हो,

अहा! तुमने केंद्र छू लिया; क्षणभर के लिए तुम समग्र हो गए। और सब कुछ आनंदपूर्ण है। वह आनंद पहाड़ से नहीं, तुम्हारे केंद्र से आ रहा है। तुमने अचानक उसे छू जो लिया।

शहर में तुम भयभीत थे। सर्वत्र दूसरा मौजूद था और तुम अपने को काबू में किए रहते थे। न रो सकते थे, न हंस सकते थे। कैसा दुर्भाग्य, तुम सड़क पर गा नहीं सकते थे, नाच नहीं सकते थे। तुम डरे-डरे थे। कहीं सिपाही खड़ा था, कहीं पुरोहित, कहीं जज खड़ा था, कहीं राजनीतिज्ञ, कहीं नीतिवादी। कोई न कोई था कि तुम नाच नहीं सकते थे।

बर्ट्रेंड रसेल ने कहीं कहा है कि मैं सभ्यता से प्रेम करता हूं, लेकिन हमने यह सभ्यता भारी कीमत चुकाकर हासिल की है।

तुम सड़क पर नहीं नाच सकते, लेकिन पहाड़ चले जाओ और वहां अचानक नाच सकते हो। तुम आकाश के साथ अकेले हो और आकाश कारागृह नहीं है। वह खुलता ही जाता है, खुलता ही जाता है, अनंत तक खुलता ही जाता है। एकाएक तुम एक गहरी श्वास लेते हो; केंद्र छू जाता है; और तब आनंद ही आनंद है।

लेकिन वह लंबे समय तक टिकने वाला नहीं है। घंटे दो घंटे में पहाड़ विदा हो जाएगा। तुम वहां रह सकते हो, लेकिन पहाड़ विदा हो जाएगा। तुम्हारी चिंताएं लौट आएंगी। तुम शहर देखना चाहोगे, पत्नी को पत्र लिखने की सोचोगे या सोचोगे कि तीन दिन बाद वापस जाना है तो उसकी तैयारी शुरू करें। अभी तुम आए हो और जाने की तैयारी होने लगी! फिर तुम वापस आ गए। वह गहरी श्वास सच में तुमसे नहीं आई थी। वह अचानक घटित हुई थी, बदली परिस्थिति के कारण गियर बदल गया था। नई परिस्थिति में तुम पुराने ढंग से श्वास नहीं ले सकते थे, इसलिए क्षणभर को एक नयी श्वास आ गई, उसने केंद्र छू लिया और तुम आनंदित थे।

शिव कहते हैं, तुम प्रत्येक क्षण केंद्र को स्पर्श कर रहे हो, या यदि नहीं स्पर्श कर रहे तो कर सकते हो। गहरी, धीमी श्वास लो और केंद्र को स्पर्श करो। छाती से श्वास मत लो। वह एक चाल है; सभ्यता, शिक्षा और नैतिकता ने हमें उथली श्वास सिखा दी है। केंद्र में गहरे उतरना जरूरी है, अन्यथा तुम गहरी श्वास नहीं ले सकते।

जब तक मनुष्य समाज कामवासना के प्रति गैर-दमन की दृष्टि नहीं अपनाता, तब तक वह सच में श्वास नहीं ले सकता। अगर श्वास पेट तक गहरी जाए तो वह काम-केंद्र को ऊर्जा देती है, वह काम-केंद्र को छूती है, उसकी भीतर से मालिश करती है। तब काम-केंद्र अधिक सक्रिय, अधिक जीवंत हो उठता है। और सभ्यता कामवासना से भयभीत है।

हम अपने बच्चों को जननेंद्रिय छने नहीं देते हैं। हम कहते हैं, रुको, उन्हें छुओ मत। जब बच्चा पहली बार जननेंद्रिय छूता है तो उसे देखो; और कहो, रुको; और तब उसकी श्वास-क्रिया को देखो। जब तुम कहते हो, रुको, जननेंद्रिय मत छुओ; तो उसकी श्वास तुरंत उथली हो जाती है। क्योंकि उसका हाथ ही काम-केंद्र को नहीं छू रहा है, गहरे में उसकी-श्वास भी उसे छू रही है। अगर श्वास उसे छूती रहे तो हाथ को रोकना कठिन होगा। और अगर हाथ रुकता है तो बुनियादी तौर से जरूरी हो जाता है कि श्वास गहरी न होकर उथली रहे।

हम काम से भयभीत हैं। शरीर का निचला हिस्सा शारीरिक तल पर ही नहीं, मूल्य के तल पर भी निचला हो गया है। वह निचला कहाकर निंदित है। इसलिए गहरी श्वास नहीं,

उथली श्वास लो। दुर्भाग्य की बात है कि श्वास नीचे को ही जाती है। अगर उपदेशक की चलती तो वह पूरी यंत्र-रचना को बदल देता। वह सिर्फ ऊपर की ओर, सिर में श्वास लेने की इजाजत देता। और तब कामवासना बिलकुल अनुभव नहीं होती।

अगर कामविहीन मनुष्यता को जन्म देना है तो श्वास-प्रणाली को बिलकुल बदल देना होगा। तब श्वास को सिर में, सहस्रार में भेजना होगा। और वहां से मुंह में वापस लाना होगा। मुंह से सहस्रार उसका मार्ग होगा। उसे नीचे गहरे में नहीं जाने देना होगा, क्योंकि वहां खतरा है। जितने गहरे उतरोगे उतने ही जैविकी के गहरे तलों पर पहुंचोगे। तब तुम केंद्र पर पहुंचोगे और वह केंद्र काम-केंद्र के पास ही है। ठीक भी है, क्योंकि काम ही जीवन है।

इसे इस तरह देखो। श्वास ऊपर से नीचे को जाने वाला जीवन है, काम ठीक दूसरी दिशा से, नीचे से ऊपर को जाने वाला जीवन है। काम-ऊर्जा वह रही है और श्वास-ऊर्जा बह रही है। श्वास का रास्ता ऊपर शरीर में है और काम का रास्ता निम्न शरीर में है। और जब श्वास और काम मिलते हैं तो जीवन को जन्म देते हैं; जब वे मिलते हैं तो जैविकी को, जीव-ऊर्जा को जन्म देते हैं। इसलिए अगर तुम काम से डरते हो तो दोनों के बीच दूरी बनाओ, उन्हें मिलने मत दो। सच तो यह है कि सभ्य आदमी बधिया किया हुआ आदमी है। यही कारण है कि हम श्वास के संबंध में नहीं जानते, और हमें यह सूत्र समझना कठिन होगा।

शिव कहते हैं: 'जब कभी अंतःश्वास और बहिर्श्वास एक-दूसरे में विलीन होती हैं, उस क्षण में ऊर्जारहित, ऊर्जापूरित केंद्र को स्पर्श करो।'

शिव परस्पर विरोधी शब्दावली का उपयोग करते हैं: ऊर्जारहित, ऊर्जापूरित। वह ऊर्जारहित है, क्योंकि तुम्हारे शरीर, तुम्हारे मन उसे ऊर्जा नहीं दे सकते। तुम्हारे शरीर की ऊर्जा और मन की ऊर्जा वहां नहीं है, इसलिए जहां तक तुम्हारे तादात्म्य का संबंध है, वह ऊर्जारहित है। लेकिन वह ऊर्जापूरित है, क्योंकि उसे ऊर्जा का जागतिक स्रोत उपलब्ध है।

तुम्हारे शरीर की ऊर्जा तो ईंधन है—पेट्रोल जैसी। तुम कुछ खाते-पीते हो उससे ऊर्जा बनती है। खाना-पीना बंद कर दो और शरीर मृत हो जाएगा। तुरंत नहीं, कम से कम तीन महीने लगेंगे, क्योंकि तुम्हारे पास पेट्रोल का एक खजाना भी है। तुमने बहुत ऊर्जा जमा की हुई है, जो कम से कम तीन महीने काम दे सकती है। शरीर चलेगा, उसके पास जमा ऊर्जा थी। और किसी आपातकाल में उसका उपयोग हो सकता है। इसलिए शरीर-ऊर्जा ईंधन-ऊर्जा है।

केंद्र को ईंधन-ऊर्जा नहीं मिलती है। यही कारण है कि शिव उसे ऊर्जारहित कहते हैं। वह तुम्हारे खाने-पीने पर निर्भर नहीं है। वह जागतिक स्रोत से जुड़ा हुआ है, वह जागतिक ऊर्जा है। इसीलिए शिव उसे 'ऊर्जारहित, ऊर्जापूरित केंद्र' कहते हैं। जिस क्षण तुम उस केंद्र को अनुभव करोगे जहां से श्वास जाती-आती है, जहां श्वास विलीन होती है, उस क्षण तुम आत्मोपलब्ध हुए।

चौथी श्वास विधि :

या जब श्वास पूरी तरह बाहर गई है और स्वतः ठहरी है, या पूरी तरह भीतर आई है और ठहरी है—ऐसे जागतिक विराम के क्षण में व्यक्ति का क्षुद्र अहंकार विसर्जित हो जाता है। केवल अशुद्ध के लिए यह कठिन है।

लेकिन तब तो यह विधि सब के लिए कठिन है, क्योंकि शिव कहते हैं कि 'केवल अशुद्ध के लिए यह कठिन है।'

लेकिन कौन शुद्ध है? तुम्हारे लिए यह कठिन है; तुम इसका अभ्यास नहीं कर सकते। लेकिन कभी अचानक इसका अनुभव तुम्हें हो सकता है। तुम कार चला रहे हो और अचानक तुम्हें लगता है कि दुर्घटना होने जा रही है। श्वास बंद हो जाएगी। अगर वह बाहर है तो बाहर ही रह जाएगी, भीतर है तो भीतर ही रह जाएगी। ऐसे संकटकाल में तुम श्वास नहीं ले सकते; तुम्हारे बस में नहीं है। सब कुछ ठहर जाता है, विदा हो जाता है।

'या जब श्वास पूरी तरह बाहर गई है और स्वतः ठहरी है, या पूरी तरह भीतर आई है और ठहरी है—ऐसे जागतिक विराम के क्षण में व्यक्ति का क्षुद्र अहंकार विसर्जित हो जाता है।'

तुम्हारा क्षुद्र अहंकार दैनिक उपयोगिता की चीज है। संकट की घड़ी में तुम उसे नहीं याद रख सकते। तुम जो भी हो, नाम, बैंक बैलेंस, प्रतिष्ठा, सब काफूर हो जाता है। तुम्हारी कार दूसरी कार से टकराने जा रही है; एक क्षण, और मृत्यु हो जाएगी। इस क्षण में एक विराम होगा, अशुद्ध के लिए भी विराम होगा। ऐसे क्षण में अचानक श्वास बंद हो जाती है। और उस क्षण में अगर तुम बोधपूर्ण हो सके तो तुम उपलब्ध हो जाओगे।

जापान में झेन संतों ने इस विधि का बहुत उपयोग किया है। इसीलिए उनके उपाय अनूठे, बेतुके और चकित करने वाले होते हैं। उन्होंने बहुत से ऐसे काम किए हैं जिन्हें तुम सोच भी नहीं सकते। एक गुरु किसी को घर के बाहर फेंक देगा। अचानक और अकारण गुरु शिष्य को चांटे मारने लगेगा। तुम गुरु के साथ बैठे थे और सब कुछ ठीक था। तुम गपशप कर रहे थे और वह तुम्हें मारने लगा ताकि विराम पैदा हो।

अगर गुरु सकारण ऐसा करे तो विराम नहीं पैदा होगा। अगर तुमने गुरु को गाली दी होती और गुरु तुम्हें पीटता तो पीटना सकारण होता। तुम्हारा मन समझ जाता कि मेरी गाली के लिए मुझे मार लगी। असल में तुम्हारा मन उसकी अपेक्षा करता। इसलिए विराम नहीं पैदा होगा। लेकिन याद रहे, झेन गुरु गाली देने पर तुम्हें नहीं मारेगा। वह हंसेगा, क्योंकि तब हंसी विराम पैदा कर सकती है। तुम गाली दे रहे थे, अनाप-शनाप बक रहे थे, और क्रोध का इंतजार कर रहे थे। लेकिन गुरु हंसना या नाचना शुरू कर देता है। यह अचानक है और इससे विराम पैदा होगा। तुम उसे नहीं समझ पाओगे। और अगर नहीं समझ सके तो मन ठहर जाएगा। और जब मन ठहरता है तो श्वास भी ठहर जाती है।

दोनों ढंग से घटना घटती है। अगर श्वास रुकती है तो मन रुक जाता है, या अगर मन रुकता है तो श्वास रुक जाती है। तुम गुरु की प्रशंसा कर रहे थे, तुम अच्छी मुद्रा में थे और सोचते थे कि गुरु प्रसन्न ही होगा। और गुरु अचानक डंडा उठा लेता है और तुम्हें मारने लगता है, वह भी बेरहमी से, क्योंकि झेन गुरु बेरहम होते हैं। वह तुम्हें पीटने लगता है और तुम समझ नहीं पाते हो कि क्या हो रहा है। उस क्षण मन ठहर जाता है, विराम घटित होता है। और अगर तुम्हें विधि मालूम है तो तुम आत्मोपलब्ध हो सकते हो।

अनेक कथाएं हैं कि कोई बुद्धत्व को उपलब्ध हो गया जब गुरु अचानक उसे मारने लगा था। तुम नहीं समझोगे। क्या नासमझी है! किसी से पिटने पर या खिड़की से बाहर फेंक दिए जाने पर कोई बुद्धत्व को कैसे उपलब्ध हो सकता है? अगर तुम्हें कोई मार भी डाले तो भी

▲

तुम बुद्धत्व को उपलब्ध नहीं हो सकते। लेकिन अगर इस विधि को तुम समझते हो तो इस तरह की घटनाओं को समझना आसान होगा।

पश्चिम में पिछले तीस-चालीस वर्षों के दरम्यान झेन बहुत फैला है—फैशन की तरह। लेकिन जब तक वे इस विधि को नहीं जानेंगे, वे झेन को नहीं समझ सकते। वे इसका अनुकरण कर सकते हैं, लेकिन अनुकरण किसी काम का नहीं होता। बल्कि वह खतरनाक है। यह चीज अनुकरण करने की नहीं है।

समूची झेन विधि शिव की चौथी विधि पर आधारित है। लेकिन कैसा दुर्भाग्य कि अब हमें जापान से झेन का आयात करना होगा; क्योंकि हमने पूरी परंपरा खो दी है, हम उसे नहीं जानते। शिव इस विधि के बेजोड़ विशेषज्ञ थे। जब वे अपनी बरात लेकर देवी को ब्याहने पहुंचे थे, समूचे नगर ने विराम अनुभव किया होगा।

देवी के पिता अपनी बेटी को इस हिप्पी के साथ ब्याहने को बिलकुल राजी नहीं थे। शिव मौलिक हिप्पी थे। देवी के पिता उनके बिलकुल खिलाफ थे। कोई भी पिता ऐसे विवाह की अनुमति नहीं दे सकता है। इसलिए हम देवी के पिता के खिलाफ कुछ नहीं कह सकते। कौन पिता शिव से विवाह की अनुमति देगा? और तब देवी हठ कर बैठीं। और उन्हें अनिच्छा से, खेदपूर्वक अनुमति देनी पड़ी।

और फिर बरात आई। कहा जाता है कि शिव और उनकी बरात देखकर लोग भागने लगे। समूची बरात मानो एल.एस.डी., मारिजुआना, भंग और गांजा जैसी चीजें खाकर आई हो। लोग नशे में चूर थे। सच तो यह है कि एल.एस.डी. और मारिजुआना आरंभिक चीजें हैं। शिव और उनके दोस्तों और शिष्यों को उस परम मनोमद्य का पता था जिसे वे सोमरस कहते थे। एलडुअस हक्सले ने शिव के कारण ही परम मनोमद्य को सोमा नाम दिया है। वे मतवाले थे, नाचते, गाते, चीखते-चिल्लाते थे। समूचा नगर भाग खड़ा हुआ। अवश्य ही विराम का अनुभव हुआ होगा।

अशुद्ध के लिए कोई भी आकस्मिक, अप्रत्याशित, अविश्वसनीय चीज विराम पैदा कर सकती है। लेकिन शुद्ध के लिए ऐसी चीजों की जरूरत नहीं है। शुद्ध के लिए तो हमेशा विराम उपलब्ध है। विराम ही विराम है। कई बार शुद्ध चित्त के लिए श्वास अपने आप ही रुक जाती है। अगर तुम्हारा चित्त शुद्ध है—शुद्ध का अर्थ है कि तुम किसी चीज की चाहना नहीं करते, किसी के पीछे भागते नहीं—मौन और शुद्ध है, सरल और शुद्ध है, तो तुम बैठे रहोगे और अचानक तुम्हारी श्वास रुक जाएगी।

याद रखो कि मन की गति के लिए श्वास की गति आवश्यक है; मन के तेज चलने के लिए श्वास का तेज चलना आवश्यक है। यही कारण है कि जब तुम क्रोध में होते हो तो तुम्हारी श्वास तेज चलती है। और यही कारण है कि आयुर्वेद में कहा गया है कि मैथुन अतिशय होगा तो तुम्हारी आयु कम हो जाएगी। आयुर्वेद श्वास से आयु का हिसाब रखता है। अगर तुम्हारी श्वास-क्रिया बहुत तीव्र है तो तुम चिरायु नहीं हो सकते।

आधुनिक चिकित्सा कहती है कि काम-भोग रक्त-प्रवाह में और विश्राम में जाने में सहयोगी होता है। और जो लोग कामवासना का दमन करे हैं, वे मुसीबत में पड़ते हैं, खासकर हृदय-रोग के शिकार होते हैं।

आधुनिक चिकित्सा ठीक कहती है। अपनी-अपनी जगह आयुर्वेद भी सही है और आधुनिक चिकित्सा भी; यद्यपि दोनों परस्पर विरोधी मालूम होते हैं।

आयुर्वेद का आविष्कार आज से पांच हजार वर्ष पहले हुआ था। तब आदमी काफी श्रम करता था; जीवन ही श्रम था। इसलिए विश्राम की जरूरत नहीं थी। और रक्त-प्रवाह के लिए कृत्रिम उपायों की भी जरूरत नहीं थी। लेकिन अब जिन लोगों को बहुत शारीरिक श्रम नहीं करना पड़ता है उनके लिए काम-भोग ही श्रम है। ;

इसलिए आधुनिक आदमी के बाबत आधुनिक चिकित्सा सही है। वह शारीरिक श्रम नहीं करता है, उसके लिए काम-भोग ही श्रम है। काम-भोग में उसकी हृदय की धड़कन तेज हो जाती है, उसका रक्त-प्रवाह बढ़ जाता है और उसकी श्वास-क्रिया गहरी होकर केंद्र तक पहुंच जाती है। इसलिए संभोग के बाद तुम शिथिल अनुभव करते हो और आसानी से नींद में उतर जाते हो। फ्रायड कहता है कि संभोग सब से बढ़िया नींद की दवा, ट्रैंक्वेलाइजर है। और आधुनिक आदमी के लिए फ्रायड सही भी है।

काम-भोग में, क्रोध में श्वास-क्रिया तेज हो जाती है। काम-भोग में मन वासना से, लोभ से, अशुद्धियों से भरा होता है। जब मन शुद्ध होता है, मन में कोई वासना नहीं होती है, कोई चाह, कोई दौड़, कोई प्रयोजन नहीं होता है, तुम कहीं जा नहीं रहे होते हो, तुम निर्दोष जलाशय की तरह अभी और यहीं ठहरे हुए होते हो, कोई लहर भी नहीं होती है, तब श्वास अपने आप ही ठहर जाती है—अकारण।

इस मार्ग पर क्षुद्र अहंकार विसर्जित हो जाता है, और तुम उच्चात्मा को, परमात्मा को उपलब्ध हो जाते हो।

आज इतना ही।

4

मन के धोखों से सावधान

प्रश्न-सार

1. ऐसी आसान विधियों से क्या ज्ञान-उपलब्धि संभव है?
2. काम करते हुए क्या शवास-बोध का प्रयोग किया जा सकता है?

प्रश्न :

यह कैसे संभव है कि कोई व्यक्ति बस श्वास-क्रिया के एक विशेष बिंदु पर होश साधकर ज्ञान को उपलब्ध हो जाए? श्वास-प्रश्वास के ऐसे छोटे और क्षणिक अंतराल के प्रति सजग होकर अचेतन से मुक्त होना कैसे संभव है?

यह प्रश्न अर्थपूर्ण है, और यह प्रश्न अनेक के मन में उठा होगा। कई चीजें यहां समझने की हैं। समझा जाता है कि अध्यात्म एक कठिन उपलब्धि है। यह दोनों में कुछ नहीं है; न यह कठिन है और न उपलब्धि ही। तुम जो भी हो तुम आध्यात्मिक ही हो। तुम्हारे अस्तित्व में कुछ जोड़ा जाने को नहीं है; न उससे कुछ हटाया जाने को है। तुम उतने पूर्ण हो जितने पूर्ण हो सकते हो। ऐसा नहीं है कि तुम किसी भविष्य में पूर्ण होने जा रहे हो; ऐसा भी नहीं कि तुम्हें पूर्ण होने के लिए कुछ दुष्कर करना होगा। यह अन्यत्र और कहीं पहुंचने की यात्रा भी नहीं है, तुम कहीं और नहीं जा रहे हो। तुम अभी भी वहीं हो। जो उपलब्ध किया जा सकता है, वह उपलब्ध ही है।

इस भाव को अपने में गहराने दो। तभी समझोगे कि ऐसी विधियां कैसे सहयोगी होती हैं। अगर अध्यात्म कोई उपलब्धि है तो सचमुच वह कठिन होगा; कठिन ही नहीं, दरअसल असंभव होगा। अगर तुम पहले से ही आध्यात्मिक नहीं हो तो फिर आध्यात्मिक नहीं हो सकते। कभी नहीं होओगे। क्योंकि वह आध्यात्मिक कैसे होगा जो आध्यात्मिक नहीं है? अगर तुम अभी दिव्य नहीं हो तो फिर कोई संभावना नहीं है, उपाय नहीं है। तुम जो भी चेष्टा करो, लेकिन अगर तुम दिव्य नहीं हो तो उस चेष्टा से दिव्यता नहीं पैदा हो सकती। तुम भागवत नहीं हो तो तुम्हारी चेष्टा से भगवत्ता नहीं पैदा की जा सकती है। तब वह असंभव चेष्टा है।

लेकिन सारा मामला उलटा है। तुम अभी वही हो जो होना चाहते हो। तुम्हारी कामना का लक्ष्य तुममें अभी ही उपस्थित है। यहां और अभी, इसी क्षण तुम वह हो जिसे भगवत्ता कहते हैं। परमात्मा यहीं है; वही है। यही कारण है कि आसान विधियां काम आ सकती हैं। वह उपलब्धि नहीं है, अनावरण है, आविष्कार है। मगर वह छिपा है, और बहुत छोटी-छोटी चीजों में छिपा है। जैसे तुम्हारा शरीर वस्त्रों में छिपा रहता है, वैसे ही अध्यात्म भी कुछ वस्त्रों में छिपा है। उन्हीं वस्त्रों को हम व्यक्तित्व कहते हैं। तुम यहां और अभी नग्न हो सकते हो; वैसे ही तुम्हारा अध्यात्म भी अनावृत, आविष्कृत हो सकता है।

लेकिन तुम नहीं जानते हो कि वे वस्त्र क्या हैं। तुम नहीं जानते कि तुम कैसे उनके

▲

भीतर छिपे हो। और तुम नहीं जानते कि कैसे नग्न हुआ जाता है। इतने समय से तुम वस्त्रों के भीतर रहते आए हो, जन्मों-जन्मों से तुम वस्त्रों के साथ ही जीए हो। और तुमने उनके साथ ऐसा तादात्म्य साध लिया है कि अब तुम भी नहीं सोचते कि ये वस्त्र हैं। तुम तो सोचते हो कि ये वस्त्र ही मैं हूं। वही बाधा है।

उदाहरण के लिए, तुम्हारे पास खजाना है जिसे तुम भूल गए हो या तुम्हें जिसकी अभी तक पहचान नहीं हुई है कि यह खजाना है और तुम सड़कों पर भीख मांग रहे हो। तुम भिखारी हो। अगर कोई तुमसे कहे कि जाओ और अपने घर के भीतर देखो; तुम्हें भिखारी होने की जरूरत नहीं है, तुम इसी क्षण सम्राट हो सकते हो! तो तुम्हारे भीतर का भिखारी उससे अवश्य कहेगा, कैसी मूर्खता की बातें करते हो? मैं इसी क्षण सम्राट कैसे हो सकता हूं? वर्षों से भीख मांग रहा हूं और अभी तक भिखारी का भिखारी हूं। और अगर जन्मों तक भी भीख मांगू, तो भी मैं सम्राट नहीं हो सकता। इसलिए तुम्हारा यह वक्तव्य बिलकुल अनर्गल और तर्कशून्य है कि तुम इसी क्षण सम्राट हो सकते हो।

असंभव है यह। भिखारी को इसका भरोसा नहीं हो सकता। क्यों? क्योंकि भीख मांगने वाला मन एक लंबी आदत है। लेकिन अगर खजाना घर में गड़ा है तो मामूली खुदाई से, थोड़ी मिट्टी हटाने से वह पाया जा सकता है। और फिर तुरंत वह भिखारी नहीं रहेगा, वह सम्राट हो जाएगा।

यही बात अध्यात्म के साथ है। वह छिपा हुआ खजाना है। किसी भविष्य में कहीं कुछ उपलब्ध करने को नहीं है। तुमने अभी तक उसे पहचाना नहीं है; लेकिन वह तुम्हारे भीतर मौजूद है। तुम ही खजाना हो। और कैसी विडंबना है कि तुम भीख मांगते हो।

इसलिए आसान विधियां भी काम कर सकती हैं। जमीन खोदना, थोड़ी मिट्टी हटाना बड़ा प्रयत्न नहीं है; और तुम सम्राट हो सकते हो। तुम्हें मिट्टी हटाने के लिए थोड़ी खुदाई करनी है। और जब मैं मिट्टी हटाने की बात कहता हूं तो सिर्फ प्रतीक के लिए नहीं कहता हूं, अक्षरशः तुम्हारा शरीर मिट्टी का अंश है, और तुमने उससे तादात्म्य कर लिया है। इस मिट्टी को जरा हटाओ, जरा सा गड्ढा बनाओ और तुम्हें खजाने का पता मिल जाएगा।

यही कारण है कि यह प्रश्न बहुतों को उठेगा। सच में हरेक व्यक्ति यह प्रश्न पूछेगा: ऐसी छोटी सी विधि, श्वास-क्रिया के प्रति सजग होना, आने वाली और जाने वाली श्वास के प्रति होशपूर्ण होना और दोनों के बीच अंतराल को प्राप्त करना, क्या यह काफी है? क्या ऐसी सरल चीज ज्ञानोपलब्धि के लिए काफी है? क्या तुम्हारे और बुद्ध के बीच इतना ही फर्क है कि तुमने दो श्वासों के बीच के अंतराल को नहीं प्राप्त किया है और बुद्ध ने प्राप्त कर लिया है? बस इतना ही?

बात अतर्क्य लगती है, बुद्ध के और तुम्हारे बीच की दूरी विशाल है। यह दूरी अनंत मालूम होती है। भिखारी और सम्राट के बीच अनंत फासला है; लेकिन अगर छिपे खजाने की बात है तो भिखारी शीघ्र ही सम्राट भी हो सकता है। बुद्ध भी तुम्हारी तरह कभी भिखारी थे। वे सदा से सम्राट नहीं थे। एक खास बिंदु पर भिखारी मर गया और वे स्वामी हो गए।

यह कोई क्रमिक प्रक्रिया नहीं है। ऐसा नहीं है कि बुद्ध धीरे-धीरे संग्रह किए चलते हैं और किसी दिन भिखारी न रहकर सम्राट हो जाते हैं। नहीं, अगर संग्रह की ही बात है तो

भिखारी सम्राट नहीं हो सकता, तब भी वह भिखारी ही रहेगा। वह समृद्ध भिखारी हो सकता है, लेकिन भिखारी ही रहेगा। और समृद्ध भिखारी गरीब भिखारी से बड़ा भिखारी है। बुद्ध एक दिन अचानक आंतरिक खजाने को पा लेते हैं। तब वे भिखारी नहीं हैं, स्वामी हैं। गौतम सिद्धार्थ और गौतम बुद्ध के बीच का फासला अंतहीन है। और वही फासला तुम्हारे और बुद्ध के बीच भी है। लेकिन वह खजाना तुम्हारे भीतर भी उतना ही छिपा है जितना बुद्ध के भीतर छिपा था। इसलिए एक छोटी, बहुत छोटी विधि सहयोगी हो सकती है।

एक दूसरा उदाहरण लें। एक आदमी अंधी, बीमार आंख लिए पैदा होता है। एक अंधे के लिए संसार बिलकुल दूसरी चीज है। लेकिन एक छोटा सा आपरेशन, छोटी सी शल्य-चिकित्सा पूरी बात चीज को बदल दे सकती है। क्योंकि सिर्फ आंखों को दुरुस्त करना है। और जिस क्षण आंखें तैयार हुईं कि वह देखने लगेगा, क्योंकि देखने वाला तो उसके भीतर ही छिपा है। द्रष्टा तो मौजूद ही है, केवल खिड़की की कमी है। तुम किसी घर में हो जिसमें खिड़की नहीं है। दीवार में एक छेद बना लो और अचानक तुम बाहर देखने लगोगे।

हम वही हैं जो हम होंगे, जो हमें होना चाहिए, जो हम होने वाले हैं। भविष्य वर्तमान में ही छिपा है। समस्त संभावना बीज में छिपी है। केवल खिड़की खोलनी है; केवल छोटा सा आपरेशन करना है। अगर तुम यह समझ सको, यह कि अध्यात्म है ही, वही है, तो फिर यह समस्या नहीं है कि छोटी सी विधि से कैसे काम चलेगा?

असल में बड़े प्रयत्न की जरूरत नहीं है। छोटे प्रयत्न ही चाहिए। प्रयत्न जितना छोटा हो उतना अच्छा। यही कारण है कि कई बार ऐसा होता है कि तुम जितनी ही चेष्टा करते हो, उपलब्धि उतनी ही कठिन हो जाती है। तुम्हारा प्रयास, तुम्हारा तनाव, तुम्हारी व्यस्तता, तुम्हारी कामना, तुम्हारी अपेक्षा, सब बाधा बन जाता है। लेकिन एक छोटे से प्रयत्न से जिसे वे झेन में प्रयत्नहीन प्रयत्न कहते हैं—ऐसा करना कि न करने जैसा हो—घटना आसानी से घट जाती है। तुम उसके पीछे जितना अधिक पागल होते हो संभावना उतनी ही कम हो जाती है। क्योंकि जहां सूई से काम चल जाता है, वहां तुम तलवार चला रहे हो। तलवार काम नहीं देगी। वह बड़ी हो सकती है, लेकिन जहां सूई की जरूरत है वहां तलवार क्या करेगी?

किसी कसाई के पास जाओ; वहां बड़े-बड़े औजार मिलेंगे। और किसी मस्तिष्क के सर्जन के पास जाओ; वहां बड़े-बड़े औजार नहीं मिलेंगे। और अगर मिलें तो वहां से झटपट खिसक जाना। मस्तिष्क का सर्जन कसाई नहीं है। उसे बहुत छोटे-छोटे औजारों की जरूरत है। वे जितने छोटे हों उतना अच्छा।

आध्यात्मिक विधियां अति सूक्ष्म हैं; वे स्थूल नहीं हैं। वे स्थूल नहीं हो सकतीं, क्योंकि अध्यात्म की शल्य-चिकित्सा और भी सूक्ष्म है। सर्जन को मस्तिष्क के भीतर स्थूल पदार्थ के साथ ही काम करना है, लेकिन जब तुम आध्यात्मिक तल पर काम करते हो, तो बात बहुत सूक्ष्म हो जाती है। वहां शल्य-चिकित्सा ज्यादा, और ज्यादा सौंदर्यपरक हो जाती है। वहां स्थूल पदार्थ नहीं है। सब कुछ सूक्ष्म हो जाता है वहां। यह एक बात हुई।

और दूसरी बात प्रश्न में पूछी गई है कि 'छोटी बात से बड़ा परिणाम कैसे संभव है?'

यह धारणा अबुद्धिपूर्ण और अवैज्ञानिक है। विज्ञान अब जानता है कि कण जितना छोटा होगा, उतना आणविक होगा, उतना ही विस्फोटक होगा। वह जितना छोटा होगा उतना

ही बड़ा उसका परिणाम होगा। क्या तुम 1945 के पहले सोच सकते थे, क्या कोई भी कल्पनाशील कवि या स्वप्नद्रष्टा सोच सकता था कि दो आणविक विस्फोट जापान के दो बड़े नगरों को, हिरोशिमा और नागासाकी को पूरी तरह मिटा डालेंगे? क्षणों में दो लाख लोगों का जीवन समाप्त हो गया। और कौन सी विस्फोटक शक्ति इस्तेमाल की गई थी? एक अणु! सबसे छोटे कण ने दो नगर ध्वस्त कर दिए।

उस अणु को तुम नहीं देख सकते हो। न केवल आंख से उसे नहीं देख सकते, किसी उपाय से भी उसे नहीं देख सकते हो। किसी भी यंत्र से अणु को नहीं देखा जा सकता है। हम उसके परिणाम भर देख सकते हैं। इसलिए मत सोचो कि हिमालय बड़ा है, क्योंकि उसका शरीर इतना बड़ा है। एक आणविक विस्फोट के सामने हिमालय नप्रुंसक है। एक छोटा परमाणु पूरे हिमालय को नष्ट कर सकता है। जरूरी नहीं है कि स्थूल पदार्थ के बड़े होने से उसकी शक्ति भी बड़ी हो। सच्चाई उलटी है कि इकाई जितनी छोटी होगी वह उतनी ही बेधक होगी। इकाई जितनी छोटी होगी उतनी ही घनी शक्ति से वह भरी होगी।

ये छोटी-छोटी विधियां आणविक हैं। जो लोग बड़ी चीजें कर रहे हैं उन्हें परमाणु-विज्ञान का पता नहीं है। तुम सोचोगे कि जो आदमी छोटे परमाणुओं के साथ काम करता है वह छोटा है और जो हिमालय के साथ काम करता है वह बड़ा है। हिटलर विशाल भीड़ के साथ काम करता था; माओ भी विशाल भीड़ के साथ काम करता है। और आइंस्टीन और प्लांक अपनी-अपनी प्रयोगशालाओं में पदार्थ की छोटी इकाइयों के साथ, ऊर्जा-कणों के साथ काम करते थे। लेकिन अंततः आइंस्टीन की शोध के सामने राजनीतिज्ञ नपुंसक सिद्ध हुए। वे बड़े पैमाने पर काम करते थे, लेकिन उन्हें छोटी इकाई के रहस्य का ज्ञान नहीं था।

नीतिवादी भी सदा बड़े तलों पर काम करते हैं। लेकिन ये स्थूल तल हैं। चीज बहुत बड़ी दिखाई पड़ती है। वे अपना जीवन सदाचार सिखाने में, यह-वह साधने में, संयम में लगा देते हैं। उनका पूरा ढांचा बड़ा मालूम होता है।

लेकिन तंत्र इस बात की चिंता नहीं लेता। तंत्र मनुष्य के आणविक रहस्यों का, मनुष्य के मन का, मनुष्य की चेतना की चिंता करता है। और तंत्र ने आणविक रहस्यों को प्राप्त कर लिया है। ये विधियों आणविक विधियां हैं। अगर तुम उन्हें साध लो तो परिणाम विस्फोटक होगा, परिणाम जागतिक होगा।

एक दूसरी बात को भी ख्याल में ले लेना है। तुम कहते हो कि ऐसे छोटे से सरल प्रयोग से कोई ज्ञानोपलब्ध कैसे हो सकता है? तो तुम यह बात उसको प्रयोग में लाए बिना ही कहते हो। अगर प्रयोग करोगे तो कभी नहीं कहोगे कि वह छोटा सा सरल प्रयोग है। वैसा वह इसलिए मालूम देता है कि दो-तीन वाक्यों में पूरे प्रयोग को रख दिया गया है। क्या तुम जानते हो कि अणु-विज्ञान का सूत्र क्या है? पूरा सूत्र दो या तीन शब्दों में है। और उन्हीं दो-तीन शब्दों से, जो समझते हैं और प्रयोग करना जानते हैं, वे पूरी पृथ्वी को नष्ट कर सकते हैं। लेकिन सूत्र बहुत छोटा है।

ये विधियां भी सूत्र हैं। अगर तुम सूत्र को देखोगे तो वह बहुत छोटा, आसान दिखाई पड़ेगा। लेकिन वह छोटा, आसान है नहीं। उसे प्रयोग करने की कोशिश करो। प्रयोग करोगे तो समझोगे कि वह आसान नहीं है। वह सरल दिखाई पड़ती है, लेकिन बहुत गहनतम चीज

है। हम प्रक्रिया का विश्लेषण करेंगे तो तुम समझोगे।

जब तुम श्वास लेते हो तो श्वास को अनुभव नहीं करते। तुमने श्वास को कभी नहीं अनुभव किया है, यद्यपि तुम यह बात मानने को राजी नहीं होओगे। तुम कहोगे, यह बात सही नहीं है। हो सकता है हम सतत जागरूक न हों, लेकिन उसे अनुभव अवश्य करते हैं।

नहीं, तुमने श्वास को कभी नहीं जाना है; तुमने श्वास के मार्ग को जाना है। समुद्र को देखो, उसमें लहरें हैं। तुम लहरों को देखते हो। लेकिन वे लहरें हवा द्वारा पैदा होती हैं। और तुम हवा को नहीं देखते, हवा द्वारा पैदा की गई लहरों को देखते हो। वैसे ही जब तुम श्वास भीतर ले जाते हो तो वह नथुनों को छूती है। और तुम नथुनों को अनुभव करते हो, श्वास को अनुभव नहीं करते। श्वास नीचे जाती है और तुम उसके जाने के मार्ग को महसूस करते हो। तुम स्पर्श और मार्ग को अनुभव करते हो।

जब शिव कहते हैं, बोधपूर्ण हो, तो वे क्या कहना चाहते हैं? पहले तो तुम मार्ग के प्रति बोधपूर्ण होओगे। और जब मार्ग के प्रति पूरी तरह बोधपूर्ण हो जाओगे तो फिर धीरे-धीरे स्वयं श्वास के प्रति बोधपूर्ण होओगे। और जब श्वास को भी जान लोगे तब फिर अंतराल को भी जान जाओगे।

यह बात उतनी आसान नहीं है जितनी आसान मालूम देती है। उतनी आसान नहीं है। तंत्र के लिए, समस्त भारतीय खोज के लिए बोध के अनेक तल हैं। अगर मैं तुम्हें आलिंगन करूं तो पहले तुम अपने शरीर पर मेरे स्पर्श को अनुभव करोगे। पहले ही मेरे प्रेम को अनुभव नहीं करोगे, क्योंकि प्रेम इतना स्थूल नहीं है।

साधारणतः हम प्रेम के प्रति कभी बोधपूर्ण नहीं होते, हम शरीर की गति को ही महसूस करते हैं। हम प्रेमपूर्ण गति को जानते हैं और प्रेम-शून्य गति को जानते हैं, लेकिन हम कभी स्वयं प्रेम को नहीं जानते। अगर मैं तुम्हें चूमूं तो तुम उसके स्पर्श को जानोगे, मेरे प्रेम को नहीं जानोगे। वह प्रेम बहुत सूक्ष्म बात है। और जब तक तुम प्रेम को नहीं जान लेते तब तक वह चुंबन मृत है, उसका कुछ मतलब नहीं है। अगर तुम मेरे प्रेम को जानो तो ही तुम मुझे जान पाओगे। क्योंकि वह और भी गहरी बात है।

श्वास भीतर जाती है; तुम स्पर्श को ही जानते हो, श्वास को नहीं जानते। लेकिन साधारणतः तो तुम स्पर्श को भी नहीं महसूस करते हो। जब कुछ अड़चन आती है तो ही उसे जानते हो, अन्यथा नहीं। तो पहले चरण में तुम मार्ग को ही जानोगे जहां श्वास छूती मालूम देगी। तब धीरे-धीरे तुम्हारी संवेदनशीलता बढ़ेगी, और वर्षों लग जाएंगे जब स्पर्श ही नहीं, श्वास की गति के प्रति भी बोधपूर्ण हो सकोगे। तब तंत्र कहता है, तुम प्राण को जान लोगे। और उसके बाद ही वह अंतराल मिलता है जहां श्वास ठहर जाती है, वह केंद्र मिलता है जहां श्वास स्पर्श करती है, या वह विलय बिंदु या मोड़ मिलता है जहां अंतःश्वास बहिर्श्वास बनती है।

यह चरण बहुत कठिन है; उतना आसान यह नहीं है। जब साधना में उतरोगे, जब इस केंद्र के पास जाओगे, तब पता चलेगा कि यह कितना कठिन है। श्वास के पार इस केंद्र तक पहुंचने के लिए बुद्ध को छह वर्ष लग गए थे। इस मोड़ पर आने के लिए उन्हें छह वर्षों की लंबी, कठिन यात्रा करनी पड़ी थी। तब घटना घट पाई। महावीर इस पर बारह वर्षों तक श्रम करते रहे, तब घटना घटी। लेकिन सूत्र सरल है और सिद्धांततः कोई बाधा नहीं है कि इसी क्षण

न घटे। लेकिन तुम वह बाधा हो; तुम्हें हटा दिया जाए तो इसी क्षण घट सकता है।

खजाना है, और उपाय भी पता है। तुम खोद सकते हो, लेकिन नहीं खोदोगे। आसानी का यह प्रश्न उठाना भी खुदाई से बचने की चाल है। क्योंकि तुम्हारा मन कहता है, कैसी आसान बात है। मूर्ख मत बनो; इतनी आसान चीज से तुम बुद्ध कैसे हो सकते हो? यह होने वाली बात नहीं है। और तब तुम कुछ भी नहीं करोगे।

मन बहुत चालाक है। अगर मैं कहूं कि यह कठिन है तो मन कहेगा कि यह कठिन बात तुम्हारे बस की नहीं है। और अगर कहूं कि आसान है तो मन कहेगा कि यह इतना आसान है कि केवल मूर्ख इस पर विश्वास करेंगे। मन चीजों की बुद्धि-संगत व्याख्या किए जाता है और करने से बचता रहता है।

मन बाधाएं खड़ी करता है। इसे आसान सोचना भी कठिनाई बनेगा और कठिन सोचना भी। अगर यह कठिन है तो तुम क्या करोगे? तुम न आसान चीज कर सकते हो, न कठिन चीज कर सकते हो। तो बताओ कि क्या कर सकते हो। अगर तुम कठिन चीज कर सकते हो तो मैं इसे कठिन बना दूंगा। और अगर आसान चीज ही कर सकते हो तो मैं इसे आसान बना दूंगा। यह दोनों है और यह इस पर निर्भर है कि इसकी व्याख्या कैसे की जाती है। एक चीज जरूरी है कि तुम कुछ करो। अगर कुछ नहीं करना है तो मन तुम्हें हमेशा दलीलें दे देगा।

सिद्धांततः यह यहां और अभी संभव है, कोई वास्तविक बाधा नहीं है। लेकिन बाधाएं हैं। वे वास्तविक न हों, वे महज मानसिक हों, वे तुम्हारे भ्रम ही हों, लेकिन वे हैं। अगर मैं कहूं कि मत डरो, आगे बढ़ो; जिस चीज को तुम सांप समझते हो वह सांप नहीं है, महज रस्सी है, तो भी तुम्हारा डर कायम रह सकता है। तुम्हें तो वह सांप ही मालूम पड़ता है।

इसलिए मैं कुछ भी कहूं, उससे बात नहीं बनने को है। तुम तो कांप रहे हो, तुम बचना चाहते हो, तुम भागना चाहते हो। मैं कहता हूं कि रस्सी है और तुम्हारा मन कहेगा कि यह आदमी सांप के साथ साजिश में सम्मिलित हो सकता है। कुछ गड़बड़ जरूर है, अन्यथा यह आदमी क्यों मुझे सांप के मुंह में भेज रहा है? यह हो सकता है मेरी मृत्यु में उत्सुक हो या किसी और बात में उत्सुक हो। अगर मैं तुम्हें बहुत विश्वास दिलाने की कोशिश करूं कि रस्सी ही है तो उसका मतलब होगा कि किसी न किसी तरह तुम्हें सांप के पास भेजने में लगा हूं। अगर मैं कहूं कि सिद्धांततः रस्सी को इसी क्षण रस्सी के रूप में देखा जा सकता है तो भी तुम्हारा मन अनेक सवाल उठा सकता है।

यथार्थ में कोई संकट नहीं है; यथार्थ में कोई समस्या नहीं है। न कभी रही है; न कभी रहेगी। जो भी समस्या है वह मन में है। और तुम यथार्थ को मन के द्वारा देखते हो, इस तरह यथार्थ समस्यामूलक बन जाता है। तुम्हारा मन प्रिज़्म की भांति काम करता है; वह यथार्थ को बांट देता है और तब समस्याएं पैदा करता है। इतना ही नहीं, वह समाधान भी पैदा करता है जो कि और गहरी समस्याओं को जन्म देता है। सच तो यह है कि कोई समस्या ही नहीं है जिसको हल किया जाए। सत्य बिलकुल समस्यामुक्त है; कोई समस्या ही नहीं है।

लेकिन तुम समस्या के बिना देख ही नहीं सकते; तुम जहां देखते हो वहीं समस्या खड़ी कर देते हो। तुम्हारी दृष्टि समस्यामूलक है। मैंने तुम्हें यह श्वास की विधि बताई। अब मन कहता है, यह तो इतना आसान है! क्यों, मन इसे आसान क्यों कहता है?

▲

जब पहली बार भाप के इंजन का आविष्कार हुआ था तो किसी को उस पर विश्वास नहीं हुआ। वह इतना आसान दिखाई दिया कि विश्वास कैसे हो? वही भाप जो तुम्हारे रसोईघर में, तुम्हारी चाय की केतली में तुम्हें रोज दिखाई देती है, उससे एक इंजन चलेगा, उससे सैकड़ों लोग ढोए जाएंगे, यह किसी को विश्वास नहीं हुआ।

तुम्हें मालूम है कि इंग्लैंड में क्या हुआ? जब पहली रेलगाड़ी रवाना हुई तो कोई उसमें बैठने को राजी नहीं हुआ। अनेक लोगों को फुसलाया गया, घूस तक दी गई। गाड़ी में बैठने के लिए उन्हें रुपए दिए गए। लेकिन आखिरी क्षण में वे भाग खड़े हुए। उन्होंने कहा कि पहली बात तो यह है कि भाप यह चमत्कार नहीं कर सकती। भाप जैसी सरल चीज यह चमत्कार कैसे कर सकती है? और अगर इंजन चलता है तो उसका मतलब साफ है कि उसमें कहीं शैतान काम कर रहा है। भाप नहीं, शैतान का काम है यह। और दूसरी बात कि गाड़ी चल पड़ी, तो कौन जिम्मा लेगा कि वह रुक भी सकेगी?

कोई आदमी जिम्मा नहीं ले सकता था, क्योंकि यह पहली गाड़ी थी। इसके पहले वह कभी नहीं रुकी थी; रुकने की संभावना भर थी। अनुभव तो था नहीं कि विज्ञान कहता कि हां, रुकेगी। सिद्धांततः वह रुकने वाली थी। लेकिन लोग सिद्धांत में उत्सुक नहीं थे। वे जानना चाहते थे कि गाड़ी को रोकने का यथार्थ अनुभव था या नहीं था। कहीं यह नहीं रुकी तो चढ़ने वालों का क्या होगा?

तो जेल से बारह कैदी उस पर चढ़ने के लिए लाए गए। उन्हें मरना ही था; उन्हें मृत्युदंड मिला हुआ था; इसलिए गाड़ी के रुकने की समस्या नहीं रही। उसमें गाड़ी का पागल चालक बैठा जो समझता था कि गाड़ी रुकेगी। वह वैज्ञानिक बैठा जिसने उसका आविष्कार किया था और वे बारह यात्री बैठे जिन्हें किसी तरह मरना ही था।

उस समय उन्होंने भी यही कहा था कि भाप जैसी सरल चीज क्या करेगी। लेकिन अब यह बात कोई नहीं कहता है, क्योंकि अब भाप काम कर रही है और तुम जानते हो।

सब कुछ सरल है; सत्य सरल है। अज्ञान के कारण वह जटिल मालूम देता है, अन्यथा सब कुछ सरल है। एक बार इसे जान गए तो वह सरल ही है। लेकिन जानना जरूर कठिन होगा। याद रहे, सत्य के कारण नहीं, तुम्हारे मन के कारण जानना कठिन होगा। यह विधि सरल है, लेकिन यह तुम्हारे लिए सरल नहीं होगी। तुम्हारा मन कठिनाई पैदा करेगा; इसलिए प्रयोग करके देखो।

एक दूसरे मित्र ने पूछा है:
अगर मैं श्वास के प्रति सजग होने की इस विधि का प्रयोग करूं, अगर मैं श्वास-प्रश्वास को अवधान दूं, तो मैं कोई दूसरा काम नहीं कर सकता। सारा अवधान तो सजग होने में लग जाता है। अगर और कुछ करूं तो श्वास के प्रति बोधपूर्ण नहीं रह सकता।

यह होगा। इसलिए आरंभ में सुबह या शाम को, या कभी भी, एक निश्चित समय चुन लो और घंटेभर यह प्रयोग करो। उस समय कोई दूसरा काम मत करो। प्रतिदिन घंटेभर सिर्फ इसका प्रयोग करो। एक बार इससे परिचित हो गए, इसके साथ लयबद्ध हो गए, तो

▲

फिर समस्या नहीं रहेगी। तब तुम सड़क पर चलते हुए भी बोधपूर्ण रह सकते हो।

बोध और अवधान में फर्क है। जब तुम किसी चीज को अवधान देते हो तो वह एकांतिक है, अनन्य है। वह अवधान केवल एक के प्रति है; उस समय तुम्हें अन्य सभी चीजों से अपना अवधान हटा लेना पड़ता है। इसलिए अवधान एक तनाव बन जाता है। अगर तुम अपनी श्वास को अवधान देते हो, श्वास को देख रहे होते हो, तो साथ ही राह चलने या ड्राइविंग को अवधान नहीं दे सकते। इसलिए ड्राइविंग करते समय इसका प्रयोग मत करना, क्योंकि तुम दोनों को एक साथ अवधान नहीं दे सकते। अवधान का अर्थ ही है कि एक समय में एक चीज को ही दिया जा सकता है।

बोध बहुत भिन्न चीज है। वह एकांतिक नहीं है। बोध में अवधान देना नहीं है, अवधानपूर्ण होना है। ध्यान देना नहीं है, ध्यानपूर्ण होना है। यह मात्र सजग होना है, होशपूर्ण होना है। तुम सजग तब होते हो जब सब कुछ के प्रति सजग होते हो। तुम अपनी श्वास के प्रति सजग हो और राह चलते राही के प्रति भी सजग हो। सड़क पर कोई शोर मचा रहा है, रेलगाड़ी निकल रही है, ऊपर कोई वायुयान उड़ा जाता है; सब कुछ उस सजगता में, जाग में सम्मिलित है। बोध सर्वग्राही है, अवधान एकांतिक।

लेकिन आरंभ अवधान से करना है। इसलिए रोज निश्चित समय पर प्रयोग करो। घंटेभर के लिए अपनी श्वास को अवधान दो, उसे देखा करो। धीरे-धीरे तुम्हारा अवधान बोध में बदल जाएगा। उसके बाद दूसरा सरल प्रयोग करो। उदाहरण के लिए जब चल रहे हो तो अवधानपूर्वक चलो और चलने और श्वास-क्रिया दोनों के प्रति होश रखो। दोनों क्रियाओं के बीच, चलने और श्वास लेने के बीच विरोध मत पैदा करो। दोनों के ही द्रष्टा बनो। और यह कठिन नहीं है।

उदाहरण के लिए देखो। यहां मैं एक चेहरे को अवधान दे सकता हूं। जब मैं एक चेहरे को देख रहा हूं तो अन्य सभी चेहरे मेरे लिए नहीं होंगे। अगर एक ही चेहरे के प्रति मेरा अवधान है तो बाकी सब चेहरे खो गए, अवधान के बाहर हो गए। और अगर मैं उस चेहरे की सिर्फ नाक पर ही अवधान को केंद्रित करूं तो फिर पूरा चेहरा, बाकी चेहरा अवधान के दायरे से बाहर हो गया। इस तरह मैं अपने अवधान को संकुचित किए जाता हूं।

विपरीत भी संभव है। मैं पूरे चेहरे को अवधान देता हूं। तब आंख, नाक, सब उसमें सम्मिलित है। फिर मैं अपनी दृष्टि को और फैलाता हूं, मैं अब तुम्हें व्यक्ति की तरह नहीं, समूह की तरह देखता हूं, तब सब समूह मेरे अवधान में सम्मिलित है। फिर सामने सड़क है और उसका शोरगुल है। अगर मैं तुम्हें सड़क और उसके शोरगुल से भिन्न समझूं तो मैं सड़क और शोरगुल को अपने अवधान से बाहर करता हूं। लेकिन मैं तुम्हें और सड़क दोनों को एक साथ भी देख सकता हूं। तब मैं दोनों के प्रति, तुम्हारे और सड़क के प्रति बोधपूर्ण हो सकता हूं। इस तरह मैं पूरे ब्रह्मांड के प्रति बोधपूर्ण हो सकता हूं।

यह बात तुम्हारी दृष्टि पर, तुम्हारे दृष्टि-क्षेत्र पर निर्भर है। वह बड़े से बड़ा हो सकता है। लेकिन पहले अवधान से शुरू करो और याद रखो कि तुम्हें बोध को उपलब्ध होना है। इसलिए निश्चित समय रख लो। सुबह का समय अच्छा रहेगा, क्योंकि तब तुम ताजा होते हो। उस समय ऊर्जा प्रबल रहती है; सब कुछ जाग रहा है। सबेरे तुम ज्यादा जीवंत होते हो।

शरीर-शास्त्री कहते हैं कि सुबह में तुम अधिक जीवंत ही नहीं होते, उस समय तुम्हारे शरीर की ऊंचाई भी बढ़ जाती है। शाम की बजाए सुबह तुम्हारी ऊंचाई भी अधिक होती है। अगर तुम छह फौट ऊंचे हो तो सुबह आधा इंच अधिक ऊंचे हो जाते हो। शाम होते-होते फिर छह फीट हो जाते हो। क्योंकि थकावट के कारण तुम्हारी रीढ़ संकुचित हो जाती है। इसलिए सुबह के वक्त तुम ताजा, युवा और जीवंत रहते हो।

इसे करो—ध्यान को अपने कार्यक्रम में अंतिम मत रखो, उसे प्रथम स्थान दो। जब तुम्हें लगे कि अब यह प्रयत्न न रहा, जब तुम पूरे घंटेभर अवधानपूर्वक श्वास लेते रहे और उसे ही जानते रहे, जब तुमने अनायास श्वास के अवधान को हासिल कर लिया, जब तुम आराम के साथ और किसी बल प्रयोग के बिना इस अवधान का आनंद लेने लगे, तभी समझना कि उपलब्धि हुई।

और तब उसमें और कुछ जोड़ो, जैसे कि चलने को जोड़ दो। अब श्वास के साथ चलने को भी याद रखो। और इसी तरह जोड़ते चले जाओ। कुछ समय के बाद तुम अपनी श्वास-क्रिया के प्रति सतत सजग बने रहोगे—यहां तक कि नींद में भी सजग रहने लगोगे। और जब तक नींद में सजगता नहीं रहती तब तक गहराई को नहीं जान सकोगे। और ऐसी सजगता आती है, धीरे-धीरे आती है।

इसके लिए धैर्य की जरूरत है और साथ ही सही ढंग से आरंभ करने की। इसे जान लो, क्योंकि मनुष्य का चालाक मन सदा गलत ढंग से आरंभ करने को कहता है। तब तुम दो-तीन दिन में ही इसे यह कहकर छोड़ दोगे कि यह असंभव प्रयास है। मन गलत ढंग से आरंभ करा देगा। इसलिए सदा ध्यान रखो कि सही ढंग से आरंभ किया जाए, क्योंकि सही शुरुआत का मतलब है कि आधा काम तो हो ही गया।

लेकिन हम गलत ढंग से शुरू करते हैं। तुम भलीभांति जानते हो कि अवधान कठिन चीज है। यह इसलिए कठिन है कि तुम बिलकुल सोए हुए हो। अगर तुमने किसी और जरूरी काम के साथ-साथ श्वास को अवधान देना शुरू किया तो तुम सफल नहीं हो सकोगे। और तुम अपने जरूरी काम को तो नहीं छोड़ोगे, श्वास को अवधान देना जरूर बंद कर दोगे। इसलिए अपने लिए अनावश्यक समस्याएं मत पैदा करो। चौबीस घंटे में थोड़ा सा समय तो निकाल ही सकते हो; चालीस मिनट से चल जाएगा। इसलिए प्रयोग करो।

मन बहुत बहाने करेगा। वह कहेगा: समय कहां है? पहले से ही कितने काम करने को पड़े हैं। या कहेगा: अभी तो संभव नहीं है; अभी स्थगित रखो। भविष्य में जब स्थिति अच्छी होगी तब करना। मन क्या कहता है, उससे सावधान रहो। मन का बहुत भरोसा मत करो। लेकिन मन पर हम संदेह नहीं करते हैं। हम सब कुछ पर संदेह करते हैं, अपने मन पर नहीं करते। वे लोग भी, जो संदेहवाद की, संदेह की, बुद्धि की ढेरों चर्चा करते हैं, वे भी अपने मन पर संदेह नहीं करते।

लेकिन यह तुम्हारा मन है जिसने तुम्हें उस हालत में ला रखा है जिसमें तुम हो। अगर तुम नरक में हो तो तुम्हारा मन तुम्हें इस नरक में लाया है। लेकिन तुम्हें इस मार्गदर्शक पर कभी संदेह नहीं होता। तुम किसी भी गुरु पर संदेह कर सकते हो, अपने मन पर नहीं करते। अटूट श्रद्धा के साथ तुम अपने मन के गुरु का अनुगमन करते हो। और इसी मन ने तुम्हें इस

उपद्रव में, इस संताप में ला खड़ा किया है जो तुम हो।

इसलिए अगर किसी पर संदेह करना है, तो पहले अपने मन पर ही संदेह करो। और जब भी मन कुछ कहे तो उस पर दो बार विचार करो। क्या यह सच है कि तुम्हें समय नहीं है? क्या सच ही तुम्हारे पास ध्यान करने के लिए, ध्यान को देने के लिए घंटेभर का भी समय नहीं है? इस बात पर फिर से विचार करो। एक बार फिर मन से पूछो: क्या दरअसल मेरे पास समय नहीं है?

मुझे तो यह बात सच नहीं लगती। मैंने तो ऐसा आदमी नहीं देखा है जिसके पास पर्याप्त से ज्यादा समय न रहता हो। मैंने लोगों को यह कहकर ताश खेलते देखा है कि हम समय काट रहे हैं। वे सिनेमा जाते हैं और कहते हैं, और क्या किया जाए समय काटने को वे गपशप कर रहे हैं, एक ही अखबार को बार-बार पढ़ रहे हैं, उन्हीं बातों पर चर्चा कर रहे हैं जिन पर जिंदगीभर चर्चा करते रहे हैं। और वे ही लोग कहते हैं: समय नहीं है। अनावश्यक कामों के लिए उन्हें काफी समय है। क्यों?

अनावश्यक काम में लगे रहने से मन को कोई खतरा नहीं है। लेकिन जिस क्षण तुम ध्यान की सोचते हो, मन सचेत हो जाता है। अब तुम खतरनाक आयाम में जा रहे हो। क्योंकि ध्यान का अर्थ मन की मृत्यु है। अगर तुम ध्यान में गए तो देर-अबेर तुम्हारे मन को विदा लेनी पड़ेगी, वह पूरी तरह समाप्त होगा। तब मन चौकस हो जाता है और अनेक बातें कहता है: समय कहां है? समय भी है तो और महत्व के काम पड़े हैं। अभी रुको, ध्यान तो किसी भी समय कर सकते हो। धन ज्यादा महत्वपूर्ण है। पहले धन इकट्ठा कर लो; फिर आराम से ध्यान करना। धन के बिना ध्यान कैसे होगा? पहले धन पर ध्यान दो, तब ध्यान पर।

ध्यान को आसानी से टाला जा सकता है; ऐसा तुम्हें लगता है। क्योंकि ध्यान तुम्हारे अभी जीवित रहने के लिए जरूरी नहीं है। रोटी नहीं स्थगित की जा सकती; रोटी के बिना तुम मर जाओगे। धन को भी स्थगित नहीं किया जा सकता, क्योंकि तुम्हारी बुनियादी जरूरतों के लिए वह जरूरी है। ध्यान स्थगित किया जा सकता है। तुम्हारे जीवित रहने से इसका कोई संबंध नहीं है; तुम इसके बिना भी जीवित रह सकते हो। दरअसल इसके बिना तुम आसानी से जीवित रह सकते हो।

जिस क्षण तुम ध्यान में गहरे उतरोगे, तुम कम से कम इस जमीन पर जीवित नहीं रहोगे। तुम विदा हो जाओगे। इस जीवन के वर्तुल से, चक्र से निकल ही जाओगे। ध्यान मृत्यु की तरह है; इसलिए मन भयभीत हो जाता है। ध्यान प्रेम की तरह है; इसलिए मन डर जाता है। और तब कहता है: इसे स्थगित करो। और तुम अनंत काल तक इसे स्थगित किए जा सकते हो। तुम्हारा मन सदा ही इस तरह की बातें कहे चला जाता है।

और यह मत सोचो कि मैं यह बात दूसरों के बाबत कह रहा हूं। मैं यह बात तुम्हारे बाबत कह रहा हूं। मैं ऐसे अनेक बुद्धिमान लोगों से मिला हूं जो ध्यान के संबंध में बहुत बुद्धिहीन बातें करते हैं।

एक सज्जन दिल्ली से आए वे बड़े सरकारी अधिकारी हैं। वे यहां ध्यान सीखने के लिए ही आए थे। दिल्ली से आए थे और सात दिन यहां टिके। मैंने उनसे कहा कि सुबह ध्यान के लिए बंबई के चौपाटी समुद्रतट जाया करें। उन्होंने कहा कि यह कठिन है, मैं इतने सबेरे न

▲

उठ सकूंगा। और इस बात पर वे कभी विचार नहीं करेंगे कि उनके मन ने उनसे क्या कहा। क्या यह इतना कठिन है? अब तुम समझो कि प्रयोग सरल हो सकता है, लेकिन तुम्हारा मन सरल नहीं है। मन कहता है : मैं सुबह छह बजे कैसे उठ सकूंगा?

मैं एक बड़े नगर में था, और वहां के कलेक्टर रात के ग्यारह बजे मुझे मिलने आए। मैं सोने ही जा रहा था कि वे आए और बोले: बहुत जरूरी बात है। मैं अशांत हूं; मेरे लिए यह जीवन-मरण का प्रश्न है। मुसे कम से कम आधा घंटा दें और ध्यान सिखाएं। अन्यथा मुझे आत्महत्या करने की नौबत आ सकती है। मैं अत्यंत अशांत हूं और मैं इतना हताश हो चुका हूं कि मेरे आंतरिक संसार में कुछ घटना जरूरी है। मेरा बाह्य संसार तो उजड़ ही चुका है। मैंने उनसे कहा कि तब कल पांच बजे सुबह यहां आएं। लेकिन उन्होंने कहा, यह संभव नहीं है।

जीवन-मरण का सवाल है और वे पांच बजे नहीं उठ सकते! उन्होंने कहा कि यह संभव नहीं है, क्योंकि मैं इतना सबेरे कभी नहीं उठता। इस पर मैंने कहा, अच्छा तब दस बजे दिन में आइए। पर उन्होंने कहा, यह भी कठिन है, क्योंकि साढ़े दस बजे तो मुझे दफ्तर जाना है।

वे एक दिन की छुट्टी नहीं ले सकते। और यह उनके जीवन-मरण का प्रश्न है। तब मैंने उनसे पूछा, यह आपके जीवन-मरण का प्रश्न है या मेरे जीवन-मरण का? और वे कोई बुद्धिहीन व्यक्ति नहीं थे। काफी बुद्धिमान थे। ये चालाकियां ही बुद्धि की थीं।

इसलिए ऐसा मत सोचो कि तुम्हारा मन भी वैसी ही चालाकियां नहीं कर रहा है, वह बहुत बुद्धिमान है। और चूंकि तुम सोचते हो कि यह मेरा मन है, इसलिए तुम उस पर संदेह नहीं करते। यह तुम्हारा नहीं है; यह महज एक सामाजिक उपज है। यह तुम्हें दिया गया है; तुम पर लाद दिया गया है। बचपन से ही तुम किसी खास ढंग से शिक्षिल और संस्कारित किए गए हो। तुम्हारा मन दूसरों द्वारा निर्मित हुआ है; मां-बाप, शिक्षक और समाज के द्वारा निर्मित हुआ है। यह अतीत है जो तुम्हारे मन को बनाता है और प्रभावित करता है। मुर्दा अतीत जीवित वर्तमान पर अपने को निरंतर आरोपित किए जाता है। और ये शिक्षक मृत अतीत के मात्र एजेंट हैं। और वे जीवित के विरोध में हैं। वे चीजों को जबरदस्ती तुम्हारे मन पर लादे जा रहे हैं।

लेकिन इस मन की तुम्हारे साथ ऐसी घनिष्ठता है कि अंतर करीब-करीब खो गया है और तुम्हारा उसके साथ तादात्म्य हो गया है। तुम कहते हो कि मैं हिंदू हूं। फिर सोचो, इस पर पुनर्विचार करो। तुम हिंदू नहीं हो, तुम्हें हिंदू मन दिया गया है। तुम तो मात्र एक सरल, निर्दोष मनुष्य पैदा हुए थे। न हिंदू, न मुसलमान। लेकिन फिर तुम्हें मुसलमान का या हिंदू का चित्त दिया गया। और तुम्हें एक खास ढंग में जबरदस्ती संस्कारित किया गया। और फिर जिंदगीभर इस मन में कुछ न कुछ जुड़ता ही गया। इस तरह मन भारी हो गया, तुम पर भारी हो गया है। तुम कुछ नहीं कर पाते, तुम पर मन की मनमानी चल रही है। तुम्हारे अनुभव भी तुम्हारे मन से ही जुड़ते रहे हैं। और तुम्हारा अतीत तुम्हारे एक-एक वर्तमान क्षण को निरंतर संस्कारित कर रहा है। अगर मैं तुमसे कुछ कहूं तो तुम उस पर ताजा ढंग से, खुले ढंग से विचार नहीं करोगे। तुम्हारा पुराना मन, तुम्हारा अतीत बीच में आ जाएगा और पक्ष या विपक्ष में बोलने लगेगा।

याद रखो कि तुम्हारा मन तुम्हारा नहीं है। तुम्हारा शरीर तुम्हारा नहीं है, वह तुम्हें तुम्हारे मां-बाप से मिला है। वैसे ही तुम्हारा मन तुम्हारा नहीं है, वह भी मां-बाप से मिला है। फिर तुम कौन हो? कोई या तो शरीर से तादात्म्य किए बैठा है या मन से। तुम सोचते हो कि मैं

युवा हूं, कि मैं बूढ़ा हूं; तुम सोचते हो कि मैं हिंदू हूं, कि जैन हूं, कि पारसी हूं। तुम नहीं हो। तुम तो शुद्ध चेतना की तरह पैदा हुए थे। ये सब कारागृह हैं।

ये विधियां तुम्हें आसान मालूम पड़ती हैं, वे आसान नहीं हैं। क्योंकि तुम्हारा मन निरंतर अनेक जटिलताएं और समस्याएं पैदा करेगा।

अभी कुछ दिन पहले एक व्यक्ति मेरे पास आए। और बोले कि मैं आपके ध्यान का प्रयोग कर रहा हूं, लेकिन कृपया बताएं कि किस धर्मशास्त्र में उसका उल्लेख है? अगर आप मुझे विश्वास दिला दें कि वह मेरे धर्मशास्त्र में है तो मेरे लिए आसान हो जाएगा।

लेकिन शास्त्र में उसके होने से ध्यान आसान कैसे हो जाएगा? क्योंकि मन तब समस्या नहीं खड़ी करेगा। मन कहेगा कि ठीक है, यह हमारा है; हमें करना चाहिए। और अगर यह किसी और शास्त्र में लिखा है, तो मन उसके विरोध में हो जाएगा।

मैंने उनको पूछा, आप तो यह ध्यान तीन महीने से कर रहे हैं, आप कैसा अनुभव करते हैं? उन्होंने कहा, अदभुत। मुझे आश्चर्यजनक अनुभव हुआ है। लेकिन मुझे शास्त्र से कुछ प्रमाण दें।

उनका अपना अनुभव उनके लिए प्रमाण नहीं है। वे कहते हैं, मुझे आश्चर्यजनक अनुभव हुआ है; मैं अधिक शांत, अधिक प्रेमपूर्ण हो चला हूं अदभुत अनुभव हुए हैं। लेकिन अपना ही अनुभव उनके लिए प्रमाण नहीं है। मन अतीत में प्रमाण खोजता है।

मैंने उससे कहा कि यह तो आपके किसी शास्त्र में नहीं लिखा है, उलटे शास्त्र में अनेक ऐसी बातें लिखी हैं जो इस ध्यान विधि के प्रतिकूल पड़ती हैं। उनका चेहरा उदास हो गया और उन्होंने कहा कि तब मेरे लिए यह ध्यान करना, इसे जारी रखना कठिन होगा।

लेकिन उनका अपना ही अनुभव किसी काम का क्यों नहीं है?

तुम्हारा अतीत—संस्कार, मन—सतत तुम्हें अपने सांचे में कस रहा है और तुम्हारे वर्तमान को नष्ट कर रहा है। इसे याद रखो, इससे सावधान रहो। अपने मन के प्रति संदेहपूर्ण बनो। उस पर भरोसा मत करो। अगर तुम इस प्रौढ़ता को उपलब्ध हो सके कि मन पर भरोसा न करो तो ही ये विधियां सरल, सहयोगी और क्रियात्मक हो सकती हैं। वे चमत्कार कर सकती हैं, वे चमत्कार करेंगी।

ये विधियां, ये उपाय बुद्धि से बिलकुल नहीं समझे जा सकते हैं। मैं एक असंभव प्रयास कर रहा हूं। लेकिन क्यों कर रहा हूं? यदि वे बुद्धि से नहीं समझे जा सकते तो क्यों मैं तुमसे बोल रहा हूं? वे बुद्धि से तो नहीं समझी जा सकतीं, लेकिन ये वे विधियां हैं जो तुम्हारे जीवन को रूपांतरित कर सकती हैं, और उन्हें बताने का दूसरा कोई उपाय भी नहीं है। तुम केवल बुद्धि से समझ सकते हो, और यह एक समस्या है। तुम कोई दूसरी चीज नहीं समझ सकते, केवल बुद्धि से समझ सकते हो। और यह भी सही है कि ये विधियां बुद्धि से नहीं समझी जा सकतीं। तो फिर कैसे समझा और समझाया जाए?

या तो तुम बुद्धि को बीच में लाए बिना समझने की क्षमता हासिल करो या और कोई उपाय खोजा जाए जिससे कि वे तुम्हें बुद्धि द्वारा बोधगम्य हो सकें। दूसरा विकल्प संभव नहीं है; पहला संभव है।

तुम्हें बुद्धि से ही शुरू करना होगा। लेकिन बुद्धि से चिपके मत रहो। जब मैं कहता हूं

कि करो; तो करना शुरू करो। जब तुम्हारे भीतर कुछ घटित होने लगेगा तब तुम अपनी बुद्धि को हटाकर बिना किसी बीच बचाव के, सीधे मेरे करीब पहुंचने लगोगे। लेकिन कुछ करना शुरू करो। हम वर्षों चर्चा किए जा सकते हैं। तुम्हारे मन में बहुत सी बातें भर जाएंगी, लेकिन उससे कुछ लाभ होने वाला नहीं है। उलटे उससे तुम्हारी हानि हो सकती है, क्योंकि तब तुम बहुत जानने लगोगे। और अगर तुम बहुत जानने लगे, तो तुम भ्रांत हो जाओगे, उलझन में पड़ोगे। बहुत बातें जानना अच्छा नहीं है। अच्छा है कि थोड़ा ही जानो और प्रयोग करो। अकेली एक विधि सहयोगी हो सकती है; कुछ करना सदा सहयोगी होता है।

और करने में कठिनाई क्या है? कहीं बहुत गहरे में भय छिपा है। भय यह है कि अगर यह करोगे तो कुछ होना बंद हो जाएगा। यही भय है। यह विरोधाभासी बात मालूम पड़ती है; लेकिन मैं अनेक-अनेक लोगों से मिला हूं जो बदलना चाहते हैं, जो कहते हैं कि हमें ध्यान की जरूरत है, हमें गहरे रूपांतरण की जरूरत है; लेकिन किसी गहरे तल पर वे भयभीत भी हैं। वे दोहरे हैं, दो मन वाले हैं। वे पूछते रहते हैं कि हम क्या करें; लेकिन वे कभी कुछ नहीं करते। फिर वे क्यों पूछते रहते हें?

वे पूछते हैं सिर्फ अपने आपको यह भ्रम देने के लिए कि हम भी अपने को बदलने में उत्सुक हैं। इसलिए वे पूछते हैं। इस और उस गुरु के पास जाते हैं, खोजते हैं, लेकिन कभी कुछ नहीं करते। गहरे में वे भयभीत हैं।

एरिक फ्राम ने एक किताब लिखी है: फियर आफ फ्रीडम—स्वतंत्रता का भय। किताब का नाम विरोधाभासी है। सभी लोग सोचते हैं कि हम स्वतंत्रता चाहते हैं, सभी सोचते हैं कि हम इस लोक और परलोक में भी, मुक्ति के लिए प्रयास कर रहे हैं। वे कहते हैं, हम मोक्ष चाहते हैं, हम सब सीमाओं से, सब दासताओं से छुटकारा चाहते हैं, हम पूर्ण रूप से मुक्त होना चाहते हैं। लेकिन एरिक फ्राम कहता है कि मनुष्य मुक्ति से भयभीत है, डरा हुआ है। हम चाहते हैं, हम कहे जाते हैं कि हम चाहते हैं, लेकिन कहीं गहरे मन में हम स्वतंत्रता से डरते हैं। हम नहीं चाहते हैं। क्यों? यह द्वैत, यह दोहरापन क्यों है?।

स्वतंत्रता भय पैदा करती है। और ध्यान गहरी से गहरी स्वतंत्रता है। तुम बाहरी घेरों से ही मुक्त नहीं होते, भीतरी दासता से भी, दासता की जड़ मन से भी मुक्त हो जाते हो। तुम पूरे अतीत से मुक्त हो जाते हो। मन गया कि अतीत गया। अब तुम इतिहास का अतिक्रमण कर गए। अब कोई समाज नहीं रहा; कोई धर्म, कोई शास्त्र, कोई परंपरा नहीं रही; क्योंकि उनका आवास मन ही है। अब कोई अतीत नहीं है, अब कोई भविष्य भी नहीं है, क्योंकि अतीत और भविष्य मन के अंग हैं, स्मृति और कल्पना भर हैं। अब तुम अभी और यहीं हो, वर्तमान में हो। अब कोई भविष्य नहीं होगा। अब केवल वर्तमान और वर्तमान होगा—शाश्वत वर्तमान। तब तुम पूर्णरूप से मुक्त हो। तब तुम सब परंपरा का, सब इतिहास का, शरीर, मन, सबका अतिक्रमण कर गए। भय से भी मुक्त।

लेकिन ऐसी मुक्ति, ऐसी स्वतंत्रता में तुम कहां होओगे? ऐसी मुक्ति में क्या तुम बचोगे? इस मुक्ति में, इस विराटता में तुम्हारा छोटा सा मैं, तुम्हारा अहंकार कहां टिकेगा? क्या तब तुम कह सकोगे कि मैं हूं? तुम कहते हो कि मैं बंधन में हूं, क्योंकि तुम अपनी सीमा को जान सकते हो। जब बंधन नहीं रहा तब सीमा भी नहीं रही। तब तुम एक उपस्थिति की

तरह हो, कुछ ज्यादा नहीं। परिपूर्ण शून्य, परिपूर्ण खालीपन। और वही भय पैदा करता हे। और वही कारण है कि आदमी ध्यान की बातें तो करता है, लेकिन कुछ करता नहीं।

सभी प्रश्न इसी भय से पैदा होते हैं। इस भय को अनुभव करो। अगर इसे जान लोगे तो यह विदा हो जाएगा। और अगर नहीं जानोगे तो जारी रहेगा। क्या तुम आध्यात्मिक अर्थो में मरने को राजी हो? क्या तुम नहीं होने के लिए तैयार हो?

जब कोई बुद्ध के पास आता था तो वे कहते, बुनियादी सत्य यह है कि तुम नहीं हो। और क्योंकि तुम नहीं हो, तुम न मर सकते हो और न जन्म ले सकते हो। क्योंकि तुम नहीं हो, तुम दुख में और बंधन में नहीं हो सकते। क्या तुम इसे स्वीकार करने को राजी हो? बुद्ध पूछते, क्या तुम यह मानने को तैयार हो? अगर तुम यह मानने को राजी नहीं हो तो तुम अभी ध्यान का प्रयोग मत करो। पहले पता कर लो कि तुम सचमुच हो या नहीं हो। पहले इसी पर ध्यान करो। कोई आत्मा है? भीतर कोई तत्व है या तुम एक संयोग भर हो?

अगर तुम खोजो तो पता चलेगा कि तुम्हारा शरीर एक संयोग है, जोड़ है। कुछ चीज तुम्हारी मां से मिली है, कुछ चीज पिता से मिली है और शेष सब भोजन से मिला है। यही तुम्हारा शरीर है। इस शरीर में तुम नहीं हो, कोई आत्मा नहीं है। फिर मन पर ध्यान करो। कुछ यहां से आया है, कुछ वहां से आया है। मन में कुछ भी ऐसा नहीं है जो मौलिक हो। वह भी एक संग्रह है। खोजो कि मन में कोई आत्मा है।

अगर गहरे खोजते चले गए तो तुम्हें पता चलेगा कि तुम्हारा व्यक्तित्व एक प्याज जैसा है। एक पर्त को हटाओ कि दूसरी पर्त सामने आ जाती है। दूसरी को हटाओ, तीसरी आ जाती है। पर्त पर पर्त हटाते जाओ और अंत में तुम्हारे हाथ में शून्य बचेगा। जब सारी पर्तें हट गईं तो भीतर कुछ भी नहीं है।

शरीर और मन प्याज जैसे हैं। अगर तुम शरीर और मन के छिलकों को हटा दो तो तुम्हें जिसका साक्षात्कार होगा, उसे बुद्ध ने शून्य कहा है। इस शून्य का साक्षात्कार डर पैदा करता है। वही डर है। यही कारण है कि हम कभी ध्यान नहीं करते हैं। हम उसके बारे में बातें करते हैं, लेकिन हम उसे करते नहीं। वही भय है, गहरे में तुम जानते हो कि शून्य है। लेकिन तुम इस भय से बच नहीं सकते हो। जो भी करो, भय बना रहेगा। जब तक उसका साक्षात्कार न कर लो, वह बना रहेगा। साक्षात्कार मात्र उपाय है।

एक बार अपने शून्य का साक्षात्कार कर लो, एक बार जान लो कि भीतर तुम आकाश की तरह हो, शून्य हो, तो फिर भय नहीं रहेगा। तब कोई भय नहीं रह सकता, क्योंकि यह शून्य नष्ट नहीं किया जा सकता है। यह शून्य मरने वाला नहीं है। जो मर सकता था, वह नहीं रहा; वह तो प्याज के छिलकों जैसा था।

यही कारण है कि कई बार गहरे ध्यान में आदमी इस शून्य के करीब पहुंचता है तो डर जाता है, घबराकर कांपने लगता है। उसे लगता है कि मैं तो मरा। और तब वह इस शून्य से भागकर संसार में लौट जाना चाहता है। और अनेक सचमुच लौट जाते हैं; वे फिर भीतर की तरफ झांकने का नाम नहीं लेते।

जैसा मैं देखता हूं, तुम लोगों में से प्रत्येक ने किसी न किसी जन्म में ध्यान का प्रयोग किया है। और उस शून्य के निकट पहुंचने पर भय ने तुम्हें पकड़ा और तुम भाग निकले।

तुम्हारे गहरे अचेतन में उसकी स्मृति बसी है। और अब वही स्मृति बाधा बन जाती है। फिर जब भी तुम ध्यान का प्रयोग करने की सोचते हो तो तुम्हारे गहरे अचेतन में बसी यह स्मृति तुम्हें विचलित करती है और कहती है, सोचो मत, करो मत; एक बार करके तुम देख चुके हो।

ऐसा आदमी खोजना मुश्किल है—मैंने अनेक लोगों में झांककर देखा है—जिसने किसी न किसी जीवन में ध्यान का प्रयोग न किया हो। वह याद कायम है, यद्यपि तुम्हें इसका बोध नहीं है कि वह याद कहां है। वह है। जब भी तुम कुछ करते हो, वह याद अवरोध बनकर खड़ी हो जाती है और किसी न किसी ढंग से तुम्हें रोक देती है।

इसलिए अगर तुम ध्यान में सचमुच उत्सुक हो तो उसके संबंध में अपने भय को खोज निकालो। इसके बाबत ईमानदार बनो कि तुम डरे हो कि नहीं। और अगर डरे हो तो सबसे पहले ध्यान के लिए नहीं, भय के लिए कुछ करना जरूरी होगा।

बुद्ध कई उपाय प्रयोग में लाते थे। कभी कोई उनसे कहता था कि मुझे ध्यान से डर लगता है। और यह जरूरी है; गुरु को अवश्य बताना चाहिए कि मैं डरता हूं। तुम गुरु को धोखा नहीं दे सकते, और उसकी जरूरत भी नहीं है। तो जब कोई उनसे कहता कि मैं ध्यान से डरता हूं, तो बुद्ध कहते, तुम पहली शर्त पूरी कर रहे हो। जब तुम स्वयं कहते हो कि मैं ध्यान से डरता हूं, तो संभावना खुलती है। तब कुछ किया जा सकता है। क्योंकि तुमने एक गहरे घाव को उघाड़ा है। वह भय क्या है? उसी पर ध्यान करो। जाओ और खोदकर देखो कि वह भय कहां से आता है, उसका स्रोत क्या है।

सब डर अंततः मृत्यु पर आधारित है। सब डर! उसका जो भी रूप-रंग हो, जो भी नाम हो, सब डर मृत्यु पर खड़ा है। यदि थोड़ा गहरे जाओ तो पाओगे कि तुम मृत्यु से डरे हो।

जब कोई व्यक्ति बुद्ध को आकर कहता कि मैं मृत्यु से भयभीत हूं, मुझे इसका पता चल गया है, तो बुद्ध उससे कहते कि मरघट जाओ और वहां बैठकर जलती चिता पर ध्यान करो। लोग रोज मर रहे हैं, वे वहां जलाए जाएंगे। उस मरघट में रहो और चिता पर ध्यान करो। जब मरने वाले के परिवार के लोग भी वहां से विदा हो जाएं तब भी तुम वहां रुके रहो। बस आग को, उसमें जलती लाश को देखो। जब सब कुछ धुआं ही धुआं हो रहे तो उसको भी गहराई में देखते रहो। कुछ सोचो मत, तीन महीने, छह महीने या नौ महीने तक बस ध्यान करो। और जब तुम्हें निश्चय हो जाए कि मृत्यु से बचा नहीं जा सकता, जब परम निश्चय हो जाए कि मृत्यु जीवन का एक ढंग है, कि मृत्यु जीवन में ही निहित है, कि मृत्यु होने ही वाली है, कि उससे बचने का कोई उपाय नहीं है, कि तुम मृत्यु में ही हो, तब लौटकर मेरे पास आना।

मृत्यु पर महीनों ध्यान करने के बाद, दिन-रात लाशों को जलते और राख होते देखने के बाद, बचे हुए धुओं को भी अंततः विलीन होते देखने के बाद, एक निश्चय घनीभूत हो जाता है कि मृत्यु निश्चित है। असल में यही एक चीज निश्चित है; शेष सब चीजें अनिश्चित हैं। जीवन में जो एक चीज निश्चित है वह मृत्यु है। दूसरी किसी भी चीज के लिए तुम कह सकते हो कि वह हो भी सकती है और नहीं भी हो सकती है, लेकिन मृत्यु के लिए यह बात नहीं कह सकते। मृत्यु है; वह होने वाली है; वह हो ही चुकी है। जिस क्षण तुम जीवन में प्रविष्ट हुए, उसी क्षण मृत्यु में भी प्रविष्ट हो गए। अब उसके बाबत कुछ भी नहीं किया जा सकता है।

और जब मृत्यु निश्चित ही है तो उसका डर भी नहीं रहता है। भय तो उन चीजों के साथ है जो बदली जा सकती हैं। जब मरना ही है तो भय क्या? यदि तुम मृत्यु के बाबत कुछ कर सको, उसे बदल सको, तो भय बना रहेगा। और अगर जान लिया कि कुछ नहीं किया जा सकता, कि तुम मृत्यु में ही हो, कि वह अटल है, तो भय भी विदा हो जाता है।

और जब मृत्यु का भय जाता रहता है तो बुद्ध तुम्हें ध्यान करने की इजाजत देंगे। वे कहेंगे, अब ध्यान कर सकते हो।

तो तुम भी अपने मन की गहराइयों में उतरो। इन विधियों को सुनना तभी सार्थक होगा जब तुम्हारी आंतरिक रुकावटें टूट गई हों, जब तुम्हारे भीतरी भय विलीन हो गए हों और जब तुमने निश्चित जान लिया हो कि मृत्यु ही यथार्थ है; इसलिए अगर ध्यान में मैं मर भी जाऊं तो डर नहीं है, ध्यान में मृत्यु भी घटित हो जाए तो उसके लिए भी मैं तैयार हूं। केवल तभी तुम गति कर सकते हो। और वह गति राकेट की गति होगी, क्योंकि कोई अवरोध न रहे।

दूरी समय नहीं लेती, अवरोध समय लेते हैं। तुम इसी क्षण गति कर सकते हो यदि अवरोध न हों। तुम तो वहीं हो, पर बाधाएं हैं। यह बाधा-दौड़, हर्डल रेस है। और तुम अधिकाधिक रुकावटें पार करते हो तो तुम्हें अच्छा लगता है। तुम्हें अच्छा लगता है कि तुम रुकावटों को पार कर गए। लेकिन कैसी मूढ़ता है कि तुमने ही ये रुकावटें राह में रखी थीं। वे वहां थीं ही नहीं। तुम ही रुकावटें रखते हो, तुम ही उन्हें पार करते हो और तुम ही अच्छा भी अनुभव करते हो। फिर-फिर रुकावटें रखना, फिर-फिर उन्हें पार करना—इस तरह तुम एक वर्तुल में घूमते हो और कभी केंद्र पर नहीं पहुंचते।

मन रुकावटें पैदा करता है, क्योंकि मन भयभीत है। वह तुमको बहुत तरह की दलीलें देगा कि तुम ध्यान क्यों नहीं करते हो। मन का भरोसा मत करो। गहरे उतरो और बुनियादी कारण को खोज निकालो।

क्यों कोई आदमी सतत भोजन की चर्चा करता है, लेकिन कभी भोजन नहीं करता? पागल मालूम पड़ता है। कोई दूसरा आदमी प्रेम की बातें किए जाता है, लेकिन प्रेम कभी नहीं करता। तीसरा आदमी किसी और चीज की बातें करता रहता है, लेकिन कुछ करता नहीं। यह बातचीत एक ग्रस्तता बन जाती है—एक मजबूरी। ऐसा व्यक्ति बातचीत को ही कृत्य मान बैठता है। बातचीत करने से तुम्हें लगता है कि मैं कुछ कर रहा हूं। और तब तुम चैन महसूस करते हो। तुम कुछ कर रहे हो, बात ही कर रहे हो, पढ़ रहे हो, सुन रहे हो। लेकिन यह करना नहीं है। यह धोखा है। इस धोखे में मत पड़ो।

मैं यहां इन एक सौ बारह विधियों के संबंध में चर्चा करूंगा; यह इसलिए नहीं कि तुम्हारे मन को भोजन दूं, ज्यादा ज्ञान दूं, सूचनाएं दूं। मैं तुम्हें पंडित बनाने की चेष्टा में नहीं हूं। मैं इसलिए बोलता हूं कि तुम्हें ऐसी विधि दे सकूं जो तुम्हारे जीवन को बदल दे। इसलिए जो विधि तुम्हें अनुकूल मालूम पड़े उसे बातचीत का विषय न बनाकर सीधे प्रयोग करो। उसके बारे में चुप हो जाओ और उसे करो। तुम्हारा मन अनेक प्रश्न खड़े करेगा। मुझसे पूछने के पहले खुद खोजबीन करो कि ये प्रश्न सच में कुछ अर्थ रखते हैं या वे तुम्हें सिर्फ धोखा दे रहे हैं।

पहले प्रयोग करो और तब प्रश्न पूछो। तब तुम्हारे प्रश्न व्यावहारिक होंगे। और मुझे पता है कि कौन प्रश्न प्रयोग करने पर पूछा गया है और कौन मात्र जिज्ञासा से, बुद्धि से।

▲

इसलिए मैं धीरे-धीरे तुम्हारे बुद्धिगत प्रश्नों के उत्तर देना बंद कर दूंगा। कुछ करो। और तब तुम्हारा प्रश्न सार्थक होगा। ये प्रश्न, जो कहते हैं कि प्रयोग बहुत सरल है, कुछ करने के बाद नहीं पूछे गए हैं। यह उतना सरल नहीं है।

अंत में मैं फिर दोहरा दूं: तुम सत्य ही हो; केवल जागरण की जरूरत है। तुम्हें कहीं अन्यत्र नहीं जाना है; बस स्वयं के भीतर प्रवेश करना है। और वह प्रवेश इसी क्षण संभव है। यदि तुम अपने मन को हटाकर अलग रख सको तो तुम अभी और यहीं प्रविष्ट हो। और ये विधियां तुम्हारे मन को हटाकर अलग रखने की विधियां हैं।

एक बार मन हटा कि तुम सत्य हो।

आज इतना ही।

5

अवधान, शिव-नेत्र और आत्मोपलब्धि

सूत्र

▲

5. भृकुटियों के बीच अवधार को स्थिर कर विचार
को मन के सामने करो। फिर सहस्त्रार तक रूप
को श्वास-तत्व से, प्राण से भरने दो।
वहां वह प्रकाश की तरह बरसेगा।
6. संसारिक कामों में लगे हुए, अवधान को दो श्वासों
के बीच टिकाओ।
इस अभ्यास से थोड़े ही दिनों में नया जन्म होगा।
7. ललाट के मध्य में सूक्ष्म श्वास, प्राण को टिकाओ।
जब वह सोने के क्षण में हृदय तक पहुंचेगा तब
स्वप्न और स्वयं मृत्यु पर अधिकार हो जाएग।
8. आत्यंतिक भक्तिपूर्वक श्वास के दो संधि-स्थलों
पर केंद्रित होकर ज्ञाता को जान लो।
9. मृतवत लेट रहो। क्रोध से क्षुब्ध होकर उसमें ठहरे
रहो। या पुतलियों को घुमाए बिना एकटक घूरते रहो।
या कुछ चूसो और चूसना बन जाओ।

यूनान के प्रसिद्ध दार्शनिक पाइथागोरस जब अध्यात्म के एक गुह्य विद्यालय में प्रवेश पाने के लिए मिस्र गए, तब उन्हें प्रवेश नहीं मिला। और पाइथागोरस किसी भी समय में पैदा हुए सर्वश्रेष्ठ मनीषियों में एक थे। वे यह बात समझ न सके; उन्हें बहुत हैरानी हुई। बार-बार उन्होंने प्रवेश के लिए कोशिश की। और हर बार उन्हें कहा गया कि जब तक आप उपवास और प्राणायाम के एक विशेष प्रशिक्षण से नहीं गुजरेंगे, प्रवेश नहीं मिलेगा।

कहते हैं कि पाइथागोरस ने कहा कि मैं यहां ज्ञान के लिए आया हूं, किसी प्रशिक्षण के लिए नहीं!

लेकिन विद्यालय के अधिकारियों ने कहा कि जब तक आप बदलेंगे नहीं, हम ज्ञान नहीं दे सकते। असल में हम ज्ञान में नहीं, वास्तविक अनुभव में उत्सुक हैं। और वह ज्ञान नहीं है जो जीया और अनुभव नहीं किया गया है। इसलिए आपको चालीस दिनों के उपवास से गुजरना ही होगा, जिसके दरम्यान एक खास ढंग से श्वास लेनी होगी।

कोई और रास्ता न था, इसलिए पाइथागोरस को इस प्रशिक्षण से गुजरना ही पड़ा। चालीस दिन के उपवास, प्राणायाम और सजगता के बाद उन्हें प्रवेश मिला।

कहते हैं कि पाइथागोरस ने कहा, आप पाइथागोरस को प्रवेश नहीं दे रहे हैं। मैं अब दूसरा ही आदमी हूं। दुबारा मेरा जन्म हुआ है। और आप सही थे और मैं गलत था; क्योंकि मेरा पूरा दृष्टिकोण बौद्धिक था। अब वह बुद्धि से हृदय में उतर आया है। अब मैं चीजों को अनुभव कर सकता हूं। इस प्रशिक्षण के पहले मैं सिर्फ बुद्धि से, मस्तिष्क से समझता था; अब मैं भाव से, हृदय से समझता हूं। सत्य अब मेरे लिए धारणा नहीं, जीवन है। सत्य अब तत्व-मीमांसा नहीं रहेगा, बल्कि अस्तित्वगत अनुभव होगा।

वह क्या प्रशिक्षण था जिससे वे गुजरे?

यही पांचवीं विधि थी जो पाइथागोरस को दी गई थी। दी तो गई थी मिस्र में, लेकिन विधि भारतीय है।

पांचवीं श्वास विधि :

भृकुटियों के बीच अवधान को स्थिर कर विचार को मन के सामने करो। फिर सहस्त्रार तक रूप को श्वास-तत्व से, प्राण से भरने दो । वहां वह प्रकाश की तरह बरसेगा।

यही विधि थी जो पाइथागोरस को दी गई थी। पाइथागोरस इसे लेकर यूनान वापस गए, और वे पश्चिम के समस्त रहस्यवाद के आधार बन गए। पश्चिम में अध्यात्मवाद के वे पिता हैं। यह विधि बहुत गहरी विधियों में से एक है। इसे समझने की कोशिश करो।

'भूकुटियों के बीच अवधान को स्थिर कर...।'

आधुनिक शरीर-शास्त्र कहता है, वैज्ञानिक शोध कहती है कि दो भृकूटियों के बीच जो ग्रंथि है वह शरीर का सबसे रहस्यपूर्ण भाग है। जिसका नाम पाइनिअल ग्रंथि है। यही तिब्बतियों की तीसरी आंख है और यही शिवनेत्र है—तंत्र के शिव का त्रिनेत्र। दो आंखों के बीच एक तीसरी आंख भी है, लेकिन यह सक्रिय नहीं है। यह है, और यह किसी भी समय सक्रिय हो सकती है। निसर्गतः यह सक्रिय नहीं है। इसको सक्रिय करने के लिए इसके संबंध में तुम को कुछ करना पड़ेगा। यह अंधी नहीं है, सिर्फ बंद है। यह विधि तीसरी आंख को खोलने की विधि हे।

'भुकूटियों के बीच अवधान को स्थिर कर...।'

आंखें बंद कर लो और फिर दोनों आंखों को बंद रखते हुए भौंहों के बीच में दृष्टि को स्थिर करो—मानो कि दोनों आंखों से तुम देख रहे हो। और समग्र अवधान को वहीं लगा दो।

यह विधि एकाग्र होने की सबसे सरल विधियों में से है। शरीर के किसी दूसरे भाग में इतनी आसानी से तुम अवधान को नहीं उपलब्ध हो सकते। यह ग्रंथि अवधान को अपने में समाहित करने में कुशल है। यदि तुम इस पर अवधान दोगे तो तुम्हारी दोनों आंखें तीसरी आंख से सम्मोहित हो जाएंगी। वे थिर हो जाएंगी, वे वहां से नहीं हिल सकेंगी। यदि तुम शरीर के किसी दूसरे हिस्से पर अवधान दो तो वहां कठिनाई होगी। तीसरी आंख अवधान को पकड़ लेती है, अवधान को खींच लेती है। अवधान के लिए यह चुंबक का काम करती है।

इसलिए दुनिया भर की सभी विधियों में इसका समावेश किया गया है। अवधान को प्रशिक्षित करने में यह सरलतम है, क्योंकि इसमें तुम ही चेष्टा नहीं करते, यह ग्रंथि भी तुम्हारी मदद करती है। यह चुंबकीय है। तुम्हारे अवधान को यह बलपूर्वक खींच लेती है।

तंत्र के पुराने ग्रंथों में कहा गया है कि अवधान तीसरी आंख का भोजन है। यह भूखी है; जन्मों-जन्मों से भूखी रही हे। जब तुम इसे अवधान देते हो यह जीवित हो उठती है। इसे भोजन मिल गया है। और जब तुम जान लोगे कि अवधान इसका भोजन है, जान लोगे कि तुम्हारे अवधान को यह चुंबक की तरह खींच लेती है, तब अवधान कठिन नहीं रह जाएगा। सिर्फ सही बिंदु को जानना है।

इसलिए आंख बंद कर लो और अवधान को दोनों आंखों के बीच में घूमने दो और उस बिंदु को अनुभव करो। जब तुम उस बिंदु के करीब होगे, अचानक तुम्हारी आंखें थिर हो जाएंगी। और जब उन्हें हिलाना कठिन हो जाए तब जानो कि सही बिंदु मिल गया।

'भुकूटियों के बीच अवधान को स्थिर कर विचार को मन के सामने करो।'

अगर यह अवधान प्राप्त हो जाए तो पहली बार एक अदभुत बात तुम्हारे अनुभव में

आएगी। पहली बार तुम देखोगे कि तुम्हारे विचार तुम्हारे सामने चल रहे हैं, तुम साक्षी हो जाओगे। जैसे कि सिनेमा के पर्दे पर दृश्य देखते हो, वैसे ही तुम देखोगे कि विचार आ रहे हैं और तुम साक्षी हो। एक बार तुम्हारा अवधान त्रिनेत्र-केंद्र पर स्थिर हो जाए, तुम तुरंत-विचारों के साक्षी हो जाओगे।

आमतौर से तुम साक्षी नहीं होते, तुम विचारों के साथ तादात्म्य कर लेते हो। यदि क्रोध है तो तुम क्रोध हो जाते हो। यदि एक विचार चलता है तो उसके साक्षी होने की बजाय तुम विचार के साथ एक हो जाते हो, उससे तादात्म्य करके साथ-साथ चलने लगते हो। तुम विचार ही बन जाते हो, विचार का रूप ले लेते हो। जब कामवासना होती है तब तुम कामवासना बन जाते हो, जब क्रोध उठता है तब क्रोध बन जाते हो, और जब लोभ उठता है तब लोभ ही बन जाते हो। कोई भी विचार तुम्हारे साथ एकात्म हो जाता है और उसके और तुम्हारे बीच दूरी नहीं रहती।

लेकिन तीसरी आंख पर स्थिर होते ही तुम एकाएक साक्षी हो जाते हो। तीसरी आंख के जरिए तुम साक्षी बनते हो। इस शिवनेत्र के द्वारा तुम विचारों को वैसे ही चलते देख सकते हो जैसे आसमान पर तैरते बादलों को, या राह पर चलते लोगों को देखते हो।

जब तुम अपनी खिड़की से आकाश को या राह चलते लोगों को देखते हो तब तुम उनसे तादात्म्य नहीं करते। तब तुम अलग होते हो, मात्र दर्शक रहते हो—बिलकुल अलग। वैसे ही अब जब क्रोध आता है तब तुम उसे एक विषय की तरह देखते हो। अब तुम यह नहीं सोचते कि मुझे क्रोध हुआ, तुम यही अनुभव करते हो कि तुम क्रोध से घिरे हो, क्रोध की एक बदली तुम्हारे चारों ओर घिर गई। और जब तुम खुद क्रोध नहीं रहे तब क्रोध नपुंसक हो जाता है। तब वह तुमको नहीं प्रभावित कर सकता, तब तुम अस्पर्शित रह जाते हो। क्रोध आता है और चला जाता है, और तुम अपने में केंद्रित रहते हो।

यह पांचवीं विधि साक्षीत्व को प्राप्त करने की विधि है।

'भूकूटियों के बीच अवधान को स्थिर कर विचार को मन के सामने करो।'

अब अपने विचारों को देखो, विचारों का साक्षात्कार करो।

'फिर सहस्रार तक रूप को श्वास-तत्व से, प्राण से भरने दो। वहां वह प्रकाश की तरह बरसेगा।'

जब अवधान भृकूटियों के बीच शिवनेत्र के केंद्र पर स्थिर होता है, तब दो चीजें घटित होती हैं। एक कि तुम एकाएक साक्षी बन जाते हो।

और यही चीज दो ढंगों से हो सकती है। एक, तुम साक्षी हो जाओ तो तुम तीसरी आंख पर थिर हो जाते हो। साक्षी हो जाओ, जो भी हो रहा हो उसके साक्षी रहो। तुम बीमार हो, शरीर में पीड़ा है, तुम को दुख और संताप है, जो भी हो, तुम उसके साक्षी रहो; जो भी हो, उससे तादात्म्य न करो। बस साक्षी रहो—दर्शक भर। और यदि साक्षीत्व संभव हो जाए, तो तुम तीसरे नेत्र पर स्थिर हो जाओगे।

इससे उलटा भी हो सकता है। यदि तुम तीसरी आंख पर स्थिर हो जाओ, तो साक्षी हो जाओगे। ये दोनों एक ही बात हैं।

इसलिए पहली बात: तीसरी आंख पर केंद्रित होते ही साक्षी आत्मा का उदय होगा।

▲

अब तुम अपने विचारों का सामना कर सकते हो। और दूसरी बातः और अब तुम श्वास-प्राश्वास की सूक्ष्म और कोमल तरंगों को भी अनुभव कर सकते हो। अब तुम श्वसन के रूप को ही नहीं, उसके तत्व को, सार को, प्राण को भी समझ सकते हो।

पहले तो यह समझने की कोशिश करें कि 'रूप' और 'श्वास-तत्व' का क्या अर्थ है। जब तुम श्वास लेते हो, तब सिर्फ वायु की ही श्वास नहीं लेते। वैज्ञानिक तो यही कहते हैं कि तुम वायु की ही श्वास लेते हो, जिसमें आक्सीजन, हाइड्रोजन तथा अन्य तत्व रहते हैं। वे कहते हैं कि तुम वायु की श्वास लेते हो।

लेकिन तंत्र कहता है कि हवा तो मात्र वाहन है, असली चीज नहीं। असल में तुम प्राण की श्वास लेते हो। हवा तो माध्यम भर है, प्राण उसका सत्व है, सार है। तुम न सिर्फ हवा की, बल्कि प्राण की श्वास लेते हो।

आधुनिक विज्ञान अभी नहीं जान सका है कि प्राण जैसी कोई वस्तु भी है। लेकिन कुछ शोधकर्ताओं ने कुछ रहस्यमयी चीज का अनुभव तो किया है। श्वास में सिर्फ हवा ही हम नहीं लेते, यह बहुत से आधुनिक शोधकर्ताओं ने अनुभव किया है। विशेषकर एक नाम उल्लेखनीय है, वह है जर्मन मनोवैज्ञानिक विलहेम रेख का, जिसने इसे आरगेन एनर्जी या जैविक ऊर्जा का नाम दिया। वह प्राण ही है। वह कहता है कि जब आप श्वास लेते हैं, तब हवा तो मात्र आधार है, पात्र है, जिसके भीतर एक रहस्यपूर्ण तत्व है, जिसे आरगेन या प्राण या एलेन वाइटल कह सकते हैं। लेकिन बह बहुत सूक्ष्म है। वास्तव में वह भौतिक नहीं है, पदार्थगत नहीं है। हवा भौतिक है, पात्र भौतिक है; लेकिन उसके भीतर से कुछ सूक्ष्म, अलौकिक तत्व चल रहा है।

इसका प्रभाव अनुभव किया जा सकता है। जब तुम किसी प्राणवान व्यक्ति के पास होते हो, तो तुम अपने भीतर किसी शक्ति को उगते देखते हो। और जब किसी बीमार के पास होते हो, तो तुमको लगता है कि तुम चूसे जा रहे हो, तुम्हारे भीतर से कुछ निकाला जा रहा है। जब तुम अस्पताल जाते हो, तब थके-थके क्यों अनुभव करते हो? वहां चारों ओर से तुम चूसे जाते हो। अस्पताल का पूरा माहौल बीमार होता है और वहां सब किसी को अधिक प्राण की, अधिक एलेन वाइटल की जरूरत है। इसलिए वहां जाकर अचानक तुम्हारा प्राण तुमसे बहने लगता है। जब तुम भीड़ में होते हो, तो तुम घुटन महसूस क्यों करते हो? इसलिए कि वहां तुम्हारा प्राण चूसा जाने लगता है। और जब तुम प्रातःकाल अकेले आकाश के नीचे या वृक्षों के बीच होते हो, तब फिर अचानक तुम अपने में किसी शक्ति का, प्राण का उदय अनुभव करते हो। प्रत्येक को एक खास स्पेस की जरूरत है। और जब वह स्पेस नहीं मिलता है, तो तुमको घुटन महसूस होती है।

विलहेम रेख ने कई प्रयोग किए। लेकिन उसे पागल समझा गया। विज्ञान के भी अपने अंधविश्वास हैं। और विज्ञान बहुत रूढ़िवादी होता है। विज्ञान अभी भी नहीं समझता है कि हवा से बढ़कर कुछ है; वह प्राण है। लेकिन भारत सदियों से उस पर प्रयोग कर रहा है।

तुमने सुना होगा—शायद देखा भी हो—कि कोई व्यक्ति कई दिनों के लिए भूमिगत समाधि में प्रवेश कर गया, जहां हवा का कोई प्रवेश नहीं था। 1880 में मिस्र में एक आदमी चालीस वर्षों के लिए समाधि में चला गया था। जिन्होंने उसे गाड़ा था वे सभी मर गए, क्योंकि

वह 1920 में समाधि से बाहर आने वाला था।

1920 में किसी को भरोसा नहीं था कि वह जीवित मिलेगा। लेकिन वह जीवित था और उसके बाद भी वह दस वर्षों तक जीवित रहा। वह बिलकुल पीला पड़ गया था, परंतु जीवित था। और उसको वहां हवा मिलने की कोई संभावना नहीं थी।

डाक्टरों ने तथा दूसरों ने उससे पूछा कि इसका रहस्य क्या है? उसने कहा, हम नहीं जानते; हम इतना ही जानते हैं कि प्राण कहीं भी प्रवेश कर सकता है, और वह है। हवा वहां नहीं प्रवेश कर सकती, लेकिन प्राण कर सकता है।

एक बार तुम जान जाओ कि श्वास के बिना भी कैसे तुम प्राण को सीधे ग्रहण कर सकते हो, तो तुम सदियों तक के लिए भी समाधि में जा सकते हो।

तीसरी आंख पर केंद्रित होकर तुम श्वास के सार तत्व को, श्वास को नहीं, श्वास के सार तत्व प्राण को देख सकते हो। और अगर तुम प्राण को देख सके, तो तुम उस बिंदु पर पहुंच गए जहां से छलांग लग सकती है, क्राति घटित हो सकती है।

सूत्र कहता है : 'सहस्रार तक रूप को प्राण से भरने दो।'

और जब तुम को प्राण का एहसास हो, तब कल्पना करो कि तुम्हारा सिर प्राण से भर गया है। सिर्फ कल्पना करो, किसी प्रयत्न की जरूरत नहीं है। और मैं बताऊंगा कि कल्पना कैसे काम करती है। जब तुम त्रिनेत्र-बिंदु पर स्थिर हो जाओ तब कल्पना करो, और चीजें आप ही और तुरंत घटित होने लगती हैं।

अभी तुम्हारी कल्पना भी नपुंसक है। तुम कल्पना किए जाते हो और कुछ भी नहीं होता। लेकिन कभी-कभी अनजाने साधारण जिंदगी में भी चीजें घटित होती हैं। तुम अपने मित्र की सोच रहे हो और अचानक दरवाजे पर दस्तक होती है। तुम कहते हो कि सांयोगिक था कि मित्र आ गया। कभी तुम्हारी कल्पना संयोग की तरह भी काम करती है।

लेकिन जब भी ऐसा हो, तो याद रखने की चेष्टा करो और पूरी चीज का विश्लेषण करो। जब भी लगे कि तुम्हारी कल्पना सच हुई है, तुम भीतर जाओ और देखो। कहीं न कहीं तुम्हारा अवधान तीसरे नेत्र के पास रहा होगा। दरअसल यह संयोग नहीं है। यह वैसा दिखता है; क्योंकि गुह्य विज्ञान का तुमको पता नहीं है। अनजाने ही तुम्हारा मन त्रिनेत्र-केंद्र के पास चला गया होगा। और अवधान यदि तीसरी आंख पर है तो किसी घटना के सृजन के लिए उसकी कल्पना काफी है।

यह सूत्र कहता है कि जब तुम भृकुटियों के बीच स्थिर हो और प्राण को अनुभव करते हो, तब रूप को भरने दो। अब कल्पना करो कि प्राण तुम्हारे पूरे मस्तिष्क को भर रहा है—विशेषकर सहस्रार को जो सर्वोच्च मनस केंद्र है। उस क्षण तुम कल्पना करो और वह भर जाएगा। कल्पना करो कि वह प्राण तुम्हारे सहस्नार से प्रकाश की तरह बरसेगा, और वह बरसने लगेगा। और उस प्रकाश की वर्षा में तुम ताजा हो जाओगे, तुम्हारा पुनर्जन्म हो जाएगा, तुम बिलकुल नए हो जाओगे। आंतरिक जन्म का यही अर्थ है।

यहां दो बातें हैं। एक, तीसरी आंख पर केंद्रित होकर तुम्हारी कल्पना पुंसत्व को, शुद्धि को उपलब्ध हो जाती है। यही कारण है कि शुद्धता पर, पवित्रता पर इतना बल दिया गया है। इस साधना में उतरने के पहले शुद्ध बनें।

तंत्र के लिए शुद्धि कोई नैतिक धारणा नहीं है। शुद्धि इसलिए अर्थपूर्ण है कि यदि तुम तीसरी आंख पर स्थिर हुए और तुम्हारा मन अशुद्ध रहा, तो तुम्हारी कल्पना खतरनाक सिद्ध हो सकती है—तुम्हारे लिए भी और दूसरों के लिए भी। यदि तुम किसी की हत्या करने की सोच रहे हो, उसका महज विचार भी मन में है, तो सिर्फ कल्पना से उस आदमी की मृत्यु घटित हो जाएगी। यही कारण है कि शुद्धता पर इतना जोर दिया जाता है।

पाइथागोरस को विशेष उपवास और प्राणायाम से गुजरने को कहा गया; क्योंकि यहां बहुत खतरनाक भूमि से यात्री गुजरता है। जहां भी शक्ति है, वहां खतरा है। यदि मन अशुद्ध है तो शक्ति मिलने पर आपके अशुद्ध विचार शक्ति पर हावी हो जाएंगे।

कई बार तुमने हत्या करने की सोची है; लेकिन भाग्य से वहां कल्पना ने काम नहीं किया। यदि वह काम करे, यदि वह तुरंत वास्तविक हो जाए तो वह दूसरों के लिए ही नहीं तुम्हारे लिए भी खतरनाक सिद्ध होगी। क्योंकि कितनी ही बार तुमने आत्महत्या की भी सोची है। अगर मन तीसरी आंख पर केंद्रित है तो आत्महत्या का विचार भी आत्महत्या बन जाएगा। तुमको विचार बदलने का समय भी नहीं मिलेगा। वह तुरंत घटित हो जाएगी।

तुमने किसी को सम्मोहित होते देखा होगा। जब कोई सम्मोहित किया जाता है, तब सम्मोहनविद जो भी कहता है, सम्मोहित व्यक्ति तुरंत उसका पालन करता है। आदेश कितना ही बेहूदा हो, तर्कहीन हो, असंभव ही क्यों न हो, सम्मोहित व्यक्ति उसका पालन करता है। क्या होता है?

यह पांचवीं विधि सब सम्मोहन की जड़ में है। जब कोई सम्मोहित किया जाता है, तब उसे एक विशेष बिंदु पर, किसी प्रकाश पर या दीवार पर लगे किसी चिह्न पर या किसी भी चीज पर या सम्मोहक की आंख पर ही अपनी दृष्टि केंद्रित करने को कहा जाता है। और जब तुम किसी खास बिंदु पर दृष्टि केंद्रित करते हो, उसके तीन मिनट के अंदर तुम्हारा आंतरिक अवधान तीसरी आंख की ओर बहने लगता है, तुम्हारे चेहरे की मुद्रा बदलने लगती है। और सम्मोहनविद जानता है कि कब तुम्हारा चेहरा बदलने लगा। एकाएक चेहरे से सारी शक्ति गायब हो जाती है। वह मृतवत हो जाता है, मानो गहरी तंद्रा में पड़ा हो। जब ऐसा होता है, सम्मोहक को उसका पता हो जाता है। उसका अर्थ हुआ कि तीसरी आंख अवधान को पी रही है। आपका चेहरा पीला पड़ गया है; पूरी ऊर्जा त्रिनेत्र-केंद्र की ओर बह रही है।

अब सम्मोहित करने वाला तुरंत जान जाता है कि जो भी कहा जाएगा, वह घटित होगा। वह कहता है कि अब तुम गहरी नींद में जा रहे हो, और तुम तुरंत सो जाते हो। वह कहता है कि अब तुम बेहोश हो रहे हो, और तुम बेहोश हो जाते हो। अब कुछ भी किया जा सकता है। अब अगर वह कहे कि तुम नेपोलियन या हिटलर हो गए हो तो तुम हो जाओगे। तुम्हारी मुद्रा बदल जाएगी। आदेश पाकर तुम्हारा अचेतन उसको वास्तविक बना देता है। अगर तुम किसी रोग से पीड़ित हो तो रोग को हटने का आदेश दिया जा सकता है, और रोग दूर हो जाएगा। या कोई नया रोग भी पैदा किया जा सकता है।

यही नहीं, सड़क पर से एक कंकड़ उठाकर अगर सम्मोहनविद तुम्हारी हथेली पर रख दें और कहे कि यह अंगारा है तो तुम तेज गर्मी महसूस करोगे और तुम्हारी हथेली जल जाएगी—मानसिक तल पर नहीं, वास्तव में ही। वास्तव में तुम्हारी चमड़ी जल जाएगी और

तुमको जलन महसूस होगी। क्या होता है? अंगारा नहीं, बस एक मामूली कंकड़ है, वह भी ठंडा, फिर यह जलना कैसे संभव होता हे?

तुम तीसरी आंख पर केंद्रित हो और सम्मोहनविद तुमको सुझाव देता है और वह सुझाव वास्तविक हो जाता है। यदि सम्मोहनविद कहे कि अब तुम मर गए, तो तुम तुरंत मर जाओगे। तुम्हारी हृदय-गति रुक जाएगी, रुक ही जाएगी।

यह होता है त्रिनेत्र के चलते। त्रिनेत्र के लिए कल्पना और वास्तविकता दो चीजें नहीं हैं। कल्पना ही तथ्य है। कल्पना करें और वैसा हो जाएगा। स्वप्न और यथार्थ में फासला नहीं है। स्वप्न देखो और वह सच हो जाएगा।

यही कारण है कि शंकर ने कहा कि यह संसार परमात्मा के स्वप्न के सिवाय और कुछ नहीं है—यह परमात्मा की माया है। यह इसलिए कि परमात्मा तीसरी आंख में बसता है—सदा, सनातन से। इसलिए परमात्मा जो स्वप्न देखता है, वह सच हो जाता है। और यदि तुम भी तीसरी आंख में थिर हो जाओ तो तुम्हारे स्वप्न भी सच होने लगेंगे।

सारिपुत्र बुद्ध के पास आया। उसने गहरा ध्यान किया। तब बहुत चीजें घटित होने लगीं, बहुत तरह के दृश्य उसे दिखाई देने लगे। जो भी ध्यान की गहराई में जाता है उसे यह सब दिखाई देने लगता है। स्वर्ग और नरक, देवता और दानव, सब उसे दिखाई देने लगे। और वे ऐसे वास्तविक थे कि सारिपूत्र बुद्ध के पास दौड़ा गया और बोला कि ऐसे-ऐसे दृश्य दिखाई देते हैं। बुद्ध ने कहा, वे कुछ नहीं हैं, मात्र स्वप्न हैं।

लेकिन सारिपुत्र ने कहा कि वे इतने वास्तविक हैं कि मैं कैसे उन्हें स्वप्न कहूं? जब एक फूल दिखाई पड़ता है, वह फूल किसी भी फूल से अधिक वास्तविक मालूम पड़ता है। उसमें सुगंध है। उसे मैं छू सकता हूं। अभी जो मैं आपको देखता हूं, वह उतना वास्तविक नहीं है; आप जितना वास्तविक मेरे सामने हैं, वह फूल उससे अधिक वास्तविक है। इसलिए, कैसे मैं भेद करूं कि कौन सच है और कौन स्वप्न?

बुद्ध ने कहा, अब चूंकि तुम तीसरी आंख में केंद्रित हो, इसलिए स्वप्न और यथार्थ एक हो गए हैं। जो भी स्वप्न तुम देखोगे सच हो जाएगा।

और इससे ठीक उलटा भी घटित हो सकता है। जो त्रिनेत्र पर थिर हो गया, उसके लिए स्वप्न यथार्थ हो जाएगा और यथार्थ स्वप्न हो जाएगा। क्योंकि जब तुम्हारा स्वप्न सच हो जाता है तब तुम जानते हो कि स्वप्न और यथार्थ में बुनियादी भेद नहीं है।

इसलिए जब शंकर कहते हैं कि सब संसार माया है, परमात्मा का स्वप्न है, तब यह कोई सैद्धांतिक प्रस्तावना या कोई मीमांसक वक्तव्य नहीं है। यह उस व्यक्ति का आंतरिक अनुभव है जो शिवनेत्र में थिर हो गया है।

अतः जब तुम तीसरे नेत्र पर केंद्रित हो जाओ तब कल्पना करो कि सहस्नार से प्राण बरस रहा है; जैसे कि तुम किसी वृक्ष के नीचे बैठे हो और फूल बरस रहे हैं, या तुम आकाश के नीचे हो और कोई बदली बरसने लगी, या सुबह तुम बेठे हो और सूरज उग रहा है और उसकी किरणें बरसने लगी हैं। कल्पना करो और तुरंत तुम्हारे सहस्रार से प्रकाश की वर्षा होने लगेगी। यह वर्षा मनुष्य को पुनर्निर्मित करती है, उसको नया जन्म दे जाती है। तब उसका पुनर्जन्म हो जाता है।

छठवीं श्वास विधि :

सांसारिक कामों में लगे हुए, अवधान को दो श्वासों के बीच टिकाओ। इस अभ्यास से थोड़े ही दिनों में नया जन्म होगा।

'सांसारिक कामों में लगे हुए, अवधान को दो श्वासों के बीच टिकाओ . ..।'

श्वासों को भूल जाओ और उनके बीच में अवधान को लगाओ। एक श्वास भीतर आती है। इसके पहले कि वह लौट जाए, उसे बाहर छोड़ा जाए, वहां एक अंतराल होता है।

'सांसारिक कामों में लगे हुए, अवधान को दो श्वासों के बीच टिकाओ। इस अभ्यास से थोड़े ही दिनों में नया जन्म होगा।'

लेकिन इसको लगातार करना है; यह छठी विधि निरंतर करने की है। इसलिए कहा गया है, 'सांसारिक कामों में लगे हुए।' जो भी तुम कर रहे हो, उसमें अवधान को दो श्वासों के अंतराल में थिर रखो। लेकिन काम-काज में लगे हुए ही इसे साधना है।

ठीक ऐसी ही एक दूसरी विधि की चर्चा हम कर चुके हैं। अब फर्क इतना है कि इसे सांसारिक कामों में लगे हुए ही करना है। उससे अलग होकर इसे मत करो। यह साधना ही तब करो जब तुम कुछ और काम कर रहे हो।

तुम भोजन कर रहे हो, भोजन करते जाओ और अंतराल पर अवधान रखो। तुम चल रहे हो, चलते जाओ और अवधान को अंतराल पर टिकाओ। तुम सोने जा रहे हो, लेटो और नींद को आने दो, लेकिन तुम अंतराल के प्रति सजग रहो।

पर काम-काज में क्यों? क्योंकि काम-काज मन को डांवाडोल करता है। काम-काज में तुम्हारे अवधान को बार-बार बुलाना पड़ता है। तो डांवाडोल न हों; अंतराल में थिर रहें। काम-काज भी न रुके, चलता रहे। तब तुम्हारे अस्तित्व के दो तल हो जाएंगे: करना और होना। अस्तित्व के दो तल हो गए: एक करने का जगत और दूसरा होने का जगत। एक परिधि है और दूसरा केंद्र। परिधि पर काम करते रहो, रुको नहीं; लेकिन केंद्र पर भी सावधानी से काम करते रहो। क्या होगा?

तुम्हारा काम-काज तब अभिनय हो जाएगा, मानो तुम कोई पार्ट अदा कर रहे हो। उदाहरण के लिए, तुम किसी नाटक में पार्ट कर रहे हो, तुम राम बने हो या क्राइस्ट बने हो। यद्यपि तुम राम या क्राइस्ट का अभिनय करते हो, तो भी तुम स्वयं बने रहते हो। केंद्र पर तुम जानते हो कि तुम कौन हो और परिधि पर तुम राम या क्राइस्ट का या किसी का पार्ट अदा करते रहते हो। तुम जानते हो कि तुम राम नहीं हो, राम का अभिनय भर कर रहे हो। तुम कौन हो तुमको मालूम है। तुम्हारा अवधान तुममें केंद्रित है। और तुम्हारा काम परिधि पर जारी है।

यदि इस विधि का अभ्यास हो तो पूरा जीवन एक लंबा नाटक बन जाएगा। तुम एक अभिनेता होगे, अभिनय भी करोगे और सदा अंतराल में केंद्रित रहोगे। जब तुम अंतराल को भूल जाओगे, तब तुम अभिनेता नहीं रहोगे, तब तुम कर्ता हो जाओगे। तब वह नाटक नहीं रहेगा, उसे तुम भूल से जीवन समझ लोगे।

यही हम सबने किया है। हर आदमी सोचता है कि वह जीवन जी रहा है। यह जीवन नहीं है, यह तो एक रोल है, एक पार्ट है, जो समाज ने, परिस्थितियों ने, संस्कृति ने, देश की परंपरा ने तुमको थमा दिया है। और तुम अभिनय कर रहे हो। और तुम इस अभिनय के साथ

▲

तादात्म्य भी कर बैठे हो। उसी तादात्म्य को तोड़ने के लिए यह विधि है।

कृष्ण के अनेक नाम हैं। कृष्ण सबसे कुशल अभिनेताओं में से एक हैं। वे सदा अपने में थिर हैं और खेल कर रहे हैं। लीला कर रहे हैं और बिलकुल गैर-गंभीर हैं। गंभीरता तादात्पय से पैदा होती है।

यदि नाटक में तुम सच ही राम हो जाओ तो अवश्य समस्याएं खड़ी होंगी। जब-जब सीता की चोरी होगी, तो तुमको दिल का दौरा पड़ सकता है और पूरा नाटक बंद हो जाना भी निश्चित है। लेकिन अगर तुम बस अभिनय कर रहे हो तो सीता की चोरी से तुमको कुछ भी नहीं होता है। तुम अपने घर लौटोगे और चैन से सो जाओगे। सपने में भी खयाल न आएगा कि सीता की चोरी हुई।

जब सचमुच सीता चोरी गई थी तब राम स्वयं रो रहे थे, चीख रहे थे और वृक्षों से पूछ रहे थे कि सीता कहां हैं? कौन उसे ले गया? लेकिन यह समझने जैसी बात है। अगर राम सच में रो रहे हैं और पेड़ों से पूछ रहे हैं, तब तो वे तादात्म्य कर बैठे, तब वे राम न रहे, ईश्वर के अवतार न रहे। यह स्मरण रखना चाहिए कि राम के लिए उनका वास्तविक जीवन भी अभिनय ही था। जैसे दूसरे अभिनेताओं को तुमने राम का अभिनय करते देखा है, वैसे ही राम भी अभिनय कर रहे थे—निःसंदेह एक बड़े रंगमंच पर।

इस संबंध में भारत के पास एक बहुत सुंदर कथा है। मेरी दृष्टि में यह कथा अदभुत है। संसार के किसी भी भाग में ऐसी कथा नहीं मिलेगी। कहते हैं कि वाल्मीकि ने राम के जन्म के पहले ही रामायण लिख दी। राम को केवल उसका अनुगमन करना पड़ा। इसलिए वास्तव में राम का पहला कृत्य भी अभिनय ही था। उनके जन्म के पहले ही कथा लिख दी गई थी, इसलिए उन्हें केवल उसका अनुगमन करना पड़ा। वे और क्या कर सकते थे। वाल्मीकि जैसा व्यक्ति जब कथा लिखता है, तब राम को अनुगमन करना होगा। इसलिए एक तरह से सब कुछ नियत था। सीता की चोरी होनी थी, और युद्ध का लड़ा जाना था।

यदि यह तुम समझ सको तो नियति या भाग्य के सिद्धांत को भी समझ सकते हो इसका बड़ा गहरा अर्थ है। और अर्थ यह है कि यदि तुम समझ जाते हो कि तुम्हारे लिए यह सब कुछ नियत है तो जीवन नाटक हो जाता है। अब यदि तुमको राम का अभिनय करना है तो तुम कैसे बदल सकते हो? सब कुछ नियत है, यहां तक कि तुम्हारा संवाद भी, डायलाग भी। अगर तुम सीता से कुछ कहते हो तो वह किसी नियत वचन का दोहराना भर है।

यदि जीवन नियत माना जाए, तो तुम उसे बदल नहीं सकते। उदाहरण के लिए, एक विशेष दिन को तुम्हारी मृत्यु होने वाली है, यह नियत है। और तुम जब मरोगे तब रो रहे होगे, यह भी निश्चित है। और फलां-फलां लोग तुम्हारे पास होंगे, यह भी तय है। और यदि सब कुछ नियत है, तय है, तब सब कुछ नाटक हो जाता है। यदि सब कुछ निश्चित है तो उसका अर्थ हुआ कि तुम केवल उसे अंजाम देने वाले हो। तुमको उसे जीना नहीं है, उसका अभिनय करना है।

यह विधि, छठी विधि, तुमको एक साइकोड्रामा, एक खेल बना देती है। तुम दो श्वासों के अंतराल में थिर हो और जीवन परिधि पर चल रहा है। यदि तुम्हारा अवधान केंद्र पर है तो तुम्हारा अवधान परिधि पर नहीं है; परिधि पर जो है वह उपावधान है, वह कहीं तुम्हारे

अवधान के पास घटित होता है। तुम उसे अनुभव कर सकते हो, उसे जान सकते हो, पर वह महत्वपूर्ण नहीं है। यह ऐसा है जैसे तुमको नहीं घटित हो रहा है।

मैं इसे दोहराता हूं, यदि तुम इस छठी विधि की साधना करो तो तुम्हारा समूचा जीवन ऐसा हो जाएगा जैसे वह तुमको न घटित होकर किसी दूसरे व्यक्ति को घटित हो रहा है।

सातवीं श्वास विधि :

ललाट के मध्य में सूक्ष्म श्वास (प्राण) को टिकाओ। जब वह सोने के क्षण में हृदय तक पहुंचेगा तब स्वप्न और स्वयं मृत्यु पर अधिकार हो जाएगा।

तुम अधिकाधिक गहरी पर्तों में प्रवेश कर रहे हो।

'ललाट के मध्य में सूक्ष्म श्वास (प्राण) को टिकाओ।'

अगर तुम तीसरी आंख को जान गए हो तो तुम ललाट के मध्य में स्थित सूक्ष्म श्वास को, अदृश्य प्राण को जान गए, और तुम यह भी जान गए कि वह ऊर्जा, वह प्रकाश बरसता है।

'जब वह सोने के क्षण में हृदय तक पहुंचेगा'—जब यह वर्षा तुम्हारे हृदय तक पहुंचेगी—'तब स्वप्न और स्वयं मृत्यु पर अधिकार हो जाएगा।'

इस विधि को तीन हिस्सों में लो। एक, श्वास के भीतर जो प्राण है, जो उसका सूक्ष्म, अदृश्य, अपार्थिव अंश है, उसे तुमको अनुभव करना होगा। यह तब होता है, जब तुम भृकुटियों के बीच अवधान को थिर रखते हो। तब यह आसानी से घटित होता है। अगर तुम अवधान को अंतराल में टिकाते हो, तो भी घटित होता है, मगर उतनी आसानी से नहीं। यदि तुम नाभि-केंद्र के प्रति सजग हो, जहां श्वास आती है और छूकर चली जाती है, तो भी यह घटित होता है, पर कम आसानी से। उस सूक्ष्म प्राण को जानने का सबसे सुगम मार्ग है, तीसरी आंख में थिर होना। वैसे तुम जहां भी: केंद्रित होगे, यह घटित होगा। तुम प्राण को प्रभावित होते अनुभव करोगे।

यदि तुम प्राण को अपने भीतर प्रवाहित होता अनुभव कर सको तो तुम यह भी जान सकते हो कि कब तुम्हारी मृत्यु होगी। यदि तुम सूक्ष्म श्वास को, प्राण को महसूस करने लगे तो मरने के छह महीने पहले से तुम अपनी आसदत्र मृत्यु को जानने लगते हो। कैसे इतने संत अपनी मृत्यु की तिथि बता देते हैं? यह आसान है। क्योंकि यदि तुम प्राण के प्रवाह को जानते हो तो जब उसकी गति उलट जाएगी तब उसको भी तुम जान लोगे। मृत्यु के छह महीने पहले प्रक्रिया उलट जाती है। प्राण तुम्हारे बाहर जाने लगता है। तब श्वास इसे भीतर नहीं ले जाती, बल्कि उलटे बाहर ले जाने लगती है—वही श्वास।

तुम इसे नहीं जान पाते हो, क्योंकि तुम उसके अदृश्य भाग को नहीं देखते, केवल वाहन को ही देखते हो। और वाहन तो एक ही रहेगा। अभी श्वास प्राण को भीतर ले जाती है और वहां छोड़ देती है। फिर वाहन बाहर खाली वापस जाता है। और प्राण से पुनः भरकर भीतर जाता है। इसलिए याद रखो कि भीतर आने वाली श्वास और बाहर जाने वाली श्वास, दोनों एक नहीं हैं। वाहन के रूप में तो पूरक श्वास और रेचक श्वास एक ही हैं, लेकिन जहां पूरक प्राण से भरा होता है, वहीं रेचक उससे रिक्त रहता है। तुमने प्राण को पी लिया और श्वास खाली हो गई।

▲

जब तुम मृत्यु के करीब होते हो, तब उलटी प्रक्रिया चालू होती है। भीतर आने वाली श्वास प्राणविहीन आती है, रिक्त आती है, क्योंकि तुम्हारा शरीर अस्तित्व से प्राण को ग्रहण करने में असमर्थ हो जाता है। तुम मरने वाले हो, तुम्हारी जरूरत न रही। पूरी प्रक्रिया उलट जाती है। अब जब श्वास बाहर जाती है, तब प्राण को साथ लिए बाहर जाती है।

इसलिए जिसने सूक्ष्म प्राण को जान लिया वह अपनी मृत्यु का दिन भी तुरंत जान सकता है। छह महीने पहले प्रक्रिया उलटी हो जाती है।

यह सूत्र बहुत-बहुत महत्वपूर्ण है।

'ललाट के मध्य में सूक्ष्म श्वास (प्राण) को टिकाओ। जब सोने के क्षण में वह हृदय तक पहुंचेगा तब स्वप्न और स्वयं मृत्यु पर अधिकार हो जाएगा।'

जब तुम नींद में उतर रहे हो तभी इस विधि को साधना है, अन्य समय में नहीं। ठीक सोने का समय इस विधि के अभ्यास के लिए उपयुक्त समय है।

तुम नींद में उतर रहे हो, धीरे-धीरे नींद तुम पर हावी हो रही है। कुछ ही क्षणों के भीतर तुम्हारी चेतना लुप्त होगी, तुम अचेत हो जाओगे। उस क्षण के आने के पहले तुम अपनी श्वास और उसके सूक्ष्म अंश प्राण के प्रति सजग हो जाओ और उसे हृदय तक जाते हुए अनुभव करो। अनुभव करते जाओ कि यह हृदय तक आ रहा है, हृदय तक आ रहा है। प्राण हृदय से होकर तुम्हारे शरीर में प्रवेश करता है, इसलिए यह अनुभव करते ही जाओ कि प्राण हृदय तक आ रहा है। और इस निरंतर अनुभव के बीच ही नींद को आने दो। तुम अनुभव करते जाओ और नींद को आने दो; नींद को तुमको अपने में समेट लेने दो।

यदि यह संभव हो जाए कि तुम अदृश्य प्राण को हृदय तक जाते देखो और नींद को भी, तो तुम अपने सपनों के प्रति भी सजग हो जाओगे। तब तुमको बोध रहेगा कि तुम स्वप्न देख रहे हो। आमतौर से हम नहीं जानते हैं कि हम स्वप्न देख रहे हैं। जब तुम सपना देखते हो तो तुम समझते हो कि यह यथार्थ ही है। वह भी तीसरी आंख के कारण ही संभव होता है। क्या तुमने किसी को नींद में देखा है? उसकी आंखें ऊपर चली जाती हैं और तीसरी आंख में स्थिर हो जाती हैं। यदि नहीं देखा है तो देखो।

तुम्हारा बच्चा सोया है, उसकी आंखें खोलकर देखो कि उसकी आंखें कहां हैं। उसकी आंख की पुतलियां ऊपर को चढ़ी हैं और त्रिनेत्र पर केंद्रित हैं। मैं कहता हू कि बच्चों को देखो, सयानों को नहीं। सयाने भरोसे योग्य नहीं हैं, क्योंकि उनकी नींद गहरी नहीं होती। वे सोचते भर हैं कि सोए हैं। बच्चों को देखो। उनकी आंखें ऊपर को चढ़ जाती हैं।

इसी तीसरी आंख में थिरता के कारण तुम अपने सपनों को सच मानते हो। तुम यह नहीं समझ सकते कि वे सपने हैं। वह तुम तब जानोगे, जब सुबह जागोगे। तब तुम जानोगे कि मैं स्वप्न देख रहा था। लेकिन वह तो बाद का खयाल है। स्वप्न में तुम नहीं समझ सकते कि यह स्वप्न है। यदि समझ जाओ तो दो तल हो गए—स्वप्न है और तुम सजग हो, जागरूक हो। जो नींद में स्वप्न के प्रति जाग सके, उसके लिए यह सूत्र चमत्कारिक है।

यह सूत्र कहता है: 'स्वप्न पर और स्वयं मृत्यु पर अधिकार हो जाएगा।'

यदि तुम स्वप्न के प्रति जागरूक हो जाओ तो तुम दो काम कर सकते हो। एक कि तुम स्वप्न पैदा कर सकते हो। आमतौर से तुम स्वप्न नहीं पैदा कर सकते। आदमी कितना नपुंसक

है। तुम स्वप्न भी नहीं पैदा कर सकते। अगर तुम कोई खास स्वप्न देखना चाहो तो नहीं देख सकते; यह तुम्हारे हाथ में नहीं है। मनुष्य कितना शक्तिहीन है! स्वप्न भी उससे नहीं निर्मित किए जा सकते। तुम स्वप्नों के शिकार भर हो, उनके रतरष्टा नहीं। स्वप्न तुम में घटित होता है, तुम कुछ नहीं कर सकते हो। न तुम उसे रोक सकते हो, न उसे पैदा कर सकते हो।

लेकिन अगर तुम यह देखते हुए नींद में उतरो कि हृदय प्राण से भर रहा है, निरंतर हर श्वास में प्राण से स्पर्शित हो रहा है तो तुम अपने स्वप्नों के मालिक हो जाओगे। और यह मालकियत बहुत अनूठी है, दुर्लभ है। तब तुम जो भी स्वप्न देखना चाहो, देख सकते हो। ठीक सोने के समय भाव करो कि मैं यह स्वप्न देखना चाहता हूं, और तुम वह स्वप्न देख लोगे। और सोते समय कहो कि मैं फला स्वप्न नहीं देखना चाहता और वह स्वप्न कभी तुम्हारे मन में प्रवेश नहीं कर सकेगा।

लेकिन अपने स्वप्नों के मालिक बनने का क्या प्रयोजन है? क्या यह व्यर्थ नहीं है? नहीं, यह व्यर्थ नहीं है। एक बार तुम स्वप्नों के मालिक हो गए तो दुबारा तुम कभी स्वप्न नहीं देखोगे। वह व्यर्थ हो गया। जरूरत नहीं रही। जैसे ही तुम अपने स्वप्नों के मालिक हो जाते हो, स्वप्न बंद हो जाते हैं, उनकी जरूरत नहीं रह जाती है। और जब स्वप्न बंद होते हैं, तब तुम्हारी नींद का गुणधर्म ही और होता है। वह गुणधर्म वही है, जो मृत्यु का है।

मृत्यु गहन नींद है। अगर तुम्हारी नींद मृत्यु की तरह गहरी हो जाए तो उसका अर्थ है कि सपने विदा हो गए। सपने नींद को उथली बना देते हैं। सपनों के चलते तुम सतह पर ही घूमते रहते हो। सपनों में उलझे रहने के कारण तुम्हारी नींद उथली हो जाती है। और जब सपने नहीं रहते, तब तुम नींद के सागर में उतर जाते हो, उसकी गहराई छू लेते हो। वही मृत्यु है।

इसलिए भारत ने सदा कहा है कि नींद छोटी मृत्यु है, और मृत्यु लंबी नींद है। गुणात्मक रूप से दोनों समान हैं। नींद दिन-दिन की मृत्यु है, मृत्यु जीवन-जीवन की नींद है। प्रतिदिन तुम थक जाते हो, तुम सो जाते हो। और दूसरी सुबह तुम फिर अपनी शक्ति और अपनी जीवंतता को वापस पा लेते हो। तुम मानो फिर से जन्म लेते हो। वैसे ही सत्तर या अस्सी वर्ष के जीवन के बाद तुम पूरी तरह थक जाते हो। अब छोटी अवधि की मृत्यु से काम नहीं चलेगा, अब तुमको बड़ी मृत्यु की जरूरत है। उस बड़ी मृत्यु या बड़ी नींद के बाद तुम बिलकुल नए शरीर के साथ पुनर्जन्म लेते हो।

और एक बार यदि तुम स्वप्न-शून्य नींद को जान जाओ और उसमें बोधपूर्वक रहो तो फिर मृत्यु का भय जाता रहेगा। कोई कभी नहीं मर सकता, मृत्यु असंभव है। अभी एक दिन पहले मैं कहता था कि केवल मृत्यु निश्चित है, और अब कहता हूं कि मृत्यु असंभव है। कोई कभी नहीं मरा है। कोई कभी मर नहीं सकता। संसार में यदि कुछ असंभव है तो वह मृत्यु है। क्योंकि अस्तित्व जीवन है। तुम फिर-फिर जन्मते हो, लेकिन नींद ऐसी गहरी है कि पुरानी पहचान भूल जाते हो। तुम्हारे मन से स्मृतियां पोंछ दी जाती हैं।

इसे इस तरह सोचो। मान लो कि आज तुम सोने जा रहे हो। और कोई ऐसा यंत्र बन गया है—शीघ्र ही बनने वाला है—जो कि जैसे टेपरेकार्डर के फीते से आवाज पोंछ दी जाती है, वैसे ही मन से स्मृति को पोंछ डालता है। क्योंकि स्मृति भी एक गहरी रेकार्डिंग है। देर-अबेर हम ऐसा यंत्र निकाल लेंगे जो तुम्हारे सिर में लगा दिया जाएगा और जो तुम्हारे

▲

दिमाग को पोंछकर बिलकुल साफ कर देगा। तो कल सुबह तुम वही आदमी नहीं रहोगे जो सोने गया था। क्योंकि तुमको याद नहीं रहेगा कि कौन सोने गया था। तब तुम्हारी नींद मृत्यु जैसी हो जाएगी। एक गैप आ जाएगा। तुमको याद नहीं रहेगा कि कौन सोया था। यहां यही चीज स्वाभाविक ढंग से घट रही है। जब तुम मरते हो और फिर जन्म लेते हो तब तुमको याद नहीं रहता है कि कौन मरा। तुम फिर से शुरू करते हो।

इस विधि के द्वारा पहले तो तुम स्वप्नों के मालिक हो जाओगे। उसका अर्थ हुआ कि सपने आना बंद हो जाएंगे। या यदि तुम खुद सपने देखना चाहोगे तो सपना देख भी सकते हो। लेकिन तब वह ऐच्छिक सपना होगा। वह अनिवार्य नहीं रहेगा, वह तुम पर लादा नहीं जाएगा, तुम उसके शिकार नहीं होगे। और तब तुम्हारी नींद का गुणधर्म ठीक मृत्यु जैसा हो जाएगा। तब तुम जानोगे कि मृत्यु भी नींद है।

इसलिए यह सूत्र कहता है : 'स्वप्न और स्वयं मृत्यु पर अधिकार हो जाएगा।'

तब तुम जानोगे कि मृत्यु एक लंबी नींद है—और सहयोगी है, और सुंदर है। क्योंकि वह तुमको नवजीवन देती है, वह तुमको सब कुछ नया देती है। फिर तो मृत्यु भी समाप्त हो जाती है; स्वप्न के शेष होते ही मृत्यु समाप्त हो जाती है। .

मृत्यु पर नियंत्रण पाने, अधिकार पाने का दूसरा अर्थ भी है। अगर तुम समझ लो कि मृत्यु नींद है तो तुम उसको दिशा दे सकते हो। अगर तुम अपने सपनों को दिशा दे सकते हो तो मृत्यु को भी दे सकते हो। तब तुम चुनाव कर सकते हो कि कहां पैदा हों, कब पैदा हों, किससे पैदा हों और किस रूप में पैदा हों। तब तुम अपने जन्म के भी मालिक हो गए।

बुद्ध की मृत्यु हुई। मैं उनके अंतिम जन्म के पूर्व के जन्म की चर्चा कर रहा हूं, जब वे बुद्ध नहीं हुए थे। मरने के पूर्व उन्होंने कहा : 'मैं अमुक मां-बाप से पैदा होऊंगा; ऐसी मेरी मां होगी, ऐसे मेरे पिता होंगे, और मेरी मां मेरे जन्म के बाद ही मर जाएगी। और जब मैं जन्मूंगा, मेरी मां ऐसे-ऐसे सपने देखेगी।' न सिर्फ तुमको अपने स्वप्नों पर अधिकार होता है, दूसरे के स्वप्न पर भी अधिकार हो जाता है। सूत्रो बुद्ध ने उदाहरण के तौर पर बताया कि जब मैं मां के पेट में होऊंगा, तब मेरी मां ये-ये स्वप्न देखेगी। और जब कोई इस क्रम से इन स्वप्नों को देखे, तब समझना कि मैं जन्म लेने वाला हूं

और ऐसा हुआ। बुद्ध की माता ने उसी क्रम से सपने देखे। वह क्रम सारे भारत को पता था, विशेषकर उनको जो धर्म में, जीवन की गहन चीजों में और उसके गुह्य पथों में उत्सुक थे। पता था, इसलिए उन स्वप्नों की व्याख्या हुई। स्वप्नों की व्याख्या करने वाला पहला आदमी फ्रायड नहीं था, और न उसकी व्याख्या में गहराई थी। पहला वह केवल पश्चिम के लिए था।

तो बुद्ध के पिता ने स्वप्नों के व्याख्याकारों को, उस जमाने के फ्रायडों और जुंगों को तुरंत बुलबाया और उनसे पूछा, इस क्रम का क्या अर्थ है? मुझे डर लगता है, ये सपने अदभुत हैं और एक ही क्रम से आ रहे हैं। एक ही तरह के सपने क्रम से, बारी-बारी से आ रहे हैं। मानो कोई एक ही फिल्म को बार-बार देखता हो। क्या हो रहा है?

और व्याख्याकारों ने बताया कि आप एक महान आत्मा के पिता होने जा रहे हैं, वह बुद्ध होने वाला है। लेकिन आपकी पत्नी को संकट है; क्योंकि जब ऐसे बुद्ध जन्म लेते हैं,

तब मां का जीना कठिन हो जाता है। बुद्ध के पिता ने कारण पूछा। व्याख्याकारों ने कहा कि हम यह नहीं बता सकते; लेकिन जो आत्मा पैदा होने वाली है, उसका ही वक्तव्य है कि उसके जन्म लेने पर उसकी मां की मृत्यु होगी।

बाद में बुद्ध से पूछा गया कि आपकी माता की मृत्यु तुरंत क्यों हुई? उन्होंने कहा कि एक बुद्ध को जन्म देना इतनी बड़ी घटना है कि उसके बाद और सब कुछ व्यर्थ हो जाता है। इसलिए मां जीवित नहीं रह सकती। उसे नया जीवन शुरू करने के लिए फिर से जन्म लेना होगा। एक बुद्ध को जन्म देना ऐसा परम अनुभव है, ऐसा शिखर है कि मां उसके बाद नहीं बची रह सकती। इसलिए मां की मृत्यु हुई।

बुद्ध ने अपने पिछले जीवन में कहा था कि मैं उस समय जन्म लूंगा, जब मेरी मां एक तालवृक्ष के नीचे खड़ी होगी। और वही हुआ। बुद्ध का जब जन्म हुआ, तब उनकी मां तालवृक्ष के नीचे खड़ी थीं। और बुद्ध ने यह भी कहा था, जब मेरी मां तालवृक्ष के नीचे खड़ी होगी, तब मैं जन्म लूंगा और तुरंत मैं सात कदम चलूंगा। यह-यह पहचान होगी, जो बताए देता हूं, ताकि तुम जान सको कि बुद्ध का जन्म हुआ है। और बुद्ध ने सब कुछ का इंगित दिया था।

और यह केवल बुद्ध के लिए ही सही नहीं है। यही जीसस के लिए सही है, यही महावीर के लिए सही है, यही और भी कई अन्यों के लिए सही है। प्रत्येक जैन तीर्थंकर ने अपने पिछले जन्म में भविष्यवाणी की थी कि उनका जन्म किस तरह होगा। उन्होंने भी स्वप्नों के क्रम बताए थे, उन्होंने भी प्रतीक बताए थे, और कहा था कि किस तरह सब कुछ घटित होने वाला है।

तुम दिशा दे सकते हो। एक बार तुम अपने स्वप्नों को दिशा देने लगो तो सब कुछ को दिशा दे सकते हो। क्योंकि यह संसार स्वप्नों का ही बना हुआ है। और स्वप्नों का ही यह जीवन बना है। इसलिए जब तुम्हारा अधिकार सपने पर हुआ तब सब कुछ पर हो गया।

यह सूत्र कहता है स्वयं मृत्यु पर।'

तब कोई व्यक्ति अपने को एक विशेष तरह का जन्म भी दे सकता है, विशेष तरह का जीवन भी दे सकता है।

हम लोग तो शिकार हैं। हम नहीं जानते हैं कि क्यों जन्मते हैं और क्यों मरते हैं। कौन हमें चलाता है और क्यों? कोई कारण नहीं दिखाई देता है। सब कुछ अराजकता, संयोग जैसा है। ऐसा इसलिए है कि हम मालिक नहीं हैं। एक बार मालिक हो जाएं तो फिर ऐसा नहीं रहेगा।

आठवीं श्वास विधि :

आत्यंतिक भक्तिपूर्वक श्वास के दो संधि-स्थलों पर केंद्रित होकर ज्ञाता को जान लो।

इन विधियों के बीच जरा-जरा भेद है, जरा-जरा अंतर है। और यद्यपि विधियों में वे जरा-जरा से हैं, तो भी तुम्हारे लिए वे भेद बहुत हो सकते हैं। एक अकेला शब्द बहुत फर्क पैदा करता है।

'आत्यंतिक भक्तिपूर्वक श्वास के दो संधि-स्थलों पर केंद्रित होकर. . .।'

भीतर आने वाली श्वास का एक संधि-स्थल है जहां वह मुड़ती है और बाहर जाने वाली श्वास का भी एक संधि-स्थल जहां वह मुड़ती है। इन दो संधि-स्थलों—जिनकी चर्चा

▲

हम कर चुके हैं—के साथ यहां जरा सा भेद किया गया है। हालांकि यह भेद विधि में तो जरा सा ही है, लेकिन साधक के लिए बड़ा भेद हो सकता है। केवल एक शर्त जोड़ दी गई है—'आत्यंतिक भक्तिपूर्वक,' और पूरी विधि बदल जाती है।

इसके प्रथम रूप में भक्ति का सवाल नहीं था। वह मात्र वैज्ञानिक विधि थी। तुम प्रयोग करो और वह काम करेगी। लेकिन लोग हैं जो ऐसी शुष्क वैज्ञानिक विधियों पर काम नहीं करेंगे। इसलिए जो हृदय की ओर झुके हैं, जो भक्ति के जगत के हैं, उनके लिए जरा सा भेद किया गया है: 'आत्यंतिक भक्तिपूर्वक श्वास के दो संधि-स्थलों पर केंद्रित होकर ज्ञाता को जान लो।'

अगर तुम वैज्ञानिक रुझान के नहीं हो, अगर तुम्हारा मन वैज्ञानिक नहीं है, तो तुम इस विधि को प्रयोग में लाओ।

'आत्यंतिक भक्तिपूर्वक'—प्रेम-श्रद्धा के साथ—'श्वास के दो संधि-स्थलों पर केंद्रित होकर ज्ञाता को जान लो।'

यह कैसे संभव होगा?

भक्ति तो किसी के प्रति होती है, चाहे वे कृष्ण हों या क्राइस्ट। लेकिन तुम्हारे स्वयं के प्रति, श्वास के दो संधि-स्थलों के प्रति भक्ति कैसी होगी? यह तत्व तो गैर-भक्ति वाला है। लेकिन व्यक्ति-व्यक्ति पर निर्भर है।

तंत्र का कहना है कि शरीर मंदिर है। तुम्हारा शरीर परमात्मा का मंदिर है, उसका निवास-स्थान है। इसलिए इसे मात्र अपना शरीर या एक वस्तु न मानो। यह पवित्र है, धार्मिक है। जब तुम एक श्वास भीतर ले रहे हो तब तुम ही श्वास नहीं ले रहे हो, तुम्हारे भीतर परमात्मा भी श्वास ले रहा है। तुम चलते-फिरते हो—इसे इस तरह देखो—तुम नहीं, स्वयं परमात्मा तुममें चल रहा है। तब सब चीजें पूरी तरह भक्तिपूर्ण हो जाती हैं।

अनेक संतों के बारे में कहा जाता है कि वे अपने शरीर को प्रेम करते थे; वे उसके साथ ऐसा व्यवहार करते थे, मानो वे शरीर उनकी प्रेमिकाओं के रहे हों।

तुम भी अपने शरीर को यह व्यवहार दे सकते हो। उसके साथ यंत्रवत व्यवहार भी कर सकते हो। वह भी एक रुझान है, एक दृष्टि है। तुम इसे अपराधपूर्ण, पाप-भरा और गंदा भी मान सकते हो। और इसे चमत्कार भी समझ सकते हो, परमात्मा का घर भी समझ सकते हो। यह तुम पर निर्भर है।

यदि तुम अपने शरीर को मंदिर मान सको तो यह विधि तुम्हारे काम आ सकती है: 'आत्यंतिक भक्तिपूर्वक. . .।' इसका प्रयोग करो। जब तुम भोजन कर रहे हो तब इसका प्रयोग करो। यह न सोचो कि तुम भोजन कर रहे हो, सोचो कि परमात्मा तुममें भोजन कर रहा है। और तब परिवर्तन को देखो। तुम वही चीज खा रहे हो, लेकिन तुरंत सब कुछ बदल जाता है। अब तुम परमात्मा को भोजन दे रहे हो। तुम स्नान कर रहे हो, कितना मामूली सा काम है। लेकिन दृष्टि बदल दो, अनुभव करो कि तुम अपने में परमात्मा को स्नान करा रहे हो। तब यह विधि आसान होगी।

'आत्यंतिक भक्तिपूर्वक श्वास के दो संधि-स्थलों पर केंद्रित होकर ज्ञाता को जान लो।'

▲

नौवीं विधिः

मृतवत लेट रहो। क्रोध से क्षुब्ध होकर उसमें ठहरे रहो। या पुतलियों को घुमाए बिना एकटक घूरते रहो। या कुछ चूसो और चूसना बन जाओ।

'मृतवत लेट रहो।'

प्रयोग करो कि तुम एकाएक मर गए हो। शरीर को छोड़ दो, क्योंकि तुम मर गए हो। बस कल्पना करो कि मैं मृत हूं, मैं शरीर को नहीं हिला सकता हू, आंख भी नहीं हिला सकता हूं, मैं चीख भी नहीं सकता हूं, मैं रो भी नहीं सकता हूं, मैं कुछ भी नहीं कर सकता हूं, मैं मरा हुआ हूं। और तब देखो कि कैसा लगता है। लेकिन अपने को धोखा मत दो। तुम शरीर को थोड़ा हिला सकते हो। नहीं, हिलाओ नहीं। यदि मच्छर भी आ जाए तो भी शरीर को मृत ही समझो। यह सबसे अधिक उपयोग की गई विधि है।

रमण महर्षि इसी विधि से ज्ञान को उपलब्ध हुए थे। लेकिन यह उनके इस जन्म की विधि नहीं थी। इस जन्म में तो अचानक सहज ही यह उन्हें घटित हो गई। लेकिन जरूर उन्होंने किसी पिछले जन्म में इसकी सतत साधना की होगी। अन्यथा सहज कुछ भी घटित नहीं होता है। प्रत्येक चीज का कार्य-कारण संबंध रहता है।

तो जब वे केवल चौदह या पंद्रह वर्ष के थे, एक रात अचानक रमण को लगा कि मैं मरने वाला हूं। उनके मन में यह बात बैठ गई कि मृत्यु आ गई है। वे अपना शरीर भी नहीं हिला सकते थे। उन्हें लगा कि मुझे लकवा मार गया है। फिर उन्हें अचानक घुटन महसूस हुई और वे जान गए कि उनकी हृदय-गति बंद होने वाली है। और वे चिल्ला भी नहीं सके, बोल भी नहीं सके कि मैं मर रहा हूं।

कभी-कभी किसी दुःस्वप्न में ऐसा होता है कि जब तुम न चिल्ला पाते हो और न हिल पाते हो। जागने पर भी कुछ क्षणों तक तुम कुछ नहीं कर पाते हो। यही हुआ। रमण को अपनी चेतना पर तो पूरा अधिकार था, लेकिन अपने शरीर पर बिलकुल नहीं। वे जानते थे कि मैं हूं, चेतन हूं, सजग हूं; लेकिन मैं मरने वाला हूं। और यह निश्चय इतना घना था कि कोई विकल्प भी नहीं रहा। इसलिए उन्होंने सब प्रयत्न छोड़ दिए। उन्होंने आंखें बंद कर लीं और मृत्यु की प्रतीक्षा करने लगे।

धीरे-धीरे उनका शरीर सख्त हो गया। शरीर मर गया। लेकिन एक समस्या उठ खड़ी हुई। वे जान रहे थे कि शरीर नहीं है, लेकिन मैं तो हूं। वे जान रहे थे कि मैं जीवित हूं और शरीर मर गया है। फिर वे उस स्थिति से वापस आए। सुबह में शरीर भी स्वस्थ था। लेकिन वही आदमी नहीं लौटा था जो मृत्यु के पूर्व था, क्योंकि उसने मृत्यु को जान लिया था।

अब रमण ने एक नए लोक को देख लिया था, चेतना के एक नए आयाम को जान लिया था। उन्होंने घर छोड़ दिया। उस मृत्यु के अनुभव ने उन्हें पूरी तरह बदल दिया। और वे इस युग के बहुत थोड़े से प्रबुद्ध पुरुषों में हुए।

और यही विधि है जो रमण को सहज घटित हुई। लेकिन तुमको यह सहज ही नहीं घटित होने वाली है। लेकिन प्रयोग करो तो किसी जीवन में यह सहज हो सकती है। प्रयोग करते हुए भी यह घटित हो सकती है। और यदि नहीं घटित हुई तो भी प्रयत्न कभी व्यर्थ नहीं जाता है। यह प्रयत्न तुम में रहेगा, तुम्हारे भीतर बीज बनकर रहेगा। कभी जब उपयुक्त समय

होगा और वर्षा होगी, यह बीज अंकुरित हो जाएगा।

सब सहजता की यही कहानी है। किसी काल में बीज बो दिया गया था, लेकिन ठीक समय नहीं आया था और वर्षा नहीं हुई थी। किसी दूसरे जन्म और जीवन में समय तैयार होता है, तुम अधिक प्रौढ़, अधिक अनुभवी होते हो, और संसार से उतने ही निराश होते हो, तब किसी विशेष स्थिति में वर्षा होती है और बीज फूट निकलता है।

'मृतवत लेट रहो। क्रोध से क्षुब्ध होकर उसमें ठहरे रहो।'

निश्चय ही जब तुम मर रहे हो तो वह कोई सुख का क्षण नहीं होगा। वह आनंदपूर्ण नहीं हो सकता, जब तुम देखते हो कि तुम मर रहे हो। भय पकड़ेगा, मन में क्रोध उठेगा, या विषाद, उदासी, शोक, संताप, कुछ भी पकड़ सकता है। व्यक्ति-व्यक्ति में फर्क होगा।

सूत्र कहता है : 'क्रोध से क्षुब्ध होकर उसमें ठहरे रहो, स्थिर रहो।'

अगर तुमको क्रोध घेरे तो उसमें ही स्थित रहो; अगर उदासी घेरे तो उसमें भी। भय, चिंता, कुछ भी हो, उसमें ही ठहरे रहो, डटे रहो। तुम मर गए हो, फिर क्या कर सकते हो? इसलिए वैसे के वैसे स्थिर रहो। जो भी मन में हो, उसे वैसा ही रहने दो, क्योंकि शरीर तो मर चुका है।

यह ठहरना बहुत सुंदर है। अगर तुम कुछ मिनटों के लिए भी ठहर गए तो पाओगे कि सब कुछ बदल गया। लेकिन हम हिलने लगते हैं। यदि मन में कोई आवेग उठता है तो शरीर हिलने लगता है। उदासी आती है तो भी शरीर हिलता है। इसे आवेग इसीलिए कहते हैं कि यह शरीर में वेग पैदा करता है। मृतवत महसूस करो और आवेगों को शरीर हिलाने की इज़ाजत मत दो। वे भी वहां रहें और तुम भी ठहरे रहो—स्थिर, मृतवत। कुछ भी हो, पर हलचल नहीं हो, गति नहीं हो। बस, ठहरे रहो।

'या पुतलियों को घुमाए बिना एकटक घूरते रहो।'

यह—या पुतलियों को घुमाए बिना एकटक घूरते रहो—मेहर बाबा की विधि थी। वर्षों वे अपने कमरे की छत को घूरते रहे, निरंतर ताकते रहे। वर्षों वे जमीन पर मृतवत पड़े रहे और पुतलियों को, आंखों को हिलाए बिना छत को एकटक देखते रहे। ऐसा वे लगातार घंटों बिना कुछ किए घूरते रहते थे, टकटकी लगाकर देखते रहते थे।

आंखों से घूरना अच्छा है, क्योंकि उससे तुम फिर तीसरी आंख में स्थिर हो जाते हो। और एक बार तुम तीसरी आंख में थिर हो गए तो चाहने पर भी तुम पुतलियों को नहीं घुमा सकते। वे भी थिर हो जाती हैं—अचल।

मेहर बाबा इसी घूरने के जरिए उपलब्ध हो गए। और तुम कहते हो कि इन छोटे-छोटे अभ्यासों से क्या होगा! लेकिन मेहर बाबा लगातार तीन वर्षों तक बिना कुछ किए छत को घूरते रहे थे। तुम सिर्फ तीन मिनट के लिए ऐसी टकटकी लगाओ और तुमको लगेगा कि तीन वर्ष गुजर गए। तीन मिनट भी बहुत लंबा समय मालूम पड़ेगा। लगेगा कि समय ठहर गया है और घड़ी बंद हो गई है। लेकिन मेहर बाबा घूरते ही रहे, घूरते ही रहे। धीरे-धीरे विचार मिट गए, गति बंद हो गई और मेहर बाबा मात्र चेतना रह गए वे मात्र घूरना बन गए, टकटकी बन गए। और तब वे आजीवन मौन रह गए। टकटकी के द्वारा वे अपने भीतर इतने शांत हो गए कि उनके लिए फिर शब्द-रचना असंभव हो गई।

मेहर बाबा अमेरिका में थे। वहां एक आदमी था जो दूसरों के विचार को, मन को पढ़ना जानता था। और वास्तव में वह आदमी दुर्लभ था—मन के पाठक के रूप में। वह तुम्हारे सामने बैठता, आंखें बंद कर लेता और कुछ ही क्षणों में वह तुम्हारे साथ ऐसा लयबद्ध हो जाता कि तुम जो भी मन में सोचते, वह उसे लिख डालता था। हजारों बार उसकी परीक्षा ली गई थी, और वह सदा सही साबित हुआ था। तो कोई उसे मेहर बाबा के पास ले आया। वह बैठा और विफल रहा। और यह उसकी जिंदगी की पहली विफलता थी। और एक ही। और फिर हम यह भी कैसे कहें कि यह उसकी विफलता हुई!

वह आदमी घूरता रहा, घूरता रहा, और तब उसे पसीना आने लगा। लेकिन एक शब्द भी उसके हाथ नहीं लगा। हाथ में कलम लिए बैठा रहा और फिर बोला—किस किस्म का आदमी है यह! मैं नहीं पढ़ पाता हूं, क्योंकि पढ़ने के लिए कुछ है ही नहीं। यह आदमी तो बिलकुल खाली है। मुझे यह भी याद नहीं रहता कि कोई यहां बैठा है। आंख बंद करने के बाद मुझे बार-बार यह देखने के लिए आंखें खोलनी पड़ती हैं कि यह व्यक्ति यहां है कि यहां से हट गया है। मेरे लिए एकाग्र होना भी कठिन हो गया, क्योंकि ज्यों ही मैं आंख बंद करता हूं कि मुझे लगता है कि धोखा दिया जा रहा है, वह व्यक्ति यहां से हट गया है। मेरे सामने कोई भी नहीं है। और जब मैं आंख खोलता हूं तो उनको सामने ही पाता हूं। वह तो कुछ भी नहीं सोच रहा है।

उस टकटकी ने, सतत टकटकी ने मेहर बाबा के मन को पूरी तरह विसर्जित कर दिया था।

'या पुतलियों को घुमाए बिना एकटक घूरते रहो। या कुछ चूसो और चूसना बन जाओ।'

यहां जरा सा रूपांतरण है। कुछ भी काम दे देगा। तुम मर गए, यही काफी है।

'क्रोध से क्षुब्ध होकर उसमें ठहरे रहो।'

केवल यह अंश भी एक विधि बन सकता है। तुम क्रोध में हो; लेटे रहो और क्रोध में स्थित रहो, पड़े रहो। इससे हटो नहीं, कुछ करो नहीं। स्थिर पड़े रहो।

कृष्णमूर्ति इसी की चर्चा किए चले जाते हैं। उनकी पूरी विधि इस एक चीज पर निर्भर है: 'क्रोध से क्षुब्ध होकर उसमें ठहरे रहो।' यदि तुम क्रुद्ध हो तो क्रुद्ध होओ और क्रुद्ध रहो, उससे हिलो नहीं, हटो नहीं। और अगर तुम वैसे ठहर सको तो क्रोध चला जाता है। और तुम दूसरे आदमी होकर उससे निकलोगे। और एक बार तुम क्रोध को उससे आंदोलित हुए बिना देख लो तो तुम उसके मालिक हो गए।

'या पुतलियों को घुमाए बिना एकटक घूरते रहो। या कुछ चूसो और चूसना बन जाओ।'

यह अंतिम विधि शारीरिक है और प्रयोग में सुगम है। क्योंकि चूसना पहला काम है जो कि कोई बच्चा करता है। चूसना जीवन का पहला कृत्य है। बच्चा जब पैदा होता है तब वह पहले रोता है। तुमने यह जानने की कोशिश नहीं की होगी कि बच्चा क्यों रोता है। सच में वह रोता नहीं है, वह रोता हुआ मालूम पड़ता है। वह सिर्फ हवा को पी रहा है, चूस रहा है। अगर वह नहीं रोए तो मिनटों के भीतर वह मर जाएगा। क्योंकि रोना हवा लेने का पहला प्रयत्न है। जब वह पेट में था, बच्चा श्वास नहीं लेता था। बिना श्वास लिए वह जीता था। वह वही प्रक्रिया कर रहा था, जो भूमिगत समाधि लेने पर योगीजन करते हैं। वह बिना श्वास लिए

प्राण को ग्रहण कर रहा था—मां से शुद्ध प्राण ही ग्रहण कर रहा था।

यही कारण है कि मां और बच्चे के बीच जो प्रेम है, वह और प्रेम से सर्वथा भिन्न होता है। क्योंकि शुद्धतम प्राण दोनों को जोड़ता है। अब ऐसा फिर कभी नहीं होगा। उनके बीच एक सूक्ष्म प्राणमय संबंध था। मां बच्चे को प्राण देती थी, बच्चा श्वास तक नहीं लेता था।

लेकिन जब वह जन्म लेता है, तब वह मां के गर्भ से उठाकर एक बिलकुले अनजानी दुनिया में फेंक दिया जाता है। अब उसे प्राण या ऊर्जा उस आसानी से उपलब्ध नहीं होगी, उसे स्वयं ही श्वास लेनी होगी। उसकी पहली चीख चूसने का पहला प्रयत्न है। उसके बाद वह मां के स्तन से दूध चूसेगा। ये बुनियादी कृत्य हैं जो तुम करते हो। बाकी सब काम बाद में आते हैं। जीवन के वे बुनियादी कृत्य हैं, और प्रथम कृत्य। उनका अभ्यास भी किया जा सकता है।

यह सूत्र कहता है : 'या कुछ चूसो और चूसना बन जाओ।'

किसी भी चीज को चूसो। हवा को ही चूसो, लेकिन तब हवा को भूल जाओ और चूसना ही बन जाओ। इसका अर्थ क्या हुआ? तुम कुछ चूस रहे हो, इसमें तुम चूसने वाले हो, चोषण नहीं। तुम चोषण के पीछे खड़े हो। यह सूत्र कहता है कि पीछे मत खड़े रहो, कृत्य में भी सम्मिलित हो जाओ और चोषण बन जाओ।

किसी भी चीज से तुम प्रयोग कर सकते हो। अगर तुम दौड़ रहे हो तो दौड़ना ही बन जाओ और दौड़ने वाले न रहो। दौड़ना बन जाओ, दौड़ बन जाओ और दौड़ने वाले को भूल जाओ। अनुभव करो कि भीतर कोई दौड़ने वाला नहीं है, मात्र दौड़ने की प्रक्रिया है। वह प्रक्रिया तुम हो—सरिता जैसी प्रक्रिया। भीतर कोई नहीं है, भीतर सब शांत है। और केवल यह प्रक्रिया है।

चूसना, चोषण अच्छा है। लेकिन तुमको यह कठिन मालूम पड़ेगा, क्योंकि हम इसे बिलकुल भूल गए हैं। यह कहना भी ठीक नहीं है कि बिलकुल भूल गए हैं, क्योंकि उसका विकल्प तो निकालते ही रहते हैं। मां के स्तन की जगह सिगरेट ले लेती है और तुम उसे चूसते रहते हो। यह स्तन ही है, मां का स्तन, मां का चुचुक। और जो गर्म धुआं निकलता है वह मां का गर्म दूध है।

इसलिए छूटपन में जिनको मां के स्तन के पास उतना नहीं रहने दिया गया, जितना वे चाहते थे, वे पीछे चलकर धूम्रपान करने लगते हैं। यह विकल्प है। और विकल्प से वो काम चल जाएगा। इसलिए अगर तुम सिगरेट पीते हो तो धूम्रपान ही बन जाओ। सिगरेट को भूल जाओ, पीने वाले को भूल जाओ और धूम्रपान ही वने रहो।

एक विषय है जिसे तुम चूसते हो, एक विषयी है जो चूसता है, और उनके बीच चूसने की, चोषण की प्रक्रिया है। तुम चोषण बन जाओ, प्रक्रिया बन जाओ। इसे प्रयोग करो। पहले कई चीजों से प्रयोग करना होगा और तब तुम जानोगे कि तुम्हारे लिए क्या चीज सही है।

तुम पानी पी रहे हो। ठंडा पानी भीतर जा रहा है। तुम पीना बन जाओ। पानी न पीओ। पानी को भूल जाओ, अपने को भूल जाओ, अपनी प्यास को भी, और मात्र पीना बन जाओ। प्रक्रिया में ठंडक है, स्पर्श है, प्रवेश है, और पीना है—वही सब बने रहो।

क्यों नहीं? क्या होगा? यदि तुम चोषण बन जाओ तो क्या होगा?

यदि तुम चोषण बन जाओ तो तुम निर्दोष हो जाओगे—ठीक वैसे जैसे प्रथम दिन

जन्मा हुआ शिशु होता है। क्योंकि वह प्रथम प्रक्रिया है। एक तरह से आप पीछे की ओर यात्रा करेंगे। लेकिन उसकी ललक, लालसा भी तो है। आदमी का पूरा अस्तित्व उस स्तनपान के लिए तड़पता है। उसके लिए वह कई प्रयोग करता है, लेकिन कुछ भी काम नहीं आता। क्योंकि वह बिंदु ही खो गया है। जब तक तुम चूसना नहीं बन जाते, तब तक कुछ भी काम नहीं आएगा। इसलिए इसे प्रयोग में लाओ।

एक आदमी को मैंने यह विधि दी थी। उसने कई विधियां प्रयोग की थीं। तब वह मेरे पास आया। उससे मैंने कहा, यदि मैं समूचे संसार से केवल एक चीज ही तुम्हें चुनने को दूं तो तुम क्या चुनोगे? और मैंने तुरंत उसे यह भी कहा कि आंख बंद करो और इस पर तुम कुछ भी सोचे बिना मुझे बताओ। वह डरने लगा, झिझकने लगा। तो मैंने कहा, न डरो और न झिझको; मुझे स्पष्ट बताओ। उसने कहा, यह तो बेहूदा मालूम पड़ता है। लेकिन मेरे सामने एक स्तन उभर रहा है। और यह कहकर वह अपराध-भाव अनुभव करने लगा। तो मैंने कहा, मत अपराध अनुभव करो। स्तन में गलत क्या है? सर्वाधिक सुंदर चीजों में स्तन एक है, फिर अपराध-भाव क्यों?

लेकिन उस आदमी ने कहा, यह चीज तो मेरे लिए ग्रस्तता बन गई है। इसलिए अपनी विधि बताने के पहले आप कृपा कर यह बताएं कि मैं क्यों स्त्रीयों के स्तनों में इतना उत्सुक हूं? जब भी मैं किसी स्त्री को देखता हूं, पहले उसका स्तन ही मुझे दिखाई देता है। शेष शरीर उतने महत्व का नहीं रहता।

और यह बात केवल उसके साथ ही लागू नहीं है। प्रत्येक के साथ, प्रायः प्रत्येक के साथ यह लागू है। और यह बिलकुल स्वाभाविक है, क्योंकि मां का स्तन ही जगत के साथ आदमी का पहला परिचय बनता है। यह बुनियादी है। जगत के साथ पहला संपर्क मां का स्तन बनता है। यही कारण है कि स्तन में इतना आकर्षण है, स्तन इतना सुंदर लगता है, उसमें एक चुंबकीय शक्ति है।

वह चुंबकीय शक्ति तुम्हारे अचेतन से आती है। वह पहली चीज है जिसके साथ तुम संपर्क में आए। और यह संपर्क मधुर था, बहुत मधुर। यह सुंदर लगा। इसी ने भोजन दिया, शक्ति दी, प्रेम दिया, सब कुछ दिया। यह संपर्क कोमल, ग्रहणशील और निमंत्रण जैसा था। और यह मनुष्य के मन में सदा वैसा ही बना रहा है।

इसलिए मैंने उस व्यक्ति से कहा कि अब मैं तुमको विधि दूंगा। और यही विधि थी जो मैंने उसे दी: 'किसी चीज को चूसो और चूसना बन जाओ।' मैंने बताया कि आंखें बंद कर लो और अपनी मां का स्तन याद करो या और कोई स्तन जो तुम्हें पसंद हो, कल्पना करो और ऐसे चूसना शुरू करो कि यह असली स्तन है। शुरू करो।

उसने चूसना शुरू किया। तीन दिन के अंदर वह इतनी तेजी से, पागलपन के साथ चूसने लगा और वह इसके साथ इतना मंत्र-बद्ध सा हो गया कि उसने एक दिन आकर मुझसे कहा, 'यह तो समस्या बन गई है। सारा दिन मैं चूसता ही रहता हूं। और यह इतना सुंदर है और इसमें ऐसी गहरी शांति पैदा होती है।' और तीन महीने के अंदर उसका चोषण एक मौन मुद्रा बन गया। तुम होंठों से समझ नहीं सकते कि वह कुछ कर रहा है। लेकिन अंदर में चूसना जारी था। सारा समय वह चूसता रहता। यह जप बन गया।

तीन महीने बाद उसने मुझसे कहा, 'कुछ अनूठा मेरे साथ घटित हो रहा है। निरंतर कुछ मीठा द्रव सिर से मेरी जीभ पर बरसता है। और यह इतना मीठा और शक्तिदायक है कि मुझे किसी और भोजन की जरूरत नहीं रही। भूख समाप्त हो गई है और भोजन मात्र औपचारिक हो गया है। परिवार में समस्या न बने, इसलिए मैं कुछ ले लेता हूं। लेकिन कुछ मुझे मिल रहा है जो बहुत मीठा है, बहुत जीवनदायी है।'

मैंने उसे यह विधि जारी रखने को कहा।

तीन महीने और। और वह एक दिन नाचता हुआ, पागल सा मेरे पास आया, और बोला, 'चूसना तो चला गया, लेकिन अब मैं दूसरा ही आदमी हूं। अब मैं वही नहीं हूं जो आपके पास आया था। मेरे लिए कोई द्वार खुल गया है। कुछ टूट गया है और कोई आकांक्षा शेष नहीं रही। अब मैं कुछ भी नहीं चाहता—न परमात्मा, न मोक्ष। अब जो है, जैसा है; ठीक है। मैं उसे स्वीकारता हूं और आनंदित हूं।'

इसे प्रयोग में लाओ। किसी चीज को चूसो और चूसना बन जाओ। यह बहुतों के लिए उपयोगी होगा, क्योंकि यह इतना आधारभूत है।

आज इतना ही।

6

स्वप्न का अतिक्रमण कैसे हो

प्रश्न-सार

1. स्वप्न देखते हुए बोधपूर्ण कैसे हुआ जाए?
2. प्रयत्न क्यों करें अगर हम नाटक के पात्र भर हैं?

एक मित्र ने पूछा है:
क्या समझाने की कृपा करेंगे कि स्वप्न देखते हुए बोधपूर्ण होने के अन्य उपाय क्या हैं?

यह प्रश्न उन सबके लिए महत्वपूर्ण है जो ध्यान में उत्सुक हैं। क्योंकि सचाई यह है कि स्वप्न देखने की प्रक्रिया का अतिक्रमण ही ध्यान है।

तुम सतत सपना देखते हो। रात में ही नहीं, पूरा दिन भी सपना देखते रहते हो। यह समझने की पहली बात है कि जागते हुए भी तुम सपना देखते हो। दिन के किसी समय आंखें बंद करो, शरीर को थोड़ा शिथिल करो, और पाओगे कि सपना चल रहा है। वह कभी बंद ही नहीं होता, हमारे दैनंदिन कामकाज के चलते वह सिर्फ दबा रहता है। यह दिन के तारों जैसा है। रात में तुम तारों को देखते हो, दिन में उन्हें नहीं देखते; लेकिन तारे सदा होते हैं। दिन में सूर्य की रोशनी में बस छिप जाते हैं।

तुम एक गहरे कुएं में उतर जाओ तो वहां से तुम्हें दिन में भी आकाश के तारे दिखाई देंगे। तारों को देखने के लिए थोड़ा अंधकार जरूरी है। इसलिए एक गहरे कुएं में प्रवेश करो और उसकी पेंदी से ऊपर देखो, तुम्हें दिन में भी तारे दिखाई देंगे। तारे वहां हैं। ऐसा नहीं है कि रात में वे वहां होते हैं और दिन में नहीं होते। रात में तुम उन्हें आसानी से देख लेते हो, दिन में नहीं देख पाते, क्योंकि सूर्य का प्रकाश बाधा बन जाता है।

वही बात स्वप्न के साथ सही है। ऐसा नहीं है कि तुम नींद में ही सपना देखते हो। नींद में स्वप्न आसानी से अनुभव में आता है, क्योंकि उस समय दिन का कार्यकलाप बंद रहता है। इसलिए स्वप्न का भीतरी कार्यकलाप देखा और महसूस किया जाता है। जब सुबह तुम जागते हो तो भी स्वप्न चलता ही रहता है, सिर्फ तुम बाहर के कामों में व्यस्त हो जाते हो। दैनंदिन कामकाज का सिलसिला स्वप्न को दबा देता है। लेकिन भीतर स्वप्न जारी रहता है।

एक आरामकुर्सी में बैठकर शरीर को शिथिल करो, आंखें बंद करों, और अचानक तुम देखोगे कि स्वप्न के तारे मौजूद हैं, जे कहीं गए नहीं हैं। स्वप्न सदा चलता रहता है, वह एक सतत प्रक्रिया है।

दूसरी बात, अगर सपना जारी है तो सच में तुम जागे हुए नहीं हो, तुम सोए हुए हो। फर्क इतना ही है कि रात में अधिक सोए रहते हो और दिन में थोड़ा कम। यह फर्क सापेक्ष है।

तो अगर सपना जारी है तो तुम जागे हुए नहीं कहे जा सकते। सपना चेतना पर एक पर्त डाल देता है, और यह पर्त धुएं की भांति तुम्हें घेर लेती है। इसलिए जब तक तुम सपना देखते हो तुम जागे हुए नहीं हो—चाहे दिन हो या सत हो।

इसलिए दूसरी बात यह कि जब सपना बिलकुल ही नहीं है तो ही तुमं जाग हुए कहे जा सकते हो। हम बुद्ध को जाग्रत पुरुष कहते हैं। यह जागरण क्या है? यह जागरण वस्तुत: आंतरिक स्वप्न-प्रक्रिया का विसर्जन है। भीतर कोई सपना नहीं है। तुम जाते हो, तो वहां कोई सपना नहीं मिलता। मानो आकाश में तारे नहीं रहे, शुद्ध आकाश ही है। जब स्वप्न नहीं रहा तो तुम शुद्ध आकाश हो। यह शुद्धता, यह निर्दोषता, यह स्वप्नरहित चैतन्य ही बुद्धत्व या जागरण कहलाता है।

सदियों से सारे संसार का अध्यात्म—चाहे वह पूर्व का हो या पश्चिम का—कहता आया है कि मनुष्य सोया हुआ है। जीसस कहते हैं, बुद्ध कहते हैं, उपनिषद कहते हैं कि मनुष्य सोया हुआ है। इसलिए तुलनात्मक रूप से रात में तुम ज्यादा सोए हो और दिन में कुछ कम। लेकिन अध्यात्म कहता है कि आदमी नींद में है।

इस बात को ठीक से समझना होगा। इसका क्या अर्थ हुआ? इस सदी में गुरजिएफ ने इस तथ्य पर सर्वाधिक जोर दिया कि आदमी नींद में है। उसने तो यहां तक कहा कि आदमी एक तरह की नींद ही है। प्रत्येक आदमी गहरी नींद में है। ऐसा कहने का कारण क्या है?

तुम नहीं जानते, तुम्हें स्मरण नहीं है कि तुम कौन हो। क्या जानते हो कि तुम कौन हो? अगर रास्ते में तुम किसी व्यक्ति को मिलो और उससे पूछो कि तुम कौन हो और वह उत्तर न दे सके तो तुम क्या सोचोगे? तुम सोचोगे कि वह या तो पागल है या नशे में है या सोया हुआ है। अगर वह नहीं बता सके कि वह कौन है तो तुम उसके संबंध में क्या सोचोगे?

धर्म के मार्ग पर सबका यही हाल है। तुम नहीं बता सकते कि तुम कौन हो। जब गुरजिएफ या जीसस या कोई भी कहता है कि आदमी सोया है तो उसका पहला अर्थ यह है : तुम स्वयं के संबंध में जागरूक नहीं हो। तुम स्वयं को नहीं जानते हो, तुम स्वयं से कभी नहीं मिले हो। विषयगत संसार में तो तुम बहुत जानते हो, लेकिन स्वयं विषयी को नहीं जानते।

तुम्हारे मन का हाल यह है कि मानो तुम फिल्म देखने गए हो। पर्दे पर फिल्म चल रही है और तुम उसे देखने में ऐसे तल्लीन हो कि तुम्हें फिल्म और कहानी के अतिरिक्त सब भूल जाता है। उस समय अगर कोई पूछ दे कि तुम कौन हो तो तुम कुछ न कह सकोगे।

स्वप्न भी फिल्म जैसा है—ठीक फिल्म जैसा। मन संसार को प्रतिबिंबित करता है, मन के दर्पण में संसार प्रतिबिंबित होता है। वहीं स्वप्न है। और तुम उसमें इस कदर डूबे हो, उसके साथ इस हद तक एकात्म हो गए हो कि बिलकुल भूल गए हो कि मैं कौन हूं। सोए होने का यही अर्थ है कि स्वप्न देखने वाला स्वप्न में खो जाए। स्वयं को छोड़कर तुम सब कुछ देखते हो, स्वयं को छोड़कर सब कुछ महसूस करते हो, स्वयं को छोड़कर सब कुछ जानते हो। यह आत्म-अज्ञान ही नींद है। और जब तक यह स्वप्न-क्रिया पूरी तरह खतम नहीं होती, तुम स्वयं के प्रति नहीं जाग सकते।

तुमने देखा होगा कि तीन घंटों तक फिल्म देखते रहने के बाद जब अचानक उसका अंत आता है तो तुम भी स्वयं में वापस आ जाते हो। तब तुम्हें याद आता है कि तीन घंटे गुजर

गए, तब याद आता है कि यह तो फिल्म थी। फिर तुम्हें पता चलता है कि तुम रो रहे थे, क्योंकि फिल्म दुखांत थी; या हंस रहे थे, या कुछ और कर रहे थे। और तब तुम्हें अपनी बेबकूफी पर हंसी आती है कि मात्र फिल्म थी, कहानी थी; कि परदे पर कुछ नहीं था सिर्फ प्रकाश और छाया का खेल था, बिजली का खेल था। अब तुम हंसते हो। अब तुम स्वयं में लौट आए हो। लेकिन तीन घंटे तक कहां थे? तुम अपने केंद्र पर नहीं थे। तुम बिलकुल परिधि पर पहुंच गए थे। तब तुम वहां थे जहां फिल्म चल रही थी। तुम अपने केंद्र पर नहीं थे, तुम स्वयं के साथ नहीं थे; तुम कहीं और थे।

यही स्वप्न में घटता है। और यही हमारी जिंदगी है। फिल्म की घटना तो सिर्फ तीन घंटे की है, लेकिन स्वप्न-क्रिया जन्मों-जन्मों चलती है। और अचानक यदि सपना बंद भी हो जाए तो भी तुम नहीं पहचान पाओगे कि तुम कौन हो। अचानक तुम धुंधला-धुंधला अनुभव करोगे और भयभीत भी। तुम फिर फिल्म में लौट जाना चाहोगे, क्योंकि वह परिचित है। तुम उससे भलीभांति परिचित हो, तुम उसके साथ समायोजित हो।

क्योंकि जब स्वप्न तिरोहित होता है तो एक मार्ग खुलता है, खासकर झेन में जिसे त्वरित मार्ग, त्वरित बुद्धत्व का मार्ग कहते हैं। इन एक सौ बारह विधियों में कई ऐसी विधियां हैं जो त्वरित बुद्धत्व को प्राप्त करा सकती हैं। लेकिन वह तुम्हारे लिए अति हो जा सकती है। और हो संकता है कि तुम उसे झेल न पाओ। इस विस्फोट में तुम मर भी सकते हो। क्योंकि सपनों के साथ तुम इतने समय से जी रहे हो कि उनके हटने पर तुम्हें याद ही नहीं रहेगा कि तुम कौन हो।

अगर यह सारा संसार अचानक समाप्त हो जाए और तुम बिलकुल अकेले रह जाओ तो यह इतना बड़ा आघात होगा कि तुम मर जाओगे। ठीक वही बात होगी अगर सारी स्वप्न-क्रिया अचानक तुम्हारी चेतना में लुप्त हो जाए। तुम्हारा संसार ही समाप्त हो जाएगा, क्योंकि सपना ही तुम्हारा संसार है। हम सच में संसार में नहीं हैं। हमारा संसार बाहरी चीजों से नहीं, वरन हमारे सपनों से बना होता हे। इसलिए प्रत्येक व्यक्ति अपने स्वप्न-लोक में रहता है।

याद रहे, हम जिस संसार की बात कर रहे हैं वह एक नहीं हे। भौगोलिक तल पर तो वह एक है, लेकिन मनोवैज्ञानिक तल पर उतने ही संसार हैं जितने मन हैं। हरेक मन अपना अलग संसार है। और अगर तुम्हारा सपना समाप्त होता है तो तुम्हारा संसार ही समाप्त होता है। सपनों के बिना तुम्हारे लिए जीना कठिन होगा। यही कारण है कि त्वरित उपाय साधारणतः काम में नहीं लाए जाते। केवल क्रमिक उपाय काम में लाए जाते हैं।

इस बात को खयाल में रख लेना अच्छा होगा। क्रमिक उपाय इसलिए काम में लाए जाते हैं कि वे जरूरी हैं। तुम अचानक इसी क्षण आत्मबोध में, बुद्धत्व में छलांग लगा सकते हो। उसमें कोई बाधा नहीं है। कभी कोई बाधा थी भी नहीं। तुम अभी भी वही हो, इसी क्षण बुद्धत्व में प्रवेश कर सकते हो। लेकिन वह छलांग खतरनाक हो सकती है, घातक भी। हो सकता है, तुम उसे बर्दाश्त न कर सको, तुम्हारे लिए वह अति हो जाए।

तुम झूठे सपनों में जीने के आदी हो। सत्य का सामना, सत्य का साक्षात्कार तुम नहीं कर सकते। तुम तापगृह में लगाए गए पौधे जैसे हो। तुम सपनों में ही जी सकते हो। वे अनेक तरह से तुम्हारे काम आते हैं। तुम्हारे लिए वे सपने नहीं हैं, यथार्थ हैं।

इसलिए क्रमिक उपाय उपयोगी हैं। वे इसलिए उपयोगी नहीं हैं कि स्वयं को उपलब्ध होने के लिए समय की जरूरत है। बुद्धत्व के लिए समय की जरूरत नहीं है। बुद्धत्व के लिए कतई समय की जरूरत नहीं है। यह उपलब्धि भविष्य में नहीं होती है। लेकिन क्रमिक उपायों के साथ चलकर तुम भविष्य में उसे उपलब्ध कर लेते हो। क्रमिक उपाय वस्तुतः क्या करते हैं? वे बुद्धत्व नहीं देते, वे तुम्हें बुद्धत्व झेलने के योग्य भर बनाते हैं। वे तुम्हें क्षमता और बल देते हैं कि तुम बुद्धत्व को झेल सको।

ऐसे सात उपाय हैं जिनसे तुम त्वरित बुद्धत्व को उपलब्ध हो सकते हो। लेकिन तुम उसे झेल न सकोगे। तुम अंधे हो जा सकते हो; अतिशय प्रकाश है वह। या अचानक मृत्यु भी घटित हो सकती है; अतिशय आनंद है वह।

हमारे सपने का, हमारी गहरी नींद का अतिक्रमण कैसे हो सकता है? अतिक्रमण के संबंध में यह प्रश्न अर्थपूर्ण है, 'क्या समझाने की कृपा करेंगे कि स्वप्न देखते हुए बोधपूर्ण होने के अन्य उपाय क्या हैं?'

मैं यहां और दो उपायों की चर्चा करूंगा। एक उपाय की चर्चा की थी, आज अन्य दो की करूंगा जो और भी आसान हैं।

एक तो यह कि तुम यह मानकर अपना कामकाज, अपना व्यवहार शुरू करो कि सारा संसार स्वप्नवत है। तुम जो भी करो, यह याद रखो कि यह सपना है। जब जागे हुए हो तो निरंतर याद रखो कि सब कुछ सपना है।

संसार को स्वप्न या माया कहने का यही कारण है। यह कोई दार्शनिक तर्क नहीं है। दुर्भाग्य से जब शंकर की कृतियां पश्चिम की भाषाओं में—अंग्रेजी, जर्मन और फ्रेंच में—अनूदित हुई तो शंकर को महज एक दार्शनिक समझा गया। इससे बहुत नासमझी पैदा हुई। पश्चिम में दार्शनिक हैं—उदाहरण के लिए बर्कले—जो कहते हैं कि यह संसार मात्र स्वप्न है, मन का प्रक्षेपण है। लेकिन यह तो दार्शनिक सिद्धांत हुआ। बर्कले ने इसे एक परिकल्पना के रूप में प्रस्तावित किया था। लेकिन जब शंकर कहते हैं कि यह संसार माया है तो यह दार्शनिक सिद्धांत नहीं है, परिकल्पना नहीं है। शंकर किसी खास ध्यान के लिए उसे एक मदद के रूप में प्रस्तुत करते हैं।

और ध्यान यह है—अगर तुम स्वप्न देखते हुए स्मरण रखना चाहते हो कि यह स्वप्न है तो तुम्हें जागते हुए ही उसका आरंभ करना होगा। अभी तो ऐसा है कि स्वप्न देखते हुए तुम नहीं याद रख सकते कि यह स्वप्न है। तुम तो सोचते हो कि यह यथार्थ ही है।

क्यों तुम सोचते हो कि यह यथार्थ है? क्योंकि दिनभर तो तुम यही समझते हो कि सब कुछ यथार्थ है। वह तुम्हारी दृष्टि बन गई है—बंधी-बंधाई दृष्टि। जागते हुए तुमने स्नान किया, वह यथार्थ था। जागते हुए तुम भोजन कर रहे थे, वह यथार्थ था। जागते हुए तुम बातचीत कर रहे थे, वह भी यथार्थ था। पूरे दिन और इसी तरह पूरी जिंदगी, तुम जो भी सोचते हो, करते हो, उस पर तुम्हारी दृष्टि उसके यथार्थ होने की रहती है। यह दृष्टि फिक्स्ड हो जाती है; यह मन की बंधी-बंधाई धारणा बन जाती है। फिर रात में जब तुम स्वप्न देखते हो तो वही दृष्टि काम करती है कि यह यथार्थ है।

इसलिए पहले तो हम विश्लेषण करें। स्वप्न और यथार्थ के बीच कुछ समानता होनी

▲

चाहिए, अन्यथा यह दृष्टि बननी कठिन होगी। मैं तुम्हें देख रहा हूं। फिर मैं आंख मूंदता हूं और स्वप्न देखने लगता हू, और स्वप्न में तुम्हें देखता हूं। इन दोनों देखने में फर्क नहीं है। जब मैं तुम्हें सचमुच देखता हूं तो क्या करता हूं? मैं तुम्हें नहीं देखता हूं, तुम्हारा चित्र मेरी आंखों में प्रतिबिंबित होता है। पहले तुम्हारा चित्र प्रतिबिंबित होता है और तब वह चित्र किसी रहस्यपूर्ण प्रक्रिया के द्वारा—विज्ञान अभी उस प्रक्रिया को नहीं जान सका है—रासायनिक रूप में रूपांतरित होता है और मस्तिष्क के भीतर कहीं पहुंचा दिया जाता है। विज्ञान को अभी यह भी पता नहीं है कि यह बात ठीक किस स्थान पर घटित होती है। आंख में यह नहीं घटित होती है; आंख तो सिर्फ द्वार है। मैं तुम्हें सीधे आंख से नहीं देखता हूं, आंख के माध्यम से देखता हूं।

आंख में तुम प्रतिबिंबित होते हो। तुम मात्र एक चित्र हो सकते हो, तुम यथार्थ हो सकते हो, तुम स्वप्न हो सकते हो। याद रखो, स्वप्न तीन-आयामी होता है। मैं एक चित्र को पहचान पाता हूं, क्योंकि चित्र दो-आयामी होता है। स्वप्न तीन-आयामी होता है, इसलिए वह ठीक तुम्हारे जैसा दिखता है। और आंख नहीं कह सकती कि जो देखा गया है यह यथार्थ है या नहीं। निर्णय लेने का कोई उपाय नहीं है, आंख निर्णायक नहीं है।

फिर चित्र रासायनिक तरंगों में रूपांतरित होता है, वे वैद्युतिक तरंगें हैं जो कहीं मस्तिष्क में पहुंचती हैं। यह अभी भी अज्ञात ही है कि वह बिंदु कहां है जहां आंखें दर्शन के धरातल से संपर्क करती हैं। सिर्फ तरंगें मेरे पास पहुंचती हैं और फिर उनका कोड खोला जाता है, छिपा अर्थ निकाला जाता है। फिर मैं उनके अर्थ निकालता हूं कि क्या हो रहा है।

मैं सदा भीतर हूं और तुम सदा बाहर हो, और दोनों का मिलन नहीं होता। इसलिए यह समस्या ही है कि तुम यथार्थ हो कि स्वप्न। ठीक इस क्षण भी निर्णय लेने का उपाय नहीं है कि मैं स्वप्न देख रहा हूं या तुम सचमुच यहां हो। और मुझे सुनते हुए तुम कैसे कह सकते हो कि तुम मुझे सच में सुन रहे हो या कि तुम स्वप्न देख रहे हो? कोई उपाय नहीं है। यही कारण है कि जो तुम्हारी दृष्टि दिनभर बनी रहती है, वही रात में भी, नींद में भी प्रवेश कर जाती है। तुम स्वप्न को सच मानते हो।

विपरीत का प्रयोग करो। माया से शंकर का यही प्रयोजन है। जब वे कहते हैं कि सारा संसार माया हे तो वे यह कहते हैं कि सारा संसार स्वप्न देखने जैसा है—यह खयाल में रखो। लेकिन हम मूढ़ लोग हैं। अगर शंकर कहते हैं कि यह स्वप्न है, तो हम कहते हैं, फिर कुछ करने की क्या जरूरत? अगर यह स्वप्न ही है तो फिर खाने की क्या जरूरत? क्यों खाते जाओ और सोचते जाओ कि यह स्वप्न है? खाओ ही मत।

लेकिन तब यह भी याद रखना चाहिए कि जब भूख लगती है, तो वह भी तो स्वप्न ही है। या जब तुम समझते हो कि तुमने बहुत खा लिया तो वह भी सपना ही है।

याद रखो, शंकर तुम्हें स्वप्न को बदलने को नहीं कह रहे हैं। क्योंकि स्वप्न को बदलने का प्रयत्न फिर इस झूठे विश्वास पर खड़ा होगा कि यह यथार्थ है। अन्यथा कुछ बदलने की क्या जरूरत? शंकर सिर्फ यह कह रहे हैं कि जो भी है वह सपना है। इसे याद रखो, उसे बदलने की कोशिश मत करो।

सतत यह तीन सप्ताह याद रखो कि जो भी तुम करते हो वह सपना है। शुरू में यह बहुत कठिन होगा। तुम बार-बार मन के पुराने ढांचे में पड़ोगे, तुम सोचने लगोगे कि यह

▲

यथार्थ है। तुम्हें निरंतर अपने को सजग करना होगा और याद दिलाना होगा कि यह स्वप्न है। अगर तीन सप्ताह तक लगातार तुमने इस दृष्टि को कायम रखा तो चौथे या पांचवें सप्ताह में किसी रात स्वप्न देखते हुए तुम अचानक यह भी जान लोगे कि यह स्वप्न है।

स्वप्न में चेतना को, होश को प्रविष्ट कराने का यह एक उपाय है। रात स्वप्न देखते हुए यदि याद रख सको कि यह स्वप्न है तो फिर दिन में याद रखने की जरूरत नहीं रहेगी कि यह स्वप्न है। तब तुम जान जाओगे।

आरंभ में जब इसका अभ्यास करोगे तो यह एक आरोपित धारणा ही रहेगी। तुम चेष्टापूर्वक विश्वास करना शुरू करोगे कि यह स्वप्न है। लेकिन जब स्वपप्न में भी यह स्मरण रहने लगेगा कि यह स्वप्न है तो यह यथार्थ बन जाएगा। तब दिन में जब तुम उठोगे तो यह नहीं अनुभव करोगे कि तुम नींद से उठ रहे हो; तुम्हें महज यह लगेगा कि मैं एक स्वप्न से दूसरे स्वप्न में सरक रहा हूं। तब दिन के कामकाज को स्वप्न की तरह देखना यथार्थ रूप लेगा।

और अगर चौबीस घंटे ही स्वप्न हो जाएं, और तुम्हें उसका अनुभव और स्मरण होता रहे, तो तुम अपने केंद्र पर पहुंच जाओगे। तब तुम्हारी चेतना का तीर दो फल वाला तीर हो जाएगा। और तुम जब स्वप्न समझने लगोगे तो तुम स्वप्न देखने वाले को, विषयी को भी समझने लगोगे। अगर तुम स्वप्न को ही सच मानते हो तो तुम स्वप्न-द्रष्टा को नहीं अनुभव कर सकते। जब फिल्म यथार्थ हो गई तो तुम अपने को भूल जाते हो। जब फिल्म बंद होती है और तुम फिर समझने लगते हो कि यह यथार्थ नहीं थी तब तुम्हारा स्वयं का यथार्थ आविर्भूत होता है, प्रकट होता है। तुम स्वयं को अनुभव कर सकते हो—यह एक तरीका हुआ।

यह भारत का एक सबसे पुराना तरीका रहा है। यही कारण है कि हमने इस बात पर जोर दिया है कि संसार मिथ्या है। यह बात हम किसी दार्शनिक अर्थ में नहीं कहते हैं। हम यह नहीं कहते कि यह घर मिथ्या है और यह कि तुम इसकी दीवार से निकल सकते हो। उस अर्थ में नहीं। जब हम कहते हैं कि यह घर मिथ्या है, तो यह एक युक्ति है। यह घर के खिलाफ कोई दलील नहीं है।

तो बर्कले ने कहा कि यह पूरा संसार मात्र सपना है। एक सुबह वह अपने मित्र डाक्टर जानसन के साथ घूम रहा था। डाक्टर जानसन कठोर यथार्थवादी थे, तो बर्कले ने उनसे कहा, तुमने मेरे सिद्धांत के बारे में सुना होगा। मैं समझता हूं कि समूचा संसार मिथ्या है। कोई नहीं सिद्ध कर सकता कि यह यथार्थ है। और यह सिद्ध करने का भार उन पर है जो इसे सच बताते हैं। और मैं कहता हूं कि यह स्वप्न की तरह असत्य है।

जानसन दार्शनिक नहीं था, लेकिन उसका दिमाग गहन रूप से तर्कनिष्ठ था। वे दोनों यों ही एक सुनसान गली से गुजर रहे थे। जानसन ने एक पत्थर का टुकड़ा उठाया और बर्कले के पैर पर दे मारा। खून निकल आया और बर्कले चीख उठा। जानसन ने पूछा, चीखते क्यों हो अगर पत्थर एक सपना है? तुम कहो कुछ भी, लेकिन तुम पत्थर के यथार्थ को मानते हो। तुम कहते कुछ हो और तुम्हारा व्यवहार कुछ और है, ठीक उसके विपरीत। अगर तुम्हारा घर मात्र सपना है तो कहां वापस जा रहे हो? सुबह की सैर के बाद कहां लौट रहे हो? और अगर तुम्हारी पत्नी भी स्वप्न ही है तो उससे फिर मिलना क्या?

यथार्थवादियों ने सदा इसी तरह का तर्क दिया है। लेकिन वे शंकर के साथ इस तर्क

को नहीं चला सकते, क्योंकि शंकर का कोई दार्शनिक मत नहीं है। वे यहां सत्य के संबंध में कुछ नहीं कह रहे हैं, वे यहां जगत के बारे में भी नहीं कह रहे हैं। यह तो तुम्हारे मन को बदलने की उनकी एक युक्त है, तुम्हारी बंधी दृष्टि को बदलने का उनका एक उपाय है; ताकि तुम संसार को सर्वथा भिन्न ढंग से देख सको।

भारतीय चिंतन के लिए यह सदा ही एक समस्या रही है। क्योंकि उसके लिए सब कुछ ध्यान की युक्ति है। यह सत्य है या नहीं, इसमें हमें रस नहीं है। हम तो मनुष्य को बदलने के लिए उसकी उपयोगिता की फिक्र करते हैं। और पश्चिमी चित्त के लिए यह चीज बिलकुल भिन्न है। जब पश्चिम के लोग कोई सिद्धांत प्रस्तावित करते हैं तो वे इस बात की चिंता करते हैं कि यह सच है अथवा नहीं, इसे तर्क से सिद्ध किया जा सकता है या नहीं। लेकिन जब हम कोई चीज प्रस्तावित करते हैं तो हम उसके सत्य की नहीं, उसकी उपयोगिता की चिंता करते हैं। हम देखते हैं कि मनुष्य के मन को बदलने की उसकी क्षमता क्या है। वह सच है या झूठ, हम इसकी चिंता ही नहीं करते। वस्तुतः तो वह दोनों नहीं है। वह एक युक्ति भर है।

मैंने बाहर फूल देखे हैं। सुबह सूरज उगता है और सब चीज सौंदर्य से भर जाती है। लेकिन तुम कभी घर से बाहर नहीं गए हो, तुमने कभी फूल नहीं देखे हैं और तुमने सुबह का सूरज नहीं देखा है। तुमने कभी खुला आकाश भी नहीं देखा है। और तुम नहीं जानते हो कि सौंदर्य क्या है। तुम सदा एक कारागृह में बंद रहे हो। और मैं तुम्हें बाहर ले चलना चाहता हूं। मैं चाहता हूं कि तुम भी खुले आसमान के नीचे आ जाओ और फूलों से मिलो।

यह मैं कैसे करूं? तुम फूलों को नहीं जानते हो। यदि मैं फूलों की बात करूं तो तुम कहोगे कि आप पागल हो गए हैं, फूल वगैरह नहीं हैं। अगर मैं सुबह के सूरज की बात करूं तो तुम कहोगे कि आप कल्पना कर रहे हैं, स्वप्न देख रहे हैं, आप कवि हैं। अगर मैं खुले आकाश की बात करूं तो तुम हंसोगे और पूछोगे कि आकाश कहां है, यहां तो दीवार ही दीवार है। फिर मैं क्या करूं?

मुझे कोई ऐसी युक्ति निकालनी होगी जो तुम्हारी समझ में आए और जिससे तुम बाहर निकल सको। इसलिए मैं कहता हूं कि घर में आग लगी है और मैं खुद भागने लगता हूं। यह बात संक्रामक हो जाती है, और तुम भी मेरे पीछे भागते हो और बाहर निकल जाते हो। और तभी तुम जानोगे कि जो मैं कह रहा था वह न सही था और न गलत। तब तुम फूलों को जानोगे और मुझे क्षमा कर दोगे।

बुद्ध ने वही किया था, महावीर ने वही किया था, शिव ने और शंकर ने वही किया था। इसलिए बाद में हम उन्हें क्षमा कर देते हैं। क्योंकि एक बार बाहर निकलने पर हमें पता चल जाता है कि वे क्या कर रहे थे। और तब हम समझते हैं कि उनके साथ बहस करना व्यर्थ था, क्योंकि यह बात ही बहस की नहीं थी। आग कहीं नहीं थी, लेकिन हम आग को भाषा समझ सकते थे। फूल थे, लेकिन हम फूलों की भाषा नहीं समझ सकते थे। हमारे लिए वे प्रतीक अर्थहीन थे।

तो यह एक तरीका है। फिर दूसरा तरीका है जो दूसरे ध्रुव पर है। एक ही चीज का एक ध्रुव पहला तरीका है और उसका दूसरा ध्रुव दूसरा तरीका है। पहला तो यह है कि संसार की हर चीज को स्वप्न की तरह समझा जाए, याद किया जाए। दूसरे में संसार के विषय में कुछ

नहीं सोचना है, केवल यह याद रखना है कि मैं हूं।

गुरजिएफ दूसरे उपाय को प्रयोग में लाए थे। यह उपाय सूफी परंपरा का है, इस्लाम का है। उन्होंने इस विधि पर गहराई से प्रयोग किए। तुम जो भी करो उस में सदा याद रखो कि मैं हूं। तुम पानी पीते हो, तुम भोजन करते हो; सब में सदा याद रखो कि मैं हूं। खाए जाओ और याद रखो कि मैं हूं। इसे भूलो मत।

यह स्मरण कठिन होगा। तुम सोचते हो कि मैं तो जानता ही हूं कि मैं हूं, इसे याद रखने की क्या जरूरत है? लेकिन सच यह है कि तुम्हें नहीं याद है कि तुम हो।

यह विधि बहुत संभावना से भरी है। जब चल रहे हो तो याद रखो कि मैं हूं। चलना जारी रहे, चलते रहो; लेकिन निरंतर इस आत्म-स्मरण से जुड़े रहो कि मैं हूं, मैं हूं। इसे भूलो मत। तुम अभी मुझे सुन रहे हो; यहीं प्रयोग भी करो। तुम मुझे सुनते हो; उसमें बहुत डूबो मत, उससे तादात्म्य मत करो। जो भी मैं कहता हूं, उसे सुनने के साथ-साथ अपने को याद रखो, भूलो मत। सुनना रहे, शब्द रहें; कोई बोल रहा है और तुम हो—यानी यह स्मरण कि मैं हूं, मैं हूं, में हं। इस 'मैं हूं' को बोध का स्थाई अंग बन जाने दो।

यह बहुत कठिन है। पूरे एक मिनट के लिए भी तुम यह लगातार स्मरण नहीं रख सकते। एक प्रयोग करो। अपने सामने घड़ी रख लो और सेकेंड की सुई को देखना शुरू करो। एक सेकेंड, दो सेकेंड, तीन सेकेंड—उसे देखते जाओ। दो काम एक साथ करो—सेकेंड बताने वाली सुई को देखो और निरंतर स्मरण करो, मैं हूं, मैं हूं। प्रत्येक सेकेंड के साथ स्मरण रखो कि मैं हूं। पांच या छह सेकेंड के अंदर तुम देखोगे कि तुम भूल बैठे। अचानक तुम्हें याद आएगा कि कई सेकेंड गुजर गए और नहीं स्मरण किया कि मैं हूं।

पूरे एक मिनट भी स्मरण रखना चमत्कार है। और अगर तुम एक मिनट तक याद रख सके तो यह विधि तुम्हारी है। तब इसका प्रयोग करो। इसके द्वारा तुम सपनों का अतिक्रमण कर जाओगे और जानोगे कि सपने सपने हैं।

यह कैसे काम करती है? अगर तुम पूरे दिन याद रख सको कि मैं हूं तो यह स्मरण तुम्हारी नींद में भी प्रवेश कर जाएगा और तब तुम सपने में भी निरंतर याद रखोगे कि मैं हूं। और अगर सपने में याद रख सके कि मैं हूं तो सपना सपना ही हो जाएगा। तब सपना तुम्हे धोखा नहीं दे सकता है। तब स्वप्न यथार्थ की तरह नहीं प्रतीत हो सकता। यह इसकी तरकीब है, स्वप्न यथार्थ मालूम पड़ता है, क्योंकि तुम्हें आत्म-स्मरण नहीं रहा, तुम भूल गए कि मैं हूं अपना स्मरण न रहने पर स्वप्न यथार्थ बन जाता है। और अगर अपना स्मरण रहे तो यथार्थ, तथाकथित यथार्थ महज स्वप्न बन जाता है।

स्वप्न और यथार्थ में यही भेद है। ध्यानपूर्ण मन के लिए या ध्यान के विज्ञान के लिए मात्र यही भेद है। यदि तुम हो तो समूचा यथार्थ स्वप्न मात्र है। और यदि तुम नहीं हो तो स्वप्न ही यथार्थ बन जाता है।

नागार्जुन कहते हैं, 'अब मैं हूं, क्योंकि संसार नहीं है। जब मैं नहीं था, संसार था। एक ही रह सकता है।' उसका यह अर्थ नहीं है कि संसार का लोप हो जाता है। नागार्जुन इस संसार के लिए नहीं कह रहे हैं, वे स्वप्न के संसार के लिए कह रहे हैं। या तो तुम हो या सपने हैं, दोनों नहीं हो सकते।

इसलिए पहले चरण में सतत स्मरण रखो कि मैं हूं। राम मत कहो, श्याम मत कहो; कोई नाम मत लो। क्योंकि तुम नाम नहीं हो। केवल कहो, मैं हूं। किसी भी क्रिया में इसका प्रयोग करो और तब अनुभव करो। अपने भीतर तुम जितने यथार्थ होते जाओगे, तुम्हारे चारों ओर का संसार उतना ही यथार्थहीन होता जाएगा। मैं वास्तविक होता जाएगा और संसार अवास्तविक होता जाएगा। या तो संसार वास्तविक है या मैं वास्तविक है—दोनों वास्तविक नहीं हो सकते। अभी तुम स्वप्नवत हो, तो संसार वास्तविक हो गया है। इस स्थिति को बदल दो। स्वयं वास्तविक हो जाओ, संसार स्वप्न हो जाता है।

गुरजिएफ इस विधि पर सतत काम करते रहे। उनके मुख्य शिष्य पी.डी .ऑसपेंस्की ने उल्लेख किया है कि जब गुरजिएफ मेरे साथ इस विधि पर काम कर रहे थे और मैं तीन महीनों तक निरंतर 'मैं हूं' के स्मरण का अभ्यास कर रहा था तो तीन महीनों के बाद अचानक सब कुछ ठहर गया; विचार, सपने, सब कुछ बंद हो गए। मेरे भीतर केवल एक धुन शाश्वत संगीत की तरह बजती रही—मैं हूं, मैं हूं, मैं हूं। और तब यह प्रयत्नपूर्ण कर्म नहीं था; मैं हूं का स्मरण एक सहज कर्म हो गया था।

तीन महीने तक ऑसपेंस्की को एक घर के अंदर रखा गया था, और उसे बाहर जाने की इजाजत नहीं थी। फिर एक दिन गुरजिएफ ने उसे बाहर बुलाया और कहा, मेरे साथ आओ। उस समय वे लोग रूसी नगर तिफलिस में रहते थे। गुरजिएफ ने उसको अपने साथ लिया और दोनों सड़क पर आ गए। ऑसपेंस्की अपनी डायरी में लिखता है, 'पहली बार मैंने समझा कि उनका क्या अभिप्राय था जब जीसस ने कहा कि मनुष्य सोया हुआ है। मुझे लगा कि समूचा नगर ही सोया हुआ है। लोग नींद में ही चल रहे थे; दुकानदार नींद में ही सामान बेच रहे थे, खरीददार भी नींद में ही खरीद रहे थे। पूरा नगर सोया था। फिर मैंने गुरजिएफ की तरफ देखा, केवल वे ही जागे हुए थे। सारा नगर नींद में था। नींद में ही लोग क्रोध कर रहे थे, लड़ रहे थे, प्रेम कर रहे थे, खरीद-फरोख्त कर रहे थे; सब कुछ नींद में कर रहे थे।'

फिर ऑसपेंस्की लिखता है, 'अब मैं उनकी आंखों को, उनके चेहरों को देखता था; वे बिलकुल बेखबर थे। वे वहां नहीं थे। उनका आंतरिक केंद्र खो गया था, वह वहां नहीं था।' ऑसपेंस्की ने गुरजिएफ से कहा, मैं और आगे नहीं जाना चाहता हूं। इस नगर को क्या हो गया है? हर कोई नींद में, नशे में मालूम पड़ता है।

गुरजिएफ ने कहा, नगर को कुछ नहीं हुआ है; तुमको अवश्य कुछ हुआ है। तुम नशे से बाहर आ गए हो। नगर तो वही का वही है। यह वही जगह है जहां तीन महीने पहले तुम घूमते थे, लेकिन तब तुम नहीं देख सकते थे कि लोग सोए हैं, क्योंकि तुम भी सोए थे। अब तुम देख सकते हो, क्योंकि अब बोध का कुछ गुण तुममें आया हुआ है। तीन महीने तक लगातार 'मैं हूं' का अभ्यास करने से तुम थोड़ी मात्रा में जागरूक हो गए हो, तुम बोधपूर्ण हो गए हो। तुम्हारी चेतना का एक अंश स्वप्न के परे चला गया है। यही कारण है कि तुम्हें अब हर कोई नींद में, मृतवत चलता दिखाई पड़ता है, नशे में, सम्मोहन में मालूम पड़ता है।

ऑसपेंस्की लिखता है, मैं उस दृश्य को बर्दाश्त नहीं कर सकता था कि सब नींद में हों। वे जो भी कर रहे थे, उसके लिए वे जवाबदेह नहीं थे। बिलकुल नहीं। वे कैसे जवाबदेह हो सकते हैं? वह लौटकर आया और गुरजिएफ से उसने कहा, यह क्या है? क्या मैं धोखे में

तो नहीं पड़ा हूं? क्या आपने कुछ किया है कि मुझे सारा नगर नींद में दिखाई पड़ता है? मुझे अपनी आंखों पर ही विश्वास नहीं होता है।

लेकिन यह किसी को भी घट सकता है। अगर तुम स्वयं को स्मरण रख सके तो तुम जानोगे कि कैसे लोग अपने को याद नहीं रखते और कैसे वे विस्मरण में, नींद में ही सब गति करते हैं। सारा संसार ही सोया है।

लेकिन जब जागे हुए हो तब शुरू करना। जिस क्षण याद आए उसी क्षण स्मरण का धागा पकड़ लेना कि मैं हूं। मैं नहीं कहता कि इन शब्दों को, 'मैं हूं' को दोहराओ। नहीं, उसका भाव करो। नहाते हुए अनुभव करो कि मैं हूं। ठंडे पानी का स्पर्श होने दो और उसके पीछे तुम स्वयं खड़े रहकर उसकी अनुभूति करो और स्मरण करो कि मैं हूं। याद भर रखना है। यह में नहीं कहता कि तुम मैं हूं का जाप करो। जाप कर सकते हो, लेकिन उससे बोध की उपलब्धि नहीं होगी। उलटे जाप से नींद ही बढ़ सकती है।

अनेक लोग हैं जो अनेक चीजों का जाप कर रहे हैं। वे राम-राम कहे जाते हैं। अगर वे बोध के बिना महज जप करते हैं तो यह राम-राम भी एक नशा बन जाता है। इसके जरिए वे ठीक से सो सकते हैं। यही कारण है कि पश्चिम में महेश योगी का इतना प्रभाव है। वे मंत्र जपने को देते हैं। और पश्चिम में नींद गंभीर समस्या का रूप ले रही है। वहां नींद की बहुत कमी हो गई है। स्वाभाविक नींद तो गायब ही हो गई है। तुम केवल ट्रैंक्वेलाइजर की मदद से सो पाते हो, अन्यथा सोना असंभव हो गया है। महेश योगी के प्रभाव का यही कारण है। अगर तुम किसी भी शब्द को दोहराते रहो तो नींद गहरा जाएगी, बस।

इसलिए तथाकथित टी .एम., भावातीत ध्यान एक मानसिक ट्रैंक्वेलाइजर है, और कुछ भी नहीं है। उससे मदद मिलती है। लेकिन वह सोने के लिए तो काम की चीज है, ध्यान के बिलकुल काम की नहीं है। उससे तुम अच्छी तरह सो सकते हो। तुम्हारी नींद गहरी होगी। अच्छा है, लेकिन वह ध्यान कतई नहीं है।

अगर तुम एक शब्द को निरंतर दोहराते रहो तो उससे ऊब पैदा होती है। और ऊब नींद लाने में कारगर है। इसलिए ऊब पैदा करने वाली कोई भी चीज नींद में सहायक है। मां के गर्भ में पड़ा बच्चा लगातार नौ महीने सोया रहता है, और उसका कारण तुम शायद नहीं जानते हो। उसका कारण मात्र मां के हृदय की धड़कन है। यह धड़कन निरंतर जारी है। वह संसार की एक अत्यंत उबाने वाली चीज है। सतत चालू रहने वाली इस आवाज के नीचे बच्चा सोया रहता है।

यही कारण है कि जन्म के बाद भी जब बच्चा बहुत रोता-चीखता है तो मां अपनी छाती के पास उसके सिर को ले जाती है और बच्चा फिर अचानक शांत होकर सो जाता है। फिर धड़कन काम कर गई। बच्चा मानो गर्भ का अंश बन गया। और यही कारण है कि तुम्हारे बड़े होने पर भी जब तुम्हारी पत्नी या प्रेमिका तुम्हारे सिर को अपनी छाती पर रख लेती है तो तुम नींद में उतरने लगते हो। यहां भी वही धड़कन काम करती है।

मनस्विद कहते हैं कि जब तुम न सो सको तो दीवार-घड़ी पर मन को लगाओ, उस घड़ी की टिक-टिक आवाज पर मन को एकाग्र करो। वह आवाज भी हृदय की धड़कन जैसी ही है, उससे तुम्हें नींद लग जाएगी। कुछ भी दोहराने से काम चल जाएगा।

इसलिए यह मैं हूं या मैं हूं का स्मरण कोई मंत्र नहीं है, उसका शाब्दिक उच्चार नहीं

करना है। उसका बस भाव करो, उसे अनुभव करो; अपने अस्तित्व के प्रति संवेदनशील होओ। जब तुम किसी का हाथ स्पर्श करो तो उसका हाथ ही मत छुओ, उसके साथ अपने छने को भी अनुभव करो। और इस अनुभव को, इस संवेदनशीलता को अपने मन में गहरे से गहरा उतरने दो, प्रवेश करने दो।

एक दिन तुम अचानक अपने केंद्र पर जाग जाओगे, और पहली बार केंद्र से संचालित होने लगोगे। और तब सारा संसार एक स्वप्न बन जाएगा। और तब तुम जानोगे कि स्वप्न देखना सच ही स्वप्न देखना था। और जब जानोगे कि सपना देखना सपना देखना था, तब सपना समाप्त हो जाएगा। वह तो तभी तक जारी रहता है जब तक हम उसे यथार्थ मानते हैं। उसे अयथार्थ जानते ही वह समाप्त हो जाता है।

और एक बार सपना गया कि तुम दूसरे आदमी हो गए। पुराना आदमी मर गया, सोया आदमी चल बसा। जो आदमी तुम पहले थे, अब वही न रहे। पहली बार तुम बोधपूर्ण हुए, सजग हुए। पहली बार इस नींद से भरी दुनिया में तुम जाग्रत हुए। तुम बुद्ध हुए।

और इस जागरण के साथ दुख समाप्त हो जाता है। इस बोध के बाद मृत्यु विदा हो जाती है। इस जागरण के द्वारा भय जाता रहता है। तुम पहली बार सब से—दुख, भय और मृत्यु से मुक्त हो जाते हो। तुम स्वतंत्रता को उपलब्ध हुए। घृणा, क्रोध, लोभ सब विदा हो जाते हैं। तुम प्रेम ही हो जाते हो; प्रेमपूर्ण नहीं, प्रेम ही हो जाते हो।

एक और प्रश्न है, और वह पहले प्रश्न जैसा ही है। प्रश्न है:
अगर हम सब किसी ऐसे नाटक के पात्र हैं जो पहले ही लिखा जा चुका है तो ध्यान हमें कैसे बदल सकेगा जब तक कि उस नाटक में ही हमें निश्चित समय पर बदलने का अध्याय भी न जुड़ा हो? और अगर ऐसा अध्याय उसमें जुड़ा ही है जो कि ठीक समय पर अपने को प्रकट करने का इंतजार कर रहा है तो फिर हम ध्यान ही क्यों करें? किसी तरह का प्रयत्न ही हम क्यों करें?

यह वही बात है; इसमें वही भ्रांति है। मैं यह नहीं कह रहा हूं कि सब कुछ नियत है। सृष्टि की व्याख्या के लिए मैं इसे एक सिद्धांत के रूप में नहीं पेश कर रहा हूं। यह उपाय है।

भारत सदा से भाग्य के इस उपाय को काम में लाता रहा है। इसका यह मतलब नहीं है कि सब कुछ पूर्व-नियत है। यह मतलब बिलकुल नहीं है। ऐसा कहने का एक ही कारण है कि अगर तुम मानते हो कि सब कुछ निश्चित है तो सब कुछ स्वप्न हो जाता है। अगर तुम चीजों को इस रूप में लो, अगर तुम इस तरह मानो कि सब कुछ पूर्व-निश्चित है—उदाहरण के लिए कि तुम एक निश्चित दिन मर जाओगे—तो सब कुछ स्वप्नवत हो जाता है।

यह निश्चित नहीं है, यह तय नहीं है। कोई तुममें उतना उत्सुक भी नहीं है। अस्तित्व को तुम्हारा पता भी नहीं है। उसे क्या पता कि तुम कब मरोगे? यह बात ही इतनी व्यर्थ है। अस्तित्व के लिए तुम्हारी मृत्यु अप्रासंगिक है। अपने को इतना महत्वपूर्ण मत समझो कि सारी सृष्टि तुम्हारे मरने का दिन, समय, मिनट और क्षण तय करने में व्यस्त है। नहीं, तुम केंद्र नहीं हो। सृष्टि को क्या फर्क पड़ता है कि तुम हो या नहीं हो।

लेकिन यह भ्रांति मनुष्य के मन में बनी ही रहती है। तुम्हारे बचपन में ही यह भ्रांति जन्म लेती है और अचेतन का हिस्सा बन जाती है।

एक बच्चा पैदा होता है। वह संसार को कुछ दे तो नहीं सकता, पर उसे संसार से बहुत कुछ लेना होता है। वह बदले में कुछ भी नहीं दे सकता, कोई कीमत नहीं चुका सकता। वह इतना कमजोर है, असहाय है। उसे भोजन चाहिए, उसे प्रेम चाहिए, उसे सुरक्षा चाहिए—उसे हर चीज चाहिए।

बच्चा जब पैदा होता है तो बिलकुल असहाय होता है—खासकर मनुष्य का बच्चा। कोई पशु इतना असहाय नहीं होता है। यही कारण है कि पशु का परिवार नहीं होता, उसकी जरूरत नहीं होती। लेकिन मनुष्य का शिशु इतना असहाय होता है कि वह मां-बाप के, कुटुंब के, समाज के सहारे के बिना जी ही नहीं सकता। वह अकेला नहीं जी सकता है, वह तुरंत मर जाएगा। वह इतना पर-निर्भर है। उसे प्रेम चाहिए, उसे भोजन चाहिए, उसे सब कुछ चाहिए। और वह सब की मांग करेगा। और मां-बाप और पूरा परिवार उसकी मांगें पूरी करते रहते हैं। और बच्चा तब सोचने लगता है कि मैं पूरे संसार का केंद्र हूं। उसे बस मांग करनी है और उसकी सब मांग पूरी होती है। बस मांगना काफी है—उसे कुछ और प्रयत्न नहीं करना है।

इस तरह बच्चा समझने लगता है कि वह केंद्र है और सब कुछ उसके लिए और उसके ही चारों तरफ गति करता है। उसे लगता है कि समूचा अस्तित्व उसके लिए बना है। मानो सब अस्तित्व उसके लिए ही इंतजाम कर रहा था कि आओ और मांगो, और सब मांगें पूरी की जाएंगी।

और यह एक जरूरत है कि उसकी मांगें पूरी की जाएं, अन्यथा वह मर जाएगा। लेकिन यही जरूरत आगे चलकर खतरनाक सिद्ध होती है। बच्चा इस भाव के साथ बड़ा होता है कि मैं केंद्र हूं। धीरे-धीरे उसकी मांगें बढ़ती जाएंगी। बच्चे की मांगें तो मामूली थीं, वे पूरी की जा सकती थीं। लेकिन जैसे-जैसे वह बड़ा होगा, उसकी मांगें जटिल होती जाएंगी। कभी-कभी उन्हें पूरी करना संभव नहीं होगा, कभी बिलकुल असंभव हो जाएगा। वह चांद या कुछ भी मांग सकता है।

जैसे-जैसे वह बड़ा होगा, उसकी मांगें जटिल और असंभव होती जाएंगी। और तब निराशा शुरू होती है। बच्चा समझता है कि मैं ठगा जा रहा हूं। वह तो समझे बैठा था कि वह सारे संसार का केंद्र है। अब समस्याएं खड़ी होंगी, और वह धीरे-धीरे सिंहासन से उतार दिया जाएगा। वह अपदस्थ हो जाएगा, जब वह सयाना होगा तब बिलकुल अपदस्थ हो जाएगा। तब उसे पता चलेगा कि वह केंद्र नहीं है। लेकिन गहरे में उसका अचेतन माने ही जाएगा कि वह केंद्र है।

लोग आकर मुझे पूछते हैं कि क्या हमारे भाग्य नियत हैं? वे असल में यह कह रहे हैं कि हम इस जगत के लिए इतने महत्वपूर्ण हैं कि हमारा भाग्य पहले से नियत होना ही चाहिए। वे पूछते हैं, हमारा उद्देश्य क्या है? हम क्यों पैदा हुए? ये सारे प्रश्न बचपन की इसी मूढ़ता से पैदा हो रहे हैं कि हम जगत के केंद्र हैं। हम किसलिए बनाए गए?

तुम किसी उद्देश्य के लिए नहीं बनाए गए हो। और यह अच्छा है कि तुम किसी उद्देश्य के लिए नहीं बने हो, अन्यथा तुम एक यंत्र होते। यंत्र की रचना किसी उद्देश्य के लिए होती है।

मनुष्य किसी उद्देश्य के लिए नहीं बना है। नहीं, मनुष्य सृष्टि का प्रस्फुटन है, रचना की बाढ़ है। सब कुछ बस है; फूल है, नक्षत्र है, तुम हो। सब कुछ सृजन का अतिरेक है, अस्तित्व का उत्सव है, आनंद है। कोई उद्देश्य नहीं है।

लेकिन भाग्य का, पूर्व-नियति का यह सिद्धांत समस्या पैदा करता है। यह इसीलिए कि हम इसे सिद्धांत के रूप में लेते हैं। हम समझते हैं कि सब कुछ नियत है। लेकिन कुछ भी नियत नहीं है। लेकिन यह विधि भाग्य को एक उपाय के रूप में काम में लाती है। जब हम कहते हैं कि सब कुछ निश्चित है तो यह तुम्हें किसी सिद्धांत के रूप में नहीं कहा जाता है। इसका उद्देश्य यह है कि अगर तुम जीवन को नाटक की तरह पूर्व-निश्चित समझते हो तो वह स्वप्न हो जाता है।

उदाहरण के लिए, अगर मैं जानता हूं कि आज, आज रात, मैं तुमसे बोलने वाला हूं और यह पूर्व-निश्चित है कि कौन से शब्द मैं बोलूंगा और वह ऐसा निश्चित है कि उसमें अदल-बदल नहीं किया जा सकता तो अचानक मैं इस पूरी प्रक्रिया से असंबद्ध हो जाता हूं, क्योंकि तब मैं कर्म का केंद्र नहीं रहा। अगर सब कुछ नियत है और अगर प्रत्येक शब्द अस्तित्व द्वारा या परमात्मा द्वारा या उसको जो भी नाम दो, बोला जाने वाला है तो मैं उसका स्रोत नहीं रहा, और तब मैं द्रष्ट बन सकता हूं, मात्र द्रष्ट।

अगर तुम जीवन को पूर्व-निश्चित मानो तो तुम उसे देख सकते हो, तब तुम उससे लिप्त नहीं हो। अगर तुम सफल हुए तो वह नियति थी, अगर विफल हुए तो वह भी नियति थी। अगर सफलता और विफलता दोनों पूर्व-नियत हैं तो दोनों समान मूल्य के हो जाते हैं, दोनों समानार्थी हो जाते हैं। तब कोई राम है कोई रावण है, और सब कुछ पूर्व-निश्चित है। रावण को अपराधी अनुभव करने की जरूरत नहीं है और न राम को अपने को श्रेष्ठ समझने की। सब पूर्व-निश्चित है, इसलिए तुम मात्र अभिनेता हो। तुम मंच पर किसी पात्र का अभिनय करते हो।

तो तुम्हें यह भाव देने के लिए कि तुम किसी का अभिनय करते हो, तुम्हें यह प्रतीति देने के लिए कि किसी पूर्व-निश्चित भूमिका, को तुम पूरा कर रहे हो, और ताकि तुम उसके पार जा सको, यह एक उपाय भर है।

लेकिन इसे समझना कठिन है, क्योंकि हम भाग्य को एक सिद्धांत के रूप में, उससे भी बढ़कर एक नियम के रूप में लेने के बड़े आदी हैं। हम इन विधियों को उपाय के रूप में लेने की दृष्टि को नहीं समझ पाते हैं। यह मैं एक उदाहरण से समझाने की कोशिश करूंगा।

मैं एक नगर में था। एक व्यक्ति मेरे पास आया, वह मुसलमान था। लेकिन मैं नहीं जानता था कि वह मुसलमान है। फिर उसकी पोशाक ऐसी थी कि वह हिंदू जैसा दिखता था। वह न सिर्फ हिंदू जैसा दिखता था, वह मेरे साथ बातचीत भी हिंदू के ढंग से करता था। मुसलमानी ढंग उसमें नहीं था। उसने मुझसे एक प्रश्न पूछा। उसने कहा कि मुसलमान और ईसाई कहते हैं कि एक ही जीवन है ; और हिंदू, बौद्ध और जैन कहते हैं कि अनेक जीवन हैं, जन्मों का एक लंबा सिलसिला है। और वे मानते हैं कि जब तक कोई मुक्त नहीं होता। उसे बारंबार जन्म लेना होगा। इसके बारे में आप क्या कहते हैं?

अगर जीसस आत्मज्ञानी थे तो उन्हें अवश्य पता होता। अगर मोहम्मद या मूसा ज्ञानी

थे तो उन्हें मालूम होना चाहिए कि नहीं, अनेक जीवन हैं। और अगर आप उन्हें सही बताते हैं तो महावीर, कृष्ण, बुद्ध और शंकर के बारे में क्या कहेंगे? एक बात तय है कि वे सब के सब ज्ञानी नहीं थे। अगर ईसाइयत सही है तो बुद्ध, कृष्ण और महावीर गलत हैं। और अगर महावीर, कृष्ण और बुद्ध सही हैं तो मोहम्मद, जीसस और मूसा गलत हैं। मैं बहुत दुविधा में हूं, मैं बहुत उलझन में हूं; मुझे बताइए। दोनों सही कैसे हो सकते हैं? या तो अनेक जीवन हैं या एक ही जीवन है। दोनों सही नहीं हो सकते।

वह आदमी बहुत बुद्धिमान था, उसने बहुत अध्ययन किया था। और उसने मुझसे कहा, आप यह कहकर नहीं बच सकते कि दोनों सही हैं। दोनों सही नहीं हो सकते। यह तर्कसंगत नहीं है। दोनों कैसे सही होंगे?

लेकिन मैंने उससे कहा कि यह जरूरी नहीं है। आपकी दिशा बिलकुल गलत है। दोनों उपाय हैं। न कोई सही है, न कोई गलत; दोनों उपाय हैं। लेकिन उसके लिए यह समझना असंभव हो गया कि उपाय से मेरा क्या मतलब है।

मोहम्मद, जीसस और मूसा एक ढंग के मनों से बोल रहे थे और बुद्ध, महावीर और कृष्ण बहुत भिन्न ढंग के मनों से बोल रहे थे। दो ही स्रोत धर्म हैं—हिंदू और यहूदी। इसलिए भारत में, हिंदू धर्म से जन्मे सभी धर्म पुनर्जन्म में विश्वास करते हैं और यहूदी चिंतना से जन्मे सभी धर्म, इस्लाम और ईसाइयत एक जीवन की धारणा में विश्वास करते हैं।

और ये दो उपाय हैं। इसे समझने की कोशिश करो। क्योंकि हमारे दिमाग बंधे हुए हैं, इसलिए हम चीजों को उपाय की तरह न लेकर सिद्धांत की तरह लेते हैं। इसलिए अनेक लोग मेरे पास आते हैं और कहते हैं, एक दिन आपने कहा कि यह सही है और दूसरे दिन कहा कि वह सही है, और दोनों सही नहीं हो सकते।

हां, दोनों सही नहीं हो सकते और कोई नहीं कहता है कि दोनों सही हैं। मुझे इस बात की फिक्र नहीं है कि कौन सही है और कौन गलत है, मेरी उत्सुकता तो इसमें है कि कौन सा उपाय काम आता है।

भारत में वे बहुजन्म के उपाय को काम में लाते हैं। क्यों? इसमें कई बातें हैं। पश्चिम में, खासकर यहूदी चिंतना से जो धर्म निकले, वे सब गरीब लोगों के धर्म थे। उनके पैगंबर शिक्षित नहीं थे। जीसस शिक्षित नहीं थे, मोहम्मद शिक्षित नहीं थे। वे अशिक्षित थे, अपरिष्कृत थे, सरल थे। और जिस जनता से उन्हें बोलना था, वह तो बिलकुल अपरिष्कृत थी, दरिद्र थी। वे अमीर नहीं थे।

गरीब आदमी के लिए एक जीवन काफी है, काफी से ज्यादा है। वह भूखों मर रहा है। अगर तुम उससे कहो कि अनेक जन्म हैं कि तुम बार-बार जन्म लोगे कि तुम्हें हजारों जन्म के चक्र से गुजरना पड़ेगा, तो गरीब आदमी पूरी चीज से बहुत हताश हो उठेगा। तुम क्या कह रहे हो? वह पूछेगा। एक ही जीवन बहुत है, हजारों-लाखों की बात मत करो। यह बात ही मत करो। हमें इसी जीवन के बाद स्वर्ग दे दो। ईश्वर उस आदमी के लिए तभी यथार्थ हो सकता हे जब वह इसी जीवन के बाद प्राप्त हो सके, तुरंत।

बुद्ध, महावीर, कृष्ण, वे लोग एक बहुत समृद्ध समाज से बात कर रहे थे। आज यह समझना कठिन हो गया है, क्योंकि चाक पूरा घूम चुका है। अब पश्चिम समृद्ध है और पूर्व

दरिद्र, तब पश्चिम गरीब था और पूर्व अमीर। हिंदुओं के सभी अवतार, जैनों के सभी तीर्थंकर, सभी बुद्ध राजपुत्र थे। वे राजघरानों से आए थे। वे सभी सुसंस्कृत थे, सुशिक्षित थे, परिष्कृत थे; सभी तरह से परिमार्जित थे।

तुम बुद्ध को अधिक परिमार्जित नहीं कर सकते। वे पूरी तरह परिष्कृत, सुसंस्कृत और सुशिक्षित थे। उनमें कुछ जोड़ा नहीं जा सकता। यदि आज भी बुद्ध हमारे बीच आएं तो उनमें कुछ जोड़ा नहीं जा सकता। और वे जिस समाज से बोल रहे थे, वह भी समृद्ध था।

और याद रहे, समृद्ध समाज की समस्याएं भिन्न होती हैं। समृद्ध समाज के लिए सुख अर्थहीन है, स्वर्ग अर्थहीन है। गरीब समाज के लिए स्वर्ग बहुत अर्थपूर्ण होता है। मगर जो समाज स्वर्ग में ही हैं उनके लिए स्वर्ग व्यर्थ है। इसलिए तुम उन्हें स्वर्ग के नाम पर कुछ करने को प्रेरित नहीं कर सकते। वे स्वर्ग में ही हैं और ऊबे हुए हैं।

इसलिए बुद्ध, महावीर और कृष्ण स्वर्ग की बात नहीं करते हैं। वे मुक्ति की, मोक्ष की बात करते हैं। वे यहां के पार किसी सुखदायी जगत के होने की बात नहीं करते; वे एक ऐसे जगत की बात करते हैं जहां न दुख है और न सुख। जीसस का स्वर्ग उन्हें नहीं भाता, वे उसमें ही जीते थे।

और दूसरी बात कि धनी आदमी के लिए असली समस्या ऊब है। गरीब को तुम भविष्य में सुख का प्रलोभन दे सकते हो, गरीब आदमी के लिए दुख उसकी समस्या है। धनी आदमी के लिए दुख समस्या नहीं है, उसके लिए ऊब समस्या है। वह सब सुखों से ऊबा हुआ है। महावीर, बुद्ध और कृष्ण, सबने इस ऊब का उपयोग किया और कहा कि अगर तुम कुछ नहीं करते तो तुम्हें बार-बार जन्म लेना होगा। यह चक्र चलता रहेगा। याद रखना, वही जिंदगी बार-बार दुहरेगी। वही काम-भोग, वही अमीरी, वही भोजन, वही राजमहल बार-बार मिलेंगे, हजार बार तुम कोल्हू के बैल जैसा एक ही चक्कर में घूमते रहोगे।

एक अमीर आदमी के लिए, जिसने सब सुख जाने हैं, इसके अच्छे आसार नहीं हो सकते। पुनरुक्ति ही तो उसकी समस्या है, उसकी पीड़ा है। वह कुछ नया खोज रहा है। और महावीर और बुद्ध कहते हैं, कुछ नया नहीं है। यह संसार पुराना है। आसमान के नीचे कुछ भी नया नहीं है। सब कुछ पुराना-पुराना है। तुम पहले भी उनका स्वाद ले चुके हो, आगे भी उन्हें ही भोगना है। तुम गोल-गोल घूम रहे हो। उनके पार जाओ, इस घेरे के बाहर छलांग लो।

एक धनी आदमी ध्यान की तरफ तभी जाएगा, जब तुम उसकी ऊब को गहराने के उपाय करो। लेकिन गरीब आदमी के सामने ऊब की बातचीत व्यर्थ है। गरीब आदमी ऊब से कभी पीड़ित नहीं होता है, सिर्फ अमीर ऊबता है। गरीब आदमी क्या ऊबेगा, उसे तो सदा भविष्य की चिंता घेरे रहती है। कुछ होने जा रहा है, तब सब ठीक हो जाएगा। गरीब को आश्वसन की जरूरत है। लेकिन अगर वह आश्वसन दूर का है तो वह व्यर्थ हो जाता है। आश्वसन निकट का होना चाहिए।

कहते हैं कि जीसस ने अपने अनुयायियों को कहा कि मेरे जीवन-काल में, तुम्हारे जीते-जी, तुम प्रभु का राज्य देख लोगे। यह वक्तव्य बीस सदियों से ईसाइयत को हैरानी में डाले हुए है। जीसस ने कहा था, 'तुम तुम्हारे जीवन-काल में, बहुत जल्दी, प्रभु का राज्य देख लोगे', और वह प्रभु का राज्य अब तक नहीं आया है। उनका मतलब क्या था? और उन्होंने

▲

कहा था, शीघ्र ही संसार समाप्त हो जाएगा, इसलिए वक्त मत गंवाओ; वक्त बहुत कम है। और उन्होंने कहा था, वक्त गंवाना मूर्खता होगी। दुनिया जल्दी ही समाप्त हो जाएगी और तुम्हें जवाब देना पड़ेगा। और तब तुम पछताओगे।

एक जीवन की धारणा के जरिए जीसस शीघ्रता का खयाल पैदा करना चाहते थे। वे जानते थे, वैसे ही बुद्ध और महावीर भी जानते थे। लेकिन वह सब नहीं कहा गया है जो वे जानते थे। केवल वे उपाय हमें ज्ञात हैं जिन्हें वे काम में लाए। और यह एक उपाय था ताकि लोग इस भाव से भर सकें कि कुछ करना है, और जल्दी करना है।

भारत एक प्राचीन देश था और अमीर था। भविष्य के आश्वसन के द्वारा उसमें शीघ्रता का भाव पैदा करना व्यर्थ होता। उसे तो अधिक ऊब के उपाय से ही गतिमान किया जा सकता था। अगर एक व्यक्ति को पता चले कि उसे बार-बार जन्म लेना है, अनंत बार जन्म लेना है तो वह तुरंत आकर पूछेगा—इस चक्कर से मुक्त कैसे हुआ जाए? यह तो मुसीबत है। मैं इसमें और ज्यादा नहीं चल सकता, क्योंकि जो जानना था वह मैंने जान लिया। अगर इसी को दोहराना है तो वह दुःस्वप्न बन जाएगा। मैं इसे और दोहराना नहीं चाहता, मैं तो कुछ नया चाहता हूं।

इसलिए बुद्ध और महावीर कहते हैं, आसमान के नीचे कुछ भी नया नहीं है। सब कुछ पुराना है और पुनरुक्ति है। उसे ही तुम अनेक जन्मों से दोहरा रहे हो और अनेक जन्मों तक दोहराते रहोगे। इस पुनरुक्ति से सावधान होओ, ऊब से बचो; इसलिए छलांग लगा लो।

ये उपाय तो भिन्न हैं, लेकिन उद्देश्य वही है। उद्देश्य है कि चलो, बदलो, छलांग लगाओ, अपने को रूपांतरित करो। तुम जो भी हो, जहां भी हो, वहीं से अपने को रूपांतरित करो।

अगर हम धार्मिक वक्तव्यों को उपाय की तरह समझें तो कोई विरोध नहीं दिखाई देगा। तब जीसस और कृष्ण और मोहम्मद और महावीर एक ही काम कर रहे हैं। वे भिन्न-भिन्न लोगों के लिए भिन्न-भिन्न मार्ग निर्मित कर रहे हैं, भिन्न-भिन्न विधियां बता रहे हें, अलग-अलग रुझान के लिए अलग-अलग आकर्षण पैदा कर रहे हैं। वे कोई सिद्धांत नहीं हैं जिनके गिर्द बहस और झगड़ा किया जाए। वे उपाय हैं जिनका उपयोग कराना है, अतिक्रमण करना है और फिर फेंक देना है।

आज इतना ही।

८

प्रेम करते हुए प्रेम ही हो जाओ

सूत्र

▲

10. प्रिय देवी, प्रेम किए जाने के क्षण मे प्रेम में ऐसे
प्रवेश करो जैसे कि वह नित्य जीवन हो।
11. जब चींटो के रेंगने की अनुभूति हो तो इंद्रियों के
द्वारा बंद कर दो। तब!
12. जब किसी बिस्तर या आसन पर हो तो अपने को
वजनशून्य हो जाने दो—मन के पार।

१

मनुष्य का अपना एक केंद्र है, लेकिन वह उस केंद्र से बाहर-बाहर, दूर-दूर जीता है। और इसी से आंतरिक तनाव, सतत अशांति और संताप पैदा होते हैं। तुम वहां नहीं होते हो जहां होना चाहिए; तुम अपने सम्यकत्व में, सही संतुलन में नहीं होते, तुम संतुलन से दूर जा पड़ते हो। और यह संतुलन से, केंद्र से दूर जा पड़ना सब मानसिक तनावों का आधार है, कारण है।

और वही तनाव यदि अतिशय हो जाए तो तुम पागल हो जाते हो। पागल आदमी वह है जो पूरी तरह अपने आप से बाहर हो गया है। आत्मज्ञान को उपलब्ध व्यक्ति पागल से ठीक उलटा है, वह स्वयं में केंद्रित है।

तुम दोनों के बीच में हो। तुम अपने से पूरी तरह बाहर नहीं गए हो, और तुम अपने केंद्र पर भी नहीं हो। तुम बस अधर में डोलते हो। कभी तुम उससे दूर, बहुत दूर निकल जाते हो, और तब ऐसे क्षण आते हैं जब तुम अस्थायी तौर से पागल हो जाते हो।

जब क्रोध में, कामवासना में या किसी भी चीज में तुम अपने से बहुत दूर निकल जाते हो तो तुम अस्थायी रूप से पागल हो जाते हो। तब तुममें और पागल आदमी में कोई फर्क नहीं है। फर्क इतना ही है कि वह वहां स्थायी रूप से रुक गया है और तुम वहां कुछ देर के मेहमान हो। तुम वापस आ जाओगे। जब तुम क्रोध में हो तो वह भी पागलपन है, लेकिन वह स्थायी नहीं है। लेकिन दोनों में, पागल में और तुममें गुण का नहीं, मात्रा का फर्क है। गुण दोनों का समान है।

इसलिए तुम कभी पागलपन के पास सरक जाते हो और कभी आराम को, पूरे विश्राम की हालत में अपने केंद्र को भी छू लेते हो। वे आनंद के क्षण हैं। वे भी घटित होते हैं। तब तुम ठीक बुद्ध के समान हो, कृष्ण के समान हो; लेकिन वह भी अस्थायी है, क्षणिक है। वहां भी तुम टिकोगे नहीं। सच तो यह है कि जिस क्षण तुमने यह जाना कि तुम आनंदित हो, तुम आनंद से च्युत हो गए। वह इतना क्षणजीवी है कि आनंद को पहचानते ही आनंद विदा हो जाता है।

और हम इन दो स्थितियों के बीच डोलते रहते हैं। लेकिन यह डोलना खतरनाक है। खतरनाक है, क्योंकि तब तुम अपना स्वरूप, निश्चित स्वरूप नहीं निर्मित कर सकते। तब तुम नहीं जानते कि मैं कौन हूं। अगर तुम निरंतर पागल होने और केंद्रित होने के बीच डोलते रहे, अगर यह आना-जाना निरंतर जारी रहा, तो तुम्हारा ठोस स्वरूप नहीं निर्मित होगा; तुम्हारा रूप तरल होगा। तब तुम नहीं जानते कि मैं कौन हूं।

यह बहुत कठिन है। और यही कारण है कि अगर आनंद के क्षण आने वाले हों तो तुम भयभीत हो जाते हो। और इसलिए तुम अपने को दोनों स्थितियों के कहीं बीच में स्थिर कर लेने की चेष्टा करते हो। इसी को हम सामान्य मनुष्य समझते हैं, वह न कभी क्रोध में अपने पागलपन को छूता है और न कभी वह समग्र स्वतंत्रता को, समाधि को स्पर्श करता है। वह एक थिर ढांचे से इधर-उधर नहीं सरकता है। इसलिए सामान्य मनुष्य वास्तव में इन बिंदुओं के बीच ठहरा हुआ मुर्दा मनुष्य है।

यही कारण है कि जो विशिष्ट लोग हैं, बड़े कलाकार, चित्रकार, कवि, वे सामान्य नहीं समझे जाते; वे बहुत तरल हैं। वे कभी केंद्र को छू लेते हैं और कभी विक्षिप्त भी हो जाते हैं। वे इन बिंदुओं के बीच बड़ी तेजी के साथ गति करते हैं। स्वभावतः उनका तनाव भारी है, उनका संताप बड़ा है। उन्हें दो दुनियाओं के बीच सतत अपने को एक से दूसरी में बदलते रहना है। इसलिए वे समझते हैं कि उनका कोई निश्चित स्वरूप नहीं है। कोलिन विलसन के शब्दों में वे अपने को बाहरी आदमी, आउटसाइडर मानते हैं। तुम्हारी सामान्यता की दुनिया के लिए वे बाहरी लोग हैं।

इन चार ढंग के लोगों को समझ लेना यहां अच्छा रहेगा। पहला है सामान्य आदमी, जिसकी निश्चित और ठोस पहचान है। जो जानता है कि मैं कौन हूं, कि चिकित्सक हूं, कि अभियंता हूं, कि प्राध्यापक हूं, कि संत हूं। वह जानता है कि वह कौन है और वह उस स्थान से हटता नहीं है। वह अपनी पहचान से, अपनी प्रतिमा से चिपका रहता है।

दूसरे वे लोग हैं, जिनकी प्रतिमा तरल है—कवि, कलाकार, चित्रकार, गायक। वे नहीं जानते कि हम कौन हैं। कभी वे महज सामान्य होकर रहते हैं, कभी वे पागल होते हैं और कभी उस समाधि को भी छू लेते हैं जिसे बुद्ध छते हैं।

और तीसरे हैं, जो स्थायी रूप से पागल हैं। वे अपने से बाहर चले गए हैं और कभी घर लौटकर नहीं आते। उन्हें यह भी याद नहीं कि उनके घर हैं।

और चौथे वे हैं, जो अपने घर पहुंच गए हैं—बुद्ध, क्राइस्ट, कृष्ण।

यह चौथी श्रेणी, घर पहुंचने वालों की श्रेणी बिलकुल विश्रांति में होती है; उनकी चेतना में कोई तनाव, कोई प्रयत्न, कोई कामना नहीं रहती। एक शब्द में, उनमें होने की दौड़ नहीं रहती, वे कुछ होना नहीं चाहते। वे हैं; वे हो गए हैं। कुछ होना नहीं है। वे अपने अस्तित्व के साथ, अपने होने के साथ पूरी तरह राजी हैं। वे जो भी हैं उसके साथ पूरी तरह राजी हैं। वे उसे बदलना नहीं चाहते, वे कहीं और जाना नहीं चाहते। उनका कोई भविष्य नहीं है। यही क्षण उनके लिए शाश्वत है। कोई चाह न रही, कोई वासना न रही।

उसका यह अर्थ नहीं है कि बुद्ध खाते नहीं हैं, बुद्ध सोते नहीं हैं। वे खाते भी हैं, वे सोते भी हैं, लेकिन ये उनकी वासनाएं नहीं हैं। बुद्ध इन वासनाओं को फैलाएंगे नहीं; वे कल

नहीं खाएंगे, वे आज खाएंगे।

इसे स्मरण रखो। तुम सदा कल में खाते हो, तुम सदा भविष्य में खाते हो। और या तुम अतीत में खाते हो, बीते कल में। शायद ही कभी तुम आज खाते हो। आज तुम खा रहे हो और तुम्हारा मन कहीं और गति करता रहेगा। जब तुम सोने की तैयारी कर रहे होगे, तुम कल में खाने लगोगे; या अतीत की कोई स्मृति आ धमकेगी।

बुद्ध आज खाते हैं। वे इसी क्षण में जीते हैं। वे अपने जीवन को भविष्य में प्रक्षेपित नहीं करते हैं। उनके लिए कोई भविष्य नहीं है। और जब भविष्य आता है तो वर्तमान की तरह आता है। वह सदा आज है। वह सदा अब है। बुद्ध भी खाते हैं, लेकिन याद रहे, वे मन में नहीं खाते हैं। उनके लिए भोजन मानसिकता नहीं है।

तुम तो मन में ही खाए चले जाते हो। यह बेहूदा है, क्योंकि मन खाने के काम के लिए नहीं है। तुम्हारे सभी केंद्र अस्तव्यस्त हो गए हैं। तुम्हारे शरीर-मन की सारी व्यवस्था खिचड़ी बन गई है। वह विक्षिप्त हो गई है। बुद्ध भी भोजन करते हैं, पर उस बाबत सोच-विचार नहीं करते। और यही बात हर क्षेत्र में लागू होती है।

इसलिए खाते समय बुद्ध उतने ही सामान्य हैं जितने तुम हो। यह मत समझना कि बुद्ध भोजन नहीं करते हैं या तेज धूप में उन्हें पसीना नहीं आता और सर्द हवा में उन्हें सर्दी नहीं लगती। वे भी सर्दी अनुभव करेंगे, लेकिन वे सदा वर्तमान में अनुभव करेंगे, भविष्य में नहीं। उन्हें कुछ होना नहीं है। और यदि होना नहीं है तो तनाव भी नहीं है। इसे ठीक से समझ लो। अगर कुछ होना नहीं है तो तनाव कैसा?

तनाव का तो अर्थ ही यह है कि तुम वह होना चाहते हो जो नहीं हो। तुम क हो और ख बनना चाहते हो। तुम गरीब हो और धनी बनना चाहते हो। तुम कुरूप और रूपवान होना चाहते हो। या तुम मूढ़ हो और बुद्धिमान होना चाहते हो। जो भी चाह हो, जो भी वासना हो, उसका रूप यही है—क ख बनना चाहता है। यानी तुम जो भी हो उससे संतुष्ट नहीं हो। संतोष के लिए कुछ अन्यथा जरूरी है। चाहने वाले मन की वही स्थायी संरचना है। और जब तुम उसे पा लोगे तो मन फिर कहेगा कि यह काफी नहीं है, कुछ और चाहिए।

मन सदा आगे ही चलता जाता है। जो भी तुम्हें मिल जाता है, व्यर्थ हो जाता है। जिस क्षण मिलता है, उसी क्षण व्यर्थ हो जाता है। यही वासना है। बुद्ध ने उसे तृष्णा कहा है। यही कुछ और होना है। तुम एक जीवन से दूसरे जीवन में गति करते हो, एक संसार से दूसरे संसार में भटकते हो। और यह सिलसिला जारी रहता है। यह अंतहीन जारी रह सकता है। इसका कोई अंत नहीं है। चाह का, चाहना का कोई अंत नहीं है।

लेकिन अगर कुछ होने की बात न रहे। अगर तुम उसे, जो तुम हो, समग्रता में स्वीकार करते हो—कुरूप या सुंदर, बुद्धिमान या मूर्ख, धनी या दरिद्र, जो भी तुम हो, उसे यदि उसकी पूर्णता में स्वीकार करते हो—तो कुछ होने की बात समाप्त हो जाती है। और तब तनाव नहीं रहता। तब तनाव रह ही नहीं सकता। और तब संताप भी समाप्त हो जाता है। तब तुम चैन में हो, चिंता में नहीं। और यह आकांक्षारहित मन जो है, वही आत्मा में केंद्रित होता है।

इसके बिलकुल दूसरे छोर पर पागल आदमी है। उसका कोई स्व नहीं रहा, वह कुछ होने की चाह भर है। वह भूल गया है कि वह कौन है। क पूरी तरह भूल गया है और वह बस

ख होने की चेष्टा में लगा है। उसे पता नहीं है कि वह कौन है; उसे बस अपनी इच्छित मंजिल का पता है। वह यहां और अभी नहीं रहता है; वह कहीं और रहता है। इसी वजह से वह हमें पागल मालूम पड़ता है। क्योंकि तुम अपनी दुनिया में रहते हो और वह अपने सपनों की दुनिया में रहता है। वह तुम्हारी दुनिया का हिस्सा नहीं रहा, वह कहीं अन्यत्र रहता है। वह यहां और अभी के अपने यथार्थ को पूरी तरह भूल बैठा है। अपने साथ वह अपने आसपास के संसार को भी भूल बैठा है, जो कि वास्तविक है। वह एक अवास्तविक झूठी दुनिया में रहता है। उसके लिए वही एकमात्र वास्तविकता है।

बुद्धपुरुष इसी क्षण अपनी आत्मा में वास करते हैं। पागल आदमी उनके ठीक विपरीत है। वह कभी भी यहां और अभी में नहीं रहता है। वह अपने में नहीं हे; वह सदा कही होने में, दूर क्षितिज में वास करता है।

इसलिए ध्यान रहे कि पागल आदमी तुम्हारे विपरीत नहीं है, वह बुद्ध के विपरीत है। और यह भी स्मरण रहे कि बुद्ध भी तुम्हारे विपरीत नहीं हैं, पागल के विपरीत हैं। तुम दोनों के बीच में हो, तुम दोनों की खिचड़ी हो। तुममें पागलपन भी है और तुममें समाधि के क्षण भी हैं। तुम दोनों की मिलावट हो।

कभी-कभी तुम्हें अचानक ही केंद्र की झलक मिल जाती है। यह तब होता है जब तुम शिथिल होते हो। और तुम्हारे शिथिल होने के, विश्राम में होने के क्षण होते हैं।

तुम प्रेम में हो। कुछ क्षण के लिए तुम्हारा प्रेमी या तुम्हारी प्रेमिका तुम्हारे साथ है। यह तुम्हारी बड़े दिनों की चाह थी, इसके लिए तुमने लंबे प्रयत्न किए थे और फलतः तुम्हारी प्रेमिका तुम्हारे साथ है। तब एक क्षण के लिए मन तिरोहित हो जाता है। प्रेमिका के साथ होने के लिए तुमने बड़ी चेष्टा की है। मन उसके लिए तड़पता रहा है, तड़पता रहा है और मन उस प्रेमिका के बारे में सोचता रहा है। और अब प्रेमिका पास में है और मन अचानक सोचना बंद कर देता है। पुराना सिलसिला जारी नहीं रह सकता। तुम प्रेमिका को चाह रहे थे, प्रेमिका मिल गई। मन रुक जाता है।

प्रेमिका के मिलने के क्षण में चाह समाप्त हो जाती है। और तुम शिथिल हो जाते हो और अचानक तुम अपने ऊपर फेंक दिए जाते हो। और जब तक कोई प्रेमी तुम्हें तुम्हारे ऊपर न फेंक दे, तब तक वह प्रेम नहीं है। जब तक तुम अपनी प्रेमिका की उपस्थिति में स्वयं नहीं हो जाते हो, तब तक वह प्रेम नहीं है। अगर प्रेमी या प्रेमिका की उपस्थिति में मत काम करना बंद नहीं करे तो वह प्रेम नहीं है।

कभी-कभी ऐसा होता है कि मन ठहर जाता है और चाह नहीं रहती। प्रेम चाह-शून्य है। इसे समझने की कोशिश करो। तुम प्रेम को चाह सकते हो, लेकिन प्रेम स्वयं चाह-शून्य है। जब प्रेम घटित होता है, चाह नहीं रह जाती। मन चुप, शांत और शिथिल हो जाता है। अब कुछ होना नहीं है, अब कहीं जाना नहीं है।

लेकिन यह कुछ क्षणों के लिए ही होता है, अगर यह होता है। अगर तुमने सचमुच किसी को प्रेम किया है तो ऐसा कुछ क्षणों के लिए हो सकता है। यह एक चोट है, आघात है। मन काम नहीं कर सकता, क्योंकि सारा काम व्यर्थ हो गया। जिसे चाहते थे वह सामने हो तो मन को कुछ और करने को नहीं रह जाता। कुछ क्षणों के लिए सारा संयंत्र बंद हो जाता है और

▲

तुम अपने में ठहर जाते हो। तुमने अपना केंद्र छू लिया, अपना होना पा लिया, और तुम अपने को शिवत्व के उदगम पर खड़े पाते हो। आनंद तुम्हें भर जाता है, एक सुगंध तुम्हें घेर लेती है। और अचानक तुम वही आदमी नहीं रह जाते हो जो तुम थे।

यही कारण है कि प्रेम इतना रूपांतरण लाता है। अगर तुम प्रेम में हो तो तुम इसे छिपा नहीं सकते। वह असंभव है। अगर तुम प्रेम में हो तो वह व्यक्त होगा। तुम्हारी आंखें, तुम्हारा चेहरा, तुम्हारे चलने का ढंग, तुम्हारे बैठने का ढंग, सब कुछ प्रेम को प्रकट करेगा। क्योंकि तुम वही आदमी नहीं रहे। चाहने वाला मन नहीं रहा, तुम कुछ क्षणों के लिए बुद्ध जैसे हो गए।

पर यह अधिक देर तक नहीं चलेगा, क्योंकि यह आघात है। जल्दी ही मन फिर से सोचने के कुछ ढंग, कुछ बहाने खोज निकालेगा। उदाहरण के लिए, मन सोचना शुरू कर देगा कि मंजिल तो मिल गई, प्रेम तो पा लिया, फिर क्या? अब आगे क्या करना है? और तब भविष्य-चिंतन शुरू होता है, तर्क शुरू होता है। तुम सोचने लगते हो कि आज तो प्रियजन को पा लिया, लेकिन क्या कल भी ऐसा ही रहेगा? मन ने काम शुरू कर दिया। और जिस क्षण मन काम करने लगा, तुम कुछ होने के चक्र में वापस आ गए।

और कभी-कभी तो कोई व्यक्ति प्रेम के बिना ही, सिर्फ थकावट के कारण सोचना बंद कर देता है। उस दशा में भी आदमी अपने पर फिंक जाता है। जब तुम अपने से दूर नहीं होते हो तो अपने में होते हो। चाहे उसका कारण कुछ भी हो। जब कोई समग्र रूप से थक जाता है, जब सोचने या चाहने को भी जी नहीं करता, जब आशा से भी परे पूरी तरह निराश हो जाता है, तब वह अचानक अपने को अपने घर में आया पाता है। अब वह कहीं भी नहीं जा सकता। सब दरवाजे बंद हो गए, आशा तिरोहित हो गई। और उसकी सारी चाह भी गई—कुछ होने की चाह।

पर यह अधिक देर तक नहीं चलेगा। क्योंकि मन का एक संयंत्र है जो थोड़ी देर के लिए मृत होकर फिर जीवित हो जाता है। क्योंकि तुम निराशा में नहीं जी सकते, तुम कोई आशा फिर पकड़ लोगे। तुम कामना के बिना नहीं जी सकते, तुम कोई न कोई कामना पैदा कर लोगे।

लेकिन जिस स्थिति में अचानक मन काम करना बंद कर देता है, तुम अपने को अपने केंद्र पर पाते हो। तुम छुट्टी मना रहे हो, किसी जंगल में या पहाड़ पर या समुद्र-तट पर हो। वहां अचानक तुम्हारा लीक-लीक चलने वाला मन, दिनचर्या वाला मन काम करना बंद कर देगा। वहां दफ्तर नहीं है, वहां पत्नी नहीं है, वहां पति नहीं है। अचानक एक नई स्थिति आ गई। और मन को उसमें नियोजित होने में, उसमें फिर से काम करने के लिए समय चाहिए। जरा देर के लिए मन अनियोजित अनुभव करता है। स्थिति ही इतनी नई है कि तुम शिथिल हो जाते हो, और तुम अपने केंद्र पर होते हो। इन क्षणों में तुम बुद्ध हो जाते हो।

लेकिन वे क्षण क्षण ही होंगे। फिर वे क्षण तुम्हारा पीछा करने लगेंगे और तुम उन्हें बार-बार दुहराना चाहोगे। लेकिन याद रहे कि वे सहज ही घटित हुए थे, इसलिए तुम उन्हें दुहरा नहीं सकते। और जितना तुम उन्हें दुहराना चाहोगे उतना ही उनका आना असंभव हो जाएगा।

यही बात सब के साथ घटित हो रही है। तुम किसी को प्रेम करते थे, और पहली मुलाकात में मन कुछ क्षणों के लिए ठहर गया था। फिर तुमने विवाह रचा लिया। किसलिए? उन्हीं सुंदर क्षणों को बार-बार दुहराने के लिए। लेकिन जब वे घटित हुए थे तब तुम विवाहित

नहीं थे। और अब वे क्षण विवाह में घटित होने वाले नहीं हैं। क्योंकि पूरी स्थिति बदल गई।

जब दो व्यक्ति पहली दफा मिलते हैं तब पूरी स्थिति नई होती है। इसमें उनके मन काम नहीं कर सकते हैं। वे इस नई स्थिति से इतने अभिभूत होते हैं, वे इस नए अनुभव से, इस न जीवन से, इस नई खिलावट से इतने भरे होते हैं। और तब मन फिर सक्रिय हो जाता है और तुम सोचने लगते हो : यह कितना सुंदर क्षण है। मैं रोज-रोज दुहराना चाहता हूं, इसलिए मुझे विवाह कर लेना चाहिए।

मन सब कुछ नष्ट कर देगा। विवाह यानी मन। प्रेम सहज है, विवाह हिसाब है। विवाह करना गणित का काम है। तब तुम उन क्षणों का इंतजार करोगे, लेकिन वे फिर कभी न आएंगे। यही कारण है कि सभी विवाहित स्त्री-पुरुष निराश होते हैं। वे अतीत में घटे कुछ क्षणों की प्रतीक्षा करते हैं। वे फिर क्यों नहीं घटित होते?

वे नहीं घटित होंगे, क्योंकि पूरी स्थिति बदल गई। अब तुम नए नहीं रहे; अब वह सहजता, वह स्वाभाविकता नहीं रही; प्रेम अब एक दिनचर्या बनकर रह गया है। अब हर चीज की अपेक्षा है, हर चीज मांगी जा रही है। प्रेम अब कर्तव्य बन गया है, खेल न रहा। आरंभ में वह खेल था, अब कर्तव्य है। और कर्तव्य वह आनंद नहीं दे सकता जो खेल देता है।यह असंभव है। तुम्हारे मन ने सारा उपद्रव रचा है। अब तुम अपेक्षा किए जाओगे। और जितनी अपेक्षा करोगे उतनी ही उसके घटने की संभावना कम होगी।

विवाह में ही नहीं, ऐसा सर्वत्र होता है। तुम किसी गुरु के पास जाते हो। यह अनुभव नया है। उसकी सिन्नधि, उसके शब्द, उसकी जीवन-चर्या, सब नए हैं। और अचानक तुम्हारा मन ठहर जाता है। तब तुम सोचते हो : यही व्यक्ति है मेरे लिए, मुझे रोज ही इसके पास जाना चाहिए। तब तुम उससे विवाहित हो जाते हो। फिर धीरे-धीरे निराशा आती है, क्योंकि तुमने इसे कर्तव्य बना लिया, दिनचर्या बना लिया। अब वे ही अनुभव नहीं होंगे। तब तुम सोचते हो कि इस आदमी ने तुम्हें धोखा दिया या तुम किसी तरह मूर्ख बनाए गए। तब तुम सोचते हो कि शुरू के अनुभव बिलकुल काल्पनिक थे। मैं सम्मोहित हो गया था या कुछ हुआ था। यह वास्तविक नहीं था।

यह वास्तविक था। तुम्हारे दिनचर्या वाले मन ने, लीक-लीक चलने वाले मन ने उसे झूठा कर दिया। और तब मन उसकी अपेक्षा करने लगता है। लेकिन जब यह अनुभव पहली बार आया था तब तुम अपेक्षा नहीं करते थे। तुम उसके पास बिना किसी अपेक्षा के आए थे। जो कुछ घटित हो रहा था, तुम उसे ग्रहण करने को राजी थे। अब तुम हर रोज अपेक्षा से आते हो, बंद मन से आते हो। यह घटित नहीं होगा। यह सदा खुले मन में घटता है, यह सदा नई स्थिति में आता है।

इसका यह अर्थ नहीं है कि तुम्हें रोज अपनी स्थिति बदलनी है। इसका इतना ही अर्थ है कि अपने मन को कोई ढांचा मत बनाने दो। तब तुम्हारी पत्नी रोज नई होगी, तब तुम्हारा पति रोज नया होगा। लेकिन मन को अपेक्षाओं का ढंग-ढांचा मत बनाने दो, मन को भविष्य में मत सरकने दो। तब तुम्हारा गुरु रोज नया रहेगा, तब तुम्हारा मित्र रोज नया रहेगा।

दुनिया में मन के सिवाय सब कुछ नया है। मन ही एक चीज हे जो पुरानी है। मन सदा पुराना है। रोज एक नया सूरज उगता है, वह पुराना सूरज नहीं है। चांद नया है; दिन, रात

फूल, वृक्ष, सब कुछ नया है—एक मन के सिवाय। मन सदा पुराना है। याद रहे, सदा। क्योंकि मन को सदा अतीत की, संचित अनुभव की, प्रक्षेपित अनुभव की जरूरत पड़ती है। मन को अतीत चाहिए और जीवन को वर्तमान। जीवन सदा आनंदित है, मन कभी नहीं। और जब तुम अपने मन को प्रवेश देते हो, दुख प्रवेश कर जाता है।

ये सहज, स्वतःस्फूर्त क्षण फिर नहीं दुहरेंगे। तब क्या किया जाए? फिर विश्राम की अवस्था में निरंतर कैसे रहा जाए? ये तीन विधियों उसके लिए ही हैं। ये तीन विधियां विश्राम के भाव से, स्नायुओं को शिथिल करने से संबंध रखती हैं। अपने होने में, स्व में थिर कैसे रहा जाए? कुछ होने की दौड़ से कैसे बचा जाए?

यह कठिन है, श्रमसाध्य है; लेकिन ये विधियां मदद कर सकती हैं। ये विधियां तुम्हें तुम्हारे ऊपर फेंक देंगी।

शिथिल होने की पहली विधि :

प्रिय देवी, प्रेम किए जाने के क्षण में प्रेम में ऐसे प्रवेश करो जैसे कि वह नित्य जीवन हो।

शिव प्रेम से शुरू करते हैं। पहली विधि प्रेम से संबंधित है। क्योंकि तुम्हारे शिथिल होने के अनुभव में प्रेम का अनुभव निकटतम है। अगर तुम प्रेम नहीं कर सकते हो तो तुम शिथिल भी नहीं हो सकते। और अगर तुम शिथिल हो सके तो तुम्हारा जीवन प्रेमपूर्ण हो जाएगा।

एक तनावग्रस्त आदमी प्रेम नहीं कर सकता है। क्यों? क्योंकि तनावग्रस्त आदमी सदा उद्देश्य से, प्रयोजन से जीता है। वह धन कमा सकता है, लेकिन प्रेम नहीं कर सकता। क्योंकि प्रेम प्रयोजन-रहित है। प्रेम कोई वस्तु नहीं है। तुम उसे संगृहीत नहीं कर सकते, तुम उसे बैंक-खाते में नहीं रख सकते हो। तुम उससे अपने अहंकार की पुष्टि नहीं कर सकते हो। सच तो यह है कि प्रेम सब से अर्थहीन काम है; उससे आगे उसका कोई अर्थ नहीं है, उससे आगे उसका कोई प्रयोजन नहीं है। प्रेम अपने आप में जीता है, किसी अन्य चीज के लिए नहीं।

तुम धन कमाते हो—किसी प्रयोजन से। वह एक साधन है। तुम मकान बनाते हो—किसी के रहने के लिए। वह भी एक साधन है। प्रेम साधन नहीं है। तुम क्यों प्रेम करते हो? किसलिए प्रेम करते हो?

प्रेम अपना लक्ष्य आप है। यही कारण है कि हिसाब-किताब रखने वाला मन, तार्किक मन, प्रयोजन की भाषा में सोचने वाला मन प्रेम नहीं कर सकता। और जो मन प्रयोजन की भाषा में सोचता है वह तनावग्रस्त होगा। क्योंकि प्रयोजन भविष्य में ही पूरा किया जा सकता है, यहां और अभी नहीं।

तुम एक मकान बना रहे हो, तुम उसमें अभी ही नहीं रह सकते। पहले बनाना होगा। तुम भविष्य में उसमें रह सकते हो, अभी नहीं। तुम धन कमाते हो; बैंक बैलेंस भविष्य में बनेगा, अभी नहीं। अभी साधन का उपयोग कर सकते हो, साध्य भविष्य में आएंगे।

प्रेम सदा यहां है और अभी है। प्रेम का कोई भविष्य नहीं है। यही वजह है कि प्रेम ध्यान के इतने करीब है। यही वजह है कि मृत्यु भी ध्यान के इतने करीब है। क्योंकि मृत्यु भी यहां और अभी है, वह भविष्य में नहीं घटती।

क्या तुम भविष्य में मर सकते हो? वर्तमान में ही मर सकते हो। कोई कभी भविष्य में नहीं मरा। भविष्य में कैसे मर सकते हो? या अतीत में कैसे मर सकते हो? अतीत जा चुका, वह अब नहीं है। इसलिए अतीत में नहीं मर सकते। और भविष्य अभी आया नहीं है, इसलिए उसमें कैसे मरोगे?

मृत्यु सदा वर्तमान में होती है। मृत्यु, प्रेम और ध्यान, सब वर्तमान में घटित होते हैं। इसलिए अगर तुम मृत्यु से डरते हो तो तुम प्रेम नहीं कर सकते। अगर तुम मृत्यु से भयभीत हो तो तुम ध्यान नहीं कर सकते। और अगर तुम ध्यान से डरे हो तो तुम्हारा जीवन व्यर्थ होगा। किसी प्रयोजन के अर्थ में जीवन व्यर्थ नहीं होगा, वह व्यर्थ इस अर्थ में होगा कि तुम्हें उसमें किसी आनंद की अनुभूति नहीं होगी। जीवन अर्थहीन होगा।

इन तीनों को—प्रेम, ध्यान और मृत्यु को—एक साथ रखना अजीब मालूम पड़ेगा। वह अजीब है नहीं। वे समान अनुभव हैं। इसलिए अगर तुम एक में प्रवेश कर गए तो शेष दो में भी प्रवेश पा जाओगे।

शिव प्रेम से शुरू करते हैं: 'प्रिय देवी, प्रेम किए जाने के क्षण में प्रेम में ऐसे प्रवेश करो जैसे कि वह नित्य जीवन हो।'

इसका क्या अर्थ है? कई चीजें। एक, जब तुम्हें प्रेम किया जाता है तो अतीत समाप्त हो जाता है और भविष्य नहीं है। तुम वर्तमान के आयाम में गति कर जाते हो, तुम अब में प्रवेश कर जाते हो। क्या तुमने कभी किसी को प्रेम किया है? यदि कभी किया है तो जानते हो कि उस क्षण मन नहीं होता है।

यही कारण है कि तथाकथित बुद्धिमान कहते हैं कि प्रेमी अंधे होते हैं, मनःशून्य और पागल होते हैं। वस्तुतः वे सच कहते हैं। प्रेमी इस अर्थ में अंधे होते हैं कि भविष्य पर अपने किए का हिसाब रखने वाली आंख उनके पास नहीं होती। वे अंधे हैं, क्योंकि वे अतीत को नहीं देख पाते। प्रेमियों को क्या हो जाता है?

वे अभी और यहीं में सरक आते हैं, अतीत और भविष्य की चिंता नहीं करते, क्या होगा इसकी चिंता नहीं लेते। इस कारण वे अंधे कहे जाते हैं। वे हैं। जो गणित करते हैं उनके लिए वे अंधे हैं, और जो गणित नहीं करते उनके लिए आंख वाले हैं। जो हिसाबी नहीं हैं वे देख लेंगे कि प्रेम ही असली आंख है, वास्तविक दृष्टि है।

इसलिए पहली चीज कि प्रेम के क्षण में अतीत और भविष्य नहीं होते हैं। तब एक नाजुक बिंदु समझने जैसा है। जब अतीत और भविष्य नहीं रहते तब क्या तुम इस क्षण को वर्तमान कह सकते हो? यह वर्तमान है दो के बीच, अतीत और भविष्य के बीच; यह सापेक्ष है। अगर अतीत और भविष्य नहीं रहे तो इसे वर्तमान कहने में क्या तुक है! वह अर्थहीन है। इसीलिए शिव वर्तमान शब्द का व्यवहार नहीं करते; वे कहते हैं, नित्य जीवन। उनका मतलब शाश्वत से है—शाश्वत में प्रवेश करो।

हम समय को तीन हिस्सों में बाटते हैं—भूत, वर्तमान और भविष्य। यह विभाजन गलत है, सर्वथा गलत है। केवल भूत और भविष्य समय है, वर्तमान समय का हिस्सा नहीं है। वर्तमान शाश्वत का हिस्सा है। जो बीत गया वह समय है, जो आने वाला है समय है। लेकिन जो है वह समय नहीं है, क्योंकि वह कभी बीतता नहीं है। वह सदा है। अब सदा है।

वह सदा यहां है। यह अब शाश्वत है।

अगर तुम अतीत से चलो तो तुम कभी वर्तमान में नहीं आते। अतीत से तुम सदा भविष्य में यात्रा करते हो। उसमें कोई क्षण नहीं आता जो वर्तमान हो। तुम अतीत से सदा भविष्य में गति करते रहते हो। और वर्तमान से तुम और वर्तमान में गहरे उतरते हो, अधिकाधिक वर्तमान में। यही नित्य जीवन है।

इसे हम इस तरह भी कह सकते हैं। अतीत से भविष्य तक समय है। समय का अर्थ है कि तुम समतल भूमि पर और सीधी रेखा में गति करते हो। या हम उसे क्षैतिज कह सकते हैं। और जिस क्षण तुम वर्तमान में होते हो, आयाम बदल जाता है, तुम्हारी गति ऊर्ध्वाधर, ऊपर-नीचे हो जाती है। तुम ऊपर, ऊंचाई की ओर जाते हो या नीचे गहराई की ओर जाते हो। लेकिन तब तुम्हारी गति क्षैतिज या समतल नहीं होती।

बुद्ध और शिव शाश्वत में रहते हैं, समय में नहीं।

जीसस से पूछा गया कि आपके प्रभु के राज्य में क्या होगा? जो पूछ रहा था वह समय के बारे में नहीं पूछ रहा था। वह जानना चाहता था कि वहां उसकी वासनाओं का क्या होगा, वे कैसे पूरी होंगी? वह पूछ रहा था कि क्या वहां अनंत जीवन होगा या वहां मृत्यु भी होगी, क्या वहां दुख भी रहेगा और छोटे और बड़े लोग भी होंगे। जब उसने पूछा कि आपके प्रभु के राज्य में क्या होगा तब वह इसी दुनिया की बात पूछ रहा था।

और जीसस ने उत्तर में कहा—यह उत्तर झेन संत के उत्तर जैसा है—'वहां समय नहीं होगा।' जिस व्यक्ति को यह उत्तर दिया गया था उसने कुछ नहीं समझा होगा। जीसस ने इतना ही कहा—वहां समय नहीं होगा। क्यों? क्योंकि समय क्षैतिज है और प्रभु का राज्य ऊर्ध्वगामी है। वह शाश्वत है। वह सदा यहां है। उसमें प्रवेश के लिए तुम्हें समय से हट भर जाना है।

तो प्रेम पहला द्वार है। इसके द्वारा तुम समय के बाहर निकल सक ते हो। यही कारण है कि हर आदमी प्रेम चाहता है, हर आदमी प्रेम करना चाहता है। और कोई नहीं जानता है कि प्रेम को इतनी महिमा क्यों दी जाती है? प्रेम के लिए इतनी गहरी चाह क्यों है? और जब तक तुम यह ठीक से न समझ लो, तुम न प्रेम कर सकते हो और न पा सकते हो। क्योंकि इस धरती पर प्रेम गहन से गहन घटना है।

हम सोचते हैं कि हर आदमी, जैसा वह है, प्रेम करने को सक्षम है। वह बात नहीं है। और इसी कारण से तुम प्रेम में निराश होते हो। प्रेम एक और ही आयाम है। यदि तुमने किसी को समय के भीतर प्रेम करने की कोशिश की तो तुम्हारी कोशिश हारेगी। समय के रहते प्रेम संभव नहीं है।

मुझे एक कथा याद आती है। मीरा कृष्ण के प्रेम में थी। वह गृहिणी थी—एक राजकुमार की पत्नी। राजा को कृष्ण से ईर्ष्या होने लगी। कृष्ण थे नहीं, वे शरीर से उपस्थित नहीं थे। कृष्ण और मीरा की शारीरिक मौजूदगी में पांच हजार वर्षों का फासला था। इसलिए यथार्थ में मीरा कृष्ण के प्रेम में कैसे हो सकती थी? समय का अंतराल इतना बड़ा था।

एक दिन राणा ने मीरा से पूछा, तुम अपने प्रेम की बात किए जाती हो, तुम कृष्ण के आसपास नाचती-गाती हो, लेकिन कृष्ण हैं कहां? तुम किसके प्रेम में हो? किससे सतत बातें किए जाती हो?

▲

मीरा कृष्ण के साथ बातें करती थी, गाती थी, हंसती थी, लड़ती थी। वह पागल मालूम पड़ती थी। हमारी आंखों में वह पागल थी। राणा ने कहा, क्या तुम पागल हो गई हो? तुम्हारे कृष्ण कहां हैं? किसे प्रेम करती हो? किससे बातें करती हो? मैं यहां मौजूद हूं और तुम क्या मुझे बिलकुल भूल गई हो?

मीरा ने कहा, कृष्ण यहां हैं, तुम नहीं हो। क्योंकि कृष्ण शाश्वत हैं, तुम नहीं। वे यहां सदा होंगे। सदा थे, वे यहीं हैं। तुम यहां नहीं होगे, तुम यहां नहीं थे। एक दिन तुम यहां नहीं थे, किसी दिन फिर यहां नहीं होओगे। इसलिए मैं कैसे विश्वास करूं कि इन दो अनस्तित्वों के बीच तुम यहां हो? दो अनस्तित्वों के बीच अस्तित्व क्या संभव है?

राणा समय में है, लेकिन कृष्ण शाश्वत में हैं। तुम राणा के निकट हो सकते हो, लेकिन दूरी नहीं मिटाई जा सकती। तुम दूर ही रहोगे। और समय में तुम कृष्ण से बहुत-बहुत दूर हो सकते हो, तो भी तुम उनके निकट हो सकते हो। वह आयाम ही और है।

मैं अपने सामने देखता हूं और वहां दीवार है; फिर मैं अपनी आंखों को आगे बढ़ाता हूं और वहां आकाश है। जब तुम समय में देखते हो तो वहां दीवार है। और जब तुम समय के पार देखते हो तो वहां खुला आकाश है, अनंत आकाश।

प्रेम अनंत का द्वार खोल देता है—अस्तित्व की शाश्वतता का द्वार। इसलिए अगर तुमने कभी सच में प्रेम किया है तो प्रेम को ध्यान की विधि बनाया जा सकता है। यह वही विधि है: 'प्रिय देवी, प्रेम किए जाने के क्षण में प्रेम में ऐसे प्रवेश करो जैसे कि वह नित्य जीवन हो।'

बाहर-बाहर रहकर प्रेमी मत बनो, प्रेमपूर्ण होकर शाश्वत में प्रगेश करो। जब तुम किसी को प्रेम करते हो तो क्या तुम वहां प्रेमी की तरह होते हो? अगर होते हो तो समय में हो, और तुम्हारा प्रेम झूठा है, नकली है। अगर तुम अब भी वहां हो और कहते हो कि मैं हूं तो शारीरिक रूप से नजदीक होकर भी आध्यात्मिक रूप से तुम्हारे बीच दो ध्रुवों की दूरी कायम रहती है।

प्रेम में तुम न रहो, सिर्फ प्रेम रहे; इसलिए प्रेम ही हो जाओ। अपने प्रेमी या प्रेमिका को दुलार करते समय दुलार ही हो जाओ। चुंबन लेते समय चूमने वाले या चूमे जाने वाले मत रहो, चुंबन ही बन जाओ। अहंकार को बिलकुल भूल जाओ, प्रेम के कृत्य में घुल-मिल जाओ। कृत्य में इतने गहरे समा जाओ कि कर्ता न रहे।

और अगर तुम प्रेम में नहीं गहरे उतर सकते तो खाने और चलने में गहरे उतरना कठिन होगा, बहुत कठिन होगा। क्योंकि अहंकार को विसर्जित करने के लिए प्रेम सब से सरल मार्ग है। इसी वजह से अहंकारी लोग प्रेम नहीं कर पाते हैं। वे प्रेम के बारे में बातें कर सकते हैं, गीत गा सकते हैं, लिख सकते हैं; लेकिन वे प्रेम नहीं कर सकते। अहंकार प्रेम नहीं कर सकता है।

शिव कहते हैं, प्रेम ही हो जाओ। जब आलिंगन में हो तो आलिंगन हो जाओ, चुंबन हो जाओ। अपने को इस पूरी तरह भूल जाओ कि तुम कह सको कि मैं अब नहीं हूं, केवल प्रेम है। तब हृदय नहीं धड़कता है, प्रेम ही धड़कता है। तब खून नहीं दौड़ता है, प्रेम ही दौड़ता है। तब आंखें नहीं देखती हैं, प्रेम ही देखता है। तब हाथ छूने को नहीं बढ़ते, प्रेम ही छूने को

▲

बढ़ता है। प्रेम बन जाओ और शाश्वत जीवन में प्रवेश करो।

प्रेम अचानक तुम्हारे आयाम को बदल देता है। तुम समय से बाहर फेंक दिए जाते हो, तुम शाश्वत के आमने-सामने खड़े हो जाते हो। प्रेम गहरा ध्यान बन सकता है—गहरे से गहरा। और कभी-कभी प्रेमियों ने वह जाना है जो संतों ने भी नहीं जाना। कभी-कभी प्रेमियों ने उस केंद्र को छुआ है जो अनेक योगियों ने नहीं छुआ।

लेकिन जब तक तुम अपने प्रेम को ध्यान में रूपांतरित नहीं करते तब तक यह एक झलक ही होगी। तंत्र का अर्थ ही है प्रेम का ध्यान में रूपांतरण। अब तुम समझ सकते हो कि तंत्र क्यों प्रेम और कामवासना के संबंध में इतनी बात करता है। क्यों? क्योंकि प्रेम वह सरलतम स्वाभाविक द्वार है जहां से तुम इस संसार का, इस क्षैतिज आयाम का अतिक्रमण कर सकते हो।

शिव को अपनी प्रिया देवी के साथ देखो। उन्हें ध्यान से देखो। वे दो नहीं मालूम होते हैं, वे एक ही हैं। यह एकता इतनी गहरी है कि प्रतीक बन गई है। हम सबने शिवलिंग देखे हैं। यह लैंगिक प्रतीक है, शिव के लिंग का प्रतीक, लेकिन वह अकेला नहीं है, वह देवी की योनि में स्थित है। पुराने दिनों के हिंदू बड़े साहसी थे। अब जब तुम शिवलिंग देखते हो तो याद नहीं रहता कि यह एक लैंगिक प्रतीक है। हम भूल गए हैं, हमने चेष्टापूर्वक इसे पूरी तरह भुला दिया है।

प्रसिद्ध मनोवैज्ञानिक जुंग ने अपनी आत्मकथा में, अपने संस्मरणों में एक मजेदार घटना का उल्लेख किया है। वह भारत आया और कोणार्क देखने को गया। कोणार्क के मंदिर में शिवलिंग हैं। जो पंडित उसे समझाता था उसने शिवलिंग के सिवाय सब कुछ समझाया। और वे इतने थे कि उनसे बचना मुश्किल था। जुंग तो सब जानता था, लेकिन पंडित को सिर्फ चिढ़ाने के लिए पूछता रहा कि ये क्या हैं? तो पंडित ने आखिर जुंग के कान में कहा कि मुझे यहां मत पूछिए, मैं पीछे आपको बताऊंगा। यह गोपनीय है।

जुंग मन ही मन हंसा होगा। ये हैं आज के हिंदू। फिर बाहर आकर पंडित ने कहा कि दूसरों के सामने आपका पूछना उचित न था। अब मैं बताता हूं। यह गुप्त चीज है। और तब फिर उसने जुंग के कान में कहा कि वे हमारे गुप्तांग हैं।

जुंग जब यहां से वापस गया तो वहां वह एक महान विद्वान से मिला, पूर्वीय चिंतन, मिथक और दर्शन के विद्वान, हेनरिख जिमर से। जुंग ने यह किस्सा जिमर को सुनाया। जिमर उन थोड़े से मनीषियों में था जिन्होंने भारतीय चितन में डूबने की चेष्टा की है। और वह भारत का, उसकी विचारणा का, जीवन के प्रति उसके अतार्किक रहस्यवादी दृष्टिकोण का प्रेमी था। जब उसने जुंग से यह सुना तो वह हंसा और बोला, बदलाहट के लिए यह अच्छा है। मैंने बुद्ध, कृष्ण, महावीर जैसे महान भारतीयों के बारे में सुना है। तुम जो सुना रहे हो वह किसी महान भारतीय के संबंध में नहीं, भारतीयों के संबंध में कुछ कहता है।

शिव के लिए प्रेम महाद्वार है। और उनके लिए कामवासना निंदनीय नहीं है। उनके लिए काम बीज है और प्रेम उसका फूल है। और अगर तुम बीज की निंदा करते हो तो फूल की भी निंदा अपने आप हो जाती है। काम प्रेम बन सकता है। और अगर वह कभी प्रेम नहीं बनता है तो वह पंगु हो जाता है। पंगुता की निंदा करो, काम की नहीं। प्रेम को खिलना चाहिए। काम

▲

को प्रेम बनना चाहिए। और अगर यह नहीं होता है तो यह काम का दोष नहीं है, यह दोष तुम्हारा है।

काम को काम नहीं रहना है, यही तंत्र की शिक्षा है। उसे प्रेम में रूपांतरित होना ही चाहिए। और प्रेम को भी प्रेम ही नहीं रहना है, उसे प्रकाश में, ध्यान के अनुभव में, अंतिम, परम रहस्यवादी शिखर में रूपांतरित होना चाहिए। प्रेम को रूपांतरित कैसे किया जाए?

कृत्य हो जाओ और कर्ता को भूल जाओ। प्रेम करते हुए प्रेम, महज प्रेम हो जाओ। तब यह तुम्हारा प्रेम, मेरा प्रेम या किसी अन्य का प्रेम नहीं है। तब यह मात्र प्रेम है। जब कि तुम नहीं हो, जब कि तुम परम स्रोत या धारा के हाथ में हो। जब तुम प्रेम में हो तो तुम प्रेम में नहीं हो, प्रेम ने ही तुम्हें आत्मसात कर लिया है। तुम तो अंतर्धान हो गए हो, मात्र प्रवाहमान ऊर्जा बनकर रह गए हो।

इस युग का एक महान सृजनात्मक मनीषी, डी.एच .लरेंस, जाने-अनजाने तंत्रविद था। पश्चिम में वह पूरी तरह निंदित हुआ। उसकी किताबें जब्त हुईं। उस पर अदालतों में अनेक मुकदमे चले, सिर्फ इसलिए कि उसने कहा कि काम-ऊर्जा ही एकमात्र ऊर्जा है और अगर तुम उसकी निंदा करते हो, उसका दमन करते हो, तो तुम जगत के खिलाफ हो। और तब तुम कभी भी इस ऊर्जा की परम खिलावट को नहीं जान पाओगे। और दमित होने पर यह कुरूप हो जाती है। और यही दुश्चक्र है।

पुरोहित, नीतिवादी, तथाकथित धार्मिक लोग, पोप, शंकराचार्य और दूसरे लोग काम की सतत निंदा करते हैं। वे कहते हैं कि यह एक कुरूप चीज है। और जब तुम इसका दमन करते हो तो यह सचमुच कुरूप हो जाती है। और तब वे कहते हैं कि देखो, जो हम कहते थे वह सच निकला। तुमने ही इसे सिद्ध कर दिया। तुम जो भी कर रहे हो वह कुरूप है, और तुम जानते हो कि वह कुरूप है।

लेकिन काम स्वयं में कुरूप नहीं है, पुरोहितों ने उसे कुरूप कर दिया है। और जब वे इसे कुरूप कर चुकते हैं तब वे सही साबित होते हैं। और जब वे सही साबित होते हैं तो तुम उसे कुरूप से कुरूपतर किए देते हो। काम तो निर्दोष ऊर्जा है; तुम में प्रवाहित होता जीवन है, जीवंत अस्तित्व है। उसे पंगु मत बनाओ। उसे उसके शिखरों की यात्रा करने दो। उसका अर्थ है कि काम को प्रेम बनना चाहिए। फर्क क्या है?

जब तुम्हारा मन कामुक होता है तो तुम दूसरे का शोषण कर रहे हो। दूसरा मात्र एक यंत्र होता है जिसे इस्तेमाल करके फेंक देना है। और जब काम प्रेम बनता है तब दूसरा यंत्र नहीं होता, दूसरे का शोषण नहीं किया जाता, दूसरा सच में दूसरा नहीं होता। जब तुम प्रेम करते हो तो यह स्व-केंद्रित नहीं है; उस हालत में तो दूसरा ही महत्वपूर्ण होता है, अनूठा होता है। तब तुम एक-दूसरे का शोषण नहीं करते, तब दोनों एक गहरे अनुभव में सम्मिलित हो जाते हो, साझीदार हो जाते हो। तुम शोषक और शोषित न होकर एक-दूसरे को प्रेम की और ही दुनिया में यात्रा करने में सहायता करते हो। काम शोषण है, प्रेम एक भिन्न जगत में यात्रा है।

अगर यह यात्रा क्षणिक न रहे, अगर यह यात्रा ध्यानपूर्ण हो जाए, अर्थात अगर तुम अपने को बिलकुल भूल जाओ और प्रेमी-प्रेमिका विलीन हो जाएं और केवल प्रेम प्रवाहित होता रहे, तो शिव कहते हैं—'शाश्वत जीवन तुम्हारा है।'

शिथिल होने की दूसरी विधि :

जब चींटी के रेंगने की अनुभूति हो तो इंद्रियों के द्वार बंद कर दो। तब !

यह बहुत सरल दिखता है, लेकिन उतना सरल है नहीं। मैं इसे फिर पढ़ता हूं: 'जब चींटी के रेंगने की अनुभूति हो तो इंद्रियों के द्वार बंद कर दो। तब!' यह एक उदाहरण मात्र है। किसी भी चीज से काम चलेगा। इंद्रियों के द्वार बंद कर दो जब चींटी के रेंगने की अनुभूति हो। और तब—तब घटना घट जाएगी। शिव कह क्या रहे हैं?

तुम्हारे पांव में कांटा गड़ा है, वह दर्द देता है, तुम तकलीफ में हो। या तुम्हारे पांव पर एक चींटी रेंग रही है। तुम्हें उसका रेंगना महसूस होता है, और तुम अचानक उसे हटाना चाहते हो। किसी भी अनुभव को ले सकते हो। तुम्हें घाव है जो दुखता है। तुम्हारे सिर में दर्द है, या कहीं शरीर में दर्द है। विषय के रूप में किसी से भी काम चलेगा। चींटी का रेंगना उदाहरण भर है।

शिव कहते हैं : 'जब चींटी के रेंगने की अनुभूति हो तो इंद्रियों के द्वार बंद कर दो।'

जो भी अनुभव हो, इंद्रियों के सब द्वार बंद कर दो। करना क्या है? आंखें बंद कर लो और सोचो कि मैं अंधा हूं और देख नहीं सकता। अपने कान बंद कर लो और सोचो कि मैं सुन नहीं सकता। पांच इंद्रियां हैं, उन सब को बंद कर दो। लेकिन उन्हें बंद कैसे करोगे?

यह आसान है। क्षणभर के लिए श्वास लेना बंद कर दो, और तुम्हारी सब इंद्रियों बंद हो जाएंगी। और जब श्वास रुकी है और इंद्रियां बंद हैं, तो रेंगना कहां है? चींटी कहां है? अचानक तुम दूर, बहुत दूर हो जाते हो।

मेरे एक मित्र हैं, वृद्ध हैं। वे एक बार सीढ़ी से गिर पड़े। और डाक्टरों ने कहा कि अब वे तीन महीनों तक खाट से नहीं हिल सकेंगे। तीन महीने विश्राम में रहना है। और वे बहुत अशांत व्यक्ति थे, पड़े रहना उनके लिए कठिन था। मैं उन्हें देखने गया। उन्होंने कहा कि मेरे लिए प्रार्थना करें और मुझे आशीष दें कि मैं मर जाऊं, क्योंकि तीन महीने पड़े रहना मौत से भी बदतर होगा। मैं पत्थर की तरह कैसे पड़ा रह सकता हूं? और सब कहते हैं कि हिलिए मत।

मैंने उससे कहा, यह अच्छा मौका है। आंखें बद करें और सोचें कि मैं पत्थर हूं, मूर्तिवत। अब आप हिल नहीं सकते। आखिर कैसे हिलेंगे। आंखें बंद करें और पत्थर की मूर्ति हो जाएं। उन्होंने पूछा कि उससे क्या होगा? मैंने कहा कि प्रयोग तो करें। मैं यहां बैठा हूं। और कुछ किया भी नहीं जा सकता है। जैसे भी हो आपको यहां तीन महीने पड़े रहना है। इसलिए प्रयोग करें।

वैसे तो वे प्रयोग करने वाले जीव नहीं थे, लेकिन उनकी यह स्थिति ही इतनी असंभव थी कि उन्होंने कहा कि अच्छा मैं प्रयोग करूंगा, शायद कुछ हो। वैसे मुझे भरोसा नहीं आता कि सिर्फ यह सोचने से कि मैं पत्थरवत हूं, कुछ होने वाला है। लेकिन मैं प्रयोग करूंगा। और उन्होंने किया।

मुझे भी भरोसा नहीं था कि कुछ होने वाला है। क्योंकि वे आदमी ही ऐसे थे। लेकिन कभी-कभी जब तुम असंभव और निराश स्थिति में होते हो तो चीजें घटित होने लगती हैं। उन्होंने आंखें बंद कर लीं। मैं सोचता था कि दो-तीन मिनट में वे आंखें खोलेंगे और कहेंगे कि कुछ नहीं हुआ। लेकिन उन्होंने आंखें नहीं खोलीं। तीस मिनट गुजर गए। और मैं देख सका

कि वे पत्थर हो गए हैं। उनके माथे पर के सभी तनाव विलीन हो गए। उनका चेहरा बदल गया। मुझे कहीं और जाना था, लेकिन वे आंखें बंद किए पड़े थे। और वे इतने शांत थे मानो मर गए थे। उनकी श्वास शांत हो चली थी। लेकिन क्योंकि मुझे जाना था, इसलिए मैंने उनसे कहा कि अब आंखें खोलें और बताएं कि क्या हुआ।

उन्होंने जब आंखें खोलीं तब वे एक दूसरे ही आदमी थे। उन्होंने कहा, यह तो चमत्कार है। आपने मेरे साथ क्या कर दिया? मैंने कहा, मैंने कुछ भी नहीं किया। उन्होंने फिर कहा कि आपने जरूर कुछ किया, क्योंकि यह तो चमत्कार है। जब मैंने सोचना शुरू किया कि मैं पत्थर जैसा हूं तो अचानक यह भाव आया कि यदि मैं अपने हाथ हिलाना भी चाहूं तो उन्हें हिलाना असंभव है। मैंने कई बार अपनी आंखें खोलनी चाहीं, लेकिन वे पत्थर जैसी हो गई थीं और नहीं खुलीं। और उन्होंने कहा, मैं चिंतित भी होने लगा कि आप क्या कहेंगे, इतनी देर हुई जाती है। लेकिन मैं असमर्थ था। मैं तीस मिनट तक हिल नहीं सका। और जब सब गति बंद हो गई तो अचानक संसार विलीन हो गया और मैं अकेला रह गया। अपने आप में गहरे चला गया। और उसके साथ दर्द भी जाता रहा।

उन्हें भारी दर्द था। रात को ट्रैंक्वेलाइजर के बिना उन्हें नींद नहीं आती थी। और वैसा दर्द चला गया। मैंने उनसे पूछा कि जब दर्द विलीन हो रहा था तो उन्हें कैसा अनुभव हुआ। उन्होंने बताया कि पहले तो लगा कि दर्द है, पर कहीं दूर पर है, किसी और को हो रहा है। और तब धीरे-धीरे, धीरे-धीरे वह दूर और दूर जाने लगा और फिर लापता हो गया। कोई दस मिनट तक दर्द नहीं था। पत्थर के शरीर को दर्द कैसे हो सकता है?

यह विधि कहती है : 'इंद्रियों के द्वार बंद कर दो।'

पत्थर की तरह हो जाओ। जब तुम सच में संसार के लिए बंद हो जाते हो तो तुम अपने शरीर के प्रति भी बंद हो जाते हो, क्योंकि तुम्हारा शरीर तुम्हारा हिस्सा न होकर संसार का हिस्सा है। जब तुम संसार के प्रति बिलकुल बंद हो जाते हो तो अपने शरीर के प्रति भी बंद हो गए। और तब, शिव कहते हैं, तब घटना घटेगी।

इसलिए शरीर के साथ इसका प्रयोग करो। किसी भी चीज से काम चल जाएगा, रेंगती चींटी ही जरूरी नहीं है। नहीं तो तुम सोचोगे कि जब चींटी रेंगेगी तो ध्यान करेंगे। और ऐसी सहायता करने वाली चींटियां आसानी से नहीं मिलती हैं। इसलिए किसी से भी चलेगा। तुम अपने बिस्तर पर पड़े हो और ठंडी चादर महसूस हो रही है, उसी क्षण मृत हो जाओ। अचानक चादर दूर होने लगेगी, विलीन हो जाएगी। तुम बंद हो, मृत हो, पत्थर जैसे हो, जिसमें कोई भी रंध्र नहीं है; तुम हिल नहीं सकते।

और जब तुम हिल नहीं सकते तो तुम अपने पर फेंक दिए जाते हो, अपने में केंद्रित हो जाते हो। और तब पहली बार तुम अपने केंद्र से देख सकते हो। और एक बार जब अपने केंद्र से देख लिया तो फिर तुम वही व्यक्ति नहीं रह जाओगे जो थे।

शिथिल होने की तीसरी विधि :

जब किसी बिस्तर या आसान पर हो तो अपने को वजनशून्य हो जाने दो—मन के पार।

तुम यहां बैठे हो; बस भाव करो कि तुम वजनशून्य हो गए, तुम्हारा वजन न रहा। तुम्हें

पहले लगेगा कि कहीं यहां-वहां वजन है। लेकिन वजनशून्य होने का भाव जारी रखो। वह आता है। एक क्षण आता है जब तुम समझोगे कि तुम वजनशून्य हो, वजन नहीं है। और जब वजन नहीं रहा तो तुम शरीर नहीं रहे। क्योंकि वजन शरीर का है, तुम्हारा नहीं। तुम तो वजनशून्य हो।

इस संबंध में बहुत से प्रयोग किए गए हैं। कोई मरता है तो संसार भर में अनेक वैज्ञानिकों ने मरते हुए व्यक्ति का वजन लेने की कोशिश की है। अगर कुछ फर्क हुआ, अगर मरने के पूर्व ज्यादा वजन था और मरने के बाद कम वजन रहा तो वैज्ञानिक कह सकते हैं कि कुछ चीज शरीर से बाहर निकली है, कोई आत्मा या कुछ अब वहां नहीं है। क्योंकि विज्ञान के लिए कुछ भी बिना वजन के नहीं है।

सब पदार्थ के लिए वजन बुनियादी है। सूर्य की किरणों का भी वजन है। वह अत्यंत कम है, न्यून है, उसको मापना भी कठिन है; लेकिन वैज्ञानिकों ने उसे भी मापा है। अगर तुम पांच वर्ग मील के क्षेत्र पर फैली सब सूर्य-किरणों को इकट्ठा कर सको तो उनका वजन एक बाल के वजन के बराबर होगा। सूर्य-किरणों का भी वजन है, वे तौली गई हैं। विज्ञान के लिए कुछ भी वजन के बिना नहीं है। और अगर कोई चीज वजन के बिना है तो वह पदार्थ नहीं, अपदार्थ है। और विज्ञान पिछले बीस-पच्चीस वर्षों तक विश्वास करता था कि पदार्थ के अतिरिक्त कुछ नहीं है। इसलिए जब कोई मरता है और कोई चीज शरीर छोड़कर बाहर जाती है तो वजन में फर्क पड़ना चाहिए।

लेकिन यह फर्क कभी न पड़ा, वजन वही का वही रहा। कभी-कभी थोड़ा बढ़ा ही है। और वही समस्या है। जिंदा आदमी का वजन कम हुआ, मुर्दे का ज्यादा। उससे उलझन बढ़ी, क्योंकि वैज्ञानिक तो यह पता लेने चले थे कि क्या मरने पर वजन घटता है। तभी तो वे कह सकते हैं कि कुछ चीज बाहर गई। लेकिन यहां तो लगता है कि कुछ चीज अंदर ही आई। आखिर हुआ क्या?

वजन पदार्थ का है, लेकिन तुम पदार्थ नहीं हो। अगर वजनशून्यता की इस विधि का प्रयोग करना है तो तुम्हें सोचना चाहिए; सोचना ही नहीं, भाव करना चाहिए कि तुम्हारा शरीर वजनशून्य हो गया है। अगर तुम भाव करते ही गए, भाव करते ही गए कि तुम वजनशून्य हो, तो एक क्षण आता है जब तुम अचानक अनुभव करते हो कि तुम वजनशून्य हो गए। तुम वजनशून्य हो ही, इसलिए तुम किसी समय भी अनुभव कर सकते हो। सिर्फ एक स्थिति पैदा करनी है जिसमें तुम फिर अनुभव करो कि तुम वजनशून्य हो। तुम्हें अपने को सम्मोहन-मुक्त करना है।

तुम्हारा सम्मोहन क्या है? सम्मोहन यह है कि तुमने विश्वास किया है कि मैं शरीर हूं, और इसलिए वजन अनुभव करते हो। अगर तुम फिर से भाव करो, विश्वास करो कि मैं शरीर नहीं हूं, तो तुम वजन अनुभव नहीं करोगे। यही सम्मोहन-मुक्ति है कि जब तुम वजन अनुभव नहीं करते तो तुम मन के पार चले गए।

शिव कहते हैं : 'जब किसी बिस्तर या आसन पर हो तो अपने को वजनशून्य हो जाने दो—मन के पार।' तब बात घट जाएगी।

मन का भी वजन है, प्रत्येक आदमी के मन का वजन है। एक समय कहा जाता था कि

▲

जितना वजनी मस्तिष्क हो उतना बुद्धिमान होता है। और आमतौर से यह बात सही है, लेकिन हमेशा सही नहीं है। क्योंकि कभी-कभी छोटे मस्तिष्क के भी महान व्यक्ति हुए हैं और महामूर्ख मस्तिष्क भी वजनी हुए हैं। लेकिन सामान्यतया यह सच है कि जब तुम्हारे पास मन का बड़ा संयंत्र है तो तुम ज्यादा वजनी होते हो।

मन का भी वजन है। लेकिन चेतना वजनशून्य है। और इस चेतना को अनुभव करने के लिए तुम्हें वजनशून्य अनुभव करना होगा। इसलिए प्रयोग करो। चलते हुए, बैठे हुए, सोए हुए प्रयोग करो।

कुछ बातें। कभी-कभी मुर्दों का वजन क्यों बढ़ जाता है? ज्यों ही चेतना शरीर को छोड़ती है कि शरीर असुरक्षित हो जाता है, बहुत सी चीजें उसमें प्रवेश कर जा सकती हैं। तुम्हारे कारण वे प्रवेश नहीं करती थीं। एक शव में अनेक तरंगें प्रवेश कर सकती हैं, तुममें नहीं कर सकतीं। तुम वहां थे, शरीर जीवित था, वह अनेक चीजों से बचाव कर सकता था। यही कारण है कि तुम एक बार बीमार पड़े कि यह एक लंबा सिलसिला हो जाता है। एक के बाद दूसरी बीमारी आती चली जाती है। एक बार बीमार होकर तुम अरक्षित हो जाते हो, हमले के प्रति खुल जाते हो; प्रतिरोध जाता रहता है। तब कुछ भी प्रवेश कर सकता है। तुम्हारी उपस्थिति शरीर की रक्षा करती है। इसलिए कभी-कभी मृत शरीर का वजन बढ़ सकता है। क्योंकि जिस क्षण तुम उससे हटते हो, उसमें कुछ भी प्रवेश कर सकता है।

दूसरी बात है कि जब तुम सुखी होते हो तो तुम वजनशून्य अनुभव करते हो। और दुखी होकर वजनी अनुभव करते हो। लगता है कि कुछ तुम्हें नीचे को खींच रहा है। तब गुरुत्वाकर्षण बहुत बढ़ जाता है। दुख की हालत में वजन बढ़ जाता है। जब तुम सुखी हो तो हलके होते हो; तुम ऐसा अनुभव करते हो। क्यों? क्योंकि जब तुम सुखी हो, जब तुम आनंद का क्षण अनुभव करते हो, तो तुम शरीर को बिलकुल भूल जाते हो। और जब उदास, दुखी, विपन्न हो तो शरीर को नहीं भूल सकते; तुम उसका भार अनुभव करते हो। वह तुम्हें नीचे खींचता है, जमीन की तरफ खींचता है, मानो तुम जमीन में गड़े हो। सुख में तुम निर्भार होते हो; शोक में, विषाद में वजनी हो जाते हो।

इसलिए गहरे ध्यान में, जब तुम अपने शरीर को बिलकुल भूल जाते हो, तुम जमीन से ऊपर हवा में उठ सकते हो। तुम्हारे साथ तुम्हारा शरीर भी ऊपर उठ सकता है। कई बार ऐसा होता है।

बोलीविया में वैज्ञानिक एक स्त्री का निरीक्षण कर रहे हैं। ध्यान करते हुए वह जमीन से चार फीट ऊपर उठ जाती है। अब तो यह वैज्ञानिक निरीक्षण की बात है। उसके अनेक फोटो और फिल्म लिए जा चुके हैं। हजारों दर्शकों के सामने वह स्त्री अचानक ऊपर उठ जाती है। उसके लिए गुरुत्वाकर्षण व्यर्थ हो जाता है। अब तक इस बात की सही व्याख्या नहीं की जा सकी है कि क्यों होता है। लेकिन वही स्त्री गैर-ध्यान की अवस्था में ऊपर नहीं उठ सकती। या अगर उसके ध्यान में बाधा हो जाए तो भी वह ऊपर से झट नीचे आ जाती है। क्या होता है?

ध्यान की गहराई में तुम अपने शरीर को बिलकुल भूल जाते हो और तादात्म्य टूट जाता है। शरीर बहुत छोटी चीज है और तुम बहुत बड़े हो। तुम्हारी शक्ति अपरिसीम है। तुम्हारे मुकाबले में शरीर तो कुछ भी नहीं है। यह तो ऐसा ही है कि जैसे एक सम्राट ने अपने

▲

गुलाम के साथ तादात्म्य स्थापित कर लिया है। इसलिए जैसे गुलाम भीख मांगता है, वैसे ही सम्राट भी भीख मांगता है। जैसे गुलाम रोता है, वैसे ही सम्राट भी रोता है। और जब गुलाम कहता है कि मैं ना-कुछ हूं तो सम्राट भी कहता है कि मैं ना-कुछ हूं। लेकिन एक बार सम्राट अपने अस्तित्व को पहचान ले, पहचान ले कि वह सम्राट है और गुलाम बस गुलाम है, सब कुछ बदल जाएगा। अचानक बदल जाएगा।

तुम वह अपरिसीम शक्ति हो जो क्षुद्र शरीर से एकात्म हो गई है। एक बार यह पहचान हो जाए, तुम अपने स्व को जान लो, तो तुम्हारी वजनशून्यता बढ़ेगी और शरीर का वजन घटेगा। तब तुम हवा में उठ सकते हो, शरीर ऊपर जा सकता है।

ऐसी अनेक घटनाएं हैं जो अभी साबित नहीं की जा सकी हैं। लेकिन वे साबित होंगी। क्योंकि जब एक स्त्री चार फीट ऊपर उठ सकती है तो फिर बाधा नहीं है, दूसरा हजार फीट ऊपर उठ सकता है, तीसरा अनंत अंतरिक्ष में पूरी तरह जा सकता है। सैद्धांतिक रूप से यह कोई समस्या नहीं है। चार फीट ऊपर उठे कि चार सौ फीट कि चार हजार फीट, इससे क्या फर्क पड़ता है।

राम तथा कई अन्य के बारे में कथाएं हैं कि वे सशरीर विलीन हो गए थे। उनके मृत शरीर इस धरती पर कहीं नहीं पाए गए। मोहम्मद बिलकुल विलीन हो गए थे, सशरीर ही नहीं, अपने घोड़े के भी साथ। ये कहानियां असंभव मालूम पड़ती हैं, पौराणिक मालूम पड़ती हैं, लेकिन जरूरी नहीं है कि वे मिथक ही हों। एक बार तुम वजनशून्य शक्ति को जान जाओ तो तुम गुरुत्वाकर्षण के मालिक हो गए। तुम उसका उपयोग भी कर सकते हो, यह तुम पर निर्भर है। तुम सशरीर अंतरिक्ष में विलीन हो सकते हो।

लेकिन हमारे लिए वजनशून्यता समस्या रहेगी। सिद्धासन की विधि, जिस में बुद्ध बैठते हैं, वजनशून्य होने की सर्वोत्तम विधि है। जमीन पर बैठो, किसी कुर्सी या अन्य आसन पर नहीं। मात्र जमीन पर बैठो। अच्छा हो कि उस पर सीमेंट या कोई और कृत्रिमता नहीं हो। जमीन पर बैठो कि तुम प्रकृति के निकटतम रहो। और अच्छा हो कि तुम नंगे बैठो, जमीन पर नंगे बैठो—बुद्धासन में, सिद्धासन में।

वजनशून्य होने के लिए सिद्धासन सर्वश्रेष्ठ आसन है। क्यों? क्योंकि जब तुम्हारा शरीर इधर-उधर झुका होता है तो तुम ज्यादा वजन अनुभव करते हो। तब तुम्हारे शरीर को गुरुत्वाकर्षण से प्रभावित होने के लिए ज्यादा क्षेत्र है। यदि मैं इस कुर्सी पर बैठा हूं तो मेरे शरीर का बड़ा क्षेत्र गुरुत्वाकर्षण से प्रभावित होता है। जब तुम खड़े हो तो प्रभाव-क्षेत्र कम हो जाता है। लेकिन बहुत देर तक खड़ा नहीं रहा जा सकता। महावीर सदा खड़े-खड़े ध्यान करते थे, क्योंकि उस हालत में शरीर गुरुत्वाकर्षण का न्यूनतम क्षेत्र घेरता है। तुम्हारे पैर भर जमीन को छूते हैं। जब तुम पांव पर खड़े हो तो गुरुत्वाकर्षण तुम पर न्यूनतम प्रभाव करता है। और गुरुत्वाकर्षण ही वजन है।

पांवों और हाथों को बांधकर सिद्धासन में बैठना ज्यादा कारगर होता है, क्योंकि तब तुम्हारी आंतरिक विद्युत एक वर्तुल बन जाती है। रीढ़ सीधी रखो। अब तुम समझ सकते हो कि सीधी रीढ़ रखने पर इतना जोर क्यों दिया जाता है। क्योंकि सीधी रीढ़ से कम से कम जगह घेरी जाती है। तब गुरुत्वाकर्षण का प्रभाव कम रहता है। आंखें बंद रखते हुए अपने को पूरी

तरह संतुलित कर लो, अपने को केंद्रित कर लो। पहले दाईं ओर झुककर गुरुत्वाकर्षण का अनुभव करो, फिर बाईं ओर झुककर गुरुत्वाकर्षण का अनुभव करो, आगे को झुककर भी गुरुत्वाकर्षण का अनुभव करो। तब उस केंद्र को खोजो जहां गुरुत्वाकर्षण या वजन कम से कम अनुभव होता है। और उस स्थिति में थिर हो जाओ।

और तब शरीर को भूल जाओ और भाव करो कि तुम वजन नहीं हो, तुम वजनशून्य हो। फिर इस वजनशून्यता का अनुभव करते रहो। अचानक तुम वजनशून्य हो जाते हो; अचानक तुम शरीर नहीं रह जाते हो; अचानक तुम शरीरशून्यता के एक दूसरे ही संसार में होते हो।

वजनशून्यता शरीरशून्यता है। तब तुम मन का भी अतिक्रमण कर जाते हो। मन भी शरीर का हिस्सा है, पदार्थ का हिस्सा है। पदार्थ का वजन होता है, तुम्हारा कोई वजन नहीं है। इस विधि का यही आधार है।

किसी भी एक विधि को प्रयोग में लाओ। लेकिन कुछ दिनों तक उसमें लगे रहो, ताकि तुम्हें पता हो कि वह तुम्हारे लिए कारगर है या नहीं।

आज इतना ही।

४

तांत्रिक शुद्धि का आधार अभेद है

प्रश्न-सार

1. शुद्धि से तंत्र का अभिप्राय क्या है?

एक बात अक्सर पूछी जाती है:
तंत्र का क्या मतलब है जब वह कहता है कि प्रगति के लिए मन का शुद्धिकरण, चित्त की शुद्धि बुनियादी शर्त है?

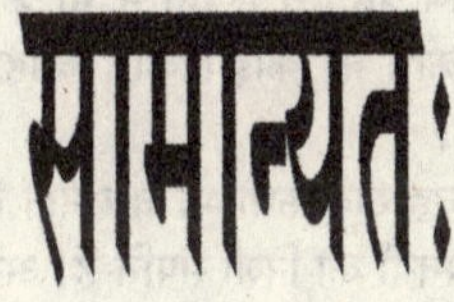

शुद्धि का जो अर्थ लिया जाता है वही तंत्र का अर्थ नहीं है। सामान्यतः हम हर चीज को शुभ और अशुभ में, भले और बुरे में बांटते हैं। यह विभाजन किसी भी कारण से हो सकता है; यह स्वास्थ्य-विज्ञान की दृष्टि से भी हो सकता है, नैतिक दृष्टि से भी हो सकता है, या किसी भी तरह हो सकता है। लेकिन हम जीवन को शुभ और अशुभ में बांट देते हैं। और जब भी हम शुद्धि का नाम लेते हैं तो उससे शुभ का ही मतलब निकालते हैं। हम चाहते हैं कि अच्छे गुणों को तो रहना चाहिए और बुरे गुणों को जाना चाहिए।

लेकिन तंत्र के लिए शुभाशुभ का यह विभाजन कोई अर्थ नहीं रखता है। तंत्र जीवन को किसी द्वंद्व या विभाजन की दृष्टि से नहीं देखता है। इसलिए यह प्रश्न बहुत प्रासंगिक है कि तंत्र के लिए शुद्धि का, शुचिता का क्या अर्थ है।

अगर तुम किसी साधु-महात्मा से पूछो तो वह कहेगा कि क्रोध बुरा है, कामवासना बुरी है, लोभ बुरा है। और अगर गुरजिएफ से पूछो तो वह कहेगा कि नकारात्मकता बुरी है, जो भी निषेध भाव हैं वे बुरे हैं और विधेय भाव शुभ हैं। तुम जैन, बौद्ध, हिंदू, ईसाई या मुसलमान से पूछो; उनकी शुभाशुभ की परिभाषाएं अलग-अलग हो सकती हैं, लेकिन उन सबकी परिभाषाएं हैं। वे कुछ चीजों को अशुभ कहते हैं और कुछ चीजों को शुभ। इसलिए उनके लिए शुद्धता की परिभाषा करना कठिन नहीं है। जिसे वे शुभ मानते हैं वह उनके लिए शुद्ध है और जिसे अशुभ मानते हैं वह अशुद्ध है।

लेकिन तंत्र के लिए यह एक गंभीर समस्या है। तंत्र शुभ और अशुभ के बीच सतही विभाजन नहीं करता है। तब शुद्धता क्या है? पवित्रता क्या है?

तंत्र कहता है : बांटना ही अशुद्धि है और अविभाजन में जीना शुद्धि है, शुचिता है।

एक बच्चा है, तुम उसे शुद्ध कहते हो। वह क्रोधित होता है, उसे लोभ पकड़ता है, फिर उसे शुद्ध क्यों कहते हो? बचपन में शुद्ध क्या है? उसकी निर्दोषता शुद्ध है। बच्चे के मन

में विभाजन नहीं है। बच्चा यह विभाजन जानता ही नहीं है कि क्या शुभ है और क्या अशुभ है। उसका वह अबोध ही निर्दोषता है। अगर वह क्रोध भी करता है तो भी उसके पास क्रोध करने का मन नहीं है। उसका क्रोध करना शुद्ध और सरल कृत्य है। वह कृत्य मात्र घटित होता है। और जब क्रोध चला जाता है तो चला जाता है; कुछ भी पीछे नहीं छूट रहता है। बच्चा फिर वही का वही हो जाता है, मानो क्रोध कभी आया ही नहीं था। उसकी शुद्धता अछूती रहती है, पवित्रता वही की वही रहती है। बच्चा इसलिए पवित्र है कि उसके पास मन नहीं है।

ज्यों-ज्यों मन बड़ा होगा त्यों-त्यों बच्चा अशुद्ध होता जाएगा। तब क्रोध विचार के साथ आएगा, वह सहज-स्फूर्त नहीं होगा। तब कभी-कभी बच्चा अपने मन का दमन भी करेगा, जब स्थिति क्रोध करने की इजाजत नहीं देगी। और जब क्रोध का दमन होता है तब वह क्रोध अपने को दूसरी स्थिति में, दूसरे ढंग से प्रकट करेगा। तब वह उस स्थिति में भी क्रोध करेगा जब क्रोध करने की जरूरत नहीं होगी। क्योंकि दमित क्रोध को कोई निकास चाहिए। और तब सब कुछ अशुद्ध हो जाएगा, क्योंकि मन प्रविष्ट हो गया।

एक बच्चा हमारी नजर में चोर हो सकता है, लेकिन वह खुद कभी भी चोर नहीं है। क्योंकि उसके मन में अभी यह खयाल ही नहीं है कि चीजें व्यक्तियों की निजी संपत्ति हैं। अगर वह तुम्हारी घड़ी या रुपया या कुछ भी ले लेता है तो यह उसके लिए, चोरी नहीं है, क्योंकि यह भाव ही कि चीजें दूसरों की हैं वहां नहीं है। इसलिए उसकी चोरी भी शुद्ध है। जब कि तुम्हारी गैर-चोरी भी शुद्ध नहीं है। तुम्हारे साथ मन है।

तंत्र कहता है कि जब कोई फिर से शिशुवत हो जाता है तब वह शुद्ध है। बेशक वह बच्चा नहीं है, वह बच्चे जैसा है। दोनों में फर्क भी है और समानता भी। समानता है फिर से उपलब्ध निर्दोषता में, फिर से कोई बच्चे के समान हो गया है।

बच्चा नग्न खड़ा है; किसी को उसकी नग्नता महसूस नहीं होती, खटकती नहीं। क्यों? क्योंकि बच्चे को अभी अपने शरीर का बोध नहीं है। उसकी नग्नता का गुणधर्म तुम्हारी नग्नता के गुणधर्म से भिन्न है। तुम्हें अपने शरीर का बोध है।

संत को यही निर्दोषता पुनः प्राप्त करनी है। महावीर फिर नग्न खड़े हो जाते हैं। इस नग्नता में फिर उसी निर्दोषता का गुणधर्म आ गया। वे अपने शरीर को भूल गए हैं, वे अब शरीर नहीं हैं। लेकिन शिशु और संत में फर्क भी साथ-साथ है। और फर्क बड़ा है। बच्चा महज अज्ञान में है, इसलिए निर्दोष है। लेकिन संत ज्ञानवान है, और वही उसकी निर्दोषता का कारण है। बच्चा एक दिन अपने शरीर के प्रति बोध से भरेगा और तब उसे उसकी नग्नता का एहसास होगा। तब वह उसे छिपाना चाहेगा, तब वह अपराधी अनुभव करेगा और शरमाएगा। वह बोध को प्राप्त करेगा। इसलिए उसकी निर्दोषता अज्ञान की निर्दोषता है। ज्ञान उसे नष्ट कर देने वाला है।

बाइबिल में जो आदम और ईव के अदन के बाग से निकाले जाने की कथा है उसका अर्थ यही है। वे बच्चों की भांति नग्न थे। उन्हें शरीर का बोध नहीं था, उन्हें क्रोध, लोभ, कामवासना या किसी चीज का बोध नहीं था। वे अबोध थे और बच्चों जैसे निर्दोष थे, पवित्र थे। लेकिन ईश्वर ने उन्हें ज्ञान के वृक्ष का फल खाने से मना कर दिया। ज्ञान का वृक्ष निषिद्ध था, लेकिन उन्होंने फल खाया। क्योंकि निषेध में निमंत्रण होता है, निषिद्ध वस्तु आकर्षक हो

▲

जाती है। वे एक बहुत बड़े बाग में रहते थे जिसमें अनंत वृक्ष थे। लेकिन ज्ञान का वृक्ष सब से महत्वपूर्ण हो गया, क्योंकि उसका निषेध किया गया था। सच तो यह है कि यह निषेध ही आकर्षण बन गया, निमंत्रण बन गया। मानो उस एक वृक्ष ने उन्हें सम्मोहित करके अपनी ओर खींच लिया। वे बच नहीं सके, उन्हें उसका फल खाना पड़ा।

लेकिन यह कथा सुंदर है, क्योंकि वृक्ष का नाम ज्ञान का वृक्ष है। जिस क्षण उन्होंने ज्ञान का फल खाया, वे गैर-निर्दोष हो गए। वे बोधपूर्ण हो गए और वे समझ गए कि हम नंगे हैं। फिर तुरंत ईव ने अपने शरीर को छिपाने की कोशिश की। और शरीर के बोध के साथ-साथ वे सब के प्रति—क्रोध, काम, लोभ—सब के प्रति बोधपूर्ण हो गए। वे वयस्क हो गए और इसलिए उन्हें स्वर्ग के बगीचे से निष्कासित किया गया।

इसलिए बाइबिल में ज्ञान ही पाप है। ज्ञान के कारण उन्हें बगीचे से निकाल बाहर किया गया, उन्हें दंडित किया गया। और जब तक वे फिर से बच्चे की भांति निर्दोष, अबोध नहीं हो जाते तब तक उन्हें फिर से बगीचे में प्रवेश नहीं मिलेगा। वे परमात्मा के राज्य में तभी पुनः प्रवेश पाएंगे जब वे फिर निर्दोष हो जाएंगे।

यह पूरी कथा मनुष्यता की कथा है। न सिर्फ आदम और ईव अदन के बाग से निकाले गए थे, प्रत्येक बच्चे को वहां से निकाला जाता है। प्रत्येक बच्चा अपना बचपन निर्दोषता में बिताता है, वह कुछ भी नहीं जानता है। वह शुद्ध है। लेकिन वह शुद्धता अज्ञान की शुद्धता है, वह सदा नहीं चलेगी। और जब तक वह विवेक की शुद्धता नहीं बनती तब तक तुम उसका भरोसा नहीं कर सकते। उस शुद्धता को तो जाना ही होगा, देर-अबेर तुम्हें ज्ञाग का फल खाना ही होगा।

अदन के बाग में तो बात आसान थी, वहां वृक्ष था। यहां वृक्ष की जगह स्कूल, कालेज और विश्वविद्यालय हैं। और हरेक बच्चे को उनसे गुजरना होगा, उन्हें गैर-निर्दोष होना होगा, निर्दोषता खोनी होगी। संसार में ज्ञान जरूरी है, अस्तित्व के लिए ज्ञान की जरूरत है। यहां तुम ज्ञान के बिना नहीं जी सकते हो। और ज्यों ही ज्ञान आया कि विभाजन आया। तुम यह विभाजन करते हो कि क्या शुभ है और क्या शुभ नहीं है।

तो तंत्र के लिए यह शुभाशुभ का विभाजन ही अशुद्धि है। इसके पहले तुम शुद्ध हो, इसके बाद भी तुम शुद्ध हो; इसमें ही अशुद्ध हो। लेकिन ज्ञान एक आवश्यक बुराई है, तुम इससे बच नहीं सकते। सब को इससे गुजरना होता है, वह जीवन का हिस्सा है। लेकिन यह जरूरी नहीं है कि इस में सदा-सर्वदा रहा जाए। तुम उसका अतिक्रमण कर सकते हो। और यह अतिक्रमण तुम्हें फिर से निर्दोष और पवित्र कर देगा। अगर विभाजन व्यर्थ हो जाए, अगर शुभाशुभ का भेद करने वाला ज्ञान जाता रहे तो तुम पुनः एक निर्दोष दृष्टि से संसार को देखने में समर्थ हो जाओगे।

जीसस ने कहा है: जब तक तुम बच्चे जैसे नहीं हो जाते तुम हमारे प्रभु के राज्य में नहीं प्रवेश पा सकोगे।

जब तक तुम बच्चे जैसे नहीं हो जाते! यही तंत्र की शुद्धता है।

लाओत्सु कहता है: एक इंच का विभाजन और स्वर्ग और नरक अलग-अलग हो जाते हैं।

▲

अविभाजन, बिलकुल अविभाजन संत के मन का लक्षण है। संत नहीं जानता है कि क्या शुभ है, क्या अशुभ है। वह बच्चे जैसा है। लेकिन वह बच्चे से भिन्न भी है, क्योंकि उसने विभाजन जाना है। वह इस विभाजन से होकर गुजरा है। और उसने इसका अतिक्रमण किया है, इसके पार गया है। उसने अंधेरे और उजाले को जाना है और अब उनके पार चला गया है। अब वह अंधेरे को उजाले के अंग की तरह देखता है और उजाले को अंधेरे के अंग की तरह। अब उसके लिए उनमें कोई विभाजन नहीं है। प्रकाश और अंधकार एक हो गए हैं—एक ही तत्व की घटती-बढ़ती मात्राएं हैं। अब वह हरेक चीज को एक ही तत्व के कमोबेश परिमाण की भांति देखता है। वे कितने ही एक-दूसरे के बिलकुल विपरीत मालूम पड़ें, पर वे दो नहीं हैं। जीवन और मृत्यु, प्रेम और घृणा, शुभ और अशुभ, सब कुछ एक तत्व के, एक ऊर्जा के अंग हैं। अंतर परिमाण का है, अंश का है, मात्रा का है, और उन्हें कभी अलग-अलग नहीं किया जा सकता। यह नहीं कहा जा सकता कि इस बिंदु से विभाजन शुरू होता है। विभाजन है ही नहीं।

शुभ क्या है? अशुभ क्या है? कहां से तुम उन्हें अलग-अलग करके बांटोगे, परिभाषित करोगे? वे सदा एक हैं, एक ही चीज के अलग-अलग परिमाण हैं। और जब यह एक बार जान और समझ लिया गया तो तुम्हारा मन शुद्ध हो गया। तंत्र की शुद्धि का यही अर्थ है। इसलिए मैं तांत्रिक शुद्धि को निर्दोषता कहूंगा, अच्छाई नहीं।

लेकिन निर्दोषता अज्ञानपूर्ण हो सकती है। तब वह किसी काम की नहीं होती। उस निर्दोषता को तो विदा देनी होगी, तुम्हें उसके बाहर जाना होगा। अन्यथा तुम प्रौढ़ नहीं हो सकोगे। ज्ञान का अर्जन और फिर ज्ञान का अतिक्रमण, दोनों जरूरी हैं, दोनों प्रौढ़ता के अंग हैं, सच में वयस्क होने के हिस्से हैं। इसलिए उनसे गुजरो जरूर, लेकिन उनसे बंधे मत रहो। आगे बढ़ते जाओ। और तब एक दिन आता है जब तुम सच में उनके पार निकल जाते हो।

यही वजह है कि तांत्रिक शुद्धि को समझना कठिन है। उसे गलत समझा जा सकता है, वह इतनी नाजुक है। इसलिए किसी तांत्रिक संत को पहचानना करीब-करीब असंभव है। साधारण साधु-संतों को पहचानना आसान है, क्योंकि वे तुम्हारा अनुगमन करते हैं, तुम्हारे मानकों का, तुम्हारी परिभाषाओं का, तुम्हारी नैतिकता का अनुगमन करते हैं। तांत्रिक संत को पहचानना कठिन है, क्योंकि वह सब विभाजनों का अतिक्रमण कर जाता है। इसलिए मनुष्य के विकास के पूरे इतिहास में तांत्रिक संतों के बारे में हम कुछ भी नहीं जान पाए। उन्हें पहचानना इतना कठिन है कि उनके बारे में उल्लेख नहीं हो सका।

कनफ्यूसियस लाओत्सु के पास गया। लाओत्सु का चित्त तांत्रिक ढंग के संबुद्ध संत का चित्त है। तंत्र शब्द का भी लाओत्सु को पता नहीं था, उसके लिए शब्द ही निरर्थक है। वह तंत्र के संबंध में कुछ नहीं जानता था, लेकिन उसने जो कुछ कहा है वह तंत्र है। कनफ्यूसियस हमारे चित्त का प्रतिनिधि है, महाप्रतिनिधि है। वह सदा शुभ और अशुभ की भाषा में सोचता है; सोचता है कि क्या करने योग्य है और क्या नहीं करने योग्य है। कनफ्यूसियस विधिवादी है, सबसे बड़ा विधिवादी। वह लाओत्सु के पास गया और उससे पूछा, शुभ क्या है? करने योग्य क्या है? अशुभ क्या है? कृपा करें और इनकी स्पष्ट परिभाषा करें।

लाओत्सु ने कहा कि परिभाषाएं सब गुड़-गोबर किए देती हैं, क्योंकि परिभाषा का

अर्थ है बांटना, कि यह यह है और वह वह है। तुम बांटकर कहते हो कि अ अ है ब ब है। तुम बांटते हो और कहते हो कि अ ब नहीं हो सकता है। तब भेद पैदा हो गया, द्वंद्व निर्मित हो गया। और अस्तित्व एक है। अ सतत ब हो रहा है, अ निरंतर ब में प्रवेश कर रहा है। जीवन सतत मृत्यु बन रहा है, जीवन निरंतर मृत्यु में प्रवेश कर रहा है। इस हालत में तुम परिभाषा कैसे करोगे? बचपन जवानी में प्रवेश कर रहा है और जवानी बुढ़ापे में गति कर रही है। स्वास्थ्य रोग में गति कर रहा है और रोग स्वास्थ्य में। इस हालत में तुम उनके बीच विभाजन रेखा कैसे खींचोगे?

जीवन एक प्रवाह है। और जब तुम उसकी परिभाषा करते हो, तुम सब गड्ड-मड्ड कर देते हो। क्योंकि परिभाषाएं मृत होती हैं और जीवन एक जीवंत प्रवाह है। इसलिए परिभाषाएं सदा गलत होती हैं। लाओत्सु कहता है, परिभाषा असत्य को जन्म देती है। इसलिए परिभाषा मत करो। मत कहो कि क्या शुभ है और क्या अशुभ।

कनफ्यूसियस ने कहा, यह आप क्या कह रहे हैं। तब लोगों का मार्ग-दर्शन कैसे होगा? तब उनका शिक्षण कैसे होगा? वे नैतिक और शुभ कैसे बनेंगे? लाओत्सु ने कहा, मेरी दृष्टि में यही पाप है कि कोई किसी दूसरे को अच्छा बनाने की कोशिश करे। तुम मार्ग-दर्शन करने वाले कौन हो? तुम राह दिखाने वाले कौन हो? जितने ही मार्ग-दर्शक होंगे उतनी ही उलझन बढ़ेगी। हर आदमी को अपने ऊपर छोड़ दो। तुम कौन होते हो?

यह दृष्टि खतरनाक मालूम होती है। है ही। ऐसी दृष्टि पर समाज नहीं खड़ा किया जा सकता। कनफ्यूसियस यही पूछे जाता है। और लाओत्सु की पूरी बात यह है कि प्रकृति, स्वभाव पर्याप्त है। नैतिकता की जरूरत क्या है? स्वभाव सहज है, स्वभाव पर्याप्त है। आरोपित नियम और अनुशासन जरूरी नहीं हैं। निर्दोषता, सरलता काफी है। नैतिकता अनावश्यक है। स्वभाव सहज है, स्वभाव पर्याप्त है। ऊपर से लादे गए नियम-निषेध कतई जरूरी नहीं हैं। निर्दोषता काफी है। ज्ञान की भी क्या जरूरत है?

कनफ्यूसियस बहुत घबराया हुआ वापस आया। रातों उसे नींद नहीं आयी। और उसके शिष्य पूछते थे कि हमें उसके साथ हुई मुलाकात के संबंध में कुछ कहिए कि क्या हुआ? कनफ्यूसियस ने कहा कि वह आदमी नहीं है, वह एक खतरा है। एक सिंह है। वह मनुष्य नहीं है। जहां वह रहता है उधर कभी मत जाना। जहां लाओत्सु का नाम सुनो वहीं से खिसक जाओ। वह तुम्हारे मन को पूरी तरह हिलाकर छोड़ेगा।

और यह बात सही है। क्योंकि पूरा तंत्र इस बात के लिए है कि मन का कैसे अतिक्रमण किया जाए। तंत्र मन को विनष्ट करने के लिए ही है। मन परिभाषा, नियम और अनुशासन के सहारे जीता है। मन एक व्यवस्था है। लेकिन याद रहे, तंत्र अव्यवस्था नहीं है। और यह एक नाजुक बात है जो समझने योग्य है।

कनफ्यूसियस लाओत्सु को नहीं समझ सका। कनफ्यूसियस जब चला गया तब लाओत्सु हंस रहा था। उसके शिष्यों ने पूछा कि आप इतना हंस क्यों रहे हैं? बात क्या है? तो लाओत्सु ने कहा, समझ के लिए मन बड़ी बाधा है; कनफ्यूसियस तक का मन बाधा है। वह मुझे बिलकुल नहीं समझ सका और वह मेरे संबंध में जो भी कहेगा वह नासमझी होगी। वह समझता है कि वह दुनिया में व्यवस्था लाने जा रहा है। तुम संसार में व्यवस्था पैदा नहीं कर

सकते, व्यवस्था तो उसमें निहित है, व्यवस्था उसमें समायी हुई है। और जब तुम व्यवस्था पैदा करने चलते हो तब अव्यवस्था ही पैदा होती है। कनफ्यूसियस तो सोचेगा कि मैं अव्यवस्था पैदा कर रहा हूं, लेकिन सच्चाई यह है कि अव्यवस्था वह पैदा कर रहा है। मैं तो सब आरोपित व्यवस्था के खिलाफ हूं, क्योंकि मैं उस सहज अनुशासन में विश्वास करता हूं जो आप ही आता है, जो आप ही विकसित होता है। उसे लाना और लादना नहीं पड़ता है।

तंत्र चीजों को इसी भांति देखता है। तंत्र के लिए निर्दोषता सहजता है। बिना किसी आरोपण के स्वयं होना, बस स्वयं होना, जैसे वृक्ष बढ़ता है वैसे बढ़ना सहजता है। और ध्यान रहे, तुम्हें तुम्हारे बगीचे का वृक्ष नहीं होना है; तुम्हें जंगल का वृक्ष होना है, जो सहजता से बढ़ता है, किसी मार्ग-दर्शन के अनुसार नहीं। क्योंकि सब मार्ग-दर्शन कुमार्ग-दर्शन हैं, तंत्र के लिए सब मार्ग-दर्शन कुमार्ग-दर्शन हैं। बिना मार्ग-दर्शन के, बिना पहरेदारी के, बिना दिशा-सूचन के, बिना प्रयोजन के बढ़ता है। बस, बढ़ता है।

आंतरिक नियम काफी है; और कोई नियम जरूरी नहीं है। और अगर तुम्हें किसी और नियम की जरूरत है, तो उसका अर्थ है कि तुम्हें आंतरिक नियम का पता नहीं है, उसके साथ तुम्हारा संपर्क छूट गया है। इसलिए असली चीज आरोपण नहीं है। असली चीज है संतुलन को, सम्यकत्व को फिर से प्राप्त करना, फिर से केंद्र की ओर गति करना, फिर से घर की ओर लौटना, ताकि तुम्हें सच्चा आंतरिक नियम उपलब्ध हो जाए।

लेकिन नीति के लिए, धर्मों के लिए, तथाकथित धर्मों के लिए जरूरी है कि वे व्यवस्था को, अच्छाई को ऊपर .से लादें, बाहर से आरोपित करें। याद रहे, धर्म, नैतिक शिक्षण, पुरोहित, पोप, सब तुम्हें बुरा, बुनियादी रूप से बुरा मानकर चलते हैं। वे मनुष्य के शुभ में, उसकी अच्छाई में विश्वास नहीं करते, किसी आंतरिक अच्छाई में उन्हें भरोसा नहीं है। वे मानकर चलते हैं कि तुम बुरे हो, और जब तक तुम्हें अच्छा होना न सिखाया जाए तब तक अच्छे नहीं हो सकोगे। वे समझते हैं कि जब तक अच्छाई बाहर से न थोपी जाएगी तब तक उसके आने की, भीतर से आने की संभावना नहीं है।

इसलिए पुरोहितों, नीतिवादियों और धर्मगुरुओं की नजर में तुम बुनियादी रूप से बुरे हो। अच्छाई तो वह अनुशासन है जो ऊपर से थोपी जाती है। तुम एक अराजकता हो और वे तुम्हें व्यवस्था देंगे। वे व्यवस्था लाने वाले हैं, और उन्होंने सारी दुनिया को एक गड्ड-मड्ड, एक उलझाव, एक पागलखाना बना दिया है। क्योंकि सदियों से वे संसार में व्यवस्था पैदा करने में लगे हैं, अनुशासन ला रहे हैं। उन्होंने इतना सिखाया है कि सीखने वाले पागल हो गए हैं।

तंत्र तुम्हारी आंतरिक अच्छाई में विश्वास करता है। इस फर्क को स्मरण रखो। तंत्र कहता है कि हरेक व्यक्ति शुभ है, अच्छा है। वह अच्छा ही पैदा होता है, अच्छाई उसका स्वभाव है। यह हकीकत है, तुम अच्छे हो ही। तुम्हें स्वाभाविक विकास की जरूरत है, किसी आरोपण की जरूरत नहीं है। यही कारण है कि कोई भी चीज बुरी नहीं समझी जाती। अगर क्रोध है, कामवासना है, लोभ है, तो तंत्र कहता है कि वे सब भी शुभ हैं। बस एक ही चीज की कमी है कि तुम अपने में केंद्रित नहीं हो और इस कारण से तुम उनका उपयोग नहीं कर पाते हो। यही कारण है कि तुम उनका सदुपयोग नहीं कर पाते हो।

क्रोध बुरा नहीं है। असली समस्या यह है कि तुम अपने भीतर नहीं हो, और यही

कारण है कि क्रोध तबाही लाता है। अगर तुम अपने भीतर उपस्थित रहे तो क्रोध स्वस्थ ऊर्जा बन जाता है, स्वास्थ्य बन जाता है। तब क्रोध ऊर्जा में रूपांतरित हो जाता है। और तब वह शुभ हो जाता है।

जो कुछ भी है शुभ है। तंत्र सब चीज की अंतर्भूत अच्छाई में विश्वास करता है। सब कुछ पवित्र है। कुछ भी अपवित्र नहीं है, कुछ भी अशुभ नहीं है। तंत्र के लिए कहीं कोई शैतान नहीं है, केवल दिव्य अस्तित्व है।

धर्म शैतान के बिना जीवित नहीं रह सकते हैं। उन्हें ईश्वर की भी जरूरत है और शैतान की भी जरूरत है। इसलिए तुम उनके मंदिरों में अकेले ईश्वर को देखकर भूल में मत पड़ जाना, उस ईश्वर के ठीक पीछे शैतान छिपा बैठा है। क्योंकि कोई भी धर्म शैतान के बिना कैसे रह सकता है? कुछ चीज जरूरी है जिसकी निंदा की जाए, जिसे विनष्ट किया जाए। वहां समग्र नहीं स्वीकृत है, सिर्फ अंश स्वीकृत है।

यह बुनियादी बात है। कोई भी धर्म तुम्हें तुम्हारी समग्रता में नहीं, आंशिक रूप में, खंड में ही स्वीकार करता है। सारे धर्म कहते हैं कि हम तुम्हारे प्रेम को स्वीकार करते हैं, घृणा को नहीं, इसलिए घृणा को मिटाओ। और यह एक बहुत गहरी समस्या है। क्योंकि जब घृणा को पूरी तरह मिटा देते हो तब उसके साथ ही प्रेम भी मिट जाता है। क्योंकि घृणा और प्रेम दो नहीं हैं। वे कहते हैं, हम तुम्हारे मौन को तो स्वीकार करते हैं, लेकिन तुम्हारे क्रोध को नहीं। तुम क्रोध को मिटा दो और तुम्हारी जीवंतता भी मिट जाती है। तब तुम शांत तो हो जाओगे, लेकिन जिंदा न रहोगे, मुर्दा होकर रहोगे। वह शांति जीवन नहीं, मृत्यु है।

धर्म तुम्हें सदा दो में, शुभ और अशुभ में बांटते हैं। शुभ को वे स्वीकार करते हैं और अशुभ के विरोध में खड़े होते हैं। तब अशुभ को मिटाना है। इसलिए अगर कोई सच में उनकी मानकर चले तो अंतिम परिणाम होगा कि जिस क्षण शैतान मिटेगा उसी क्षण परमात्मा भी मिट जाएगा। लेकिन वास्तव में कोई भी उनकी नहीं मानता है। कोई मान भी नहीं सकता, क्योंकि यह शिक्षा ही बेहूदी है। फिर लोग क्या करते हैं?

वे बस धोखा देते हैं। इसलिए तो जगत में इतना पाखंड है। वह पाखंड धर्मों के द्वारा पैदा किया गया है। तुम वह नहीं कर सकते जो धर्म करने को सिखाते हैं, इसलिए तुम पाखंडी बन जाते हो। अगर तुम उनकी मानकर चलो तो तुम मरोगे, और अगर न मानो तो अपराधी अनुभव करोगे कि मैं अधार्मिक हूं। तब क्या किया जाए?

तो इसलिए चालाक मन समझौता करता है। एक ओर तो वह उनके शाब्दिक समर्थन में कहता है कि मैं तुम्हारा अनुसरण करता हूं और दूसरी ओर वह वही करता है जो करना चाहता है। तुम अपने क्रोध को जारी रखते हो, अपनी कामवासना को चलाए रखते हो, अपने लोभ को जहां का तहां रहने देते हो, और सतत यह भी कहे जाते हो कि लोभ बुरा है, क्रोध बुरा है, काम बुरा है। और यही पाप है, यही पाखंड है।

समूचा संसार पाखंडपूर्ण हो गया है। कोई आदमी ईमानदार नहीं है। यह बात विरोधाभासी लगती है। सभी धर्म ईमानदारी सिखाते हैं और वे ही बेईमानी की आधारशिला बने बैठे हैं। वे तुम्हें बेईमान बनाते हैं, क्योंकि वे तुम्हें असंभव चीजें करने को कहते हैं। तुम उन्हें नहीं कर पाते हो और पाखंडी बन जाते हो।

▲

तंत्र तुम्हारी समग्रता में, पूरे का पूरा स्वीकार करता है। क्योंकि तंत्र कहता है कि या तो पूरा स्वीकार करो या पूरा अस्वीकार करो, बीच-बीच की बात नहीं हो सकती। आदमी संपूर्ण है, जैविक रूप से संपूर्ण है। तुम उसके खंड नहीं कर सकते हो; तुम नहीं कह सकते कि यह खंड हम नहीं स्वीकारेंगे। क्योंकि जिसे तुम अस्वीकारोगे वह जैविक रूप से उससे जुड़ा है जिसे तुम स्वीकारते हो।

यह ऐसा है कि जैसे यह मेरा शरीर है। कोई आता है और कहता है कि मैं तुम्हारे रक्त-संचालन को तो स्वीकारता हूं लेकिन हृदय की धड़कन को नहीं। यह जो निरंतर धड़क रहा है हृदय उसे मैं नहीं स्वीकारता हूं, पर रक्त-संचालन मुझे स्वीकार है। यह ठीक है, यह चुपचाप है।

लेकिन सच तो यह है कि मेरा रक्त-संचालन मेरे हृदय के द्वारा हो रहा है, और हृदय की धड़कन उससे संबंधित है। रक्त-संचालन धड़कन के कारण होता है। तो मैं क्या करूं? मेरा हृदय और रक्त-संचालन सावयव रूप से जुड़े हैं। वे दो नहीं, एक हैं। इसलिए या तो मुझे पूरी तरह स्वीकार करो या पूरी तरह अस्वीकार करो। लेकिन कृपा कर मुझे बांटने की कोशिश मत करो यह बेईमानी होगी, गहरी बेइमानी होगी। अगर तुम मेरे हृदय की धड़कन की निंदा करोगे तो मैं भी उसकी निंदा करने लगूंगा। लेकिन तब रक्त का संचालन नहीं होगा, और उसके बिना मैं जिंदा नहीं रह सकता। इसलिए क्या किया जाए?

यह कि जैसे हो वैसे ही बने रहो, और सदा कुछ और कहते रहो जो तुम नहीं हो, जो तुम नहीं हो सकते हो।

फिर यह देखना कठिन नहीं है कि कैसे हृदय और रक्त-संचालन आपस में जुड़े हैं, लेकिन यह देख पाना कठिन है कि प्रेम और घृणा वैसे ही आपस में जुड़े हैं। वे एक ही हैं। जब तुम किसी को प्रेम करते हो तो क्या करते हो? वह एक प्रवाह है, वैसे ही जैसे श्वास का बाहर जाना है। जब तुम किसी को प्रेम करते हो तो क्या करते हो? तुम उससे मिलने के लिए बाहर जा रहे हो, वह श्वास का बाहर जाना है। और जब तुम घृणा करते हो तो वह श्वास का वापस आना है। तुम प्रेम करते हो तो तुम किसी के प्रति आकर्षित होते हो, और जब घृणा करते हो तो विकर्षित होते हो।

आकर्षण और विकर्षण एक ही प्रवाह की दो लहरें हैं। आकर्षण और विकर्षण दो चीजें नहीं हैं, तुम उन्हें विभाजित नहीं कर सकोगे। तुम मुझे यह नहीं कह सकते कि तुम श्वास ले तो सकते हो, लेकिन श्वास छोड़ नहीं सकते। तुम मुझे यह नहीं कह सकते कि तुम श्वास छोड़ तो सकते हो, लेकिन श्वास ले नहीं सकते। दो में से एक ही काम कर सकते हो, दोनों नहीं। पर अगर तुम्हें श्वास छोड़ने न दी जाए तो तुम श्वास ले कैसे सकते हो? इसी तरह अगर तुम्हें घृणा न करने दी जाए तो तुम प्रेम भी नहीं कर सकते हो।

तंत्र कहता है कि हम पूरे मनुष्य को स्वीकार करते हैं। क्योंकि मनुष्य एक जैविक एकता है। मनुष्य एक गहरी एकता है, तुम उसमें से कुछ भी नहीं छोड़ सकते। और वह जैसा है वैसा ही उसे होना चाहिए। क्योंकि अगर मनुष्य जैविक एकता नहीं है तो इस ब्रह्मांड में कुछ भी जैविक एकता नहीं है। मनुष्य जैविक संपूर्णता का शिखर है। सड़क पर पड़ा पत्थर वह एकता है, वृक्ष एकता है, फूल और पक्षी वह एकता हैं। सब एकता है तो मनुष्य क्यों नहीं?

▲

मनुष्य तो शिखर है, एक महाएकता है, एक जटिल जैविक संपूर्णता। सच तो यह है कि तुम किसी को भी अस्वीकृत नहीं कर सकते।

तंत्र कहता है कि तुम जैसे हो हम तुम्हें वैसे ही स्वीकार करते हैं। उसका यह मतलब नहीं है कि तुम्हें बदलने की जरूरत नहीं है। उसका यह मतलब भी नहीं है कि अब तुम्हें विकास नहीं करना है। वरन उसका अर्थ तो यह है कि तंत्र तुम्हारे विकास के मूलाधार को स्वीकार कर रहा है। तभी तुम विकास कर सकते हो। लेकिन यह विकास चुनाव नहीं होगा। यह चुनाव-रहित विकास होगा।

उदाहरण के लिए बुद्ध को देखो। जब बुद्ध बुद्ध होते हैं, हम पूछ सकते हैं, उनका क्रोध कहा गया? उनमें भी क्रोध था, उनमें भी कामवासना थी। अब वह क्रोध, वह कामवासना कहां गई? अब उनका लोभ कहां है? अब हम उनमें कोई क्रोध नहीं देखते। जब वे बुद्ध हो गए तो उनमें कोई क्रोध क्यों नहीं दिखाई पड़ता?

क्या तुम कमल में कीचड़ को देख सकते हो? कमल कीचड़ से आता है। अगर तुमने कमल को कीचड़ से जन्मते और बढ़ते नहीं देखा है और एक कमल का फूल तुम्हारे पास लाया जाए तो क्या तुम सोच सकते हो कि यह सुंदर कमल किसी तालाब के मामूली कीचड़ से पैदा हुआ है? ऐसा सुंदर कमल और कुरूप कीचड़ से? क्या कमल में कहीं भी तुम कीचड़ को पहचान सकते हो?

कीचड़ कमल में है, लेकिन रूपांतरित होकर है। उसमें जो सुगंध है वह उसी कुरूप कीचड़ से आ रही है। उसकी पंखुड़ियों का गुलाबीपन उसी कुरूप कीचड़ का वरदान है। अगर तुम इस कमल को फिर से कीचड़ में छिपाकर रख दो तो थोड़े ही दिनों में वह अपनी माता में विलीन हो जाएगा। और तब तुम फिर नहीं पहचान सकोगे कि कमल कहां गया? उसकी सुगंध कहां है? उसकी सुंदर पंखुड़ियां कहां हें?

वैसे ही तुम बुद्ध में मनुष्य को नहीं पहचान सकोगे, लेकिन वह वहां है—एक बड़े और ऊंचे तल पर रूपांतरित होकर। वहां कामवासना है, क्रोध है, घृणा है; सब कुछ जो मनुष्य का है, वह वहां है।

बुद्ध मनुष्य हैं, लेकिन वे अपने परम विकास को उपलब्ध हो गए हैं। वे कमल का फूल हो गए हैं, इसलिए उनमें तुम कीचड़ को नहीं देख सकते। लेकिन उसका यह अर्थ नहीं है कि कीचड़ वहां नहीं है, वह वहां है, लेकिन कीचड़ की तरह नहीं, वह अब एक ऊंची एकता बन गई है। यही कारण है कि बुद्ध में न तुम्हें घृणा मिलेगी और न प्रेम मिलेगा।

यह समझना और भी कठिन होगा, क्योंकि बुद्ध सर्वथा प्रेमपूर्ण मालूम पड़ते हैं। वे कभी घृणा नहीं करते, कभी क्रोध नहीं करते; वे सदा शांत हैं। लेकिन उनकी शांति तुम्हारी शांति से भिन्न है। वे समान नहीं हैं। तुम्हारी शांति क्या है?

आइंस्टीन ने कहीं कहा है कि हमारी शांति युद्ध की तैयारी के सिवाय और कुछ नहीं है। दो युद्धों के बीच में हमें शांति का एक छोटा सा अंतराल मिलता है, लेकिन वह शांति असली शांति नहीं है। वह दो युद्धों के बीच मात्र एक विराम है, एक अंतराल है। इसलिए तो वह विराम शीत युद्ध बन जाता है। कहना चाहिए कि युद्ध दो तरह के हैं, गरम युद्ध और शीत युद्ध। दूसरे महायुद्ध के बाद रूस और अमेरिका के बीच शीत युद्ध हुआ। उनके बीच शांति

नहीं है, वे महज दूसरे युद्ध की तैयारी में लगे हैं। वे तैयार हो रहे हैं। हर युद्ध अशांति और विनाश लाता है, इसलिए उसकी तैयारी के लिए अंतराल जरूरी है।

लेकिन अगर संसार से सचमुच युद्ध विदा हो जाएं, बिलकुल विदा हो जाएं, तो इस तरह की शांति जो सच में शीत युद्ध है विदा हो जाएगी। क्योंकि यह शांति सदा दो युद्धों के बीच घटित होती है। अगर युद्ध समाप्त हो जाएं तो यह शीत युद्ध भी, जिसे हम शांति कहते हैं, समाप्त हो जाएगा।

तुम्हारा मौन क्या है? बस दो क्रोधों के बीच तैयारी का समय। जब तुम चैन में, आराम में होते हो तो क्या होते हो? क्या तुम सचमुच शिथिल हो, सचमुच विश्राम में हो, या दूसरे विस्फोट की मात्र तैयारी कर रहे हो? क्रोध ऊर्जा का अपव्यय है, इसलिए तुम्हें समय चाहिए। जब तुम क्रोध करते हो तो उसके तुरंत बाद तुम फिर क्रोध नहीं कर सकते।

जब तुम संभोग में उतरते हो तो उसके तुरंत बाद ही फिर दूसरे संभोग में नहीं जा सकते। इसलिए तुम्हें समय की जरूरत होगी, कम से कम दो-तीन दिनों तक ब्रह्मचर्य रखने को जरूरत होगी। और यह तुम्हारी उम्र पर निर्भर करेगा। लेकिन यह ब्रह्मचर्य वास्तविक ब्रह्मचर्य नहीं है। तुम सिर्फ तैयारी कर रहे हो। दो संभोगों के बीच ब्रह्मचर्य नहीं हो सकता।

तुम दो भोजनों के बीच के समय को उपवास कहते हो। इसलिए तो अंग्रेजी में सुबह के जलपान को ब्रेकफास्ट कहते हैं। लेकिन उपवास कहां है? तुम तैयारी भर कर रहे थे। तुम अपने भीतर निरंतर भोजन नहीं ठूंस सकते हो, तुम्हें अंतराल चाहिए। लेकिन वह अंतराल उपवास नहीं है। वह दूसरे भोजन की तैयारी भर है।

ऐसे ही जब हम मौन रहते हैं तो वह दो क्रोधों के बीच का मौन है। जब हम विश्राम में होते हैं तो वह दो तनावों के बीच का विश्राम है। हमारा ब्रह्मचर्य दो संभोगों के बीच का ब्रह्मचर्य है। और जब हम प्रेम करते हैं तो वह दो घृणाओं के बीच का प्रेम है। यह याद रहे।

तो यह मत समझो कि बुद्ध की शांति तुम्हारी शांति है। जब तुम्हारा क्रोध खतम होता है तब तुम्हारी शांति भी खतम हो जाती है। वे दोनों साथ-साथ रहते हैं, उन्हें अलग नहीं किया जा सकता। वैसे ही बुद्ध के ब्रह्मचर्य को अपना ब्रह्मचर्य मत समझो। जब तुम्हारी कामवासना विदा होती है तब तुम्हारा ब्रह्मचर्य भी विदा हो जाता है। दोनों एक ही चीज के हिस्से थे, दोनों साथ-साथ विदा होते हैं।

बुद्ध के साथ एक भिन्न ही व्यक्ति का उदय होता है जिसकी तुम्हें कोई भी धारणा नहीं हो सकती। तुम सिर्फ द्वंद्वों की सोच सकते हो। तुम यह सोच भी नहीं सकते कि बुद्ध किस भांति के मनुष्य हैं कि उन्हें क्या घटित हुआ है। उनमें समस्त ऊर्जा अस्तित्व के एक सर्वथा भिन्न तल पर आ खड़ी हुई है। कीचड़ कमल बन गया है। लेकिन वह है। कीचड़ को कमल से निकाल बाहर नहीं किया गया है, वह रूपांतरित हुआ है।

इसलिए तंत्र तुम्हारी समस्त ऊर्जा को स्वीकार करता है। तंत्र किसी के छोड़े जाने के पक्ष में नहीं है, वह उसे रूपांतरित करने के पक्ष में है। और तंत्र का कहना है कि इस रूपांतरण की ओर पहला कदम स्वीकार है। यह पहला कदम, स्वीकार करने का कदम कठिन है। तुम दिन में कई बार क्रोध करते होगे, लेकिन उस क्रोध को स्वीकारना बहुत कठिन है। क्रोध करना बहुत आसान है, लेकिन उसे स्वीकारना बहुत कठिन है। क्यों? क्रोध करने में बहुत कठिनाई

नहीं होती है, उसे स्वीकारने में इतनी कठिनाई क्यों होती है?

क्रोध करना उतना बुरा नहीं मालूम पड़ता है जितना बुरा उसे स्वीकारना मालूम पड़ता है। हर आदमी सोचता है कि मैं अच्छा आदमी हूं और यह क्रोध क्षणिक है; यह आता है और चला जाता है। वह तुम्हारी प्रतिमा को नष्ट नहीं करता है; तुम अच्छे के अच्छे बने रहते हो। तुम कहते हो, क्रोध बस हो गया। वह तुम्हारे अहंकार को नहीं नष्ट करता है।

इसलिए जो लोग चालाक हैं वे तुरंत पश्चात्ताप कर लेते हैं। वे क्रोध करेंगे और फिर पश्चात्ताप कर लेंगे। वे क्षमा मांग लेंगे। मैं उन्हें चालाक क्यों कहता हूं? क्योंकि उनका क्रोध उनकी प्रतिमा को कंपा देता है। वे बेचैन अनुभव करने लगते हैं, वे समझते हैं कि मैं इतना बुरा हूं कि क्रोध करता हूं। इसलिए उसकी अच्छे आदमी होने की प्रतिमा कांपने लगती है। और उसे पुनर्स्थापित करना है। इसलिए वह कहता है कि यह बुरा हुआ, ऐसा फिर मैं नहीं करूंगा; मुझे क्षमा करें। और क्षमा मांगकर उसकी प्रतिमा पुनर्स्थापित हो जाती है। वह फिर दुरुस्त है, ठीक है; क्रोध के पहले की अवस्था में वापस चला गया है। क्षमा मांगकर उसने अपने क्रोध को बराबर कर दिया, अपने को बुरा कहकर उसने अपनी भलमनसी वापस पा ली।

यही कारण है कि तुम जन्मों-जन्मों तक क्रोधी बने रहते हो, कामी बने रहते हो, कब्जा जमाते रहते हो, या यह-वह करते रहते हो, लेकिन कभी उन्हें स्वीकार नहीं करते। यही मन की चालाकी है। यह जो भी तुम करते हो वह परिधि पर है, केंद्र पर तुम भले बने रहते हो।

अगर तुम स्वीकार कर लो कि मैं क्रोधी हूं तो तुम केंद्र पर बुरे हो जाते हो। तब यह महज करने का सवाल नहीं रह जाता, तब यह क्षणिक नहीं रहता, तब क्रोध तुम्हारी संरचना का हिस्सा हो जाता है। तब ऐसा नहीं है कि कोई तुम्हें क्रोध करने को उत्तेजित करता है; तब तुम अकेले भी हो तो क्रोध में हो। जब तुम क्रोध नहीं कर रहे हो तब भी क्रोध है, क्योंकि क्रोध तुम्हारी ऊर्जा है, तुम्हारा अंग है। ऐसा नहीं है कि क्राध कभी-कभी भड़कता है और फिर शांत हो जाता है। नहीं, अगर वह सदा मौजूद नहीं है तो भड़केगा कैसे?

तुम इस बल्ब को बुझा सकते हो, फिर जला सकते हो, लेकिन विद्युत-प्रवाह को वहां सतत रहना चाहिए। अगर प्रवाह नहीं है तो तुम जला-बुझा नहीं सकते। उसी तरह क्रोध का प्रवाह सदा मौजूद है; कामवासना का प्रवाह सदा मौजूद है; लोभ का प्रवाह सदा मौजूद है। उन्हें भी तुम जलाते-बुझाते रहते हो। बाह्य स्थितियों में तुम बदलते हो, अंतर-स्थिति में तुम वही के वही रहते हो।

स्वीकार का अर्थ है कि क्रोध कृत्य नहीं है, तुम ही क्रोध हो। कामवासना कृत्य नहीं है, तुम ही कामवासना हो। लोभ कृत्य नहीं है, तुम ही लोभ हो। इसे स्वीकार करने का अर्थ है, अपनी प्रतिमा को उखाड़ फेंकना। और हम सबने अपनी सुंदर प्रतिमाएं बना रखी हैं। हरेक ने अपनी-अपनी सुंदर, अत्यंत सुंदर प्रतिमाएं बना रखी हैं। और तुम जो भी करते हो उससे वे प्रतिमाएं एकदम अछूती रह जाती हैं। तुम उन्हें बचाए चलते हो। और जब प्रतिमा सुरक्षित है तो तुम प्रसन्न महसूस करते हो। यही कारण है कि तुम क्रोध करते हो, कामवासना में उतरते हो, और उससे विचलित नहीं होते। लेकिन अगर तुम स्वीकार कर लो और कहो कि मैं कामवासना हूं, मैं क्रोध हूं, मैं लोभ हूं, तो तुम्हारी प्रतिमा तत्क्षण बिखर जाती है।

तंत्र कहता है कि तुम जो भी हो उसे स्वीकारना पहला कदम है, और सबसे कठिन

कदम है। कभी-कभी हम स्वीकारने की कोशिश भी करते हैं, लेकिन जब भी यह कोशिश करते हैं तो बहुत हिसाब-किताब के साथ करते हैं। हमारी चालाकी गहरी और सूक्ष्म है। और मन के धोखा देने के ढंग भी बड़े सूक्ष्म हैं।

कभी-कभी तुम स्वीकारते हो और कहते हो कि हां, मैं क्रोध में हूं। लेकिन यह स्वीकार तभी करते हो जब सोचते हो कि क्रोध से कैसे मुक्त हुआ जाए। तब तुम स्वीकारते हुए कहते हो, ठीक है, मैं क्रोध में हूं; अब बताओ कि इसके ऊपर कैसे उठा जाए? तुम कामवासना से छूटने के लिए कामवासना को स्वीकार करते हो। जब भी तुम कुछ और होने की कोशिश करते हो तो तुम स्वीकार करते हो, क्योंकि तब भविष्य के द्वारा तुम्हारी प्रतिमा सुरक्षित रह जाती है। तुम हिंसक हो और तुम अहिंसक होने की चेष्टा कर रहे हो। इसलिए तुम स्वीकार करते हो कि मैं हिंसक हूं, आज मैं हिंसक हूं, लेकिन कल अहिंसक हो जाऊंगा।

लेकिन तुम अहिंसक कैसे हो जाओगे? इस तरह तुम अपनी प्रतिमा को भविष्य के लिए स्थगित करते हो, बचा लेते हो। तुम अपने को वर्तमान में नहीं सोचते; तुम सदा आदर्श की भाषा में, अहिंसा, प्रेम और करुणा की भाषा में सोचते हो। और तब तुम भविष्य में होते हो। यह वर्तमान तो तुरंत अतीत हो जाने वाला है। तुम्हारा असली रूप तो भविष्य में है, इसलिए तुम आदर्शों के साथ तादात्म्य किए जाते हो।

वे आदर्श भी यथार्थ को, हकीकत को अस्वीकृत करने के ढंग हैं। तुम हिंसक हो, यह यथार्थ है। और सिर्फ वर्तमान का अस्तित्व है, भविष्य कहीं है नहीं। तुम्हारे सब आदर्श मात्र सपने हैं। वे मन को स्थगित करने के, मन को कहीं और बांधे रखने के ढंग भर हैं।

तुम हिंसक हो, यह यथार्थ है। इसलिए इसे स्वीकार कर लो। और अहिंसक बनने की चेष्टा छोड़ दो। कोई हिंसक चित्त अहिंसक नहीं हो सकता है। यह कैसे संभव है? अपने भीतर गहरे देखो। तुम हिंसक हो, अहिंसक कैसे हो सकते हो? तुम जो भी करोगे वह हिंसक आदमी का कृत्य होगा। अहिंसक होने का प्रयास भी हिंसक मन का ही प्रयास होगा। तुम हिंसक हो, इसलिए अहिंसक होने की चेष्टा में भी तुम हिंसक ही रहोगे। अहिंसक होने की चेष्टा में ही तुम हर तरह की हिंसा करोगे।

यही कारण है कि तुम अहिंसा के साधकों के पास जाते हो। वे दूसरों के साथ तो हिंसा नहीं करते, लेकिन अपने साथ हिंसा कर रहे हैं। वे अपने प्रति बहुत हिंसापूर्ण हैं, वे आत्महत्या कर रहे हैं। और वे जितने ही पागलपन के साथ अपने खिलाफ होते हैं वे उतने ही पूजे जाते हैं। और जब वे पूरी तरह पागल हो जाते हैं तो समाज कहता है कि वे संत हैं।

लेकिन उन्होंने सिर्फ हिंसा के विषय बदल लिए हैं। पहले वे औरों के साथ हिंसा करते थे, अब अपने साथ कर रहे हैं, लेकिन हिंसा कायम है। और इस हिंसा में एक और सुविधा है। जब तुम दूसरे के साथ हिंसा करते हो तो कानून, अदालत, समाज सब उसकी रक्षा को आ सकते हैं, लेकिन जब तुम अपने साथ हिंसा करते हो तो कोई कानून नहीं है। तब कोई कानून तुम्हें तुमसे नहीं बचा सकता। जब आदमी अपने ही विरुद्ध होता है तब कोई बचाव नहीं है। दूसरा कोई चिंता भी नहीं लेता, क्योंकि यह तुम्हारा मामला है। कोई दूसरा इसमें सम्मिलित नहीं है, यह बिलकुल तुम्हारा निजी मामला है। तथाकथित साधु-संत अपने ही प्रति हिंसक हैं। किसी को क्या पड़ी है? वे कहते हैं, तुम जानो, तुम्हारा काम जाने।

▲

अगर तुम्हारा मन लोभी है तो तुम अलोभी कैसे हो सकते हो? लोभी मन लोभी ही रहेगा। वह लोभ के पार जाने के लिए जो भी करेगा उससे कुछ होने वाला नहीं है। हां, हम नए लोभ पैदा कर लेंगे। किसी लोभी आदमी से पूछो कि क्या कर रहे हो, सिर्फ धन कमा रहे हो? मर जाओगे और यह धन यहीं पड़ा रह जाएगा।

यही सारे तथाकथित धर्मगुरुओं का तर्क है—कि तुम अपने साथ अपना धन नहीं ले जा सकते। लेकिन अगर कोई धन साथ ले जा सके तो तुम्हारा सारा तर्क व्यर्थ हो जाता है। लोभी आदमी को भी यह तर्क जंचता है। वह भी कहता हे कि धन हम अपने साथ नहीं ले जा सकेंगे। लेकिन वह ले जाना तो चाहता ही है। और यही कारण है कि पुरोहित प्रभावी हो जाता है। वह उसे बताता है कि जो चीजें मृत्यु के बाद साथ नहीं जाने वाली हैं उनका परिग्रह व्यर्थ है; मैं तुम्हें वे चीजें बताता हूं जो साथ जा सकती हैं। पुण्य साथ जा सकता है, अच्छाई साथ जा सकती है, लेकिन धन नहीं। इसलिए धन दान कर दो।

लेकिन यह भी तो उसके लोभ को ही उकसाना हुआ। उसे यह कहना हुआ कि अब हम तुम्हें ऐसी चीजें देते हैं जो मृत्यु के पार जा सकती हैं। और यह उपदेश नतीजा लाता है। लोभी आदमी सोचता है कि उपदेशक सही कहता है। मौत है, और उसके साथ कुछ भी नहीं किया जा सकता; इसलिए मुझे कुछ ऐसा करना होगा जो मृत्यु के पार जा सके। मुझे परलोक के लिए किसी तरह का बैंक-बैलेंस जमा करना होगा, क्योंकि इस लोक की संपदा सदा साथ नहीं रह सकती है। वह इसी भाषा में सोचता है।

तुम शास्त्रों को पढ़ो, वे तुम्हारे लोभ को उकसा रहे हैं। वे कहते हैं कि क्षणभंगुर सुखों के पीछे क्यों समय व्यय कर रहे हो! जोर क्षणभंगुर पर है। कुछ शाश्वत सुख की खोज करो। फिर ठीक है। वे सुख के विरुद्ध नहीं हैं, वे क्षणभंगुर सुख के विरुद्ध हैं। इस लोभ को तो देखो।

तो कभी यह हो सकता है तो कि एक लोभरहित आदमी तुम्हें मिल जाए जो क्षणिक सुखों का सुख ले रहा हो, लेकिन तुम्हें तुम्हारे साधु-महात्माओं में कोई न मिलेगा जो शाश्वत सुखों की खोज न करता हो। उनका लोभ तो और भी भारी है। तुम्हें सामान्यजनों के बीच कोई अलोभी मिल भी सकता है, लेकिन तथाकथित साधु-संतों के बीच अलोभी न मिलेगा। वे भी सुख खोजते हैं, लेकिन उनका लोभ बहुत बड़ा है। तुम क्षणभंगुर सुखों से संतुष्ट हो, वे नहीं। उनका लोभ तो शाश्वत सुख से ही तृप्त होगा। ध्यान रहे, असीम लोभ असीम सुख की खोज करता है, सीमित लोभ सीमित सुख से संतुष्ट है।

वे तुम्हें कहेंगे, क्या एक स्त्री को प्रेम करते हो! उसमें खून और हड्डी के सिवाय और क्या है? वे स्त्री के विरोध में नहीं हैं, वे हड्डी और शरीर के विरोध में हैं। अगर स्त्री सोने की हो तो ठीक। वे स्वर्ण-स्त्री की मांग कर रहे हैं। और चूंकि सोने की स्त्री इस दुनिया में नहीं होती, इसलिए वे दूसरी दुनिया निर्मित करते हैं। वे कहते हैं, स्वर्ग में अप्सराएं हैं जिनकी काया सोने की है और जो सदा युवा रहती हैं।

हिंदुओं के स्वर्ग में अप्सराओं की उम्र कभी सोलह साल से ऊपर नहीं जाती। वे कभी बूढ़ी नहीं होती, सदा सोलह साल की बनी रहती हैं। तो इन मामूली औरतों के पीछे क्यों समय बर्बाद करते हो? स्वर्ग की सोचो। ये लोग सुख के विरोध में नहीं हैं। असल में वे क्षणभंगुर सुख के विरोध में हैं। अगर किसी झक में परमात्मा इस संसार को शाश्वत सुखों से भर दे, तो

▲

तुरंत तुम्हारे धर्म का सारा महल धूल-धूसरित हो जाएगा। तब धर्म का सारा आकर्षण ही जाता रहेगा। अगर किसी तरह बैंक बैलेंस मृत्यु के पार ले जाए जा सकें तो कोई वहां के बैंक बैलेंस में उत्सुक नहीं होगा। इसलिए तो मृत्यु पुरोहित का भारी सहारा है।

लोभी आदमी सदा दूसरे लोभ से आकर्षित होता है। अगर तुम उससे कहो कि तुम्हारा लोभ तुम्हारे दुखों का कारण है और इसलिए अगर लोभ छोड़ दो तो तुम आनंद को उपलब्ध हो जाओगे, तो वह राजी हो जा सकता है। क्योंकि तुम अब उसके लोभ को नए चरागाह दे रहे हो। वह लोभ के नए आयामों में प्रवेश कर जा सकता है।

इसलिए तंत्र कहता है: लोभी मन अलोभ को नहीं उपलब्ध हो सकता है। लेकिन यह तो बहुत निराशाजनक है। अगर ऐसी बात है तो कुछ भी नहीं किया जा सकता। तब तंत्र चाहता क्या है? अगर लोभी चित्त अलोभ को नहीं प्राप्त हो सकता, अगर हिंसक चित्त अहिंसक नहीं हो सकता और अगर कामुक चित्त कामुकता को नहीं पार कर सकता, अगर कुछ किया ही नहीं जा सकता, तो तंत्र आखिर क्या चाहता है?

तंत्र यह नहीं कहता है कि कुछ भी नहीं किया जा सकता। कुछ किया जा सकता है, लेकिन उसका आयाम सर्वथा भिन्न है। एक लोभी मन को समझना है कि वह लोभी है, और यह उसे स्वीकार करना है। उसे अलोभी होने की चेष्टा में नहीं लगना है। लोभी मन को अपनी गहराई में उतरकर अपने लोभ की गहराई को जानना है। उसे अपने लोभ से पृथक नहीं होना है, उसे उसके साथ-साथ रहना है। उसे आदर्शों में, लोभ के विपरीत आदर्शों में नहीं गति करनी है, बल्कि वर्तमान में रहना है। उसे लोभ में ही गति करनी है, लोभ को ही जानना है, लोभ को ही समझना है। उसे लोभ से किसी भी भांति पलायन नहीं करना है। और अगर तुम अपने लोभ के साथ रह सके तो बहुत सी बातें होंगी। अगर तुम अपने लोभ के साथ, कामवासना के साथ, अपने क्रोध के साथ इस तरह रह सके तो तुम्हारा अहंकार विसर्जित हो जाएगा। यह पहली बात होगी। और यह कितना बड़ा चमत्कार है।

अनेक लोग मेरे पास आते हैं और पूछते हैं कि अहंकार से कैसे मुक्त हुआ जाए? तुम अहंकार से नहीं मुक्त हो सकते, क्योंकि मुक्त होने के लिए तुम्हें अहंकार के आधार को खोजना और पाना होगा। तुम लोभी हो और तुम समझते हो कि मैं अलोभी हूं—यही अहंकार है। अगर तुम लोभी हो और समग्रता से जानते और स्वीकारते हो कि मैं लोभी हूं, तो तुम्हारे अहंकार को खड़े होने की जगह कहां रही? अगर तुम क्रोधी हो और कहते हो कि मैं क्रोधी हूं, दूसरों से नहीं कहते हो, लेकिन अपने भीतर गहरे महसूस करते हो, अपनी बेबसी महसूस करते हो, तो तुम्हारा क्रोध कहां खड़ा रहेगा? अगर तुम कामुक हो तो यह स्वीकार कर लो। तुम जो भी हो उसे स्वीकार कर लो।

स्वभाव की अस्वीकृति से, तथाता के इनकार से, जो भी तुम हो उससे पलायन से अहंकार का निर्माण होता है। और तुम उसे स्वीकार कर लो तो अहंकार नहीं रहेगा। और अगर उसे नहीं स्वीकार करते हो, इनकार करते हो, उसके विरुद्ध आदर्श निर्मित करते हो तो अहंकार रहेगा। आदर्श ही वह चीज है जिससे अहंकार का निर्माण होता है।

अपने को स्वीकार करो। लेकिन तब तुम जानवर जैसे मालूम पड़ोगे। तब तुम मनुष्य जैसे नहीं मालूम पड़ोगे, क्योंकि तुम्हारी मनुष्य की धारणा तुम्हारे आदर्शों में बसती है। यही

▲

कारण है कि हम लोगों को सिखाते हैं कि पशु जैसे मत होओ। और हरेक आदमी पशु है। क्या कर सकते हो? तुम पशु हो।

तो अपनी पशुता को स्वीकार कर लो। और जिस क्षण तुम अपनी पशुता को स्वीकारते हो उसी क्षण तुमने अपनी पशुता से आगे जाने का कदम उठा लिया। क्योंकि कोई पशु नहीं जानता है कि वह पशु है। केवल मनुष्य यह जान सकता है। और वही पार जाना है। तुम इनकार करके, अस्वीकार करके पार नहीं जा सकते। स्वीकार करो। और जब सब स्वीकृत होता है तो तुम अचानक महसूस करते हो कि तुम अतिक्रमण कर गए।

यह कौन है जो स्वीकार करता है? यह कौन है जो समग्र को स्वीकार करता है? जो स्वीकार करता है वह पार चला जाता है। अगर तुम इनकार करते हो तो तुम उसी तल पर पड़े रहते हो। स्वीकार करने से अतिक्रमण करते हो। स्वीकृति अतिक्रमण है।

और अगर तुम समग्रता से स्वीकार करते हो तो तुम अचानक अपने केंद्र पर फेंक दिए जाते हो। तब तुम कहीं नहीं जा सकते; तब तुम अपने तथाता से, अपने स्वभाव से अलग नहीं हो सकते और इसीलिए तुम अपने केंद्र पर फेंक दिए जाते हो। जिन तांत्रिक विधियों की हम यहां चर्चा कर रहे हैं वे तुम्हें तुम्हारे केंद्र पर फेंकने के अलग-अलग उपाय हैं।

और तुम अनेक-अनेक ढंगों से अपने केंद्र से बचने की चेष्टा कर रहे हो। आदर्श इस बचाव के, पलायन के बहुत अच्छे उपाय हैं। आदर्शवादी सब से सूक्ष्म रूप से अहंकारी लोग होते हैं। इसमें बहुत सी बातें हैं।

तुम हिंसक हो और तुम अहिंसा का आदर्श निर्मित करते हो। तब तुम्हें अपने भीतर अपनी हिंसा में जाने की, उसे देखने की जरूरत न रही। तब इतना ही जरूरी है कि तुम अहिंसा के संबंध में सोचो, अहिंसा के संबंध में पढ़ो और अहिंसा का अभ्यास करो। तुम अपने को कहते हो कि हिंसा के पास भी नहीं जाना है, और तुम हिंसक हो। इसलिए तुम अपने से, स्वयं से पलायन कर सकते हो। तब तुम परिधि पर पहुंच सकते हो। लेकिन अब तुम केंद्र पर कभी न आ सकोगे। यह एक बात हुई।

दूसरी बात कि जब तुम अहिंसा का आदर्श निर्मित करते हो तब तुम दूसरों की निंदा कर सकते हो। अब यह बहुत आसान काम है। अब तुम्हारे पास हरेक के संबंध में निर्णय लेने का मापदंड है। वह आदर्श है। अब तुम हरेक से कह सकते हो कि तुम हिंसक हो।

भारत ने ऐसे अनेक आदर्श खड़े किए हैं। यही वजह है कि भारत निरंतर समूचे संसार की निंदा से भरा है। वह सारे संसार को निंदित कर रहा है। सब कोई हिंसक है, केवल भारत अहिंसक है। सच तो यह है कि यहां कोई भी अहिंसक नहीं है। लेकिन दूसरों की निंदा करने के लिए आदर्श एक अच्छा नुस्खा है। इससे तुम नहीं रूपांतरित होते हो, लेकिन तुम दूसरों की निंदा तो कर सकते हो। क्योंकि तुम्हारे पास आदर्श है, मापदंड है। और जब तुम खुद हिंसा करते हो तो तुम उसके इर्द-गिर्द तर्कजाल खड़े कर सकते हो। तुम कहते हो, मेरी हिंसा कुछ और चीज है।

पिछले पच्चीस वर्षों में हम अनेक बार हिंसा पर उतरे, लेकिन हमने कभी उसकी निंदा नहीं की। सदा हमने सुंदर शब्दों में उसका बचाव और समर्थन किया। अगर हम बंगलादेश में हिंसा करते हैं तो कहते हैं कि हम वहां के लोगों को स्वतंत्र होने में सहायता कर रहे हैं। अगर

काश्मीर में हिंसा करते हैं तो वह काश्मीरियों की सहायता के लिए करते हैं।

लेकिन तुम्हें पता होगा कि सभी युद्धखोर यही भाषा बोलते हैं। अगर अमेरिका वियतनाम में हिंसा कर रहा है तो वह वहां के गरीबों के लिए कर रहा है। कोई अपने लिए थोड़े ही हिंसा करता है, हमेशा दूसरों के लिए करता है। अगर मैं तुम्हारी हत्या भी कर दूं तो यह तुम्हारे ही हित के लिए करूंगा, तुम्हारी मदद में करूंगा। अगर तुम मर भी गए और मेरे हाथ से मरे तो भी तुम्हें मेरी करुणा पर निगाह रखनी पड़ेगी। तुम्हारे ही हित के लिए मैं तुम्हारी हत्या भी कर सकता हूं।

इस तरह तुम सारे संसार की निंदा किए चले जाते हो। जब भारत ने गोआ पर आक्रमण किया और चीन के साथ युद्ध किया तो बर्ट्रेंड रसेल ने नेहरू की आलोचना की और पूछा कि अब तुम्हारी अहिंसा कहां गई? तुम सब गांधीवादी हो; तुम्हारी अहिंसा का क्या हुआ?

नेहरू ने भारत में बर्ट्रेंड रसेल की पुस्तक पर प्रतिबंध लगाकर उसका जवाब दिया। रसेल ने जो किताब लिखी थी, उस पर नेहरू ने पाबंदी लगा दी, यही हमारी अहिंसा है। यह एक बढ़िया विवाद बन सकता था। वह किताब भारत में,मुफ्त बांटी जानी चाहिए थी, क्योंकि रसेल ने सुंदर विवाद खड़ा किया था। उसने कहा थाः तुम हिंसक हो; तुम्हारी अहिंसा महज राजनीतिक है। तुम्हारे गांधी महात्मा नहीं थे, वे एक कूटनीतिज्ञ थे। तुम सब अहिंसा की बात करते हो, लेकिन जब मौका आता है तो तुम हिंसक हो जाते हो। और जब दूसरे लड़ते हैं तब तुम ऊंचे मंच पर खड़े होकर सारी दुनिया को हिंसक कहकर उसकी निंदा करते हो।

व्यक्ति, समाज, संस्कृति, राष्ट्र, सबके साथ यही होता है। अगर तुम आदर्शवादी हो, तो तुम्हें खुद को बदलने की जरूरत न रही। तुम हमेशा इस आशा में रहोगे कि वे आदर्श तुम्हें भविष्य में बदल देंगे। और ऐसे तुम आसानी से दूसरों की निंदा कर सकते हो।

तंत्र कहता है: अपने साथ रहो, जो भी तुम हो उसे स्वीकार करो। न अपनी निंदा करो और न दूसरों की। निंदा निरर्थक है। उससे ऊर्जा का रूपांतरण नहीं होता। इसलिए पहला कदम स्वीकार है। तथ्य के साथ जीयो। यह बहुत वैज्ञानिक बात है। क्रोध, लोभ और कामवासना के तथ्य के साथ जीयो और उन्हें उनकी पूरी तथ्यता में जानो। उन्हें बस ऊपर-ऊपर, सतह पर छूकर मत छोड़ दो; बिलकुल उनकी जड़ में उतरो।

और याद रहे, जब तुम किसी चीज की जड़ में उतरते हो तो तुम उसका अतिक्रमण कर जाते हो। अगर तुम अपनी कामवासना को उसकी जड़ों तक जान लो तो तुम उसके मालिक हो जाओगे। अगर क्रोध को उसकी जड़ों तक जान लो तो तुम क्रोध के मालिक हो जाओगे। तब क्रोध साधन बन जाता है। और तुम उसका उपयोग कर सकते हो।

मुझे गुरजिएफ की अनेक बातें याद आती हैं। गुरजिएफ अपने शिष्यों को सही ढंग से, सम्यक रूप से क्रोध करना सिखाता था। उसकी यह शिक्षा पुरानी तंत्र परंपरा से प्रभावित थी। पश्चिम में गुरजिएफ की बहुत निंदा हुई, क्योंकि पश्चिम में वह तंत्र का जीवंत प्रतीक था। वह सम्यक क्रोध सिखाता था।

गुरजिएफ सिखाता था कि कैसे सम्यकरूपेण क्रोध किया जाए। अगर तुम्हें क्रोध आए तो वह कहेगा : पूरी तरह क्रोध करो; उसे दबाओ मत, उसे उसकी समग्रता में प्रकट होने दो; उसमें पूरी तरह उतर जाओ और क्रोध ही बन जाओ।

गुरजिएफ कहेगा: क्रोध को रोको मत; उसके बाहर मत खड़े रहो, उसकी गहराई में कूद पड़ो; तुम्हारे समूचे शरीर को अंगार बन जाने दो।

कभी किसी को तुमने क्रोध की इस गहराई में उतरते नहीं देखा होगा। कभी तुमने खुद भी इस तरह क्रोध नहीं किया होगा। क्योंकि कमोबेश हर आदमी सुसंस्कृत है; कोई भी मौलिक नहीं है, हर आदमी अनुकरण कर रहा है, नकल कर रहा है। अगर तुम क्रोध में समग्रता से उतर सके, तो तुम दहकती आग बन जाओगे। और वह आग इतनी गहरी होगी, उसकी ज्वाला इतनी गहरी होगी कि अतीत और भविष्य दोनों उसमें विलीन हो जाएंगे, तुम मात्र वर्तमान की ज्वाला बनकर रह जाओगे। और जब तुम्हारा कोश-कोश आग हो जाएगा और तुम मात्र क्रोध ही होकर रह जाओगे, तब गुरजिएफ कहेगा: अब सजग हो जाओ, बोधपूर्ण हो जाओ; दमन मत करो, जागो। अब अचानक होशपूर्वक देखो कि तुम क्या हो गए हो! देखो कि यह क्रोध क्या है।

इस समग्र उपस्थिति के क्षण में तुम अचानक जाग सकते हो और पूरी बात की व्यर्थता पर, उसकी मूढ़ता पर, बेवकूफी पर हंस सकते हो। यह दमन नहीं है, यह हंसी है। तुम अपने पर हंस सकते हो, क्योंकि तुम अपना अतिक्रमण कर चुके हो। क्रोध अब फिर कभी तुम पर मालकियत नहीं कर सकेगा। तुमने क्रोध को उसकी संपूर्णता में जान लिया। अब तुम उस पर हँस सकते हो; अब तुम उसके पार जा सकते हो। तुम अब पार से अपने ही क्रोध को देख सकते हो। और यदि तुमने एक बार उसे उसकी समग्रता में देख लिया तो तुमने जान लिया कि क्रोध क्या है। और अब तुम यह भी जानते हो कि अगर समूची ऊर्जा भी क्रोध में बदल जाए तो भी तुम उसके द्रष्टा बने रह सकते हो। इसलिए अब डर की कोई बात न रही।

यह याद रहे कि जो ज्ञात नहीं है, अज्ञात है, वह सदा भय पैदा करता है; जो अंधेरे में है, वह हमेशा भयभीत करता है।

तुम अपने क्रोध से भयभीत हो, डरे हो। लोग कहते हैं कि हम अपने क्रोध को इसलिए दबाते हैं कि क्रोध करना अच्छा नहीं है, उससे दूसरे को चोट लगती है। लेकिन यह असली कारण नहीं है। असली कारण है कि वे अपने क्रोध से भयभीत हैं। अगर वे सच में क्रोधित हो जाएं तो क्या होगा, इसका उन्हें पता नहीं है। वे अपने आप से डरे हुए हैं, भयभीत हैं। उन्होंने कभी क्रोध को नहीं जाना है। यह उनके भीतर छिपी हुई एक डरावनी चीज है; वे डरे हुए हैं। यही कारण है कि वे समाज, संस्कृति, शिक्षा के पीछे-पीछे हो लेते हैं और कहते हैं कि हमें क्रोध नहीं करना चाहिए; क्रोध बुरा है, उससे दूसरों को दुख होता है।

तुम अपने क्रोध से भयभीत हो, तुम अपनी कामवासना से भयभीत हो। तुम कभी समग्र रूप से काम-कृत्य में नहीं उतरे; तुम कभी इस समग्रता से संभोग में नहीं उतरे कि अपने को भूल गए हो। तुम हमेशा वहां मौजूद थे, तुम्हारा मन मौजूद था। और अगर काम-कृत्य में तुम्हारा मन मौजूद है तो वह कृत्य सदा झूठा होगा, नकली होगा। मन को वहां विसर्जित होना चाहिए; तुम्हें मात्र शरीर रह जाना चाहिए। वहां किसी तरह का सोच-विचार नहीं चलना चाहिए। अगर विचार चलता है तो तुम विभाजित हो गए। तब तुम्हारा काम-कृत्य अतिरिक्त ऊर्जा का स्खलन मात्र होकर रह जाएगा। वह स्खलन से ज्यादा कुछ नहीं होगा।

लेकिन तुम काम-कृत्य में समग्रता के साथ उतरने में डरते हो। और इसी वजह से तुम

समाज की मानकर चलते हो और कहते हो कि कामवासना बुरी है। तुम भयभीत हो। लेकिन तुम भयभीत क्यों हो?

तुम भयभीत हो, क्योंकि अगर तुम समग्रता से संभोग में उतरे तो तुम क्या कर गुजरोगे, इसका तुम्हें कुछ पता नहीं है। तब क्या होगा, यह भी तुम्हें नहीं मालूम है। तब कौन सा पशुबल जागेगा, यह तुम नहीं जानते हो। और तुम नहीं जानते हो कि तुम्हारा अचेतन तुम्हें उठाकर कहां फेंक देगा। तुम्हें कुछ नहीं मालूम है। तब तुम अपने मालिक नहीं रहोगे, तब तुम्हारा नियंत्रण जाता रहेगा। और तब तुम्हारी प्रतिमा भी नष्ट हो जाएगी। इसीलिए तुम काम-कृत्य पर नियंत्रण रखते हो। और नियंत्रण रखने का उपाय है कि मन से तुम मौजूद रहो। काम-कृत्य तो हो, लेकिन महज स्थानीय रहे।

इस 'स्थानीय और समग्र' को समझने की कोशिश करो। तंत्र कहता है कि जब सिर्फ तुम्हारा काम-केंद्र काम-कृत्य में संलग्न होता है तब वह कृत्य स्थानीय है। वह स्थानीय है, स्थानीय स्खलन है। काम-केंद्र निरंतर ऊर्जा इकट्ठी कर रहा है, और जब वह ऊर्जा अतिशय हो जाती है तो तुम्हें उसे निकास देना पड़ता है। अन्यथा वह ऊर्जा तनाव पैदा करेगी, बोझिल हो जाएगी। इसलिए तुम उसका स्खलन कर देते हो। लेकिन वह स्थानीय स्खलन है। उसमें तुम्हारा समूचा शरीर, समूचे तुम सम्मिलित नहीं होते हो।

गैर-स्थानीय यानी समग्र काम-कृत्य का अर्थ है कि उसमें तुम्हारे शरीर का एक-एक रेशा, एक-एक कोश, समूचे तुम सम्मिलित होते हो। काम-केंद्र ही नहीं, तुम्हारा पूरा अस्तित्व कामुक हो उठा है; समूचा अस्तित्व काममय हो गया है।

लेकिन तुम भयभीत हो, डरे हुए हो। क्योंकि उस हालत में कुछ भी हो सकता है। और तुम्हें नहीं मालूम है कि क्या होगा, क्योंकि तुमने कभी समग्रता को नहीं जाना है। तब तुम कुछ भी कर सकते हो जिसको तुम सोच भी नहीं सकते। उसमें तुम्हारे अचेतन का विस्फोट हो सकता है। तुम एक नहीं अनेक पशु एक साथ हो जा सकते हो, क्योंकि तुम अनेक जीवनों से गुजर चुके हो, अनेक पशु-जीवनों से। तुम चीखने-चिल्लाने लग सकते हो, तुम सिंह की भांति दहाड़ने लग सकते हो। तुम नहीं जानते कि क्या हो सकता है। कुछ भी संभव है। और उससे भय पैदा होता है।

इसीलिए तुम नियंत्रण में रहते हो और किसी भी कृत्य में अपने को पूरी तरह नहीं खोते। और उसका नतीजा यह होता है कि तुम कभी कुछ नहीं जानते हो। और जाने बिना अतिक्रमण नहीं हो सकता है।

स्वीकार करो। गहरे उतरो और बिलकुल जड़ों तक जाओ। यही तंत्र है। तंत्र गहन अनुभव की हिमायत करता है। जिसका अनुभव ले लिया जाता है, उसका अतिक्रमण हो जाता है। और जिसका दमन करोगे, उसका अतिक्रमण कभी नहीं हो सकता।

आज इतना ही।

९

केंद्रीभूत होने की कुछ विधियां

सूत्र

▲

13. या कल्पना करो कि मोर की पूंछ के पंचरंगे वर्तुल
निस्सीम अंतरिक्ष में तुम्हारी पांच इंद्रियां है।
अब उनके सौंदर्य को भीतर ही घुलने दो।
उसी प्रकार शून्य में या दीवार पर किसी बिंदु के साथ
कल्पना करो, जब तक कि वह बिंदु विलीन न हो जाए।
तब दुसरे के लिए तुम्हारी कामना सच हो जाती है।
14. अपने पूरे अवधान को अपने मेरूदंड के मध्य में
कमल-तंतु सी कोमल स्नायु में स्थित करो।
और इसमें रूपांतरित हो जाओ।

मनुष्य अपने केंद्र के साथ जन्म लेता है, लेकिन उसे उसकी जानकारी जरा भी नहीं रहती। मनुष्य अपने केंद्र को जाने बिना रह सकता है, लेकिन केंद्र के बिना वह हो नहीं सकता। और यह केंद्र मनुष्य और अस्तित्व के बीच की कड़ी है। यह मूल है, आधार है।

तुम उससे अनभिज्ञ, अनजाने रह सकते हो; केंद्र के होने के लिए उसका ज्ञान जरूरी नहीं है। लेकिन अगर तुम अपने उस केंद्र को नहीं जानते हो, तो तुम्हारा जीवन बिना जड़ों के होगा। तब तुम अपने पैर के नीचे जमीन नहीं पाओगे, तब तुम आधारित नहीं अनुभव करोगे; तब इस जगत में परायापन, अजनबीपन अनुभव होगा, अपनापन नहीं।

निश्चित ही केंद्र तो है, लेकिन उसे न जानने से तुम्हारा जीवन हवा में तिनके की तरह भटकता हुआ मालूम पड़ेगा—लक्ष्यहीन, अर्थहीन, रिक्त। तुम्हें लगेगा कि तुम जीवन के बिना ही जी रहे हो, एक भटकाव हो और महज मृत्यु की प्रतीक्षा कर रहे हो। तब तुम जीने को एक क्षण से दूसरे क्षण के लिए स्थगित करते जाओगे। लेकिन वह स्थगन तुम्हें कहीं नहीं पहुंचाएगा। तुम सिर्फ समय काटोगे। और इस कारण किसी गहन निराशा का भाव छाया की तरह तुम्हारा पीछा करेगा।

मनुष्य केंद्र तो अपने साथ लेकर आता है, लेकिन उसका ज्ञान साथ लेकर नहीं आता। वह ज्ञान तो उपलब्ध करना होगा। केंद्र तुम्हारे पास है। केंद्र है, तुम उसके बिना नहीं हो सकते। केंद्र के बिना तुम जी कैसे सकते हो? तुम अपने और अस्तित्व के बीच—या कहो अपने और परमात्मा के बीच—किसी सेतु के बिना कैसे रह सकते हो? एक गहरे जोड़ बिना तुम जीवित ही नहीं रह सकते। परमात्मा में तुम्हारी जड़ें बहुत गहरी हैं। प्रत्येक क्षण तुम उन्हीं जड़ों के सहारे जीते हो। लेकिन वे जड़ें भूमिगत हैं। वैसे ही जैसे किसी वृक्ष की जड़ें भूमि में छिपी हैं; वृक्ष को अपनी जड़ों का पता नहीं है। तुम्हारी भी जड़ें हैं। वह जड़ों द्वारा अस्तित्व से संबंध ही तुम्हाय केंद्र है।

और जब मैं कहता हूं कि मनुष्य जड़ के साथ पैदा होता है, तो उसका मतलब है कि

इस बात की संभावना है कि तुम्हें अपनी जड़ों का ज्ञान भी हो जाए। और अगर तुम्हें तुम्हारी जड़ों का ज्ञान हो जाए, तो तुम्हारा जीवन वास्तविक जीवन हो जाए। अन्यथा तुम्हारा जीवन एक गहरी नींद है, एक स्वप्न है।

अब्राहम मैसलो जिसे सेल्फ एक्चुअलाइजेशन कहता है वह और कुछ नहीं है, वह तुम्हारे इसी आंतरिक केंद्र के प्रति जागरूक हो जाना है जिस केंद्र के जरिए तुम संपूर्ण सृष्टि से जुड़े हो, संबंधित हो। वह तुम्हारा तुम्हारी जड़ों के प्रति बोधपूर्ण हो जाना है। वह यह जान लेना है कि तुम यहां अकेले नहीं हो, अलग-थलग नहीं हो, कि तुम इस जागतिक संपूर्णता के अंश हो, कि यह जगत परदेश नहीं है, यहां तुम अजनबी नहीं हो, यह तुम्हारा अपना घर है।

लेकिन जब तक तुम अपनी जड़ों को, अपने केंद्र को नहीं पा लेते, यह जगत अजनबी सा बना रहेगा, परदेश सा मालूम पड़ेगा। सार्त्र कहता है कि आदमी मानो इस संसार में फेंक दिया गया है। हां, अगर तुम अपने केंद्र को नहीं जानते हो, तो तुम्हें लगेगा कि तुम इस दुनिया में फेंके गए हो; तुम्हें लगेगा कि तुम परदेशी हो, बाहरी हो और यह संसार तुम्हारा नहीं है और तुम इस संसार के नहीं हो। और तब भय, चिंता और संताप ही हाथ लगेंगे।

संसार में मनुष्य अजनबी की तरह रहे, तो उसे गहरी चिंता, भय, आतंक और संताप अनिवार्य रूप से अनुभव होंगे। तब उसका पूरा जीवन सिर्फ एक कशमकश होगा, एक संघर्ष होगा। और इस संघर्ष में उसकी हार निश्चित है। मनुष्य नहीं जीत सकता; क्योंकि अंश अंशी के विरुद्ध कैसे जीत सकता है?

अस्तित्व के विरोध में तुम सफल नहीं हो सकते। अस्तित्व के साथ होकर तो सफल हो सकते हो, लेकिन विरोध में जाकर नहीं। और वही फर्क है धार्मिक व्यक्ति और अधार्मिक व्यक्ति में। अधार्मिक आदमी अस्तित्व के विरोध में होगा, धार्मिक आदमी को लगेगा कि यह जगत उसका घर है। उसे यह नहीं लगेगा कि उसे यहां फेंक दिया गया है; उसे लगेगा कि वह इस संसार में पला है, बड़ा हुआ है।

इस फेंके जाने और पाले जाने के फर्क को स्मरण रखो। जब सार्त्र कहता है कि आदमी संसार में फेंक दिया गया है, तो यह शब्द ही, यह बात ही कहती है कि तुम यहां के नहीं हो। 'फेंके गए' का अर्थ है कि तुम यहां तुम्हारी सहमति के बिना जबर्दस्ती भेजे गए हो। इसलिए यह संसार शत्रु जैसा मालूम पड़ता है। और संताप ही उसका फल हो सकता है।

अगर तुम इस दुनिया में फेंके नहीं गए हो, अगर तुम यहां इसके जैविक अंग की तरह बढ़े हो, तो बात और हो सकती है। वास्तव में बेहतर होगा यह कहना कि तुम अस्तित्व ही हो जो मनुष्य नाम के एक विशेष आयाम में विकसित हुआ है। जगत बहुआयामी है, वह अनेक आयामों में, वृक्षों में, पहाड़ों में, सितारों में, ग्रहों में विकसित होता है। मनुष्य भी विकास का एक आयाम है। जगत अपने को अनेक-अनेक आयामों में प्रकट कर रहा है, अभिव्यक्त कर रहा है। मनुष्य भी उन्हीं आयामों में एक आयाम है जिसकी अपनी ऊंचाई और अपना शिखर है।

कोई वृक्ष अपनी जड़ों को नहीं जान सकता है। कोई पशु अपने केंद्र को नहीं जान सकता है। और इस कारण उन्हें चिंता नहीं सताती। अगर तुम्हें अपनी जड़ों का, अपने केंद्र का बोध नहीं है, तो तुम्हें अपनी मृत्यु का बोध भी नहीं हो सकता। मृत्यु मनुष्य के लिए ही है। मृत्यु मनुष्य के लिए है, क्योंकि वह अपनी जड़ों को, अपने केंद्र को, अपनी समग्रता को,

जगत से अपने जुड़े होने के प्रति जाग सकता है।

अगर तुम केंद्र के बिना रहते हो, अगर तुम अपने को परदेशी महसूस करते हो, तो संताप में होना लाजिमी है। इसके विपरीत अगर तुम्हें यह अनुभव हो कि यह जगत तुम्हारा घर है, कि तुम में अस्तित्व की संभावना वास्तविक हुई है, कि तुम अस्तित्व के विकास हो, मानो अस्तित्व स्वयं तुम्हारे भीतर से बोध को प्राप्त हुआ है, अगर तुम इस भांति अनुभव करो तो आनंद उसका फल होगा।

जगत के साथ जैविक एकता का अनुभव आनंद लाता है और उसके साथ शत्रुता की प्रतीति संताप पैदा करती है। लेकिन जब तक तुम अपने केंद्र को नहीं जानते तब तक तुम्हें यही लगेगा कि तुम फेंके गए हो और यह जीवन तुम पर लाद दिया गया है।

हम जिन सूत्रों की यहां चर्चा करेंगे वे इसी केंद्र से संबंधित हैं। यह केंद्र है, लेकिन मनुष्य उससे अनजान है। लेकिन विज्ञान भैरव तंत्र और उसकी केंद्र से संबंधित विधियों में प्रवेश के पहले दो-तीन बातें समझ लेनी जरूरी हैं।

एक कि जब आदमी जन्म लेता है, तो वह एक विशेष स्थान से, एक विशेष चक्र से, केंद्र से जुड़ा होता है। वह नाभि-केंद्र है। जापानी इसी को हारा कहते हैं। उससे उनका शब्द हाराकिरी बना है, जिसका अर्थ आत्मघात होता है। शब्दशः हाराकिरी का अर्थ है, हारा को, केंद्र को नष्ट करना। हारा केंद्र है और उसे मिटाना हाराकिरी कहलाता है।

लेकिन एक अर्थ में हम सबने हाराकिरी की हुई है। हमने केंद्र को नष्ट तो नहीं किया है, लेकिन हम उसे भूल अवश्य बैठे हैं। या कहना चाहिए कि हमने उसको कभी स्मरण नहीं किया, वह है और हमारी प्रतीक्षा कर रहा है। लेकिन हम हैं कि उससे दूर ही दूर भटक रहे हैं।

तो जब बच्चा पैदा होता हे तो वह नाभि-केंद्र में, हारा में केंद्रित होता है। वह हारा के द्वारा जीता है। एक बच्चे को श्वास लेते हुए देखो, उसका नाभि-केंद्र ऊपर-नीचे हो रहा है। वह पेट से श्वास लेता है, वह पेट से जीता है, सिर और हृदय से नहीं। लेकिन धीरे-धीरे वह वहां से दूर हटेगा। सबसे पहले वह जो दूसरा केंद्र विकसित करेगा, वह हृदय होगा—भाव का केंद्र। वह प्रेम सीखेगा, उसे प्रेम मिलेगा और दूसरा केंद्र विकसित होगा। यह केंद्र असली केंद्र नहीं है, यह उप-उत्पत्ति है।

इसलिए मनस्विद कहते हैं कि यदि एक बच्चे को प्रेम न दिया जाए, तो वह प्रेम करने में कभी समर्थ नहीं होगा। अगर एक बच्चे को अप्रेम की स्थिति में पाला जाए, जहां सब कुछ ठंडा-ठंडा हो, न कोई प्रेम देने वाला हो न ऊष्मा देने वाला हो, तो वह अपने जीवन में किसी को भी प्रेम करने में समर्थ नहीं होगा। क्योंकि उसके प्रेम का केंद्र ही विकसित नहीं होगा। मां-बाप का प्रेम, परिवार, समाज उस केंद्र को विकसित करते हैं। वह केंद्र एक उप-उत्पत्ति है; तुम उसे साथ लेकर नहीं पैदा होते हो। इसलिए अगर उसे विकसित करने में सहायता न दी जाए, तो वह विकसित ही न होगा।

अनेक-अनेक लोग उस प्रेम-केंद्र के बिना रह जाते हैं। वे प्रेम की बात किए जाते हैं, वे यह मानते भी हैं कि वे प्रेम करते हैं, लेकिन जब उनके पास वह केंद्र ही नहीं है, तो वे प्रेम कैसे करेंगे। प्रेम करने वाली मां पाना कठिन है, बहुत कठिन है। और प्रेमपूर्ण पिता पाना तो दुर्लभ ही है। वैसे सभी मां-बाप सोचते हैं कि वे प्रेम कर सकते हैं। यह उतना आसान नहीं है।

प्रेम एक कठिन, बहुत कठिन उपलब्धि हे। और अगर एक बच्चे को प्रेम न मिला, तो वह खुद कभी प्रेम करने में समर्थ नहीं होगा।

यही कारण है कि पूरी मनुष्यता प्रेम के बिना जीती है। तुम बच्चे पैदा किए जाते हो, लेकिन तुम उन्हें प्रेम का केंद्र देना नहीं जानते हो। बल्कि इसके विपरीत, जैसे-जैसे कोई समाज सभ्य होता है, वैसे-वैसे वह बच्चे पर एक तीसरा केंद्र लादने लगता है। वह बुद्धि का केंद्र है, मस्तिष्क का केंद्र है।

नाभि-केंद्र मौलिक है, बच्चा उसके साथ पैदा होता है। वह उप-उत्पत्ति नहीं है। उसके बिना जीवन असंभव है, इसलिए वह दिया जाता है। दूसरा केंद्र उप-उत्पत्ति है। अगर बच्चे को प्रेम दिया जाए, तो वह उसका उत्तर देता है। उस उत्तर में एक केंद्र विकसित होता है। वह हृदय-केंद्र है। तीसरा केंद्र बुद्धि का है, तर्क का, मस्तिष्क का। शिक्षा, तर्कशास्त्र और प्रशिक्षण के द्वारा तीसरे केंद्र का विकास होता है। इसलिए यह भी उप-उत्पत्ति है।

हम सामान्यतः तीसरे केंद्र पर रहते हैं। दूसरा केंद्र करीब-करीब अनुपस्थित है। अगर वह उपस्थित भी है, तो वह सक्रिय नहीं है। और अगर वह सक्रिय भी है, तो मरे-मराए ढंग से सक्रिय है। लेकिन तीसरा केंद्र, मस्तिष्क, हमारे जीवन का बुनियादी ढंग हो जाता है, क्योंकि सारा जीवन इसी केंद्र पर निर्भर रहता है। यह केंद्र उपयोगितावादी है; बुद्धि, तर्क और विचार के लिए तुम्हें उसकी जरूरत है। इसलिए देर-अबेर हरेक आदमी मस्तिष्क-प्रधान हो जाता है, वह अपनी खोपड़ी में जीने लगता है।

मस्तिष्क, हृदय और नाभि, ये तीन केंद्र हैं। नाभि-केंद्र मालिक है और साथ आता है। हृदय-केंद्र का विकास किया जा सकता है और कई कारणों से उसको विकसित करना अच्छा है। बुद्धि को भी विकसिल करना जरूरी है, लेकिन उसे हृदय की कीमत पर कभी नहीं विकसित करना चाहिए। क्योंकि अगर हृदय की कीमत पर बुद्धि का विकास किया जाए, तो बीच की कड़ी खो जाती है। उस हालत में मस्तिष्क से फिर सीधे नाभि-केंद्र में आना नहीं हो सकेगा। विकास का क्रम बुद्धि से अस्तित्व की ओर और अस्तित्व से आत्मा की ओर है।

इसे हम इस तरह समझें।

नाभि-केंद्र होने में है, हृदय-केंद्रं भाव में है और मस्तिष्क-केंद्र जानने में है। जानना होने से सर्वाधिक दूरी पर है। भाव होने के निकट है। इसलिए अगर तुम्हारा भाव-केंद्र न रहे, तो बुद्धि और होने के, आत्मा के बीच सेतु निर्मित करना कठिन होगा, बहुत कठिन होगा। इसी वजह से मस्तिष्क में जीने वाले व्यक्ति की बजाय प्रेम करने वाला व्यक्ति अधिक आसानी से 'जगत हमार घर है' की प्रतीति को उपलब्ध हो सकता है।

पश्चिमी संस्कृति ने बुनियादी रूप से मस्तिष्क-केंद्र पर बल दिया है। यही कारण है कि पश्चिम में मनुष्य को लेकर बहुत चिंता होने लगी है। यह चिंता. उसके बेघर, रिक्त और जड़ें-विहीन होने की स्थिति को लेकर है।

सिमोन वेल ने एक पुस्तक लिखी है, दि नीड फॉर रूट्स—जड़ों की जरूरत। पश्चिम का मनुष्य जड़ों से उखड़ा हुआ अनुभव करता है, जड़-विहीन महसूस करता है। कारण यह हे कि केवल मस्तिष्क-केंद्र रह गया है। हृदय प्रशिक्षित नहीं हुआ, वह नदारद है।

हृदय की धड़कन हृदय नहीं है; वह तो शारीरिक क्रिया है। अपने हृदय की धड़कन को

▲

सुनकर यह मत समझ लेना कि तुम्हारे पास हृदय है। हृदय कुछ और ही चीज है। हृदय का अर्थ है भाव की क्षमता और मस्तिष्क का अर्थ है विचार की क्षमता। हृदय का अर्थ है भाव की क्षमता और होने का, आत्मा का अर्थ है किसी चीज के साथ एकात्मक होने की क्षमता।

धर्म का संबंध आत्मा से है, काव्य का संबंध हृदय से है और दर्शन तथा विज्ञान का संबंध मस्तिष्क से है। हृदय और मस्तिष्क के केंद्र परिधि केंद्र हैं; वे असली केंद्र नहीं हैं, झूठे हैं। असली तो नाभि-केंद्र है, हारा केंद्र। उसे फिर से कैसे उपलब्ध किया जाए?

कभी-कभी आकस्मिक रूप से, लेकिन यह दुर्लभ है, तुम अपने हारा के निकट पहुंच जाते हो। वह क्षण बहुत गहरे आनंद का क्षण हो जाता है। उदाहरण के लिए काम-कृत्य में तुम कभी-कभी हारा के पास चले जाते हो, क्योंकि काम-कृत्य में तुम्हारा मन, तुम्हारी चेतना अधोगामी हो जाती है। तुम अपने सिर को छोड़कर नीचे उतरते हो। इसलिए गहन संभोग में कभी-कभी तुम अपने हारा के निकट पहुंच जाते हो।

इसीलिए तो काम-कृत्य का इतना आकर्षण है, इतना आग्रह है। यह काम-कृत्य नहीं है जो आनंद देता है, यह आनंद हारा से आता है। कामवासना में उतरते हुए तुम हारा से होकर गुजरते हो, तुम हारा को स्पर्श करते हो।

लेकिन आधुनिक आदमी के लिए वह भी असंभव हो गया है, क्योंकि उसके लिए कामवासना भी मानसिक कृत्य बन गयी है। उसका काम मस्तिष्क में समा गया है, वह उसके संबंध में सोचता है। यही कारण है कि यौन को लेकर इतनी फिल्में, इतने उपन्यास, इतना साहित्य, अश्लील साहित्य निर्मित हो रहे हैं। मनुष्य यौन के बारे में सोचता है। लेकिन वह एक बेहूदगी है। यौन एक अनुभव है, तुम उसके बारे में सोच नहीं सकते। और अगर उसके बारे में सोचने लगे तो उसका अनुभव अधिकाधिक कठिन होता जाएगा। क्योंकि कामवासना सिर की बात ही नहीं है। वहां बुद्धि की जरूरत नहीं है।

लेकिन आधुनिक आदमी जितना ही काम-कृत्य में गहरे उतरने में अपने को अक्षम पाता है उतना ही अधिक वह उसके बारे में विचार करने लगता है। यह एक दुष्टचक्र बन जाता है और वह जितना ही विचार करता है उतना ही उसका यौन मानसिक होता जाता है। तब यौन व्यर्थ हो जाता है।

पश्चिम में यौन व्यर्थ हो चला है। एक पुनरुक्ति, एक ऊब हो गया है। उससे कुछ मिलता नहीं; बस तुम एक पुरानी आदत को दोहराए चले जाते हो। और अंत में निराशा हाथ लगती है, तुम ठगे गए महसूस करते हो। क्यों? क्योंकि हकीकत में चेतना नीचे केंद्र पर नहीं उतरती है। और हारा से होकर गुजरने में ही आनंद का अनुभव होता है।

जो भी कारण हो, जब भी तुम हारा से होकर गुजरते हो तुम आनंदित अनुभव करते हो। लड़ाई के मैदान में एक योद्धा कभी-कभी इस हारा से होकर गुजरता है। लेकिन आधुनिक योद्धा को यह नसीब नहीं होता। वह तो योद्धा ही नहीं है। किसी सोए नगर पर बम फेंकने वाला व्यक्ति योद्धा नहीं है, क्षत्रिय नहीं है, अर्जुन नहीं है।

कभी-कभी मृत्यु के कगार पर खड़ा व्यक्ति भी अपने हारा पर फेंक दिया जाता है। तलवार से लड़ने वाले योद्धा के लिए मृत्यु प्रतिपल मौजूद है, किसी भी क्षण वह समाप्त हो सकता है। और तलवार चलाते हुए तुम सोच-विचार नहीं कर सकते। अगर सोचोगे, तो

समाप्त हो जाओगे। बगैर सोच-विचार के उस क्षण कृत्य करना है। क्योंकि विचार में समय लगता है। तलवार चलाते हुए तुम सोच-विचार नहीं कर सकते। अगर सोचोगे, तो दूसरा जीतेगा और तुम समाप्त हो जाओगे। सोचने का समय नहीं है। और मन को समय की जरूरत है। और क्योंकि सोचने का समय नहीं है और सोचने का अर्थ मृत्यु है, इसलिए चेतना सिर से उतरकर सीधे हारा पर चली आती है। इसलिए योद्धा को भी आनंद का अनुभव होता है।

यही कारण है कि युद्ध में लोगों को इतना आकर्षण है, इतना चाव है। यौन और युद्ध, दोनों आकर्षक हैं और कारण एक है—तुम हारा से होकर गुजरते हो। किसी भी खतरे में तुम हारा से होकर गुजरते हो।

नीत्से कहता है कि खतरे में जीओ। क्यों? क्योंकि खतरे में तुम हारा पर फेंक दिए जाते हो। उस स्थिति में तुम सोच-विचार नहीं कर सकते, मन से कुछ नहीं कर सकते; तुम्हें तुरंत और तत्क्षण कुछ करना है।

एक सांप गुजरता है। अचानक तुम सांप को देखते हो और कूद जाते हो। उस समय यह सोच-विचार नहीं चल सकता है कि सांप है तो क्या करें। तर्क-वितर्क के लिए गुंजाइश ही वहां नहीं है। तुम अपने मन में विवाद नहीं करते कि सांप है और सांप खतरनाक होता है और इसलिए मुझे कूदना चाहिए। ऐसी कोई तार्किक विचारणा वहां नहीं होती। अगर तुम तर्क करोगे, तो तुम जीवित ही नहीं रहोगे। तर्क नहीं, सहज और स्वस्फूर्त कृत्य चाहिए। कृत्य पहले है और विचार पीछे। कूद जाने के बाद तुम विचार करते हो।

सामान्य जीवन में, जहां खतरा नहीं है, तुम पहले सोचते हो और तब कृत्य करते हो। खत में पूरी प्रक्रिया उलटी हो जाती है—पहले कर्म, तब विचार। और यह जो विचार-शून्य कर्म है वही तुम्हें तुम्हारे मूल केंद्र पर, हारा पर फेंक देता है। इसीलिए खतरे का इतना आकर्षण है।

तुम बहुत तेजी में अपनी कार चला रहे हो। तेज, और तेज। अचानक एक स्थिति आती है जब कि प्रत्येक क्षण खतरे से भरा होता है। किसी भी क्षण तुम्हारा जीवन समाप्त हो सकता है। अधर में लटके हुए उस क्षण में, जब जीवन और मृत्यु दोनों एक-दूसरे के इतने पास-पास होते हैं और तुम इन दो सन्निकट बिंदुओं के ठीक बीच में होते हो तब मन ठहर जाता है और तुम हारा पर फिंक जाते हो। तेज और तेज कार चलाने का आकर्षण इसी में है।

या तुम जुआ खेल रहे हो और तुमने अपना सब कुछ दांव पर लगा दिया है। वहां भी मन ठहर जाता है। वहां भी खतरा है। अगले क्षण तुम भिखारी हो जा सकते हो। तब मन काम नहीं करता है और तुम हारा पर पहुंच जाते हो।

खतरों का आकर्षण इसीलिए है कि खतरे में तुम्हारी दैनंदिन सामान्य चेतना काम नहीं करती है। खतरा गहराई में ले जाता है; उसमें तुम्हारे मन की जरूरत नहीं रह जाती, उसमें तुम अ-मन को उपलब्ध होते हो। उसमें तुम हो, सचेतन भी हो, लेकिन विचार नहीं होता है। वह क्षण ध्यान का क्षण होता है।।

सच तो यह है कि जुए में जुआरी इसी ध्यानपूर्ण स्थिति की खोज करता है। लड़ाई में, कुश्ती में, दंगल में, युद्ध में मनुष्य खतरों के माध्यम से ध्यानपूर्ण स्थिति को ही खोज रहा है। तुम्हारे भीतर अचानक आनंद का विस्फोट होता है। तुम्हारे भीतर आनंद की वर्षा हो जाती है।

▲

लेकिन ये आकस्मिक घटनाएं हैं। पर एक चीज निश्चित है कि जब भी तुम आनंदित अनुभव करते हो तब तुम हारा के निकट हो। यह बात असंदिग्ध है, चाहे कारण जो भी हो। कारण प्रासंगिक नहीं है। जब भी तुम मूल केंद्र के निकट होते हो तुम आनंद से भर जाते हो।

ये सूत्र आयोजित ढंग से, वैज्ञानिक रीति से हारा में, केंद्र में केंद्रित होने की विधियों से संबंध रखते हैं। आकस्मिक या क्षणिक नहीं, स्थायी रूप से केंद्रित होने के उपाय हैं वे। उनके जरिए तुम हारा में सतत निवास कर सकते हो। वे तुम्हें केंद्रस्थ कर देंगे। ये सूत्र इन्हीं उपायों से संबंधित हैं।

अब हम पहला सूत्र लेंगे जो बिंदु से, केंद्र से संबंधित है। सूत्र इस प्रकार है :

या कल्पना करो कि मयूर की पूंछ के पंचरंगे वतुर्ल निस्सीम अंतरिक्ष में तुम्हारी पांच इंद्रियां हैं। अब उनके सौंदर्य को भीतर ही घुलने दो। उसी प्रकार शून्य में या दीवार पर किसी बिंदु के साथ कल्पना करो, जब तक कि वह बिंदु विलीन न हो जाए। तब दूसरे के लिए तुम्हारी कामना सच हो जाती है।

ये सारे सूत्र, भीतर के केंद्र को कैसे पाया जाए, इससे संबंधित हैं। उसके लिए जो बुनियादी तरकीब, जो बुनियादी विधि काम में लायी गयी है वह यह है कि तुम अगर बाहर कहीं भी, मन में, हृदय में या बाहर की किसी दीवार में एक केंद्र बना सके और उस पर समग्रता से अपने अवधान को केंद्रित कर सके और उस बीच समूचे संसार को भूल सके और एक वही बिंदु तुम्हारी चेतना में रह जाए, तो तुम अचानक अंपने आंतरिक केंद्र पर फेंक दिए जाओगे। यह कैसे काम करता है, इसे समझो।

तुम्हारा मन एक भगोड़ा है, एक भाग-दौड़ ही है। वह कभी एक बिंदु पर नहीं टिकता है। वह निरंतर कहीं जा रहा है, गति कर रहा है, पहुंच रहा है। लेकिन वह कभी एक बिंदु पर नहीं टिकता है। वह एक विचार से दूसरे विचार की ओर, अ से ब की ओर यात्रा करता रहता है, लेकिन कभी वह अ पर नहीं टिकता है, कभी वह ब पर नहीं टिकता है। वह निरंतर गतिमान है।

यह याद रहे कि मन सदा चलायमान है। वह कहीं पहुंचने की आशा तो करता है, लेकिन कहीं पहुंचता नहीं है। वह पहुंच नहीं सकता है। मन की संरचना ही गतिमय है। मन केवल गति करता है। वह मन का अंतर्भूत स्वभाव है। गति ही उसकी प्रक्रिया है। अ से ब को, ब से स को, वह चलता ही चला जाता है।

अगर तुम अ या ब या किसी बिंदु पर ठहर गए, तो मन तुमसे संघर्ष करेगा। वह कहेगा कि आगे चलो। क्योंकि अगर तुम रुक गए, तो मन तुरंत मर जाएगा। वह गति में रहकर ही जीता है। मन का अर्थ ही प्रक्रिया है। अगर तुमने गति नहीं की, तुम रुक गए, तो मन अचानक समाप्त हो जाएगा। वह नहीं बचेगा, केवल चेतना बचेगी।

चेतना तुम्हारा स्वभाव है। मन तुम्हारा कर्म है, चलने जैसा। इसे समझना कठिन है, क्योंकि हम समझते हैं कि मन कोई ठोस, वास्तविक वस्तु है। वह नहीं है। मन महज एक क्रिया है। यह कहना बेहतर होगा कि यह मन नहीं, मनन है। चलने की तरह यह एक प्रक्रिया है। चलना प्रक्रिया है; अगर तुम रुक जाओ, तो चलना समाप्त है। तुम तब नहीं कह सकते

कि चलना बैठना है। तुम रुक जाओ, तो चलना समाप्त है। तुम रुक जाओ, तो चलना कहां है? चलना बंद। पैर हैं, पर चलना नहीं है। पैर चल सकते हैं, लेकिन अगर रुक जाओ, तो चलना नहीं होगा।

चेतना पैर जैसी है, वह तुम्हारा स्वभाव है। मन चलने जैसा है, वह एक प्रक्रिया है। जब चेतना एक जगह से दूसरी जगह जाती है तब वह प्रक्रिया मन है। जब चेतना अ से ब और ब से स को जाती है तब यह गति मन है। अगर तुम गति को बंद कर दो, तो मन नहीं रहेगा। तुम चेतन हो, लेकिन मन नहीं है। जैसे पैर तो हैं, लेकिन चलना नहीं है। चलना क्रिया है, कर्म है; मन भी क्रिया है, कर्म है।

अगर तुम कहीं रुक जाओ तो मन संघर्ष करेगा, मन कहेगा, बढ़े चलो। मन हर तरह से तुम्हें आगे या पीछे या कहीं भी धकाने की चेष्टा करेगा। कहीं भी सही, लेकिन चलते रहो। अगर तुम जिद्द करो, अगर तुम मन की नहीं मानना चाहो, तो वह कठिन होगा। कठिन होगा, क्योंकि तुमने सदा मन का हुक्म माना है। तुमने कभी मन पर हुक्म नहीं किया है, तुम कभी उसके मालिक नहीं रहे। तुम हो नहीं सकते, क्योंकि तुमने कभी अपने को मन से तादात्म्यरहित नहीं किया है। तुम सोचते हो कि तुम मन ही हो। यह भूल कि तुम मन ही हो मन को पूरी स्वतंत्रता दिए देती है। क्योंकि तब उस पर मालकियत करने वाला, उसे नियंत्रण में रखने वाला कोई न रहा। तब कोई रहा ही नहीं, मन ही मालिक रह जाता है।

लेकिन मन की यह मालकियत तथाकथित है। वह स्वामित्व झूठा है। एक बार प्रयोग करो और तुम उसके स्वामित्व को नष्ट कर सकते हो। वह झूठा है। मन महज गुलाम है जो मालिक होने का दावा करता है। लेकिन उसकी यह दावेदारी इतनी पुरानी है, इतने जन्मों से उसने मालकियत का दावा किया है कि मालिक भी मानने लगा है कि गुलाम ही मालिक है। वह एक महज विश्वास है, धारणा है। तुम उसके विपरीत प्रयोग करके देखो और तुम्हें पता चलेगा कि यह धारणा सर्वथा निराधार थी।

यह पहला सूत्र कहता है: 'या कल्पना करो कि मोर की पूंछ के पंचरंगे वर्तुल निस्सीम अंतरिक्ष में तुम्हारी पांच इंद्रियां हैं। अब उनके सौंदर्य को भीतर ही घुलने दो।'

भाव करो कि तुम्हारी पांच इंद्रियां पांच रंग हैं और वे पांच रंग समस्त अंतरिक्ष को भर रहे हैं। सिर्फ कल्पना करो कि तुम्हारी पंचेंद्रियां पांच रंग हैं, सुंदर-सुंदर रंग, सजीव रंग और वे अनंत आकाश में फैले हैं। और तब उन रंगों के बीच भ्रमण करो, उनके बीच गति करो और भाव करो कि तुम्हारे भीतर एक केंद्र है जहां ये रंग मिलते हैं। यह मात्र कल्पना है, लेकिन यह सहयोगी है। भाव करो कि ये पांचों रंग तुम्हारे भीतर प्रवेश कर रहे हैं और किसी बिंदु पर मिल रहे हैं।

ये पांचों रंग सच ही किसी बिंदु पर मिलेंगे और सारा जगत विलीन हो जाएगा। तुम्हारी कल्पना में पांच ही रंग हैं, जैसे मोर की पूंछ में पांच रंग हैं। और तुम्हारी कल्पना के रंग आकाश को भर देंगे, तुम्हारे भीतर गहरे उतर जाएंगे, किसी बिंदु पर मिल जाएंगे।

किसी भी बिंदु से काम चलेगा, लेकिन हारा बेहतर रहेगा। भाव करो कि सारा जगत रंग ही रंग हो गया है और वे रंग तुम्हारे नाभि-केंद्र पर, तुम्हारे हारा के बिंदु पर मिल रहे हैं। उस बिंदु को देखो, उस बिंदु पर अवधान को एकाग्र करो और तब तक एकाग्र करो जब तक

वह बिंदु विलीन न हो जाए। वह विलीन हो जाता है, क्योंकि वह भी कल्पना है। याद रहे कि जो कुछ भी हमने किया है सब कल्पना है। अगर तुम उस पर एकाग्र होओ, तो तुम अपने केंद्र पर स्थित हो जाओगे। तब संसार विलीन हो जाएगा, तुम्हारे लिए संसार नहीं रहेगा।

इस ध्यान में केवल रंग है। तुम समूचे संसार को भूल गए हो, तुम सारे विषयों को भूल गए हो। तुमने केवल पांच रंग चुने हैं। कोई पांच रंग चुन लो। यह ध्यान खासकर उनके लिए है, जिनकी दृष्टि पैनी है, जिनकी रंग की संवेदना गहरी है। यह सबके लिए सहयोगी नहीं होगा। यदि तुम्हारे पास चित्रकार की दृष्टि नहीं है, रंगों की संवेदना नहीं है, यदि तुम रंगों की कल्पना नहीं कर सकते हो, तो यह कठिन है।

तुमने देखा होगा कि तुम्हारे सपने रंगहीन होते हैं। सौ में सिर्फ एक व्यक्ति रंगीन सपने देखता है। शेष सिर्फ स्याह और सफेद रंग देखते हैं। क्यों? क्यों सारा जगत रंगीन है और तुम्हारे सपने रंगहीन हैं? अगर तुममें से किसी को सपने रंगीन होते हों, तो यह ध्यान उसके लिए है। अगर कोई कभी-कभी भी रंगीन सपने देखता है, तो यह ध्यान उसके काम का है। यह उसका ध्यान है।

और जो आदमी रंग के प्रति संवेदनहीन है उसको तुम कहो कि समूचे आकाश को रंग से भरा होने की कल्पना करो, तो वह यह कल्पना नहीं कर पाएगा। वह यदि कल्पना करने की कोशिश भी करेगा, वह लाल रंग की सोचेगा भी, तो लाल शब्द को देखेगा, लेकिन उसे कल्पना में लाल रंग दिखाई नहीं पड़ेगा। वह हरा शब्द तो कहेगा, शब्द भी वहां होगा, लेकिन हरियाली वहां नहीं होगी।

तो तुम अगर रंग के प्रति संवेदनशील हो, तो इस विधि का प्रयोग करो। पांच रंग हैं। समूचा जगत पांच रंग है, और वे रंग तुममें मिल रहे हैं। तुम्हारे भीतर कहीं गहरे में वे पांचों रंग मिल रहे हैं। उस बिंदु पर चित्त को एकाग्र करो और एकाग्र करो। उससे हटो नहीं, उस पर डटे रहो। मन को मत आने दो। रंगों के संबंध में, हरे, लाल और पीले रंगों के बारे में विचार मत करो। सोचो ही मत। बस, उन्हें अपने भीतर मिलते हुए देखो, उनके बारे में विचार मत करो। अगर तुमने विचार किया, तो मन प्रवेश कर गया। सिर्फ रंगों से भर जाओ, उन रंगों को अपने भीतर मिलने दो और तब उस मिलन-बिंदु पर अवधान को केंद्रित करो। सोचो मत। एकाग्रता सोचना नहीं है, विचारणा नहीं है, मनन नहीं है।

तुम अगर सचमुच रंगों से भर जाओ और तुम एक इंद्रधनुष, एक मोर ही बन जाओ और तुम्हारा आकाश रंगमय हो जाए, तो उससे तुम्हें एक सौंदर्य-बोध होगा; गहरा, गहरा सौंदर्य-बोध। लेकिन उसके संबंध में विचार मत करो, यह मत कहो कि यह सुंदर है। विचारणा में मत चले जाओ। उस बिंदु पर एकाग्र होओ जहां ये रंग मिल रहे हैं और एकाग्रता को बढ़ाते जाओ, गहराते जाओ। वह विलीन हो जाएगा, क्योंकि वह मात्र कल्पना है। अगर तुम वहां एकाग्रता को गहराते हो, तो कल्पना नहीं टिक सकती; वह विलीन हो जाएगी।

संसार पहले ही विलीन हो चुका है, सिर्फ रंग रह गए थे। वे रंग तुम्हारी कल्पना थे और वे काल्पनिक रंग एक बिंदु पर मिल रहे थे। वह बिंदु भी काल्पनिक था। अब गहरी एकाग्रता से वह बिंदु भी विलीन हो जाएगा। अब तुम कहां रहोगे? अब तुम कहां हो? तुम अपने केंद्र में स्थित हो जाओगे।

विषय कल्पना के द्वारा विलीन हुए हैं। और अब कल्पना एकाग्रता के द्वारा विलीन होगी। और विषयी की तरह केवल तुम बचोगे। विषयगत जगत विलीन हो चुका, मनोमय जगत भी विलीन हो चुका; तब तुम शुद्ध चेतना की भांति वहां रहोगे।

इसलिए सूत्र कहता है: 'शून्य में या दीवार में किसी बिंदु पर. ..।'

यह सहयोगी होगा। अगर तुम रंगों की कल्पना नहीं कर सकते, तो दीवार पर किसी बिंदु से काम चलेगा। कोई भी चीज एकाग्रता के विषय के रूप में ले लो। अगर वह आंतरिक हो, अंतस का हो तो बेहतर।

लेकिन फिर दो तरह के व्यक्तित्व होते हैं। जो लोग अंतर्मुखी हैं उनके लिए उनके भीतर ही सब रंगों के मिलने की धारणा आसान है। लेकिन जो बहिर्मुखी लोग हैं वे भीतर की धारणा नहीं बना सकते। वे बाहर की ही कल्पना कर सकते हैं, उनका चित्त बाहर ही यात्रा करता है। वे भीतर नहीं गति कर सकते, उनके भीतर कोई आंतरिकता नहीं है।

अंग्रेज दार्शनिक डेविड ह्यूम ने कहा है, जब भी मैं भीतर जाता हूं वहां मुझे कोई आत्मा नहीं मिलती। जो भी मिलता हे वे बाहर के प्रतिबिंब हैं—कोई विचार, कोई भाव। कभी किसी आंतरिकता का दर्शन नहीं होता, सदा बाहरी जगत ही वहां प्रतिबिंबित मिलता है। यह श्रेष्ठतम बहिर्मुखी चित्त है। और डेविड ह्यूम सर्वाधिक बहिर्मुखी चित्त वालों में एक है।

इसलिए अगर तुम्हें भीतर कुछ धारणा के लिए न मिले और तुम्हारा मन पूछे कि यह आंतरिकता क्या है, तो अच्छा है कि दीवार पर किसी बिंदु का प्रयोग करो।

लोग मेरे पास आते हैं और पूछते हैं कि भीतर कैसे जाया जाए? उनके लिए यह समस्या है। क्योंकि अगर तुम बहिर्गामिता ही जानते हो, तुम्हें अगर बाहर-बाहर गति करना ही आता है, तो तुम्हारे लिए भीतर जाना कठिन होगा। और अगर तुम बहिर्मुखी हो, तो भीतर इस बिंदु का प्रयोग मत करो, उसे बाहर करो। नतीजा वही होगा। दीवार पर एक बिंदु बनाओ और उस पर चित्त को एकाग्र करो। लेकिन तब खुली आंख से एकाग्रता साधनी होगी। अगर तुम भीतर केंद्र बनाते हो, तो बंद आंखों से एकाग्रता साधनी है।'

दीवार पर बिंदु बनाओ और उस पर एकाग्र होओ। असली बात एकाग्रता के कारण घटती है, बिंदु के कारण नहीं। बाहर है या भीतर, यह प्रासंगिक नहीं है! यह तुम पर निर्भर है। अगर दीवार पर देख रहे हो, एकाग्र हो रहे हो, तो तब तक एकाग्रता साधो, जब तक वह बिंदु विलीन न हो जाए।

इस बात को खयाल में रख लो : 'जब तक बिंदु विलीन न हो जाए।'

पलकों को बंद मत करो, क्योंकि उससे मन को फिर गति करने के लिए जगह मिल जाती है। इसलिए अपलक देखते रहो, क्योंकि पलक के गिरने से मन विचार में संलग्न हो जाता है। पलक के गिराने से अंतराल पैदा होता है और एकाग्रता नष्ट हो जाती है। इसलिए पलक झपकना नहीं है।

तुमने बोधिधर्म के विषय में सुना होगा। मनुष्य के पूरे इतिहास में जो बड़े ध्यानी हुए हैं वह उनमें से एक था। उसके संबंध में एक प्रीतिकर कथा कही जाती है। वह बाहर की.किसी वस्तु पर ध्यान कर रहा था। उसकी आंखें झपक जाती थीं और ध्यान टूट-टूट जाता था। तो उसने अपनी पलकों को उखाड़कर फेंक दिया। बहुत सुंदर कथा है कि उसने अपनी पलकों को

उखाड़कर फेंक दिया और फिर ध्यान करना शुरू किया। कुछ हफ्तों के बाद उसने देखा कि जहां उसकी पलकें गिरी थीं उस स्थान पर कोई पौधे उग आए हैं।

यह घटना चीन के एक पहाड़ पर घटित हुई थी। उस पहाड़ का नाम टा था। इसलिए जो पौधे वहां उग आए थे उनका नाम टी पड़ा। और यही कारण है कि चाय जागरण में सहयोगी होती है। इसलिए जब तुम्हारी पलकें झपकने लगें और तुम नींद में उतरने लगो, तो एक प्याली चाय पी लो। वे बोधिधर्म की पलकें हैं। इसी वजह से झेन संत चाय को पवित्र मानते हैं। चाय कोई मामूली चीज नहीं है। वह पवित्र है, बोधिधर्म की आंख की पलक है।

जापान में तो वे .चायोत्सव करते हैं। प्रत्येक परिवार में एक चायघर होता है जहां धार्मिक अनुष्ठान के साथ चाय पी जाती है। वह पवित्र है। और बहुत ही ध्यानपूर्ण मुद्रा में चाय पी जाती है। जापान ने चाय के इर्द-गिर्द बड़े सुंदर अनुष्ठान निर्मित किए हैं। वे चायघर में ऐसे प्रवेश करते हैं जैसे वे किसी मंदिर में प्रवेश करते हों। तब चाय तैयार की जाएगी और हरेक व्यक्ति मौन होकर बैठेगा और समोवार के उबलते स्वर को सुनेगा। उबलती चाय का, उसके वाष्प का गीत सब सुनेंगे। वह कोई अदना वस्तु नहीं है, बोधिधर्म की आंख की पलक है। और चूंकि बोधिधर्म खुली आंखों से जागने की कोशिश में लगा था, इसलिए चाय सहयोगी है। और चूंकि यह कथा टा पर्वत पर घटित हुई इसलिए वह टी कहलायी।

सच हो या न हो, यह कहानी सुंदर है। अगर तुम बाहर एकाग्रता साध रहे हो, तो अपलक देखना जरूरी है। समझो कि तुम्हारे पलकें नहीं हैं। पलकों को उखाड़ फेंकने का यही अर्थ है। तुम्हें आंखें तो हैं, लेकिन उनके ऊपर झपने को पलकें नहीं हैं। और तब तक एकाग्रता साधो जब तक बिंदु विलीन नहीं हो जाता।

बिंदु विलीन हो जाता है। अगर तुम लगे रहे, अगर तुमने संकल्प के साथ मन को चलायमान नहीं होने दिया, तो बिंदु विलीन हो जाता है। अगर तुम उस बिंदु पर एकाग्र थे और तुम्हारे लिए संसार में इस बिंदु के अलावा कुछ भी नहीं था, अगर सारा संसार पहले ही विलीन हो चुका था और यही बिंदु बचा था और यह बिंदु भी विदा हो गया, तो अब चेतना कहीं और गति नहीं कर सकती, उसके लिए जाने को कहीं न रहा; सारे आयाम बंद हो गए। अब चित्त अपने ऊपर फेंक दिया जाता है, अब चेतना अपने आप में लौट आती है। और तब तुम केंद्र में प्रविष्ट हो गए।

तो चाहे भीतर हो या बाहर, तब तक एकाग्रता साधो जब तक बिंदु विसर्जित नहीं होता। यह बिंदु दो कारणों से विसर्जित होगा। अगर वह भीतर है, तो काल्पनिक है और इसलिए विलीन हो जाएगा। और अगर यह बाहर है, तो वह काल्पनिक नहीं असली है, तुमने दीवार पर बिंदु बनाया है और उस पर अवधान को एकाग्र किया है, तो यह बिंदु क्यों विलीन होगा? भीतर के-बिंदु का बिलीन होना तो समझा जा सकता है, क्योंकि वह वहां था नहीं, तुमने उसे कल्पित कर लिया था। लेकिन दीवार पर तो वह है, वह क्यों बिलीन होगा?

वह एक विशेष कारण से विलीन होता है। अगर तुम किसी बिंदु पर चित्त को एकाग्र करते हो, तो यथार्थ में वह बिंदु विसर्जित नहीं होता, तुम्हारा मन ही विसर्जित होता है। अगर तुम किसी बाह्य बिंदु पर एंकाग्र हो रहे हो, तो मन की गति बंद हो जाती है। और मन गति के बिना नहीं जी सकता है। वह रुक जाता है, वह मर जाता है। और जब मन रुक जाता है, तो

▲

तुम बाहर की किसी भी चीज के साथ संबंधित नहीं हो सकते हो। तब अचानक सभी सेतु टूट जाते हैं, क्योंकि मन ही तो सेतु है।

जब तुम दीवार पर, किसी बिंदु पर मन को एकाग्र कर रहे हो, तो तुम्हारा मन क्या करता है? वह निरंतर तुमसे बिंदु तक और बिंदु से तुम तक उछलकूद करता रहता है। एक सतत उछलकूद की प्रक्रिया चलती है। जब मन विचलित होता है, तो तुम बिंदु को नहीं देख सकते। क्योंकि तुम यथार्थ आंख में से नहीं, मन से और आंख से बिंदु को देखते हो। अगर मन वहां न रहे, तो आंखें काम नहीं कर सकतीं। तुम दीवार को घूरते रह सकते हो, लेकिन बिंदु नहीं दिखाई पड़ेगा। क्योंकि मन न रहा, सेतु टूट गया। बिंदु तो सच है, वह है। इसलिए जब मन लौट आएगा, तो फिर उसे देख सकोगे। लेकिन अभी नहीं देख सकते, अभी तुम बाहर गति नहीं कर सकते। अचानक तुम अपने केंद्र पर हो।

यह केंद्रस्थता तुम्हें तुम्हारे अस्तित्वगत आधार के प्रति जागरूक बना देगी, तब तुम जानोगे कि कहां से तुम अस्तित्व के साथ संयुक्त हो, जुड़े हो। तुम्हारे भीतर ही वह बिंदु है जो समस्त अस्तित्व के साथ जुड़ा हुआ है, जो उसके साथ एक है। और जब एक बार इस केंद्र को जान गए, तो तुम घर आ गए। तब यह संसार परदेश नहीं रहा और तुम परदेशी नहीं रहे। तब यह जगत तुम्हारा घर है, तब तुम संसार के हो गए। तब किसी संघर्ष की, किसी लड़ाई की जरूरत न रही। तब तुम्हारे और अस्तित्व के बीच शत्रुता न रही, अस्तित्व तुम्हारी मां हो गई।

यह अस्तित्व ही है जो तुम्हारे भीतर प्रविष्ट हुआ और बोधपूर्ण हुआ है। यह अस्तित्व ही है जो तुम्हारे भीतर प्रस्फुटित हुआ है। यह अनुभूति, यह प्रतीति, यह घटना, और फिर दुख नहीं रहेगा। तब आनंद कोई घटना नहीं है—ऐसी घटना, जो आती है और चली जाती है—तब आनंद तुम्हारा स्वभाव है। जब कोई अपने केंद्र में स्थित होता है, तो आनंद स्वाभाविक है। तब कोई आनंदपूर्ण हो जाता है।

फिर धीरे-धीरे उसे यह बोध भी जाता रहता है कि वह आनंदपूर्ण है। क्योंकि बोध के लिए विपरीत का होना जरूरी है। अगर तुम दुखी हो, तो आनंदित होने पर तुम्हें आनंद की अनुभूति होगी। लेकिन जब दुख नहीं है, तो धीरे-धीरे तुम दुख को पूरी तरह भूल जाते हो। और तब तुम अपने आनंद को भी भूल जाते हो। और जब तुम अपने आनंद को भी भूलते हो तभी तुम सच में आनंदित हो। तब वह स्वाभाविक है। जैसे तारे चमकते हैं, नदियां बहती हैं, वैसे ही तुम आनंदपूर्ण हो। तुम्हारा होना ही आनंदमय है। तब यह कोई घटना नहीं है, तब तुम ही आनंद हो।

दूसरे सूत्र के साथ भी यही तरकीब, यही वैज्ञानिक आधार, यही प्रक्रिया काम करती है :

अपने पूरे अवधान को अपने मेरुदंड के मध्य में कमल-तंतु सी कोमल स्नायु में स्थित करो। ओर इसमें रूपांतरित हो जाओ।

इस सूत्र के लिए, ध्यान की इस विधि के लिए तुम्हें अपनी आंखें बंद कर लेनी चाहिए। और अपने मेरुदंड को, अपनी रीढ़ की हड्डी को देखना चाहिए, देखने का भाव करना चाहिए। अच्छा हो कि किसी शरीर-शास्त्र की पुस्तक में या किसी चिकित्सालय या मेडिकल कालेज में जाकर शरीर की संरचना को देख-समझ लो, तब आंख बंद करो और मेरुदंड पर

▲

अवधान लगाओ। उसे भीतर की आंखों से देखो और ठीक उसके मध्य से जाते हुए कमल-तंतु जैसे कोमल स्नायु का भाव करो।

'और इसमें रूपांतरित हो जाओ।'

अगर संभव हो तो इस मेरुदंड पर अवधान को एकाग्र करो और तब भीतर से, मध्य से जाते हुए कमल-तंतु जैसे स्नायु पर एकाग्र होओ। और यही एकाग्रता तुम्हें तुम्हारे केंद्र पर आरूढ़ कर देगी। क्यों?

मेरुदंड तुम्हारी समूची शरीर-संरचना का आधार है। सब कुछ उससे संयुक्त है, जुड़ा हुआ है। सच तो यह है कि तुम्हारा मस्तिष्क इसी मेरुदंड का एक छोर है। शरीर- शास्त्री कहते हैं कि मस्तिष्क मेरुदंड का ही विस्तार है। तुम्हारा मस्तिष्क मेरुदंड का विकास है। और तुम्हारी रीढ़ तुम्हारे सारे शरीर से संबंधित है, सब कुछ उससे संबंधित है। यही कारण है कि उसे रीढ़ कहते हैं, आधार कहते हैं।

इस रीढ़ के अंदर एक तंतु जैसी चीज है, लेकिन शरीर-शास्त्री इसके संबंध में कुछ नहीं कह सकते। यह इसलिए कि यह पौदगलिक नहीं है। इस मेरुदंड में, इसके ठीक मध्य में एक रजत-रज्जु है, एक बहुत कोमल नाजुक स्नायु है। शारीरिक अर्थ में वह स्नायु भी नहीं है। तुम उसे काट-पीट कर नहीं निकाल सकते, वह वहां नहीं मिलेगा। लेकिन गहरे ध्यान में वह देखा जाता है। वह है, लेकिन वह अपदार्थ है, अवस्तु है। वह पदार्थ नहीं, ऊर्जा है। और यथार्थतः तुम्हारे मेरुदंड की वही ऊर्जा-रज्जु तुम्हारा जीवन है। उसके द्वारा ही तुम अदृश्य अस्तित्व के साथ संबंधित हो। वही दृश्य और अदृश्य के बीच सेतु है। उस तंतु के द्वारा ही तुम अपने शरीर से संबंधित हो, और उस तंतु के द्वारा ही तुम आत्मा से संबंधित हो।

तो पहले तो मेरुदंड की कल्पना करो, उसे मन की आंखों से देखो। और तुम्हें अदभुत अनुभव होगा। अगर तुम मेरुदंड का मनोदर्शन करने की कोशिश करोगे, तो यह दर्शन बिलकुल संभव है। और अगर तुम निरंतर चेष्टा में लगे रहे, तो कल्पना में ही नहीं, यथार्थ में भी तुम अपने मेरुदंड को देख सकते हो।

मैं एक साधक को इस विधि का प्रयोग करवा रहा था। मैंने उसे शरीर-संस्थान का एक चित्र देखने को दिया, ताकि वह उसके जरिए अपने भीतर के मेरुदंड को मन की आंखों से देखने में समर्थ हो सके। उसने प्रयोग शुरू किया और सप्ताह भर के अंदर आकर उसने मुझसे कहा, आश्चर्य की बात है कि मैंने आपके दिए चित्र को देखने की कोशिश की, लेकिन अनेक बार वह चित्र मेरी आंखों के समाने से गायब हो गया और एक दूसरा मेरुदंड मुझे दिखाई दिया। यह मेरुदंड चित्र वाले मेरुदंड जैसा नहीं था। तो मैंने उस साधक से कहा कि अब तुम सही रास्ते पर हो। अब चित्र को बिलकुल भूल जाओ और उस मेरुदंड को देखा करो जो तुम्हारे लिए दृश्य हुआ है।

मनुष्य भीतर से अपने शरीर-संस्थान को देख सकता है। हम इसको देखने की कोशिश नहीं करते, क्योंकि वह दृश्य डरावना है, वीभत्स है। जब तुम्हें तुम्हारे रक्त-मांस और अस्थिपंजर दिखाई पड़ेंगे, तो तुम भयभीत हो जाओगे। इसलिए हमने अपने मन को भीतर देखने से बिलकुल रोक रखा है। हम भी अपने शरीर को उसी तरह बाहर से देखते हैं जिस तरह दूसरे लोग उसे देखते हैं।

यह वैसा ही है जैसे तुम इस कमरे को इसके बाहर जाकर देखो; तुम सिर्फ इसकी बाहरी दीवारों को देखोगे। फिर तुम भीतर आ जाओ और देखो, तब तुम्हें भीतरी दीवारें दिखाई देंगी। तुम तो सिर्फ बाहर से अपने शरीर को इस तरह देखते हो जिस तरह कोई दूसरा आदमी उसे देखता हो। भीतर से तुमने अपने शरीर को नहीं देखा है। हम देख सकते हैं, लेकिन इस भय के कारण वह हमारे लिए आश्चर्य की चीज बना है।

भारतीय योग की पुस्तकें शरीर के संबंध में ऐसी बातें बताती हैं जो नए वैज्ञानिक शोध से हूबहू सही साबित हुई हैं। लेकिन विज्ञान यह समझने में असमर्थ है कि योग को इनका पता कैसे चला? वह इन्हें कैसे जान सका? शल्य-चिकित्सा और मानव-शरीर का ज्ञान बहुत हाल की घटनाएं हैं। इस हालत में योग इन सारी स्नायुओं को, सभी केंद्रों को, शरीर के पूरे आंतरिक संस्थान को कैसे जान गया? जो अत्यंत हाल की खोजें हैं, आश्चर्य कि वे उन्हें भी जानते थे। उन्होंने उनकी चर्चा की है, उन पर काम किया है। योग को शरीर की बुनियादी और महत्वपूर्ण चीजों के विषय में सब कुछ मालूम रहा है। लेकिन योग चीर-फाड़ नहीं करता था, फिर उसे उसकी इतनी सारी बातें कैसे पता चलीं?

सच तो यह है कि शरीर को देखने-जानने का एक दूसरा ही रास्ता है, वह उसे अंदर से देखना है। अगर तुम भीतर एकाग्र हो सको, तो तुम अचानक अंदरूनी शरीर को, उसके भीतरी रेखा-चित्र को देखने लगोगे।

यह विधि उन लोगों के लिए उपयोगी है जो शरीर से जुड़े हैं। अगर तुम भौतिकवादी हो, अगर तुम सोचते हो कि तुम शरीर के अतिरिक्त और कुछ नहीं हो, तो यह विधि तुम्हारे बहुत काम की होगी। अगर तुम चार्वाक या मार्क्स के मानने वाले हो, अगर तुम मानते हो कि मनुष्य शरीर के अलावा कुछ नहीं है, तो तुम्हें यह विधि बहुत सहयोगी होगी। तो तुम जाओ और मनुष्य के अस्थि-संस्थान को देखो।

तंत्र या योग की पुरानी परंपराओं में वे अनेक तरह की हड्डियों का उपयोग करते थे। अभी भी तांत्रिक अपने पास कोई न कोई हड्डी या खोपड़ी रखता है। दरअसल वह भीतर से एकाग्रता साधने का उपाय है। पहले वह उस खोपड़ी पर एकाग्रता साधता है, फिर आंखें बंद करता है और अपनी खोपड़ी का ध्यान करता है। वह बाहर की खोपड़ी की कल्पना भीतर करता जाता है और इस तरह धीरे-धीरे अपनी खोपड़ी की प्रतीति उसे होने लगती है। उसकी चेतना केंद्रित होने लगती है।

वह बाहरी खोपड़ी, उसका मनोदर्शन, उस पर ध्यान, सब उपाय हैं। और अगर तुम एक बार अपने भीतर केंद्रीभूत हो गए, तो तुम अपने अंगूठे से सिर तक यात्रा कर सकते हो। तुम भीतर चलो, वहां एक बड़ा ब्रह्मांड है। तुम्हारा छोटा शरीर एक बड़ा ब्रह्मांड है।

यह सूत्र मेरुदंड का उपयोग करता है, क्योंकि मेरुदंड के भीतर ही जीवन-रज्जु छिपा है। यही कारण है कि सीधी रीढ़ पर इतना जोर दिया जाता है, क्योंकि अगर रीढ़ सीधी न रही तो तुम भीतरी रज्जु को नहीं देख पाओगे। वह बहुत ही नाजुक है, बहुत सूक्ष्म है। वह ऊर्जा का प्रवाह है। इसलिए अगर तुम्हारी रीढ़ सीधी है, बिलकुल सीधी, तभी तुम्हें उस जीवन-रज्जु की झलक मिल सकेगी।

लेकिन हमारे मेरुदंड सीधे नहीं हैं। हिंदू बचपन से ही मेरुदंड को सीधा रखने का उपाय

▲

करते हैं। उनके बैठने, उठने, चलने और सोने तक के ढंग सीधी रीढ़ पर आधारित थे। और अगर रीढ़ सीधी नहीं है तो उसके भीतरी तत्वों को देखना बहुत कठिन होगा। वह नाजुक है, सूक्ष्म है और वास्तव में पौदगलिक नहीं है। वह अपौदगलिक है, वह शक्ति है। इसलिए जब मेरुदंड बिलकुल सीधा होता है तो वह रज्जुवत शक्ति देखने में आती है।

'और इसमें रूपांतरित हो जाओ।'

और अगर तुम इस रज्जु पर एकाग्र हुए, तुमने उसकी अनुभूति और उपलब्धि की, तब तुम एक नए प्रकाश से भर जाओगे। वह प्रकाश तुम्हारे मेरुदंड से आता होगा। वह तुम्हारे पूरे शरीर पर फैल जाएगा, वह तुम्हारे शरीर के पास भी चला जाएगा।

और जब प्रकाश शरीर के पार जाता है तब प्रभामंडल दिखाई देते हैं। हरेक आदमी का प्रभामंडल है। लेकिन साधारणतः तुम्हारे प्रभामंडल छाया की तरह हैं जिनमें प्रकाश नहीं होता। वे तुम्हारे चारों ओर काली छाया की तरफ फैले होते हैं। और वे प्रभामंडल तुम्हारे प्रत्येक मनोभाव को अभिव्यक्त करते हैं। जब तुम क्रोध में होते हो तो तुम्हारा प्रभामंडल रक्त-रंजित जैसा हो जाता है, उसमें क्रोध लाल रंग में अभिव्यक्त होता है। जब तुम उदास, बुझे-बुझे, हतप्रभ होते हो तो तुम्हारा प्रभामंडल काले तंतुओं से भरा होता है, मानो तुम मृत्यु के निकट हो—सब मृत और बोझिल। और जब यह मेरुदंड के भीतर का तंतु उपलब्ध होता है तब तुम्हारा प्रभामंडल सचमुच में प्रभामंडित होता है।

इसलिए बुद्ध, महावीर, कृष्ण या क्राइस्ट महज सजावट के लिए प्रभामंडल से नहीं चित्रित किए जाते हैं; वे प्रभामंडल सच में होते हैं। तुम्हारा मेरुदंड प्रकाश विकीरित करने लगता है। भीतर तुम बुद्धत्व को प्राप्त होते हो, बाहर तुम्हारा सारा शरीर प्रकाश-शरीर हो उठता है, और तब उसकी प्रभा बाहर भी फैलने लगती है। इसलिए किसी बुद्धपुरुष के लिए किसी से यह पूछना जरूरी नहीं है कि तुम क्या हो। तुम्हारा प्रभामंडल सब बता देगा। और जब कोई शिष्य बुद्धत्व प्राप्त करता है तो गुरु को पता हो जाता है, क्योंकि प्रभामंडल सब प्रकट कर देता है।

मैं तुम्हें एक कहानी बताऊं। एक चीनी संत, हुई नेंग, जब पहले-पहले अपने गुरु के पास पहुंचा तो गुरु ने कहा कि तुम किसलिए आए हो? तुम्हें मेरे पास आने की जरूरत नहीं थी। हुई नेंग की समझ में कुछ नहीं आया, उसने सोचा कि अभी गुरु द्वारा स्वीकृत होने की उसकी पात्रता नहीं है। लेकिन गुरु कुछ और ही चीज देख रहा था, वह उसके फैलते हुए प्रभामंडल को देख रहा था। गुरु कह रहा था कि अगर तुम मेरे पास नहीं भी आओ तो भी देर-अबेर यह घटना घटने ही वाली है। तुम उसमें ही हो, इसलिए मेरे पास आने की जरूरत न थी।

लेकिन हुई नेंग ने प्रार्थना की कि मुझे अस्वीकार न करें। तो गुरु ने उसे प्रवेश दिया और कहा कि आश्रम के पिछवाड़े में जो रसोईघर है उसमें जाकर काम करो। और फिर दूसरी बार मेरे पास मत आना। जब जरूरत होगी, मैं ही तुम्हारे पास आ जाऊंगा।

हुई नेंग को कोई ध्यान करने को नहीं बताया गया, न कोई शास्त्र पढ़ने को कहा गया। उसे कुछ भी नहीं सिखाया गया। उसे बस रसोईघर में रख दिया गया। वह एक बहुत बड़ा आश्रम था, जिसमें कोई पांच सौ भिक्षु रहते थे। उनमें पंडित, विद्वान, ध्यानी, योगी, सब थे। और सब साधना में लगे थे। लेकिन हुई नेंग केवल चावल साफ करता था और रसोई के भीतर

काम करता था। और इस तरह बारह वर्ष बीत गए। हुई नेंग इस बीच गुरु के पास दुबारा नहीं गया, क्योंकि इजाजत नहीं थी। वह प्रतीक्षा करता रहा, प्रतीक्षा करता रहा। वह सिर्फ प्रतीक्षा ही करता रहा और लोग उसे महज नौकर समझते थे। कोई उस पर ध्यान भी नहीं देता था। उस आश्रम में पंडितों और ध्यानियों की कमी नहीं थी। उनके बीच एक चावल कूटने वाले की क्या बिसात होती!

और फिर एक दिन गुरु ने घोषणा की कि मेरी मृत्यु निकट है और मैं अब चाहता हूं कि किसी को अपना उत्तराधिकारी बनाऊं। इसलिए जो समझते हों कि वे बुद्धत्व को प्राप्त हैं, वे चार पंक्तियों की एक कविता रचें जिसमें वे वह सब व्यक्त कर दें जो उन्होंने सीखा है। गुरु ने यह भी कहा कि जिसकी कविता में सच में बुद्धत्व व्यक्त होगा, उसे मैं अपना उत्तराधिकारी चुनूंगा।

उस आश्रम में एक महापंडित था। इसलिए उस प्रतियोगिता में किसी ने भाग नहीं लिया। सब यही सोचते थे कि महापंडित जीतेगा। वह शास्त्रों का बड़ा ज्ञाता था, सो उसने चार पंक्तियां लिखीं। उन चार पंक्तियों में उसने लिखा: 'मन एक दर्पण की तरह है, जिस पर धूल जम जाती है। धूल को साफ कर दो और सत्य अनुभव में आ जाता है, बुद्धत्व प्राप्त हो जाता है।'

लेकिन यह महापंडित भी डरता था, क्योंकि गुरु को पता था कि कौन ज्ञानोपलब्ध है, कौन नहीं। यद्यपि महापंडित ने जो लिखा था वह सुंदर था, सब शास्त्रों का सार-निचोड़ था। 'मन दर्पण की तरह है, जिस पर धूल जम जाती है। धूल को पोंछ दो और तुम ज्ञानोपलब्ध हो।' यही तो सब वेदों का सार था। लेकिन पंडित डरता था कि यह उसने शास्त्रों से लिया था, इसमें उसका अपना कुछ नहीं था। इसलिए वह सीधे गुरु के पास नहीं गया। वह रात के अंधेरे में गुरु के झोपड़े पर गया और उसकी दीवार पर वे चार पंक्तियां लिख दीं। उसने नीचे हस्ताक्षर भी नहीं किया। उसने सोचा कि अगर गुरु ने उन्हें स्वीकृति दी तो मैं कहूंगा कि मैंने लिखा है और अगर गुर ने उन्हें ठीक नहीं कहा तो चुप रह जाऊंगा।

लेकिन गुरु ने स्वीकृति दे दी। सुबह उन्होंने हंसते हुए कहा कि ठीक है, जिस आदमी ने यह कविता लिखी है वह ज्ञानी है। समूचे आश्रम में उसकी चर्चा होने लगी। सब तो जानते ही थे कि किसने लिखा है। वे चर्चा करने लगे, प्रशंसा करने लगे। वे पंक्तियां तो सुंदर थीं। सचमुच सुंदर थीं।

इसी चर्चा में लगे कुछ भिक्षु रसोईघर में पहुंचे। वे चाय पीते थे और चर्चा करते थे। हुई नेंग उन्हें चाय पिला रहा था। उसने सब बात सुनी। जब वे चार पंक्तियां उसने सुनीं तब वह हंसा। इस पर किसी ने उससे पूछा कि तुम क्यों हंस रहे हो? तुम तो कुछ जानते नहीं, बारह वर्षों से तुम चौके में काम कर रहे हो; तुम क्यों हंस रहे हो?

किसी ने इसके पहले इस भिक्षु को हंसते भी नहीं देखा था। वह तो महामूढ़ समझा जाता था, जिसे बात करनी भी नहीं आती थी। उसने कहा कि मैं लिखना नहीं जानता हूं और मैं ज्ञानी भी नहीं हूं, लेकिन वे चार पंक्तियां गलत हैं। अगर कोई व्यक्ति मेरे साथ आए तो मैं चार पंक्तियां बना दूंगा और वह उन्हें दीवार पर लिख दे। मैं लिखना नहीं जानता हूं।

एक भिक्षु मजाक में उसके साथ हो लिया। उनके पीछे एक भीड़ भी वहां आ गई। हुई नेंग ने लिखाया: 'कैसा दर्पण, कैसी धूल? न कोई मन है, न कोई दर्पण है। धूल जमेगी

कहां? और जो यह जान लेता है वह धर्म को उपलब्ध हो जाता है।' लेकिन जब गुरु आया तो उसने कहा कि यह गलत है। हुई नेंग ने उसके पैर छुए और वह रसोईघर को लौट गया।

रात में जब सब सोए थे, गुरु हुई नेंग के पास आया और कहा, तुम सही हो, लेकिन मैं यह बात उन मूर्खों के सामने नहीं कह सकता था। वे विद्वान मूर्ख हैं। और अगर मैं कहता कि तुम मेरे उत्तराधिकारी हुए तो वे तुम्हें मार डालते। तुम मेरे उत्तराधिकारी हो। लेकिन यह बात दूसरों से मत कहो। तुम यहां से भाग जाओ। जिस दिन तुम यहां आए थे उसी दिन मैं जान गया था कि तुम उत्तराधिकारी हो। तुम्हारा प्रभामंडल बढ़ रहा था। इसीलिए तुम्हें कोई ध्यान नहीं दिया गया, उसकी जरूरत न थी। तुम ध्यान में ही थे। और बारह वर्षों के मौन ने, जिसमें तुमने कुछ नहीं किया, ध्यान भी नहीं, तुम्हें तुम्हारे चित्त से सर्वथा मुक्त कर दिया है और तुम्हारा प्रभामंडल पूर्ण हो चला है। तुम पूर्णचंद्र हो गए हो। लेकिन यहां से निकल जाओ, अन्यथा वे लोग तुम्हें मार डालेंगे। तुम यहां बारह वर्षों से हो और निरंतर तुमसे प्रकाश विकीरित हो रहा है। लेकिन कोई उसे नहीं देख सका, यद्यपि हर कोई दिन में तीन-चार दफे रसोईघर में आता रहा है। यही वजह है कि मैंने तुम्हें यहां रखा था। कोई तुम्हारे प्रभामंडल को नहीं देख सका। तुम भाग ही जाओ।

जब मेरुदंड का यह तंतु देख लिया जाता है, उपलब्ध होता है, तब तुम्हारे चारों ओर एक प्रभामंडल बढ़ने लगता है। 'इसमें रूपांतरित हो जाओ।' उस प्रकाश से भर जाओ और रूपांतरित हो जाओ। यह भी केंद्रित होना है, मेरुदंड में केंद्रित होना।

अगर तुम शरीरवादी हो तो यह विधि तुम्हारे काम आएगी। अगर नहीं तो यह कठिन है। तब भीतर से शरीर को देखना कठिन होगा। यह विधि पुरुषों की बजाय स्त्रियों के लिए ज्यादा कारगर होगी। स्त्रियों ज्यादा शरीरवादी हैं। वे शरीर में अधिक रहती हैं और कल्पनाशील भी होती हैं। शरीर का मनोदर्शन उनके लिए आसान हो सकता है। स्त्रियों पुरुषों से ज्यादा शरीर-केंद्रित हैं। लेकिन जो कोई भी शरीर को महसूस कर सकता है, जो कोई भी आंख बंद कर भीतर से शरीर को देख सकता है, उसके लिए यह विधि बहुत सहयोगी होगी।

पहले अपने मेरुदंड को देखो, फिर उसके बीच से जाती हुई रजत-रज्जु को। पहले तो वह कल्पना ही होगी, लेकिन धीरे-धीरे तुम पाओगे कि कल्पना विलीन हो गई है और तुम्हारा चित्त मेरुदंड पर एकाग्र हो गया है। और तब तुम अपने ही मेरुदंड को देखोगे। और जिस क्षण तुम आंतरिक तत्व को देखोगे, अचानक तुम्हें तुम्हारे भीतर प्रकाश का विस्फोट अनुभव होगा।

कभी-कभी यह घटना प्रयास के बिना भी घटती है। यह होता है। फिर तुम्हें कहं, किसी गहरे संभोग के क्षण में यह होता है। तंत्र जानता है कि गहरे काम-कृत्य में तुम्हारी सारी ऊर्जा रीढ़ के पास इकट्ठी हो जाती है। असल में गहरे काम-कृत्य में रीढ़ बिजली छोड़ने लगती है। कभी-कभी तो ऐसा होगा कि रीढ़ को छूने से तुम्हें धक्का लगेगा। और अगर संभोग गहरा हो, प्रेमपूर्ण हो, लंबा हो, अगर दो प्रेमी प्रगाढ़ प्रेमालिंगन में हों, शोत और निश्चल, एक-दूसरे को भरते हुए, तो घटना घटती है। कई बार ऐसा हुआ है कि अंधेरा कमरा अचानक रोशनी से भर जाता है और दोनों शरीरों को एक नीला प्रभामंडल घेर लेता है।

ऐसी अनेक घटनाएं हुई हैं। तुम्हारे अनुभव में भी ऐसा हुआ होगा कि अंधेरे कमरे में गहरे प्रेम में उतरने पर तुम्हारे दो शरीरों के चारों ओर एक रोशनी सी हो गई है और फैलकर पूरे

▲

कमरे में भर गई है। कई बार ऐसा हुआ है कि किसी दृश्य कारण के बिना ही कमरे की मेज पर से अचानक चीजें उछलकर नीचे गिर गई हैं। और अब मनस्विद बताते हैं कि गहरे काम-कृत्य में बिजली की तरंगें छूटती हैं और उसके कई प्रभाव और परिणाम हो सकते हैं। चीजें अचानक गिर सकती हैं, हिल सकती हैं, टूट सकती हैं। ऐसे प्रकाश के फोटो भी लिए गए हैं। लेकिन यह प्रकाश सदा मेरुदंड के इर्द-गिर्द इकट्ठा होता है।

तो कभी-कभी काम-कृत्य के दौरान भी तुम जाग सकते हो, अगर तुम अपने मेरुदंड के बीच से जाती हुई रजत-रज्जु को देख सको। तंत्र को यह बात भलीभांति पता है और उसने इस पर काम भी किया है। तंत्र ने इस उपलब्धि के लिए संभोग का भी उपयोग किया है। लेकिन उसके लिए काम-कृत्य को सर्वथा भिन्न ढंग का होना पड़ेगा, उसका गुण धर्म भिन्न होगा। उस हालत में काम-कृत्य किसी तरह निबट लेने की, महज स्खलन के द्वारा छुट्टी पा लेने की, झट-पट उससे गुजर जाने की बात नहीं रहेगी; तब वह एक शारीरिक कर्म नहीं रहेगा। तब वह एक गहरा आध्यात्मिक मिलन होगा, योग होगा। तब यथार्थ में वह दो देहों के द्वारा दो आंतरिकताओं का, दो आत्माओं का एक-दूसरे में प्रवेश होगा।

इसलिए मेरा सुझाव है कि जब तुम गहरे काम-कृत्य में होओ तो इस विधि को प्रयोग में लाओ। वह आसान हो जाएगी। यौन को भूल जाओ। जब गहरे आलिंगन में उतरो, बस भीतर रहो और दूसरे व्यक्ति को भी भूल जाओ। भीतर जाओ और अपने मेरुदंड को देखो। उस समय मेरुदंड के पास अधिक ऊर्जा प्रवाहित होती है, इसलिए यह देखना आसान होगा। और उस समय रजत-रज्जु भी ज्यादा दृश्य होती है, क्योंकि तुम शांत होते हो और तुम्हारा शरीर विश्राम में होता है। प्रेम गहरे से गहरा विश्राम है, लेकिन हमने उसे भी तनाव बना लिया है। हमने उसे एक चिंता, एक बोझ में बदल लिया है।

प्रेम की ऊष्मा में, जब तुम भरे-भरे और शिथिल हो, आंखें बंद कर लो। सामान्यतः पुरुष आंखें बंद नहीं करते, स्त्रियां करती हैं। इसलिए मैंने कहा कि पुरुषों की बजाय स्त्रियां अधिक शरीरवादी हैं। काम-कृत्य के गहरे आलिंगन में उतरने पर स्त्रियां आंखें बंद कर लेती हैं। दरअसल वे खुली आंखों से प्रेम नहीं कर सकती हैं। आंखों के बंद रहने पर वे भीतर से शरीर को अधिक महसूस कर पाती हैं।

तो आंखें बंद कर लो और शरीर को महसूस करो। विश्राम में उतर जाओ और मेरुदंड पर चित एकाग्र करो। और यह सूत्र बहुत सरल ढंग से कहता है : 'इसमें रूपांतरित हो जाओ।' तुम इसके द्वारा रूपातरित हो जाओगे।

आज इतना ही।

10

केंद्रित, संतुलित और आप्तकाम होओ

प्रश्न-सार

1. क्या आत्मोपलब्धि बुनियादी आवश्यकता है?

2. मनन, एकाग्रता और ध्यान पर प्रकाश डालें।

3. नाभि-केंद्र के विकास के लिए जो प्रशिक्षण है वह हृदय और मतिष्क के केंद्रों के प्रशिक्षण से भिन्न कैसे है?

4. क्या सभी बुद्धपुरुष नाभि-केंद्रित हैं?

कई प्रश्न हैं। पहला प्रश्न:
क्या आत्मोपलब्धि, सेल्फ-एक्चुअलाइजेशन मनुष्य की बुनियादी आवश्यकता है?

पहले यह समझने की कोशिश करो कि सेल्फ-एक्चुअलाइजेशन का, आत्मोपलब्धि का अर्थ क्या है। ए.एच.मैसलो ने इस शब्द सेल्फ-एक्चुअलाइजेशन का प्रयोग किया है। मनुष्य एक संभावना की तरह पैदा होता है। वह सच में वास्तविक नहीं है, मात्र संभावना है। मनुष्य एक संभावना की भांति जन्म लेता है, वास्तविकता की भांति नहीं। वह कुछ हो सकता है; वह अपनी संभावना को वास्तविकता बना सकता है। और ऐसा नहीं भी हो सकता है। अवसर का उपयोग किया जा सकता है, नहीं भी किया जा सकता है।

और प्रकृति तुम्हें वास्तविक होने के लिए मजबूर नहीं कर रही है। तुम स्वतंत्र हो। तुम वास्तविक होने को चुन सकते हो; तुम इसके लिए कुछ न करने को भी चुन सकते हो। मनुष्य एक बीज की तरह पैदा होता है। कोई भी मनुष्य भरा-पूरा, आप्तकाम होकर नहीं पैदा होता है, सिर्फ आप्तकाम होने की संभावना साथ लाता है।

अगर यह बात है—और यही बात है—तब आत्मोपलब्धि एक बुनियादी आवश्यकता हो जाती है। क्योंकि तुम जब तक आप्तकाम नहीं होते, जब तक वह नहीं होते जो हो सकते हो या जो होने को पैदा हुए हो, जब तक तुम्हारी नियति पूरी नहीं होती, यथार्थ नहीं होती, जब तक तुम्हारा बीज भरा-पूरा वृक्ष नहीं बन जाता, तब तक तुम्हें लगेगा कि तुम कुछ खो रहे हो, तुम में कुछ कमी है।

और प्रत्येक व्यक्ति को यह महसूस होता है कि वह कुछ खो रहा है। यह खोने का भाव इसलिए है कि तुम अभी वास्तविक नहीं हुए हो। बात ऐसी नहीं है कि तुम धन का या पद-प्रतिष्ठा का या शक्ति का अभाव अनुभव करते हो। अगर तुम्हें वह सब मिल भी जाए जो तुम मांगते हो—धन, सत्ता, प्रतिष्ठा या जो भी—तो भी तुम सदा अपने भीतर कोई अभाव अनुभव करते रहोगे। क्योंकि वह अभाव किसी बाहरी चीज से संबंधित नहीं है। जब तक तुम आप्तकाम न हो जाओ, जब तक ऐसी उपलब्धि या खिलावट या आंतरिक परितोष को न प्राप्त हो जाओ जहां कह सको कि यह वही है जो होने को मैं बना था, तब तक यह अभाव खटकता

रहेगा और तुम इस अभाव के भाव को किसी भी दूसरी चीज से दूर नहीं कर सकते।

तो आत्मोपलब्धि का अर्थ है कि एक आदमी वही हो गया है जो उसे होना था। वह एक बीज की तरह पैदा हुआ था और अब उसका फूल खिल गया, वह पूर्ण विकास को, आंतरिक विकास को, आंतरिक मंजिल को पा गया। जिस क्षण तुम पाओगे कि तुम्हारी सभी संभावनाएं वास्तविक हो गईं उस क्षण तुम जीवन के शिखर को, प्रेम के शिखर को, स्वयं अस्तित्व के शिखर को अनुभव करोगे।

अब्राहम मैसलो ने, जिसने इस सेल्फ-एक्चुअलाइजेशन शब्द का प्रयोग किया, एक और शब्द का आविष्कार किया है; वह शब्द है, पीक-एक्सपीरिएंस—शिखर-अनुभव। जब कोई स्वयं को उपलब्ध होता है तो वह शिखर को, आनंद के शिखर को उपलब्ध होता है। तब किसी भी चीज की खोज बाकी नहीं रह जाती, तब वह अपने साथ पूर्णतः संतुष्ट होता है। अब कोई कमी नहीं रही; कोई चाह, कोई मांग, कोई दौड़ नहीं रही। वह जो भी है वह अपने साथ संतुष्ट है। आत्मोपलब्धि शिखर-अनुभव बन जाती है, और सिर्फ आत्मोपलब्ध व्यक्ति ही शिखर-अनुभव को प्राप्त हो सकता है। तब वह जो कुछ भी करता है, जो कुछ भी छूता है, जो कुछ भी करता है या नहीं करता है, मात्र होना भी उसके लिए शिखर-अनुभव है। होना मात्र आनंदित होना है। तब आनंद का किसी बाहरी वस्तु से लेना-देना नहीं है; वह आंतरिक विकास की महज उपज है, उप-उत्पत्ति है।

बुद्ध आत्मोपलब्ध व्यक्ति हैं। यही कारण है कि हम बुद्ध, महावीर या उन जैसे लोगों के चित्र या मूर्ति पूरे खिले हुए कमल पर बेठे हुए बनाते हैं। वह पूर्ण खिला हुआ कमल आंतरिक खिलावट का शिखर है। भीतर वे खिल गए हैं, और पूरी तरह खिल गए हैं। वह आंतरिक खिलाबट उन्हें प्रभामंडित करती है; उनसे आनंद की सतत वर्षा होती रहती है। और जो भी उनकी छाया के नीचे आते हैं, जो भी उनके पास आते हैं, वे उनके चारों ओर एक शांति का माहौल अनुभव करते हैं।

महावीर के संबंध में एक दिलचस्प विवरण है। वह एक मिथक है। लेकिन मिथक सुंदर होते हैं, और वे बहुत कुछ कहते हैं जो अन्यथा नहीं कहा जा सकता। कहा जाता है कि जब महावीर चलते थे तो उनके चारों ओर चौबीस मील के दायरे में सभी फूल खिल जाते थे। अगर फूलों का मौसम भी नहीं होता तो भी फूल खिलते थे।

यह महज काव्य की भाषा है। लेकिन अगर कोई व्यक्ति आत्मोपलब्ध नहीं था और वह महावीर के संपर्क में आता तो उनकी खिलावट उसके लिए संक्रामक हो जाती और वह अपने भीतर भी खिलावट अनुभव करता। अगर किसी व्यक्ति के लिए यह उचित मौसम नहीं होता, अगर वह तैयार भी नहीं होता, तो भी वह उनकी खिलावट को प्रतिबिंबित करता, उसके भीतर उस खिलावट की प्रतिध्वनि महसूस होती। अगर महावीर किसी व्यक्ति के निकट होते तो वह अपने भीतर एक प्रतिध्वनि महसूस करता और उसे उसका आभास मिलता जो वह हो सकता था।

आत्मोपलब्धि, सेल्फ-एक्चुअलाइजेशन बुनियादी आवश्यकता है। बुनियादी कहने से मेरा मतलब है कि अगर तुम्हारी सभी जरूरतें भी पूरी हो जाएं, सिर्फ आत्मलाभ, आत्मोपलब्धि न हो, तो तुम रिक्त और खाली महसूस करोगे। इसके विपरीत अगर आत्मलाभ हो जाए और

बाकी कुछ भी नहीं, तो भी तुम अपने भीतर गहरी, पूरी संतुष्टि अनुभव करोगे। यही कारण है कि बुद्ध भिखारी होते हुए भी सम्राट थे।

बुद्ध ज्ञानोपलब्ध होने पर काशी आए, और काशी के राजा उनसे मिलने आए। राजा ने बुद्ध से कहा, आपके पास कुछ भी तो नहीं है; आप महज भिखारी हैं। लेकिन आपके सामने मैं ही भिखारी मालूम पड़ता हूं। आपके पास कुछ भी नहीं है, लेकिन आप जिस ढंग से चलते हैं, जिस ढंग से देखते हैं, जिस ढंग से आप हंसते हैं, उससे लगता है कि सारी पृथ्वी ही आपका राज्य है। और आपके पास दृश्य में कुछ नहीं है, कुछ भी नहीं है। फिर आपकी शक्ति का राज क्या है? आप तो सम्राट जैसे दिखते हैं। सच तो यह है कि कोई सम्राट भी कभी ऐसा नहीं दिखा—मानो सारा संसार आपका है। आप सम्राट हैं। लेकिन आपकी शक्ति क्या है? उसका स्रोत क्या है?

तो बुद्ध ने कहा, वह मुझमें है। मेरी शक्ति का स्रोत या जो भी आप मेरे चारों तरफ देखते हैं, वह दरअसल मेरे भीतर है। मेरे पास स्वयं के अतिरिक्त कुछ भी नहीं है। लेकिन वह पर्याप्त है, मैं आप्तकाम हूं, मैं अब और कुछ नहीं चाहता। मैं कामना-रहित हो चुका हूं।

सच तो यह है कि आत्मोपलब्ध व्यक्ति कामना-रहित हो जाता है। इसे स्मरण रखो। साधारणतः हम कहते हैं कि अगर तुम निष्काम हो जाओ तो तुम अपने को जान लोगे। लेकिन इससे विपरीत ज्यादा सत्य है। अगर तुम अपने को जान लो तो तुम निष्काम हो जाओगे। इसलिए तंत्र निष्काम होने पर जोर नहीं देता, आत्मोपलब्ध होने पर जोर देता है। तब कामना-मुक्ति आप ही आती है।

कामना का अर्थ है कि तुम अपने भीतर परितृप्त नहीं हो, भराव नहीं अनुभव करते। तुम्हें किसी चीज का अभाव मालूम पड़ता है; इसलिए तुम उसके पीछे दौड़ रहे हो। परितृप्ति के लिए तुम एक कामना से दूसरी कामना के पीछे भाग रहे हो। वह दौड़, वह खोज कभी समाप्त नहीं होती है। क्योंकि एक चाह दूसरी चाह को जन्मा जाती है। सच तो यह है कि एक चाह दस चाहों को पैदा करती है। अगर तुम कामनाओं के जरिए आनंद की निष्काम दशा को खोजने निकले तो तुम कभी नहीं पहुंचोगे।

लेकिन इसकी जगह अगर तुम एक दूसरा प्रयोग करो, आत्मोपलब्धि की विधियों का प्रयोग करो, अपनी आंतरिक संभावनाओं को हासिल करने, उन्हें वास्तविक बनाने की विधियों का प्रयोग करो, तो जितने ही तुम वास्तविक होओगे उतनी ही कामनाएं कम होती जाएंगी। क्योंकि कामनाएं असल में इसलिए पैदा होती हैं कि तुम अपने भीतर रिक्त हो, खाली हो। और जब तुम भीतर रिक्त नहीं होते तो कामनाएं विसर्जित हो जाती हैं।

तो इस आत्मोपलब्धि के लिए क्या करें?

दो बातें समझने जैसी हैं। एक कि आत्मोपलब्धि का यह अर्थ नहीं है कि अगर तुम बड़े चित्रकार या महान संगीतज्ञ या महाकवि हो गए तो आत्मोपलब्ध हो गए। हालांकि उस हालत में तुम्हारा एक अंश तो आत्मोपलब्ध होगा, और उससे भी बहुत तृप्ति मिलती है। अगर तुम्हारे भीतर एक अच्छे संगीतज्ञ की संभावना है और तुम उसे वास्तविक बनाओ और संगीतज्ञ बन जाओ तो तुम्हारा एक अंश परितृष्त हो जाएगा। लेकिन उससे तुम्हारा समग्र परितृप्त नहीं होगा; तुम्हारे भीतर की शेष मनुष्यता अतृप्त ही रहेगी। तुम असंतुलित रह जाओगे; एक अंश

तो विकसित होगा, शेष सब गले में पत्थर की तरह लटकता रहेगा।

एक कवि को देखो। जब वह कवि-सुलभ मुद्रा में होता है, वह बुद्ध जैसा दिखता है; वह अपने को पूरी तरह भूल जाता है—मानो उसके भीतर का साधारण मनुष्य विदा हो गया। इसलिए कवि कविता की मुद्रा में शिखर छू लेता है—आंशिक शिखर। और कभी-कभी तो कवियों को वैसी झलकें आती हैं जो कि एक बुद्ध के लिए ही संभव हैं।

एक कवि भी बुद्ध की भांति बोल सकता है। उदाहरण के लिए खलिल जिब्रान है। वह बुद्ध की भांति बोलता है, लेकिन वह बुद्ध नहीं है। वह कवि है, महाकवि है। इसलिए अगर तुम खलिल जिब्रान को उसकी कविता के माध्यम से देखो तो वह बुद्ध, क्राइस्ट या कृष्ण जैसा दिखता है। लेकिन अगर तुम खलिल जिब्रान नामक व्यक्ति से मिलो तो वह महज मामूली है। वह प्रेम के संबंध में इतने सुंदर ढंग से बोलता है कि बुद्ध भी न बोल सकें। लेकिन बुद्ध अपने पूरे अस्तित्व से प्रेम को जानते हैं, खलिल जिब्रान उसे बस कविता की उड़ान में जानता है। जब वह कविता की उड़ान भरता है तब उसे प्रेम की झलकें मिलती हैं, सुंदर झलकें और वह उन्हें अपूर्व अंतर्दृष्टि के साथ अभिव्यक्त करता है। लेकिन अगर तुम्हें असली खलिल जिब्रान मिल जाए, जिब्रान नामक आदमी मिल जाए तो तुम बहुत अंतर पाओगे। उसके कवि और उसके व्यक्ति में बहुत फासला है। उसका कवि ऐसा है जो इस व्यक्ति को कभी-कभी घटित होता है, लेकिन वह व्यक्ति कवि नहीं है।

यही कारण है कि कवि अनुभव करते हैं कि जब वे कविता रचते हैं तो रचने वाला कोई और होता है, वे नहीं। उन्हें लगता है कि वे किसी अन्य ऊर्जा के, शक्ति के हाथों के यंत्र हो गए हैं; वे तब नहीं होते हैं। यह भाव इसलिए आता है कि दरअसल उनका समग्र नहीं, मात्र अंश आत्मोपलब्ध होता है। मानो तुमने आकाश नहीं छुआ, सिर्फ तुम्हारी एक अंगुली ने आकाश छुआ है। तुम तो धरती से ही बंधे हो। कभी तुम उछलते हो और क्षणभर के लिए धरती पर नहीं होते हो; तुम गुरुत्वाकर्षण को धोखा दे देते हो। लेकिन दूसरे क्षण तुम फिर धरती पर हो। इसलिए अगर कोई कवि अपनी ऊचाइयों को छूता है तो उसे झलकें मिलेंगी—आंशिक झलकें। अगर कोई संगीतज्ञ अपनी ऊंचाइयों को छाता है तो उसे झलकें मिलेंगी।

बीथोवन के संबंध में कहा जाता है कि जब वह स्टेज पर होता था तो भिन्न ही आदमी होता था—सर्वथा भिन्न आदमी। गेटे ने कहा है कि जब बीथोवन स्टेज पर अपने आरकेस्ट्रा का निर्देशन कर रहा होता था तब वह मनुष्य नहीं, दिव्य होता था। वह जिस ढंग से देखता था, जिस ढंग से हाथ उठाता था, सब अति-मानवीय था। लेकिन स्टेज से उतरकर वह महज मामूली मनुष्य हो जाता था। स्टेज पर जो मनुष्य था वह किसी और शक्ति के वश में था, मानो बीथोवन वहां नहीं था, कोई इतर शक्ति उसमें प्रविष्ट हो गई थी। स्टेज के नीचे फिर वह बीथोवन था, मामूली आदमी था।

यही कारण है कि कवि, संगीतज्ञ, महान कलाकार, सृजनशील लोग ज्यादा तनावग्रस्त होते हैं। उन्हें दो तरह का जीवन जीना पड़ता है, दो तरह के अस्तित्व में वास करना पड़ता है। सामान्य आदमी इतना तनावग्रस्त नहीं होता, क्योंकि वह एक ही अस्तित्व में वास करता है। वह जमीन पर होता है। जब कि कवि, संगीतज्ञ, महान कलाकार छलांग लेते हैं, वे

▲

गुरुत्वाकर्षण के बाहर चले जाते हैं। किसी-किसी क्षण में वे इस जमीन के नहीं रहते, मनुष्यता के हिस्से नहीं होते। तब वे बुद्धों के देश के हिस्से हो जाते हैं। लेकिन वे फिर यहां वापस आ जाते हैं। उनके अस्तित्व के दो बिंदु होते हैं, उनके व्यक्तित्व बंटे होते हैं। नतीजा यह होता है कि हरेक सृजनशील कलाकार, हरेक महान कलाकार एक अर्थ में पागल होता है। तनाव इतना ज्यादा है। इन दो तरह के अस्तित्वों के बीच की खाई इतनी बड़ी होती है कि उन्हें पाटा नहीं जा सकता। कभी वह महज मामूली मनुष्य होता है और कभी बुद्ध-समान होता है। इन दो बिंदुओं के बीच वह बंटा होता है। लेकिन उसे झलकें तो मिलती हैं।

तो जब मैं आत्मोपलब्धि की बात करता हूं तो मेरा यह मतलब नहीं है कि तुम महाकवि हो जाओ या बड़े संगीतज्ञ बन जाओ। मैं यही चाहता हूं कि तुम समग्र मनुष्य बन जाओ। मैं यह भी नहीं कहता कि तुम महान पुरुष बन जाओ, क्योंकि महान पुरुष भी सदा आंशिक है। किसी चीज में भी महानता सदा आंशिक होती है। उसमें मनुष्य एक दिशा में तो गति पर गति करता जाता है, लेकिन अन्य सभी दिशाओं में और आयामों में वह वही का वही बना रहता है—असंतुलित।

तो जब मैं कहता हूं कि समग्र मनुष्य बनो तो इसका यह अर्थ नहीं है कि महान पुरुष बन जाओ। मेरा अर्थ यही है कि एक मनुष्य की भांति—संगीतज्ञ, कवि, कलाकार की भांति नहीं—एक मनुष्य की भांति संतुलन पैदा करो, केंद्रित होओ और आप्तकाम बनो।

मनुष्य की भांति आप्तकाम होने का अर्थ क्या है?

एक महाकवि महान कविता के कारण महाकवि है। एक महान संगीतज्ञ महान संगीत के कारण महान संगीतज्ञ है। वैसे ही एक महापुरुष महापुरुष है, क्योंकि उसने कुछ कृत्य किए हैं; वह बड़ा वीर हो सकता है। महापुरुष किसी एक दिशा में महापुरुष है। यह आंशिक है; महानता आंशिक है, खंडित है। यही कारण है कि महापुरुषों को साधारणजन से अधिक संताप झेलना पड़ता है।

फिर समग्र मनुष्य क्या है? पूरा मनुष्य, समग्र मनुष्य होने का अर्थ क्या है? पहले तो उसका अर्थ यह है कि तुम केंद्रित हो जाओ, बिना केंद्र के मत रहो। इस क्षण तुम कुछ हो, अगले क्षण कुछ और हो।

मेरे पास लोग आते हैं तो मैं सामान्यतया उनसे पूछता हूं; तुम अपना केंद्र कहां महसूस करते हो? हृदय में, मस्तिष्क में या नाभि केंद्र में, तुम्हारा केंद्र कहां है?

साधारणतः वे कहते हैं कि कभी मैं मस्तिष्क में उसे महसूस करता हूं, कभी हृदय में और कभी कहीं भी नहीं। फिर मैं उन्हें कहता हूं कि आंख बंद करो और अभी उसे अनुभव करो कि कहां है। और तब बहुसंख्यक लोगों की यह स्थिति होती है। वे कहते हैं, अभी, इस क्षण मुझे लगता है कि मैं मस्तिष्क में केंद्रित हूं। लेकिन दूसरे क्षण वे वहां नहीं होते। वे कहते हैं, मैं हृदय में हूं। और अगले क्षण केंद्र वहां से भी खिसक गया है; वह और कहीं है, काम-केंद्र में या और कहीं।

सच तो यह है कि तुम केंद्रित नहीं हो, तुम क्षणिक ढंग से केंद्रित हो। तुम्हारे प्रत्येक क्षण का अलग केंद्र है, इसलिए तुम बदलते रहते हो। जब मस्तिष्क काम करता है तो तुम समझते हो कि मस्तिष्क केंद्र है। और जब तुम प्रेम में होते हो तब समझते हो कि हृदय केंद्र है।

▲

और जब तुम कोई खास काम नहीं करते होते तब तुम उलझन महसूस करते हो। तब तुम्हें केंद्र का पता नहीं चलता, क्योंकि तुम्हें उसका पता तभी चलता है जब तुम कुछ कर रहे होते हो। उस समय शरीर का एक विशेष भाग केंद्र बन जाता है। लेकिन तुम केंद्रित नहीं हो। जब तुम कुछ नहीं कर रहे होते तो तुम्हें अपने केंद्र का पता नहीं हो सकता।

एक समग्र मनुष्य केंद्रित होता है। वह जो भी कर रहा हो वह सदा अपने केंद्र में रहता है। अगर उसका मन सक्रिय है तो वह सोचता है, उसके मन में विचार चलता है, लेकिन वह अपने नाभि-केंद्र में स्थित है। केंद्र उसका कभी खोता नहीं है। वह मस्तिष्क का उपयोग कर लेता है, लेकिन वह कभी मस्तिष्क में नहीं रहता है। वह हृदय का उपयोग कर लेता है, लेकिन वह कभी हृदय में नहीं रहता है। ये उसके लिए उपकरण बने रहते हैं और वह केंद्रित रहता है।

दूसरी बात कि समग्र मनुष्य संतुलित है। सच तो यह है कि जब कोई केंद्रित होता है तो वह संतुलित भी हो जाता है। उसका जीवन एक गहन संतुलन है। वह कभी एकतरफा, एकांगी नहीं होता है; वह कभी किसी अति पर नहीं होता है; वह सदा मध्य में रहता है। बुद्ध ने इसे ही मज्झिम निकाय कहा है। वह सदा मध्य में रहता है।

जो व्यक्ति केंद्रित नहीं है वह सदा अति पर चला जाएगा। वह खाएगा तो बहुत खा लेगा। या वह उपवास करेगा। लेकिन सम्यक भोजन उसके लिए संभव नहीं है। उपवास आसान है, अति भोजन ठीक है। वह या तो संसार में उलझा रहेगा या वह संसार का त्याग कर देगा। लेकिन वह कभी संतुलित नहीं हो सकता है, वह कभी मध्य में नहीं रह सकता है। क्योंकि अगर तुम केंद्रित नहीं हो तो तुम नहीं जानते हो कि मध्य का क्या अर्थ है।

जो मनुष्य केंद्रित है वह सब बात में सदा मध्य में रहता है; वह कभी अति पर नहीं जाता। बुद्ध कहते हैं कि उसका भोजन सम्यक भोजन होता है; वह न कभी ज्यादा खाता है और न कभी उपवास करता है। उसका श्रम सम्यक श्रम होता है; वह न कभी अति श्रम करता है और न कभी आलस्य करता है। वह जो भी है संतुलित है।

तो पहली बात कि आत्मोपलब्ध व्यक्त केंद्रित होगा। दूसरी बात कि वह संतुलित होगा। और तीसरी बात कि अगर ये दो चीजें- केंद्रित होना और संतुलित होना—घटित हो गईं तो बाकी चीजें अपने आप ही उसके पीछे-पीछे आएँगी। वह सदा विश्राम में, अमन-चैन में होगा; कभी तनाव में नहीं होगा। जो भी परिस्थिति हो, उसका विश्राम, उसकी शांति भंग नहीं होगी। मैं कहता हूं, किसी भी परिस्थिति में, बेशर्त उसकी शांति भंग नहीं होगी। क्योंकि जो केंद्रित है वह सदा विश्राम में है, आराम में है। यदि मृत्यु आ जाए तो भी वह विश्राम में रहेगा। वह मृत्यु का स्वागत वैसे करेगा जैसे किसी मेहमान का किया जाता है। दुख आए तो वह उसका भी स्वागत करेगा। जो भी हो, उसको उसके केंद्र से च्युत नहीं किया जा सकता। यह विश्राम भी केंद्रित होने की उप-उत्पत्ति है।

ऐसे आत्मोपलब्ध व्यक्ति के लिए कूछ भी क्षुद्र नहीं है, कुछ भी महान नहीं है। सब कुछ उसके लिए पवित्र, सुंदर और धार्मिक हो जाता है। वह जो भी करता है, जो भी, वह उसे अन्यतम भाव से करता है। कुछ भी तुच्छ नहीं है। वह यह नहीं कहेगा कि यह तुच्छ है या यह महान है। सच में न कुछ महान है और न कुछ तुच्छ और नगण्य। उस व्यक्ति का स्पर्श महत्वपूर्ण होता है। आत्मोपलब्ध व्यक्ति, संतुलित-केंद्रिल व्यक्ति सब कुछ को बदल देता है,

उसका स्पर्श उन्हें बड़ा बना देता है।

तुम किसी बुद्ध को देखो, तुम पाओगे कि वे चलते हैं और चलने को भी प्रेम करते हैं। अगर तुम बोधगया जाओ जहा निरंजना नदी के किनारे बोधिवृक्ष के नीचे बैठे हुए बुद्ध ज्ञान को उपलब्ध हुए थे तो वहां तुम पाओगे कि उनके चरण-चिह्न सुरक्षित हैं। बुद्ध एक घंटा ध्यान करते थे और फिर आसपास में घूमते थे। बौद्ध शब्दावली में उसे चक्रमण कहते हैं। वे बोधिवृक्ष के नीचे बैठते थे, फिर घूमते थे; लेकिन उनका घूमना भी ध्यान जैसा ही होता था—शांत और पवित्र।

किसी ने एक बार बुद्ध से पूछा कि आप ऐसा क्यों करते हैं, कभी आप आंख बंद करके ध्यान करते हैं और कभी चलते हैं। बुद्ध ने कहा कि शांत होने के लिए बैठना आसान है, इसलिए मैं चलता हूं। लेकिन मैं वही शांति साथ लिए हुए चलता हूं। मैं बैठता हूं, लेकिन भीतर वही रहता हू—शांत। मैं चलता हूं, लेकिन भीतर की शांति वैसी ही बनी रहती है।

आंतरिक गुण सदा एकरस है। वे सम्राट से मिलें कि भिखारी से, बुद्ध बुद्ध ही रहते हैं, उनका आंतरिक गुण एक सा बना रहता है। भिखारी से मिलते समय वे कुछ दूसरे नहीं हो जाते हैं, सम्राट से मिलते समय वे दूसरे नहीं हो जाते हैं। वे वही रहते हैं। भिखारी ना-कुछ नहीं है, सम्राट बहुत-कुछ नहीं है। और सच तो यह है कि बुद्ध से मिलते समय सम्राटों ने अपने को भिखारी महसूस किया है और भिखारियों ने अपने को सम्राट। उनका स्पर्श, उनकी मनुष्यता, उनकी गुणवत्ता एक ही रहती है।

अपने जीवन-काल में हर सुबह बुद्ध अपने शिष्यों से कहते थे, कुछ पूछना हो तो पूछो। फिर जिस दिन वे मर रहे थे उस सुबह भी उन्होंने वही किया। उन्होंने शिष्यों को बुलाया और कहा, कुछ पूछना चाहो तो पूछो। और याद रखो कि यह आखिरी सुबह है। दिन समाप्त होने के बाद मैं नहीं रहूगा।

वे वही थे उस दिन भी! उस सुबह भी दूसरे दिनों की तरह ही उन्होंने कहा, अच्छा, कुछ पूछना है तो पूछ लो, लेकिन यह अंतिम दिन है। उनके स्वर में कोई बदलाहट नहीं थी। लेकिन शिष्य रोने लगे। पूछना तो भूल ही गए। बुद्ध ने कहा, रोते क्यों हो! किसी और दिन रोते तो ठीक था। यह तो अंतिम दिन है। शाम तक मैं नहीं रहूंगा। इसलिए रोने में समय मत गंबाओ। और दिन तुम समय गंवा सकते थे। रोने में समय व्यर्थ मत करो। रोते क्यों हो। कुछ पूछना हो तो पूछ लो। जीवन और मृत्यु, दोनों में वे समान थे।

तो तीसरी बात कि व्यक्ति विश्राम में होता है। उसके लिए जीवन और मृत्यु समान हैं, आनंद और दुख समान हैं। कुछ भी उसे अशांत नहीं करता है; कुछ भी उसे अपने घर से, केंद्र से विचलित नहीं करता है। ऐसे व्यक्ति में तुम कुछ जोड़ नहीं सकते, ऐसे व्यक्ति से तुम कुछ घटा नहीं सकते। वह आप्तकाम है। उसका श्वास-श्वास आप्तकाम है—शांत, आनंदित। वह पा गया है। वह पहुंच गया है। वह अस्तित्व को उपलब्ध हो गया है। उसका फूल पूर्ण मनुष्य के रूप में खिल गया है।

यह आंशिक खिलावट नहीं है। बुद्ध महाकवि नहीं हैं, यद्यपि वे जो भी कहते हैं वह कविता है। वे कवि बिलकुल नहीं हैं, लेकिन उनके चलने में भी कविता है। वे चित्रकार नहीं हैं, लेकिन जब भी वे बोलते हैं, जो भी वे कहते हैं वह चित्र बन जाता है। वे संगीतज्ञ नहीं हैं,

लेकिन उनका पूरा अस्तित्व सर्वश्रेष्ठ संगीत है। यह मनुष्य अपनी समग्रता में उपलब्ध हो गया है। चुपचाप भी बैठा हो तो भी उसकी उपस्थिति काम करती है, सृजन करती है। उसकी उपस्थिति सृजनात्मक है।

तंत्र किसी आंशिक विकास की फिक्र नहीं करता, वह तुम्हारे पूरे अस्तित्व के साथ तुम्हारी चिंता लेता है। इसलिए तीन चीजें बुनियादी हैं। तुम्हें केंद्रित होना है, अपनी जड़ों से संयुक्त होना है। उसका अर्थ है कि तुम्हें सदा मध्य में होना है—और किसी प्रयत्न के बिना। अगर कोई प्रयत्न है तो तुम संतुलित नहीं हुए। और तुम्हें विश्राम में होना है—जगत के साथ विश्राम में, अस्तित्व के साथ विश्राम में। और तब बहुत चीजें उसके परिणाम में उसके पीछे-पीछे आती हैं।

यह बुनियादी जरूरत है। क्योंकि जब तक यह जरूरत पूरी नहीं होती, तुम नाम के लिए ही मनुष्य हो। तुम यथार्थतः मनुष्य नहीं हो। हो सकते हो, क्षमता है। लेकिन क्षमता को वास्तविक बनाना होगा।

दूसरा प्रश्न:
कृपा कर मनन, एकाग्रता और ध्यान के अर्थ बताएं।

मनन का अर्थ है विचारना, दिशाबद्ध विचारना। हम सब विचार करते हैं, लेकिन वह मनन नहीं है। वह विचारना दिशा-रहित है, अस्पष्ट है; कहीं जाता हुआ नहीं है। असल में हमारा विचारना मनन नहीं है, बल्कि फ्रायडवादियों की भाषा में उसे एसोसिएशन कहना चाहिए। तुम्हारे अनजाने ही एक विचार दूसरे विचार को जन्म दिए जाता है। एसोसिएशन के कारण एक विचार अपने आप ही दूसरे विचार पर चला जाता है।

तुम एक कुत्ते को गली पार करते देखते हो। जिस क्षण तुम कूत्ते को देखते हो, तुम्हारा मन कुत्तों के संबंध में सोचने लगता है। कूत्ता तुम्हें ले चला। और फिर मन के अनेक एसोसिएशन हैं। जब तुम बच्चे थे तुम एक विशेष कुत्ते से डरा करते थे। वह कुत्ता तुम्हारे मन में उभर आता है और उसके साथ तुम्हारा बचपन चला आता है। फिर कुत्ते तो भूल जाते हैं और एसोसिएशन के प्रभाव के कारण तुम अपने बचपन के संबंध में दिवा-स्वप्न देखने लगते हो। और फिर बचपन के साथ जुड़ी हुई अनेक चीजें आती हैं, और तुम उनके बीच चक्कर काटने लगते हो।

जब तुम्हें फुरसत हो तो तुम सोचने से पीछे चलो, विचारने से पीछे हटकर वहां जाओ जहां से विचार आया। एक-एक कदम पीछे हटो। और तब तुम पाओगे कि वहां कोई दूसरा विचार था जो इस विचार को लाया। और उनके बीच कोई संगति नहीं है। तुम्हारे बचपन के साथ इस गली के कुत्ते का क्या लेना-देना है! कोई संगति नहीं है, सिर्फ मन का एसोसिएशन है। अगर मैं गली पार करूं तो वह कुत्ता मुझे मेरे बचपन में नहीं ले लाएगा, कहीं अन्यत्र ले जाएगा। किसी तीसरे व्यक्ति को वह कहीं और ले जाएगा।

हरेक आदमी के मन में एसोसिएशन की श्रृंखला है। कोई भी घटना एसोसिएशन की श्रृंखला से जुड़ जाती है। तब मन कंप्यूटर की भांति काम करने लगता है। तब एक चीज से

▲

दूसरी चीज, दूसरी से तीसरी निकलती चली जाती है। यही तुम दिनभर करते रहते हो। जो भी तुम्हारे मन में आए उसे ईमानदारी से एक कागज के टुकड़े पर लिख लो। तुम हैरान होओगे कि यह क्या मेरे मन में चल रहा है! दो विचारों के बीच कोई संबंध नहीं है। और तुम इसी तरह के विचार करते रहते हो। तुम इसे विचारना कहते हो? यह सिर्फ एक विचार का दूसरे विचार के साथ एसोसिएशन है, और तुम उनके साथ बह रहे हो।

विचार तब मनन बनता है जब वह एसोसिएशन के कारण नहीं, निर्देशन से चलता है। अगर तुम किसी खास समस्या पर काम कर रहे हो तो तुम सब एसोसिएशन की शृंखला को अलग कर देते हो और उसी एक समस्या के साथ गति करते हो। तब तुम अपने मन को निर्देश देते हो। मन तब भी इधर-उधर से, किसी पगडंडी से किसी एसोसिएशन की श्रृंखला पकड़कर भागने की चेष्टा करेगा। लेकिन तुम सभी अन्य रास्तों को रोक देते हो और मन को एक मार्ग से ले चलते हो। तब तुम अपने मन को दिशा देते हो।

किसी समस्या में संलग्न एक वैज्ञानिक मनन में होता है। वैसे ही किसी समस्या में उलझा हुआ तार्किक या गणितज्ञ मनन करता है। जब कवि किसी फूल पर मनन करता है तब शेष संसार उसके मन से ओझल हो जाता है। तब दो ही होते हैं, फूल और कवि, और कवि फूल के साथ यात्रा करता है। रास्ते के किनारों से अनेक चीजें आकर्षित करेंगी, लेकिन वह अपने मन को कहीं नहीं जाने देता है। मन एक ही दिशा में गतिं करता है—निर्देशित।

यह मनन है। विज्ञान मनन पर आधारित है। कोई भी तार्किक विचारना मनन है। उसमें विचार निर्देशित है, दिशाबद्ध है। विचार की दिशा निश्चित है। सामान्य विचारना तो व्यर्थ है। मनन तर्कपूर्ण है, बुद्धिपूर्ण है।'

फिर एकाग्रता है। एकाग्रता एक बिंदु पर ठहर जाना है। यह विचारना नहीं है, एक बिंदु पर होने को एकाग्रता कहते हैं। सामान्य विचारणा में मन पागल की तरह गति करता है। मनन में पागल मन निर्देशित हो जाता है; उसे जहां-तहां जाने की छूट नहीं है। एकाग्रता में मन को गति को ही छूट नहीं रहती। साधारण विचारणा में मन कहीं भी गति कर सकता है; मनन में किसी दिशा-विशेष में ही गति कर सकता है; एकाग्रता में वह कहीं भी नहीं गति कर सकता। एकाग्रता में उसे एक बिंदु पर ही रहने दिया जाता है। सारी ऊर्जा, सारी गति एक बिंदु पर स्थिर हो जाती है।

योग का संबंध एकाग्रता से है। साधारण मन दिशाहीन, अनियंत्रित विचारना से संबंधित है और वैज्ञानिक मन दिशाबद्ध विचारना से। योगी का चित्त अपने चिंतन को एक बिंदु पर केंद्रित रखता है, वह उसे गति नहीं करने देता।

और फिर है ध्यान। साधारण विचारणा में मन कहीं भी जा सका है। मनन में उसे एक दिशा में गति करने की इजाजत है, दूसरी सब दिशाएं वर्जित हैं। एकाग्रता में मन को किसी भी दिशा में गति करने की इजाजत नहीं है, उसे सिर्फ एक बिंदु पर एकाग्र होने की छूट है। और ध्यान में मन है ही नहीं। ध्यान अ-मन की दशा है। ये चार अवस्थाएं हैं: साधारण विचारना, मनन, एकाग्रता और ध्यान।

ध्यान का अर्थ है, अ-मन। उसमें एकाग्रता के लिए भी गुंजाइश नहीं है; मन के होने की ही गुंजाइश नहीं है। यही कारण है कि ध्यान को मन से नहीं समझा जा सकता। एकाग्रता

तक मन की पहुंच है, मन की पकड़ है। मन एकाग्रता को समझ सकता है, लेकिन मन ध्यान को नहीं समझ सकता। वहां मन की पहुंच बिलकुल नहीं है। एकाग्रता में मन को एक बिंदु पर रहने दिया जाता है; ध्यान में वह बिंदु भी हटा लिया जाता है। साधारण विचारणा में सभी दिशाएं खुली रहती हैं; एकाग्रता में दिशा नहीं, एक बिंदु भर खुला है; और ध्यान में वह बिंदु भी नहीं खुला है। वहां मन के होने की भी सुविधा नहीं है।

साधारण विचारणा मन की साधारण दशा है, ध्यान उसकी उच्चतम संभावना है। निम्नतम है सामान्य विचारना, एसोसिएशन। और उच्चतम शिखर है ध्यान, अ-मन।

दूसरे प्रश्न के साथ यह भी पूछा है:
यदि मनन और एकाग्रता मन की प्रक्रियाएं हैं तो मन की प्रक्रियाएं अ-मन की अवस्था उपलब्ध करने में कैसे सहयोगी होती हैं?

प्रश्न महत्वपूर्ण है। मन पूछता है कि मन ही मन के पार कैसे जा सकता है? कैसे कोई मानसिक प्रक्रिया उस चीज को पाने में सहयोगी हो सकती है जो मन की नहीं है? यह बात परस्पर-विरोधी मालूम देती है। तुम्हारा मन उस अवस्था को पैदा करने में प्रयत्नशील कैसे हो सकता है जो मन की अवस्था नहीं है?

इसे समझो। जब मन है तो क्या है? वह विचारने की प्रक्रिया है। और जब अ-मन की दशा हे तब क्या है? वह विचारने की प्रक्रिया का अभाव है। अगर तुम अपने विचारने की प्रक्रिया को घटाते जाओ, अपनी विचारणा को विसर्जित करते जाओ, तो तुम धीरे-धीरे अ-मन की अवस्था को पहुंच जाओगे।

तो मन का अर्थ है विचारना और अ-मन का अर्थ है निर्विचार। और मन सहयोगी हो सकता है, मन आत्मघात करने में सहयोगी हो सकता है। तुम आत्महत्या कर सकते हो, लेकिन तुम कभी नहीं पूछते कि कोई जिंदा आदमी स्वयं को मारने में कैसे सहयोगी हो सकता है। तुम अपने मरने में अपनी ही सहायता कर सकते हो। हर कोई कर रहा है। तुम अपनी ही मृत्यु को लाने में सहयोगी हो सकते हो। और तुम जिंदा हो। वैसे ही मन अ-मन होने में सहयोगी हो सकता है। मन कैसे सहयोगी हो सकता है?

अगर विचार करने की प्रक्रिया गहरी होती जाए तो तुम मन से अधिक मन की ओर बढ़ रहे हो। और अगर विचार की प्रक्रिया क्षीण होती जाए, विरल होती जाए, तो तुम अ-मन की ओर बढ़ने में अपनी मदद कर रहे हो। यह तुम पर निर्भर है। और मन सहयोगी हो सकता है, क्योंकि इस क्षण तुम अपनी चेतना के साथ क्या करते हो यही मन है। अगर तुम उसके साथ बिना कुछ किए अपनी चेतना को अपने पर छोड़ दो तो वह ध्यान बन जाती है।

तो दो संभावनाएं हैं। एक यह कि धीरे-धीरे, क्रमशः तुम अपने मन को कम करो, घटाओ। अगर वह एक प्रतिशत घटे तो तुम्हारे भीतर निन्यानबे प्रतिशत मन है और एक प्रतिशत अ-मन। यह ऐसा है जैसे तुम अपने कमरे से फर्नीचर हटा रहे हो, साज-सामान हटा रहे हो। और अगर तुमने कुछ फर्नीचर हटा दिया तो थोड़ा खाली स्थान, थोड़ा आकाश वहा पैदा हो गया। फिर और ज्यादा फर्नीचर हटाएं तो और ज्यादा आकाश पैदा हो गया। और जब

सब फर्नीचर हटा दिया तो समूचा कमरा आकाश हो गया।

सच तो यह है कि फर्नीचर हटाने से कमरे में आकाश नहीं पैदा हुआ, आकाश तो वहां था ही। वह आकाश फर्नीचर से भरा था। जब तुम फर्नीचर हटाते हो तो वहां कहीं बाहर से आकाश नहीं आता है। आकाश फर्नीचर से भरा था, तुमने फर्नीचर हटा दिया और आकाश फिर से उपलब्ध हो गया।

गहरे में मन भी आकाश है जो विचारों से भरा है, दबा है। तुम थोड़े से विचारों को हटा दो और आकाश फिर से प्राप्त हो जाएगा। अगर तुम विचारों को हटाते जाओ तो तुम धीरे-धीरे आकाश को फिर से हासिल कर लोगे। यही आकाश ध्यान है।

यह बात क्रमिक भी हो सकती है और अचानक भी, त्वरित भी, एक छलांग में भी। जरूरी नहीं है कि जन्मों-जन्मों तक धीरे-धीरे फर्नीचर हटाया जाए, क्योंकि उस प्रक्रिया की भी अपनी कठिनाई है। जब धीरे-धीरे फर्नीचर हटाते हो तो पहले एक प्रतिशत आकाश पैदा होता है और शेष निन्यानबे प्रतिशत भरा का भरा रहता है। अब यह निन्यानबे प्रतिशत आकाश एक प्रतिशत खाली आकाश के संबंध में अच्छा नहीं अनुभव करेगा, वह उसे फिर से भरने की चेष्टा करेगा।

तो आदमी एक तरफ से विचारों को कम करता है और दूसरी तरफ से नए-नए विचार पैदा किए जाता है। सुबह तुम थोड़ी देर के लिए ध्यान करते हो, उसमें तुम्हारी विचार की प्रक्रिया धीमी हो जाती है। फिर तुम बाजार जाते हो जहां विचारों की दौड़ शुरू हो जाती है। स्पेस, आकाश फिर से भर गया। दूसरे दिन तुम फिर वही सिलसिला दोहराते हो, उसे रोज दोहराते हो—विचारों को बाहर निकालना, फिर उन्हें भीतर लेना।

तुम सब फर्नीचर इकट्ठा भी बाहर फेंक सकते हो। यह तुम्हारा निर्णय है। यह कठिन जरूर है, क्योंकि तुम फर्नीचर के आदी हो गए हो। तुम्हें फर्नीचर के बिना अड़चन अनुभव होगी, तुम्हें समझ में नहीं आएगा कि स्पेस का, आकाश का क्या करें। तुम उसमें गति करने से भी डरोगे, तुमने ऐसी स्वतंत्रता में कोई गति नहीं की है।

मन एक संस्कार है। हम विचारों के आदी हो गए हैं। क्या तुमने देखा है—यदि नहीं देखा है तो देखना—कि तुम रोज-रोज वही-वही विचार दोहराते रहते हो। तुम ग्रामोफोन रेकार्ड हो; वह भी पुराना, नया नहीं। तुम वही-वही चीजें पुनरुक्त करते रहते हो। क्यों? उसका उपयोग क्या है? एक ही उपयोग है कि वह एक लंबी आदत है और तुम्हें लगता है कि मैं कुछ कर रहा हूं।

तुम अपने बिस्तर पर पड़े नींद की प्रतीक्षा कर रहे हो और वही बातें रोज-रोज मन में दोहराती हैं। यह तुम रोज-रोज क्यों करते हो? लेकिन वह एक तरह से काम आती है। पुरानी आदतें संस्कार के रूप में सहायता करती हैं। एक बच्चे को खिलोना चाहिए, उसे खिलौना मिल जाए तो उसे नींद आ जाएगी। और तब तुम उससे खिलौना ले सकते हो। लेकिन खिलौना न रहे तो बच्चे को नींद न आएगी। यह भी संस्कार है। जैसे ही उसे खिलौना मिलता है कि उसके मन में कुछ प्रेरणा होती है, वह नींद में उतरने के लिए राजी हो जाता हे।

वही बात तुम्हारे साथ हो रही है। खिलौनों में फर्क हो सकता है। किसी आदमी को तब तक नींद नहीं आती है जब तक वह राम-राम का उच्चार न करे। वह सो नहीं सकता है तब

तक। यह राम-राम उसका खिलौना है। वह राम-राम कहता है, खिलौना मिल गया। और वह सो जाता है।

तुम्हें एक नए कमरे में नींद आने में कठिनाई होती है। अगर तुम किसी खास ढंग के कपड़े पहनकर सोने के आदी हो तो तुम्हें रोज-रोज उन्हीं खास कपड़ों की जरूरत पड़ेगी। मनोवैज्ञानिक कहते हैं कि अगर तुम्हें नाइट गाउन पहनकर सोने की आदत है और अगर वह न मिले तो तुम्हें नींद लगने में कठिनाई होगी। क्यों? अगर तुम कभी नग्न होकर नहीं सोए हो और तुम्हें नगन होकर सोने को कहा जाए तो तुम्हें अड़चन होगी। क्यों? नग्नता और नींद में कोई संबंध नहीं है। लेकिन तुम्हारे लिए तो यह संबंध है। पुरानी आदत। पुरानी आदतों के साथ आदमी आराम अनुभव करता है, वह सुविधाजनक है।

वैसे ही सोचने के ढंग-ढांचे भी आदतें हैं। तुम्हें आराम मालूम देता है—रोज-रोज वही विचार, वही दिनचर्या। तुम्हें लगता है, सब ठीक चल रहा है। तुम्हारे विचारों में तुम्हारा न्यस्त स्वार्थ है। वही समस्या है। तुम्हारा फर्नीचर महज कचरा नहीं है जिसे फेंक दिया जाए, उसमें तुमने बहुत कुछ पूंजी लगा रखी है। सब फर्नीचर तुरंत और इकट्ठा फेंका जा सकता है, वह हो सकता है। त्वरित घटना घट जाए, उसके उपाय भी हैं। तुरंत, इसी क्षण तुम अपने सारे मानसिक फर्नीचर से मुक्त हो सकते हो।

लेकिन तब तुम अचानक रिक्त, खाली, शून्य हो जाओगे और तुम्हें पता नहीं रहेगा कि तुम कौन हो। अब तुम्हें यह भी पता नहीं चलेगा कि क्या करें। क्योंकि पहली दफा तुम्हारे पुराने ढंग-ढांचे तुम्हारे पास नहीं होंगे। उसका धक्का, उसकी चोट इतनी त्वरित हो सकती हे कि तुम मर भी सकते हो, पागल भी हो सकते हो।

इसलिए त्वरित विधियां प्रयोग में नहीं लायी जाती हैं; जब तक कोई तैयार न हो त्वरित विधियां काम में नहीं लायी जाती हैं। कोई अचानक पागल हो जा सकता है, क्योंकि उसके पुराने अटकाव नहीं रहे। अतीत तुरंत विदा हो जाता है। और चूंकि अतीत अचानक चला जाता है, इसलिए तुम भविष्य की भी नहीं सोच सकते। क्योंकि भविष्य को तो हम सदा अतीत की भाषा में सोचते हैं। सिर्फ वर्तमान बचा रहता है, और तुम कभी वर्तमान में रहे नहीं। या तो तुम अतीत में रहते हो या भविष्य में। इसलिए जब तुम पहली बार मात्र वर्तमान में होओगे तो तुम्हें लगेगा कि तुम पागल हो गए हो।

यही कारण है कि त्वरित विधियां उपयोग में नहीं लायी जाती हैं। और वे तभी उपयोग में लायी जाती हैं जब तुम किसी ध्यान-पीठ से जुड़े हो, जब तुम किसी गुरु के साथ समूह में काम कर रहे हो, जब तुम समग्रतः भक्तिभाव में हो, जब तुमने ध्यान के लिए अपना समूचा जीवन अर्पित कर दिया हो।

इसलिए क्रमिक विधियां ही अच्छी हैं। वे लंबा समय लेती हैं, लेकिन तुम धीरे-धीरे आकाश के आदी हो जाते हो। तुम आकाश को, उसके सौंदर्य को, उसके आनंद को अनुभव करने लगते हो। और तुम्हारा फर्नीचर धीरे-धीरे हट जाता है, निकल जाता है।

इसलिए साधारण विचार से मनन पर जाना अच्छा है, वह क्रमिक विधि है। मनन से एकाग्रता पर जाना अच्छा है, वह क्रमिक विधि है। और एकाग्रता से ध्यान पर छलांग लगाना अच्छा है। तब तुम धीरे-धीरे गति करते हो—जमीन को प्रत्येक कदम पर अनुभव करते हुए।

तांत्रिक शुद्धि का आधार

और जब यथार्थतः प्रत्येक कदम में तुम्हारी जड़ जम जाती है तभी तुम अगला कदम शुरू करने की सोचते हो। यह छलांग नहीं है, यह क्रमिक विकास है।

इसलिए सामान्य विचार, मनन, एकाग्रता और ध्यान, ये चार चरण हैं, चार कदम हैं।

तीसरा प्रश्न:
क्या नाभि- केंद्र का विकास हृदय और मस्तिष्क के केंद्रों के विकास से स्वतंत्र और भिन्न है, या नाभि-केंद्र का विकास हृदय और मस्तिष्क के विकास के साथ युगपत घटित होता है? और कृपा कर यह भी समझाएं कि किस तरह नाभि-केंद्र के विकास की विधि और प्रशिक्षण हृदय और मस्तिष्क के विकास की विधि और प्रशिक्षण से भिन्न है?

एक बुनियादी बात समझने जैसी हे कि हृदय और मस्तिष्क के केंद्रों का विकास तो करना है, लेकिन नाभि-केंद्र का नहीं। नाभि-केंद्र को खोज भर लेना है, विकसित नहीं करना है। नाभि-केंद्र है, उसे पुन: खोज लेना है। वह पूरी तरह विकसित है, तुम्हें उसका विकास नहीं करना है। हृदय और मस्तिष्क के केंद्र विकास करने की चीजें हैं। उन्हें ढूंढना नहीं है, उनका विकास करना है। समाज, संस्कृति, शिक्षा, संस्कार उनके विकास में सहयोगी होते हैं।

लेकिन नाभि-केंद्र को लेकर तो तुम पैदा ही होते हो, उसके बिना तुम नहीं हो सकते। तुम हृदय-केंद्र के बिना हो सकते हो, तुम मस्तिष्क-केंद्र के बिना हो सकते हो। वे जरूरतें हैं, उनका होना अच्छा है। लेकिन तुम उनके बिना भी हो सकते हो। उनके बिना होना असुविधाजनक होगा, लेकिन उनके बिना हुआ जा सकता है। लेकिन नाभि-केंद्र के बिना तुम नहीं हो सकते हो। वह जरूरत नहीं है, वह तुम्हारा जीवन है।

हृदय-केंद्र को कैसे विकसित किया जाए, प्रेम कैसे पैदा किया जाए, संवेदनशीलता कैसे बढ़ाई जाए, कैसे चित्त संवेदनशील हो, इसके लिए विधियां हैं। इसके लिए भी विधियां हैं कि ज्यादा बुद्धिमान, ज्यादा तर्कपूर्ण कैसे हुआ जाए। बुद्धि विकसित की जा सकती है, भाव विकसित किया जा सकता है, लेकिन अस्तित्व को विकसित नहीं किया जा सकता; वह है। उसे पुनः खोज भर लेना है।

इसमें कई बातें निहित हैं। एक, हो सकता है कि तुम्हारा मस्तिष्क, तुम्हारी तर्क-शक्ति आइंस्टीन जैसी न हो। लेकिन तुम बुद्ध हो सकते हो। आइंस्टीन अपनी पूर्णता में काम करने वाला मस्तिष्क-केंद्र है। वैसे ही कोई प्रेमी, कोई मजनू अपनी पूर्णता में काम करने वाला हृदय-केंद्र है। संभव है कि तुम मजनू भी न हो सको, लेकिन तुम बुद्ध हो सकते हो। क्योंकि बुद्धत्व तुम्हारे भीतर विकसित नहीं किया जाना है, वह है ही। वह बुनियादी केंद्र, मौलिक केंद्र, नाभि-केंद्र की बात है। वह है ही। तुम बुद्ध हो ही, सिर्फ बेहोश हो।

तुम आइंस्टीन नहीं हो, होने की चेष्ट कर सकते हो। और फिर पक्का नहीं है कि तुम आइंस्टीन हो ही जाओ। पक्का नहीं है, क्योंकि सच में यह असंभव लगता है। क्यों असंभव लगता हे? क्योंकि आइंस्टीन जैसा मस्तिष्क होने के लिए वही वातावरण, वही विकास, वही प्रशिक्षण चाहिए जो आइंस्टीन को मिला था। लेकिन उसे दोहराया नहीं जा सकता, क्योंकि दोहराना असंभव है। पहले तो तुम्हें वही मां-बाप खोजने पड़ेंगे, क्योंकि प्रशिक्षण गर्भ में ही

शुरू हो जाता है। वही मां-बाप खोजने कठिन हैं, असंभव हैं। वही मो-बाप, जन्म-दिन, वही परिवार, वही संगी-साथी कैसे मिलेंगे? आइंस्टीन का जीवन हू-ब-हू दोहराना पड़ेगा। अगर उसका एक बिंदु भी चूक गया तो तुम दूसरे व्यक्ति हो जाओगे। इसलिए यह असंभव है।

एक व्यक्ति एक बार ही इस संसार में आता है, क्योंकि वही-वही स्थिति नहीं दोहरायी जा सकती। वही स्थिति बड़ी बात है। उसका अर्थ है कि वैसे ही क्षण में ठीक वैसा ही संसार होना चाहिए। यह संभव नहीं है, असंभव है। और तुम तो यहां आ चुके हो, इसलिए जो भी तुम करोगे उसमें तुम्हारा अतीत सम्मिलित होगा। तुम आइंस्टीन नहीं हो सकते हो, व्यक्तित्व नहीं दोहराया जा सकता।

बुद्धत्व कोई व्यक्तित्व नहीं है, बुद्धत्व एक घटना है। इसमें कोई व्यक्तिगत गुण अर्थ नहीं रखते। बुद्ध होने के लिए तुम्हारा होना ही पर्याप्त है। वह केंद्र वहां है ही, मौजूद ही हे; केवल तुम्हें उसे आविष्कृत भर करना है। तो हृदय-केंद्र की विधियां विकसित करने की विधियां हैं और नाभि-केंद्र की विधियां आविष्कृत करने की विधियां हैं। तुम्हें आविष्कृत भर करना है। बुद्ध तो तुम हो ही, केवल तुम्हें इसे जान लेना है।

तो दो तरह के लोग हैं। ऐसे बुद्ध जो जानते हैं कि हम बुद्ध हैं और ऐसे बुद्ध जो नहीं जानते कि हम बुद्ध हैं। लेकिन सभी बुद्ध हैं। जहां तक अस्तित्व का सवाल है, सब वही हैं। सिर्फ अस्तित्व में साम्यवाद है, और कहीं भी साम्यवाद असंगत है। बाकी सभी आयामों में कोई समान नहीं है, वहां असमानता बुनियादी है। इसलिए यह विरोधाभासी मालूम पड़ेगा अगर मैं कहूं कि केवल धर्म साम्यवाद ला सकता है। लेकिन यहां साम्यवाद से मेरा मतलब है अस्तित्व की, होने की क्षमता। तब तुम बुद्ध, क्राइस्ट, कृष्ण के समान हो। लेकिन किसी दूसरे अर्थ में कोई दो व्यक्ति समान नहीं हैं। जहां तक बाहरी जीवन का संबंध है, असमानता बुनियादी है। और जहां तक आंतरिक जीवन का संबंध है, समानता बुनियादी है।

इसलिए ये एक सौ बारह विधियां नाभि-केंद्र के विकास की विधियां नहीं हैं, ये उसे उघाड़ने की विधियां हैं। यही कारण है कि कभी-कभी कोई व्यक्ति क्षणमात्र में बुद्ध हो जाता है, क्योंकि कुछ सृजन करने की बात नहीं है। अगर तुम अपने को देख सको, अगर अपने भीतर गहरे जा सको, तो तुम्हें जो भी चाहिए वह वहां है। वहां तुम बुद्ध हो। इसलिए प्रश्न यही है कि कैसे तुम उस बिंदु पर फेंक दिए जाओ जहां तुम बुद्ध हो ही। ध्यान तुम्हें बुद्ध नहीं बनाता है, वह सिर्फ तुम्हें तुम्हारे बुद्धत्व का बोध देता है।

एक और प्रश्नः

क्या सभी बुद्धपुरुष नाभि-केंद्रित हैं? उदाहरण के लिए बताएं कि कृष्णमूर्ति मस्तिष्क- केंद्रित हैं या नाभि-केंद्रित? और रामकृष्ण हृदय-केंद्रित थे या नाभि- केंद्रित?

सभी बुद्धपुरुष नाभि-केंद्रित होते हैं, लेकिन बुद्धपुरुषों की अभिव्यक्ति दूसरे केंद्रों के जरिए हो सकती है। इस भेद को साफ-साफ समझ लो। सभी बुद्धपुरुष नाभि-केंद्रित होते हें; दूसरी संभावना नहीं है। लेकिन अभिव्यक्ति और बात है।

रामकृष्ण अपनी अभिव्यक्ति हृदय के द्वारा करते हैं। वे अपने संदेश के लिए हृदय को

माध्यम बनाते हैं। नाभि से जो भी उन्होंने पाया है उसे वे हृदय से प्रकट करते हैं। वे गाते हैं, वे नाचते हैं; वह उनके आनंद की अभिव्यक्ति का ढंग है। लेकिन आनंद नाभि पर मिलता है, अन्यत्र नहीं। रामकृष्ण नाभि पर केंद्रित हैं। लेकिन दूसरों को यह कहने के लिए कि मैं नाभि पर केंद्रित हूं वे हृदय का उपयोग करते हैं।

कृष्णमूर्ति उस अभिव्यक्ति के लिए मस्तिष्क का उपयोग करते हैं।

यही कारण है कि उनकी अभिव्यक्तियां परस्पर विरोधी हैं। अगर तुम रामकृष्ण को मानते हो तो तुम कृष्णमूर्ति को नहीं मान सकते। और अगर कृष्णमूर्ति पर तुम्हारा भरोसा है तो तुम रामकृष्ण पर भरोसा नहीं कर सकते। क्योंकि भरोसा सदा अभिव्यक्ति में केंद्रित होता है, अनुभव में नहीं। रामकृष्ण उस आदमी को बचकाने मालूम पड़ेंगे जो बुद्धि से, विचार से जीता है। वह कहेगा, यह क्या नासमझी है—नाचना, गाना? वे क्या कर रहे है? बुद्ध कभी नहीं नाचे, ये रामकृष्ण नाच रहे हैं। वे बचकाने लगते हैं।

बुद्धि को हृदय सदा बचकाना मालूम पड़ता है। लेकिन हृदय को बुद्धि व्यर्थ, सतही मालूम पड़ती है।

कृष्णमूर्ति जो भी कहते हैं वह वही है, अनुभव वही है जो रामकृष्ण, चैतन्य या मीरा को हुआ था। लेकिन अगर व्यक्ति मस्तिष्क-केंद्रित है तो उसकी अभिव्यक्ति, उसकी व्याख्या बुद्धिगत होगी। अगर रामकृष्ण कृष्णमूर्ति को मिलेंगे तो कहेंगे, आइए, हम नाचें। समय क्यों बर्बाद करें? नाचकर उसे ज्यादा आदमी से कहा जा सकता है और वह गहरे जाता है। कृष्णमूर्ति कहेंगे, नाच? नाच से तो आदमी सम्मोहित हो जाता है। नाचें मत। विश्षण करें, तर्क करें, बोधपूर्ण हों।

अभिव्यक्ति के ये अलग-अलग केंद्र हैं, लेकिन अनुभव एक ही है। कोई अपने अनुभव का चित्र बना सकता है; झेन गुरुओं ने अपने अनुभव का चित्र बनाया। जब वे ज्ञान को उपलब्ध होते हैं तब वे चित्र बनाते हैं। उपनिषद के ऋषियों ने सुंदर कविता की; वे जब ज्ञान को प्राप्त हुए उन्होंने कविता रची। चैतन्य नाचते थे, रामकृष्ण गाते थे। बुद्ध ने, महावीर ने अपने अनुभव को कहने के लिए, लोगों को समझाने के लिए बुद्धि का उपयोग किया। उन्होंने अपने अनुभव बताने के लिए महान सिद्धांनों की रचना की।

लेकिन अनुभव स्वयं में न बुद्धि-निर्भर है न भाव-निर्भर, वह दोनों के पार है। बहुत कम लोग हुए हैं जो दोनों केंद्रों के द्वारा अपने को अभिव्यक्ति दे सकें। तुम्हें कृष्णमूर्ति अनेक मिल जाएंगे, तुम्हें रामकृष्ण अनेक मिल जाएंगे। लेकिन यह कभी-कभार ही होता है कि कोई दोनों केंद्रों के जरिए अपने को अभिव्यक्त करे। तब वह व्यक्ति तुम्हें उलझन में डाल देता है। तुम उस आदमी के साथ कभी चैन नहीं अनुभव करोगे, क्योंकि तुम्हें दोनों के बीच तारतम्य नहीं दिखाई पड़ेगा। वे परस्पर इतने विरोधी हैं।

इसलिए जब मुझे कुछ समझाने को होता है तो निश्चय ही उसे बुद्धि के द्वारा समझाना पड़ता है। इसलिए मैं बहुत से ऐसे लोगों को आकर्षित कर लेता हूं जो बुद्धिवादी हैं, मस्तिष्क-प्रधान हैं। फिर एक दिन वे देखते हैं कि मैंने कीर्तन और नृत्य की इजाजत भी दे रखी है। तब वे अड़चन में पड़ते हैं। वे पूछते हैं, यह क्या है? दोनों में कोई लेना-देना नहीं है।

लेकिन मेरे लिए उनमें कोई विरोध नहीं है। नृत्य भी कहने का एक ढंग है, और

कभी-कभी वह ज्यादा गहरा ढंग होता है। बुद्धि भी कहने का एक ढंग है, और कभी-कभी वह बहुत स्पष्ट ढंग होता है। इसलिए दोनों अभिव्यक्ति के उपाय हैं।

अगर तुम बुद्ध को नाचते देखो तो तुम्हें अड़चन होगी। और अगर तुम महावीर को नग्न खड़े और बांसुरी बजाते देख लो तो तुम सो न सकोगे। सोचोगे, महावीर को यह क्या हो गया? पागल तो नहीं हो गए? कृष्ण के हाथ में बांसुरी ठीक है, महावीर के हाथ में बिलकुल अविश्वसनीय हो जाती है। महावीर और हाथ में बांसुरी। यह अकल्पनीय है, तुम उसकी कल्पना भी नहीं कर सकते।

लेकिन इसका यह कारण नहीं है कि महावीर और कृष्ण में, बुद्ध और चैतन्य में कोई विरोध है। इसका कारण महज अभिव्यक्ति का भेद है। बुद्ध एक विशेष तरह के चित्तों को आकर्षित करेंगे—मस्तिष्क-प्रधान चित्तों को। और चेतन्य और रामकृष्ण ठीक उसके विपरीत हृदय-प्रधान चित्तों को आकर्षित करेंगे।

लेकिन कठिनाई खड़ी होती है, मेरे जैसा व्यक्ति कठिनाई खड़ी करता है। मैं दोनों चित्तों को आकर्षित करता हूँ—लेकिन कोई भी मेरे साथ चैन नहीं अनुभव कर पाता है। जब मैं बोलता होता हूं तो मस्तिष्क-प्रधान व्यक्ति मेरे साथ चैन अनुभव करता है। लेकिन जब मैं दूसरे तरह की अभिव्यक्ति को मौका देता हूं तो मस्तिष्क-प्रधान व्यक्ति बेचैन हो जाता है। और वही बात दूसरे के साथ घटती है। जब कोई भाव-प्रधान विधि उपयोग की जाती है तो हृदय-प्रधान व्यक्ति चैन अनुभव करता है, लेकिन जब मैं समझाता हूं, तर्क का उपयोग करता हूं तो वह गायब हो जाता है, तब वह यहां नहीं होता। वह कहता है, यह मेरे लिए नहीं है।

एक महिला परसों ही आई। और उसने कहा कि मैं माउंट आबू गई थी और वहां मुझे अड़चन खड़ी हो गई। पहले दिन मैंने आपका प्रवचन सुना और वह बहुत सुंदर लगा। मैं बहुत प्रभावित हुई, गदगद हो गई। लेकिन फिर मैंने देखा कि कीर्तन हो रहा है, नाच हो रहा है, और मैं वहां से तुरंत भाग खड़ी होने को तैयार हो गई। यह मेरे लिए नहीं था। मैं बस के अड्डे पर पहुंच गई। लेकिन वहां एक समस्या उठ खड़ी हुई, मैं आपका प्रवचन सुनना चाहती थी। फिर मैं लौट आयी। आपके प्रवचन को मैं नहीं चूकना चाहती थी।

वह महिला जरूर कठिनाई में होगी। उसने मुझे कहा, यह सब इतना परस्पर-विरोधी था। उसे ऐसा लगा, क्योंकि ये केंद्र ही परस्पर-विरोधी हैं। पर विरोध तुम्हारे भीतर है। तुम्हारे मस्तिष्क और तुम्हारे हृदय के बीच तालमेल नहीं है, वे द्वंद्व में हैं। और तुम्हारे इस अंतर्द्वंद्व के चलते रामकृष्ण और कृष्णमूर्ति परस्पर विरोधी मालूम पड़ते हैं। तुम अपने मस्तिष्क और हृदय के बीच सेतु रच लो तो तुम्हें पता चलेगा कि ये तो महज माध्यम थे।

रामकृष्ण निपट अनपढ़ थे, बुद्धि का विकास न हुआ था। वे शुद्ध हृदय थे। उनका एक केंद्र, हृदय केंद्र विकसित हुआ था। कृष्णमूर्ति शुद्ध मस्तिष्क हैं। वे एनी बीसेंट, लीडबीटर और दूसरे थियोसोफिस्ट जैसे परम बुद्धिवादियों के हाथ में रहे थे। वे इस सदी के बड़े से बड़े शास्त्रकार थे। थियोसोफी बड़ी से बड़ी शास्त्र-व्यवस्थाओं में एक है। वह सर्वथा बुद्धि-प्रधान है। और कृष्णमूर्ति बुद्धिवादियों के हाथों पले थे। वे विशुद्ध बुद्धि हैं। वे जब हृदय और प्रेम की बात भी करते हैं तो उनकी अभिव्यक्ति बुद्धि की होती है। रामकृष्ण उनसे भिन्न हैं। वे जब बुद्धि की बात करते हैं तो उसमें भी वे बेतुके मालूम पड़ते हैं।

तोतापुरी रामकृष्ण के पास आए रामकृष्ण उनसे वेदांत सीखने लगे। तोतापुरी ने उनसे कहा, यह भक्ति की नासमझी छोड़ो; इस काली को, मां को बिलकुल विदा करो। यदि यह सब तुम नहीं छोड़ते तो मैं तुम्हें वेदांत नहीं सिखा सकता। वेदांत भक्ति नहीं, ज्ञान है। रामकृष्ण ने कहा, ठीक है। लेकिन एक क्षण रुकें, मैं मां से जाकर पूछ लूं कि क्या मैं यह सब नासमझी छोड़ दूं। मां से पूछने के लिए मुझे क्षणभर का समय दे दें।

वे हृदय-प्रधान पुरुष हैं। मां को छोड़ने के लिए भी मां से ही पूछेंगे। और उन्होंने कहा, मां इतनी प्यारी है कि वह मुझे छोड़ने की आज्ञा दे देगी, आप चिंता न करें। तोतापुरी कुछ नहीं समझ सके। रामकृष्ण ने कहा, वह इतनी प्रेमपूर्ण है, उसने कभी मुझे नहीं नहीं कहा है। अगर मैं कहूं कि मां मैं तुम्हें छोड़ता हूं, क्योंकि मुझे वेदांत सीखना है और मैं इस भक्ति की नासमझी में नहीं रह सकता, तो वह इसकी भी आज्ञा दे देगी। वह मुझे यह सब छोड़ने की पूरी स्वतंत्रता दे देगी।

अपने मस्तिष्क और हृदय के बीच सेतु निर्मित करो और तब तुम जानोगे कि जो भी ज्ञान को उपलब्ध हुए हैं वे एक ही बात कहते हैं, सिर्फ उनकी भाषा भिन्न होती है।

आज इतना ही।

11

त्रिनेत्र, नाभि-केंद्र और मध्य-मार्ग

सूत्र

15. सिर के सात द्वारों को अपने हाथों से बंद करने
पर आंखों के बीच का स्थान सर्वग्राही हो जाता है।
16. हे भगवती, जब इंद्रियां हृदय में विलीन हों,
कमल के केंद्र पर पहुंचो।
17. मन को भूलकर मध्य में रहो—जब तक।

मनुष्य ऐसा है मानो बिना केंद्र का वर्तुल। उसका जीवन सतही है, उसका जीवन बस परिधि पर है। तुम बाहर-बाहर रहते हो, कभी भीतर नहीं रहते। तुम भीतर नहीं रह सकते, जब तक कि केंद्र उपलब्ध न हो। तुम भीतर नहीं रह सकते हो। सच तो यह है कि केंद्र के बिना अंतस भी नहीं होता है।

यही कारण है कि हम अंतस की बात किए जाते हैं कि कैसे भीतर जाएं, कि कैसे अपने को जानें, लेकिन ये बातें कुछ प्रामाणिक अर्थ नहीं रखतीं। शब्दों का अर्थ तो तुम जानते हो, लेकिन भीतर गए बिना उनके अर्थ को अनुभव नहीं कर सकते।

और तुम कभी वहां गए नहीं हो। जब तुम अकेले भी होते हो तब भी मन से तुम भीड़ में होते हो। जब बाहर कोई नहीं है तब भी तुम भीतर नहीं होते; तुम दूसरों की ही सोचे जाते हो, तुम बाहर ही गति करते हो। यहां तक कि नींद में भी तुम दूसरों के सपने देखते रहते हो। तुम भीतर कभी होते ही नहीं। सिर्फ बहुत गहरी नींद में, जब स्वप्न नहीं चलते, तुम भीतर होते हो; लेकिन तब तुम मूर्च्छित हो जाते हो।

इस तथ्य को याद रखो कि जब तुम सचेत होते हो तब भीतर नहीं होते, और जब गहरी नींद में कभी भीतर होते हो तब तुम अचेत होते हो। इसलिए तुम्हारा पूरा चेतन बाहर-बाहर से बना है। और इसलिए जब हम भीतर जाने की बात करते हैं तो शब्द तो समझ लेते हैं, लेकिन उनके अर्थ हाथ नहीं आते। क्योंकि अर्थ शब्दों से नहीं आते, अर्थ अनुभव से आते हैं।

शब्द तो बिना अर्थ के हैं। जब मैं 'भीतर' शब्द बोलता हूं तो तुम शब्द को समझ लेते हो; लेकिन केवल शब्द को, उसके अर्थ को नहीं। यह भीतर क्या है, तुम नहीं जानते; क्योंकि सचेतन रूप से तुम कभी भीतर नहीं गए तुम्हारा मन सतत बाहर ही बाहर जा रहा है। तुम्हें कुछ भी बोध नहीं है कि अंतस क्या है, उसका अर्थ क्या है।

जब मैं कहता हूं कि तुम बिना केंद्र के वर्तुल हो, केवल परिधि हो, उसका यही मतलब है। केंद्र तो है, लेकिन तुम उसमें तब उतरते हो जब अचेत रहते हो। और जब तुम सचेत होते हो तो बाहर यात्रा करते हो। और यही कारण है कि तुम्हारे जीवन में त्वरा नहीं है, तुम्हारे जीवन

में जीवन नहीं है। तुम्हारा जीवन कुनकुना-कुनकुना है। तुम ऐसे जीवित हो जैसे मरे हुए हो, या दोनों साथ-साथ हो। तुम मृत जीवन जीते हो। तुम उच्चतम पर नहीं, निम्नतम पर जीते हो; शिखर पर नहीं, घाटी में। तुम इतना ही कह सकते हो कि मैं हूं, बस। तुम्हारे जीवित होने का इतना ही अर्थ हैं कि तुम मरे नहीं हो।

लेकिन जीवन को परिधि पर कभी नहीं जाना जा सकता है। जीवन को तो उसके केंद्र पर ही जाना जा सकता है, केंद्र पर ही जीया जा सकता है। परिधि पर तो सिर्फ कुनकुना जीवन संभव है। इसलिए यथार्थ में तुम बहुत ही अप्रामाणिक जीवन जीते हो। और तब तुम्हारी मृत्यु भी अप्रामाणिक हो जाती है। क्योंकि जो ठीक से जीता नहीं है वह ठीक से मर भी नहीं सकता। प्रामाणिक जीवन ही प्रामाणिक मृत्यु बन सकता है। और तब मृत्यु सुंदर है, क्योंकि जो भी प्रामाणिक है वह सुंदर है। और अगर जीवन भी अप्रामाणिक हो तो वह कुरूप है। उसका कुरूप होना लाजिमी है।

और तुम्हारा जीवन कुरूप है, सड़ा हुआ है। वहां कुछ भी तो नहीं होता है। तुम महज आशा और प्रतीक्षा किए जा रहे हो कि किसी दिन कुछ होगा। इस क्षण तो वहां रिक्तता ही रिक्तता है। और ऐसे ही तुम्हारे अतीत का प्रत्येक क्षण रिक्त और खाली गया है। तुम तो मात्र भविष्य के इंतजार में हो कि किसी दिन कुछ होगा। तुम महज आशा में जीते हो।

और ऐसे प्रत्येक क्षण नष्ट हो रहा है। जैसे अतीत में कुछ नहीं हुआ वैसे ही भविष्य में भी कुछ नहीं होने वाला है। जो भी होता है, हमेशा वर्तमान में होता है। लेकिन तब तुम्हें त्वरा और तीव्रता की जरूरत होगी—गहन तीव्रता की। तब तुम्हें केंद्र में अपनी जड़ें फैलानी होंगी, परिधि से काम नहीं चलेगा। तब तुम्हें अपना क्षण खोज लेना होगा। सच तो यह है कि हम कभी सोचते ही नहीं कि हम क्या हैं! और जो कुछ हम सोचते भी हैं वह कचरा है।

एक समय मैं विश्वविद्यालय कैम्पस में एक प्रोफेसर के साथ रहता था। एक दिन वे आए और बोले कि मैं बहुत बेचैन हूं। मेरे पूछने पर उन्होंने बताया कि उन्हें बुखार है। मैं कुछ पढ़ रहा था, सो मैंने उनसे कहा कि जाकर सो जाओ, यह कंबल ओढ़ लो और आराम करो। वे लेट भी गए, लेकिन थोड़ी ही देर में बोले कि मुझे बुखार नहीं है; दरअसल मैं क्रुद्ध हूं, गुस्से में हूं, क्योंकि किसी ने मेरा अपमान कर दिया। और मैं उसके प्रति हिंसा से भरा हूं।

तो मैंने कहा कि तब आपने ऐसा क्यों कहा कि मुझे बुखार है? उन्होंने कहा कि मैं कबूल नहीं कर पाया कि मैं गुस्से में हूं, लेकिन सच में मुझे बुखार नहीं, क्रोध पकड़े है। और यह कहकर उन्होंने कंबल फेंक दिया। तो मैंने उनसे कहा कि यदि यह बात है तो यह तकिया लो और उसे पीटो, उसके साथ मार-पीट करो; इससे तुम्हारी हिंसा निकल जाएगी। और अगर तकिया काफी नहीं है तो मैं उपलब्ध हूं, तो मुझे मारो और इस हिंसा को निकाल फेंको।

मेरी यह बात सुनकर वे हंस पड़े, लेकिन उनकी हंसी नकली थी, उसे उन्होंने अपने चेहरे पर ओढ़ लिया था। इसलिए वह हंसी उनके चेहरे पर आकर तुरंत विलीन हो गई। वह अंतस से नहीं आयी थी, ऊपर से आरोपित थी। लेकिन वह नकली हंसी भी एक अंतराल तो बना ही गई। और तब उन्होंने कहा कि मैं सच में क्रुद्ध भी नहीं हूं, किसी ने सबके सामने कुछ कह दिया और मैं उससे मन ही मन बहुत लज्जित अनुभव करने लगा। सच्ची बात यह है।

मैंने उनसे कहा कि तुमने आधे घंटे के अंदर अपने भाव के बारे में अपना वक्तव्य

▲

तीन-तीन बार बदला। पहले तुमने कहा कि तुम्हें बुखार है, फिर कहा कि तुम्हें गुस्सा है, और अब कहते हो कि तुम लज्जित हो, कुंठित हो। आखिर सच क्या है? उन्होंने कहा कि कुंठा सच है। मैंने कहा कि जब तुमने कहा कि बुखार है तब भी तुम उसके बारे में निश्चित थे; और जब कहा कि क्रोध है तब भी निश्चित थे; और तुम इस लज्जा के बारे में भी निश्चित हो। तुम एक व्यक्ति हो या अनेक? यह नया निश्चय कब तक टिकने वाला है?

उस आदमी ने कहा कि मैं ठीक-ठीक नहीं जानता कि मेरा भाव क्या है; मेरा असल भाव क्या है, मैं नहीं जानता। मैं सिर्फ विचलित हूं, अशांत हूं। इसे क्रोध कहूं, लज्जा कहूं, क्या कहूं, कुछ समझ में नहीं आता। और यह समय भी नहीं है कि मेरे साथ इस पर बहस करो। मुझे अकेला छोड़ दो। तुमने मेरी स्थिति को एक दर्शनिक समस्या बना दिया है। तुम पूछ रहे हो कि क्या प्रामाणिक है, क्या यथार्थ है, और मैं बहुत परेशानी में हूं।

यह बात किसी अ, ब, स व्यक्ति की नहीं है। यह तुम्हारी बात है, तुम्हारी सच्चाई है। तुम कभी निश्चित नहीं हो, क्योंकि निश्चय केंद्रित होने से आता है। तुम अपने संबंध में भी निश्चित नहीं हो। और दूसरों के संबंध में निश्चित होना तो असंभव ही है जब तुम अपने संबंध में ही अनिश्चित हो। तुम अपने संबंध में धुंधले-धुंधले हो।

कुछ ही दिन पहले एक व्यक्ति यहां आया था। उसने मुझसे कहा कि मैं किसी लड़की को प्रेम करता हूं और मैं उससे शादी करना चाहता हूं। मैं कुछ क्षणों के लिए उसकी आंखों में गहरे झांककर देखता रहा—बिना कुछ कहे। वह बेचैन हो उठा और उसने कहा, आप क्यों मुझे इस तरह देख रहे हैं? मैं अजीब सा अनुभव कर रहा हूं। पर मैं उसे देखता ही रहा। फिर उसने कहा, क्या आप सोचते हैं कि मेरा प्रेम झूठा है? फिर भी मैंने कुछ नहीं कहा, उसे देखता ही रहा। और तब उसने कहा, आप ऐसा क्यों समझते हैं कि यह विवाह अच्छा नहीं होगा? और वह अपने ही आप बोला, मैंने खुद इस पर बहुत सोच-विचार नहीं किया था। और यही कारण है कि मैं आपके पास आया हूं। मैं नहीं जानता कि मैं प्रेम में हूं भी या नहीं।

मैंने एक शब्द भी नहीं कहा था। मैं सिर्फ उसकी आंखों में झांकता रहा था। लेकिन वह बेचैन हो गया और जो बातें उसके अंतस में छिपी थीं वे उभरकर बाहर आने लगीं।

तुम निश्चित नहीं हो। तुम किसी भी चीज के बाबत निश्चित नहीं हो सकते—न अपने प्रेम के बाबत, न अपनी घृणा के बाबत, न अपनी मित्रता के बाबत। तुम किसी भी चीज के बाबत निश्चित नहीं हो सकते, क्योंकि तुम्हारा केंद्र नहीं है। केंद्र के बिना निश्चय नहीं है। तुम्हारे निश्चय के सभी भाव झूठे और क्षणिक हैं। एक क्षण तुम्हें लगेगा कि मैं निश्चित हूं, लेकिन दूसरे ही क्षण वह निश्चय जा चुका होगा; क्योंकि प्रत्येक क्षण तुम्हारा केंद्र भिन्न है। तुम्हारा कोई स्थायी केंद्र नहीं है, कोई क्रिस्टलाइज्ड केंद्र नहीं है। प्रत्येक क्षण का अपना आणविक केंद्र है, इसलिए प्रत्येक क्षण की अपनी अस्मिता है।

जार्ज गुरजिएफ कहते थे कि आदमी एक भीड़ है। व्यक्तित्व एक धोखा है, क्योंकि तुम एक व्यक्ति नहीं, अनेक व्यक्ति हो। इसलिए जब एक व्यक्ति तुम्हारे भीतर बोलता है तो वह उस क्षण का केंद्र हुआ। दूसरे क्षण दूसरा आ जाता है। प्रत्येक क्षण के साथ, प्रत्येक आणविक स्थिति के साथ तुम निश्चित महसूस करते हो, लेकिन तुम कभी इस बोध को उपलब्ध नहीं होते कि मैं बस एक बहाव हूं जिसमें लहरें ही लहरें हैं, केंद्र नहीं। और तब अंत में तुम पाओगे कि

▲

जीवन व्यर्थ हुआ। ऐसा होना अनिवार्य है। वह महज एक प्रयोजनहीन, अर्थहीन भटकाव है।

तंत्र, योग, धर्म, सबकी बुनियादी फिक्र है कि पहले केंद्र को कैसे पा लें, पहले कैसे व्यक्ति हो जाएं। वे फिक्र करते हैं कि कैसे उस केंद्र को प्राप्त करें जो कि प्रत्येक स्थिति में भीतर विराजमान रहता है; जब जीवन बाहर बदलता रहता है, जब जीवन-प्रवाह की लहरें आती हैं और जाती हैं, तब भी भीतर कोई केंद्र बना रहता है। तब तुम एक हुए—आधारित और केंद्रित।

ये सूत्र उस केंद्र को पाने के सूत्र हैं। केंद्र है, क्योंकि संभव नहीं है कि वर्तुल बिना केंद्र के हो। वर्तुल केंद्र के साथ ही हो सकता है। इसका अर्थ है कि केंद्र विस्मृत हो गया है। वह है, लेकिन हमें उसका पता नहीं है। वह है, लेकिन हमें उसे देखना नहीं आता; हमें पता नहीं है कि कैसे उस पर अपनी चेतना को एकाग्र करें।

केंद्रित होने की तीसरी विधि :

सिर के सात द्वारों को अपने हाथों से बंद करने पर आंखों के बीच का स्थान सर्वग्राही हो जात है।

यह एक पुरानी से पुरानी विधि है और इसका प्रयोग भी बहुत हुआ है। यह सरलतम विधियों में से एक है। सिर के सभी द्वारों को, आंख, कान, नाक, मुंह, सबको बंद कर दो। जब सिर के सब द्वार-दरवाजे बंद हो जाते हैं तो तुम्हारी चेतना जो सतत बाहर बह रही है एकाएक रुक जाती है, ठहर जाती है। वह अब बाहर नहीं जा सकती।

तुमने खयाल नहीं किया होगा कि अगर तुम क्षणभर के लिए श्वास लेना बंद कर दो तो तुम्हारा मन भी ठहर जाएगा। क्यों? क्योंकि श्वास के साथ मन चलता है। वह मन का एक संस्कार है। तुम्हें समझना चाहिए कि यह संस्कार क्या है, तभी इस सूत्र को समझना आसान होगा।

रूस के अति प्रसिद्ध मनस्विद पावलफ ने संस्कारजनित प्रतिक्रिया को, कंडीशंड रिफ्लेक्स को दुनियाभर में आम बोलचाल में शामिल करा दिया है। जो व्यक्ति भी मनोविज्ञान से जरा भी परिचित है, इस शब्द को जानता है। विचार की दो श्रृंखलाएं, कोई भी दो श्रृंखलाएं इस तरह एक-दूसरे से जुड़ सी जाती हैं कि अगर तुम उनमें से एक को चलाओ तो दूसरी अपने आप शुरू हो जाती है। इस प्रसंग में पावलफ का प्रसिद्ध उदाहरण इस प्रकार है।

पावलफ ने एक कुत्ते पर प्रयोग किया। उसने देखा कि तुम अगर कुत्ते के सामने खाना रख दो तो उसकी जीभ से लार बहने लगती है, जीभ बाहर निकल आती है और वह भोजन के लिए तैयार हो जाता है। कुत्ता जब भोजन देखता है या उसकी कल्पना भी करता है तो लार बहने लगती है। लेकिन पावलफ ने इस प्रक्रिया के साथ दूसरी बात जोड़ दी। जब भी भोजन रखा जाए और कुत्ते की लार टपकने लगे, वह दूसरी चीज करता; उदाहरण के लिए, वह एक घंटी बजाता और कुत्ता उस घंटी को सुनता।

पंद्रह दिन तक जब भी भोजन रखा जाता, घंटी भी बजती। और तब सोलहवें दिन कुते के सामने भोजन नहीं रखा गया, केवल घंटी बजाई गई। लेकिन तब भी कुत्ते की लार बहने लगी और उसकी जीभ बाहर आ गयी, मानो भोजन सामने रखा हो।

वहां भोजन नहीं था, सिर्फ घंटी बजी थी। अब घंटी बजने और लार टपकने के बीच कोई स्वाभाविक संबंध नहीं था, लार का स्वाभाविक संबंध भोजन के साथ है। लेकिन अब घंटी का रोज-रोज बजना लार के साथ जुड़ गया था, संबंधित हो गया था। और इसलिए मात्र घंटी के बजने पर भी लार बहने लगी।

पावलफ के अनुसार—और पावलफ सही है—हमारा समूचा जीवन एक कंडीशंड प्रोसेस है। मन संस्कार है। इसलिए अगर तुम उस संस्कार के भीतर कोई एक चीज बंद कर दो तो उससे जुड़ी और सारी चीजें भी बंद हो जाती हैं।

उदाहरण के लिए विचार और श्वास है। विचारणा सदा ही श्वास के साथ चलती है। तुम बिना श्वास लिए विचार नहीं करते। तुम श्वास के प्रति सजग नहीं रहते, लेकिन श्वास सतत चलती रहती है, दिन-रात चलती रहती है। और प्रत्येक विचार, विचार की प्रक्रिया ही श्वास की प्रक्रिया से जुड़ी है। इसलिए अगर तुम अचानक अपनी श्वास रोक लो तो विचार भी रुक जाएगा।

वैसे ही अगर सिर के सातों छिद्र, उसके सातों द्वार बंद कर दिए जाएं तो तुम्हारी चेतना अचानक गति करना बंद कर देगी। तब चेतना भीतर थिर हो जाती है। और उसका यह भीतर थिर होना तुम्हारी आंखों के बीच स्थान बना देता है। वह स्थान ही त्रिनेत्र, तीसरी आंख कहलाती है। अगर सिर के सभी द्वार बंद कर दिए जाएं तो तुम बाहर गति नहीं कर सकते, क्योंकि तुम सदा इन्हीं द्वारों से बाहर जाते रहे हो। तब तुम भीतर थिर हो जाते हो। और वह थिर होना, एकाग्र होना इन दो आंखों, साधारण आंखों के बीच घटित होता है। चेतना इन दो आंखों के बीच के स्थान पर केंद्रित हो जाती है। उस स्थान को ही त्रिनेत्र कहते हैं।

'यह स्थान सर्वग्राही, सर्वव्यापक हो जाता है।' यह सूत्र कहता है कि इस स्थान में सब सम्मिलित है, सारा अस्तित्व समाया है। अगर तुम इस स्थान को अनुभव कर लो तो तुमने सब को अनुभव कर लिया। एक बार तुम्हें इन दो आंखों के बीच के आकाश की प्रतीति हो गई तो तुमने पूरे अस्तित्व को जान लिया, उसकी समग्रता को जान लिया। क्योंकि यह आंतरिक आकाश सर्वग्राही है, सर्वव्यापक है; कुछ भी उसके बाहर नहीं है।

उपनिषद कहते हैं: 'एक को जानकर सब जान लिया जाता है।'

ये दो आंखें तो सीमित को ही देख सकती हैं; तीसरी आंख असीम को देखती है। ये दो आंखें तो पदार्थ को ही देख सकती हैं; तीसरी आंख अपदार्थ को, अध्यात्म को देखती है। इन दो आंखों से तुम कभी ऊर्जा की प्रतीति नहीं कर सकते, ऊर्जा को नहीं देख सकते, सिर्फ पदार्थ को देख सकते हो। लेकिन तीसरी आंख से स्वयं ऊर्जा देखी जाती है।

द्वारों का बंद किया जाना केंद्रित होने का उपाय है। क्योंकि एक बार जब चेतना के प्रवाह का बाहर जाना रुक जाता है, वह अपने उदगम पर थिर हो जाती है। और चेतना का यह उदगम ही त्रिनेत्र है। अगर तुम इस त्रिनेत्र पर केंद्रित हो जाओ तो बहुत चीजें घटित होती हैं। पहली चीज तो यह पता चलती है कि सारा संसार तुम्हारे भीतर है।

स्वामी राम कहा करते थे कि सूर्य मेरे भीतर चलता है, तारे मेरे भीतर चलते हैं, चांद मेरे भीतर उदित होता है; सारा ब्रह्मांड मेरे भीतर है। जब उन्होंने पहली बार यह कहा तो उनके शिष्यों ने सोचा कि वे पागल हो गए हैं। रामतीर्थ के भीतर सितारे कैसे हो सकते हैं?

वे इसी त्रिनेत्र के संबंध में बोल रहे थे, इसी आंतरिक आकाश के संबंध में। जब पहली बार यह आंतरिक आकाश उपलब्ध होता है तो यही भाव होता है। जब तुम देखते हो कि सब कुछ तुम्हारे भीतर है तब तुम ब्रह्मांड ही हो जाते हो।

त्रिनेत्र तुम्हिारे भौतिक शरीर का हिस्सा नहीं है, वह तुम्हारे भौतिक शरीर का अंग नहीं है। तुम्हारी दो आंखों के बीच का स्थान तुम्हारे शरीर तक ही सीमित नहीं है। वह तो वह अनंत आकाश है जो तुम्हारे भीतर प्रवेश कर गया है। और एक बार यह आकाश जान लिया जाए तो तुम फिर वही व्यक्ति नहीं रहोगे। जिस क्षण तुमने इस अंतरस्थ आकाश को जान लिया उसी क्षण तुमने अमृत को जान लिया। तब कोई मृत्यु नहीं है।

जब तुम पहली बार इस आकाश को जानोगे, तुम्हारा जीवन प्रामाणिक और प्रगाढ़ हो जाएगा; तब पहली बार तुम सच में जीवंत होओगे। तब किसी सुरक्षा की जरूरत नहीं रहेगी। अब कोई भय संभव नहीं है। अब तुम्हारी हत्या नहीं हो सकती, अब तुमसे कुछ भी छीना नहीं जा सकता। अब साग ब्रह्मांड तुम्हारा है, तुम ही ब्रह्मांड हो। जिन लोगों ने इस अंतरस्थ आकाश को जाना है उन्होंने ही आनंदमग्न होकर उदघोषणा की है: अहं ब्रह्मास्मि! मैं ही ब्रह्मांड हूं, मैं ही ब्रह्म हूं।

सूफी संत मंसूर को इसी तीसरी आंख के अनुभव के कारण कत्ल किया गया था। जब उसने पहली बार इस आंतरिक आकाश को जाना, वह चिल्लाकर कहने लगा: अनलहक! मैं ही परमात्मा हूं। भारत में वह पूजा जाता, क्योंकि भारत ने ऐसे अनेक लोग देखे हैं जिन्हें इस तीसरी आंख, आंतरिक आकाश का बोध हुआ। लेकिन मुसलमानों के देश में यह बात कठिन हो गई। और मंसूर का यह वक्तव्य कि मैं परमात्मा हूं, अनलहक, अहं ब्रह्मास्मि, धर्म-विरोधी माना गया। क्योंकि मुसलमान यह सोच नहीं सकते कि मनुष्य और परमात्मा एक है। मनुष्य मनुष्य है, मनुष्य सृष्ट है और परमात्मा रृष्टा है। सुष्ट ख्रष्टा कैसे हो सकता है?

इसलिए मंसूर का यह वक्तव्य नहीं समझा गया और उसकी हत्या कर दी गई। लेकिन जब उसको कत्ल किया जा रहा था तब वह हंस रहा था। तो किसी ने पूछा कि हंस क्यों रहे हो मंसूर? कहते हैं कि मंसूर ने कहा मैं इसलिए हंस रहा हूं कि तुम मुझे नहीं मार रहे हो, तुम मेरी हत्या नहीं कर सकते। तुम्हें मेरे शरीर से धोखा हुआ है, लेकिन मैं शरीर नहीं हूं। मैं इस ब्रह्मांड को बनाने वाला हूं; यह मेरी अंगुली थी जिसने आरंभ में समूचे ब्रह्मांड को चलाया था।

भारत में मंसूर आसानी से समझा जाता, सदियों-सदियों से यह भाषा जानी-पहचानी है। हम जानते हैं कि एक घड़ी आती है जब यह आंतरिक आकाश जाना जाता है। तब जानने वाला पागल हो जाता है। और यह ज्ञान इतना निश्चित है कि यदि तुम मंसूर की हत्या भी कर दो तो वह अपना वक्तव्य नहीं बदलेगा। क्योंकि हकीकत में, जहां तक उसका संबंध है, तुम उसकी हत्या नहीं कर सकते। अब वह पूर्ण हो गया है, उसे मिटाने का उपाय नहीं है।

मंसूर के बाद सूफी सीख गए कि चुप रहना बेहतर है। इसलिए मंसूर के बाद सूफी परंपरा में शिष्यों को सतत सिखाया गया कि जब भी तुम तीसरी आंख को उपलब्ध करो, चुप रहो, कुछ कहो मत। जब भी घटित हो, चुप्पी साध लो। कुछ भी मत कहो, या वे ही चीजें औपचारिक ढंग से कहे जाओ जो लोग मानते हैं।

इसलिए अब इस्लाम में दो परंपराएं हैं। एक सामान्य परंपरा है—बाहरी, लौकिक।

और दूसरी परंपरा असली इस्लाम है, सूफीवाद, जो गुह्य है। लेकिन सूफी चुप रहते हैं। क्योंकि मंसूर के बाद उन्होंने सीख लिया कि उस भाषा में बोलना जो कि तीसरी आंख के खुलने पर प्रकट होती है व्यर्थ की कठिनाई में पड़ना है, और उससे किसी की मदद भी नहीं होती।

यह सूत्र कहता है: 'सिर के सात द्वारों को अपने हाथों से बंद करने पर आंखों के बीच का स्थान सर्वग्राही, सर्वव्यापी हो जाता है।'

तुम्हारा आंतरिक आकाश पूरा आकाश हो जाता है।

केंद्रित होने की चौथी विधि:

हे भगवती, जब इंद्रियां हृदय में विलीन हों, कमल के केंद्र पर पहुंचो।

प्रत्येक विधि किसी मन-विशेष के लिए उपयोगी होती है। जिस विधि की अभी हम चर्चा कर रहे थे—तीसरी विधि, सिर के द्वारों को बंद करने वाली विधि—उसका उपयोग अनेक लोग कर सकते हैं। वह बहुत सरल है और बहुत खतरनाक नहीं है। उसे तुम आसानी से काम में ला सकते हो।

यह भी जरूरी नहीं है कि द्वारों को हाथ से बंद करो; बंद करना भर जरूरी है। इसलिए कानों के लिए डाट और आंखों के लिए पट्टी से काम चल जाएगा। असली बात यह है कि कुछ क्षणों के लिए या कुछ सेकेंड के लिए सिर के द्वारों को पूरी तरह बंद कर दो।

इसका प्रयोग करो, अभ्यास मत करो। अचानक करने से ही यह कारगर है, अचानक में ही राज छिपा है। बिस्तर में पड़े-पड़े अचानक सभी द्वारों को कुछ सेकेंड के लिए बंद कर दो, और तब भीतर देखो कि क्या होता है।

जब तुम्हारा दम घुटने लगे, क्योंकि श्वास भी बंद हो जाएगी, तब भी इसे जारी रखो। और तब तक जारी रखो जब तक कि असह्य न हो जाए। और जब असह्य हो जाएगा, तब तुम द्वारों को ज्यादा देर बंद नहीं रख सकोगे, इसलिए उसकी फिक्र छोड़ दो। तब आंतरिक शक्ति सभी द्वारों को खुद खोल देगी। लेकिन जहां तक तुम्हारा संबंध है, तुम बंद रखो। जब दम घुटने लगे, तब वह क्षण आता है, निर्णायक क्षण; क्योंकि घुटन पुराने एसोसिएशन तोड़ डालती है। इसलिए कुछ और क्षण जारी रख सको तो अच्छा।

यह काम कठिन होगा, मुश्किल होगा, और तुम्हें लगेगा कि मौत आ गई। लेकिन डरो मत। तुम मर नहीं सकते, क्योंकि द्वारों को बंद भर करने से तुम नहीं मरोगे। लेकिन जब लगे कि मैं मर जाऊंगा, तब समझो कि वह क्षण आ गया।

अगर तुम उस क्षण में धीरज से लगे रहे तो अचानक हर चीज प्रकाशित हो जाएगी। तब तुम उस आंतरिक आकाश को महसूस करोगे जो कि फैलता ही जाता है और जिसमें समग्र समाया हुआ है। तब द्वारों को खोल दो और तब इस प्रयोग को फिर-फिर करो। जब भी समय मिले, इसको प्रयोग में लाओ।

लेकिन इसका अभ्यास मत बनाओ। तुम श्वास को कुछ क्षण के लिए रोकने का अभ्यास कर सकते हो, लेकिन उससे कुछ लाभ न होगा। एक आकस्मिक, अचानक झटके की जरूरत है। उस झटके में तुम्हारी चेतना के पुराने स्रोतों का प्रवाह बंद हो जाता है और कोई नयी बात संभव हो जाती है।

▲

भारत में अभी भी सर्वत्र अनेक लोग इस विधि का अभ्यास करते हैं। लेकिन कठिनाई यह है कि वे अभ्यास करते हैं, जब कि यह एक अचानक विधि है। अगर तुम अभ्यास करो तो कुछ भी नहीं होगा, कुछ भी नहीं होगा। अगर मैं तुम्हें अचानक इस कमरे से बाहर निकाल फेंकूं तो तुम्हारे विचार बंद हो जाएंगे। लेकिन अगर हम रोज-रोज इसका अभ्यास करें तो कुछ नहीं होगा। तब वह एक यांत्रिक आदत बन जाएगी।

इसलिए अभ्यास मत करो; जब भी हो सके, प्रयोग करो। तो धीरे-धीरे तुम्हें अचानक एक आंतरिक आकाश का बोध होगा। वह आंतरिक आकाश तुम्हारी चेतना में तभी प्रकट होता है जब तुम मृत्यु के कगार पर होते हो। जब तुम्हें लगता है कि अब मैं एक क्षण भी नहीं जीऊंगा, अब मृत्यु निकट है, तभी वह सही क्षण आता है। इसलिए लगे रहो, डरो मत।

मृत्यु इतनी आसान नहीं है। कम से कम इस विधि को प्रयोग में लाते हुए कोई व्यक्ति अब तक नहीं मरा है। इसमें अंतर्निहित सुरक्षा के उपाय हैं, यही कारण है कि तुम नहीं मरोगे। मृत्यु के पहले आदमी बेहोश हो जाता है। इसलिए होश में रहते हुए यह भाव आए कि मैं मर रहा हूं तो डरो मत। तुम अब भी होश में हो, इसलिए मरोगे नहीं। और अगर तुम बेहोश हो गए तो तुम्हारी श्वास चलने लगेगी, तब तुम उसे रोक नहीं पाओगे।

और तुम कान के लिए डाट काम में ला सकते हो, आंखों में पट्टी बांध सकते हो, लेकिन नाक और मुंह के लिए कोई डाट उपयोग नहीं करने हैं, क्योंकि तब वह संघातक हो सकता है। कम से कम नाक को छोड़ रखना ठीक है। उसे हाथ से ही बंद करो। उस हालत में जब बेहोश होने लगोगे तो हाथ अपने आप ही ढीला हो जाएगा और श्वास वापस आ जाएगी। तो इसमें अंतर्निहित सुरक्षा है। यह विधि बहुतों के काम की है।

चौथी विधि उनके लिए है जिनका हृदय बहुत विकसित है, जो प्रेम और भाव के लोग हैं, भाव-प्रवण लोग हैं।

'हे भगवती, जब इंद्रियां हृदय में बिलीन हों, कमल के केंद्र पर पहुंचो।'

यह विधि हृदय-प्रधान व्यक्ति के द्वारा काम में लायी जा सकती है। इसलिए पहले यह समझने की कोशिश करो कि हृदय-प्रधान व्यक्ति कौन है। तब यह विधि समझ सकोगे।

जो हृदय-प्रधान है, उस व्यक्ति के लिए सब कुछ हृदय ही है। अगर तुम उसे प्यार करोगे तो उसका हृदय उस प्यार को अनुभव करेगा, उसका मस्तिष्क नहीं। मस्तिष्क-प्रधान व्यक्ति प्रेम किए जाने पर भी प्रेम का अनुभव मस्तिष्क से लेता है। वह उसके संबंध में सोचता है, आयोजन करता है; उसका प्रेम भी मस्तिष्क का ही सुचिंतित आयोजन होता है। लेकिन भावपूर्ण व्यक्ति तर्क के बिना जीता है। वैसे हृदय के भी अपने तर्क हैं, लेकिन हृदय सोच-विचार नहीं करता है।

अगर कोई तुम्हें पूछे कि क्यों प्रेम करते हो और तुम उस क्यों का जबाब दे सको तो तुम मस्तिष्क-प्रधान व्यक्ति हो। और अगर तुम कहो कि मैं नहीं जानता, मैं सिर्फ प्रेम करता हूं तो तुम हृदय वाले व्यक्ति हो। अगर तुम इतना भी कहते हो कि मैं उसे इसलिए प्यार करता हूं कि वह सुंदर है तो वहां बुद्धि आ गई। हृदयोन्मुख व्यक्ति के लिए कोई सुंदर इसलिए है कि वह उसे प्रेम करता है। मस्तिष्क वाला व्यक्ति किसी को इसलिए प्रेम करता है कि वह सुंदर है। बुद्धि पहले आती है और तब प्रेम आता है। हृदय-प्रधान व्यक्ति के लिए प्रेम प्रथम है और

▲

शेष चीजें प्रेम के पीछे-पीछे आती हैं। वह हृदय में केंद्रित है, इसलिए जो भी घटित होता है वह पहले उसके हृदय को छूता है।

जरा अपने को देखो। हरेक क्षण तुम्हारे जीवन में अनेक चीजें घटित हो रही हैं। वे किस स्थल को छूती हैं? तुम जा रहे हो और एक भिखारी सड़क पार करता है। वह भिखारी तुम्हें कहां छूता है? क्या तुम आर्थिक परिस्थिति पर सोच-विचार शुरू करते हो? या क्या तुम यह विचारने लगते हो कि कैसे कानून के द्वारा भिखमंगी बंद की जाए? या कि कैसे एक समाजवादी समाज बनाया जाए जहां भिखमंगे न हों?

यह एक मस्तिष्क-प्रधान आदमी है जो ऐसा सोचने लगता है। उसके लिए भिखारी महज विचार करने का आधार बन जाता है। उसका हृदय अस्पर्शित रह जाता है, सिर्फ मस्तिष्क स्पर्शित होता है। वह इस भिखारी के लिए अभी और यहां कुछ नहीं करने जा रहा है। नहीं, वह साम्यवाद के लिए कुछ करेगा, वह भविष्य के लिए, किसी ऊटोपिया के लिए कुछ करेगा। वह उसके लिए अपना पूरा जीवन भी दे दे, लेकिन अभी, तत्क्षण वह कुछ नहीं कर सकता है। मस्तिष्क सदा भविष्य में रहता है, हृदय सदा यहां और अभी है।

एक हृदय-प्रधान व्यक्ति अभी ही भिखारी के लिए कुछ करेगा। यह भिखारी आदमी है, आंकड़ा नहीं। मस्तिष्क वाले आदमी के लिए वह गणित का आंकड़ा भर है। उसके लिए भिखमंगी बंद करना समस्या है, इस भिखारी की मदद की बात अप्रासंगिक है।

तो अपने को देखो, परखो। देखो कि तुम कैसे काम करते हो, देखो कि तुम्हें हृदय की फिक्र है या मस्तिष्क की। अगर तुम समझते हो कि तुम हृदयोन्मुख व्यक्ति हो तो यह विधि तुम्हारे बहुत काम की होगी। लेकिन यह बात भी ध्यान रखो कि हर आदमी अपने को यह धोखा देने में लगा है कि मैं हृदयोन्मुख व्यक्ति हूं। हर आदमी सोचता है कि मैं बहुत प्रेमपूर्ण व्यक्ति हूं, भावुक किस्म का हूं। क्योंकि प्रेम एक ऐसी बुनियादी जरूरत है कि अगर किसी को पता चले कि मेरे पास प्रेम करने वाला हृदय नहीं है तो वह चैन से नहीं रह सकेगा। इसलिए हर आदमी ऐसा सोचे और माने चला जाता है।

लेकिन विश्वास करने से क्या होगा? निष्पक्षता के साथ अपना निरीक्षण करो, ऐसे जैसे कि तुम किसी दूसरे का निरीक्षण कर रहे हो और तब निर्णय लो। क्योंकि अपने को धोखा देने की जरूरत क्या है? और उससे लाभ क्या होगा? और अगर तुम अपने को धोखा भी दे दो तो तुम विधि को धोखा नहीं दे सकते। क्योंकि तब विधि को प्रयोग करने पर तुम पाओगे कि कुछ भी नहीं होता है।

लोग मेरे पास आते हैं। मैं उनसे पूछता हूं कि तुम किस कोटि के हो। उन्हें यथार्थतः कुछ पता नहीं है। उन्होंने कभी इस संबंध में सोचा ही नहीं कि वे किस कोटि के हैं। उन्हें अपने बारे में धुंधली धारणाएं हैं। और वे धारणाएं दरअसल मात्र कल्पनाएं हैं। उनके पास कुछ आदर्श हैं, कुछ प्रतिमाएं हें और वे सोचते हैं—सोचते क्या चाहते हैं—कि हम वे प्रतिमाएं होते। सच में वे हैं नहीं। और अक्सर तो यह होता है कि वे उसके ठीक विपरीत होते हैं।

इसका कारण है। जो व्यक्ति जोर देकर कहता है कि मैं हृदय-प्रधान आदमी हूं, हो सकता है वह ऐसा इसलिए कह रहा हो कि उसे अपने हृदय का अभाव खलता है। और वह भयभीत है। वह इस तथ्य को नहीं जान सकेगा कि उसके पास हृदय नहीं है।

▲

इस संसार पर एक नजर डालो! अगर अपने हृदय के बारे में हरेक आदमी का दावा सही है तो यह संसार इतना हृदयहीन नहीं हो सकता। यह संसार हम सबका कुल जोड़ है। इसलिए कहीं कुछ अवश्य गलत है। वहां हृदय नहीं है।

सच तो यह है कि कभी हृदय को प्रशिक्षित ही नहीं किया गया। मन प्रशिक्षित किया गया है, इसलिए मन है। मन को प्रशिक्षित करने के लिए स्कूल, कालेज और विश्वविद्यालय हैं, लेकिन हृदय के प्रशिक्षण के लिए कोई जगह नहीं है। और मन का प्रशिक्षण लाभदायी है, लेकिन हृदय का प्रशिक्षण खतरनाक है। क्योंकि अगर तुम्हारा हृदय प्रशिक्षित किया जाए तो तुम इस संसार के लिए बिलकुल व्यर्थ हो जाओगे। यह सारा संसार तो बुद्धि से चलता है। अगर तुम्हारा हृदय प्रशिक्षित हो तो तुम पूरे ढांचे से बाहर हो जाओगे। जब सारा संसार दाएं जाता होगा, तुम बाएं चलोगे। सभी जगह तुम अड़चन में पड़ोगे।

सच तो यह है कि मनुष्य जितना अधिक सुसभ्य बनता है, हृदय का प्रशिक्षण उतना ही कम हो जाता है। हम तो उसे भूल ही गए हैं, भूल गए हैं कि हृदय भी है या उसके प्रशिक्षण की जरूरत है। यही कारण है कि ऐसी विधियां जो आसानी से काम कर सकती थीं, कभी काम नहीं करतीं।

अधिकांश धर्म हृदय-प्रधान विधियों पर आधारित हैं। ईसाइयत, इस्लाम, हिंदू तथा अन्य कई धर्म हृदयोन्मुख लोगों पर आधारित हैं। जितना ही पुराना कोई धर्म है वह उतना ही अधिक हृदय-आधारित है। जब वेद लिखे गए और हिंदू धर्म विकसित हो रहा था तब लोग हृदयोन्मुख थे। उस समय मन-प्रधान लोग खोजना मुश्किल था। लेकिन अभी समस्या उलटी है। तुम प्रार्थना नहीं कर सकते, क्योंकि प्रार्थना हृदय-आधारित विधि है।

यही कारण है कि पश्चिम में, जहां ईसाइयत का बोलबाला है—और ईसाइयत, खासकर कैथोलिकी ईसाइयत प्रार्थना का धर्म है— प्रार्थना कठिन हो गई है। ईसाइयत में ध्यान के लिए कोई स्थान नहीं है। लेकिन अब पश्चिम में भी लोग ध्यान के लिए पागल हो रहे हैं। कोई अब चर्च नहीं जाता है, और अगर कोई जाता भी है तो वह महज औपचारिकता है, रविवारीय धर्म। क्यों? क्योंकि आज पश्चिम का जो आदमी है उसके लिए प्रार्थना सर्वथा असंगत हो गई है।

ध्यान ज्यादा मनोन्मुख है; प्रार्थना ज्यादा हृदयोन्मुख व्यक्ति की ध्यान-विधि है। यह विधि भी हृदय वाले व्यक्ति के लिए ही है।

'हे भगवती, जब इंद्रियों हृदय में विलीन हों, कमल के केंद्र पर पहुंचो।'

इस विधि के लिए करना क्या है? 'जब इंद्रियां हृदय में विलीन हों. . .।' प्रयोग करके देखो। कई उपाय संभव हैं। तुम किसी व्यक्ति को स्पर्श करते हो; अगर तुम हृदय वाले आदमी हो तो वह स्पर्श शीघ्र ही तुम्हारे हृदय में पहंच जाएगा और तुम्हें उसकी गुणवत्ता महसूस हो सकती है। अगर तुम किसी मस्तिष्क वाले व्यक्ति का हाथ अपने हाथ में लोगे तो उसका हाथ ठंडा होगा—शारीरिक रूप से नहीं, भावात्मक रूप से। उसके हाथ में एक तरह का मुर्दापन होगा। और अगर वह व्यक्ति हृदय वाला है तो उसके हाथ में एक ऊष्मा होगी; तब उसका हाथ तुम्हारे साथ पिघलने लगेगा, उसके हाथ से कोई चीज निकलकर तुम्हारे भीतर बहने लगेगी और तुम दोनों के बीच एक तालमेल होगा, ऊष्मा का संवाद होगा।

यह ऊष्मा हृदय से आ रही है। यह मस्तिष्क से नहीं आ सकती, क्योंकि मस्तिष्क सदा ठंडा और हिसाबी है। हृदय ऊष्मा वाला है, वह हिसाबी नहीं है। मस्तिष्क सदा यह सोचता है कि कैसे ज्यादा लें। हृदय का भाव रहता है कि कैसे ज्यादा दें। वह जो ऊष्मा है वह दान है—ऊर्जा का दान, आंतरिक तरंगों का दान, जीवन का दान। यही वजह है कि तुम्हें उसमें एक अलग गुणवत्ता मिलती है। अगर वह व्यक्ति सच में तुम्हें आलिंगन में ले तो तुम्हें उसके साथ गहरे घुलने का अनुभव होगा।

स्पर्श करो, छुओ। आंख बंद करो और किसी चीज को स्पर्श करो। अपने प्रेमी या प्रेमिका को छुओ, अपनी मां को या बच्चे को छुओ, या मित्र को, या वृक्ष, फूल, या महज धरती को छुओ। आंखें बंद रखो और धरती और अपने हृदय के बीच, प्रेमिका और अपने बीच होते आंतरिक संवाद को महसूस करो। भाव करो कि तुम्हारा हाथ ही तुम्हारा हृदय है जो धरती को स्पर्श करने को बढ़ा है। स्पर्श की अनुभूति को हृदय से जुड़ने दो।

तुम संगीत सुन रहे हो, उसे मस्तिष्क से मत सुनो। अपने मस्तिष्क को भूल जाओ और समझो कि मैं बिना मस्तिष्क के हूं, मेरा कोई सिर नहीं है। अच्छा है कि अपने सोने के कमरे में अपना एक चित्र रख लो जिसमें सिर न हो। उस पर ध्यान को एकाग्र करो और भाव करो कि तुम बिना सिर के हो। सिर को आने ही मत दो और संगीत को हृदय से सुनो। भाव करो कि संगीत तुम्हारे हृदय में जा रहा है, हृदय को संगीत के साथ उद्वेलित होने दो। तुम्हारी इंद्रियों को भी हृदय से जुड़ने दो, मस्तिष्क से नहीं।

यह प्रयोग सभी इंद्रियों के साथ करो और अधिकाधिक भाव करो कि प्रत्येक ऐंद्रिक अनुभव हृदय में जाता है और उसमें विलीन हो जाता है।

'हे भगवती, जब इंद्रियां हृदय में विलीन हों, कमल के केंद्र पर पहुंचो।'

हृदय ही कमल है। और इंद्रियां कमल के द्वार हैं, कमल की पंखुड़ियां हैं। पहली बात कि अपनी इंद्रियों को हृदय के साथ जुड़ने दो। और दूसरी कि सदा भाव करो कि इंद्रियां सीधे हृदय में गहरी उतरती हैं और उसमें घुल-मिल जाती हैं। जब ये दो काम हो जाएंगे तभी तुम्हारी इंद्रियां तुम्हारी सहायता करेंगी। तब वे तुम्हें तुम्हारे हृदय तक पहुंचा देंगी और तुम्हारा हृदय कमल बन जाएगा।

यह हृदय-कमल तुम्हें तुम्हारा केंद्र देगा। और जब तुम अपने हृदय के केंद्र को जान लोगे तब नाभि-केंद्र को पाना बहुत आसान हो जाएगा। यह बहुत आसान है। यह सूत्र उसकी चर्चा भी नहीं करता, उसकी जरूरत नहीं है। अगर तुम सच में और समग्रता से हृदय में विलय हो गए, और बुद्धि ने काम करना छोड़ दिया, तो तुम नाभि-केंद्र पर पहुंच जाओगे।

हृदय से नाभि की ओर द्वार खुलता है। सिर्फ सिर से नाभि की ओर जाना कठिन है। या अगर तुम कहीं सिर और हृदय के बीच में हो तो भी नाभि पर जाना कठिन है। एक बार तुम हृदय में विलय हो जाओ तो तुम हृदय के पार नाभि-केंद्र में उतर गए। और वही बुनियादी है, मौलिक है।

यही कारण है कि प्रार्थना काम करती है। और इसी कारण से जीसस कह सके कि प्रेम ईश्वर है। यह बात पूरी-पूरी सही नहीं है, लेकिन प्रेम द्वार है। अगर तुम किसी के गहरे प्रेम में हो—किसके प्रेम में हो यह महत्व का नहीं है, प्रेम ही महत्व का है—इतने प्रेम में कि संबंध

मस्तिष्क का न रहे, सिर्फ हृदय काम करे, तो यही प्रेम प्रार्थना बन जाएगा और तुम्हारा प्रेमी या प्रेमिका भगवत्ता बन जाएगी।

सच तो यह है कि हृदय की आंख और कुछ नहीं देख सकती है। यह बात तो साधारण प्रेम में भी घटित होती है। अगर तुम किसी के प्रेम में पड़ते हो तो वह तुम्हारे लिए दिव्य हो उठता है। हो सकता है कि यह भाव बहुत स्थायी न हो और बहुत गहरा भी नहीं, लेकिन तत्क्षण तो प्रेमी या प्रेमिका दिव्य हो उठती है। देर-अबेर बुद्धि आकर पूरी चीज को नष्ट कर देगी, क्योंकि बुद्धि हस्तक्षेप कर सब व्यवस्था बिठाने लगेगी। उसे प्रेम की भी व्यवस्था बिठानी पड़ती है। और एक बार बुद्धि व्यवस्थापक हुई कि सब चीजें नष्ट हो जाती हैं।

अगर तुम सिर की व्यवस्था के बिना प्रेम में हो सको तो तुम्हारा प्रेम अनिवार्यतः प्रार्थना बनेगा और तुम्हारी प्रेमिका द्वार बन जाएगी। तुम्हारा प्रेम तुम्हें हृदय में केंद्रित कर देगा। और एक बार तुम हृदय में केंद्रित हुए कि तुम अपने ही आप नाभि-केंद्र में गहरे उतर जाओगे।

केंद्रित होने की पांचवीं विधि:
मन को भूलकर मध्य में रहो—जब तक।

सूत्र इतना ही है। किसी भी वैज्ञानिक सूत्र की तरह यह छोटा है, लेकिन ये थोड़े से शब्द भी तुम्हारे जीवन को समग्रतः बदल सकते हैं।

'मन को भूलकर मध्य में रहो—जब तक।'

'मध्य में रहो'—बुद्ध ने अपने ध्यान की विधि इसी सूत्र के आधार पर विकसित की। उनका मार्ग मज्झिम निकाय या मध्य मार्ग कहलाता है। बुद्ध कहते हैं, सदा मध्य में रहो—प्रत्येक चीज में।

एक बार राजकुमार श्रोण दीक्षित हुआ, बुद्ध ने उसे संन्यास में दीक्षित किया। वह राजकुमार अदभुत व्यक्ति था। और जब वह संन्यास में दीक्षित हुआ तो सारा राज्य चकित रह गया। लोगों को यकीन नहीं हुआ कि राजकुमार श्रोण संन्यासी हो गया है। किसी ने स्वप्न में भी यह नहीं सोचा था। क्योंकि श्रोण पूरा सांसारिक था, भोग-विलास में सर्वथा लिप्त, डूबा हुआ। सुरा-सुंदरी ही उसका पूरा संसार था।

तभी अचानक एक दिन बुद्ध उसके नगर में आए। राजकुमार श्रोण उनके दर्शन को गया। वह बुद्ध के चरणों में गिरा और बोला कि मुझे दीक्षित कर लें, मैं संसार छोड़ दूंगा।

जो लोग उसके साथ आए थे उन्हें भी इसकी कुछ खबर नहीं थी। ऐसी अचानक घटना थी यह। उन्होंने बुद्ध से पूछा कि यह क्या हो रहा है! यह तो चमत्कार है। श्रोण उस कोटि का व्यक्ति नहीं है, वह तो भोग-विलास में रहा है। हमने तो कल्पना भी नहीं की थी कि श्रोण संन्यासी होगा। यह क्या हो रहा है? आपने कुछ कर दिया है।

बुद्ध ने कहा कि मैंने कुछ नहीं किया है। मन एक अति से दूसरी अति पर जा सकता है। वह मन का ढंग है—एक अति से दूसरी अति पर जाना। श्रोण कुछ नया नहीं कर रहा है। यह होना ही था। क्योंकि तुम मन के नियम नहीं जानते, इसलिए तुम चकित हो रहे हो।

मन एक अति से दूसरी अति पर गति करता रहता है। मन का यही ढंग है। यह रोज-रोज होता है। जो आदमी धन के पीछे पागल था वह अचानक सब कुछ छोड़कर नंगा

फकीर हो जाता है। हम सोचते हैं कि चमत्कार हो गया। लेकिन यह सामान्य नियम के सिवाय कुछ नहीं है। जो आदमी धन के पीछे पागल नहीं है उससे यह अपेक्षा नहीं की जा सकती कि वह त्याग करेगा। क्योंकि तुम एक अति से ही दूसरी अति पर जा सकते हो—वैसे ही जैसे घड़ी का पेंडुलम एक अति से दूसरी अति पर डोलता रहता है।

इसलिए जो आदमी धन के लिए पागल था वह पागल होकर धन के खिलाफ जाएगा, लेकिन उसका पागलपन कायम रहेगा। वही मन है। जो आदमी कामवासना के लिए ही जीता था वह ब्रह्मचारी हो जा सकता है, एकांत में चला जा सकता है, लेकिन उसका पागलपन कायम रहेगा। पहले वह कामवासना के लिए जीता था, अब वह कामवासना के खिलाफ होकर जीएगा। लेकिन उसका रुख, उसकी दृष्टि वही की वही रहेगी। इसलिए ब्रह्मचारी सच में कामवासना के पार नहीं गया है, उसका पूरा चित्त काम-प्रधान है। वह सिर्फ विरुद्ध हो गया है, उसने काम का अतिक्रमण नहीं किया है। अतिक्रमण का मार्ग सदा मध्य में हे, वह कभी अति में नहीं है।

तो बुद्ध ने कहा कि यह होना ही था, यह कोई चमत्कार नहीं है। मन ऐसे ही व्यवहार करता है।

श्रोण भिक्खु वन गया, संन्यासी हो गया। शीघ्र ही बुद्ध के दूसरे शिष्यों ने देखा कि वह दूसरी अति पर जा रहा था। बुद्ध ने किसी को नग्न रहने को नहीं कहा था, लेकिन श्रोण नग्न हो गया। बुद्ध नग्नता के पक्ष में नहीं थे। उन्होंने कहा कि यह दूसरी अति है। लोग हैं जो कपड़ों के लिए ही जीते हैं, मानो वही उनका जीवन हो। और ऐसे लोग भी हैं जो नग्न हो जाते हैं। लेकिन दोनों वस्त्रों में विश्वास करते हैं।

बुद्ध ने कभी नग्नता की शिक्षा नहीं दी, लेकिन श्रोण नग्न हो गया। वह बुद्ध का अकेला शिष्य था जो नग्न हुआ। श्रोण आत्म-उत्पीड़न में भी गहरे उतर गया। बुद्ध ने अपने संन्यासियों को दिन में एक बार भोजन की व्यवस्था दी थी, लेकिन श्रोण दो दिनों में एक बार भोजन लेने लगा। वह बहुत दुर्बल हो गया। दूसरे भिक्षु पेड़ की छाया में ध्यान करते थे, लेकिन श्रोण कभी छाया में नहीं बैठता था। वह सदा कड़ी धूप में रहता था। वह बहुत सुंदर आदमी था, उसकी देह बहुत सुंदर थी। लेकिन छह महीने के भीतर पहचानना मुश्किल हो गया कि यह वही आदमी है। वह कुरूप, काला, झुलसा-झुलसा दिखने लगा।

एक रात बुद्ध श्रोण के पास गए और उससे बोले: श्रोण, मैंने सुना है कि जब तुम राजकुमार थे, तब तुम्हें वीणा का शौक था और तुम एक कुशल वीणावादक और बड़े संगीतज्ञ थे। तो मैं तुमसे एक प्रश्न पूछने आया हूं। अगर बीणा के तार बहुत ढीले हों तो क्या होता है? श्रोण ने कहा कि अगर तार ढीले होंगे तो कोई संगीत संभव नहीं होगा।

और फिर बुद्ध ने पूछा कि अगर तार बहुत कसे हों तो क्या होगा? श्रोण ने कहा कि तब भी संगीत नहीं पैदा होगा। तारों को मध्य में होना चाहिए; वे न ढीले हों और न कसे हुए, ठीक मध्य में हों। और श्रोण ने कहा कि वीणा बजाना तो आसान है, लेकिन एक परम संगीतज्ञ ही तारों को मध्य में रख सकता है।

तो बुद्ध ने कहा कि छह महीनों तक तुम्हारा निरीक्षण करने के बाद मैं तुमसे यही कहने आया हूं कि जीवन में भी संगीत तभी जन्मता है जब उसके तार न ढीले हों और न कसे हुए,

ठीक मध्य में हों। इसलिए त्याग करना आसान है, लेकिन परम कुशल ही मध्य में रहना जानता है। इसलिए श्रोण, कुशल बनो और जीवन के तारों को मध्य में, ठीक मध्य में रखो। इस या उस अति पर मत जाओ। और प्रत्येक चीज के दो छोर हैं, दो अतियां हैं, लेकिन तुम्हें सदा मध्य में रहना है।

लेकिन मन बहुत बेहोश है। इसलिए सूत्र में कहा गया है: 'मन को भूलकर' तुम यह बात सुन भी लोगे, तुम इसे समझ भी लोगे, लेकिन मन उसको नहीं ग्रहण करेगा। मन सदा अतियों को चुनता रहेगा। मन में अतियों के लिए बड़ा आकर्षण है, मोह है। क्यों? क्योंकि मध्य में मन की मृत्यु हो जाती है।

घड़ी के पेंडुलम को देखो। अगर तुम्हारे पास कोई पुरानी घड़ी हो तो उसके पेंडुलम को देखो। पेंडुलम सारा दिन चलता रह सकता है यदि वह अतियों तक आता-जाता रहे। जब वह बाएं जाता है तब दाएं जाने के लिए शक्ति अर्जित करता है। जब वह दाएं जा रहा है तो मत सोचो कि वह दाएं जा रहा है, वह बाएं जाने के लिए ऊर्जा इकट्ठी कर रहा है। अतियां ही दाएं-बाएं हैं। पेंडुलम को बीच में ठहरने दो और सब गति बंद हो जाएगी। तब पेंडुलम में ऊर्जा नहीं रहेगी, क्योंकि ऊर्जा तो एक अति से आ रही है। एक अति उसे दूसरी अति की ओर फेंकती है, उससे एक वर्तुल बनता है और पेंडुलम गतिमान होता है। उसको बीच में होने दो और तब सब गति ठहर जाएगी।

मन पेंडुलम की भांति है। और अगर तुम इसका निरीक्षण करो तो रोज ही इसका पता चलेगा। तुम एक अति के पक्ष में निर्णय लेते हो और तब तुम दूसरी अति की ओर जाने लगते हो। तुम अभी क्रोध करते हो, फिर पश्चात्ताप करते हो। तुम कहते हो, नहीं, बहुत हुआ, अब मैं कभी क्रोध न करूंगा। लेकिन तुम कभी अति को नहीं देखते।

यह 'कभी नहीं' अति है। तुम कैसे निश्चित हो सकते हो कि तुम कभी नहीं क्रोध करोगे? तुम कह क्या रहे हो? एक बार और सोचो। कभी नहीं? अतीत में जाओ और याद करो कि कितनी दफे तुमने निश्चय किया कि मैं कभी नहीं क्रोध करूंगा। जब तुम कहते हो कि मैं कभी क्रोध नहीं करूंगा तो तुम नहीं जानते हो कि क्रोध करते समय ही तुमने दूसरे छोर पर जाने की ऊर्जा इकट्ठी कर ली थी। अब तुम पश्चात्ताप कर रहे हो। अब तुम्हें बुरा लग रहा है। तुम्हारी आत्म-छवि हिल गई है, गिर गई है। अब तुम नहीं कह सकते कि मैं अच्छा आदमी हूं, धार्मिक आदमी हूं। मैंने क्रोध किया और धार्मिक व्यक्ति क्रोध नहीं करता है। अच्छा आदमी क्रोध कैसे करेगा?

तो तुम अपनी अच्छाई को वापस पाने के लिए पश्चात्ताप करते हो। कम से कम अपनी नजर में तुम्हें लगेगा कि मैंने पश्चात्ताप कर लिया, चैन हो गया और अब फिर क्रोध नहीं होगा। इससे तुम्हारी हिली हुई आत्म-छवि पुरानी अवस्था में लौट आएगी। अब तुम चैन महसूस करोगे। क्योंकि अब तुम दूसरी अति पर चले गए।

लेकिन जो मन कहता है कि अब मैं फिर कभी क्रोध नहीं करूंगा, वह फिर क्रोध करेगा। अब जब तुम फिर क्रोध में होगे तो तुम अपने पश्चात्ताप को, अपने निर्णय को, सब को बिलकुल भूल जाओगे। और क्रोध के बाद फिर वह निर्णय लौटेगा। और पश्चात्ताप वापस आएगा और तुम कभी उसके धोखे को नहीं समझ पाओगे। ऐसा सदा हुआ है। मन क्रोध से

▲

पश्चात्ताप और पश्चात्ताप से क्रोध के बीच डोलता रहता है।

बीच में रहो। न क्रोध करो, न पश्चात्ताप। और अगर क्रोध कर गए तो कृपा कर क्रोध ही करो, पश्चात्ताप मत करो। दूसरी अति पर मत जाओ। बीच में रहो। कहो कि मैंने क्रोध किया, मैं बुरा आदमी हूं, हिंसक हूं। मैं ऐसा ही हूं। लेकिन पश्चात्ताप मत करो, दूसरी अति पर मत जाओ। मध्य में रहो। और अगर तुम मध्य में रह सके तो फिर तुम क्रोध करने के लिए ऊर्जा इकट्ठी नहीं कर पाओगे।

इसलिए यह सूत्र कहता है : 'मन को भूलकर मध्य में रहो—जब तक।'

इस 'जब तक' का क्या मतलब है? मतलब यह है कि जब तक तुम्हारा विस्फोट न हो जाए। मतलब यह है कि तब तक मध्य में रहो जब तक मन की मृत्यु न हो जाए। तब तक मध्य में रहो जब तक मन अ-मन न हो जाए। अगर मन अति पर है तो अ-मन मध्य में होगा।

लेकिन मध्य में होना संसार में सबसे कठिन काम है। दिखता तो सरल है, दिखता तो यह आसान है। तुम्हें लगेगा कि मैं कर सकता हूं। और तुम्हें यह सोचकर लगेगा कि पश्चात्ताप की कोई जरूरत नहीं है। लेकिन प्रयोग करो। और तब तुम्हें पता चलेगा कि जब तुम क्रोध करोगे तो मन पश्चात्ताप करने पर जोर देगा।

पति-पत्नियों का झगड़ा सदा से चलता आया है। और सदियों से महापुरुष और सलाहकार समझा रहे हैं कि कैसे रहें और प्रेम करें, और यह झगड़ा जारी है। पहली दफा फ्रायड को इस तथ्य का बोध हुआ कि जब भी तुम प्रेम, तथाकथित प्रेम में होओगे, तुम्हें घृणा में भी होना पड़ेगा। सुबह प्रेम करोगे और शाम घृणा करोगे। और इस तरह पेंडुलम हिलता रहेगा। प्रत्येक पति-पत्नी को इसका पता है। लेकिन फ्रायड की अंतर्दृष्टि बड़ी अदभुत है, वह कहता है कि अगर किसी दंपति ने झगड़ा बंद कर दिया है तो समझो कि उनका प्रेम मर गया। घृणा और लड़ाई के साथ जो प्रेम है, वह मर गया।

इसलिए अगर किसी जोड़े को तुम देखो कि वह कभी लड़ता नहीं है तो यह मत समझो कि यह आदर्श जोड़ा है। उसका इतना ही अर्थ है कि यह जोड़ा ही नहीं है। वे समांतर रह रहे हैं, लेकिन साथ-साथ नहीं रहते हैं। वे समांतर रेखाएं हैं जो कहीं नहीं मिलतीं, लड़ने के लिए भी नहीं। वे दोनों साथ रहकर भी अकेले-अकेले हैं—अकेले-अकेले और समांतर।

मन विपरीत पर गति करता है। इसलिए अब मनोविज्ञान के पास दंपतियों के लिए बेहतर निदान है—बेहतर और गहरा। वह कहता है कि अगर तुम सचमुच प्रेम—इसी मन के साथ—करना चाहते हो तो लड़ने-झगड़ने से मत डरो। सच तो यह है कि तुम्हें प्रामाणिक ढंग से लड़ना चाहिए, ताकि तुम प्रामाणिक प्रेम के दूसरे छोर को प्राप्त कर सको। इसलिए अगर तुम अपनी पत्नी से लड़ रहे हो तो लड़ने से चूको मत, अन्यथा प्रेम से भी चूक जाओगे। झगड़े से बचो मत, उसका मौका आए तो अंत तक लड़ो, तभी संध्या आते-आते तुम फिर प्रेम करने योग्य हो जाओगे; मन तब तक शक्ति जुटा लेगा।

सामान्य प्रेम संघर्ष के बिना नहीं जी सकता, क्योंकि उसमें मन की गति संलग्न है। सिर्फ वही प्रेम संघर्ष के बिना जीएगा जो कि मन का नहीं है। लेकिन वह बात ही और है। बुद्ध का प्रेम और ही बात है।

लेकिन अगर बुद्ध तुम्हें प्रेम करें तो तुम बहुत अच्छा नहीं महसूस करोगे। क्यों?

▲

क्योंकि उसमें कुछ दोष नहीं रहेगा। वह मीठा ही मीठा होगा और उबाऊ होगा, क्योंकि दोष तो झगड़े से आता है। बुद्ध क्रोध नहीं कर सकते, वे केवल प्रेम कर सकते हैं। तुम्हें उनका प्रेम पता नहीं चलेगा, क्योंकि पता तो विरोध में, विपरीतता में चलता है।

जब बुद्ध बारह वर्षों के बाद अपने नगर वापस आए तो उनकी पत्नी उनके स्वागत को नहीं आई। सारा नगर उनके स्वागत के लिए इकट्ठा हो गया, लेकिन उनकी पत्नी नहीं आई। बुद्ध हंसे और उन्होंने अपने मुख्य शिष्य आनंद से कहा कि यशोधरा नहीं आई, मैं उसे भलीभांति जानता हूं। ऐसा लगता है कि वह मुझे अभी भी प्रेम करती है। वह मानिनी है, वह आहत अनुभव करती है। मैं तो सोचता था कि बारह वर्ष लंबा समय है, वह अब प्रेम में न होगी। लेकिन मालूम होता है कि वह अब भी प्रेम में है, अब भी क्रोध में है। वह मुझे लेने नहीं आई, मुझे ही उसके पास जाना होगा।

और बुद्ध गए। आनंद भी उनके साथ था। आनंद को एक वचन दिया हुआ था। जब आनंद ने दीक्षा ली थी तो उसने एक शर्त रखी—और बुद्ध ने मान ली—कि मैं सदा आपके साथ रहूंगा। वह बुद्ध का बड़ा चचेरा भाई था, इसलिए उन्हें मानना पड़ा था। सो आनंद राजमहल तक उनके साथ गया। वहां बुद्ध ने उससे कहा कि कम से कम यहां तुम मेरे साथ मत चलो, क्योंकि यशोधरा बहुत नाराज होगी। मैं बारह वर्षों के बाद लौट रहा हूं। और उसे खबर किए बिना मैं यहां से भाग निकला था, वह अब भी नाराज है; तो तुम मेरे साथ मत आओ। अन्यथा वह समझेगी कि मैंने उसे कुछ कहने का भी अवसर नहीं दिया। वह बहुत कुछ कहना चाह रही होगी। तो उसे क्रोध कर लेने दो, मेरे साथ मत आओ।

बुद्ध भीतर गए। यशोधरा ज्वालामुखी बनी बैठी थी, वह फूट पड़ी। वह रोने-चिल्लाने लगी, बकने लगी। बुद्ध चुपचाप बैठे सुनते रहे। धीरे-धीरे वह शांत हुई और तब वह समझी कि उस बीच बुद्ध एक शब्द भी नहीं बोले हैं। उसने अपनी आंखें पोंछीं और बुद्ध की ओर देखा।

बुद्ध ने कहा कि मैं यह कहने आया हूं कि मुझे कुछ मिला है, मैंने कुछ जाना है, मैंने कुछ उपलब्ध किया है। अगर तुम शांत होओ तो मैं तुम्हें वह संदेश, वह सत्य दूं जो मुझे उपलब्ध हुआ है। मैं इतनी देर इसलिए रुका रहा कि तुम्हारा रेचन हो जाए। बारह साल लंबा समय है। तुमने बहुत घाव इकट्ठे किए होंगे। और तुम्हारा क्रोध समझने योग्य है। मुझे इसकी प्रतीक्षा थी। उसका अर्थ है कि तुम अब भी मुझे प्रेम करती हो। लेकिन इस प्रेम के पार भी एक प्रेम है, और उसी प्रेम के कारण मैं तुम्हें कुछ कहने वापस आया हूं।

लेकिन यशोधरा उस प्रेम को नहीं समझ सकी। इसे समझना कठिन है, क्योंकि यह इतना शांत है। यह प्रेम इतना शांत है कि अनुपस्थित सा लगता है।

जब मन विसर्जित होता है तो एक और ही प्रेम घटित होता है। लेकिन उस प्रेम का कोई विपरीत पक्ष नहीं है, विरोधी पक्ष नहीं है। जब मन विसर्जित होता है तब जो भी घटित होता है उसका विपरीत पक्ष नहीं रहता। मन के साथ सदा उसका विपरीत खड़ा रहता है, और मन एक पेंडुलम की भांति गति करता है।

यह सूत्र अदभुत है, उससे चमत्कार घटित हो सकते हैं।

'मन को भूलकर मध्य में रहो—जब तक।'

इसे प्रयोग में लाओ। और यह सूत्र तुम्हारे पूरे जीबन के लिए है। ऐसा नहीं है कि

उसका अभ्यास यदा-कदा कर लिया और बात खतम हो गई। तुम्हें निरंतर इसका बोध रखना होगा, होश रखना होगा। काम करते हुए, चलते हुए, भोजन करते हुए, संबंधों में, सर्वत्र मध्य में रहो। प्रयोग करके देखो और तुम देखोगे कि एक मौन, एक शांति तुम्हें घेरने लगी है और तुम्हारे भीतर एक शांत केंद्र निर्मित हो रहा है।

अगर ठीक मध्य में होने में सफल न हो सको तो भी मध्य में होने की कोशिश करो। धीरे-धीरे तुम्हें मध्य को अनुभूति होने लगेगी। जो भी हो, घृणा या प्रेम, क्रोध या पश्चात्ताप, सदा ध्रुवीय विपरीतताओं को ध्यान में रखो और उनके बीच में रहो। और देर-अबेर तुम ठीक मध्य को पा लोगे।

और एक बार तुमने इसे जान लिया तो फिर तुम उसे नहीं भूलोगे। क्योंकि मध्य बिंदु मन के पार है। और वह मध्य बिंदु अध्यात्म का सार-सूत्र है।

आज इतना ही।

12

उदगम की खोज में

प्रश्न-सार

▲

1. कृपया बताएं कि नाभि-केंद्र, तीसरी आंख और मेरूदंह के काम क्या हैं?

2. बुद्ध की तपश्चर्या संसार के विपरीत मालूम होती है; वह मध्य मार्ग नहीं मालूम होती।

3. हृदय केंद्र को विकसित करने के व्यावहारिक उपाय क्या हैं?

4. क्या प्रेम में भी मध्य मार्ग पकड़ना चाहिए या प्रेम और घृणा की ध्रुवीय अति को छूना चाहिए?

कई प्रश्न हैं। पहला प्रश्नः

कल रात आपने कहा कि ज्ञान-प्राप्ति पर दोनों आंखों के बींच का स्थान सर्वग्राही, सर्वव्यापी हो जाता है। और उस दिन आपने कहा था कि सभी बुद्धपुरुष नाभि-केंद्र में स्थित होते हैं। उसके भी पहले आपने मेरुदंड के बीच स्थित रजत-रज्जु की बात समझायी थी। इस तरह मनुष्य के मूल के रूप में हम तीन बुनियादी चीजें जानते हैं। इन तीनों के— नाभि- केंद्र, तीसरी आंख और रजत-रज्जु के— सापेक्ष महत्व और कार्य पर प्रकाश डालने कीं कृपा करें।

इन केंद्रों के संबंध में समझने की बुनियादी बात यह है कि जब तुम भीतर केंद्रित होते हो, जिस क्षण केंद्रित होते हो और जहां भी केंद्रित होते हो, तभी तुम नाभि-केंद्र में उतर जाते हो। अगर तुम हृदय में केंद्रित होते हो तो हृदय अप्रासंगिक है, केंद्रित होना अर्थपूर्ण है। अगर तुम तीसरी आंख में केंद्रित होते हो तो तीसरी आंख बुनियादी बात नहीं है, बुनियादी बात है कि तुम्हारी चेतना केंद्रित हुई। इसलिए जो भी केंद्रित होने का बिंदु हो, अगर एक बार तुम केंद्रित हो गए तो तुम नाभि-केंद्र में उतर जाओगे।

अस्तित्वगत रूप से नाभि बुनियादी केंद्र हे। लेकिन तुम्हारा क्रियात्मक केंद्र कहीं भी हो सकता है। तुम अपने आप उस केंद्र से नाभि-केंद्र में उतर जाओगे। इसके संबंध में सोचने की जरूरत नहीं है। और यह बात न सिर्फ हृदय-केंद्र या त्रिनेत्र-केंद्र के लिए सही है; अगर तुम बुद्धि या सिर में भी केंद्रित हो गए तो वहां से भी तुम नाभि-केंद्र में ही उतरोगे। केंद्रित होना असली बात है।

लेकिन बुद्धि में केंद्रित होना कठिन है। उसकी अपनी समस्याएं हैं। हृदय-केंद्र प्रेम, श्रद्धा और समर्पण पर निर्भर है। सिर संदेह और नकार पर निर्भर है। समग्रता से इनकार करना असंभव है; समग्रता से संदेह करना भी असंभव है। लेकिन कभी-कभार ऐसा हुआ है, क्योंकि कभी-कभार असंभव भी संभव होता है। किसी समय तुम्हारा संदेह ऐसी तीव्रता को उपलब्ध होता है कि विश्वास करने योग्य कुछ भी नहीं बचता, संदेह करने वाला मन भी विश्वास योग्य नहीं रहता। जब संदेह को स्वयं पर संदेह होने लगता है और सब कुछ संदेह में बदल जाता है, उस हालत में भी तुम तुरंत नाभि-केंद्र में उतर जाओगे।

लेकिन यह घटना बहुत दुर्लभ है। श्रद्धा सरल है। समग्रता से संदेह करने की बजाय समग्रता से श्रद्धा करना आसान है। तुम नहीं कहने की बजाय हां आसानी से कह सकते हो।

इसलिए अगर तुम सिर में भी केंद्रित हो तो केंद्रित होना बुनियादी बात है, तुम वहां से भी अपने अस्तित्वगत मूल में उतर जाओगे। इसलिए कहीं भी केंद्रित होओ। मेरुदंड से काम

चलेगा, हृदय से काम चलेगा, सिर से भी काम चलेगा। या तुम अपने शरीर में दूसरे केंद्र भी ढूंढ ले सकते हो।

बौद्ध नौ चक्रों की बात करते हैं। हिंदू सात चक्रों की बात करते हैं। तिब्बती तेरह चक्रों की बात करते हैं। तुम अपना चक्र या केंद्र खोज ले सकते हो। इनके बारे में अध्ययन करने की जरूरत नहीं है। शरीर का कोई भी बिंदु केंद्रित होने का बिंदु बनाया जा सकता है।

उदाहरण के लिए, तंत्र काम-केंद्र को इसके लिए उपयोग करता है। तंत्र तुम्हारी चेतना को समग्रता से इस केंद्र पर लाने के लिए प्रयत्न करता है। तो काम-केंद्र से भी चलेगा। ताओबादी पांव के अंगूठे से केंद्र का काम लेते हैं। अपनी चेतना को पांव के अंगूठे पर ले जाओ, वहां स्थित रहो और शेष शरीर को भूल जाओ। पूरी चेतना को अंगूठे पर जमा कर दो। उससे भी चलेगा। क्योंकि यह बात प्रासंगिक नहीं है कि तुम कहां केंद्रित हो रहे हो; बुनियादी बात यह है कि तुम केंद्रित हो रहे हो।

स्मरण रहे कि घटना केंद्रित होने के कारण घटती है, केंद्र के कारण नहीं। केंद्र महत्व का नहीं है, केंद्रित होना महत्व का है। हम जिन एक सौ बारह विधियों की चर्चा करने जा रहे हैं उनमें अनेक-अनेक केंद्र उपयोग में आने वाले हैं; उससे हैरान मत होना, घबराना मत। इस फिक्र में मत लग जाना कि कौन केंद्र महत्व का है, कौन असली है। कोई भी केंद्र चलेगा। तुम अपनी पसंद का चुन लेना।

अगर तुम्हारा चित्त बहुत कामुक है तो काम-केंद्र को चुनना अच्छा रहेगा। उसका उपयोग करो, क्योंकि तुम्हारी चेतना सहज उसकी ओर प्रवाहित हो रही है। तब उसे ही चुनना बेहतर है। लेकिन काम-केंद्र को चुनना कठिन हो गया है। वह सबसे ज्यादा स्वाभाविक केंद्र है, उसकी ओर तुम्हारी चेतना जैविक रूप से आकर्षित होती है। फिर क्यों न इस जैविक ऊर्जा को आंतरिक रूपांतरण के लिए उपयोग में लाओ? उसे अपने केंद्रित होने का बिंदु बना लो।

लेकिन सामाजिक संस्कार, काम-दमन की शिक्षा, नैतिक उपदेश, इन चीजों ने मिल कर बहुत नुकसान किया है। नतीजा यह हुआ है कि तुम अपने काम-केंद्र से विच्छिन्न हो गए हो, कट गए हो। सच तो यह है कि हमारे मन में जो हमारी असली छवि है उसमें काम—केंद्र है ही नहीं। तुम कल्पना में अपने शरीर को देखो, तुम जननेंद्रिय को उसके बाहर छोड़ दोगे।

यही कारण है कि अनेक लोग समझते हैं कि उनकी जननेंद्रिय उनसे पृथक है, उनका हिस्सा नहीं है। और यही कारण है कि उसके संबंध में इतनी गोपनीयता हे, इतनी छिपाव है। अगर किसी दूसरे ग्रह का वासी यहां आए और तुम्हें देखे तो उसे सोचना मुश्किल होगा कि तुम्हारा कोई काम-केंद्र भी है। अगर वह तुम्हारी बातचीत सुने तो उसे समझना कठिन होगा कि तुम्हारे जीवन में कामवासना भी है। वह तुम्हारे समाज में घूमे, तुम्हारे औपचारिक संसार में, तो उसे पता भी नहीं चलेगा कि यहां सेक्स भी है।

हमने भेद खड़ा कर लिया है, अवरोध खड़ा कर लिया है; हमने अपने से काम-केंद्र को अलग किया हुआ है। कामवासना के कारण ही हमने शरीर को दो हिस्सों में बांट रखा है। ऊपरी भाग हमारे मन में ऊंचा माना जाता है और निचला भाग नीचा माना जाता है। नीचे का अंग निंदित है। उसे निचला अंग कहकर हम केवल यह सूचना नहीं देते कि वह निम्न स्थिति है, हम उसका मूल्यांकन भी करते हैं। तुम स्वयं नहीं मानते कि नीचे का शरीर तुम हो।

अगर कोई तुमसे पूछे कि तुम अपने शरीर में कहां हो, तो तुम अपने सिर की तरफ अंगुली उठाओगे, क्योंकि वह सबसे ऊंचा है। इसी वजह से भारत के ब्राह्मण कहते हैं कि हम मस्तिष्क हैं और शूद्र पांव हैं। पांव सिर से नीचे हैं। वैसे ही तुम सिर हो और पैर तथा अन्य अंग तुम्हारे अंग हैं, तुम नहीं हो।

इसी विभाजन के लिए हमने अपनी पोशाक के भी दो हिस्से किए हैं, एक ऊपरी शरीर के लिए और दूसरा निचले शरीर के लिए। यह एक सूक्ष्म विभाजन है। और इसमें निचला शरीर तुम्हारा अंग नहीं रह जाता है। वह बस तुममें लटका हुआ है—यह दूसरी बात है।

यही कारण है कि काम-केंद्र को केंद्रित होने के लिए उपयोग में लाना कठिन है। लेकिन अगर तुम उसका उपयोग कर सको तो वह सबसे उत्तम है। क्यों? क्योंकि जैविक रूप से तुम्हारी ऊर्जा उसी केंद्र की ओर प्रवाहित है।

तो जब तुम्हें कामवासना महसूस हो, अपनी आंखें बंद कर लो और भाव करो कि तुम्हारी ऊर्जा काम-केंद्र की ओर बह रही है। उसे अपना ध्यान बना लो। अपने को काम-केंद्र में केंद्रित अनुभव करो। तब अचानक तुम ऊर्जा की गुणवत्ता में बदलाहट पाओगे। तब कामुकता विसर्जित हो जाएगी और काम-केंद्र ज्योतित हो उठेगा, ऊर्जा से भर जाएगा, जीवंत हो उठेगा। और इसी केंद्र पर तुम्हें तुम्हारा जीवन अपने शिखर पर अनुभव होगा।

तुम अगर सच में केंद्रित हुए तो उस क्षण कामवासना बिलकुल भूल जाएगी और तुम्हारी ऊर्जा काम-केंद्र से चलकर तुम्हारे पूरे शरीर में प्रवाहित होने लगेगी, यहा तक कि शरीर के पार जाकर पूरे ब्रह्मांड में फैलने लगेगी। और अगर तुम काम-केंद्र पर समग्रता से केंद्रित हो तो तुम अचानक अपने मूल स्रोत नाभि-केंद्र में उतर जाओगे।

तंत्र ने काम-केंद्र का उपयोग किया है। और मैं समझता हूं कि मनुष्य के रूपांतरण के लिए तंत्र सर्वाधिक वैज्ञानिक मार्ग है। यह इसलिए कि कामवासना का उपयोग बैज्ञानिक है। जब मन अपने आप ही उसकी ओर बह रहा है तो क्यों न इस स्वाभाविक प्रवाह को वाहन के रूप में काम में लाया जाए।

तंत्र और नीतिवादी शिक्षा में यही बुनियादी भेद है। नीतिवादी शिक्षक काम-केंद्र को रूपांतरण के लिए उपयोग में नहीं ला सकते, क्योंकि वे भयभीत हैं। और जो काम-ऊर्जा से डरा हुआ है उसे अपने को रूपांतरित करना बहुत-बहुत कठिन होगा। क्योंकि वह नाहक धारा से लड़ रहा है, नदी के विपरीत तैर रहा है।

नदी के साथ बहना आसान है, बहो। और अगर तुम किसी संघर्ष के बिना बह सकते हो तो तुम इस केंद्र का उपयोग करो।

केंद्रित होने के लिए कोई भी केंद्र चलेगा। तुम अपने केंद्र भी निर्मित कर सकते हो। परंपरावादी होने की जरूरत नहीं है। सभी केंद्र उपाय हैं— केंद्रित होने के उपाय। और जब तुम केंद्रित हो जाओगे, तुम अपने ही आप नाभि-केंद्र पर सरककर पहुंच जाओगे। केंद्रित चेतना अपने मूल स्रोत पर वापस पहुंच जाती है।

दूसरा प्रश्न:

बुद्ध ने बहुत बड़ीं संख्या में लोगों को संन्यासी बनने के लिए प्रेरित किया। उनके

संन्यासी अपने भोजन के लिए भिक्षा मांगते थे और समाज, व्यवसाय तथा राजनीति से अलग रहते थे। बुद्ध स्वयं एक तपस्वी का जीवन जीते थे। यह तपश्चर्या का जीवन सांसारिक जीवन का दूसरा छोर मालूम होता है। यह मध्य मार्ग नहीं मालूम पड़ता। कृपया इसे स्पष्ट करें।

यह समझना कठिन होगा, क्योंकि तुम नहीं जानते कि सांसारिक जीवन का दूसरा छोर क्या है। सांसारिक जीवन का दूसरा छोर सदा मृत्यु है। ऐसे शिक्षक हुए हैं जिन्होंने कहा है कि आत्मघात ही एकमात्र रास्ता है अतीत में ही नहीं, आज भी ऐसे विचारक हैं जो कहते हैं कि जीवन अर्थहीन है। जीवन अगर अर्थहीन है तो मृत्यु अर्थपूर्ण हो जाती है। जीवन और मृत्यु एक-दूसरे के सर्वथा विपरीत हैं। इसलिए जीवन का विपरीत मृत्यु है।

इसे समझने की कोशिश करो। और यह तुम्हारे लिए मार्ग ढूंढने में सहयोगी होगा, बहुत सहयोगी होगा। अगर मृत्यु जीवन की ध्रुवीय विपरीतता है, दूसरा छोर है, तो मन आसानी से मृत्यु पर जा सकता है। और वही होता है। जब कोई आत्महत्या करता है तो क्या तुम नहीं देखते कि आत्महत्या करने वाला व्यक्ति जीवन के प्रति बहुत आसक्ति से भरा था! सिर्फ वे लोग ही आत्मघात करते हैं जो जीवन के प्रति बहुत आसक्त हैं।

उदाहरण के लिए, तुम अपनी पत्नी या पति के प्रति बहुत आसक्त हो और सोचते हो कि उसके बिना तुम न जी सकोगे। फिर पति या पत्नी मर जाती है और तुम आत्मघात कर लेते हो। मन दूसरे छोर पर पहुंच गया, क्योंकि वह पहले छोर जीवन से बहुत बंधा था। जब जीवन निराशा लाता है तो मन तुरंत दूसरे छोर पर चला जाता है।

आत्मघात भी दो तरह के हैं—इकट्ठा आत्मघात और क्रमिक आत्मघात। तुम क्रमिक आत्मघात भी कर सकते हो। तुम अपने को जीवन से अलग कर ले सकते हो, जीवन से अपने लगाव विच्छिन्न कर सकते हो; धीरे-धीरे, क्रमशः मर सकते हो।

बुद्ध के समय में ऐसे संप्रदाय थे जो आत्मघात का प्रचार करते थे। जीवन के, सांसारिक जीवन के वास्तविक विरोधी वे ही थे। वे सिखाते थे कि जीवन के नाम से चलने वाले इस अनर्थ से, इस दुख-संताप से निकलने का एक ही उपाय है, वह आत्मघात है। वे कहते थे कि अगर तुम जीवित हो तो दुख अनिवार्य है, जीते जी दुख के पार जाने का कोई उपाय नहीं है। इसलिए आत्महत्या कर लो, अपने को नष्ट कर डालो।

जब हम यह सुनते हैं तो लगता है कि यह बात कुछ अतिशयोक्तिपूर्ण है। लेकिन इसे समझने की कोशिश करो, इसमें भी कुछ अर्थ है।

सिग्मंड फ्रायड चालीस वर्षों तक मनुष्य के मन के साथ निरंतर काम करने के बाद—और यह सबसे लंबा अनुसंधान है जो कि व्यक्ति कर सकता है—इस नतीजे पर पहुंचा कि मनुष्य जैसा है, सुखी नहीं हो सकता है। मन की जो व्यवस्था है उसमें दुख ही पैदा हो सकता है। इसलिए अधिक से अधिक आदमी के सामने यही विकल्प है कि कम दुख झेले कि ज्यादा दुख झेले। दुख न हो, यह चुनाव उसके सामने नहीं है। अगर अपने मन को समझा-बुझा लो तो कम दुख मिलेगा, बस।

यह स्थिति बहुत निराशाजनक है। अस्तित्ववादी—सार्त्र, कामू और दूसरे—कहते हैं

कि जीवन कभी आनंदपूर्ण नहीं हो सकता। जीवन की प्रकृति में ही भय, संताप, उत्पीड़न आदि समाए हैं। इसलिए आदमी ज्यादा से ज्यादा यही कर सकता है कि आशा के बिना भी वह सब दुख-संताप का वीरता से सामना करे। तुम उसे वीरता से झेल भर सकते हो, और वह भी बिना किसी आशा के।

यह स्थिति सचमुच निराशाजनक है। इसलिए कामू कहता है कि अगर यही हाल है तो आत्महत्या क्यों न कर लें? अगर जीवन के दुखों के पार जाने का उपाय ही नहीं है तो क्यों न इस जीवन को त्याग दिया जाए?

दोस्तोवस्की के उपन्यास 'ब्रदर्स कर्माजोव' में—जो संसार का एक बड़े से बड़ा उपन्यास है—उसका एक पात्र कहता है कि मैं ईश्वर की तलाश इसलिए कर रहा हूं कि उसे मैं जीवन में प्रवेश का टिकट वापस कर दूं। मैं यहां नहीं रहना चाहता हूं। वह पात्र कहता हे कि अगर कोई ईश्वर है तो वह बहुत हिंसक और क्रूर होगा। क्योंकि मुझसे पूछे बिना ही उसने मुझे जीवन में झोंक दिया है। यह कभी मेरा चुनाव नहीं था। और मैं अपनी मर्जी के बिना जीवित क्यों हूं?

बुद्ध के समय में ऐसे अनेक विचारक थे। बुद्ध का समय मनुष्य के इतिहास में बौद्धिक रूप से बड़ा ही जीवंत और उत्थान का समय था। उदाहरण के लिए, अजित केशकंबल था। तुमने शायद उसका नाम भी न सुना हो, क्योंकि आत्महत्या का उपदेश देने वालों के इर्द-गिर्द अनुयायियों की जमात नहीं खड़ी होती है। इसलिए अजित केशकंबल का कोई संप्रदाय नहीं है। लेकिन उसने पचास वर्षों तक निरंतर कहा कि आत्मघात ही एकमात्र रास्ता है। कहते हैं कि किसी ने अजित से पूछा कि तब तुमने खुद अब तक आत्महत्या क्यों नहीं की? उत्तर में उसने कहा कि इस बात का उपदेश देने के लिए मैं जीवन को झेल रहा हूं। मुझे संसार को एक संदेश देना है, और अगर मैंने ही आत्महत्या कर ली तो यह काम कौन करेगा? यह संदेश कौन देगा? यह संदेश देने के लिए ही मैं यहां हूं, अन्यथा जीवन जीने योग्य नहीं है।

हमारे तथाकथित जीवन का यह दूसरा छोर है।

बुद्ध का मध्य मार्ग था। बुद्ध ने कहा: न मृत्यु न जीवन। वही संन्यास का अर्थ भी है: न जीवन से राग और न विराग, बस बीच में ठहर जाना। इसलिए बुद्ध कहते हैं कि मध्य में, ठीक मध्य में होना संन्यास है। संन्यास जीवन का निषेध नहीं है; संन्यास जीवन और मृत्यु दोनों का निषेध है। जब तुम जीवन और मृत्यु दोनों से निर्लिप्त हो तो तुम संन्यासी हो। अगर तुमने जीवन और मृत्यु के दोनों छोर देख लिए तो तुम संन्यासी हो। बुद्ध की संन्यास-दीक्षा मध्य मार्ग की दीक्षा है।

संन्यासी यथार्थ में जीवन के विरोध में नहीं है। अगर है तो वह संन्यासी नहीं है। तब वह रुग्णचित्त है, वह दूसरी अति पर चला गया है। एक संन्यासी की चेतना बहुत संतुलित होती है, मध्य में होती है।

अगर जीवन दुख है तो मन कहता है कि दूसरे छोर पर चलो, मृत्यु को वरण करो। लेकिन बौद्ध-चिंतन में जीवन दुख इसीलिए है कि तुम अति पर हो। जीवन दुख है, क्योंकि वह एक अति है। और मृत्यु भी दुख होगी, क्योंकि वह दूसरी अति है। आनंद मध्य में है। आनंद संतुलन है।

संन्यासी संतुलित मनुष्य है। न वह दायीं ओर झुकता है, न वह बायीं ओर झुकता है। वह न वामपंथी है और न दक्खिनपंथी। वह ठीक मध्य में रहता है—शांत, अचल, चुनावरहित, केंद्रस्थ।

इसलिए चुनाव ही मत करो। चुनाव दुख है। अगर तुमने मृत्यु चुनी तो दुख चुना, और अगर तुमने जीवन चुना तो भी दुख चुना। क्योंकि जीवन और मृत्यु दो अतियां हैं। और याद रहे, वे एक ही चीज की दो अतियां हैं; वे सच में दो नहीं हैं। जीबन और मृत्यु एक ही चीज के दो ध्रुव हैं, दो छोर हैं। और अगर तुम एक को चुनोगे तो दूसरे छोर के विरोध में जाना पड़ेगा।

उससे ही दुख पैदा होता है। क्योंकि जीवन में मृत्यु निहित है। तुम मृत्यु को चुने बिना जीवन को नहीं चुन सकते हो। कैसे चुनोगे? जिस क्षण तुमने जीवन को चुना, मृत्यु भी चुन ली गयी। उससे ही दुख उपजता है। क्योंकि जीवन को चुनने के साथ ही मृत्यु उसके साथ आ जाती है। तुमने सुख चुना कि युगपत और अनजाने तुमने दुख भी चुन लिया, क्योंकि दुख सुख का हिस्सा है। अगर तुमने प्रेम चुना तो तुमने घृणा भी चुन ली। दूसरा उसमें अंतर्निहित है, छिपा है। जो प्रेम चुनेगा वह दुख पाएगा, क्योंकि उसे घृणा से गुजरना होगा। और घृणा में दुख है।

चुनाव मत करो, मध्य में रहो। मध्य में सत्य है। एक छोर पर मृत्यु है और दूसरे छोर पर जीवन है। लेकिन दोनों के बीच मध्य में जो ऊर्जा बह रही है, वही सत्य है। इसलिए चुनो मत, क्योंकि चुनाव का अर्थ है कि तुम एक के विरुद्ध दूसरे को चुनते हो। मध्य में होना निर्विकल्प होना है। और उसका मतलब है कि तुमने पूरी चीज छोड़ दी। और जब तुमने चुनाव नहीं किया तो तुम दुखी नहीं हो सकते। मनुष्य चुनाव के कारण दुख भोगता है। चुनाव मत करो। केवल होओ।

यह कठिन है। करीब-करीब असंभव मालूम पड़ता है। लेकिन प्रयोग करो। जब भी दो अतियों का सामना पड़े, बीच में रहो। धीरे-धीरे तुम्हें उसका एहसास होने लगेगा, प्रतीति होने लगेगी। और एक बार मध्य में होने की यह प्रतीति उपलब्ध हो जाए—जो कि नाजुक बात है, जीवन की सब से नाजुक बात—तब तुम्हें कुछ भी विचलित नहीं करेगा, कुछ भी दुखी नहीं करेगा। तब तुम दुख के बिना जीओगे। और वही संन्यासी का अर्थ है—दुख के बिना जीना। लेकिन दुख के बिना जीने के लिए चुनाव के बिना जीना होगा, मध्य में रहना होगा।

और बुद्ध ने पहली बार बोधपूर्वक सदा मध्य में रहने का मार्ग निर्मित किया।

तीसरा प्रश्न:

हृदय-केंद्र के खुलने और उसके विकास के संबंध में कुछ व्यावहारिक बातें बताने की कृपा करें।

पहली बात कि सिर के बिना होकर रहो। भाव करो कि तुम बिना सिर के हो—सिर के बिना गति करो। यह बेतुका मालूम पड़ता है, लेकिन यह एक बहुत महत्व का प्रयोग है। प्रयोग करो और तब तुम जानोगे। चलो और भाव करो कि तुम्हारा सिर नहीं है।

शुरू-शुरू में यह एक मान्यता भर होगी और बहुत अजीब मालूम होगी। जब तुम्हें यह भाव आएगा कि मुझे सिर नहीं है तो वह बहुत अजीब और आश्चर्यजनक मालूम पड़ेगा।

लेकिन धीरे-धीरे तुम हृदय में स्थित हो जाओगे।

एक नियम है। तुमने देखा होगा कि जो अंधा है उसके कान ज्यादा ग्राहक होते हैं, उसके कान संगीत प्रवीण होते हैं। अंधे लोग ज्यादा संगीतप्रिय होते हैं, संगीत के लिए उनका रुझान गहरा होता है। क्यों? क्योंकि जो ऊर्जा आंख से बहती वह आंख की राह न पाकर दूसरी राह चुनती है, वह कान से होकर बहती है।

अंधे आदमी को स्पर्श की संवेदनशीलता भी अधिक रहती है। अगर कोई अंधा आदमी तुम्हें स्पर्श करे तो तुम्हें फर्क पता चलेगा। सामान्यतः हम आंख से ही छूने का बहुत काम करते हैं; हम एक-दूसरे को आंख से स्पर्श करते हैं। अंधा आदमी आंख से छूने में असमर्थ है, इसलिए वह हाथ से यह काम करता है। अंधा आदमी आंख वाले से ज्यादा संवेदनशील होता है। इस नियम के अपवाद हो सकते हैं, लेकिन सामान्यतः ऐसी ही बात है। एक केंद्र के नहीं रहने से ऊर्जा दूसरे केंद्र से गति करने लगती है।

तो इस प्रयोग को करो—सिर के बिना होने का प्रयोग। और अचानक तुम्हें एक आश्चर्यजनक अनुभव होगा, वह यह कि पहली बार तुम अपने हृदय में स्थित हो जाओगे। ऐसे चलो कि कंधे पर सिर नहीं है। ध्यान में बैठ जाओ, आंखें बंद कर लो और भाव करो कि मेरा सिर नहीं है। भाव करो कि मेरा सिर गायब हो गया है। शुरू में तो यह मान्यता ही होगी, लेकिन धीरे-धीरे तुम महसूस करोगे कि सिर सचमुच गायब हो गया है। और जब महसूस करोगे कि सिर गायब है तो तुरंत तुम्हारा केंद्र हृदय पर उतर आएगा। तब तुम संसार को सिर से नहीं, हृदय से देखोगे।

पहली बार जब पश्चिम के लोग जापान गए तो उन्हें विश्वास नहीं आया कि सदियों से जापानी मानते आए हैं कि वे पेट से सोचते हैं। अगर तुम एक जापानी बच्चे को, जो पाश्चात्य ढंग से शिक्षित नहीं हुआ है, पूछो कि तुम्हारा सोचना कहां है, तो वह पेट की तरफ इशारा करेगा। सदियां बीत गईं और जापान सिर के बिना जी रहा है। यह एक महज धारणा है। अगर मैं तुमको पूछूं कि तुम्हारा विचार कहां चलता है, तो तुम सिर की तरफ इशारा करोगे। लेकिन एक जापानी पेट की तरफ इशारा करेगा, सिर की तरफ नहीं। और यह भी एक कारण है कि जापानी मन ज्यादा शांत और इकट्ठा है।

अब यह बात नहीं रही, क्योंकि पश्चिम सर्वत्र छा गया है। अब पूर्व कहीं नहीं रहा; सिर्फ यहां-वहां कुछ व्यक्तियों में, जो द्वीप की तरह हैं, पूर्व जीवित है। अन्यथा पूर्व समाप्त हो गया है। अब तो सारा जगत पाश्चात्य है।

तो बेसिर होने का प्रयोग करो। स्नानघर में अपने आईने के सामने खड़े होकर ध्यान करो। अपनी आंखों में गहरे देखो और भाव करो कि तुम हृदय से देख रहे हो। धीरे-धीरे हृदय-केंद्र काम करने लगेगा। और जब हृदय काम करता है तो वह तुम्हारे पूरे व्यक्तित्व को बदल देता है, पूरी संरचना को रूपांतरित कर देता है। क्योंकि हृदय के अपने ढंग हैं।

इसलिए पहली बात कि बेसिर होना सीखो। और दूसरी बात कि ज्यादा प्रेमपूर्ण होओ। प्रेम सिर से नहीं हो सकता है। यही कारण है कि जब कोई प्रेम में होता है तो वह अपनी बुद्धि खो बैठता है। लोग कहते हैं कि वह पागल हो गया है। अगर तुम पागल नहीं हो और प्रेम में हो तो यथार्थ में तुम प्रेम में ही नहीं हो। सिर को तो खोना ही होगा। अगर सिर ज्यों का त्यों

काम करे तो प्रेम नहीं हो सकता, क्योंकि प्रेम के लिए हृदय को सक्रिय होना है, सिर को नहीं। प्रेम हृदय का व्यापार है।

ऐसा होता हे कि जब कोई बहुत बुद्धिमान आदमी प्रेम में पड़ता है तो मूढ़ हो जाता है। उसे स्वयं लगता है कि मैं कैसी मूढ़ता में पड़ गया हूं! मैं क्या कर रहा हूं! तब वह अपने जीवन को दो खंडों में बांट लेता है। एक विभाजन पैदा होता है। उसका हृदय मौन, आत्मीय बना रहता है। जब वह अपने घर से बाहर जाता है तो वह अपने हृदय से बाहर आ जाता है, और संसार में सिर के सहारे जीता है। और वह हृदय के पास फिर तभी आता है जब प्रेम करता होता है। लेकिन यह कठिन है, बहुत कठिन है। और सामान्यतया ऐसा नहीं होता है।

मैं कलकत्ता में एक मित्र के घर ठहरा था, वे मित्र हाईकोर्ट के जज थे। उनकी पत्नी ने मुझसे कहा कि मेरी एक ही समस्या है जिसमें आपकी मदद चाहती हूं। मैंने पूछा कि समस्या क्या है? उसने कहा कि मेरे पति आपके मित्र हैं और वे आपको प्रेम और आदर करते हैं। इसलिए अगर आप उनसे कुछ कहेंगे तो उससे मेरी मदद हो जाएगी। फिर मैंने पूछा कि उन्हें क्या कहना है? उसने कहा कि वे बिस्तर में भी हाईकोर्ट के जज ही बने रहते हैं। मुझे तो अब तक प्रेमी, मित्र या पति नहीं मिला; वे दिन के चौबीसों घंटे जज बने रहते हैं।

कठिन है, अपनी कुर्सी से नीचे उतर आना कठिन है। वह फिक्स्ड एटिट्यूड बन जाता है। अगर तुम दुकानदार हो तो बिस्तर में भी दुकानदार ही बने रहते हो। अपने भीतर दो व्यक्तियों को समाना-सम्हालना कठिन हो जाता है। और अपने रवैए को किसी भी समय और पूरी तरह और तुरंत बदलना भी कठिन होता है। लेकिन प्रेम में तो तुम्हें सिर से नीचे उतरना ही होगा।

तो इस ध्यान के लिए ज्यादा से ज्यादा प्रेमपूर्ण होओ। और जब मैं प्रेमपूर्ण होने को कहता हूं तो उसका मतलब है कि अपने संबंध की गुणवत्ता बदलो, उसे प्रेम पर आधारित करो। न सिर्फ अपनी पत्नी, बच्चे या मित्र के प्रति, बल्कि पूरे जीवन के प्रति अधिक प्रेमपूर्ण होओ।

यही कारण है कि महावीर और बुद्ध ने अहिंसा की बात की; वह जीवन के प्रति प्रेमपूर्ण दृष्टि निर्मित करने का उपाय था। जब महावीर चलते हैं तो उन्हें ध्यान है कि एक चींटी भी न मर जाए। क्यों? यह चींटी की बात नहीं है, वे सिर से हृदय में उतर रहे हैं। वे पूरे जीवन के प्रति प्रेम की दृष्टि निर्मित कर रहे हैं।

जितना ही तुम्हारा संबंध, सभी संबंध, प्रेम पर आधारित होगा, उतना ही तुम्हारा हृदय-केंद्र सक्रिय होगा। और जब वह सक्रिय होगा तो तुम और ही निगाह से संसार को देखने लगोगे। क्योंकि संसार को हृदय से देखने का ढंग और ही है। मन उस ढंग से कभी नहीं देख सकता, मन के लिए वह असंभावना है। मन तो सिर्फ विश्लेषण कर सकता है। हृदय संश्लेषण करता है, मन सिर्फ काट-छांट और विभाजन करता है। मन बांटता है, हृदय एक करता है।

जब तुम हृदय से देखते हो तो समस्त ब्रह्मांड अद्वैत, अखंड मालूम होता है। और जब तुम उसे मन से देखते हो, संसार आणविक हो जाता है; उसमें कोई एकता नहीं रहती, अणु ही अणु रहते हैं। हृदय एकता का अनुभव देता है, वह जोड़ता है। और उसका ही आत्यंतिक संश्लेषण परमात्मा है। अगर तुम हृदय से देखो तो सारी सृष्टि एक दिखती है। और वही एकता परमात्मा है।

यही कारण है कि विज्ञान ईश्वर को नहीं खोज सकता है। वह असंभव है। क्योंकि विज्ञान जो उपाय काम में लाता है वे आत्यंतिक एकता तक नहीं पहुंच सकते। विज्ञान की पूरी विधि है—बुद्धि, विश्लेषण और विभाजन। इसलिए विज्ञान अणु, परमाणु और इलेक्ट्रान पर पहुंच जाता है। और विज्ञान बांटता ही जाएगा। वह कभी समग्र की जैविक एकता को नहीं प्राप्त कर सकता। सिर के द्वारा समग्र को देख पाना असंभव है।

तो ज्यादा से ज्यादा प्रेम दो। याद रहे, जो भी तुम करो उसमें प्रेम की गुणवत्ता समायी हो। इसका सतत स्मरण बना रहे। तुम घास पर चल रहे हो, अनुभव करो कि घास जीवित है, प्रत्येक पत्ती उतनी ही जीवंत है जितने जीवंत तुम हो।

महात्मा गांधी एक बार शांति निकेतन में रवींद्रनाथ ठाकुर के साथ ठहरे थे। जरा इनके दृष्टिकोण के भेद को देखो। गांधी जी की अहिंसा एक मानसिक बात थी; वे सदा उसको सोच-विचार की नजर से देखते थे। वह उनकी बुद्धि का खेल था। वे उस पर विचार करते थे, चिंतन-मनन करते थे और तब निर्णय लेते थे। पहले प्रयोग करते थे, तब निष्पत्ति निकालते थे। अगर तुमने उनकी आत्मकथा पढ़ी है तो तुम्हें याद होगा कि उन्होंने उस किताब का नाम रखा, एक्सपेरिमेंट्स विद ट्रुथ—सत्य के साथ प्रयोग। एक्सपेरिमेंट, प्रयोग शब्द ही वैज्ञानिक है, बुद्धि का है, प्रयोगशाला का है।

तो गांधी जी कवि रवींद्रनाथ के मेहमान थे और वे दोनों बगीचे में घूमने निकले। जमीन हरी थी, जीवंत थी, उसे देखकर गांधी जी ने रवींद्रनाथ से कहा कि आएं, हम लोग घास पर बैठें। रवींद्रनाथ ने कहा, यह असंभव है; मैं घास पर नहीं चल सकता। एक-एक पत्ती उतनी ही जीवंत है जितना मैं; मैं ऐसी जीवंत चीज पर पांव नहीं रख सकता।

और रवींद्रनाथ अहिंसा के प्रचारक नहीं थे, कतई नहीं। उन्होंने कभी अहिंसा की बात नहीं की। लेकिन वे हृदय से देखते थे। वे घास को अनुभव करते थे। गांधी ने रवींद्रनाथ की बात पर विचार किया और तब कहा कि आप सही हैं।

यह मन की दृष्टि है। यह मन का खेल है।

प्रेम करो, वस्तुओं को भी प्रेम करो। अगर कुर्सी पर बैठे हो तो कुर्सी के प्रति प्रेमपूर्ण बनो। कुर्सी को अनुभव करो, कुर्सी के प्रति कृतज्ञ अनुभव करो। कुर्सी तुम्हें विश्राम दे रही है। उसके स्पर्श को महसूस करो, उसके प्रति प्रेम का भाव रखो। कुर्सी ही महत्वपूर्ण नहीं है, अगर भोजन कर रहे हो तो प्रेम से भोजन करो। भारत की दृष्टि है: अनं ब्रह्म! मतलब यह है कि जब भोजन करो तो भोजन के प्रति प्रेमपूर्ण होओ। भोजन तुम्हें ऊर्जा, बल और जीवन दे रहा है। तुम उसके प्रति कृतज्ञता अनुभव करो, उसे प्रेम से लो।

सामान्यतः हम बहुत हिंसक ढंग से भोजन करते हैं—मानो हम किसी की हत्या कर रहे हों। ऐसा नहीं लगता कि हम भोजन को आत्मसात कर रहे हैं, हम उसकी हत्या करते होते हैं। या तुम बहुत उदासीन भाव से, संवेदनहीन ढंग से पेट में कुछ भी डाले चले जाते हो।

अपने भोजन को प्रेमपूर्वक, कृतज्ञता के भाव से हाथ में लो; वह तुम्हारा जीवन है। उसे आहिस्ते से मुंह में डालो, उसका स्वाद लो, रस लो। उसके प्रति उदासीन मत रहो, उसके साथ हिंसा मत करो।

हमारे दांत बहुत हिंसक हैं। यह हिंसा हमें पशुओं से विरासत में मिली है। पशुओं के

पास उनके नाखून और दांत के सिवाय और कोई हथियार नहीं होता है। तुम्हारे दांत बुनियादी रूप से तुम्हारे हथियार हैं। इसलिए तुम दांत से हिंसा करते हो, दांत से भोजन को कुचलते हो। यही कारण है कि तुममें जितनी ज्यादा हिंसा है तुम्हें उतने अधिक भोजन की जरूरत पड़ती है।

लेकिन आखिर भोजन की सीमा है, इसलिए आदमी सिगरेट पीता है या पान खाता है। वह भी हिंसा है, उसमें भी रस है। क्योंकि तुम दांत से किसी को पीस रहे हो, मिटा रहे हो—चाहे वह तंबाकू या पान ही क्यों न हो। वह हिंसा का ही ढंग है।

तो जो भी करो, प्रेमपूर्वक करो। उदासीन मत रहो। तब तुम्हारा हृदय-केंद्र सक्रिय होगा। तब तुम हृदय में गहरे उतर जाओगे।

पहली बात हुई सिरविहीन होना, दूसरी बात प्रेम करना। और तीसरी बात कि अपने सौंदर्य-बोध को बढ़ाओ; सौंदर्य के प्रति, संगीत के प्रति, हृदय को छूने वाली चीजों के प्रति ज्यादा संवेदनशील बनो। अगर यह दुनिया गणित से बढ़कर संगीत में प्रशिक्षित हो तो मनुष्यता ज्यादा भली होगी। अगर मन दर्शनशास्त्र से बढ़कर काव्य में प्रशिक्षित हो तो मनुष्यता ज्यादा भली होगी। क्योंकि जब तुम संगीत सुनते हो या संगीत का सृजन करते हो तो उस समय मन की जरूरत नहीं रहती है। उस समय तुम मन से हटकर हृदय के पास होते हो।

इसलिए ज्यादा सौंदर्य-प्रिय, ज्यादा काव्यपूर्ण, ज्यादा संवेदनशील होओ। जरूरी नहीं है कि तुम बड़े संगीतज्ञ बनो या बड़े कवि या चित्रकार बनो। तुम उनका आनंद ले सकते हो, या तुम अपने ढंग-से कुछ सृजन भी कर सकते हो। पिकासो बनने की जरूरत नहीं है। तुम अपने घर को रंग सकते हो, तुम कोई चित्र रंग सकते हो। अलाउद्दीन खां जैसे संगीत-सम्राट होने की जरूरत नहीं है, लेकिन तुम अपने घर बैठे तो कुछ बजा सकते हो। तुम बांसुरी तो बजा सकते हो, चाहे बहुत कुशल न भी हो। लेकिन कुछ करो जो हृदय से संबंध रखता हो। गाओ, नाचो, कुछ करो जो हृदय से जुड़ा हो।

हृदय की दुनिया के प्रति ज्यादा संवेददशील होओ। और संवेदनशील होने के लिए बहुत कुछ नहीं चाहिए। एक गरीब आदमी भी संवेदनशील हो सकता है, उसके लिए धन जरूरी नहीं है। संवेदनशील होने के लिए महल जरूरी नहीं है; समुद्रतट पर पड़े-पड़े भी संवेदनशील हो सकते हो। रेत के प्रति, सूरज के प्रति, लहरों के प्रति, हवा, पेड़ और आकाश के प्रति संवेदनशील हो सकते हो। संवेदनशील होने के लिए सारा संसार पड़ा है। इसलिए ज्यादा से ज्यादा संवेदनशील, जीवंत और सक्रिय रूप से जीवंत बनो।

दुनिया बहुत निष्क्रिय हो गई है। तुम सिनेमा जाते हो; कोई दूसरा तुम्हरे लिए कुछ कर रहा है और तुम वहां महज बैठकर देखते हो। कोई परदे पर प्रेम कर रहा है और तुम देख रहे हो। तुम महज देखते हो—निष्क्रिय, मृत। तुम कुछ करते नहीं हो, कुछ भागीदार नहीं हो। और जब तक तुम भागीदार नहीं बनते तब तक तुम्हारा हृदय-केंद्र सक्रिय नहीं होगा।

इसलिए कभी-कभी नाचना बेहतर है। तुम कोई बड़े नर्तक नहीं होने जा रहे हो। जरूरी भी नहीं है। टेढ़ा-मेढ़ा जैसा बने, बस नाचो। उससे तुम्हें हृदय की अनुभूति मिलेगी। जब तुम नाच रहे हो, हृदय तुम्हारा केंद्र होगा। उस समय बुद्धि कभी केंद्र नहीं हो सकती।

उछलो-कूदो, बच्चों की तरह खेलो। कभी-कभी अपने नाम, पद, प्रतिष्ठा, सबको पूरी तरह भूल जाओ और बच्चे की भांति हो जाओ। गंभीर मत रहो। जीवन को खेल की तरह

लो। तब हृदय विकास करेगा। तब हृदय को ऊर्जा मिलेगी।

और जब तुम्हारे पास जीवित हृदय होगा तब तुम्हारे मन का गुणधर्म भी बदल जाएगा। तब तुम मन को साथ ले सकते हो, तब तुम मन से भी काम ले सकते हो। लेकिन तब मन महज एक यंत्र होगा, तुम उसका उपयोग कर सकते हो। तब तुम उससे ग्रस्त नहीं रहोगे, और तब तुम जब चाहो उससे हट सकते हो। तब तुम मालिक हो। हृदय ही यह भाव देगा कि तुम मालिक हो।

एक और बात, तब तुम यह भी जानोगे कि तुम न सिर हो और न हृदय हो। क्योंकि तुम तो सिर से हृदय और हृदय से सिर के बीच गति कर सकते हो। तब तुम जानते हो कि तुम कुछ और हो—भिन्न। अगर तुम सिर में ही रहो और उससे अन्यत्र न जाओ तो तुम सिर से एकात्म हो जाओगे। तब तुम नहीं जानोगे कि तुम भिन्न हो। सिर से हृदय और हृदय से सिर के बीच गति करने से तुम्हें पता चलता है कि तुम उनसे सर्वथा भिन्न हो। कभी तुम सिर में होते हो और कभी हृदय में, लेकिन तुम खुद न सिर हो न हृदय।

बोध का यह तीसरा बिंदु तुम्हें तीसरे केंद्र पर, नाभि-केंद्र पर पहुंचा देगा। और नाभि कोई केंद्र नहीं है सच में। वहां तुम ही हो। यही कारण है कि उसका विकास नहीं किया जाता, उसका सिर्फ आविष्कार होता है।

चौथा प्रश्न:

आपने कहा कि पश्चिम को मनस्विद अब मानते हैं कि किसी प्रेम-संबंध में लड़ाई- झगड़े की नौबत आने पर उससे भागने की बजाय उसका सामना करना बेहतर है, क्योंकि उससे प्रेम प्रगाढ़ होता है। और फिर आपने बुद्ध के मध्य मार्ग की चर्चा की, जिसमें दोनों अतियां वर्जित हैं। तो जिन्होंने अभी उस प्रेम को नहीं उपलब्ध किया है जो अतियों के पार है, उनके लिए कौन सा मार्ग आप श्रेयस्कर समझते हैं?

कुछ मूलभूत बातें। एक कि हमारा सामान्य प्रेम घृणा और प्रेम के दो ध्रुवों के बीच डोलता ही रहेगा। मन के साथ द्वंद्व रहेगा ही। इसलिए मन के रहते यदि तुम किसी के प्रति प्रेमपूर्ण हो तो दूसरे छोर से नहीं बच सकते। तुम उसे छिपा सकते हो, तुम उसका दमन कर सकते हो, तुम उसे भुला सकते हो—और हमारे तथाकथित सुसंस्कृत यही करते हैं। लेकिन तब वे ठंडे, मुर्दा हो जाते हैं।

अगर तुम अपने प्रेमी से लड़ नहीं सकते, तुम उस पर क्रोध नहीं कर सकते, तो प्रेम की प्रामाणिकता नष्ट हो जाती है। अगर तुम अपने क्रोध का दमन करते हो तो वह दमित क्रोध तुम्हारे जीवन का अंग हो जाएगा, और वह तुम्हें तुम्हारे प्रेम में समग्रता से नहीं उतरने देगा। वह क्रोध वहां सदा मौजूद रहेगा, क्योंकि तुमने उसे रोका है, उसका दमन किया है।

अगर मैंने क्रोध को दबा रखा है तो प्रेम करते समय दमित क्रोध वहां मौजूद रहेगा, और वह मेरे प्रेम को मुर्दा कर देगा। अगर मैं अपने क्रोध में प्रामाणिक नहीं हूं तो मैं अपने प्रेम में भी प्रामाणिक नहीं हो सकता। अगर तुम प्रामाणिक हो तो दोनों में प्रामाणिक हो। अगर किसी एक में अप्रामाणिक हो तो दूसरे में प्रामाणिक नहीं हो सकते।

दुनिया में सभ्यता और संस्कृति के नाम पर जो उपदेश चलते हैं उन्होंने प्रेम की हत्या कर दी है, उसे निष्प्राण बना दिया है। और यह सारा काम प्रेम के नाम पर हुआ है। वे कहते हैं कि यदि तुम किसी को प्रेम करते हो तो उस पर क्रोध मत करो। और अगर तुम क्रोध करते हो तो तुम्हारा प्रेम झूठा है। इसलिए लड़ो मत, इसलिए घृणा मत करो।

निश्चित ही, यह बात तर्कसंगत मालूम पड़ती है। अगर तुम प्रेम में हो तो घृणा कैसे कर सकते हो? इसलिए हम घृणा के अंश को काट देते हैं। लेकिन घृणा के कटते ही प्रेम नपुसक हो जाता है। यह वैसा ही है कि तुम किसी आदमी का एक पैर काट दो और उससे कहो कि चलो, तो क्या वह चल सकता है? असंभव है।

घृणा और प्रेम एक ही घटना के दो ध्रुव हैं। इसलिए घृणा को काटने से प्रेम मृत और नपुंसक हो जाएगा। यही कारण है कि हरेक परिवार नपुंसक हो गया है। और तब तुम खुलकर प्रकट करने से डरने लगते हो। तुम अपने प्रेम में समग्रता से नहीं उतर सकते, क्योंकि तुम भयभीत हो। अगर समग्रता से उतरो तो दबे हुए क्रोध, हिंसा, घृणा सब ऊपर आ जाएं। तब तुम्हें उन्हें निरंतर दबाए रखना पड़ता है। तब तुम्हें अपने गहरे में निरंतर लड़ते रहना पड़ता है। और संघर्ष में तुम स्वाभाविक और सहज नहीं हो सकते। तब तुम प्रेम का दिखावा करते हो, तब तुम प्रेम का ढोंग करते हो। और हरेक को पता है। तुम्हारी पत्नी को भी पता है कि तुम दिखावा कर रहे हो। और तुम भी जानते हो कि तुम्हारी पत्नी प्रेम का दिखावा कर रही है। ऐसे हर कोई दिखावा कर रहा है। और तब सारा जीवन झूठा हो जाता है।

मन के पार जाने के लिए दो चीजें करनी होंगी। ध्यान में उतरो और तब अपने भीतर अ-मन के तल को स्पर्श करो। तब तुम उस प्रेम को उपलब्ध होओगे जिसकी कोई ध्रुवीय विपरीतता नहीं है। लेकिन उस प्रेम में कोई उत्तेजना नहीं रहेगी, कोई आवेग नहीं रहेगा। वह प्रेम मौन होगा, शांत होगा। उस गहरी शांति की झील में एक भी लहर नहीं होगी।

बुद्ध और जीसस भी प्रेम करते हैं, लेकिन उनके प्रेम में कोई उत्तेजना, कोई ज्वर नहीं रहता। ज्वर और उत्तेजना तो धुवीय विपरीतता से उत्पन्न होते हैं। दो विपरीत ध्रुव तनाव पैदा करते हैं। बुद्ध और जीसस का प्रेम शांत घटना है। इसलिए वे ही उनके प्रेम को समझ सकते हैं जो अ-मन को उपलब्ध हो गए हैं।

जीसस कहीं जा रहे थे और दोपहर का समय था। वे थके थे। इसलिए एक पेड़ के नीचे विश्राम करने लगे। वे नहीं जानते थे कि वह पेड़ किसका है। पेड़ मेरी मेग्दालिन का था। और मेग्दालिन एक वेश्या थी। उसने अपनी खिड़की से झांका और इस अति सुंदर पुरुष को देखा—ऐसा सुंदर पुरुष कभी-कभी होता है। वह आकर्षित हुई; आकर्षित ही नहीं, वह उन पर मोहित हो गई।

वह बाहर आई और उसने जीसस से कहा कि आप यहां क्यों आराम कर रहे हैं! आप मेरे घर के अंदर आएं; आपका स्वागत है। जीसस ने उसकी आंखों में भरे राग को देखा, प्रेम को, तथाकथित प्रेम को देखा और कहा: दूसरी बार जब मैं यहां से गुजरता हुआ थका होऊंगा तो तुम्हारे घर आऊंगा। अभी तो मेरी जरूरत पूरी हो गई है, मैं चलने को तत्पर हूं। धन्यवाद!

मेरी ने अपमान अनुभव किया। ऐसा कभी नहीं हुआ था, इसके पहले उसने कभी किसी को आमंत्रित नहीं किया था। दूर-दूर से लोग सिर्फ उसको एक नजर देखने के लिए

▲

आते थे, राजे-महाराजे तक आते थे। और यहां एक भिखारी उसका निमंत्रण ठुकरा रहा है। जीसस तो भिखारी ही थे, एक आवारा हिप्पी। और उन्होंने उसे इनकार कर दिया। मेरी ने जीसस से पूछा कि क्या आप मेरे प्रेम को नहीं देखते हैं? यह प्रेम का निमंत्रण है, आप आएं। अस्वीकार न करें। क्या आपके हृदय में प्रेम नहीं है?

जीसस ने उत्तर में कहा कि मैं भी तुम्हें प्रेम करता हूं। सच तो यह है कि जो प्रेम करने का दावा करते हुए तुम्हारे पास आते हैं वे तुम्हें प्रेम नहीं करते, सिर्फ मैं तुम्हें प्रेम करता हूं।

और वे सही थे। लेकिन उस प्रेम का गुणधर्म ही और है। उस प्रेम का विपरीत नहीं होता, इसलिए उसमें तनाव नहीं होता है। उसमें उत्तेजना का अभाव रहता है। जीसस के प्रेम में उत्तेजना नहीं है, ज्वर नहीं है। उनके लिए प्रेम कोई संबंध नहीं है; वह होने की अवस्था है।

मन के पार जाओ, अ-मन को प्राप्त करो। तब प्रेम का फूल खिलता है। लेकिन उस प्रेम में विपरीत तत्व नहीं रहता है। मन के पार द्वंद्व नहीं रहता, मन के पार सब एक है।

लेकिन अगर तुम मन के भीतर हो तो पाखंडी होने की बजाय प्रामाणिक होना बेहतर है। इसलिए जब तुम्हें अपने प्रेमी या प्रेमिका के प्रति क्रोध हो तो प्रामाणिक होकर क्रोध को प्रकट करो। उसका दमन मत करो। प्रेम का क्षण भी आएगा। जब मन दूसरी अति पर जाएगा, तब तुम्हारे प्रेम का प्रवाह सहज होगा, स्वतःस्फूर्त होगा। इसलिए लड़ाई-झगड़े को प्रेम का अंग मानो। मन की गत्यात्मकता का ढंग ही विरोधों में गति करना है। अपने क्रोध में, अपने झगड़े में भी प्रामाणिक रहो। तब तुम प्रेम में भी प्रामाणिक होओगे।

तो प्रेमियों को मैं कहना चाहूंगा—प्रामाणिक बनो। और अगर तुम सचमुच प्रामाणिक हुए तो एक अदभुत घटना घटेगी। तुम ध्रुवीय विपरीतताओं के बीच डोलने की सारी मूढ़ता से थक जाओगे। लेकिन प्रामाणिक बनो, अन्यथा तुम कभी थकोगे नहीं।

एक दमित चित्त को कभी ठीक से पता ही नहीं चलता है कि वह विपरीतताओं के चक्कर में फंसा है। वह न कभी ठीक से क्रोध करता है, न कभी ठीक से प्रेम में उतरता है इसलिए उसे कभी चित्त का, मन का यथार्थ अनुभव भी नहीं हो पाता है।

तो मेरा सुझाव है कि पहले प्रामाणिक बनो। पाखंडी मत बनो, सच्चे बनो। और प्रामाणिकता का अपना सौंदर्य है। जब तुम सच में, प्रामाणिक रूप से क्रोध करोगे तो तुम्हारा प्रेमी या तुम्हारी प्रेमिका तुम्हें सहानुभूतिपूर्वक समझेगी। केवल झूठे क्रोध या झूठे अक्रोध को क्षमा करना कठिन है। झूठे आदमी को क्षमा नहीं किया जा सकता।

तो क्रोध में प्रामाणिक होओ। और तब तुम प्रेम में भी प्रामाणिक हो सकोगे। वह प्रामाणिक प्रेम मुआवजे का काम करेगा। और फिर इस प्रामाणिक जीवन जीने से तुम्हें इसकी व्यर्थता दिखाई पड़ेगी। तब तुम्हें हैरानी होगी कि मैं क्या कर रहा हूं। मैं क्यों पेंडुलम की भांति एक अति से दूसरी अति पर डोल रहा हूं! तुम बुरी तरह ऊब जाओगे। और तभी अतियों के पार, मन के पार जाने का निर्णय ले सकोगे।

प्रामाणिक पुरुष बनो या प्रामाणिक स्त्री बनो। झूठ को मत जगह दो; ढोंग मत रचो। सच्चे बनो और सच्चाई का दुख झेलो। दुख झेलना अच्छा है। दुख प्रशिक्षण है, अनुशासन है। सच्चाई का दुख झेलो। क्रोध, प्रेम और घृणा, सबका दुख झेलो। एक ही बात स्मरण रहे—कभी पाखंडी मत बनो। अगर तुम प्रेम अनुभव नहीं करते तो कहो, वैसा कह दो। प्रेम

का ढोंग मत करो, दिखावा मत करो कि तुम्हें प्रेम है। अगर तुम क्रोध में हो तो कहो कि मैं क्रोध में हूं। तब सचमुच क्रोध करो।

इससे बहुत दुख होगा, उस दुख को भोगो। उसी पीड़ा से एक नयी चेतना का जन्म होगा। तुम घृणा और प्रेम की सारी मूढ़ता के प्रति जाग जाओगे। तुम जिस आदमी को घृणा करते हो उसी को प्रेम भी करते हो और एक वर्तुल में घूमते रहते हो। वह वर्तुल तब तुम्हें साफ-साफ दिखाई देने लगेगा। और वह दृष्टि सिर्फ दुख से गुजरने से प्राप्त होती है।

दुख से मत भागो। तुम्हें सच्चे दुख की जरूरत है। वह आग की भांति है, वह तुम्हें जला डालेगी। और जो भी झूठ है वह जल जाएगा और जो सच है वह बच जाएगा। अस्तित्ववादी इसी को प्रामाणिकता कहते हैं। प्रामाणिक बनो और तब तुम मन के बाहर हो जाओगे। अप्रामाणिक रहो और तुम जन्मों-जन्मों मन की कैद में पड़े रहोगे।

तुम द्वंद्व से तभी ऊबोगे, थकोगे, जब तुम उसे यथार्थतः जीओगे। दिखावा करने से काम नहीं चलेगा। द्वंद्व को जीकर ही जानोगे कि मन का तथाकथित प्रेम एक रोग है। क्या तुमने नहीं देखा है कि प्रेमी सो नहीं सकता? वह बेचैन है। वह ज्वरग्रस्त है। अगर तुम उसकी जांच करो तो तुम्हें उसमें अनेक रोगों के लक्षण मिलेंगे।

यह प्रेम, मन और शरीर का यह तथाकथित प्रेम सच में एक रोग है। लेकिन उसकी एक उपयोगिता है कि वह तुम्हें व्यस्त रखता है। उसके बिना तुम्हें खाली-खाली लगेगा, मानो संसार में कुछ करने को नहीं है। तुम्हें लगेगा कि मेरी पूरी जिंदगी रिक्त है, इसलिए उस रिक्तता को तुम प्रेम से भरते हो। मन स्वयं एक रोग है। इसलिए जो भी मन का है वह रोग है।

दूसरे प्रेम का फूल तो मन के पार खिलता है, जहां तुम द्वंद्व में नहीं बंटे हो; जहां तुम अखंड हो, एक हो। जीसस उसे प्रेम कहते हैं, बुद्ध उसे ही करुणा कहते हैं। वह सिर्फ फर्क कहने के लिए है। लेकिन इससे भेद नहीं पड़ता कि तुम उसे क्या कहते हो।

जिस प्रेम का विपरीत नहीं है, वह तभी संभव है, जब तुम इस प्रेम के पार चले जाओ। और पार जाने के लिए ही मैं तुम्हें प्रामाणिक होने को कहता हूं। घृणा, प्रेम, क्रोध, सब में प्रामाणिक होओ। दिखावा मत करो। क्योंकि यथार्थ का ही अतिक्रमण हो सकता है। अयशर्य का अतिक्रमण कैसे होगा?

आज इतना ही।

13

आत्यंतिक केंद्र में प्रवेश

सूत्र

▲

18. किसी विषय को प्रेमपूर्वक देखो;
दूसरे विषय पर मत जाओ।
यहीं विषय के मध्य में—आनंद।
19. पावों या हाथों को सहारा दिए बिना सिर्फ नितंबों
पर बैठो। अचानक केंद्रित हो जाओगे।
20. किसी चलते वाहन में लयबद्ध झूलने के द्वारा,
अनुभव को प्राप्त हो।
या किसी अचल वाहन में अपने को मंद से मंदतर होते
अदृश्य वर्तुलों में झूलने देने से भी।
21. अपने अमृत-भरे शरीर के किसी अंग को सूई से
भेदो और भद्रता के साथ उस भेदन में प्रवेश करो,
और आंतरिक शुद्धि को उपलब्ध होओ।

मनुष्य का शरीर एक रहस्यमय यंत्र है। और यह दो आयामों में काम करता है। बाहर जाने के लिए तुम्हारी चेतना इंद्रियों के द्वारा यात्रा करती है और संसार से, पदार्थ से मिलती है। लेकिन यह तुम्हारे शरीर के सिर्फ एक आयाम का काम हुआ। तुम्हारे शरीर का एक दूसरा आयाम भी है—वह तुम्हें भीतर ले जाता है। जब चेतना बाहर जाती है तो वह पदार्थ को जानती है। और जब वही चेतना भीतर जाती है तो वह अपदार्थ को जानती है।

यथार्थतः तो कोई विभाजन नहीं है, पदार्थ और अपदार्थ एक हैं। यह सत्य आंख से, इंद्रियों से देखे जाने पर पदार्थ की भांति मालूम होता है। और यही सत्य भीतर से देखे जाने पर—इंद्रियों द्वारा नहीं, बल्कि केंद्र के द्वारा देखे जाने पर—अपदार्थ की भांति मालूम होता है। सत्य तो एक है, लेकिन तुम उसे दो ढंग से देख सकते हो। एक इंद्रियों के द्वारा और दूसरा अतींद्रिय द्वारा।

ये जो केंद्रित होने की विधियां हैं वे तुम्हें तुम्हारे भीतर उस बिंदु पर ले जाने के लिए हैं जहां इंद्रियों का कोई काम नहीं रहता, जहां तुम इंद्रियों के पार चले जाते हो। इन विधियों में प्रवेश करने के पहले तीन चीजें समझने जैसी हैं।

पहली बात। जब तुम आंखों से देखते हो तो आंखें नहीं देखती हैं, वे मात्र देखने के द्वार हैं। द्रष्टा तो आंखों के पीछे है। यही कारण है कि तुम आंखें बंद कर ले सकते हो और तब भी सपने, दृश्य और चित्र देखते रह सकते हो। द्रष्टा तो इंद्रियों के पीछे है, वह इंद्रियों के माध्यम से संसार में गति करता है। लेकिन अगर तुम अपनी इंद्रियों को बंद कर लो तो भी द्रष्टा भीतर बना रहता है।

अगर यह द्रष्टा, यह चेतना केंद्रित हो जाए तो उसे अचानक अपना बोध हो जाता है, वह अपने को जान लेती है। और जब तुम अपने को जान लेते हो तो तुम समग्र अस्तित्व को जान लेते हो, क्योंकि तुम और अस्तित्व दो नहीं हैं।

लेकिन अपने को जानने के लिए केंद्रित होने की जरूरत है। और केंद्रित होने से मेरा

मतलब है कि तुम्हारी चेतना अनेक दिशाओं में बंटी न हो, वह कहीं गति न करती हो, अपने आप में थिर हो, अचल हो, आधारित हो; बस भीतर हो।

भीतर होना कठिन लगता है, क्योंकि हमारे मन के लिए भीतर कैसे रहें, इसका विचार भी बाहर जाने जैसा लगता है। हम विचार करने लगते हैं, 'कैसे' पर विचार करने लगते हैं। इस भीतर के संबंध में सोचना भी हमारे लिए विचार है। और प्रत्येक विचार बाहर का है, भीतर का नहीं; क्योंकि तुम अपने अंतर्तम केंद्र पर मात्र चेतना हो। विचार बादलों जैसे हैं। वे तुम्हारे पास आए हैं, लेकिन वे तुम्हारे नहीं हैं। सब विचार बाहर से आते हैं, भीतर तुम एक भी विचार नहीं निर्मित कर सकते। प्रत्येक विचार बाहर से आता है, भीतर उसे पैदा करने का कोई उपाय नहीं है। विचार बादलों की भांति तुम्हारे पास आते हैं।

इसलिए जब तुम विचार कर रहे हो तब तुम भीतर नहीं हो, यह याद रहे। विचारणा मात्र बाहर होना है। अगर तुम भीतर के संबंध में, आत्मा के संबंध में भी सोच रहे हो तो भी तुम भीतर नहीं हो। आत्मा, अंतस, भीतर के संबंध के सब विचार बाहर से आए हैं, वे तुम्हारे नहीं हैं। वह जो शुद्ध चेतना है, निरभ्र आकाश की भांति, वही तुम्हारी है। तो क्या किया जाए? भीतर की सीधी-सरल चेतना को कैसे उपलब्ध किया जाए?

इसके लिए कुछ उपाय उपयोग किए जाते हैं, क्योंकि तुम उनके साथ सीधे-सीधे कुछ नहीं कर सकते। कुछ उपाय जरूरी हैं, जिनके द्वारा तुम भीतर फेंक दिए जाते हो, वहां पहुंचा दिए जाते हो। इस केंद्र के साथ सदा परोक्ष रूप से ही कुछ किया जा सकता है, तुम वहां प्रत्यक्ष रूप से नहीं जा सकते। इस बात को बहुत साफ-साफ समझ लो, क्योंकि यह बहुत बुनियादी बात है।

तुम खेल रहे हो। बाद में तुम कहते हो कि खेल बहुत आनंदपूर्ण था, मुझे बहुत सुख मिला, मैंने बहुत मजा लूटा। एक सूक्ष्म सुख पीछे छूट गया है। फिर कोई तुम्हें सुनता है। वह भी सुख की खोज में है। कौन नहीं है? वह कहता है कि तब मैं भी खेलूंगा, क्योंकि अगर खेल से सुख मिलता हो तो मुझे भी यह सुख पाना है। वह खेलता भी है, लेकिन उसका ध्यान सीधे-सीधे सुख, आनंद, खुशी पर है। और तब उसे वह सुख, वह आनंद नहीं मिलता है। सुख तो उप-उत्पत्ति है। अगर तुम समग्रता से खेलते हो, उसमें डूबे हो, तो सुख फलीभूत होता है। लेकिन अगर तुम सतत सुख की चिंता कर रहे हो, उसका पीछा कर रहे हो, तो कुछ भी नहीं होता।

तुम संगीत सुन रहे हो। कोई कहता है कि मुझे बहुत आनंद आ रहा है। लेकिन तुम अगर निरंतर सीधे आनंद के पीछे पड़े रहे तो सुनना भी कठिन हो जाएगा। आनंद के लिए वह फिक्र, वह लालच ही बाधा बन जाएगा। आनंद उप-उत्पत्ति है। तुम उसे सीधे झपट्टा मारकर नहीं ले सकते। वह इतनी नाजुक चीज है कि तुम्हें उसके पास परोक्ष रूप से जाना होगा। कुछ और चीज करो और आनंद घटित होगा। उसके साथ सीधे कुछ नहीं किया जा सकता है।

जो भी सुंदर है, जो भी शाश्वत है, वह इतना नाजुक है, सुकुमार है कि अगर तुमने उसे सीधे पकड़ने की चेष्टा की तो वह नष्ट ही हो जाता है। विधियों और उपायों का यही उपयोग है। ये विधियां तुम्हें कुछ करने को कहती हैं। तुम क्या करते हो, वह महत्वपूर्ण नहीं है; लेकिन तुम्हारे मन को करने से, विधि से मतलब रखना चाहिए, उसके फल से नहीं। फल

▲

तो आता है, उसे आना ही है। लेकिन वह सदा परोक्ष रूप से आता है। इसलिए फल की फिक्र मत करो। सिर्फ विधि की फिक्र करो; उसे उतनी समग्रता से करो जितनी समग्रता से कर सको, और फल को भूल जाओ। फल घटता है, लेकिन तुम उसकी राह में बाधा बन सकते हो। अगर तुम फल की ही फिक्र करते रहे तो कभी नहीं घटेगा।

और तब एक अजीब बात घटती है। लोग मेरे पास आते हैं, वे कहते हैं कि आपने कहा था कि फलां ध्यान करो तो उससे ऐसा होगा। हम वह ध्यान कर रहे हैं, लेकिन कुछ हो नहीं रहा है।

वे सही हैं, लेकिन उन्होंने शर्त भुला दी है। तुम्हें फल को भूल जाना होगा, तभी कुछ होता है। तुम्हें कर्म में समग्रता से जुटना होगा। जितना ही तुम कर्म में होओगे उतना ही शीघ्र फल आएगा। लेकिन फल सदा परोक्ष है। तुम उसके प्रति आक्रामक नहीं हो सकते, हिंसक नहीं हो सकते; वह ऐसी नाजुक घटना है कि उस पर आक्रमण नहीं किया जा सकता। वह तुम्हारे पास तब आता है जब तुम कहीं इस समग्रता से उलझे होते हो कि तुम्हारा आंतरिक आकाश खाली होता है।

ये विधियां सब परोक्ष हैं। आध्यात्मिक घटना के लिए कोई प्रत्यक्ष विधि नहीं है।

अब विधि को लें। केंद्रित होने की छठवीं विधि :

किसी विषय को प्रेमपूर्वक देखो; दूसरे विषय पर मत जाओ। यहीं विषय के मध्य में—आनंद।

मैं फिर दोहराता हूं: 'किसी विषय को प्रेमपूर्वक देखो; दूसरे विषय पर मत जाओ', किसी दूसरे विषय पर ध्यान मत ले जाओ, 'यहीं विषय के मध्य में—आनंद।'

'किसी विषय को प्रेमपूर्वक देखो . . .।'

प्रेमपूर्वक में कुंजी है। क्या तुमने कभी किसी चीज को प्रेमपूर्वक देखा है? तुम हां कह सकते हो, क्योंकि तुम नहीं जानते कि किसी चीज को प्रेमपूर्वक देखने का क्या अर्थ होता है। तुमने किसी चीज को लालसा-भरी आंखों से देखा होगा, कामनापूर्वक देखा होगा। वह दूसरी बात है। वह बिलकुल भिन्न, विपरीत बात है। पहले इस भेद को समझो।

तुम एक सुंदर चेहरे को, सुंदर शरीर को देखते हो और तुम सोचते हो कि तुम उसे प्रेमपूर्वक देख रहे हो। लेकिन तुम उसे क्यों देख रहे हो? क्या तुम उससे कुछ पाना चाहते हो? तब वह वासना है, कामना है, प्रेम नहीं। क्या तुम उसका शोषण करना चाहते हो? तब वह वासना है, प्रेम नहीं। तब तुम सच में यह चाहते हो कि मैं कैसे इस शरीर को उपयोग में लाऊं, कैसे इसका मालिक बनूं, कैसे इसे अपने सुख का साधन बना लूं।

वासना का अर्थ है कि कैसे किसी चीज को अपने सुख के लिए उपयोग में लाऊं। प्रेम का अर्थ है कि उससे मेरे सुख का कुछ लेना-देना नहीं है। सच तो यह है कि वासना कुछ लेना चाहती है और प्रेम कुछ देना चाहता है। वे दोनों सर्वथा एक-दूसरे के प्रतिकूल हैं।

अगर तुम किसी सुंदर व्यक्ति को देखते हो और उसके प्रति प्रेम अनुभव करते हो तो तुम्हारी चेतना में तुरंत भाव उठेगा कि कैसे इस व्यक्ति को, इस पुरुष या स्त्री को सुखी करूं। यह फिक्र अपनी नहीं, दूसरे की है। प्रेम में दूसरा महत्वपूर्ण है; वासना में तुम महत्वपूर्ण हो।

वासना में तुम दूसरे को अपना साधन बनाने की सोचते हो; और प्रेम में तुम स्वयं साधन बनने की सोचते हो। वासना में तुम दूसरे को पोंछ देना चाहते हो; प्रेम में तुम स्वयं मिट जाना चाहते हो। प्रेम का अर्थ है देना; वासना का अर्थ है लेना। प्रेम समर्पण है; वासना आक्रमण है।

तुम क्या कहते हो, उसका कोई अर्थ नहीं है। वासना में भी तुम प्रेम की भाषा काम में लाते हो। तुम्हारी भाषा का बहुत मतलब नहीं है। इसलिए धोखे में मत पड़ो। भीतर देखो और तब तुम समझोगे कि तुमने जीवन में एक बार भी किसी व्यक्ति या वस्तु को प्रेमपूर्वक नहीं देखा है।

एक दूसरा भेद भी समझ लेने जैसा है।

सूत्र कहता है: 'किसी विषय को प्रेमपूर्वक देखो...।'

असल में अगर तुम किसी पार्थिव, जड़ वस्तु को भी प्रेमपूर्वक देखो तो वह वस्तु व्यक्ति बन जाएगी। तुम्हारा प्रेम वस्तु को भी व्यक्ति में रूपांतरित करने की कुंजी है। अगर तुम वृक्ष को प्रेमपूर्वक देखो तो वृक्ष व्यक्ति बन जाएगा।

उस दिन मैं विवेक से बात करता था। मैंने उससे कहा कि जब हम नए आश्रम में जाएंगे तो वहां हम हरेक वृक्ष को नाम देंगे, क्योंकि हरेक वृक्ष व्यक्ति है। क्या कभी तुमने सुना है कि कोई वृक्षों को नाम दे? कोई वृक्षों को नाम नहीं देता है, क्योंकि कोई वृक्षों को प्रेम नहीं करता। अगर प्रेम करे तो वृक्ष व्यक्ति बन जाए। तब वह भीड़ का, जंगल का हिस्सा नहीं रहा, वह अनूठा हो गया।

तुम कुत्तों और बिल्लियों को नाम देते हो। जब तुम कुत्ते को नाम देते हो, उसे 'टाइगर' कहते हो, तो कुत्ता व्यक्ति बन जाता है। तब वह बहुत से कुत्तों में एक कुत्ता नहीं रहा, तब उसको व्यक्तित्व मिल गया। तुमने व्यक्ति निर्मित कर दिया। जब भी तुम किसी चीज को प्रेमपूर्वक देखते हो वह चीज व्यक्ति बन जाती है।

और इसका उलटा भी सही है। जब तुम किसी व्यक्ति को वासनापूर्वक देखते हो तो वह व्यक्ति वस्तु बन जाता है। यही कारण है कि वासना-भरी आंखों में विकर्षण होता है, क्योंकि कोई भी वस्तु होना नहीं चाहता है। जब तुम अपनी पत्नी को, या किसी दूसरी स्त्री को, या पुरुष को, वासना की दृष्टि से देखते हो, तो उससे दूसरे को चोट पहुंचती है। तुम असल में क्या कर रहे हो? तुम एक जीवित व्यक्ति को मृत साधन में, यंत्र में बदल रहे हो। ज्यों ही तुमने सोचा कि कैसे उसका उपयोग करें कि तुमने उसकी हत्या कर दी।

यही कारण है कि वासना-भरी आंखें विकर्षक होती हैं, कुरूप होती हैं। और जब तुम किसी को प्रेम से भरकर देखते हो तो दूसरा ऊंचा उठ जाता है, वह अनूठा हो जाता है। अचानक वह व्यक्ति हो उठता है।

एक वस्तु बदली जा सकती है, उसकी जगह ठीक वैसी ही चीज लायी जा सकती है; लेकिन उसी तरह एक व्यक्ति नहीं बदला जा सकता। वस्तु का अर्थ है जो बदली जा सके; व्यक्ति का अर्थ है जो नहीं बदला जा सके। किसी पुरुष या स्त्री के स्थान पर ठीक वैसा ही पुरुष या स्त्री नहीं लायी जा सकती। व्यक्ति अनूठा है, वस्तु नहीं।

प्रेम किसी को भी अनूठा बना देता है। यही कारण है कि प्रेम के बिना तुम नहीं महसूस करते कि मैं व्यक्ति हूं। जब तक कोई तुम्हें गहन प्रेम न करे, तुम्हें तुम्हारे अनूठेपन का एहसास

ही नहीं होता। तब तक तुम भीड़ के हिस्से हो—एक नंबर, एक संख्या। और तुम बदले जा सकते हो।

उदाहरण के लिए, अगर तुम किसी दफ्तर में क्लर्क हो या स्कूल में शिक्षक हो या विश्वविद्यालय में प्रोफेसर हो, तो तुम्हारी प्रोफेसरी बदली जा सकती है; दूसरा प्रोफेसर तुम्हारी जगह ले लेगा। वह कभी भी तुम्हारी जगह ले सकता है, क्योंकि वहां तुम प्रोफेसर के रूप में काम आते हो। वहां तुम्हारे काम से मतलब है। वैसे ही अगर तुम क्लर्क हो तो कोई भी तुम्हारा काम कर दे सकता है। काम तुम्हारा इंतजार नहीं करेगा। अगर तुम इस क्षण मर जाओ तो अगले क्षण कोई तुम्हारी जगह ले लेगा, और काम चलता रहेगा। तुम एक संख्या थे, दूसरी संख्या से चल जाएगा। तुम एक उपयोग भर थे।

लेकिन फिर कोई इसी क्लर्क या प्रोफेसर के साथ प्रेम में पड़ जाता है। अचानक वह क्लर्क क्लर्क नहीं रह जाता, वह एक अनूठा व्यक्ति हो उठता है। अगर वह मर जाए तो उसकी प्रेमिका उसकी जगह किसी को भी नहीं बिठा सकती। उसे बदला नहीं जा सकता है। तब सारी दुनिया वैसी की वैसी रह सकती है, लेकिन वह व्यक्ति जो इसके प्रेम में था वही नहीं रहेगा। यह अनूठापन, यह व्यक्ति होना प्रेम के द्वारा घटित होता है।

यह सूत्र कहता है : 'किसी विषय को प्रेमपूर्वक देखो...।'

यह किसी विषय या व्यक्ति में कोई फर्क नहीं करता है। उसकी जरूरत नहीं है। क्योंकि जब तुम प्रेमपूर्वक देखते हो तो कोई भी चीज व्यक्ति हो उठती है। यह देखना ही बदलता है, रूपांतरित करता है।

तुमने देखा हो या न देखा हो, जब तुम किसी खास कार को, समझो वह फिएट है, चलाते हो तो क्या होता है। एक ही जैसे हजारों-हजार फिएट हैं, लेकिन तुम्हारी कार, अगर तुम अपनी कार को प्रेम करते हो, अनूठी हो जाती है, व्यक्ति बन जाती है। उसे बदला नहीं जा सकता; एक नाता-रिश्ता निर्मित हो गया। अब तुम इस कार को एक व्यक्ति समझते हो। अगर कुछ गड़बड़ हो जाए, जरा सी आवाज आने लगे, तो तुम्हें तुरंत उसका एहसास होता है। और कारें बहुत तुनुकमिजाज होती हैं। तुम अपनी कार के मिजाज से परिचित हो कि कब वह अच्छा महसूस करती है और कब बुरा। धीरे-धीरे कार व्यक्ति बन जाती है। क्यों?

अगर प्रेम का संबंध है तो कोई भी चीज व्यक्ति बन जाती है। और अगर वासना का संबंध हो तो व्यक्ति भी वस्तु बन जाता है। और यह बड़े से बड़ा अमानवीय कृत्य है जो आदमी कर सकता है कि वह किसी को वस्तु बना दे।

'किसी विषय को प्रेमपूर्वक देखो. . .।'

इसके लिए कोई क्या करे? प्रेम से जब देखते हो तो क्या करना होता है? पहली बात: अपने को भूल जाओ। अपने को बिलकुल भूल जाओ। एक फूल को देखो और अपने को बिलकुल भूल जाओ। फूल तो हो, लेकिन तुम अनुपस्थित हो जाओ। फूल को अनुभव करो और तुम्हारी चेतना से गहरा प्रेम फूल की ओर प्रवाहित होगा। और तब अपनी चेतना को एक ही विचार से भर जाने दो कि कैसे मैं इस फूल के ज्यादा खिलने में, ज्यादा सुंदर होने में, ज्यादा आनंदित होने में सहयोगी हो सकता हूं। मैं क्या कर सकता हूं?

यह महत्व की बात नहीं है कि तुम कुछ कर सकते हो या नहीं, यह प्रासंगिक नहीं है।

यह भाव कि मैं क्या कर सकता हूं, यह पीड़ा, गहरी पीड़ा कि इस फूल को ज्यादा सुंदर, ज्यादा जीवंत और ज्यादा प्रस्फुटित बनाने के लिए मैं क्या करूं, ज्यादा महत्व की है। इस विचार को अपने पूरे प्राणों में गूंजने दो। अपने शरीर और मन के प्रत्येक तंतु को इस विचार से भीगने दो। तब तुम समाधिस्थ हो जाओगे और फूल एक व्यक्ति बन जाएगा।

'दूसरे विषय पर मत जाओ...।'

तुम जा नहीं सकते। अगर तुम प्रेम में हो तो नहीं जा सकते। अगर तुम इस समूह में बैठे किसी व्यक्ति को प्रेम करते हो तो तुम्हारे लिए सब भीड़ भूल जाती है और केवल वही चेहरा बचता है। सच में तुम और किसी को नहीं देखते, उस एक चेहरे को ही देखते हो। सब वहां हैं, लेकिन वे नहीं के बराबर हैं, वे तुम्हारी चेतना की महज परिधि पर होते हैं। वे महज छायाएं हैं। मात्र एक चेहरा रहता है। अगर तुम किसी को प्रेम करते हो तो मात्र वही चेहरा रहता है। इसलिए दूसरे पर तुम नहीं जा सकते।

दूसरे विषय पर मत जाओ, एक के साथ ही रहो। गुलाब के फूल के साथ या अपनी प्रेमिका के चेहरे के साथ रहो। और उसके साथ प्रेमपूर्वक रहो, प्रवाहमान रहो, समग्र हृदय से उसके साथ रहो। और इस विचार के साथ रहो कि मैं अपनी प्रेमिका को ज्यादा सुखी और आनंदित बनाने के लिए क्या कर सकता हूं।

'यहीं विषय के मध्य में —आनंद।'

और जब ऐसी स्थिति बन जाए कि तुम अनुपस्थित हो, अपनी फिक्र नहीं करते, अपने सुख-संतोष की चिंता नहीं लेते, अपने को पूरी तरह भूल गए हो, जब तुम सिर्फ दूसरे के लिए चिंता करते हो, दूसरा तुम्हारे प्रेम का केंद्र बन गया है, तुम्हारी चेतना दूसरे में प्रवाहित हो रही है, जब गहन करुणा और प्रेम के भाव से तुम सोचते हो कि मैं अपनी प्रेमिका को आनंदित करने के लिए क्या कर सकता हूं, तब इस स्थिति में अचानक, 'यहीं विषय के मध्य में—आनंद', अचानक उप-उत्पत्ति की तरह तुम्हें आनंद उपलब्ध हो जाता है। तब अचानक तुम केंद्रित हो गए।

यह बात विरोधाभासी लगती है। क्योंकि सूत्र कहता है कि अपने को बिलकुल भूल जाओ, आत्म-केंद्रित मत बनो, दूसरे में पूरी तरह प्रवेश करो।

बुद्ध निरंतर कहते थे कि जब भी तुम प्रार्थना करो तो दूसरों के लिए करो—अपने लिए नहीं। अन्यथा प्रार्थना व्यर्थ है।

एक आदमी बुद्ध के पास आया और उसने कहा कि मैं आपके उपदेश को स्वीकार करता हूं, लेकिन उसकी एक बात मानना बहुत कठिन है। आप कहते हैं कि जब तुम प्रार्थना करो तो अपनी मत सोचो, अपने लिए मत कुछ मांगों; सदा यही कहो कि मेरी प्रार्थना से जो फल आए वह सबको मिले, कोई आनंद उतरे तो वह सब में बंट जाए। उस आदमी ने कहा, यह बात भी ठीक है, लेकिन मैं इसमें एक अपवाद, एक ही अपवाद करना चाहूंगा। और वह यह कि यह कृपा मेरे पड़ोसी को न मिले, क्योंकि वह मेरा शत्रु है। यह आनंद मेरे पड़ोसी को छोड़कर सबको प्राप्त हो।

मन आत्म-केंद्रित है। बुद्ध ने उस आदमी से ,कहा कि तब तुम्हारी प्रार्थना व्यर्थ है। अगर तुम सब कुछ सबको बांटने को तैयार नहीं हो तो कुछ भी फल नहीं होगा। और सबमें

बांट दोगे तो सब तुम्हारा होगा।

प्रेम में तुम्हें अपने को भूल जाना है। लेकिन तब यह बात विरोधाभासी लगने लगती है। तब केंद्रित होना कब और कैसे घटित होगा? दूसरे में समग्ररूपेण संलग्न होने से। जब तुम स्वयं को पूरी तरह भूल-जाते हो और जब दूसरा ही बचता है, तुम आनंद से, आशीर्वाद से भर दिए जाते हो।

क्यों? क्योंकि जब तुम्हें अपनी फिक्र नहीं रहती तो तुम खाली, रिक्त हो जाते हो। तब आंतरिक आकाश निर्मित हो जाता है। जब तुम्हारा मन पूरी तरह दूसरे में संलग्न है तो तुम अपने भीतर मन-रहित हो जाते हो, तब तुम्हारे भीतर विचार नहीं रह जाते हैं। और तब यह विचार भी कि मैं दूसरे को अधिक सुखी, अधिक आनंदित बनाने के लिए क्या कर सकता हूं, जाता रहता है। क्योंकि सच में तुम कुछ नहीं कर सकते। तब यह विचार विराम बन जाता है, तुम कुछ नहीं कर सकते। क्या कर सकते हो? क्योंकि अगर सोचते हो कि मैं कुछ कर सकता हूं तो अब भी तुम अहंकार की भाषा में सोच रहे हो।

स्मरण रहे, प्रेमपात्र के साथ व्यक्ति बिलकुल असहाय हो जाता है। जब भी तुम किसी को प्रेम करते हो, तुम असहाय हो जाते हो। यही प्रेम की पीड़ा है कि तुम्हें पता ही नहीं चलता कि मैं क्या कर सकता हूं। तुम सब कुछ करना चाहोगे, तुम अपने प्रेमी या प्रेमिका को सारा ब्रह्मांड दे देना चाहोगे। लेकिन तुम कर क्या सकते हो? अगर तुम सोचते हो कि यह या वह कर सकते हो तो तुम अभी प्रेम में नहीं हो। प्रेम बहुत असहाय है, बिलकुल असहाय है। और वह असहायपन सुंदर है, क्योंकि उसी असहायपन में तुम समर्पित हो जाते हो।

किसी को प्रेम करो और तुम असहाय अनुभव करोगे। किसी को घृणा करो और तुम्हें लगेगा कि तुम कुछ कर सकते हो। प्रेम करो और तुम बिलकुल असमर्थ हो। तुम क्या कर सकते हो? जो भी तुम कर सकते हो वह इतना क्षुद्र लगता है, इतना अर्थहीन। वह कभी भी पर्याप्त नहीं मालूम पड़ता। कुछ नहीं किया जा सकता है। और जब कोई समझता है कि कुछ नहीं किया जा सकता तब वह असहाय अनुभव करता है। जब कोई सब कुछ करना चाहता है और समझता है कि कुछ नहीं किया जा सकता, तब मन रुक जाता है। और इसी असहायावस्था में समर्पण घटित होता है। तुम खाली हो गए।

यही कारण है कि प्रेम गहन ध्यान बन जाता है। अगर सच में तुम किसी को प्रेम करते हो तो किसी अन्य ध्यान की जरूरत न रही। लेकिन क्योंकि कोई भी प्रेम नहीं करता है, इसलिए एक सौ बारह विधियों की जरूरत पड़ी। और वे भी काफी नहीं हैं।

उस दिन कोई यहां था। वह कह रहा था कि इससे मुझे बहुत आशा बंधी है। मैंने पहली दफा आप से ही सुना है कि एक सौ बारह विधियां हैं। इससे बहुत आशा होती है। लेकिन मन में कहीं एक विषाद भी उठता है कि क्या कुल एक सौ बारह विधियां ही हैं? क्योंकि अगर मेरे लिए वे सब की सब व्यर्थ हुई तो क्या होगा? क्या कोई एक सौ तेरहवीं विधि नहीं है?

और वह आदमी सही है। वह सही है। अगर ये एक सौ बारह विधियां तुम्हारे काम न आ सकीं तो कोई उपाय नहीं है। इसलिए उसका कहना ठीक है कि आशा के पीछे-पीछे विषाद भी घेरता है। लेकिन सच तो यह है कि विधियों की जरूरत इसलिए पड़ती है कि बुनियादी

विधि खो गई है। अगर तुम प्रेम कर सको तो किसी विधि की जरूरत नहीं है। प्रेम स्वयं सबसे बड़ी विधि है।

लेकिन प्रेम कठिन है, एक तरह से असंभव। प्रेम का अर्थ है अपने को ही अपनी चेतना से निकाल बाहर करना और उसकी जगह, अपने अहंकार की जगह दूसरे को स्थापित करना। प्रेम का अर्थ है अपनी जगह दूसरे को स्थापित करना, मानो कि अब तुम नहीं हो और सिर्फ दूसरा है।

ज्यां पाल सार्त्र कहता है कि दूसरा नरक है। और वह सही है। वह सही है, क्योंकि दूसरा तुम्हारे लिए नरक ही बनाता है। लेकिन सार्त्र गलत भी हो सकता है, क्योंकि दूसरा अगर नरक है तो वह स्वर्ग भी हो सकता है।

अगर तुम वासना से जीते हो तो दूसरा नरक है। क्योंकि तुम उस व्यक्ति की हत्या करने में लगे हो, तुम उसे वस्तु में बदलने में लगे हो। तब वह व्यक्ति भी प्रतिक्रिया में तुम्हें वस्तु बनाना चाहेगा। और उससे ही नरक पैदा होता है।

तो सब पति-पत्नी एक-दूसरे के लिए नरक पैदा कर रहे हैं, क्योंकि हरेक दूसरे पर मालकियत करने में लगा है। मालकियत सिर्फ चीजों की हो सकती है, व्यक्तियों की नहीं। तुम किसी वस्तु को तो अधिकार में कर सकते हो, लेकिन किसी व्यक्ति को अधिकार में नहीं कर सकते। लेकिन तुम व्यक्ति पर अधिकार करने की कोशिश करते हो। और उस कोशिश में व्यक्ति वस्तु बन जाते हैं। और अगर मैं तुम्हें वस्तु बना दूं तो तुम प्रतिशोध लोगे। तब मैं तुम्हारा शत्रु हूं। तब तुम भी मुझे वस्तु बनाने की कोशिश करोगे। उससे ही नरक बनता है।

तुम अपने कमरे में अकेले बैठे हो। और तभी तुम्हें अचानक पता चलता है कि कोई चाबी के छेद से भीतर झाक रहा है। गौर से देखो कि क्या होता है। तुम्हें कोई बदलाहट महसूस हुई? तुम क्यों इस झांकने वाले पर नाराज होते हो? वह कुछ भी तो नहीं कर रहा है, सिर्फ झांक रहा है। तुम नाराज क्यों हो रहे हो? उसने तुम्हें वस्तु में बदल दिया। वह झांक रहा है और झांककर उसने तुम्हें वस्तु बना दिया, आब्जेक्ट बना दिया। उससे ही तुम्हें बेचैनी होती है।

और वही बात उस आदमी के साथ होगी। अगर तुम उस चाबी के छेद के पास आकर बाहर देखने लगो तो दूसरा व्यक्ति घबरा जाएगा। एक क्षण पहले वह द्रष्टा था और तुम दृश्य थे। अब वह अचानक पकड़ा गया है और तुम्हें देखते हुए पकड़ा गया है। और अब वही वस्तु बन गया है।

जब कोई तुम्हें देख रहा है तो तुम्हें लगता है कि मेरी स्वतंत्रता बाधित हुई, नष्ट हुई। यही कारण है कि प्रेमपात्र को छोड़कर तुम किसी को घूर नहीं सकते, टकटकी लगाकर देख नहीं सकते। अगर तुम प्रेम में नहीं हो तो वह घूरना कुरूप होगा, हिंसक होगा। हां, अगर तुम प्रेम में हो तो वह घूरना सुंदर है, क्योंकि तब तुम घूरकर किसी को वस्तु में नहीं बदलते हो। तब तुम दूसरे की आंख में सीधे झांक सकते हो, तब तुम दूसरे की आंख में गहरे प्रवेश कर सकते हो। तुम उसे वस्तु में नहीं बदलते, बल्कि तुम्हारा प्रेम उसे व्यक्ति बना देता है। यही कारण है कि सिर्फ प्रेमियों को घूरना सुंदर होता है, शेष सब घूरना कुरूप है, गंदा है।

मनस्विद कहते हैं कि तुम किसी व्यक्ति को, अगर वह अजनबी है, कितनी देर तक घूरकर देख सकते हो, इसकी सीमा है।

▲

तुम इसका निरीक्षण करो और तुम्हें पता चल जाएगा कि इसकी अवधि कितनी है। इस समय की सीमा है। उससे एक क्षण ज्यादा घूरो और दूसरा व्यक्ति क्रुद्ध हो जाएगा। सार्वजनिक रूप से एक चलती हुई नजर क्षमा की जा सकती है, क्योंकि उससे लगेगा कि तुम देख भर रहे थे, घूर नहीं रहे थे। दृष्टि गड़ाकर देखना दूसरी बात है।

अगर मैं तुम्हें चलते-चलते देख लेता हूं तो उससे कोई संबंध नहीं बनता है। या मैं गुजर रहा हूं और तुम मुझ पर निगाह डालो तो उससे कुछ बनता-बिगड़ता नहीं है। वह अपराध नहीं है, ठीक है। लेकिन अगर तुम अचानक रुककर मुझे देखने लगो तो तुम निरीक्षक हो गए। तब तुम्हारी दृष्टि से मुझे अड़चन होगी और मैं अपमानित अनुभव करूंगा। तुम कर क्या रहे हो? मैं व्यक्ति हूं, वस्तु नहीं। यह कोई देखने का ढंग है?

इसी वजह से कपड़े महत्वपूर्ण हो गए हैं। अगर तुम किसी के प्रेम में हो तभी तुम उसके समक्ष नग्न हो सकते हो। क्योंकि जिस क्षण तुम नग्न होते हो, तुम्हारा समूचा शरीर दृष्टि का विषय बन जाता है, कोई तुम्हारे पूरे शरीर को निहार सकता है। और अगर वह तुम्हारे प्रेम में नहीं है तो उसकी आंखें तुम्हारे पूरे शरीर को, तुम्हारे पूरे अस्तित्व को वस्तु में बदल देंगी। लेकिन अगर तुम किसी के प्रेम में हो, तो तुम उसके सामने लज्जा महसूस किए बिना ही नग्न हो सकते हो। बल्कि तुम्हें नग्न होना रास आएगा, क्योंकि तुम चाहोगे कि यह रूपांतरकारी प्रेम तुम्हारे पूरे शरीर को व्यक्ति में रूपांतरित कर दे।

जब भी तुम किसी को वस्तु में बदलते हो तो वह कृत्य अनैतिक है। लेकिन अगर तुम प्रेम से भरे हो तो उस प्रेम-भरे क्षण में यह घटना, यह आनंद किसी भी विषय के साथ संभव हो जाता है।

'यहीं विषय के मध्य में—आनंद।'

अचानक तुम अपने को भूल गए हो, दूसरा ही है। और तब वह सही क्षण आएगा, जब कि तुम पूरे के पूरे अनुपस्थित हो जाओगे, तब दूसरा भी अनुपस्थित हो जाएगा। और तब दोनों के बीच वह धन्यता घटती है। प्रेमियों को यही अनुभूति है।

यह आनंद एक अज्ञात और अचेतन ध्यान के कारण घटता है। जहां दो प्रेमी हैं वहां धीरे-धीरे दोनों अनुपस्थित हो जाते हैं; और वहां एक शुद्ध अस्तित्व बचता है जिसमें कोई अहंकार नहीं है, कोई द्वंद्व नहीं है। वहां मात्र संवाद है, साहचर्य है, सहभागिता है। उस संयोग में ही आनंद उतरता है। यह समझना गलत है कि यह आनंद तुम्हें किसी दूसरे से मिला है। वह आनंद आया है, क्योंकि तुम अनजाने ही एक गहरी ध्यान-विधि में उतर गए हो।

तुम यह सचेतन भी कर सकते हो। और जब सचेतन करते हो तो तुम और गहरे जाते हो, क्योंकि तब तुम विषय से बंधे नहीं हो। यह रोज ही होता है। जब तुम किसी को प्रेम करते हो तो तुम जो आनंद अनुभव करते हो उसका कारण दूसरा नहीं है, उसका कारण बस प्रेम है। और प्रेम क्यों कारण है? क्योंकि यह घटना घटती है, यह सूत्र घटता है।

लेकिन तब तुम एक गलतफहमी से ग्रस्त हो जाते हो, तुम सोचते हो कि अ या ब के सान्निध्य के कारण यह आनंद घटा। और तुम सोचते हो कि मुझे अ को अपने कब्जे में करना चाहिए, क्योंकि अ की उपस्थिति के बिना मुझे यह आनंद नहीं मिलेगा। और तुम ईर्ष्यालु हो जाते हो। तुम्हें डर लगने लगता है कि अ किसी दूसरे के कब्जे में न चला जाए, क्योंकि तब

दूसरा आनंदित होगा और तुम दुखी होओगे। इसलिए तुम पक्का कर लेना चाहते हो कि अ किसी और के कब्जे में न जाए। अ को तुम्हारे ही कब्जे में होना चाहिए, क्योंकि उसके द्वारा तुम्हें किसी और लोक की झलक मिली।

लेकिन जिस क्षण तुम मालकियत की चेष्टा करते हो उसी क्षण उस घटना का सब सौंदर्य, सब कुछ नष्ट हो जाता है। जब प्रेम पर कब्जा हो जाता है, प्रेम समाप्त हो जाता है। तब प्रेमी महज एक वस्तु होकर रह जाता है। तुम उसका उपयोग कर सकते हो, लेकिन फिर वह आनंद नहीं घटित होगा। वह आनंद तो दूसरे के व्यक्ति होने से आता था। दूसरा तो निर्मित हुआ था; तुमने उसके भीतर व्यक्ति को निर्मित किया था, उसने तुम्हारे भीतर वही किया था। तब कोई आब्जेक्ट नहीं था। तब दोनों दो जीवंत निजता थे, ऐसा नहीं था कि एक व्यक्ति था और दूसरा वस्तु। लेकिन ज्यों ही तुमने मालकियत की कि आनंद असंभव हो गया।

और मन सदा स्वामित्व करना चाहेगा, क्योंकि मन सदा लोभ की भाषा में सोचता है। सोचता है कि एक दिन जो आनंद मिला वह रोज-रोज मिलना चाहिए, इसलिए मुझे स्वामित्व जरूरी है। लेकिन यह आनंद ही तब घटता है जब स्वामित्व की बात नहीं रहती। और आनंद दूसरे के कारण नहीं, तुम्हारे कारण घटता है। यह स्मरण रहे कि आनंद तुम्हारे कारण घटता है, क्योंकि तुम दूसरे में इतने समाहित हो गए कि आनंद घटित हुआ।

यह घटना गुलाब के फूल के साथ भी घट सकती है; चट्टान या वृक्ष या किसी भी चीज के साथ घट सकती है। एक बार तुम उस स्थिति से परिचित हो गए जिसमें यह आनंद घटता है, तो वह कहीं भी घट सकता है। यदि तुम जानते हो कि तुम नहीं हो और किसी गहन प्रेम में तुम दूसरे में प्रवेश कर गए—चाहे वह दूसरा वृक्ष हो, आकाश हो, तारे हों, कोई हो—यदि तुम्हारी समस्त चेतना दूसरे की ओर प्रवाहित हो जाए तो अहंकार तुम्हें छोड़ देता है और अहंकार की उस अनुपस्थिति में आनंद फलित होता है।

केंद्रित होने की सातवीं विधि :

पांवों या हाथों को सहारा दिए बिना सिर्फ नितंबों पर बैठो। अचानक केंद्रित हो जाओगे।

चीन में ताओवादियों ने सदियों से इस विधि का प्रयोग किया है। यह एक अदभुत विधि है और बहुत सरल भी।

इसे प्रयोग करो : 'पांवों या हाथों को सहारा दिए बिना सिर्फ नितंबों पर बैठो। अचानक केंद्रित हो जाओगे।'

इसमें करना क्या है? इसके लिए दो चीजें जरूरी हैं। एक तो बहुत संवेदनशील शरीर चाहिए, जो कि तुम्हारे पास नहीं है। तुम्हारा शरीर मुर्दा है। वह एक बोझ है, संवेदनशील बिलकुल नहीं है। इसलिए पहले तो उसे संवेदनशील बनाना होगा, अन्यथा यह विधि काम नहीं करेगी। मैं पहले तुम्हें बताऊंगा कि शरीर को संवेदनशील कैसे बनाया जाए—खासकर नितंब को।

तुम्हारा जो नितंब है वह तुम्हारे शरीर का सब से संवेदनहीन अंग है। उसे संवेदनहीन होना पड़ता है, क्योंकि तुम सारा दिन नितंब पर ही बैठे रहते हो। अगर वह बहुत संवेदनशील हो तो अड़चन होगी। तुम्हारे नितंब को संवेदनहीन होना जरूरी है। पांव के तलवे जैसी उसकी

दशा है। निरंतर उन पर बैठे-बैठे पता नहीं चलता कि तुम नितंबों पर बैठे हो। इसके पहले क्या कभी तुमने उन्हें महसूस किया है? अब कर सकते हो, लेकिन पहले कभी नहीं किया। और तुम पूरी जिंदगी उन पर ही बैठते रहे हो—बिना जाने। उनका काम ही ऐसा है कि वे बहुत संवेदनशील नहीं हो सकते।

तो पहले तो उन्हें संवेदनशील बनाना होगा। एक बहुत सरल उपाय काम में लाओ। यह उपाय शरीर के किसी भी अंग के लिए काम आ सकता है। तब शरीर संवेदनशील हो जाएगा। एक कुर्सी पर विश्रामपूर्वक, शिथिल होकर बैठो। आंखें बंद कर लो और शिथिल होकर कुर्सी पर बैठो। और बाएं हाथ को दाहिने हाथ पर महसूस करो। कोई भी चलेगा। बाएं. हाथ को महसूस करो। शेष शरीर को भूल जाओ और बाएं हाथ को महसूस करो।

तुम जितना ही उसे महसूस करोगे वह उतना ही भारी होगा। ऐसे बाएं हाथ को महसूस करते जाओ। पूरे शरीर को भूल जाओ। बाएं हाथ को ऐसे महसूस करो जैसे तुम बायां हाथ ही हो। हाथ ज्यादा से ज्यादा भारी होता जाएगा। जैसे-जैसे वह भारी होता जाए वैसे-वैसे उसे और भारी महसूस करो। और तब देखो कि हाथ में क्या हो रहा है।

जो भी उत्तेजना मालूम हो उसे मन में नोट कर लो—कोई उत्तेजना, कोई झटका, कोई हलकी गति, सबको मन में नोट करते जाओ। इस तरह रोज तीन सप्ताह तक प्रयोग जारी रखो। दिन के किसी समय भी दस-पंद्रह मिनट तक यह प्रयोग करो। बाएं हाथ को महसूस करो और सारे शरीर को भूल जाओ।

तीन सप्ताह के भीतर तुम्हें अपने एक नए बाएं हाथ का अनुभव होगा। और वह इतना संवेदनशील होगा, इतना जीवंत। और तब तुम्हें हाथ की सूक्ष्म और नाजुक संवेदनाओं का भी पता चलने लगेगा।

जब हाथ सध जाए तो नितंब पर प्रयोग करो। तब यह प्रयोग करो: आंखें बंद कर लो और भाव करो कि सिर्फ दो नितंब हैं, तुम नहीं हो। अपनी सारी चेतना को नितंब पर जाने दो। यह कठिन नहीं है। अगर प्रयोग करो तो यह आश्चर्यजनक है, अदभुत है। उससे शरीर में जो जीवंतता का भाव आता है वह अपने आप में बहुत आनंददायक है। और जब तुम्हें अपने नितंबों का एहसास होने लगे, जब वे खूब संवेदनशील हो जाएं, जब भीतर कुछ भी हो उसे महसूस करने लगो, छोटी सी हलचल, नन्ही सी पीड़ा भी महसूस करने लगो, तब तुम निरीक्षण कर सकते हो, जान सकते हो। तब समझो कि तुम्हारी चेतना नितंबों से जुड़ गयी।

पहले हाथ से प्रयोग शुरू करो, क्योंकि हाथ बहुत संवेदनशील है। एक बार तुम्हें यह भरोसा हो जाए कि तुम अपने हाथ को संवेदनशील बना सकते हो तो वही भरोसा तुम्हें तुम्हारे नितंब को संवेदनशील बनाने में मदद करेगा। और तब इस विधि को प्रयोग में लाओ। इसलिए इस विधि में प्रवेश करने के लिए तुम्हें कम से कम छह सप्ताह की तैयारी चाहिए—तीन सप्ताह हाथ के साथ और तीन सप्ताह नितंबों के साथ। उन्हें ज्यादा से ज्यादा संवेदनशील बनाना है।

बिस्तर पर पड़े-पड़े शरीर को बिलकुल भूल जाओ, इतना ही याद रखो कि सिर्फ दो नितंब बचे हैं। स्पर्श अनुभव करो—बिछावन की चादर का, सर्दी का या धीरे-धीरे आती हुई उष्णता का। अपने स्नान टब में पड़े-पड़े शरीर को भूल जाओ, नितंबों को ही स्मरण रखो,

उन्हें महसूस करो। दीवार से नितंब सटाकर खड़े हो जाओ और दीवार की ठंडक को महसूस करो। अपनी प्रेमिका, पत्नी या पति के साथ नितंब से नितंब मिलाकर खड़े हो जाओ और एक-दूसरे को नितंबों के द्वारा महसूस करो। यह विधि महज तुम्हारे नितंब को पैदा करने के लिए है, उन्हें उस स्थिति में लाने के लिए है जहां वे महसूस करने लगें।

और तब इस विधि को काम में लाओ : 'पांवों या हाथों को सहारा दिए बिना. . .।'

जमीन पर बैठो, पांवों या हाथों के सहारे के बिना सिर्फ नितंबों के सहारे बैठो। इसमें बुद्ध का पद्मासन काम करेगा या सिद्धासन या कोई मामूली आसन भी चलेगा। लेकिन अच्छा होगा कि हाथ का उपयोग न करो। सिर्फ नितंबों के सहारे रहो, नितंबों पर ही बैठो। और तब क्या करो? आंखें बंद कर लो और नितंबों का जमीन के साथ स्पर्श महसूस करो। और चूंकि नितंब संवेदनशील हो चुके हैं इसलिए तुम्हें पता चलेगा कि एक नितंब जमीन को अधिक स्पर्श कर रहा है। उसका अर्थ हुआ कि तुम एक नितंब पर ज्यादा झुके हो और दूसरा जमीन से कम सटा है। और तब दूसरे नितंब पर झुक जाओ। फिर तुरंत ही पहले पर वापिस आ जाओ। इस तरह एक से दूसरे नितंब पर बारी-बारी से झुकते जाओ और तब धीरे-धीरे संतुलन लाओ।

संतुलन लाने का अर्थ है कि तुम्हारे दोनों नितंब एक सा अनुभव करते हैं। दोनों के ऊपर तुम्हारा भार बिलकुल समान हो। और जब तुम्हारे नितंब संवेदनशील हो जाएंगे तो यह संतुलन कठिन नहीं होगा। तुम्हें उसका एहसास होगा। और एक बार दोनों नितंब संतुलन में आ जाएं तो तुम केंद्र पर पहुंच गए। उस संतुलन से तुम अचानक अपने नाभि-केंद्र पर पहुंच जाओगे और भीतर केंद्रित हो जाओगे। तब तुम अपने नितंबों को भूल जाओगे, अपने शरीर को भूल जाओगे, तब तुम अपने आंतरिक केंद्र पर स्थित होओगे।

इसी वजह से मैं कहता हूं कि केंद्र नहीं, केंद्रित होना महत्वपूर्ण है। चाहे यह घटना हृदय में या सिर में या नितंब में घटित हो, उसका महत्व नहीं है। तुमने बुद्धों को बैठे देखा होगा। तुमने नहीं सोचा होगा कि वे अपने नितंबों का संतुलन किए बैठे हैं। किसी मंदिर में जाओ और महावीर को बैठे देखो या बुद्ध को बैठे देखो, तुमने नहीं सोचा होगा कि यह बैठना नितंबों का संतुलन भर है। यह वही है। और जब असंतुलन न रहा तो संतुलन से तुम केंद्रित हो गए।

केंद्रित होने की आठवीं विधि :

किसी चलते वाहन में लयबद्ध झूलने के द्वारा, अनुभव को प्राप्त हो। या किसी अचल वाहन में अपने को मंद से मंदतर होते अदृश्य वर्तुलों में झूलने देने से भी।

दूसरे ढंग में यह वही है। 'किसी चलते वाहन में...।' तुम रेलगाड़ी या बैलगाड़ी से यात्रा कर रहे हो। जब यह विधि विकसित हुई थी तब बैलगाड़ी ही थी। तो तुम एक हिंदुस्तानी सड़क पर—आज भी सड़कें वैसी ही हैं—बैलगाड़ी में यात्रा कर रहे हो। लेकिन चलते हुए अगर तुम्हारा सारा शरीर हिल रहा है तो बात व्यर्थ हो गई।

'किसी चलते वाहन में लयबद्ध झूलने के द्वारा...।'

लयबद्ध ढंग से झूलो। इस बात को समझो, बहुत बारीक बात है। जब भी तुम किसी बैलगाड़ी या किसी वाहन में चलते हो तो तुम प्रतिरोध करते होते हो। बैलगाड़ी बाईं तरफ

झुकती है, लेकिन तुम उसका प्रतिरोध करते हो; तुम संतुलन रखने के लिए दाईं तरफ झुक जाते हो, अन्यथा तुम गिर जाओगे। इसलिए तुम निरंतर प्रतिरोध कर रहे हो। बैलगाड़ी में बैठे-बैठे तुम बैलगाड़ी के हिलने-डुलने से लड़ रहे हो। वह इधर जाती है तो तुम उधर जाते हो। यही वजह है कि रेलगाड़ी में बैठे-बैठे तुम थक जाते हो। तुम कुछ करते नहीं हो तो थक क्यों जाते हो? अनजाने ही तुम बहुत कुछ कर रहे हो। तुम निरंतर रेलगाड़ी से लड़ रहे हो, प्रतिरोध कर रहे हो।

प्रतिरोध मत करो, यह पहली बात है। अगर तुम इस विधि को प्रयोग में लाना चाहते हो तो प्रतिरोध छोड़ दो। बल्कि गाड़ी की गति के साथ-साथ गति करो, उसकी गति के साथ-साथ झूलो। बैलगाड़ी का अंग बन जाओ, प्रतिरोध मत करो। रास्ते पर बैलगाड़ी जो भी करे, तुम उसके अंग बनकर रहो। इसी कारण यात्रा में बच्चे कभी नहीं थकते हैं।

पूनम हाल ही में लंदन से अपने दो बच्चों के साथ आई है। चलते समय वह भयभीत थी कि लंबी यात्रा के कारण बच्चे थक जाएंगे, बीमार हो जाएंगे। वह थक गई और वे हंसते हुए यहां पहुंचे। वह जब यहां पहुंची तो थककर चूर-चूर थी। जब वह मेरे कमरे में प्रविष्ट हुई, वह थकावट से टूट रही थी, और दोनों बच्चे वहीं तुरंत खेलने में लग गए। लंदन से बंबई अठारह घंटे की यात्रा है, लेकिन वे जरा भी नहीं थके थे। क्यों? क्योंकि अभी वे प्रतिरोध करना नहीं जानते हैं।

एक पियक्कड़ सारी रात बैलगाड़ी में यात्रा करेगा और सुबह वह ताजा का ताजा रहेगा। लेकिन तुम नहीं। कारण यह है कि पियक्कड़ भी प्रतिरोध नहीं करता है। वह गाड़ी के साथ गति करता है। वह लड़ता नहीं है, वह गाड़ी के साथ एक है।

'किसी चलते वाहन में लयबद्ध झूलने के द्वारा...।'

तो एक काम करो, प्रतिरोध मत करो। और दूसरी बात कि एक लय पैदा करो, अपने हिलने-डुलने में लय पैदा करो, उसे लय में बाधो। उसमें एक छंद पैदा करो। सड़क को भूल जाओ; सड़क या सरकार को गालियां मत दो, उन्हें भूल जाओ। वैसे ही बैल और बैलगाड़ी को या गाड़ीवान को गाली मत दो, उन्हें भी भूल जाओ। आंखें बंद कर लो, प्रतिरोध मत करो। लयबद्ध ढंग से गति करो और अपनी गति में संगीत पैदा करो। उसे एक नृत्य बना दो।

'किसी चलते वाहन में लयबद्ध झूलने के द्वारा, अनुभव को प्राप्त हो...।'

सूत्र कहता है कि तुम्हें अनुभव प्राप्त हो जाएगा।

'या किसी अचल वाहन में...।'

यह मत पूछो कि बैलगाड़ी कहां मिलेगी! अपने को धोखा मत दो।

क्योंकि यह सूत्र कहता है: 'या किसी अचल वाहन में अपने को मंद से मंदतर होते अदृश्य वर्तुलों में झूलने देने से भी।'

यहीं बैठे-बैठे हुए वर्तुल में झूलो, घूमो। वर्तुल को छोटे से छोटा किए जाओ—इतना छोटा कि तुम्हारा शरीर दृश्य रूप से झूलता हुआ न लगे, लेकिन भीतर एक सूक्ष्म गति होती रहे। आंख बंद कर लो, और बड़े वर्तुल से शुरू करो। आंख बंद कर लो, अन्यथा जब शरीर रुक जाएगा तब तुम भी रुक जाओगे। आंख बंद करके बड़े वर्तुल बनाओ, बैठे-बैठे वर्तुलाकार झूलो। फिर झूलते हुए वर्तुल को छोटा, और छोटा किए चलो। दृश्य रूप से तुम

रुक जाओगे; किसी को नहीं मालूम होगा कि तुम अब भी हिल रहे हो। लेकिन अपने भीतर तुम एक सूक्ष्म गति अनुभव करते रहो। अब शरीर नहीं चल रहा है, केवल मन चल रहा है। उसे भी मंद से मंदतर किए चलो और अनुभव करो; वहीं केंद्रित हो जाओगे। कि वाहन में, किसी चलते वाहन में एक अप्रतिरोधी और लयबद्ध गति तुम्हें केंद्रित कर देगी है।

गुरजिएफ ने इन विधियों के लिए अनेक नृत्य निर्मित किए थे। वह इस विधि पर काम करता था। वह अपने आश्रम में जितने नृत्यों का प्रयोग करता था ये सच में वर्तुल में झूमने से संबंधित थे। सभी नृत्य वर्तुल में चक्कर लगाने से संबधित हैं। बाहर चक्कर लगाना होता, भीतर होशपूर्ण रहना होता है। फिर में धीरे-धीरे वर्तुल को छोटा और छोटा किए जाते हैं। तब एक समय आता है कि शरीर ठहर जाता है, लेकिन भीतर मन गति करता रहता है।

अगर तुम लगातार बीस घंटों तक रेलगाड़ी में सफर करके घर लौटो और घर पर आंख बंद करके देखो तो तुम्हें लगेगा कि तुम अब भी गाड़ी में यात्रा कर रहे हो। शरीर तो ठहर गया है, लेकिन मन को लगता है कि वह गाड़ी में ही है। वैसे ही इस विधि का प्रयोग करो।।

गुरजिएफ ने अदभुत नृत्य पैदा किए और सुंदर नृत्य। इस सदी में उसने सचमुच चमत्कार किया। वे चमत्कार सत्य साईं बाबा के चमत्कार नहीं थे। साईं बाबा के चमत्कार तो कोई गली-गली फिरने वाला मदारी भी कर सकता है। लेकिन गुरजिएफ ने असली चमत्कार पैदा किए। ध्यानपूर्ण नृत्य के लिए उसने सौ नर्तकों की एक मंडली बनाई, और पहली बार उसने न्यूयार्क के एक समूह के सामने उनको प्रदर्शन किया है।

सौ नर्तक मंच पर गोल-गोल नाच रहे थे। उन्हें देखकर अनेक दर्शकों के भी सिर घूमने लगते थे-ऐसे सफेद पोशाक में सौ नर्तक नृत्य करते थे। जब गुरजिएफ हाथों से नृत्य का संकेत करता था तो वे नाचते थे और ज्यों ही वह रुकने का इशारा करता था, वे पत्थर की तरह ठहर जाते थे और मंच पर सन्नाटा हो जाता था। वह रुकना दर्शकों के लिए था, नर्तकों के लिए नहीं; क्योंकि शरीर तो तुरंत रुक सकता है, लेकिन मन तब नृत्य को भीतर ले जाता है और वहां नृत्य चलता रहा है।

उसे देखना भी एक सुंदर अनुभव था कि सौ लोग अचानक मृत मूर्तियों जैसे हो जाते थे। उससे दर्शकों में एक आघात पैदा होता था, क्योंकि सौ नृत्य, सुंदर और लयबद्ध नृत्य अचानक ठहरकर जम जाते थे। तुम देख रहे हो कि के घूम रहे हैं, गोल-गोल नाच रहे हैं और अचानक सब नर्तक ठहर गए। तब तुम्हारा विचार भी ठहर ज्ञाता। न्यूयार्क में अनेक को लगा कि यह तो एक बेबूझ, रहस्यपूर्ण नृत्य हैं, क्योंकि उनके विचार भी उसके साथ तुरंत ठहर जाते थे। लेकिन नर्तकों के लिए नृत्य भीतर चलता रहता था, भीतर नृत्य के वर्तुल छोटे से छोटे होते जाते थे और अंत में वे केंद्रित हो जाते थे।

एक दिन ऐसा हुआ कि सारे नर्तक नाचते हुए मंच के किनारे पर पहुंच गए। लोग सोचते थे कि अब गुरजिएफ उन्हें रोक देंगे, अन्यथा वे दर्शकों की भीड़ पर गिर पड़ेगे। सौ नर्तक नाचते-नाचते मंच के किनारे पर पहुंच गए हैं। एक कदम और, और वे नीचे दर्शकों पर गिर पड़ेंगे। सारे दर्शक इस प्रतीक्षा में थे कि गुरजिएफ रुको कहकर उन्हें वहीं रोक देगा। लेकिन उसी क्षण गुरजिएफ ने उनकी तरफ अपनी पीठ कर ली और अपना सिगार जलाने लगा, और सौ नर्तकों की पूरी मंडली मंच से नीचे नंगे फर्श पर गिर पड़ी।

▲

सभी दर्शक उठ खड़े हुए, उनकी चीखें निकल गईं। गिरना इस धमाके के साथ हुआ था कि उन्हें लगा कि अनेक दर्शकों के हाथ-पांव टूट गए होंगे। लेकिन एक भी व्यक्ति को चोट नहीं लगी थी, किसी को खरोंच भी नहीं लगी थी।

उन्होंने गुरजिएफ से पूछा कि क्या हुआ कि एक आदमी भी घायल नहीं हुआ, जब कि नर्तकों का नीचे गिरना इतना बड़ा था। यह तो एक असंभव घटना मालूम होती है।

कारण इतना ही था कि उस क्षण नर्तक अपने शरीरों में नहीं थे। वे अपने भीतर के वर्तुलों को मंदतर किए जा रहे थे। और जब गुरजिएफ ने देखा कि वे पूरी तरह अपने शरीरों को भूल गए हैं तब उसने उन्हें नीचे गिरने दिया।

तुम जब शरीर को बिलकुल भूल जाते हो तो कोई प्रतिरोध नहीं रह जाता है। और हड्डी तो टूटती है प्रतिरोध के कारण। जब तुम गिरने लगते हो तो तुम प्रतिरोध करते हो, अपने को गिरने से रोकते हो; गिरते समय तुम गुरुत्वाकर्षण के विरुद्ध संघर्ष करते हो। और वही प्रतिरोध, वही संघर्ष समस्या है। गुरुत्वाकर्षण नहीं, प्रतिरोध से हड्डी टूटती है। अगर तुम गुरुत्वाकर्षण के साथ सहयोग करो, उसके साथ-साथ गिरो, तो चोट लगने की कोई संभावना नहीं है।

सूत्र कहता है: 'किसी चलते वाहन में लयबद्ध झूलने के द्वारा, अनुभव को प्राप्त हो। या किसी अचल वाहन में अपने को मंद से मंदतर होते अदृश्य वर्तुलों में झूलने देने से भी।'

यह तुम ऐसे भी कर सकते हो, वाहन की जरूरत नहीं है। जैसे बच्चे गोल-गोल घूमते हैं वैसे गोल-गोल घूमो। और जब तुम्हारा सिर घूमने लगे और तुम्हें लगे कि अब गिर जाऊंगा तो भी नाचना बंद मत करो, नाचते रहो। अगर गिर भी जाओ तो फिक्र मत करो। आंख बंद कर लो और नाचते रहो। तुम्हारा सिर चक्कर खाने लगेगा और तुम गिर जाओगे। तुम्हारा शरीर गिर जाए तो भीतर देखो; भीतर नाचना जारी रहेगा। उसे महसूस करो। वह निकट से निकटतर होता जाएगा और अचानक तुम केंद्रित हो जाओगे।

बच्चे इसका खूब मजा लेते हैं, क्योंकि इससे उन्हें बहुत ऊर्जा मिलती है। लेकिन उनके मां-बाप उन्हें नाचने से रोकते हैं, जो कि अच्छा नहीं है। उन्हें नाचने देना चाहिए, उन्हें इसके लिए उत्साहित करना चाहिए। और अगर तुम उन्हें अपने भीतर के नाच से परिचित करा सको तो तुम उन्हें उसके द्वारा ध्यान सिखा दोगे।

वे इसमें रस लेते हैं, क्योंकि शरीर-शून्यता का भाव उनमें है। जब वे गोल-गोल नाचते हैं तो बच्चों को अचानक पता चलता है कि उनका शरीर तो नाचता है, लेकिन वे नहीं नाचते। अपने भीतर वे एक तरह से केंद्रित हो गए महसूस करते हैं, क्योंकि उनके शरीर और आत्मा में अभी दूरी बनी है, दोनों के बीच अभी अंतराल है। हम सयाने लोगों को वह अनुभव इतनी आसानी से नहीं हो सकता।

जब तुम मां के गर्भ में प्रवेश करते हो तो तुरंत ही शरीर में नहीं प्रविष्ट हो जाते हो; शरीर में प्रविष्ट होने में समय लगता है। और जब बच्चा जन्म लेता है तब भी वह शरीर से पूरी तरह नहीं जुड़ा होता है, उसकी आत्मा शरीर में पूरी तरह स्थित नहीं होती है। दोनों के बीच थोड़ा अंतराल बना रहता है। यही कारण है कि कई चीजें बच्चा नहीं कर सकता है। उसका शरीर तो उन्हें करने को तैयार है, लेकिन वह नहीं कर पाता।

अगर तुमने खयाल किया हो तो देखा होगा कि नवजात शिशु दोनों आंखों से देखने में

▲

समर्थ नहीं होते, वे सदा एक आंख से देखते हैं। तुमने गौर किया होगा कि जब बच्चे कुछ देखते हैं, निरीक्षण करते हैं, तो दोनों आंख से नहीं करते। वे एक आंख से ही देखते हैं, उनकी वह आंख बड़ी हो जाती है। देखते क्षण उनकी एक आंख की पुतली फैलकर बड़ी हो जाएगी और दूसरी पुतली छोटी बनी रहेगी। बच्चे अभी स्थिर नहीं हुए हैं, उनकी चेतना अभी स्थिर नहीं है। उनकी चेतना अभी ढीली-ढीली है। धीरे-धीरे वह स्थिर होगी और तब वे दोनों आंख से देखने लगेंगे।

बच्चे अभी अपने और दूसरे के शरीर में फर्क करना नहीं जानते हैं। यह कठिन है। वे अभी अपने शरीर से पूरी तरह नहीं जुड़े हैं। यह जोड़ धीरे-धीरे आएगा।

ध्यान फिर से अंतराल पैदा करने की चेष्टा है। तुम अपने शरीर से जुड़ गए हो, शरीर के साथ ठोस हो चुके हो। तभी तो तुम समझते हो कि मैं शरीर हूं। अगर फिर से एक अंतराल बनाया जा सके तो फिर समझने लगोगे कि मैं शरीर नहीं हूं, शरीर से परे कुछ हूं। इसलिए झूलना और गोल-गोल घूमना सहयोगी होते हैं, वे अंतराल पैदा करते हैं।

केंद्रित होने की नौवीं विधि:

अपने अमृत- भरे शरीर के किसी अंग को सुई से भेदो, और भद्रता के साथ उस भेदन में प्रवेश करो, और आंतरिक शुद्धि को उपलब्ध होओ।

यह सूत्र कहता है : 'अपने अमृत-भरे शरीर के किसी अंग को सुई से भेदो . .. ।'

तुम्हारा शरीर मात्र शरीर नहीं है, वह तुमसे भरा है, और यह तुम अमृत हो। अपने शरीर को भेदो, उसमें छेद करो। जब तुम अपने शरीर को छेदते हो तो तुम नहीं छिदते, सिर्फ शरीर छिदता है। लेकिन तुम्हें लगता है कि तुम ही छिद गए, इसी से तुम्हें पीड़ा अनुभव होती है। और अगर तुम्हें यह बोध हो कि सिर्फ शरीर छिदा है, मैं नहीं छिदा हूं, तो पीड़ा के स्थान पर आनंद अनुभव करोगे।

सुई से भी छेद करने की जरूरत नहीं है। रोज ऐसी अनेक चीजें घटित होती हैं, जिन्हें तुम ध्यान के लिए उपयोग में ला सकते हो। या कोई ऐसी स्थिति निर्मित भी कर सकते हो।

तुम्हारे भीतर कहीं कोई पीड़ा हो रही है। एक काम करो। शेष शरीर को भूल जाओ, केवल उस भाग पर मन को एकाग्र करो जिसमें पीड़ा है। और तब एक अजीब बात अनुभव में आएगी। जब तुम पीड़ा वाले भाग पर मन को एकाग्र करोगे तो देखोगे कि वह भाग सिकुड़ रहा है, छोटा हो रहा है। पहले तुमने समझा था कि पूरे पांव में पीड़ा है, लेकिन जब एकाग्र होकर उसे देखोगे तो मालूम होगा कि दर्द पूरे पांव में नहीं है, वह तो अतिशयोक्ति है, दर्द सिर्फ घुटने में है।

और ज्यादा एकाग्र होओ, और तुम देखोगे कि दर्द पूरे घुटने में नहीं है, एक छोटे से बिंदु में है। फिर उस बिंदु पर एकाग्रता साधो, शेष शरीर को भूल जाओ। आंखें बंद रखो और एकाग्रता को बढ़ाए जाओ और खोजो कि पीड़ा कहां है। पीड़ा का क्षेत्र सिकुड़ता जाएगा, छोटे से छोटा होता जाएगा। और एक क्षण आएगा जब वह मात्र सुई की नोक भर रह जाएगा। उस सुई की नोक पर भी एकाग्रता की नजर गड़ाओ, और अचानक वह नोक भी विदा हो जाएगी और तुम आनंद से भर जाओगे। पीड़ा की बजाय तुम आनंद से भर जाओगे।

ऐसा क्यों होता है? क्योंकि तुम और तुम्हारे शरीर एक नहीं हैं, वे दो हैं, अलग-अलग हैं। वह जो एकाग्र होता है वही तुम हो। एकाग्रता शरीर पर होती है, शरीर विषय है। जब तुम एकाग्र होते हो तो अंतराल बड़ा होता है, तादात्म्य टूटता है। एकाग्रता के लिए तुम भीतर सरक जाते हो, शरीर से दूर हो जाते हो। पीड़ा के बिंदु को परिप्रेक्ष्य में लाने के लिए तुम्हें दूर हटना पड़ता है। और यह दूर जाना अंतराल पैदा करता है।

जब तुम पीड़ा पर एकाग्रता साधते हो तो तुम तादात्म्य भूल जाते हो, तुम भूल जाते हो कि मुझे पीड़ा हो रही है। अब तुम द्रष्टा हो और पीड़ा कहीं दूसरी जगह है। तुम अब पीड़ा को देखने वाले हो, भोगने वाले नहीं। भोक्ता के द्रष्टा में बदलने के कारण अंतराल पैदा होता है। और जब अंतराल बड़ा होता है तो अचानक तुम शरीर को बिलकुल भूल जाते हो, तुम्हें सिर्फ चेतना का बोध रहता है।

तो तुम इस विधि का प्रयोग भी कर सकते हो।

'अपने अमृत-भरे शरीर के किसी अंग को सुई से भेदो, और भद्रता के साथ उस भेदन में प्रवेश करो. . .।'

अगर कोई पीड़ा है तो पहले तुम्हें उसके पूरे क्षेत्र पर एकाग्र होना होगा। फिर धीरे-धीरे वह क्षेत्र घटकर सुई की नोक के बराबर रह जाएगा। लेकिन पीड़ा की प्रतीक्षा क्या करनी, तुम एक सुई से काम ले सकते हो। शरीर के किसी संवेदनशील अंग पर सुई चुभोओ। पर शरीर में ऐसे भी कई स्थल हैं जो मृत हैं, उनसे काम नहीं चलेगा।

तुमने शरीर के इन मृत स्थलों के बारे में नहीं सुना होगा। किसी मित्र के हाथ में एक सुई दे दो और तुम बैठ जाओ और मित्र से कहो कि वह तुम्हारी पीठ में कई स्थलों पर सुई चुभोए। कई स्थलों पर तुम्हें पीड़ा का एहसास नहीं होगा। तुम मित्र से कहोगे कि तुमने सुई अभी नहीं चुभोई है, मुझे दर्द नहीं हुआ। वे ही मृत स्थल हैं। तुम्हारे गाल पर ही ऐसे दो मृत स्थल हैं जिनकी जांच की जा सकती है।

अगर तुम भारत के गांवों में जाओ तो देखोगे कि धार्मिक त्योहारों के समय कुछ लोग अपने गालों को तीर से भेद देते हैं। वह चमत्कार जैसा मालूम होता है, लेकिन चमत्कार है नहीं। गाल पर दो मृत स्थल हैं। अगर तुम उन्हें छेदो तो न खून निकलेगा और न पीड़ा होगी। तुम्हारी पीठ में तो ऐसे हजारों मृत स्थल हैं, वहां पीड़ा नहीं होगी।

तो तुम्हारे शरीर में दो तरह के स्थल हैं—संवेदनशील, जीवित स्थल और मृत स्थल। कोई संवेदनशील स्थल खोजो जहां तुम्हें जरा से स्पर्श का भी पता चल जाए। तब उसमें सुई चुभोकर चुभन में प्रवेश कर जाओ। वही असली बात है, वही ध्यान है। और भद्रता के साथ भेदन में प्रवेश करो। जैसे-जैसे सुई तुम्हारी चमड़ी के भीतर प्रवेश करेगी और तुम्हें पीड़ा होगी, वैसे-वैसे तुम भी उसमें प्रवेश करते जाओ। यह मत देखो कि तुम्हारे भीतर पीड़ा प्रवेश कर रही है; पीड़ा को मत देखो, उसके साथ तादात्म्य मत करो। सुई के साथ, चुभन के साथ तुम भी भीतर प्रवेश करो। आंखें बंद कर लो, पीड़ा का निरीक्षण करो। जैसे पीड़ा भीतर जाए वैसे तुम भी अपने भीतर जाओ। चुभती हुई सुई के साथ तुम्हारा मन आसानी से एकाग्र हो जाएगा। पीड़ा के, तीव्र पीड़ा के उस बिंदु को गौर से देखो, वही भद्रता के साथ भेदन में प्रवेश करना हुआ।

'और आंतरिक शुद्धि को उपलब्ध होओ।'

अगर तुमने निरीक्षण करते हुए, तादात्म्य न करते हुए, अलग दूर खड़े रहते हुए, बिना यह समझे हुए कि पीड़ा तुम्हें भेद रही है, बल्कि यह देखते हुए कि सुई शरीर को भेद रही है और तुम द्रष्टा हो, प्रवेश किया तो तुम आंतरिक शुद्धता को उपलब्ध हो जाओगे; तब आंतरिक निर्दोषता तुम पर प्रकट हो जाएगी। तब पहली बार तुम्हें बोध होगा कि मैं शरीर नहीं हूं।

और एक बार तुमने जाना कि मैं शरीर नहीं हूं, तुम्हाश सारा जीवन आमूल बदल जाएगा। क्योंकि तुम्हारा सारा जीवन शरीर के इर्द-गिर्द चक्कर काटता है। एक बार जान गए कि मैं शरीर नहीं हूं, तुम फिर इस जीवन को नहीं ढो सकते; उसका केंद्र ही खो गया। जब तुम शरीर नहीं रहे तो तुम्हें दूसरा जीवन निर्मित करना पड़ेगा। वही जीवन संन्यासी का जीवन है। यह और ही जीवन होगा, क्योंकि अब केंद्र ही और होगा। अब तुम संसार में शरीर की भांति नहीं, बल्कि आत्मा की भांति रहोगे।

जब तक तुम शरीर की तरह रहते हो तब तक तुम्हारा संसार भौतिक उपलब्धियों का, लोभ, भोग, वासना और कामुकता का संसार होगा। और वह संसार शरीर-प्रधान संसार होगा। लेकिन जब जान लिया कि मैं शरीर नहीं हूं तो तुम्हारा सारा संसार विलीन हो जाता है। तुम अब उसे सम्हालकर नहीं रख सकते, तब एक दूसरा संसार उदय होगा जो आत्मा के ईर्द-गिर्द होगा। वह संसार करुणा, प्रेम, सौंदर्य, सत्य, शुभ और निर्दोषता का संसार होगा। केंद्र हट गया, वह अब शरीर में नहीं है। अब केंद्र चेतना में है।

आज इतना ही।

11

प्रेम को ध्यान बनाओ, ध्यान को प्रेम

प्रश्न–सार

1. समाधि को केंद्रित होना क्यों कहते हैं ?
2. ध्यान के बिना कैसे अकेला प्रेम पर्याप्त है ?
3. मनुष्य संवेदनहीन क्यों है ?

पहला प्रश्न:

यदि बुद्धत्व और समाधि का अर्थ समग्र चैतन्य, जागतिक चैतन्य, सर्वव्यापी चैतन्य है, तो आश्चर्य होता है कि इस जागतिक चैतन्य की अवस्था को केंद्रित होना क्यों कहा जाता है? क्योंकि केंद्रित होना एकाग्र होने जैसा लगता है। इस जागतिक चैतन्य या समाधि को केंद्रित होना क्यों कहते हैं?

केंद्रित होना मार्ग है, मंजिल नहीं। केंद्रित होना साधन है, साध्य नहीं। समाधि को केंद्रित होना नहीं कहते हैं, केंद्रित होना समाधि की विधि है। हालांकि दोनों परस्पर विरोधी मालूम होते हैं। क्योंकि जब कोई बुद्धत्व को उपलब्ध होता है तब कोई केंद्र नहीं बचता है।

जैकब बोहमे ने कहा है कि जब कोई परमात्मा को प्राप्त होता है तो इस बात को दो ढंग से कहा जा सकता है। या तो कहा जाए कि केंद्र सब कहीं है या कहा जाए कि केंद्र कहीं नहीं है। दोनों का अर्थ एक ही है। केंद्रित होना विरोधाभासी मालूम पड़ता है। लेकिन मार्ग मंजिल नहीं है, साधन साध्य नहीं है। और साधन विरोधी भी हो सकता है।

इसे समझना जरूरी है, क्योंकि ये एक सौ बारह विधियां केंद्रित होने की विधियां हैं। लेकिन एक बार जब तुम केंद्रित हो जाते हो तो तुम्हारा विस्फोट हो जाएगा। केंद्रित होने का अर्थ है कि तुम एक बिंदु पर इकट्ठे हो गए। एक बार तुम एक बिंदु पर इकट्ठे हो गए तो वह बिंदु अपने आप ही विस्फोट को प्राप्त हो जाता है। तब कोई केंद्र नहीं रहता है, या केंद्र ही केंद्र रहता है। इसलिए केंद्रित होना विस्फोट का उपाय है। यह उपाय क्यों है?

अगर तुम केंद्रित नहीं हो तो तुम्हारी ऊर्जा लक्ष्यहीन बनी रहती है, उसका विस्फोट नहीं हो सकता है। ऊर्जा बिखरी-बिखरी रहती है, उसका विस्फोट नहीं हो सकता। विस्फोट के लिए बहुत बेंड़ी ऊर्जा चाहिए। विस्फोट का अर्थ है कि अब तुम छिन्न-भिन्न नहीं हो, छितराए नहीं हो, एक बिंदु पर इकट्ठे हो। तब तुम आणविक हो जाते हो। और तब तुम सच में आध्यात्मिक अणु हो जाते हो। और जब तुम अणु बनने योग्य केंद्र को उपलब्ध होते हो तभी तुम्हारा विस्फोट संभव है। तब आणविक विस्फोट घटता है।

उस विस्फोट की चर्चा नहीं की जाती है, क्योंकि यह चर्चा संभव नहीं है। इसलिए सिर्फ विधि की चर्चा की जाती है। फल की चर्चा नहीं होती है, उसकी चर्चा असंभव है। लेकिन अगर तुम विधि को प्रयोग में लाओ तो फल पीछे-पीछे आएगा। और उस फल का वर्णन नहीं हो सकता है।

▲

तो स्मरण रहे, धर्म अनुभव की बात कभी नहीं करता है, सिर्फ विधि की बात करता है। वह बताता है कि यह कैसे होगा, लेकिन यह नहीं बताता कि क्या होगा। क्या को तुम पर छोड़ दिया जाता है। 'कैसे' को पूरा करो तो 'क्या' अपने आप ही तुम्हारे पास चला आएगा। और उसको कहने का उपाय नहीं है। उसे कोई जान तो सकता है, लेकिन कह नहीं सकता। वह एक ऐसा अनंत-असीम अनुभव है कि वहां भाषा व्यर्थ हो जाती है। वह इतना विराट है कि कोई शब्द उसे अभिव्यक्ति नहीं दे सकता। इसलिए केवल विधि ही दी जाती है।

बुद्ध निरंतर चालीस वर्षों तक कहते रहे कि मुझसे सत्य, ईश्वर, मोक्ष और निर्वाण के संबंध में प्रश्न मत पूछो, इन चीजों के संबंध में प्रश्न ही मत पूछो। बस, इतना पूछो कि वहां कैसे पहुंचा जाए। मैं तुम्हें मार्ग बता सकता हूं, लेकिन यह अनुभव नहीं बता सकता, शब्दों में भी नहीं।

अनुभव व्यक्तिगत है, विधि अवैयक्तिक है। विधि वैज्ञानिक है, अवैयक्तिक है; अनुभव सदा वैयक्तिक है, काव्यात्मक है। जब मैं ऐसा भेद करता हूं तो उससे मेरा क्या प्रयोजन है ? विधि वैज्ञानिक है, इसका मतलब है कि अगर तुम प्रयोग करो तो केंद्रित होना फलेगा। केंद्र को उपलब्ध होना निश्चित है, यदि उपाय काम में लाया जाए। और अगर केंद्र नहीं फलित होता है तो समझना कि कहीं चूक हो रही है, तुम कहीं विधि में भूल कर रहे हो, उसका पालन नहीं कर रहे हो। विधि वैज्ञानिक है, केंद्र का फलित होना वैज्ञानिक है; लेकिन जब विस्फोट आता है तो वह काव्य बन जाता है।

काव्य से मेरा मतलब है कि प्रत्येक व्यक्ति को यह अनुभव भिन्न ढंग से होगा। इस अनुभव के लिए कोई समान आधार नहीं है। वैसे ही प्रत्येक व्यक्ति उसे अभिव्यक्त भी भिन्न ढंग से करेगा।

बुद्ध एक ढंग से कहते हैं, महावीर दूसरे ढंग से कहते हैं, और कृष्ण तीसरे ढंग से। मोहम्मद, मूसा, लाओत्से, सब विधि में नहीं, अभिव्यक्ति में एक-दूसरे से भिन्न हो जाते हैं। सिर्फ एक बात में वे एकमत हैं कि वे जो कहते हैं, वह उसे प्रकट नहीं करता है, जो उन्होंने अनुभव किया है। सिर्फ इस बात में वे सहमत हैं। फिर भी वे प्रयत्न करते हैं कि उस बात की ओर कुछ इंगित करें, कुछ कहें। यह असंभव लगता है, लेकिन अगर तुम्हारा हृदय सहानुभूतिपूर्ण है तो कुछ संप्रेषित हो सकता है। लेकिन उसके लिए प्रगाढ़ सहानुभूति, प्रेम और निष्ठा की जरूरत है।

सच तो यह है कि जब कोई बात तुम तक संप्रेषित हो जाती है तो उसका श्रेय कहने वाले से अधिक तुमको है। अगर तुम उसे गहरे प्रेम से और श्रद्धा से ग्रहण कर सको तो कुछ बात तुम तक पहुंच जाती है। लेकिन अगर तुम उसके प्रति आलोचक का भाव रखो तो कुछ भी नहीं पहुंचता। पहली बात तो उसे कहना कठिन है, लेकिन यदि कहा भी जाए तो तुम्हारी आलोचनात्मक वृत्ति के कारण संवाद असंभव हो जाता है।

संवाद बड़ा नाजुक मामला है। यही कारण है कि इन एक सौ बारह विधियों में अनुभव को बिलकुल बाहर छोड़ दिया गया है, उसकी ओर मात्र इशारा किया गया है। शिव बार-बार कहते हैं, 'यह करो और अनुभव' और तुरंत चुप हो जाते हैं। वे कहते हैं, 'यह करो और आनंद', और फिर चुप हो जाते हैं। आनंद, अनुभव और विस्फोट—और उसके पार तो

व्यक्तिगत अनुभव का जगत आता है, जो प्रकट नहीं किया जा सकता है। उसे न प्रकट करना ही अच्छा है, क्योंकि अगर उसको व्यक्त करने की कोशिश की जाए तो वह गलत समझा जाएगा। इसलिए शिव मौन रह जाते हैं। वे सिर्फ विधि की, उपाय की बात करते हैं।

लेकिन केंद्रित होना मंजिल नहीं है, वह महज मार्ग है। और केंद्रित होना विस्फोट में कैसे बदल जाता है? क्योंकि अगर एक बिंदु पर अतिशय ऊर्जा इकट्ठी हो जाए तो वह बिंदु विस्फोट को प्राप्त होगा। बिंदु बहुत छोटा है और ऊर्जा बहुत बड़ी है, इसलिए बिंदु उसे सम्हाल नहीं सकता। विस्फोट अनिवार्य है। जैसे कि इस बल्ब में एक खास मात्रा की बिजली समा सकती है, और अगर ज्यादा बिजली हो जाए तो वह फूटेगा। वैसे ही जब तुम्हारे केंद्र पर अतिशय ऊर्जा इकट्ठी हो जाती है तो वह उसे सम्हाल नहीं पाता। फलतः विस्फोट होता है। यह वैज्ञानिक बात है, वैज्ञानिक नियम है।

और अगर केंद्र पर विस्फोट नहीं होता है तो समझना चाहिए कि अभी तुम केंद्रित नहीं हुए हो। एक बार तुम केंद्रित हो गए कि तुरंत विस्फोट घटित होता है। उसमें समय का अंतराल नहीं है। इसलिए अगर विस्फोट घटित नहीं होता है तो समझना कि तुम अभी इकट्ठे नहीं हो, एकाग्र नहीं हुए हो। अभी तुम्हें एक केंद्र नहीं प्राप्त हुआ है, तुम अभी भी बंटे हो, तुम्हारी ऊर्जा नष्ट हो रही है, बाहर जा रही है।

जब ऊर्जा बाहर जाती है तो तुम खाली हो रहे हो, रिक्त हो रहे हो, नष्ट हो रहे हो। और अंत में नरपुंसक, निर्जीव हो जाओगे। सच तो यह है कि मृत्यु आती है तो तुम्हें मरा हुआ ही पाती है। तुम एक मृत कोष्ठ हो। तुम निरंतर अपनी ऊर्जा बाहर की तरफ फेंकते हो और तब कितनी भी ऊर्जा हो वह एक अवधि के भीतर चुक जाएगी और तुम रिक्त हो जाओगे। ऊर्जा का बाहर जाना मृत्यु है। तुम प्रत्येक क्षण मर रहे हो, नष्ट हो रहे हो।

कहते हैं कि सूरज भी, जो कि महान ऊर्जा का भंडार है और जो करोड़ों वर्ष का है, निरंतर रिक्त हो रहा है, और चार हजार वर्षों के भीतर वह समाप्त होने वाला है। सूर्य समाप्त होगा, क्योंकि उसके पास फिर विकीरित करने को ऊर्जा नहीं बचेगी। सूर्य प्रतिदिन मर रहा है, क्योंकि उसकी किरणें उसकी ऊर्जा को ब्रह्मांड की सरहदों की ओर—अगर उसकी कोई सरहदें हैं—बहा ले जा रही हैं, उसकी ऊर्जा बाहर जा रही है।

केवल मनुष्य अपनी ऊर्जा को दिशा देने और रूपांतरित करने की क्षमता रखता है। अन्यथा मृत्यु स्वाभाविक घटना है, प्रत्येक चीज मरती है। केवल मनुष्य अमृत को, चिन्मय को जान सकता है।

तो तुम इस पूरी चीज को एक नियम में सीमित कर सकते हो। अगर ऊर्जा बाहर जाती है तो मृत्यु उसका परिणाम है, और तब तुम कभी न जानोगे कि जीवन क्या है! तुम धीरे-धीरे मरना भर जानोगे, जीवित होने की प्रगाढ़ता का तुम्हें पता नहीं चलेगा। अगर किसी चीज की भी ऊर्जा बाहर जाती है तो उसकी मृत्यु अपने आप घटित होती है। और अगर तुम ऊर्जा की दिशा बदल देते हो, बाहर बहने की बजाय वह भीतर को ओर बहने लगे तो रूपांतरण संभव है। तब यह भीतर की ओर बहने वाली ऊर्जा एक बिंदु पर केंद्रित हो जाती है।

वह बिंदु नाभि-केंद्र के पास है, क्योंकि तुम नाभि के रूप में ही जन्म धारण करते हो। तुम अपनी नाभि से ही अपनी मां से जुड़े होते हो। फिर नाभि से ही मां की जीवन-ऊर्जा तुम्हें

प्राप्त होती है। और नाभि के विच्छिन्न किए जाने पर ही तुम व्यक्ति बनते हो; उसके पहले तुम व्यक्ति नहीं हो, मां के ही एक अंग हो। असली जन्म तो नाभि-रज्जु के कटने पर ही घटित होता है। तभी बच्चा अपना जीवन शुरू करता है, अपना केंद्र बनता है। वह केंद्र नाभि के पास होगा, क्योंकि नाभि से ही बच्चे को जीवन-ऊर्जा मिलती है। वही सेतु है। और तुम जानो न जानो, अभी भी नाभि ही तुम्हारा केंद्र है।

इसलिए अगर ऊर्जा भीतर बहने लगे, दिशा बदलने पर जब वह भीतर मुड़ने लगे, तो वह नाभि-केंद्र पर ही चोट करेगी। और जब ऊर्जा इतनी हो जाएगी कि केंद्र उसे अपने में समा न सके तो विस्फोट घटित होगा। उस विस्फोट में तुम पुनः व्यक्ति नहीं रह जाते। जैसे जब तुम मां से जुड़े थे तो व्यक्ति नहीं थे वैसे ही पुनः तुम व्यक्ति न रहोगे।

अब तुम्हारा एक नया जन्म हुआ। तुम ब्रह्मांड के साथ एक हो गए। अब तुम्हारा कोई केंद्र न रहा, अब तुम 'मैं' नहीं कह सकते, क्योंकि अब अहंकार न रहा। बुद्ध, कृष्ण या महावीर 'मैं' का प्रयोग किए जाते हैं, लेकिन वह औपचारिक है। उनका अहंकार जाता रहा है, वे नहीं हैं।

बुद्ध मर रहे थे। जिस दिन उनकी मृत्यु होने को थी, अनेक लोग, उनके शिष्य और संन्यासी उनके पास इकट्ठे थे और रो रहे थे। बुद्ध ने पूछा, क्यों रोते हो? उन्होंने कहा कि शीघ्र ही आप विदा हो जाएंगे, इसलिए हम रोते हैं। बुद्ध हंसे और बोले, मैं तो चालीस वर्षों से नहीं हूं। मैं तो उसी दिन मर गया जिस दिन बुद्धत्व को प्राप्त हुआ। चालीस वर्षों से केंद्र नहीं रहा है। मत रोओ, मत दुखी होओ। अब कौन मरता है? मैं हूं ही नहीं।

लेकिन तो भी शब्द का प्रयोग तो करना ही होगा, यह भी बताने के लिए कि मैं नहीं हूं, मैं का प्रयोग करना होगा।

ऊर्जा की अंतर्यात्रा ही धर्म का सारा सार है। धार्मिक खोज का वही अर्थ है, कैसे ऊर्जा को भीतर ले जाया जाए। और ये विधियां सहयोगी हैं। लेकिन स्मरण रहे, केंद्रित होना समाधि नहीं है, अनुभव नहीं है। केंद्रित होना समाधि का द्वार है। और जब अनुभव होता है तो केंद्र भी जाता रहता है। इसलिए केंद्रित होना मात्र मार्ग है।

अभी तुम केंद्रित नहीं हो। अभी तो तुम्हारे बहुत से केंद्र हैं, इसलिए केंद्रित नहीं हो। और जब केंद्रित होगे तब एक ही केंद्र रह जाएगा। तब जो ऊर्जा अनेक केंद्रों में चक्कर लगाती थी, वह लौट आती है। उसे ही घर वापिस आना कहते हैं। तब तुम अपने केंद्र पर हो। और तब विस्फोट घटित होता है। और तब फिर केंद्र खो जाता है। लेकिन तब तुम्हारे बहुत से केंद्र नहीं हैं, तब कोई भी केंद्र नहीं है। तुम ब्रह्मांड के साथ एक हो गए। तब अस्तित्व और तुम एक ही अर्थ रखते हो।

उदाहरण के लिए, एक बर्फ का टुकड़ा सागर में तैर रहा है। उस हिमखंड का अपना एक केंद्र है, उसका अपना अलग व्यक्तित्व है। अभी वह सागर से भिन्न है। बहुत गहरे में तो वह सागर से अलग नहीं है, क्योंकि वह एक विशेष तापमान पर स्थित पानी ही है। स्वभावतः सागर के पानी और हिमखंड के पानी में भेद क्या है? वे एक ही हैं, फर्क सिर्फ तापमान का है। फिर सूरज उगता है और मौसम गर्म हो उठता है। और फिर हिमखंड पिघलने लगता है। तब फिर हिमखंड नहीं रहा, वह पिघलकर पानी हो गया। अब तुम उसे नहीं पा सकते, क्योंकि

उसकी वैयक्तिकता नहीं रही, उसका केंद्र नहीं रहा, वह सागर के साथ एक हो गया।

वैसे ही तुम में और बुद्ध में, जीसस को सूली देने वालों में और जीसस में, कृष्ण में और अर्जुन में स्वभाव के तल पर कोई अंतर नहीं है। अर्जुन हिमखंड जैसा है और कृष्ण सागर जैसे हैं। स्वभाव में कोई फर्क नहीं है, वे वही हैं। लेकिन अर्जुन का एक रूप है, नाम है; उसका एक पृथक अस्तित्व है, और वह समझता है कि मैं हूं।

इन केंद्रित होने की विधियों के द्वारा तापमान बदलेगा, हिमखंड पिघलेगा, और तब कोई फर्क नहीं रह जाएगा। सागर होने का भाव समाधि है, हिमखंड होना मन है। सागर सा अनुभव करना अ-मन को उपलब्ध होना है। और केंद्रित होना मार्ग है—मार्ग का वह बिंदु जहां हिमखंड रूपांतरित होगा, हिमखंड नहीं रहेगा। रूपांतरण के पूर्व सागर नहीं था, सिर्फ हिमखंड था। रूपांतरण के पश्चात हिमखंड नहीं होगा, सिर्फ सागर होगा। सागर का भाव समाधि है—अपने को समस्त के भाव के साथ एक करना समाधि है।

लेकिन मैं यह नहीं कह रहा हूं कि अपने को समस्त के साथ एक रूप में सोचो। तुम सोच-विचार कर सकते हो, लेकिन सोच-विचार केंद्रित होने के पहले है, वह ज्ञानोपलब्धि नहीं है। तुम स्वयं नहीं जानते हो; तुमने सुना है, पढ़ा है और तुम चाहते हो कि किसी दिन तुम्हें भी यह घटित हो। लेकिन तुम स्वयं इस ज्ञान को उपलब्ध नहीं हुए हो। केंद्रित होने के पहले तुम सोच-विचार कर सकते हो, लेकिन उसका कोई महत्व नहीं है। और केंद्रित होने के बाद विचार करने वाला कहां रहता है! तब तुम जानते हो। तब यह अनुभव घटित हुआ है। तब तुम नहीं हो, केवल सागर है।

केंद्रित होना उपाय है; समाधि मंजिल है। और समाधि में क्या घटित होता है, उसके संबंध में कुछ भी नहीं कहा गया है, क्योंकि कुछ कहा ही नहीं जा सकता। और शिव बहुत वैज्ञानिक हैं। कहने में उनका कोई रस नहीं है, इसलिए वे सूत्रों में बोलते हैं। वे एक भी फिजूल शब्द नहीं उपयोग करेंगे। इसलिए वे इंगित करते हैं, इन शब्दों से इंगित करते हैं—अनुभव, आनंद, घटना। इतना ही नहीं, कभी-कभी तो वे सिर्फ 'तब' कहकर काम चला लेते हैं—'दो श्वासों के बीच केंद्रित हो, और तब।' वे 'तब' पर ही रुक जाते हैं। और कभी वे कहेंगे कि दो अतियों के मध्य होओ और 'वह'। ये उनके इशारे हैं—वह, तब, अनुभव आनंद, घटना, विस्फोट। और वे वहीं रुक जाते हैं। क्यों? हम तो चाहेंगे कि वे कुछ और कहें। उसके दो कारण हैं।

एक कि उसकी व्याख्या नहीं की जा सकती है। क्यों नहीं व्याख्या की जा सकती? ऐसे विचारक हैं, जैसे कि यूरोप के आधुनिक विधेयवादी, भाषा-विश्लेषक और अन्य, जो कहते हैं कि जो अनुभव किया जा सकता है वह बताया भी जा सकता है।

और उनके कहने में थोड़ी सचाई है। वे कहते हैं कि जिसे तुम अनुभव कर सकते हो उसे कह क्यों नहीं सकते हो? आखिर अनुभव क्या है? तुमने उसको समझा है तो तुम दूसरों को क्यों नहीं समझा सकते हो? इसलिए उनका कहना है कि अगर अनुभव है तो उसे व्यक्त भी किया जा सकता है। और अगर तुम व्यक्त नहीं कर सकते हो तो उसका यही मतलब है कि अनुभव ही नहीं है। तब तुम भ्रम में हो, उलझे हुए हो। जो अभिव्यक्त नहीं कर सकता, वह अनुभव क्या खाक करेगा! इस दृष्टिकोण के कारण वे कहते हैं कि धर्म बकवास है। तुम यह

कहते हो कि मैंने अनुभव किया है, तो फिर तुम उसे अभिव्यक्त क्यों नहीं कर सकते?

बहुतों को उनकी बात जमती है, लेकिन उनका तर्क निराधार है। धार्मिक अनुभवों की बात छोड़ो, साधारण अनुभव भी, बहुत सरल अनुभव भी नहीं व्यक्त किए जा सकते हैं, न समझाए जा सकते हैं।

समझो कि मेरे सिर में दर्द है। लेकिन अगर तुम्हें कभी सिरदर्द नहीं हुआ हो तो मैं तुम्हें सिरदर्द क्या है, यह नहीं समझा सकता। उसका यह अर्थ नहीं है कि मैं मंदबुद्धि हूं या कि मैं सिर्फ सोचता हूं, मैंने अनुभव नहीं किया है। सिरदर्द है और उसे मैं उसकी समग्रता में अनुभव करता हूं, उसकी पूरी पीड़ा के साथ अनुभव करता हूं। लेकिन अगर तुम्हें कभी भी सिरदर्द नहीं हुआ है तो मैं मेरा सिरदर्द तुम्हें कभी बता न सकूंगा। हां, अगर तुम्हें भी सिरदर्द का अनुभव है तो कोई समस्या नहीं है, बात बतायी जा सकती है।

बुद्ध की कठिनाई यही है कि उन्हें गैर-बुद्धों के साथ—गैर-बौद्धों के साथ नहीं, क्योंकि गैर-बौद्ध भी बुद्ध हो सकते हैं, जीसस गैर-बौद्ध होकर भी बुद्ध थे—उन्हें गैर-बौद्धों के साथ बात करनी है। बुद्ध को उनसे संवाद करना है जिन्हें अनुभव नहीं हुआ है। यही कठिनाई है। तुम्हें नहीं मालूम कि सिरदर्द क्या है। बहुत हैं जिन्हें सिरदर्द नहीं मालूम है। उन्होंने सिरदर्द का नाम ही सुना है, जिसका कोई मतलब नहीं।

तुम अंधे आदमी को प्रकाश के संबंध में बता सकते हो, लेकिन वह क्या समझेगा? वह प्रकाश शब्द सुनेगा, वह प्रकाश की व्याख्या सुनेगा, वह प्रकाश का पूरा सिद्धांत भी समझ सकता है। लेकिन इसके बावजूद प्रकाश शब्द से उस तक कुछ भी संप्रेषित नहीं होगा। जब तक उसे प्रकाश का अनुभव न हो, संवाद असंभव है।

इसलिए यह बात ध्यान में रख लो कि संवाद तभी संभव है जब समान अनुभव वाले दो व्यक्ति परस्पर संवाद करें। हम सामान्य जीवन में परस्पर संवाद कर पाते हैं, क्योंकि हमारे अनुभव समान हैं। लेकिन सामान्य जीवन में भी अगर कोई बाल की खाल उतारने लगे तो कठिनाई होगी।

मैं कहता हूं कि आसमान नीला है। लेकिन यह कैसे निर्णय हो कि नीलेपन के मेरे और तुम्हारे अनुभव एक ही हैं। तय करना संभव नहीं है। मैं नीलेपन की एक छटा देखूं और तुम उसकी दूसरी छटा देखो। लेकिन तब उसे कैसे संप्रेषित किया जाए? मैं इतना ही कहूंगा कि नीला है, तुम भी उतना ही कहोगे। लेकिन नीलेपन की हजार छटाएं हैं; छटाएं ही नहीं, उसके हज़ार अर्थ हैं। मेरे मन के ढांचे में नीले का एक अर्थ होगा, तुम्हारे मन के ढांचे में दूसरा अर्थ हो सकता है। क्योंकि नीला अर्थ नहीं है, अर्थ तो सदा मन के ढांचे में है।

तो सामान्य अनुभवों में भी संवाद कठिन है। फिर और थोड़े गहन अनुभव हैं। उदाहरण के लिए, कोई व्यक्ति प्रेम में पड़ गया है। वह कुछ अनुभव कर रहा है, उसका पूरा जीवन दांव पर है, लेकिन वह बता नहीं सकता कि उसे क्या हो रहा है। वह रो सकता है, वह गा सकता है, नाच सकता है। ये इशारे हैं कि उसे कुछ हो रहा है। लेकिन उसे क्या हो रहा है? जब किसी को प्रेम घटित होता है तो यथार्थतः क्या होता है?

और प्रेम कोई असामान्य घटना नहीं है। किसी न किसी रूप में प्रत्येक व्यक्ति प्रेम के प्रभाव में आता है। लेकिन तो भी हम अब तक व्यक्त नहीं कर पाए कि प्रेम की हालत में प्रेमी

के भीतर क्या घटित होता है। ऐसे लोग हैं जिन्हें प्रेम बुखार की तरह, रोग की तरह घेरता है।

रूसो कहता है कि युवावस्था मनुष्य-जीवन का शिखर नहीं हो सकती, क्योंकि युवावस्था प्रेम नामक रोग का शिकार होती है। जब तक कोई इतना पौढ़ न हो जाए कि प्रेम सब अर्थ खो बैठे तब तक आदमी का मन धुएं से भरा रहता है। बहुत वृद्धावस्था में ही विवेक संभव होता है। रूसो का खयाल है कि प्रेम बुद्धिमान नहीं होने देता है।

लेकिन दूसरे हैं जो और ही ढंग से सोचते हैं। जो लोग सचमुच बुद्धिमान हैं वे प्रेम के संबंध में चुप रह जाएंगे। वे कुछ नहीं बोलेंगे। क्योंकि प्रेम का भाव इतना असीम है, प्रगाढ़ है कि भाषा वहां व्यर्थ हो जाती है। अगर कोई उसे अभिव्यक्त करे तो उसे अपराध-भाव सताएगा, क्योंकि वह असीम के भाव के साथ न्याय नहीं हो सकता, इसलिए वह चुप रह जाएगा। जितना प्रगाढ़ अनुभव होगा उतनी ही अभिव्यक्ति की संभावनाएं कम होंगी।

बुद्ध ईश्वर के संबंध में इसलिए नहीं चुप रहे कि ईश्वर नहीं है। जो लोग ईश्वर के संबंध में बहुत बात करते हैं वे यही बताते हैं कि उन्हें अनुभव नहीं है। बुद्ध मौन रह गए। जब भी वे किसी नगर में पहुंचते, यह घोषणा करा देते कि कोई ईश्वर के संबंध में उनसे प्रश्न न पूछे। जो भी पूछना हो पूछो, लेकिन ईश्वर के संबंध में मत पूछो।

अनुभवहीन पंडितों ने तो बुद्ध के संबंध में यह अफवाह फैलायी कि बुद्ध चुप हैं, क्योंकि नहीं जानते। जानते होते तो कहते क्यों नहीं? और बुद्ध हंस देते थे। लेकिन उनकी हंसी को बहुत थोड़े लोग समझते थे। जब प्रेम नहीं अभिव्यक्त हो सकता तो ईश्वर को कैसे अभिव्यक्ति दी जा सकती है।

तो एक तो बात यह कि अभिव्यक्ति से हानि हो सकती है। यही कारण है कि शिव अनुभव के संबंध में चुप हैं। वे वहीं तक जाते हैं जहां तक अंगुली का इशारा किया जा सके। 'तब', 'वह', 'अनुभव', 'आनंद', ये सबके सब इशारे की अंगुलियां हैं।

दूसरी बात कि किसी ढंग से उसकी थोड़ी अभिव्यक्ति तो की ही जा सकती है। माना कि पूरी अभिव्यक्ति नहीं हो सकती, आंशिक ही हो सकती है, लेकिन अभिव्यक्ति हो सकती है। माना कि यथार्थतः उसे अभिव्यक्त न भी किया जा सके तो भी कुछ समांतर बातें तो बताई ही जा सकती हैं। लेकिन शिव उनका उपयोग भी नहीं करते हैं।

उसका कारण है। कारण यह है कि हमारा मन इतना लोभी है कि जब भी उस अनुभव के संबंध में कहा जाता है तो मन उसको पकड़कर बैठ जाता है। और तब मन विधि को भूल जाता है और सिर्फ अनुभव को याद रखता है। विधि तो प्रयत्न मांगती है, लंबा प्रयत्न, जो कभी-कभी कष्टपूर्ण और खतरनाक होता है। एक लंबे और सतत प्रयत्न की जरूरत है। इसलिए हम विधि को भूल जाते हैं और फल को याद रखते हैं। और फिर फल के सपने देखते हैं, उसके संबंध में कल्पना और वासना का जाल फैलाते हैं। और आदमी आसानी से अपने को धोखा भी दे सकता है, वह कल्पना कर सकता है कि फल प्राप्त हो गया।

कुछ दिन पहले एक व्यक्ति यहां आए थे। वे संन्यासी हैं, बहुत वृद्ध व्यक्ति हैं। तीस वर्ष हुए, उन्होंने संन्यास लिया था। अब उनकी उम्र करीब सत्तर वर्ष की है। उन्होंने कहा कि मैं कुछ पूछने आया हूं, कुछ जानने आया हूं। मैंने पूछा कि आप क्या जानना चाहते हैं? अचानक वे बदल गए और उन्होंने कहा कि नहीं, मैं जानने नहीं, सिर्फ आपसे मिलने आया हूं, क्योंकि

जो भी जाना जा सकता है मैं जान चुका हूं।

तीस वर्षों से वे आनंद के लिए, परमात्म-अनुभव के लिए सपने देखते रहे, वासना पालते रहे, और अब इस उम्र में आकर वे दुर्बल हो गए हैं और मृत्यु करीब आ पहुंची है। और अब उन्होंने यह विभ्रम पैदा कर लिया है कि मैं अनुभव को प्राप्त हूं। मैंने उनसे कहा कि यदि अनुभव है तो चुप ही रहें, मेरे पास जरा देर मौन बैठें; कुछ बोलें मत।

तब वे वृद्ध संन्यासी बेचैन होने लगे। और उन्होंने कहा कि यह मानकर आप कुछ कहें कि मुझे अनुभव नहीं है। मैंने कहा कि मेरे साथ कुछ मानने की बात नहीं है, या तो आपने जाना है या नहीं जाना है। इसके बारे में आपको स्पष्ट होना होगा। अगर आपने जाना है तो चुप रहें, यहां जरा देर रुकें और जाएं। और अगर नहीं जाना है तो वैसा साफ कहें।

और तब वे उलझन में पड़ गए। वे कुछ विधियों के बारे में पूछने आए थे। और तब उन्होंने कहा कि सचाई यह है कि मुझे अनुभव नहीं है। लेकिन मैंने 'अहं ब्रह्मास्मि' पर इतना विचार किया है, उसको तीस वर्षों तक दिन-रात इतनी बार दोहराया है कि मैं कभी-कभी भूल ही जाता हूं कि यह मेरा विचार ही है, अनुभव नहीं। मैं बिलकुल भूल जाता हूं कि मैंने जाना नहीं है, मैं जो कह रहा हूं वह उधार है।

यह याद रखना कठिन है कि क्या ज्ञान है और क्या अनुभव है। ज्ञान और अनुभव ऐसे घुलमिल जाते हैं कि यह भ्रम आसानी से निर्मित हो जाता है कि तुम्हारा ज्ञान तुम्हारा अनुभव बन गया है। मनुष्य का मन इतना धोखेबाज है, इतना चालाक है कि यह विभ्रम संभव हो जाता है। यह भी एक कारण है कि क्यों शिव अनुभव के संबंध में चुप रहे। वे उसके संबंध में कुछ नहीं बोलते, वे सिर्फ विधियों की बात किए जाते हैं। फल के संबंध में वे बिलकुल चुप हैं, मौन हैं। शिव से तुम्हें धोखा नहीं हो सकता।

और यह भी एक कारण है कि यह किताब, जो किताबों में बहुत-बहुत महत्व की किताब है, इतनी अंजानी रह गई। यह विज्ञान भैरव तंत्र संसार की एक अत्यंत महत्वपूर्ण किताब है। कोई बाइबिल, कोई वेद और कोई गीता उतनी महत्वपूर्ण नहीं है। लेकिन यह पुस्तक सर्वथा अज्ञात रह गई। कारण? कारण कि यह सिर्फ विधियों की बात करती है। और वह तुम्हारे लोभ को फल की आकांक्षा का मौका नहीं देती है।

मन फल चाहता है। मन विधि में उत्सुक नहीं होता, वह अंतिम फल में उत्सुक होता है। और अगर तुम विधि से बचकर फल तक पहुंच सको तो मन बहुत प्रसन्न होता है।

कोई मुझसे पूछता था: इतनी विधियां क्यों? कबीर तो कहते हैं, सहज समाधि भली, फिर विधियों की क्या जरूरत? मैंने उनसे कहा कि अगर तुम सहज समाधि को उपलब्ध हो गए हो तो वाकई विधियों का कोई उपयोग नहीं है। जरूरत भी नहीं है। लेकिन तब तुम यहां किस लिए आए हो? उसने कहा कि मैं अभी उपलब्ध नहीं हुआ हूं, लेकिन समझता हूं कि सहज बेहतर है। फिर मैंने पूछा कि तुम क्यों सहज को बेहतर समझते हो? क्योंकि उसमें कोई विधि नहीं बताई जाती है, इसलिए मन को वह भाता है कि चलो कुछ करना नहीं होगा और सब कुछ हो जाएगा।

यही कारण है कि पश्चिम में झेन एक क्रेज बन रहा है। झेन भी कहता है कि अनायास ही सब कुछ होता है, उपलब्धि के लिए कुछ प्रयत्न नहीं करना है। झेन सही है, प्रयत्न की

जरूरत नहीं है। लेकिन याद रहे, इस अप्रयत्न की अवस्था तक पहुंचने के लिए एक लंबे प्रयत्न की जरूरत पड़ती है। जहां प्रयत्न की जरूरत न रहे, जहां तुम अकर्म की स्थिति में रह सको, उस बिंदु को पाने के लिए बड़े लंबे प्रयत्न की जरूरत है।

लेकिन यह सतही धारणा कि झेन प्रयत्न नहीं मांगता है, पश्चिम में बहुत आकर्षक हो गई है। अगर प्रयत्न जरूरी नहीं है तो मन कहता है कि यह ठीक चीज है, क्योंकि बिना किए सब कुछ हो जाता है। लेकिन कोई यह नहीं कर सकता। यह इतना सरल नहीं है।

सुजुकी ने झेन से पश्चिम को परिचित कराया, और उसने ऐसा कर सेवा और कुसेवा दोनों कीं। और कालांतर में कुसेवा ही अधिक होगी। सुजुकी बहुत प्रामाणिक व्यक्ति था, इस सदी के सर्वाधिक प्रामाणिक व्यक्तियों में एक था। झेन के संदेश को पश्चिम में पहुंचाने के लिए उसने जिंदगीभर संघर्ष किए। और उसने अकेले अपने प्रयत्न से झेन को पश्चिम पहुंचा दिया। और अब तो लोग उसके लिए पागल हैं। सारे पश्चिम में झेन के प्रेमी हैं, उन्हें झेन से ज्यादा और कुछ नहीं भाता।

लेकिन पूरी बात ही चूक गई। यह आकर्षण सिर्फ इसलिए है क्योंकि झेन कहता है कि न किसी विधि की जरूरत है, न किसी प्रयत्न की। तुम्हें कुछ करना ही नहीं है, वह सहज ही फलित होता है। यह तो ठीक है, लेकिन चूंकि तुम सहज नहीं हो, इसलिए यह तुमको नहीं घटित होगा। सहज होने के लिए—यह बहुत बेतुका और विरोधाभासी मालूम होता है—सहज होने के लिए, तुम्हें शुद्ध और निर्दोष बनने के लिए बहुत उपायों की जरूरत होगी। उसके बिना तुम किसी चीज के प्रति भी सहज नहीं हो सकोगे।

इस विज्ञान भैरव तंत्र का अंग्रेजी अनुवाद पाल रेप्स ने किया था। उसने एक सुंदर किताब लिखी है जिसका नाम है, 'झेन फ्लेश, झेन बोन्स' और उसके परिशिष्ट के रूप में उसने इस 'विज्ञान भैरव तंत्र' को समाविष्ट किया है। उसने परिशिष्ट में इस एक सौ बारह विधियों वाली पुस्तक को सम्मिलित कर लिया और कहा कि यह झेन के भी पूर्व समय की पुस्तक है।

अनेक झेन अनुयायियों को यह बात पसंद नहीं आई। उन्होंने कहा कि झेन तो कहता है कि किसी प्रयत्न की जरूरत नहीं है और इस पुस्तक में तो प्रयत्न ही प्रयत्न हैं। यह पुस्तक केवल उपायों की फिक्र करती है और झेन कहता है कि उपाय जरूरी नहीं हैं। उन्होंने कहा कि यह तो झेन विरोधी बात हो गई, इसे पूर्व-झेन कैसे कहा जाए?

सतही तौर पर उनका कहना ठीक है, लेकिन गहरे में वे गलत हैं। क्यों? क्योंकि सहज जीवन को उपलब्ध होने के लिए लंबी यात्रा की जरूरत होगी।

गुरजिएफ के एक शिष्य, आसपेंस्की के पास जब कोई मार्ग पूछने आता तो वह कहता था कि हम मार्ग के संबंध में कुछ नहीं जानते हैं, हम तो कुछ पगडंडियों की बात सिखाते हैं जो मार्ग तक पहुंचाती हैं। हम मार्ग को नहीं जानते। ऐसा मत सोचो कि तुम मार्ग पर ही हो, मार्ग तो अभी तुमसे बहुत दूर है। जहां तुम हो उस बिंदु से मार्ग अभी बहुत दूर है। इसलिए पहले तो तुम्हें मार्ग पर पहुंचना है।

आसपेंस्की बहुत विनम्र व्यक्ति था। और धार्मिक व्यक्ति का विनम्र होना बहुत कठिन बात है—करीब-करीब असंभव। क्योंकि जैसे ही तुम्हें लगता है कि तुम कुछ जानते हो,

तुम्हारा दिमाग फिर जाता है। पर वह हमेशा कहता, हम मार्ग के बाबत कुछ नहीं जानते। वह अभी बहुत दूर की बात है और उसकी चर्चा की भी अभी जरूरत नहीं है। अभी तुम जहां हो वहां से तुम्हें पहले एक राह, एक सेतु, एक पगडंडी बनानी होगी जो तुम्हें मार्ग तक पहुंचा दे।

अभी सहज योग तुमसे बहुत दूर है। तुम जैसे हो, बिलकुल कृत्रिम, बनावटी और संस्कारित हो, सुसंस्कृत हो। जरा भी सहज तुममें नहीं है। मैं दोहराता हूं, जरा भी सहज नहीं है तुममें। जब तुम्हारे जीवन में कुछ भी सहज नहीं है तो धर्म कैसे सहज हो सकता है? जब कुछ भी सहज नहीं है तो प्रेम भी सहज नहीं हो सकता। तुम्हारा प्रेम भी सौदा है, तुम्हारा प्रेम भी गणित है, तुम्हारा प्रेम भी प्रयास है। और तब कुछ भी सहज नहीं हो सकता। और तब अचानक ब्रह्मांड में समाहित होना असंभव है। जिस स्थिति में तुम अभी हो उसमें यह असंभव है।

पहले तो तुम्हें अपनी सारी कृत्रिमता को, झूठी धारणाओं को, सारे पूर्वाग्रहों को, अभ्यास-जनित औपचारिकताओं को हटाकर फेंक देना होगा। तभी सहजता घटित हो सकती है। ये विधियां तुम्हें उस जगह ला खड़ा करेंगी जहां फिर कुछ करने को शेष नहीं रह जाता है। तब तुम्हारा होना काफी है। लेकिन मन धोखा दे सकता है, आसानी से धोखा दे सकता है; क्योंकि उससे सांत्वना मिलती है।

शिव कभी फल की बात नहीं करते हैं, केवल विधियों की बात करते हैं। उनके इस जोर को स्मरण रखो। विधि पर उनका जोर है, यह याद रखो। कुछ करो कि वह क्षण संभव हो जब कुछ करना जरूरी नहीं है, जब तुम्हारा केंद्रीय अस्तित्व ब्रह्मोड में सहज विलीन हो जा सकता है। लेकिन उस क्षण को अर्जित करना है।

झेन का आकर्षण गलत कारणों से है। और वही बात कृष्णमूर्ति के लिए सच है। वे कहते हैं कि योग की जरूरत नहीं है। असल में वे यह कह रहे हैं कि ध्यान की कोई विधि नहीं है। और वे सही हैं। लेकिन शिव भी सही हैं, जब वे कहते हैं कि ध्यान की एक सौ बारह विधियां हैं। और जहां तक तुम्हारा संबंध है, शिव ज्यादा सही हैं। और अगर तुम्हें कृष्णमूर्ति और शिव में चुनाव करना हो तो शिव को चुनना। कृष्णमूर्ति तुम्हारे किसी काम के नहीं हैं। तुम्हारी सहायता के लिए यह भी कहा जा सकता है कि कृष्णमूर्ति बिलकुल गलत हैं।

याद रहे, मैं कह रहा हूं, तुम्हारी सहायता के लिए। मैं यह भी कहूंगा कि वे हानिकर हैं। यह भी मैं तुम्हारे हित के लिए कह रहा हूं। क्योंकि यदि तुम उनके तर्क में फंस गए तो तुम कभी समाधि को उपलब्ध नहीं होओगे। तब सिर्फ एक निष्पत्ति तुम्हारे हाथ में होगी कि किसी विधि की जरूरत नहीं है। और वह निष्पत्ति खतरनाक है। तुम्हारे लिए विधि जरूरी है।

निश्चित ही एक क्षण आता है जब विधि की जरूरत नहीं रहती है। लेकिन तुम्हारे लिए वह क्षण अभी नहीं आया है। और उस क्षण के आने के पहले उसके बहुत आगे की बात जान लेना खतरनाक है। इसीलिए शिव मौन हैं। वे भविष्य की बात नहीं करेंगे। वे नहीं कहेंगे कि आगे क्या होगा। वे तुम्हें देखते हैं; तुम क्या हो और तुम्हारे साथ क्या करना है, उन्हें बस इससे मतलब है। और कृष्णमूर्ति वे बातें भी बता रहे हैं जिन्हें तुम अभी नहीं समझ सकते।

कृष्णमूर्ति के तर्क को समझा जा सकता है। उनका तर्क ठीक है, उनका तर्क सुंदर है। यह अच्छा होगा अगर तुम्हें कृष्णमूर्ति का तर्क याद रहे। वे कहते हैं कि तुम जब किसी विधि का प्रयोग करते हो तो यह तुम्हारा मन ही है जो प्रयोग करता है। और मन के द्वारा किया गया

कोई प्रयोग कैसे मन को विसर्जित कर सकता है? बल्कि वह तुम्हारे मन को और भी मजबूत कर जाएगा। वह भी तुम्हारा संस्कार बन जाएगा, वह भी झूठा ही होगा। ध्यान सहज है, तुम ध्यान के लिए कुछ नहीं कर सकते। क्या तुम प्रेम के लिए कुछ कर सकते हो? क्या प्रेम के लिए किसी विधि का प्रयोग कर सकते हो? और अगर प्रयोग करो तो तुम्हारा प्रेम झूठा होगा। प्रेम घटित होता है, उसका अभ्यास नहीं किया जा सकता। और अगर प्रेम का भी अभ्यास नहीं हो सकता है तो ध्यान का अभ्यास कैसे हो सकता है?

तर्क एकदम सही है, सर्वथा सही है। लेकिन यह तुम्हारे लिए नहीं है। क्योंकि इस तर्क को निरंतर सुनने से तुम इससे कंडीशंड हो जाओगे, तुम इससे बंध जाओगे। जिन लोगों ने कृष्णमूर्ति को निरंतर चालीस वर्षों से सुना है, वे मेरे देखे सर्वाधिक कंडीशंड लोग हैं। वे कहते हैं कि विधि जरूरी नहीं है, लेकिन वे अब तक कहीं नहीं पहुंचे हैं।

मैं उनसे पूछता हूं कि तुम किसी विधि का प्रयोग भी नहीं करते हो, लेकिन क्या सहजता तुममें फलित हुई है? वे इसका उत्तर नहीं देते हैं। और तब अगर मैं उनसे कहता हूं कि किसी विधि का अभ्यास करो, तो तुरंत उनका संस्कार आड़े आ जाता है और वे कहते हैं कि विधि जरूरी नहीं है। उन्होंने किसी विधि का अभ्यास नहीं किया है और उन्हें समाधि नहीं मिली। और अगर तुम उन्हें कोई साधना बताओ तो वे कहते हैं कि विधि जरूरी नहीं है। ऐसे वे एक द्वंद्व में फंस गए हैं। उन्होंने एक इंच भी गति नहीं की है। और इसका कारण यह है कि उन्हें वह बात बतायी गई जो उनके लिए थी ही नहीं।

यह ऐसे ही है जैसे किसी बच्चे को कामवासना की शिक्षा दी जाए। तुम उसे कुछ बता तो सकते हो। लेकिन बच्चे के लिए वह अर्थहीन होगा। और तुम्हारी सिखावन खतरनाक हो सकती है। क्योंकि तुम उसे संस्कारित कर रहे हो। यह उसकी जरूरत नहीं है, उसे इससे कुछ लेना-देना नहीं है। उसे कामवासना का पता नहीं है, क्योंकि उसकी कामवासना की ग्रंथियां अभी काम नहीं करतीं। उसका शरीर अभी कामुक नहीं हुआ है। अभी काम-केंद्र पर उसकी ऊर्जा नहीं पहुंची है, और तुम उसे काम की शिक्षा दे रहे हो। क्योंकि उसके कान हैं, इसीलिए क्या उसे कोई भी चीज सिखाई जा सकती है? क्योंकि वह सिर हिला सकता है, इसलिए क्या तुम उसे कुछ भी पढ़ा सकते हो?

तुम पढ़ा तो सकते हो, लेकिन तुम्हारी शिक्षा उसके लिए खतरनाक होगी, हानिकर होगी। अभी कामवासना उसकी जिज्ञासा नहीं बनी है। वह उसकी समस्या नहीं है, क्योंकि वह प्रौढ़ता के उस बिंदु पर नहीं पहुंचा है जहां काम अर्थ ग्रहण करता है।

अभी रुको। जब वह प्रौढ़ होगा, जब वह जिज्ञासा करेगा, प्रश्न पूछेगा, तब कहना। और तब भी उतना ही कहना जितनी उसकी जरूरत होगी, ज्यादा नहीं। क्योंकि वह ज्यादा फिर उसके सिर का बोझ बन जाएगा।

यही बात ध्यान के लिए सही है। तुम्हें सिर्फ विधि सिखाई जानी चाहिए, फल नहीं। फल तो छलांग लेने जैसा है। और विधि की सीढ़ी मिले बिना छलांग लेना महज मानसिक क्रिया होगी। और तब तुम सदा विधि से वंचित रहोगे।

यह तो ऐसे ही है जैसे छोटे बच्चे गणित करते हैं। वे किताब उलटकर उत्तर जान ले सकते हैं। किताब के अंत में उत्तर दिए रहते हैं। वे प्रश्न देखने के बाद उत्तर भी खोलकर देख

ले सकते हैं। और एक बार बच्चा उत्तर जान ले तो उसे गणित करने की विधि सीखना कठिन हो जाएगा, क्योंकि उसकी जरूरत न रही। जब वह उत्तर जान गया तो विधि की क्या जरूरत है? सच तो यह है कि तब वह पूरा गणित विपरीत क्रम से करेगा। तब वह किसी झूठी गलत विधि से उत्तर पर पहुंच जाता है। उसे उत्तर का पता है, इसलिए वह किसी झूठी विधि खोजकर उत्तर पर आ जाएगा। और उलटी प्रक्रिया धर्म के जगत में इतनी प्रचलित है कि मालूम होता है कि वहां हर आदमी बच्चे का गणित कर रहा है।

उत्तर जानना तुम्हारे लिए श्रेयष्कर नहीं है। प्रश्न है, विधि है; उत्तर तुम्हें स्वयं ढूंढना होगा। कोई दूसरा तुम्हें उत्तर बताए, यह ठीक नहीं है। सदगुरु तुम्हें प्रक्रिया करने के पहले उत्तर नहीं बताएंगे। वे तुम्हें प्रक्रिया से गुजरने में मदद करेंगे। अगर तुमने किसी तरह उत्तर जान भी लिया है, अगर तुमने कहीं से उत्तर चुरा भी लिया है, तो सदगुरु कहेगा कि यह गलत उत्तर है। हो सकता है, उत्तर सही हो, तो भी वे कहेंगे कि यह गलत उत्तर है। इसे फेंको, इसकी जरूरत नहीं है। वे तुम्हें उत्तर जानने से तब तक रोकेंगे जब तक तुम स्वयं उत्तर न जान लो।

यही कारण है कि कोई उत्तर नहीं दिया गया है। शिव की प्रिया पूछती है और शिव सरल विधियां बताते हैं। प्रश्न जुट गया, विधियां जुट गईं; समाधान ढूंढना, समाधान जीना तुम पर छोड़ दिया गया है।

इसलिए स्मरण रहे, केंद्रित होना उपाय है, उत्तर नहीं। उत्तर तो जागतिक अनुभव है—सागर होने का अनुभव। तब केंद्र नहीं है।

दूसरा प्रश्न:

आपने कहा कि अगर कोई सच में प्रेम कर सके तो मात्र प्रेम पर्याप्त है और तब एक सौ बारह विधियों की जरूरत नहीं है। और सच्चा प्रेम क्या है, आपने वह भी समझाया। उससे मुझे विश्वास होता है कि मैं सच में प्रेम करता हूं। लेकिन मुझे जो आनंद ध्यान में अनुभव होता है वह उस परितोष से सर्वथा भिन्न है जो मुझे प्रेम में अनुभव होता है। और मैं ध्यान के बिना रहने की बात भीं नहीं सोच सकता। इसलिए यह समझाने की कृपा करें कि ध्यान को बिना प्रेम पर्याप्त कैसे हो सकता है!

बहुत सी बातें समझने जैसी हैं। एक कि अगर तुम सच मैं प्रेम में हो तो तुम ध्यान के बारे में जिज्ञासा ही नहीं करोगे। क्यों? क्योंकि प्रेम ऐसी समग्र उपलब्धि है, ऐसा परिपूर्ण भराव है कि उससे कभी यह भाव नहीं उठ सकता कि कुछ कमी है कि कुछ खालीपन है कि कुछ भरना है कि कुछ और पाना है। और अगर तुम्हें महसूस हो कि कुछ और चाहिए, कुछ कमी है, कुछ और करना है, अनुभव करना है, तो समझना कि तुम्हारा प्रेम महज भावना है, यथार्थ नहीं।

मैं तुम्हारे विश्वास पर संदेह नहीं करता, तुम विश्वास कर सकते हो कि तुम प्रेम करते हो। तुम्हारा विश्वास प्रामाणिक भी हो सकता है, तुम किसी को धोखा नहीं दे रहे हो। तुम महसूस कर सकते हो कि तुम प्रेम में हो, लेकिन लक्षण बताते हैं कि तुम प्रेम में नहीं हो। प्रेम में होने के लक्षण क्या हैं?

तीन लक्षण हैं। पहला लक्षण है, परिपूर्ण संतोष, जिसमें कुछ और की जरूरत नहीं

▲

रहती, परमात्मा तक की जरूरत नहीं रहती। दूसरा लक्षण है कि उसमें भविष्य नहीं है। प्रेम का यह एक क्षण शाश्वत के समान है। उसमें दूसरा क्षण नहीं है, भविष्य नहीं है, कोई कल नहीं है। प्रेम वर्तमान में घटित हो रहा है। और तीसरा लक्षण है कि प्रेम में तुम समाप्त हो जाते हो, तुम अब नहीं हो। और अगर तुम अब भी हो तो तुमने प्रेम के मंदिर में प्रवेश नहीं किया है।

अगर ये तीनों बातें मौजूद हों तो फिर और क्या चाहिए? अगर तुम नहीं रहे तो फिर ध्यान कौन करेगा? अगर कोई भविष्य नहीं रहा तो सब विधियां व्यर्थ हो गईं। क्योंकि विधियां तो भविष्य के लिए हैं, फल के लिए हैं। और यदि तुम इसी क्षण परितुष्ट हो, परम संतुष्ट हो, तो कछ करने के लिए प्रेरणा या प्रयोजन क्या है?

मनोवैज्ञानिकों की एक धारा है—और वह आधुनिक चिंतन की एक बहुत महत्वपूर्ण धारा है—जिसका आरंभ विलहेम रेख से होता है। उसने कहा कि प्रेम के अभाव के कारण ही सब मानसिक रुग्णताएं पैदा होती हैं। क्योंकि तुम्हें प्रगाढ़ प्रेम का अनुभव नहीं हो सकता, क्योंकि तुम उसमें समग्रता से नहीं उतर सकते, इसलिए यह अतृप्त प्राणी अनेक आयामों में तृप्ति खोजता है।

जब मैं यह कहता हूं कि अगर तुम प्रेम कर सकते हो तो और कुछ जरूरी नहीं है, तो उससे मेरा यह अर्थ नहीं है कि प्रेम पर्याप्त है। मैं यह कहता हूं कि अगर तुम प्रेम की गहराई में उतर सको तो प्रेम द्वार बन जाता है। तब प्रेम किसी भी अन्य ध्यान की भांति द्वार बन जाता है।

ध्यान क्या करता है? ध्यान भी तीन काम करता है। वह संतोष पैदा करता है, वह तुम्हें वर्तमान में जीने की सुविधा देता है और वह तुम्हारे अहंकार को मिटाता है। सो ध्यान किसी विधि के जरिए ये तीन काम संपन्न करता है। इसलिए तुम ऐसा कह सकते हो कि प्रेम स्वाभाविक विधि है। और अगर स्वाभाविक विधि न उपलब्ध हो तो उसकी जगह कृत्रिम विधियां प्रयोग में लायी जा सकती हैं।

लेकिन कोई व्यक्ति समझ सकता है कि मैं प्रेम में हूं। उसके लिए ये तीन चीजें कसौटी का काम करेंगी। उसे जानना होगा कि उसके तीन लक्षण हैं, कसौटी हैं, मापदंड हैं। उसे देखना होगा कि उसके प्रेम के साथ ये तीन बातें घटित होती हैं अथवा नहीं। अगर वे घटित नहीं होती हैं तो वह और कुछ होगा, प्रेम नहीं होगा।

और प्रेम एक बड़ी घटना है, वह बहुत चीजें हो सकता है। वह वासना हो सकती है, वह महज कामवासना हो सकती है, वह मालकियत की वृत्ति हो सकती है, यह भी हो सकता है कि तुम अकेले नहीं रह सकते और तुम्हें कुछ व्यस्तता चाहिए; तुम भयभीत हो और तुम्हें सुरक्षा के लिए किसी का संग-साथ चाहिए। दूसरे का संग-साथ सुरक्षा का भाव देता है। और वह प्रेम महज काम-संबंध भी हो सकता है।

ऊर्जा को निकास की जरूरत है। ऊर्जा इकट्ठी होती जाती है और बोझ बन जाती है। तब तुम्हें उसे निकालना पड़ता है, बाहर फेंकना पड़ता है। तो तुम्हारा प्रेम महज छुटकारे का उपाय हो सकता है। प्रेम अनेक चीज हो सकता है। प्रेम अनेक चीज है। और सामान्यतः प्रेम प्रेम के अतिरिक्त अनेक चीज है।

मेरे लिए प्रेम ध्यान है। इसलिए इसका उपयोग करो। अपने प्रेमी के साथ ध्यान में उतरो। जब भी तुम्हारा प्रेमी या प्रेमिका पास हो, उसके साथ गहरे ध्यान में उतर जाओ।

एक-दूसरे की उपस्थिति को प्रेम की अवस्था बना लो।

सामान्यतः तुम ठीक इसके विपरीत चलते हो। जब प्रेमी साथ होते हैं तो लड़ते होते हैं। जब वे अलग होते हैं तब एक-दूसरे की सोचते हैं और जब साथ होते हैं तब लड़ते हैं। और फिर अलग होकर एक-दूसरे के संबंध में चिंतन करने लगते हैं। यह सिलसिला चलता रहता है। लेकिन यह प्रेम नहीं है।

तो मैं कुछ सुझाव देता हूं। अपने प्रेमी या अपनी प्रेमिका की उपस्थिति को ध्यान की स्थिति बनाओ। मौन हो जाओ। पास-पास रहो, लेकिन मौन। एक-दूसरे की उपस्थिति को मन के विसर्जन का अवसर बनाओ, इसलिए सोचो मत। अगर प्रेमी के साथ रहकर भी तुम सोचते हो तो तुम प्रेमी के साथ ही नहीं हो। कैसे साथ हो सकते हो? दूर हो, अगर तुम अपनी बात सोच रहे हो और तुम्हारा प्रेमी अपनी बात सोच रहा है। तुम साथ-साथ हो, यह दिखता भर है, लेकिन यथार्थतः तुम दूर-दूर हो। क्योंकि जब दो मन विचार में संलग्न हैं तो वे

एक-दूसरे से दो ध्रुवों की दूरी पर हैं।

सच्चे प्रेम का अर्थ तो विचार का विसर्जन है। तो अपने प्रेमी या प्रेमिका की सन्निधि में सोच-विचार बिलकुल बंद कर दो। तभी वह सन्निधि है। और तब तुम अचानक एक हो जाते हो। तब शरीर तुम्हें अलग-अलग नहीं रख सकते, शरीर की किसी गहराई में अवरोध टूट गया है। मौन अवरोध को मिटा देता है। पहली बात यह है।

अपने संबंध को धार्मिक बनाओ। जब तुम सच में प्रेम में होते हो तो प्रेम-पात्र परमात्मा हो जाता है। अगर ऐसा न हो तो भलीभांति समझना कि वह प्रेम संबंध नहीं है। यह असंभव है; प्रेम संबंध अधार्मिक संबंध नहीं हो सकता।

लेकिन क्या तुमने कभी अपने प्रेमी के लिए समादर अनुभव किया है? तुमने अनेक अन्य चीजें महसूस की होंगी, लेकिन समादर नहीं। यह विचार के बाहर मालूम पड़ता है। लेकिन भारत ने बहुत-बहुत प्रयोग किए हैं। यही कारण है कि भारतीय दृष्टि रही है कि पुरुष और स्त्री के बीच का प्रेम संबंध धार्मिक संबंध होना चाहिए, सांसारिक संबंध नहीं। प्रेमी और प्रेमिका दोनों ईश्वरीय हो जाते हैं। तुम उन्हें और किसी ढंग से नहीं देख सकते।

बहुत हैरानी की बात है, क्या तुमने अपनी पत्नी के लिए सम्मान अनुभव किया है? यह बात ही बेतुकी मालूम पड़ती है—पत्नी के लिए सम्मान? प्रश्न ही नहीं उठता है। तुम निंदा अनुभव कर सकते हो, कुछ भी अनुभव कर सकते हो, लेकिन सम्मान नहीं। महज सांसारिक संबंध है, तुम एक-दूसरे का उपयोग कर रहे हो। पत्नी कह सकती है कि मैं पति का आदर करती हूं, लेकिन मैंने अब तक ऐसी पत्नी नहीं देखी जो पति का आदर करती हो। परंपरा है कि पति का समादर करे, इसलिए पत्नी कहे जाती है कि मैं समादर करती हूं, और वह उसका नाम भी नहीं लेगी। आदर से वह नाम नहीं लेती, ऐसी बात नहीं है। क्योंकि नाम छोड़कर वह सब कुछ कह सकती है। लेकिन महज परंपरा के कारण वह नाम नहीं लेती है।

तो दूसरी बात सम्मान है। प्रेमी या प्रेमिका की उपस्थिति में सम्मान अनुभव करो। अगर तुम अपने प्रेमी या प्रेमिका में परमात्मा को नहीं देख सकते हो तो तुम उसे कहीं भी नहीं देख सकते। फिर तुम उसे वृक्ष में कैसे देखोगे जिससे तुम्हारा कोई संबंध नहीं है? फिर तुम उसे पत्थर या जड़ में कैसे देखोगे जिनके साथ तुम्हारी कोई आत्मीयता नहीं है? अगर तुम

अपने प्रेमी में परमात्मा को नहीं देख सकते, नहीं महसूस कर सकते, तो तुम उसे कहीं भी महसूस नहीं करोगे।

और अगर तुमने प्रेमी में परमात्मा को देख लिया तो देर-अबेर तुम उसे सर्वत्र देखोगे। क्योंकि एक बार दरवाजा खुल गया और किसी व्यक्ति में तुम्हें परमात्मा की झलक मिल गई तो तुम फिर उस झलक को कभी न भूल सकोगे। और इस कारण तब हर एक चीज द्वार बन जाएगी। यही कारण है कि मैं कहता हूं कि प्रेम स्वयं ध्यान है।

तो विरोध की भाषा में मत सोचो कि प्रेम करूं कि ध्यान। वह मेरा मतलब नहीं है। प्रेम और ध्यान में चुनाव मत करो। ध्यानपूर्वक प्रेम करो या प्रेमपूर्वक ध्यान करो। कोई विभाजन मत करो। प्रेम बहुत ही स्वाभाविक तत्व है और उसका उपयोग एक माध्यम की भांति किया जा सकता है। तंत्र ने यह उपयोग किया है—न सिर्फ प्रेम का बल्कि कामवासना का भी। तंत्र ने उन्हें माध्यम बना लिया है।

तंत्र कहता है कि गहरे काम-संभोग में ध्यान आसानी से घटित होता है, जितनी आसानी से चित्त की किसी अन्य अवस्था में संभव नहीं है। इसका कारण है कि संभोग स्वाभाविक, जैविक समाधि जैसा है। लेकिन जिस काम-संभोग से हम परिचित हैं वह बहुत विकृत है। इसलिए जब ऐसी बात कही जाती है तो तुम्हें बेचैनी होती है, क्योंकि तुमने जिसे सेक्स जाना है वह सेक्स नहीं है, वह उसकी छाया भर है। और इसका कारण है।

पूरे समाज ने तुम्हारे मन को सेक्स के विरुद्ध संस्कारित किया है। इस दिशा में प्रत्येक आदमी दमित है। इससे स्वाभाविक सेक्स असंभव हो गया है। जब कभी तुम संभोग में होते हो तो एक गहरा अपराध-भाव तुम्हें घेरे रहता है। वह अपराध-भाव अवरोध बन जाता है। और एक बहुत बड़ा अवसर खो जाता है। उस अवसर को तुम अपने भीतर गहरे उतरने के लिए उपयोग में ला सकते हो।

तंत्र कहता है कि संभोग में ध्यानपूर्ण होओ। संभोग को पवित्र महसूस करो, अपने को अपराधी मत महसूस करो। इसे सौभाग्य मानो कि प्रकृति ने तुम्हें ऐसा स्रोत दिया है जिसके जरिए तुम आसानी से और शीघ्रता से समाधि में गहरे उतर सकते हो। और फिर संभोग में मुक्त मन से उतरो, उसमें किसी तरह का दमन या प्रतिरोध मत रहने दो। काम-क्रीड़ा में पूरी तरह डूब जाओ। अपने को भूल जाओ और सभी निषेधों को दूर फेंको। बिलकुल स्वाभाविक रहो।

और तब तुम्हारे शरीर में एक गहरा संगीत पैदा होगा। जब दो शरीर लयबद्ध होंगे तब तुम बिलकुल भूल जाओगे कि तुम हो और फिर भी तुम होगे। तब तुम मैं को भूल जाओगे, मैं बचेगा ही नहीं। तब अस्तित्व अस्तित्व के साथ परस्पर खेलेगा, तब दो नहीं रहेंगे, एक हो जाएंगे। तब कोई विचार नहीं रहेगा, भविष्य समाप्त हो जाएगा; और तुम वर्तमान में, इसी क्षण में होओगे।

बिना अपराध-भाव या निषेध के संभोग को ध्यान बनाओ और तब कामवासना रूपांतरित हो जाती है, वह स्वयं ही द्वार बन जाती है। जब काम द्वार बनता है तो काम की कामुकता समाप्त हो जाती है। फिर एक क्षण आता है जब काम भी समाप्त हो जाता है, सिर्फ उसकी सुवास रहती है। वह सुवास ही प्रेम है। और धीरे-धीरे वह सुवास भी जाती रहती है, और तब जो बचता है वही समाधि है।

तंत्र कहता है कि किसी चीज को भी शत्रु मत समझो। प्रत्येक ऊर्जा मैत्रीपूर्ण है, सिर्फ उसके उपयोग की कला जाननी है। चुनाव मत करो। अपने प्रेम को ध्यान में रूपांतरित करो और वैसे ही ध्यान को प्रेम में। तब तुम जल्दी ही शब्द को भूल जाओगे। और उस यथार्थ को जानोगे जो शब्द नहीं है।

प्रेम शब्द प्रेम नहीं है, ध्यान शब्द ध्यान नहीं है, और ईश्वर शब्द ईश्वर नहीं है। वे मात्र शब्द हैं, लेकिन यदि तुम गहरे प्रवेश कर सको तो ईश्वर, ध्यान और प्रेम सब एक हो जाते हैं।

एक और प्रश्न:
मनुष्य की संवेदनहीनता के कारण क्या हैं? और उन्हें कैसे दूर किया जाए?

बच्चा जब जन्म लेता है, तो बच्चा असहाय होता है; खासकर मनुष्य का बच्चा तो पूर्णत: असहाय होता है। उसे जीवित रहने के लिए दूसरों पर निर्भर रहना पड़ता है। यह निर्भरता एक सौदा है। इस सौदे में बच्चे को अनेक चीजें देनी पड़ती हैं। संवेदनशीलता उनमें से एक है।

बच्चा बहुत संवेदनशील होता है। उसका पूरा शरीर संवेदनशील होता है। लेकिन वह असहाय है, वह स्वतंत्र नहीं है। वह मां-बाप पर, परिवार पर, समाज पर निर्भर है। उसे पराधीन रहना है। इस पराधीनता और असहायपन के कारण उसके मां-बाप, परिवार उस पर बहुत सी चीजें लादते हैं और उसे उनके सामने झुकना पड़ता है। अन्यथा वह जीवित नहीं रह सकता; वह मर जाएगा। इसलिए उसे बहुत सी चीजें बदले में खोनी होती हैं। उनमें से सबसे गहरी और महत्वपूर्ण चीज संवेदनशीलता है। वह अपनी संवेदनशीलता खो देता है। क्यों?

क्योंकि बच्चा जितना संवेदनशील होता है वह उतने कष्ट में पड़ता है, वह उतना ही नाजुक और असुरक्षित होता है। छोटी सी उत्तेजना और वह रोने लगता है। यह रोना मां-बाप बंद कराना चाहते हैं, लेकिन वे कुछ कर नहीं सकते। लेकिन अगर बच्चा हर उत्तेजना को जीता जाए तो वह परिवार के लिए उपद्रव बन जाता है। और बच्चे उपद्रव बन ही जाते हैं। फलतः मां-बाप को बच्चे की संवेदनशीलता को घटाना पड़ता है। बच्चे को प्रतिरोध सीखना पड़ता है। बच्चे को नियंत्रण सीखना पड़ता है। धीरे-धीरे बच्चे का मन दो टुकड़ों में बंट जाता है। तब वह अनेक उत्तेजनाओं को महसूस करना छोड़ देता है, क्योंकि वे उत्तेजनाएं अच्छी नहीं मानी जाती हैं। उनके लिए उसे सजा मिलती है।

बच्चे का पूरा शरीर कामुक होता है। वह अपनी अंगुलियों को चूसता है। वह अपने पूरे शरीर से आनंद लेता है। उसका पूरा शरीर कामुक है, वह अपने पूरे शरीर की छानबीन करता है। यह उसके लिए बड़ी बात है। लेकिन इस छानबीन में एक क्षण आता है जब बच्चा अपनी जननेंद्रिय पर पहुंच जाता है और तब वह एक समस्या बन जाती है। समस्या इसलिए खड़ी होती है कि उसके मां-बाप दमित लोग हैं। जिस क्षण बच्चा अपनी जननेंद्रिय को छूता है, मां-बाप बेचैन होने लगते हैं।

यह बात गहराई से देखने की है। मां-बाप की मुद्रा जैसे ही बदलती है, बच्चे उसे भांप

▲

लेते हैं। उन्हें लगता है कि कुछ भूल हो गई। मां-बाप चिल्लाकर कहते हैं, उसे छुओ मत। तब बच्चे को लगता है कि जननेंद्रिय कोई बुरी चीज है और उसे दबाना जरूरी है। और जननेंद्रिय शरीर का सबसे नाजुक, सबसे जीवंत और सबसे संवेदनशील अंग है। और जब बच्चे को जननेंद्रिय को छूने और उसका आनंद लेने से रोक दिया जाता है तो उसकी संवेदनशीलता का स्रोत ही नष्ट हो जाता है।

यह बच्चा संवेदनहीन हो जाएगा। और वह ज्यों-ज्यों बड़ा होगा, उसकी संवेदनहीनता भी बढ़ती जाएगी। इस सौदे में पहली बलि संवेदनशीलता की चढ़ती है। यह सौदा जरूरी है—लेकिन उतना ही बुरा। और जब तुम्हें यह समझ में आने लगे तो सौदे को रद्द कर संवेदनशीलता को फिर से प्राप्त करना चाहिए।

इस सौदे का एक दूसरा भी कारण है, वह सुरक्षा है।

मैं कई वर्षों तक एक मित्र के साथ उनके घर में रहता था। पहले ही दिन मैंने देखा कि वे अपने नौकर को देखने से कतराते हैं। वे धनी आदमी हैं, लेकिन वे कभी अपने नौकर की तरफ आंखें नहीं उठाते हैं। वैसे ही वे अपने बच्चों को नहीं देखते हैं। वे दौड़ते हुए अपने बंगले में प्रवेश करते थे और वैसे ही बाहर जाते समय दौड़कर बंगले से निकलते थे और कार में घुस जाते थे।

एक दिन मैंने उनसे पूछा कि बात क्या है? उन्होंने कहा कि अगर नौकरों की तरफ देखूं तो वे सोचते हैं कि मेरा रुख दोस्ताना है और वे तुरंत पैसों की या इस-उस चीज की मांग कर बैठते हैं। वही अड़चन बच्चों से बात करने में है। तब तुम उनके मालिक नहीं रह जाते हो। तब तुम उनका नियंत्रण नहीं कर सकते हो।

इस आदमी ने अपने चारों तरफ संवेदनहीनता का जाल खड़ा कर लिया है। उसे डर है कि नौकर से बात करने पर, उसके साथ सहानुभूति दिखाने पर, उसे कुछ धन या और कुछ देना पड़ेगा। ऐसे हर आदमी देर-अबेर सीख जाता है कि संवेदनशील होना उपद्रव में पड़ना है। तो तुम अपने चारों ओर एक अवरोध खड़ा कर लेते हो, एक सुरक्षा की दीवार बना लेते हो। फिर तुम आसानी से बाहर सड़क पर निकल सकते हो। वहां भिखमंगे भीख मांग रहे हैं और दरिद्रों की झोपड़पट्टियां खड़ी हैं। लेकिन अब तुम्हें उन्हें देखकर कोई भाव नहीं उठता है। सच तो यह है कि तुम उन्हें देखते ही नहीं।

इस कुरूप समाज में आदमी को अपने चारों तरफ एक सूक्ष्म दीवार खड़ी करनी पड़ती है, जहां वह छिपा रहे। अन्यथा खुला रहने पर खतरा है, तब जीवित रहना ही मुश्किल हो जाएगा। संवेदनहीनता का एक बड़ा कारण यह है।

संवेदनहीनता तुम्हें इस कुरूप दुनिया में चैन से जीने की सुविधा जुटाती है, लेकिन इसके लिए तुम्हें बड़ी कीमत अदा करनी पड़ती है। यह सौदा बड़ा महंगा है। इस दुनिया में तो तुम शांति से रह लेते हो, लेकिन परमात्मा में, समग्र में तुम प्रवेश करने से वंचित रह जाते हो। तुम्हारा यह जगत तो सम्हल जाता है, लेकिन तुम्हारा दूसरा जगत खो जाता है। इस जगत के लिए संवेदनहीनता भली है और उस जगत के लिए संवेदनशीलता शुभ है।

अगर तुम सच में उस जगत में उत्सुक हो तो संवेदनशीलता को फिर जगाना जरूरी है। और उसके लिए सुरक्षा की दीवारों को तोड़ना होगा। निश्चित ही, तुम असुरक्षित हो जाओगे।

तुम्हें बहुत दुख झेलना पड़ सकता है। लेकिन यह दुख उस आनंद के सामने कुछ नहीं है जो संवेदनशीलता के जरिए हासिल होता है। तुम जितने संवेदनशील हो जाओगे तुममें उतनी ही करुणा का उद्वेग होगा।

लेकिन तुम्हें पीड़ा भी होगी, क्योंकि तुम्हारे चारों तरफ नरक फैला है। चूंकि अभी तुम बंद हों इसलिए उसका अहसास नहीं होता है। एक बार खुल जाओगे तो दोनों के प्रति खुल जाओगे—इस दुनिया के नरक के प्रति और उस दुनिया के स्वर्ग के प्रति। तुम दोनों की ओर खुल जाओगे। और यह असंभव है कि कोई एक छोर पर बंद रहे और दूसरे छोर पर खुला। सच तो यह है कि या तो तुम बंद रह सकते हो या खुले। बंद रहने की हालत में दोनों ओर ही बंद रहना होगा, और खुलने की हालत में दोनों ओर खुला रहना पड़ेगा।

स्मरण रखो, बुद्ध आनंद से भरे हैं तो दुख से भी भरे हैं। पर उनका यह दुख अपने लिए नहीं, दूसरों के लिए है। स्वयं तो वे प्रगाढ़ आनंद में हैं, लेकिन दूसरों के लिए दुखी हैं।

महायान बौद्ध कहते हैं कि जब बुद्ध निर्वाण के द्वार पर पहुंचे तो द्वारपाल ने द्वार खोल दिया, लेकिन बुद्ध ने भीतर प्रवेश करने से इनकार कर दिया। यह एक पौराणिक कथा है, लेकिन बहुत सुंदर है। द्वारपाल ने द्वार खोला, लेकिन बुद्ध ने प्रवेश करने से इनकार कर दिया। द्वारपाल ने कहा कि आप भीतर क्यों नहीं जाते हैं। सदियों-सदियों से हम आपकी प्रतीक्षा करते रहे हैं। रोज सुनते थे कि बुद्ध आ रहे हैं, बुद्ध आ रहे हैं। सारा स्वर्ग आपके लिए पलकें बिछाए है। आप प्रवेश करें। आपका स्वागत है। बुद्ध ने कहा कि जब तक प्रत्येक मनुष्य इस द्वार के भीतर प्रवेश नहीं करता तब तक मैं नहीं प्रवेश करूंगा। मैं यहीं प्रतीक्षा करूंगा। जब तक एक भी मनुष्य बाहर है तब तक स्वर्ग मेरे लिए नहीं है।।

बुद्ध दूसरों के लिए दुखी हैं, अपने लिए प्रगाढ़ आनंद में हैं। इस समांतर घटना को देखते हो? तुम स्वयं दुख में हो, गहरे दुख में हो और सोचते हो कि सभी दूसरे जीवन के मजे ले रहे हैं। बुद्ध के साथ ठीक उलटा घटित हुआ है। वे स्वयं प्रगाढ़ आनंद में हैं और जानते हैं कि दूसरे दुखी हैं।

ये विधियां संवेदनहीनता को दूर करने की विधियां हैं। इसे कैसे दूर किया जाए, इस पर हम और भी चर्चा करेंगे।

आज इतना ही।

15

शुद्ध चैतन्य में प्रवेश की विधियां

सूत्र

22. अपने अवधान को ऐसी जगह रखो,
जहां तुम अतीत की किसी घटना को देख रहे हो
और अपने शरीर को भी।
रूप के वर्तमान लक्षण खो जाएंगे,
और तुम रूपांतरित हो जाओगे।
23. अपने सामने किसी विषय को अनुभव करो।
इस एक को छोड़कर अन्य सभी विषयों की
अनुपस्थिति को अनुभव करो।
फिर विषय-भाव और अनुपस्थिति-भाव को भी
छोड़कर आत्मोपलब्ध होओ।
24. जब किसी व्यक्ति के पक्ष या विपक्ष में कोई भाव
उठे तो उसे व्यक्ति पर मत आरोपित करो,
बल्कि केंद्रित रहो।

वर्तमान

युग के एक बहुत बड़े तांत्रिक, जार्ज गुरजिएफ का कहना है कि एक ही पाप है और वह तादात्म्य है। और केंद्रित होने के संबंध में जो अगला सूत्र है, दसवां सूत्र है—जिसमें हम आज रात प्रवेश करने जा रहे हैं—वह इसी तादात्म्य से संबंधित है। इसलिए पहले साफ समझ लेना है कि यह तादात्म्य क्या है।

तुम कभी बच्चे थे, अब नहीं हो। शीघ्र ही तुम जवान हो जाओगे, शीघ्र ही तुम बूढ़े हो जाओगे। और बचपन अतीत में खो जाएगा। जवानी भी चली गई, लेकिन अब भी तुम अपने बचपन से तादात्म्य किए बैठे हो। तुम यह नहीं देख सकते कि यह किसी और के साथ घटित हो रहा है, तुम इसके साक्षी नहीं हो पाते हो। जब भी तुम अपने बचपन को देखते हो, तुम उसके साथ एकात्म अनुभव करते हो; तुम उससे अलग नहीं होते हो। वैसे ही जब कोई अपनी जवानी को याद करता है तो वह उससे एकात्म हो जाता है। लेकिन हकीकत यह है कि यह अब केवल स्वर्ण है।

और अगर तुम अपने बचपन को स्वप्न की तरह देख सको, वैसे ही जैसे पर्दे पर फिल्म देखते हो और उससे तादात्म्य नहीं करते, बस उसके साक्षी रहते हो, अगर ऐसा कर सको तो तुममें एक सूक्ष्म अंतर्दृष्टि का उदय होगा। अगर तुम अपने अतीत को फिल्म की तरह, स्वर की तरह देख सको—तुम उसके हिस्से नहीं हो, तुम उसके बाहर हो, और सचमुच बाहर हो—तो बहुत चीजें घटित होंगी।

अगर तुम अपने बचपन के बारे में सोच रहे हो; तुम वह नहीं हो, हो नहीं सकते। बचपन अब एक स्मृति भर है, अतीत स्मृति; तुम उसे देख रहे हो। तुम उससे भिन्न हो, तुम मात्र साक्षी हो। अगर तुम्हें इस साक्षीत्व की प्रतीति हो सके और तुम अपने बचपन को पर्दे पर फिल्म की तरह देख सको, तो अनेक चीजें घटित होंगी।

एक, अगर बचपन स्वप्न बन जाए और तुम उसे वैसे देख लो, तो अभी तुम जो कुछ हो वह भी अगले दिन स्वप्न हो जाएगा। यदि तुम जवान हो तो तुम्हारी जवानी स्वप्न हो

जाएगी। यदि तुम बूढ़े हो तो तुम्हारा बुढ़ापा स्वप्न हो जाएगा। किसी दिन तुम बच्चे थे, अब वह बचपन स्वप्न बन गया है। और तुम इस तथ्य को देख सकते हो।

अतीत से शुरू करना अच्छा है। अतीत को देखो और उसके साथ अपना तादात्म्य हटा लो, सिर्फ गवाह हो जाओ। तब भविष्य को देखो, भविष्य के बारे में तुम्हारी जो कल्पना है, उसे देखो और उसके भी द्रष्टा बन जाओ। तब तुम अपने वर्तमान को आसानी से देख सकोगे, क्योंकि तब तुम जानते हो कि जो अभी वर्तमान है, कल भविष्य था और कल फिर वह अतीत हो जाएगा। लेकिन तुम्हारा साक्षी न कभी अतीत है न कभी भविष्य, तुम्हारी साक्षी चेतना शाश्वत है। साक्षी चेतना समय का अंग नहीं है। और यही कारण है कि जो भी समय में घटित होता है वह स्वप्न बन जाता है।

यह भी याद रखो कि जब रात में तुम सपने देखते हो तो सपने के साथ एकात्म हो जाते हो, स्वर्ण में तुम्हें यह स्मरण बिलकुल नहीं रहता कि यह स्वप्न है। सिर्फ सुबह जब तुम नींद से जागते हो तो तुम्हें याद आता है कि वह सपना था, यथार्थ नहीं। क्यों? इसलिए कि अब तुम उससे अलग हो, उसमें नहीं हो; अब एक अंतराल है। और अब तुम देख सकते हो कि यह स्वप्न था।

तुम्हारा समूचा अतीत क्या है? जो अंतराल है, जो अवकाश है, उससे देखो कि वह सपना है। अतीत अब सपना ही है, सपने के सिवाय कुछ भी नहीं है। क्योंकि जैसे स्वप्न स्मृति बन जाता है वैसे ही अतीत भी स्मृति बन जाता है। तुम सचमुच सिद्ध नहीं कर सकते कि जो भी तुम अपने बचपन के रूप में सोचते हो, वह यथार्थ था या सपना। यह सिद्ध करना कठिन है। हो सकता है वह सपना ही रहा हो; हो सकता है वह सच ही हो। स्मृति नहीं कह सकती है कि वह स्वप्न था या सत्य।

मनोवैज्ञानिक कहते हैं कि बूढ़े लोग अक्सर अपने स्वप्न और यथार्थ में भेद नहीं कर पाते हैं। और बच्चों को तो हमेशा यह उलझन पकड़ती है, सुबह नींद से जागकर उन्हें यह उलझन होती है। रात उन्होंने स्वप्न में जो देखा था वह सत्य नहीं था, लेकिन सुबह जागकर वे सपने में टूट गए खिलौने के लिए जोर-जोर से रोते हैं।

और तुम भी तो नींद के टूटने के बाद थोड़ी देर तक अपने स्वप्नों से प्रभावित रहते हो। अगर स्वर्ण में कोई तुम्हारा खून कर रहा था तो जागने के बाद भी तुम्हारी छाती धड़कती रहती है, तुम्हारे रक्त का संचालन तेज बना रहता है, तुम्हारा पसीना बहता रहता है और एक सूक्ष्म भय अब भी तुम्हें घेरे रहता है। अब तुम जाग गए हो और स्वप्न बीत गया है, तो भी यह समझने में तुम्हें समय लगता है कि सपना सपना ही था। और जब तुम समझ लेते हो कि सपना सपना था तभी तुम उसके बाहर होते हो, और तब भय नहीं रह जाता।

वैसे ही तुम देख सकते हो कि तुम्हारा अतीत भी एक स्वप्न था। तुम्हारा अतीत स्वप्न था, इसे आरोपित नहीं करना है, इसे जबर्दस्ती अपने पर लादना नहीं है। यह तो अंतर्दृष्टि का परिणाम है। यदि तुम अपने अतीत को देख सको, उससे एकात्म हुए बिना उसे देख सको, उससे अलग होकर उसे देख सको, तो अतीत स्वप्न हो जाता है। जिसे भी तुम साक्षी की तरह देखते हो वह स्वप्न हो जाता है।

यही वजह है कि शंकर और नागार्जुन कह सके कि संसार स्वर्ण है। ऐसा नहीं है कि

यह स्वप्न है। वे इतने मूढ़ नहीं थे कि यह संसार उन्हें दिखाई नहीं पड़ता था। इसे स्वप्न कहने में उनका यही अभिप्राय था कि वे साक्षी हो गए हैं, इस यथार्थ जगत के प्रति वे साक्षी हो गए हैं। और जब तुम किसी चीज के साक्षी हो जाते हो तो वह स्वप्न बन जाती है। इसी वजह से वे जगत को माया कहते हैं। यह नहीं कि वह यथार्थ नहीं है, उसका इतना ही अर्थ है कि कोई इस जगत का भी साक्षी हो सकता है। और एक बार तुम साक्षी हो जाओ, पूरे बोधपूर्ण हो जाओ तो पूरी चीज तुम्हारे लिए स्वप्नवत हो जाती है। क्योंकि वह तो है, लेकिन अब तुम उससे एकात्म नहीं हो। लेकिन हम तो तादात्म्य किए ही जाते हैं।

कुछ दिन पहले मैं जीन जेकुअस रूसो की पुस्तक कन्फेशंस पढ़ रहा था। यह एक अदभुत पुस्तक है। विश्व-साहित्य में यह पहली किताब है जिसमें किसी ने अपने को पूरा उघाड़कर रख दिया है। रूसो ने जो भी पाप किए थे, जो भी अनैतिकता की थी, सबको उसने पूरी नग्नता में प्रकट कर दिया है। लेकिन अगर तुम उसकी कन्फेशंस को पढ़ो तो तुम्हें स्पष्ट पता चलेगा कि रूसो अपने पापों का मजा ले रहा है, वह उनसे आनंदित है। अपने पापों और अनाचारों की चर्चा करते हुए रूसो बहुत आह्लादित मालूम पड़ता है। पुस्तक की भूमिका में रूसो ने लिखा है कि जब अंतिम न्याय का दिन आएगा तो मैं परमपिता से कहूंगा कि तुम मेरी फिक्र मत करो, बस मेरी किताब पढ़ लो। और पुस्तक के अंत में उसने लिखा है कि हे परमपिता! अब मेरी एक ही इच्छा पूरी कर दो, मैंने सब कुछ स्वीकार कर लिया है। अब एक बहुत बड़ी भीड़ इकट्ठी होकर मेरे कन्फेशंस को सुन ले।

अब यह संदेह किया जाता है और सही संदेह किया जाता है कि रूसो ने वे पाप भी स्वीकार किए जो उसने नहीं किए थे। क्योंकि वह पूरी चीज से इतना आह्लादित है, उसने सबके साथ तादात्म्य कर लिया है। रूसो ने एक ही पाप स्वीकार नहीं किया है, और वह है तादात्म्य का पाप। उसने अपने किए और अनकिए सभी पापों के साथ तादात्म्य किया हुआ है। और जो मनुष्य के मन को गहराई में जानते हैं वे कहते हैं कि तादात्म्य मौलिक पाप है।

जब पहली दफा रूसो ने बुद्धिजीवियों के एक समूह के सामने अपनी कन्फेशंस पढ़कर सुनाई तब उसे खयाल था कि कोई भूकंपकारी घटना शुरू हो रही है। क्योंकि जैसा उसने कहा, वह पहला व्यक्ति था जिसने इतनी सच्चाई से सब कुछ स्वीकारा था। लेकिन जो सुधिजन उसे सुन रहे थे वे सुनते-सुनते ऊबने लगे। रूसो बड़ा हैरान हुआ, क्योंकि उसे खयाल था कि कोई चमत्कार घटित होने जा रहा है।

जब उसने पढ़ना समाप्त किया तब श्रोताओं ने राहत की सांस ली और किसी ने कुछ कहा नहीं। कुछ देर तक पूरा सन्नाटा रहा। रूसो की तो छाती बैठ गई। उसने तो सोचा था कि कोई बड़ी क्रांतिकारी, भूकंपकारी, ऐतिहासिक घटना घट रही है, और यहां सन्नाटा है, और लोग सोच रहे हैं कि कैसे यहां से सरका जाए।

तुम्हारे पापों में कौन उत्सुक है? न कोई तुम्हारे पापों में उत्सुक है, न कोई तुम्हारे पुण्यों में उत्सुक है। लेकिन आदमी है कि वह अपने पुण्य के मजे लेता है और अपने पाप के भी मजे लेता है, कि वह अपने पुण्य से अहंकार को भरता है और अपने पाप से भी अहंकार को भरता है। कन्फेशंस लिखकर रूसो अपने को संत-महात्मा समझने लगा था, लेकिन मौलिक पाप अपनी जगह खड़ा था।

समय में हुई घटनाओं के साथ तादात्म्य ही बुनियादी पाप है। जो भी समय में होता है वह स्वप्नवत है। और जब तक तुम उससे निःसंग नहीं होते तब तक तुम नहीं जान सकते कि आनंद क्या है। तादात्म्य दुख है, गैर-तादात्म्य आनंद है।

यह दसवीं विधि तादात्म्य से संबंधित है।

केंद्रित होने की दसवीं विधि :

अपने अवधान को ऐसी जगह रखो, जहां तुम अतीत की किसी घटना को देख रहे हो और अपने शरीर को भी। रूप के वर्तमान लक्षण खो जाएंगे, और तुम रूपांतरित हो जाओगे।

तुम अपने अतीत को याद कर रहे हो। चाहे वह कोई भी घटना हो; तुम्हारा बचपन, तुम्हारा प्रेम, पिता या माता की मृत्यु, कुछ भी हो सकता है। उसे देखो। लेकिन उससे एकात्म मत होओ। उसे ऐसे देखो जैसे वह किसी और के जीवन में घटा हो। उसे ऐसे देखो जैसे वह घटना पर्दे पर फिर से घट रही हो, फिल्माई जा रही हो, और तुम उसे देख रहे हो—उससे अलग, तटस्थ, साक्षी की तरह।

उस फिल्म में, कथा में तुम्हारा बीता रूप फिर उभर जाएगा। यदि तुम अपनी कोई प्रेम-कथा स्मरण कर रहे हो, अपने प्रेम की पहली घटना, तो तुम अपनी प्रेमिका के साथ स्मृति के पर्दे पर प्रकट होओगे और तुम्हारा अतीत का रूप प्रेमिका के साथ उभर आएगा। अन्यथा तुम उसे याद न कर सकोगे। अपने इस अतीत के रूप से भी तादात्म्य हटा लो। पूरी घटना को ऐसे देखो मानो कोई दूसरा पुरुष किसी दूसरी स्त्री को प्रेम कर रहा है, मानो पूरी कथा से तुम्हारा कुछ लेना-देना नहीं है; तुम महज द्रष्टा हो, गवाह हो।

यह विधि बहुत-बहुत बुनियादी है। इसे बहुत प्रयोग में लाया गया—विशेषकर बुद्ध के द्वारा। और इस विधि के अनेक प्रकार हैं। इस विधि के प्रयोग का अपना ढंग तुम खुद खोज ले सकते हो। उदाहरण के लिए, रात में जब तुम सोने लगो, गहरी नींद में उतरने लगो तो पूरे दिन के अपने जीवन को याद करो। इस याद की दिशा उलटी होगी, यानी उसे सुबह से न शुरू कर वहां से शुरू करो जहां तुम हो। अभी तुम बिस्तर में पड़े हो तो बिस्तर में लेटने से शुरू कर पीछे लौटो। और इस तरह कदम-कदम पीछे चलकर सुबह की उस पहली घटना पर पहुंचो जब तुम नींद से जागे थे। अतीत स्मरण के इस क्रम में सतत याद रखो कि पूरी घटना से तुम पृथक हो, अछूते हो।

उदाहरण के लिए, पिछले पहर तुम्हारा किसी ने अपमान किया था; तुम अपने रूप को अपमानित होते हुए देखो, लेकिन द्रष्टा बने रहो। तुम्हें उस घटना में फिर नहीं उलझना है, फिर क्रोध नहीं करना है। अगर तुमने क्रोध किया तो तादात्म्य पैदा हो गया। तब ध्यान का बिंदु तुम्हारे हाथ से छूट गया।

इसलिए क्रोध मत करो। वह अभी तुम्हें अपमानित नहीं कर रहा है, वह तुम्हारे पिछले पहर के रूप को अपमानित कर रहा है। वह रूप अब नहीं है। तुम तो एक बहती नदी की तरह हो जिसमें तुम्हारे रूप भी बह रहे हैं। बचपन में तुम्हारा एक रूप था, अब वह नहीं है। वह जा चुका। नदी की भांति तुम निरंतर बदलते जा रहे हो।

रात में ध्यान करते हुए जब दिन की घटनाओं को उलटे क्रम में, प्रतिक्रम में याद करो

▲

तो ध्यान रहे कि तुम साक्षी हो, कर्ता नहीं। क्रोध मत करो। वैसे ही जब तुम्हारी कोई प्रशंसा करे तो आह्लादित मत होओ। फिल्म की तरह उसे भी उदासीन होकर देखो।

प्रतिक्रमण बहुत उपयोगी है, खासकर उनके लिए जिन्हें अनिद्रा की तकलीफ हो। अगर तुम्हें ठीक से नींद नहीं आती है, अनिद्रा का रोग है, तो यह प्रयोग तुम्हें बहुत सहयोगी होगा। क्यों? क्योंकि यह मन को खोलने का, निर्ग्रंथ करने का उपाय है। जब तुम पीछे लौटते हो तो मन की तहें उघड़ने लगती हैं। सुबह में जैसे घड़ी में चाबी देते हो वैसे तुम अपने मन पर भी तहें लगाना शुरू करते हो। दिनभर में मन पर अनेक विचारों और घटनाओं के संस्कार जम जाते हैं; मन उनसे बोझिल हो जाता है। अधूरे और अपूर्ण संस्कार मन में झूलते रहते हैं, क्योंकि उनके घटित होते समय उन्हें देखने का मौका नहीं मिला था।

इसलिए रात में फिर उन्हें लौटकर देखो—प्रतिक्रम में। यह मन के निर्ग्रंथ की, सफाई की प्रक्रिया है। और इस प्रक्रिया में जब तुम सुबह बिस्तर से जागने की पहली घटना तक पहुंचोगे तो तुम्हारा मन फिर से उतना ही ताजा हो जाएगा जितना ताजा वह सुबह था। और तब तुम्हें वैसी नींद आएगी जैसी छोटे बच्चे को आती है।

तुम इस विधि को अपने पूरे अतीत जीवन में जाने के लिए भी उपयोग कर सकते हो। महावीर ने प्रतिक्रमण की इस विधि का बहुत उपयोग किया है।

अभी अमेरिका में एक आंदोलन है, जिसे डायनेटिक्स कहते हैं। वे इसी विधि का उपयोग कर रहे हैं, और वह बहुत काम की साबित हुई है। डायनेटिक्स वाले कहते हैं कि तुम्हारे सारे रोग तुम्हारे अतीत के अवशेष हैं—तलछट। और वे ठीक कहते हैं। अगर तुम अपने अतीत में लौटो, अपने जीवन को फिर से खोलकर देख लो, तो उसी देखने में बहुत से रोग विदा हो जाएंगे। और यह बात बहुत से प्रयोगों से सही सिद्ध हो चुकी है।

बहुत लोग किसी ऐसे रोग से पीड़ित होते हैं जिसमें कोई चिकित्सा, कोई उपचार काम नहीं करता है। यह रोग मानसिक मालूम होता है। तो उसके लिए क्या किया जाए? यदि किसी को कहो कि तुम्हारा रोग मानसिक है तो उससे बात बनने की बजाय बिगड़ती है। यह सुनकर कि मेरा रोग मानसिक है, किसी भी व्यक्ति को बुरा लगता है। तब उसे लगता है कि अब कोई उपाय नहीं है। और वह बहुत असहाय महसूस करता है।

प्रतिक्रमण एक चमत्कारिक विधि है। अगर तुम पीछे लौटकर अपने मन की गांठें खोलो तो तुम धीरे-धीरे उस पहले क्षण को पकड़ सकते हो जब यह रोग शुरू हुआ था। उस क्षण को पकड़कर तुम्हें पता चलेगा कि यह रोग अनेक मानसिक घटनाओं और कारणों से निर्मित हुआ है। प्रतिक्रमण से वे कारण फिर से प्रकट हो जाते हैं।

अगर तुम उस क्षण से गुजर सको जिसमें पहले पहल इस रोग ने तुम्हें घेरा था, अचानक तुम्हें पता चल जाएगा कि किन मनोवैज्ञानिक कारणों से यह रोग बना था। तब तुम्हें कुछ करना नहीं है, सिर्फ उन मनोवैज्ञानिक कारणों को बोध में ले आना है। इस प्रतिक्रमण से अनेक रोगों की ग्रंथियां टूट जाती हैं और अंततः रोग विदा हो जाते हैं। जिन ग्रंथियों को तुम जान लेते हो वे ग्रंथियां विसर्जित हो जाती हैं और उनसे बने रोग समाप्त हो जाते हैं।

यह विधि गहरे रेचन की विधि है। अगर तुम इसे रोज कर सको तो तुम्हें एक नया स्वास्थ्य और एक नई ताजगी का अनुभव होगा। और अगर हम अपने बच्चों को रोज इसका

प्रयोग करना सिखा दें तो उन्हें उनका अतीत कभी बोझिल नहीं बना सकेगा। तब बच्चों को अपने अतीत में लौटने की जरूरत नहीं रहेगी। वे सदा यहां और अब, यानी वर्तमान में रहेंगे। तब उन पर अतीत का थोड़ा सा भी बोझ नहीं रहेगा, वे सदा स्वच्छ और ताजा रहेंगे।

तुम इसे रोज कर सकते हो। पूरे दिन को इस तरह उलटे क्रम से पुन: खोलकर देख लेने से तुम्हें नई अंतर्दृष्टि प्राप्त होगी। तुम्हारा मन तो चाहेगा कि यादों का सिलसिला सुबह से शुरू करें। लेकिन उससे मन का निर्ग्रंथन नहीं होगा। उलटे पूरी चीज दुहरकर और मजबूत हो जाएगी। इसलिए सुबह से शुरू करना गलत होगा।

भारत में ऐसे अनेक तथाकथित गुरु हैं जो सिखाते हैं कि पूरे दिन का पुनरावलोकन करो और इस प्रक्रिया को सुबह से शुरू करो। लेकिन यह गलत और नुकसानदेह है। उससे मन मजबूत होगा और अतीत का जाल बड़ा और गहरा हो जाएगा। इसलिए सुबह से शाम की तरफ कभी मत चलो, सदा पीछे की ओर गति करो। और तभी तुम मन को पूरी तरह निर्ग्रंथ कर पाओगे, खाली कर पाओगे, स्वच्छ कर पाओगे।

मन तो सुबह से शुरू करना चाहेगा, क्योंकि वह आसान है। मन उस क्रम को भलीभांति जानता है, उसमें कोई अड़चन नहीं है। प्रतिक्रमण में भी मन उछलकर सुबह पर चला जाता है और फिर आगे चला चलेगा। वह गलत है, वैसा मत करो। सजग हो जाओ और प्रतिक्रम से चलो।

इसमें मन को प्रशिक्षित करने के लिए अन्य उपाय भी काम में लाए जा सकते हैं। सौ से पीछे की तरफ गिनना शुरू करो—निन्यानबे, अट्ठानबे, सत्तानबे। प्रतिक्रम से सौ से एक तक गिनो। इसमें भी अड़चन होगी, क्योंकि मन की आदत एक से सौ की ओर जाने की है, सौ से एक की ओर जाने की नहीं। इसी क्रम में घटनाओं को पीछे लौटकर स्मरण करना है।

क्या होगा? पीछे लौटते हुए मन को फिर से खोलकर देखते हुए तुम साक्षी हो जाओगे। अब तुम उन चीजों को देख रहे हो जो कभी तुम्हारे साथ घटित हुई थीं, लेकिन अब तुम्हारे साथ घटित नहीं हो रही हैं। अब तो तुम सिर्फ साक्षी हो, और वे घटनाएं मन के पर्दे पर घटित हो रही हैं।

अगर इस ध्यान को रोज जारी रखो तो किसी दिन अचानक तुम्हें दुकान पर या दफ्तर में काम करते हुए खयाल होगा कि क्यों नहीं अभी घटने वाली घटनाओं के प्रति भी साक्षीभाव रखा जाए। अगर समय में पीछे लौटकर जीवन की घटनाओं को देखा जा सकता है, उनका गवाह हुआ जा सकता है—दिन में किसी ने तुम्हारा अपमान किया था और तुम बिना क्रोधित हुए उस घटना को फिर देख सकते हो—तो क्या कारण है कि उन घटनाओं को जो अभी घट रही हैं, नहीं देखा जा सके? कठिनाई क्या है?

कोई तुम्हारा अपमान कर रहा है। तुम अपने को घटना से पृथक कर सकते हो और देख सकते हो कि कोई तुम्हारा अपमान कर रहा है। तुम यह भी देख सकते हो कि तुम अपने शरीर से, अपने मन से और उससे भी जो अपमानित हुआ है, पृथक हो। तुम सारी चीज के गवाह हो सकते हो। और अगर ऐसे गवाह हो सको तो फिर तुम्हें क्रोध नहीं होगा। क्रोध तब असंभव हो जाएगा। क्रोध तो तब संभव होता है जब तुम तादात्म्य करते हो, अगर तादात्म्य नहीं है तो क्रोध असंभव है। क्रोध का अर्थ तादात्म्य है।

यह विधि कहती है कि अतीत की किसी घटना को देखो, उसमें तुम्हारा रूप उपस्थित होगा। यह सूत्र तुम्हारी नहीं, तुम्हारे रूप की बात करता है। तुम तो कभी वहां थे ही नहीं। सदा किसी घटना में तुम्हारा रूप उलझता है, तुम उसमें नहीं होते। जब तुम मुझे अपमानित करते हो तो सच में तुम मुझे अपमानित नहीं करते। तुम मेरा अपमान कर ही नहीं सकते, केवल मेरे रूप का अपमान कर सकते हो। मैं जो रूप हूं, तुम्हारे लिए तो उसी की उपस्थिति अभी है और तुम उसे अपमानित कर सकते हो। लेकिन मैं अपने को अपने रूप से पृथक कर सकता हूं।

यही कारण है कि हिंदू नाम-रूप से अपने को पृथक करने की बात पर जोर देते आए हैं। तुम तुम्हारा नाम-रूप नहीं हो, तुम वह चैतन्य हो जो नाम-रूप को जानता है। और चैतन्य पृथक है, सर्वथा पृथक है।

लेकिन यह कठिन है। इसलिए अतीत से शुरू करो, वह सरल है। क्योंकि अतीत के साथ कोई तात्कालिकता का भाव नहीं रहता है। किसी ने बीस साल पहले तुम्हें अपमानित किया था, उसमें तात्कालिकता का भाव अब कैसे होगा! वह आदमी मर चुका होगा और बात समाप्त हो गई है। यह एक मुर्दा घटना है। अतीत से याद की हुई। उसके प्रति जागरूक होना आसान है। लेकिन एक बार तुम उसके प्रति जागना सीख गए तो अभी और यहां होने वाली घटनाओं के प्रति भी जागना हो सकेगा। लेकिन अभी और यहां से आरंभ करना कठिन है। समस्या इतनी तात्कालिक है, निकट है, जरूरी है कि उसमें गति करने के लिए जगह ही कहां है! थोड़ी दूरी बनाना और घटना से पृथक होना कठिन बात है।

इसीलिए सूत्र कहता है कि अतीत से आरंभ करो। अपने ही रूप को अपने से अलग देखो और उसके द्वारा रूपांतरित हो जाओ।

इसके द्वारा रूपांतरित हो जाओगे, क्योंकि यह निग्रंथन है—एक गहरी सफाई है, धुलाई है। और तब तुम जानोगे कि समय में जो तुम्हारा शरीर है, तुम्हारा मन है, अस्तित्व है, वह तुम्हारा वास्तविक यथार्थ नहीं है, वह तुम्हारा सत्य नहीं है। सार-सत्य सर्वथा भिन्न है। उस सत्य से चीजें आती-जाती हैं और सत्य अछूता रह जाता है। तुम अस्पर्शित रहते हो, निर्दोष रहते हो, कुंवारे रहते हो। सब कुछ गुजर जाता है, पूरा जीवन गुजर जाता है। शुभ और अशुभ, सफलता और विफलता, प्रशंसा और निंदा, सब कुछ गुजर जाता है। रोग और स्वास्थ्य, जवानी और बुढ़ापा, जन्म और मृत्यु, सब कुछ व्यतीत हो जाता है और तुम अछूते रहते हो।

लेकिन इस अस्पर्शित सत्य को कैसे जाना जाए?

इस विधि का वही उपयोग है। अपने अतीत से आरंभ करो। अतीत को देखने के लिए अवकाश उपलब्ध है, अंतराल उपलब्ध है, परिप्रेक्ष्य संभव है। या भविष्य को देखो, भविष्य का निरीक्षण करो। लेकिन भविष्य को देखना भी कठिन है। सिर्फ थोड़े से लोगों के लिए भविष्य को देखना कठिन नहीं है। कवियों और कल्पनाशील लोगों के लिए भविष्य को देखना कठिन नहीं है। वे भविष्य को ऐसे देख सकते हैं जैसे वे किसी यथार्थ को देखते हैं। लेकिन सामान्यतः अतीत को उपयोग में लाना अच्छा है, तुम अतीत में देख सकते हो।

जवान लोगों के लिए भविष्य में देखना अच्छा रहेगा। उनके लिए भविष्य में झांकना सरल है, क्योंकि वे भविष्योन्मुख होते हैं। बूढ़े लोगों के लिए मृत्यु के सिवाय कोई भविष्य नहीं है। वे भविष्य में नहीं देख सकते हैं, वे भयभीत हैं। यही वजह है कि बूढ़े लोग सदा

अतीत के संबंध में विचार करते हैं। वे पुनः-पुनः अपने अतीत की स्मृति में घूमते रहते हैं। लेकिन वे भी वही भूल करते हैं। वे अतीत से शुरू कर वर्तमान की ओर आते हैं। यह गलत है। उन्हें प्रतिक्रमण करना चाहिए।

अगर वे बार-बार अतीत में प्रतिक्रम से लौट सकें तो धीरे-धीरे उन्हें महसूस होगा कि उनका सारा अतीत बह गया। और तब कोई आदमी अतीत से चिपके बिना, अटके बिना मर सकता है। अगर तुम अतीत को अपने से चिपकने न दो, अतीत में न अटको, अतीत को हटाकर मर सको, तब तुम सजग मरोगे; तब तुम पूरे बोध में, पूरे होश में मरोगे। और तब मृत्यु तुम्हारे लिए मृत्यु नहीं रहेगी, बल्कि वह अमृत के साथ मिलन में बदल जाएगी।

अपनी पूरी चेतना को अतीत के बोझ से मुक्त कर दो, उससे अतीत के मैल को निकालकर उसे शुद्ध कर दो, और तब तुम्हारा जीवन रूपांतरित हो जाएगा।

प्रयोग करो। यह उपाय कठिन नहीं है। सिर्फ अध्यवसाय की, सतत चेष्टा की जरूरत है। विधि में कोई अंतर्भूत कठिनाई नहीं है। यह सरल है। और तुम आज से ही इसे शुरू कर सकते हो। आज ही रात अपने बिस्तर में लेटकर शुरू करो, और तुम बहुत सुंदर और आनंदित अनुभव करोगे। पूरा दिन फिर से गुजर जाएगा।

लेकिन जल्दबाजी मत करो। धीरे-धीरे पूरे क्रम से गुजरो, ताकि कुछ भी दृष्टि से चूके नहीं। यह एक आश्चर्यजनक अनुभव है, क्योंकि अनेक ऐसी चीजें तुम्हारी निगाह के सामने आएंगी जिन्हें दिन में तुम चूक गए थे। दिन में बहुत व्यस्त रहने के कारण तुम बहुत-बहुत चीजें चूकते हो, लेकिन मन उन्हें भी अपने भीतर इकट्ठा करता जाता है, तुम्हारी बेहोशी में भी मन उनको ग्रहण करता जाता है।

तुम सड़क से जा रहे थे और कोई आदमी गा रहा था। हो सकता है कि तुमने उसके गीत पर कोई ध्यान न दिया हो, तुम्हें यह भी बोध न हुआ हो कि तुमने उसकी आवाज भी सुनी। लेकिन तुम्हारे मन ने उसके गीत को भी सुना और अपने भीतर स्मृति में रख लिया था। अब वह गीत तुम्हें पकड़े रहेगा, वह तुम्हारी चेतना पर अनावश्यक बोझ बना रहेगा।

तो पीछे लौटकर उसे देखो, लेकिन बहुत धीरे-धीरे उसमें गति करो। ऐसा समझो कि पर्दे पर बहुत धीमी गति से कोई फिल्म दिखायी जा रही है। ऐसे ही अपने बीते दिन की छोटी से छोटी घटना को गौर से देखो, उसकी गहराई में जाओ। और तब तुम पाओगे कि तुम्हारा दिन बहुत बड़ा था। वह सचमुच बड़ा था, क्योंकि मन को उसमें अनगिनत सूचनाएं मिलीं और मन ने सबको इकट्ठा कर लिया।

तो प्रतिक्रमण करो। धीरे-धीरे तुम उस सबको जानने में सक्षम हो जाओगे जिन्हें तुम्हारे मन ने दिनभर में अपने भीतर इकट्ठा कर लिया था। वह टेप रेकार्डर जैसा है। और तुम जैसे-जैसे पीछे जाओगे, मन का टेप पुंछता जाएगा, साफ होता जाएगा। और जब तक तुम सुबह की घटना के पास पहुंचोगे, तुम्हें नींद आ जाएगी। और तब तुम्हारी नींद की गुणवत्ता और होगी। वह नींद भी ध्यानपूर्ण होगी।

और दूसरे दिन सुबह नींद से जागने पर अपनी आंखों को तुरंत मत खोलो। एक बार फिर रात की घटनाओं में प्रतिक्रम से लौटो। आरंभ में यह कठिन होगा। शुरू में बहुत थोड़ी गति होगी। कभी कोई स्वप्न का अंश, उस स्वप्न का अंश जिसे ठीक जागने के पहले तुम

▲

देख रहे थे, दिखाई पड़ेगा। लेकिन धीरे-धीरे तुम्हें ज्यादा बातें स्मरण आने लगेंगी, तुम गहरे प्रवेश करने लगोगे। और तीन महीने के बाद तुम समय के उस छोर पर पहुंच जाओगे जब तुम्हें नींद लगी थी, जब तुम सो गए थे।

और अगर तुम अपनी नींद में प्रतिक्रम से गहरे उतर सके तो तुम्हारी नींद और जागरण की गुणवत्ता बिलकुल बदल जाएगी। तब तुम्हें सपने नहीं आएंगे, तब सपने व्यर्थ हो जाएंगे। अगर दिन और रात दोनों में तुम प्रतिक्रमण कर सके तो फिर सपनों की जरूरत नहीं रहेगी।

अब मनोवैज्ञानिक कहते हैं कि सपना भी मन को फिर से खोलने, खाली करने की प्रक्रिया है। और अगर तुम स्वयं यह काम प्रतिक्रमण के द्वारा कर लो तो स्वप्न देखने की जरूरत नहीं रहेगी। सपना इतना ही तो करता है कि जो कुछ भी मन में अटका पड़ा था, अधूरा पड़ा था, अपूर्ण था, उसे वह पूरा कर देता है।

तुम सड़क से गुजर रहे थे और तुमने एक सुंदर मकान देखा और तुम्हारे भीतर उस मकान को पाने की सूक्ष्म वासना पैदा हो गई। लेकिन उस समय तुम दफ्तर जा रहे थे और तुम्हारे पास दिवा-स्वप्न देखने का समय नहीं था। तुम उस कामना को टाल गए, तुम्हें यह पता भी नहीं चला कि मन ने मकान को पाने की कामना निर्मित की थी। लेकिन वह कामना अब भी मन के किसी कोने में अटकी पड़ी है। और अगर तुमने उसे वहां से नहीं हटाया तो वह तुम्हारी नींद मुश्किल कर देगी।

नींद की कठिनाई यही बताती है कि तुम्हारा दिन अभी भी तुम पर हावी है और तुम उससे मुक्त नहीं हुए हो। तब रात में तुम स्वप्न देखोगे कि तुम उस मकान के मालिक हो गए हो, और अब तुम उस मकान में वास कर रहे हो। और जिस क्षण यह स्वप्न घटित होता है, तुम्हारा मन हलका हो जाता है।

सामान्यतः लोग सोचते हैं कि सपने नींद में बाधा डालते हैं, यह सर्वथा गलत है। सपने नींद में बाधा नहीं डालते। सच तो यह है कि सपने नींद में सहयोगी होते हैं। सपनों के बिना तुम बिलकुल नहीं सो सकते हो। जैसे तुम हो, तुम सपनों के बिना नहीं सो सकते हो। क्योंकि सपने तुम्हारी अधूरी चीजों को पूरा करने में सहयोगी हैं।

और ऐसी चीजें हैं जो पूरी नहीं हो सकतीं। तुम्हारा मन अनर्गल कामनाएं किए जाता है, वे यथार्थ में पूरी नहीं हो सकती हैं। तो क्या किया जाए? वे अधूरी कामनाएं तुम्हारे भीतर बनी रहती हैं और तुम आशा किए जाते हो, सोच-विचार किए जाते हो। तो क्या किया जाए? तुम्हें एक सुंदर स्त्री दिखाई पड़ी और तुम उसके प्रति आकर्षित हो गए। अब उसे पाने की कामना तुम्हारे भीतर पैदा हो गई, जो हो सकता है संभव न हो। हो सकता है वह स्त्री तुम्हारी तरफ ताकना भी पसंद न करे। तब क्या हो?

स्वप्न यहां तुम्हारी सहायता करता है। स्वप्न में तुम उस स्त्री को पा सकते हो। और तब तुम्हारा मन हलका हो जाएगा। जहां तक मन का संबंध है, स्वप्न और यथार्थ में कोई फर्क नहीं है। मन के तल पर क्या फर्क है? किसी स्त्री को यथार्थतः प्रेम करने और सपने में प्रेम करने में क्या फर्क है?

कोई फर्क नहीं है। अगर फर्क है तो इतना ही कि स्वप्न यथार्थ से ज्यादा सुंदर होगा। स्वप्न की स्त्री कोई अड़चन नहीं खड़ी करेगी। स्वप्न तुम्हारा है और उसमें तुम जो चाहो कर

सकते हो। वह स्त्री तुम्हारे लिए कोई बाधा नहीं पैदा करेगी। वह तो है ही नहीं, तुम ही हो। वहां कोई भी अड़चन नहीं है, तुम जो चाहो कर सकते हो। मन के लिए कोई भेद नहीं है, मन स्वप्न और यथार्थ में कोई भेद नहीं कर सकता है।

उदाहरण के लिए तुम्हें यदि एक साल के लिए बेहोश करके रख दिया जाए और उस बेहोशी में तुम सपने देखते रहो तो एक साल तक तुम्हें बिलकुल पता नहीं चलेगा कि जो भी तुम देख रहे हो वह सपना है। सब यथार्थ जैसा लगेगा, और स्वप्न सालभर चलता रहेगा। मनोवैज्ञानिक कहते हैं कि अगर किसी व्यक्ति को सौ साल के लिए कोमा में रख दिया जाए तो वह सौ साल तक सपने देखता रहेगा, और उसे क्षणभर के लिए भी संदेह नहीं होगा कि जो मैं कर रहा हूं वह स्वप्न में कर रहा हूं। और यदि वह कोमा में ही मर जाए तो उसे कभी पता नहीं चलेगा कि मेरा जीवन एक स्वप्न था, सच नहीं था।

मन के लिए कोई भेद नहीं है, सत्य और स्वप्न दोनों समान हैं। इसलिए मन अपने को सपनों में भी निर्ग्रंथ कर सकता है। अगर इस विधि का प्रयोग करो तो सपना देखने की जरूरत नहीं रहेगी। तब तुम्हारी नींद की गुणवत्ता भी पूरी तरह बदल जाएगी। क्योंकि सपनों की अनुपस्थिति में तुम अपने अस्तित्व की आत्यंतिक गहराई में उतर सकोगे। और तब नींद में भी तुम्हारा बोध कायम रहेगा।

कृष्ण गीता में यही बात कह रहे हैं कि जब सभी गहरी नींद में होते हैं तो योगी जागता है। इसका यह अर्थ नहीं कि योगी नहीं सोता है। योगी भी सोता है, लेकिन उसकी नींद का गुणधर्म भिन्न है। तुम्हारी नींद ऐसी है जैसी नशे की बेहोशी होती है। योगी की नींद प्रगाढ़ विश्राम है, जिसमें कोई बेहोशी नहीं रहती है। उसका सारा शरीर विश्राम में होता है; एक-एक कोश विश्राम में होता है, वहां जरा भी तनाव नहीं रहता। और बड़ी बात कि योगी अपनी नींद के प्रति भी जागरूक रहता है।

इस विधि का प्रयोग करो। आज रात से ही प्रयोग शुरू करो, और तब फिर सुबह भी इसका प्रयोग करना। एक सप्ताह में तुम्हें मालूम होगा कि तुम विधि से परिचित हो गए हो। एक सप्ताह के बाद अपने अतीत पर प्रयोग करो। बीच में एक दिन की छुट्टी रख सकते हो, किसी एकांत स्थान में चले जाओ। अच्छा हो कि उपवास करो—उपवास और मौन। एकांत समुद्र-तट पर या किसी झाड़ के नीचे लेटे रहो और वहां से, उसी बिंदु से अपने अतीत में प्रवेश करो। अगर तुम समुद्र-तट पर लेटे हो तो रेत को अनुभव करो, धूप को अनुभव करो और तब पीछे की ओर सरको। और सरकते चले जाओ, अतीत में गहरे उतरते चले जाओ और देखो कि कौन सी आखिरी बात स्मरण आती है।

तुम्हें आश्चर्य होगा कि सामान्यतः तुम बहुत कुछ स्मरण नहीं कर सकते हो। सामान्यतः अपनी चार या पांच वर्ष की उम्र के आगे नहीं जा सकोगे। जिनकी याददाश्त बहुत अच्छी है वे तीन वर्ष की सीमा तक जा सकते हैं। उसके बाद अचानक एक अवरोध मिलेगा जिसके आगे सब कुछ अंधेरा मिलेगा। लेकिन अगर तुम इस विधि का प्रयोग करते रहे तो धीरे-धीरे यह अवरोध टूट जाएगा और तुम अपने जन्म के प्रथम दिन को भी याद कर पाओगे। और वह एक बड़ा रहस्योदघाटन होगा। तब धूप, बालू और सागर-तट पर लौटकर तुम एक दूसरे ही आदमी होगे।

यदि तुम श्रम करो तो तुम गर्भ तक जा सकते हो। तुम्हारे पास मां के पेट की स्मृतियां भी हैं। मां के साथ नौ महीने होने की बातें भी तुम्हें याद हैं। तुम्हारे मन में उन नौ महीनों की कथा भी लिखी है। जब तुम्हारी मां दुखी हुई थी तो तुमने उसको भी मन में लिख लिया था। क्योंकि मां के दुखी होने से तुम भी दुखी हुए थे। तुम अपनी मां के साथ इतने जुड़े थे, संयुक्त थे कि जो कुछ तुम्हारी मां को होता था वह तुम्हें भी होता था। जब वह क्रोध करती थी तो तुम भी क्रोध करते थे। जब वह खुश थी तो तुम भी खुश थे। जब कोई उसकी प्रशंसा करता था तो तुम भी प्रशंसित अनुभव करते थे। और जब वह बीमार होती थी तो उसकी पीड़ा से तुम भी पीड़ित होते थे।

यदि तुम गर्भ की स्मृति में प्रवेश कर सको तो समझो कि राह मिल गई। और तब तुम और गहरे उतर सकते हो। तब तुम उस क्षण को भी याद कर सकते हो जब तुमने मां के गर्भ में प्रवेश किया था। इसी जाति-स्मरण के कारण महावीर और बुद्ध कह सके कि पूर्वजन्म है और पुनर्जन्म है। पुनर्जन्म कोई सिद्धांत नहीं है, वह एक गहन अनुभव है।

और अगर तुम उस क्षण की स्मृति को पकड़ सको जब तुमने मां के गर्भ में प्रवेश किया था तो तुम उससे भी आगे जा सकते हो, तुम अपने पूर्व-जीवन की मृत्यु को भी याद कर सकते हो। और एक बार तुमने उस बिंदु को छू लिया तो समझो कि विधि तुम्हारे हाथ लग गई। तब तुम आसानी से अपने सभी पूर्व-जन्मों में गति कर सकते हो।

यह एक अनुभव है, और इसके परिणाम आश्चर्यजनक हैं। तब तुम्हें पता चलता है कि तुम जन्मों-जन्मों से उसी व्यर्थता को जी रहे हो जो अभी तुम्हारे जीवन में है। एक ही मूढ़ता को तुम जन्मों-जन्मों में दुहराते रहे हो। भीतरी ढंग-ढांचा वही है, सिर्फ ऊपर-ऊपर थोड़ा फर्क है। अभी तुम इस स्त्री के प्रेम में हो, कल किसी अन्य स्त्री के प्रेम में थे। कल तुमने धन बटोरा था, आज भी धन बटोर रहे हो। फर्क इतना ही है कि कल के सिक्के और थे, आज के सिक्के और हैं। लेकिन सारा ढांचा वही है, जो पुनरावृत्त होता रहा है।

और एक बार तुम देख लो कि जन्मों-जन्मों से एक ही तरह की मूढ़ता एक दुश्चक्र की भांति घूमती रही है तो अचानक तुम जाग जाओगे और तुम्हारा पूरा अतीत स्वप्न से ज्यादा नहीं रहेगा। तब वर्तमान सहित सब कुछ स्वप्न जैसा लगेगा। तब तुम उससे सर्वथा टूट जाओगे और अब नहीं चाहोगे कि भविष्य में फिर यह मूढ़ता दुहरे। तब वासना समाप्त हो जाएगी। क्योंकि वासना भविष्य में अतीत का ही प्रक्षेपण है, उससे अधिक कुछ नहीं है। तुम्हारा अतीत का अनुभव भविष्य में दुहरना चाहता है। वही तुम्हारी कामना है, चाह है।

पुराने अनुभव को फिर से भोगने की चाह ही कामना है। और जब तक तुम इस पूरी प्रक्रिया के प्रति होशपूर्ण नहीं होते हो तब तक वासना से मुक्त नहीं हो सकते। कैसे हो सकते हो? तुम्हारा समस्त अतीत एक अवरोध बनकर खड़ा है; वह चट्टान की तरह तुम्हारे सिर पर सवार है और वही तुम्हें तुम्हारे भविष्य की ओर धका रहा है। अतीत कामना को जन्म देकर उसे भविष्य में प्रक्षेपित करता है।

अगर तुम अपने अतीत को स्वप्न की तरह जान जाओ तो सभी कामनाएं बांझ हो जाएंगी। और कामनाओं के गिरते ही भविष्य समाप्त हो जाता है। और इस अतीत और भविष्य की समाप्ति के साथ तुम रूपांतरित हो जाते हो।

केंद्रित होने की ग्यारहवीं विधि : ।

अपने सामने किसी विषय को अनुभव करो। इस एक को छोड़कर अन्य सभी विषयों की अनुपस्थिति को अनुभव करो। फिर विषय-भाव और अनुपस्थिति- भाव को भी छोड़कर आत्मोपलब्ध होओ।

'अपने सामने किसी विषय को अनुभव करो।'

कोई भी विषय, उदाहरण के लिए एक गुलाब का फूल है—कोई भी चीज चलेगी।

'अपने सामने किसी विषय को अनुभव करो।'

देखने से काम नहीं चलेगा, अनुभव करना है। तुम गुलाब के फूल को देखते हो, लेकिन उससे तुम्हारा हृदय आंदोलित नहीं होता है। तब तुम गुलाब को अनुभव नहीं करते हो। अन्यथा तुम रोते और चीखते, अन्यथा तुम हंसते और नाचते। तुम गुलाब को महसूस नहीं कर रहे हो, सिर्फ गुलाब को देख रहे हो।

और तुम्हारा देखना भी पूरा नहीं, अधूरा है। तुम कभी किसी चीज को पूरा नहीं देखते, अतीत हमेशा बीच में आता रहता है। गुलाब को देखते ही अतीत-स्मृति कहती है कि यह गुलाब है। और यह कहकर तुम आगे बढ़ जाते हो। लेकिन तब तुमने सच में गुलाब को नहीं देखा। जब मन कहता है कि यह गुलाब है तो उसका अर्थ हुआ कि तुम इसके बारे में सब कुछ जानते हो, क्योंकि तुमने बहुत गुलाब देखे हैं। मन कहता है कि अब और क्या जानना है, आगे बढ़ो। और तुम आगे बढ़ जाते हो।

यह देखना अधूरा है। यह देखना देखना नहीं है। गुलाब के फूल के साथ रहो। उसे देखो और फिर उसे महसूस करो, उसे अनुभव करो। अनुभव करने के लिए क्या करना है? उसे स्पर्श करो, उसे सूंघो; उसे गहरा शारीरिक अनुभव बनने दो। पहले अपनी आंखों को बंद करो और गुलाब को अपने पूरे चेहरे को छूने दो। इस स्पर्श को महसूस करो। फिर गुलाब को आंख से स्पर्श करो। फिर गुलाब को नाक से सूंघो। फिर गुलाब के पास हृदय को ले जाओ और उसके साथ मौन हो जाओ। गुलाब को अपना भाव अर्पित करो। सब कुछ भूल जाओ। सारी दुनिया को भूल जाओ। और ऐसे गुलाब के साथ समग्रतः रहो।

'अपने सामने किसी विषय को अनुभव करो। इस एक को छोड़कर अन्य सभी विषयों को अनुपस्थिति को अनुभव करो।'

यदि तुम्हारा मन अन्य चीजों के संबंध में सोच रहा है तो गुलाब का अनुभव गहरा नहीं जाएगा। सभी अन्य गुलाबों को भूल जाओ। सभी अन्य लोगों को भूल जाओ। सब कुछ को भूल जाओ। केवल इस गुलाब को रहने दो। यही गुलाब, हां यही गुलाब। सब कुछ को भूल जाओ और इस गुलाब को तुम्हें आच्छादित कर लेने दो। समझो कि तुम इस गुलाब में डूब गए हो।

यह कठिन होगा, क्योंकि हम इतने संवेदनशील नहीं हैं। लेकिन स्त्रियों के लिए यह उतना कठिन नहीं होगा। क्योंकि वे किसी चीज को आसानी से महसूस करती हैं। पुरुषों के लिए यह ज्यादा कठिन होगा। हां, अगर उनका सौंदर्य-बोध विकसित हो, जैसे कवि, चित्रकार या संगीतज्ञ का सौंदर्य-बोध विकसित होता है तो बात और है। तब वे भी अनुभव कर सकते हैं। लेकिन इसका प्रयोग करो।

बच्चे यह प्रयोग बहुत सरलता से कर सकते हैं। मैं अपने एक मित्र के बेटे को यह प्रयोग सिखाता था। वह किसी चीज को आसानी से अनुभव करता था। फिर मैंने उसे गुलाब का फूल दिया और उससे वह सब कहा जो तुम्हें अब कह रहा हूं। उसने यह किया और उसने इसका आनंद भी लिया। जब मैंने उससे पूछा कि कैसा अनुभव करते हो तो उसने कहा कि मैं गुलाब का फूल बन गया हूं, मेरा भाव यही है कि मैं ही गुलाब का फूल हूं।

बच्चे इस विधि को बहुत आसानी से कर सकते हैं। लेकिन हम उन्हें इसमें प्रशिक्षित नहीं करते। प्रशिक्षित किया जाए तो बच्चे सर्वश्रेष्ठ ध्यानी हो सकते हैं।

'अपने सामने किसी विषय को अनुभव करो। इस एक को छोड़कर अन्य सभी विषयों की अनुपस्थिति को अनुभव करो।'

प्रेम में यही घटित होता है। अगर तुम किसी के प्रेम में हो तो तुम सारे संसार को भूल जाते हो। और अगर अभी भी संसार तुम्हें याद है तो भलीभांति समझो कि यह प्रेम नहीं है। प्रेम में तुम संसार को भूल जाते हो, सिर्फ प्रेमिका या प्रेमी याद रहता है। इसलिए मैं कहता हूं कि प्रेम ध्यान है। तुम इस विधि को प्रेम-विधि के रूप में भी उपयोग कर सकते हो। तब अन्य सब कुछ भूल जाओ।

कुछ दिन हुए, एक मित्र अपनी पत्नी के साथ मेरे पास आए। पत्नी को पति से कोई शिकायत थी, इसलिए पत्नी आई थी। मित्र ने कहा कि मैं एक वर्ष से ध्यान कर रहा हूं। और अब उसमें मैं गहरे जाने लगा हूं तो अचानक मेरे मुंह से रजनीश-रजनीश की आवाज निकलने लगती है। यह आवाज मेरे ध्यान में सहयोगी है। लेकिन अब एक आश्चर्य की घटना घटती है। जब मैं अपनी पत्नी के साथ संभोग करता हूं और संभोग शिखर छूने लगता है तब भी मेरे मुंह से रजनीश-रजनीश की आवाज निकलने लगती है। और इस कारण मेरी पत्नी को बहुत अड़चन होती है। वह अक्सर पूछती है कि तुम प्रेम करते हो या ध्यान करते हो या क्या करते हो? और ये रजनीश बीच में कैसे आ जाते हैं?

उस मित्र ने कहा कि मुश्किल यह है कि अगर मैं रजनीश-रजनीश न चिल्लाऊं तो संभोग का शिखर चूक जाता है। और चिल्लाऊं तो पत्नी पीड़ित होती है, वह रोने-चिल्लाने लगती है और मुसीबत खड़ी कर देती है। तो उन्होंने मेरी सलाह पूछी और कहा कि पत्नी को साथ लाने का यही कारण है।

उनकी पत्नी की शिकायत दुरुस्त है। क्योंकि वह कैसे मान सकती है कि कोई दूसरा व्यक्ति उनके बीच में आए। यही कारण है कि प्रेम के लिए एकांत जरूरी है, बहुत जरूरी है। सब कुछ को भूलने के लिए एकांत अर्थपूर्ण है।

अभी यूरोप और अमेरिका में वे समूह-संभोग का प्रयोग कर रहे हैं—एक कमरे में अनेक जोड़े संभोग में उतरते हैं। यह मूढ़ता है। आत्यंतिक मूढ़ता है। क्योंकि समूह में संभोग की गहराई नहीं छुई जा सकती; वह सिर्फ काम-क्रीड़ा बन कर रह जाएगी। दूसरों की उपस्थिति बाधा बन जाती है। तब इस संभोग को ध्यान भी नहीं बनाया जा सकता है।

अगर तुम शेष संसार को भूल सको तो ही तुम किसी विषय के प्रेम में हो सकते हो। चाहे वह गुलाब का फूल हो या पत्थर हो या कोई भी चीज हो, शर्त यही है कि उस चीज की उपस्थिति महसूस करो और अन्य चीजों की अनुपस्थिति महसूस करो। केवल वही विषय-वस्तु

तुम्हारी चेतना में अस्तित्वगत रूप से रहे।

अच्छा हो कि इस विधि के प्रयोग के लिए कोई ऐसी चीज चुनो जो तुम्हें प्रीतिकर हो। अपने सामने एक चट्टान रखकर शेष संसार को भूलना कठिन होगा। यह कठिन होगा, लेकिन झेन सदगुरुओं ने यह भी किया है। उन्होंने ध्यान के लिए रॉक गार्डन बना रखे हैं। वहां पेड़-पौधे या फूल-पत्ती नहीं होते, पत्थर और बालू होते हैं। और वे पत्थर पर ध्यान करते हैं।

वे कहते हैं कि अगर किसी पत्थर के प्रति तुम्हारा गहन प्रेम हो तो कोई भी आदमी तुम्हारे लिए बाधा नहीं हों सकता है। और मनुष्य चट्टान जैसे ही तो हैं। अगर तुम चट्टान को प्रेम कर सकते हो तो मनुष्य को प्रेम करने में क्या कठिनाई है? तब कोई अड़चन नहीं है। मनुष्य चट्टान जैसे हैं, उससे भी ज्यादा पथरीले। उन्हें तोड़ना, उनमें प्रवेश करना कठिन है।

लेकिन अच्छा हो कि कोई ऐसी चीज चुनो जिसके प्रति तुम्हारा सहज प्रेम हो। और तब शेष संसार को भूल जाओ। उसकी उपस्थिति का मजा लो, उसका स्वाद लो, आनंद लो। उस वस्तु में गहरे उतरो और उस वस्तु को अपने में गहरा उतरने दो।

'फिर विषय-भाव को छोड़कर...।'

अब इस विधि का कठिन अंश आता है। तुमने पहले ही सब विषय छोड़ दिए हैं, सिर्फ यह एक विषय तुम्हारे लिए रहा है। सबको भूलकर एक इसे तुमने याद रखा था। अब "विषय-भाव को छोड़कर।" अब उस भाव को भी छोड़कर। अब तो दो ही चीजें बची हैं, एक विषय की उपस्थिति है और शेष चीजों की अनुपस्थिति है। अब उस अनुपस्थिति को भी छोड़ दो। केवल यह गुलाब या केवल यह चेहरा, या केवल यह स्त्री या केवल यह पुरुष, या यह चट्टान की उपस्थिति बची है। उसे भी छोड़ दो। और उसके प्रति जो भाव है, उसे भी। तब तुम अचानक एक आत्यंतिक शून्य में गिर जाते हो, जहां कुछ भी नहीं बचता।

और शिव कहते हैं : 'आत्मोपलब्ध होओ।' इस शून्य को, इस ना-कुछ को उपलब्ध हो। यही तुम्हारा स्वभाव है, यही शुद्ध होना है।

शून्य को सीधे पहुंचना कठिन होगा—कठिन और श्रम-साध्य। इसलिए किसी विषय को माध्यम बनाकर वहां जाना अच्छा है। पहले किसी विषय को अपने मन में ले लो और उसे इस समग्रता से अनुभव करो कि किसी अन्य चीज को याद रखने की जरूरत न रहे। तुम्हारी समस्त चेतना इस एक चीज से भर जाए। और तब इस विषय को भी छोड़ दो, इसे भी भूल जाओ। तब तुम किसी अगाध-अतल में प्रविष्ट हो जाते हो, जहां कुछ भी नहीं है। वहां केवल तुम्हारी आत्मा है—शुद्ध और निष्कलुष। यह शुद्ध अस्तित्व, यह शुद्ध चैतन्य ही तुम्हारा स्वभाव है।

लेकिन इस विधि को कई चरणों में बांटकर प्रयोग करो। पूरी विधि को एकबारगी काम में मत लाओ। पहले एक विषय का भाव निर्मित करो। कुछ दिन तक सिर्फ इस हिस्से का प्रयोग करो, पूरी विधि का प्रयोग मत करो। पहले कुछ दिनों तक या कुछ हफ्तों तक इस एक हिस्से की, पहले हिस्से की साधना करो। विषय-भाव पैदा करो, पहले विषय को महसूस करो। और एक ही विषय चुनो, उसे बार-बार बदलो मत। क्योंकि हर बदलते विषय के साथ तुम्हें फिर-फिर उतना ही श्रम करना होगा।

अगर तुमने विषय के रूप में गुलाब का फूल चुना है तो रोज-रोज गुलाब के फूल का

▲

ही उपयोग करो। उस् गुलाब के फूल से तुम भर जाओ, भरपूर हो जाओ ? ऐसे भर जाओ कि एक दिन कह को की मैं फूल ही हूं। तब विधि का पहला हिस्सा सध गया, पूरा हुआ।

जब फूल ही रह जाए और शेष सब कुछ भूल जाए, तब इस भाव का कुछ दिनों तक आनंद लो। यह भाव अपने आाप में सुंदर हैं, बहुत-बहुत सुंदर हैं। यह अपने आप में बहुत प्राणवान है, शक्तिशाली हैं। कुछ दिनों तक यही अनुभव करते रहो। और जब तुम उसके साथ रच-पच जाओगे, लयबद्ध हो जाओगे, तो फिर वह सरल हो जाएगा। फिर उसके लिए संघर्ष नहीं करना हो । तब फूल अचानक प्रकट होता है और समस्त संसार भूल जाता है, केवल फूल रहता है।

इसके बाद विधि के दूसरे भाग पर प्रयोग करो । अपनी आंख बंद कर लो और फूल को भी भूल जाओ । याद रहे, अर तुमने पहले भाग को ठीक-ठीक साधा है तो दूसरा भाग कठिन नहीं होगा। लेकिन यदि पूरी विधि पर एक साथ प्रयोग करोगे तो दूसरा भाग कठिन ही नहीं, असंभव होगा। पहले भाग में अगर तुमने एक फूल के लिए सारी दुनिया को भूला दिया तो दुसरे भाग में शून्य के लिए फूल को भूलना आसानी से हो सकेगा । दूसर भाग आएगा। लेकिन उसके लिए पहला भाग पहले करना जरूरी है।

लेकिन मन बहुत चालाक है। मन सदा कहेगा कि पूरी विधि को एक साथ प्रयोग करो । लेकिन उसमें तुम सफल नहीं हो सकते हो। और तब कहेगा कि यह विधि काम की नहीं है, या यह तुम्हारे लिए नहीं है।

इसलिए अगर सफल होना चाहते हो तो विधि को क्रम में प्रयोग करो। पहले पहले भाग को पूरा करो और दुसरे भाग को हाथ में लो । और तब विषय भी विलीन हो गया है। और मात्र तुम्हारी चेतना रहती है—शुद्ध प्रकाश, शुद्ध ज्योति-शिखा।

कल्पना करो कि तुम्हारे पास दीया है, और दीए की रोशनी अनेक चीजों पर पड़ रही हैं। मन की आंखों से देखो कि तुम्हारे अंधेरे कमरे में अनेक-अनेक चीजें हैं और तुम एक दीया वहां लाते हो और सब चीजें प्रकाशित हो जाती हैं। दीया उन सब चीजों को प्रकाशित करता है। जिन्हें तुम वहां देखते हो।

लेकिन अब तुम उनमें से एक विषय चुन लो, और उसी विष्य के साथ रहो । दीया वही है, लेकिन अब उसकी रोशनी एक ही विषय पर पड़ती है। फिर उस एक विषय को भी हटा दो। और तब दीए के लिए कोई विषय नहीं बचा।

वही जाना तुम्हारी चेतना के लिए सही है। तुम प्रकाश हो, ज्योति-शिखा हो । और सारा संसार तुम्हारा विषय है। तुम सारे संसार को छोड़ देते हो, और एक विषय पर अपने को एकाग्र करते हो। तुम्हारी ज्योति-शिखा वहीं रहती है, लेकिन अब वह अनेक विषयों में व्यस्त नहीं है। वह एक ही विषय में व्यस्त है। और फिर उस एक विषय को भी छोड़ दो। अचानक तब सिर्फ प्रकाश बचता है, चेतना बचती हैं। वह प्रकाश किसी विषय को नहीं प्रकाशित कर रहा है।

इसी को बुद्ध ने निर्वाण कहा है। इसी को महावीर ने कैवल्य कहा है, परम एकांत कहा है। उपनिषदों ने इसे ही ब्रह्मज्ञान या आत्मज्ञान कहा है। शिव कहते हैं कि अगर तुम इस विधि को सााधु तो तुम ब्रह्मज्ञान को उपलब्ध हो जाओगे।

केंद्रित होने की बारहवीं विधि :

जब किसी व्यक्ति के पक्ष या विपक्ष में कोई भाव उठे तो उसे उस व्यक्ति पर मत आरोपित करो, बल्कि केंद्रित रहो।

अगर हमें किसी के विरुद्ध घृणा अनुभव हो. या किसी के लिए प्रेम अनुभव हो तो हम क्या करते हैं? हम उस घृणा या प्रेम को उस व्यक्ति पर आरोपित कर देते हैं। अगर तुम मेरे प्रति घृणा अनुभव करते हो तो उस घृणा के ही कारण तुम अपने को बिलकुल भूल जाते हो और मैं तुम्हारा एकमात्र लक्ष्य या विषय बन जाता हूं। वैसे ही जब तुम मुझे प्रेम करते हो तो भी तुम अपने को बिलकुल ही भूल जाते हो और मुझे अपना एकमात्र विषय बना लेते हो। तुम अपनी घृणा को, प्रेम को या जो भी भाव हो, उसे मुझ पर प्रक्षेपित कर देते हो। उस दशा में तुम आंतरिक केंद्र को भूल जाते हो और दूसरे को अपना केंद्र बना लेते हो।

यह सूत्र कहता है कि जब किसी के प्रति घृणा, प्रेम या और कोई भाव पक्ष या विपक्ष में पैदा हो तो उसको, उस भाव को उस व्यक्ति पर आरोपित मत करो, बल्कि स्मरण रखो कि उस भाव का स्रोत तुम स्वयं हो।

मैं तुम्हें प्रेम करता हूं। इसमें सामान्य भाव यह है कि तुम मेरे प्रेम के स्रोत हो। लेकिन यह हकीकत नहीं है। मैं ही स्त्रोत हूं, तुम तो महज वह पर्दा हो जिस पर मैं अपने प्रेम को प्रक्षेपित करता हूं। तुम मात्र पर्दा हो, मैं अपना प्रेम तुम पर प्रक्षेपित करता हूं। और मैं कहता हूं कि तुम मेरे प्रेम के स्रोत हो। लेकिन यह तथ्य नहीं है। यह झूठ है। यह मेरी ही प्रेम की ऊर्जा है जिसे मैं तुम पर प्रक्षेपित कर रहा हूं। इस प्रेम की ऊर्जा की प्रभा में पड़कर तुम सुंदर हो जाते हो। हो सकता है किसी के लिए तुम सुंदर न होओ, हो सकता है किसी के लिए तुम बिलकुल कुरूप और विकर्षण भरे होओ। ऐसा क्यों है? अगर तुम ही प्रेम के स्रोत हो तो प्रत्येक व्यक्ति को तुम्हारे प्रति प्रेमपूर्ण होना चाहिए।

लेकिन तुम स्रोत नहीं हो। मैं तुम पर प्रेम आरोपित करता हूं तो तुम सुंदर हो जाते हो। कोई दूसरा व्यक्ति तुम पर घृणा आरोपित करता है और तुम कुरूप हो जाते हो। और हो सकता है कोई तीसरा व्यक्ति तुम्हारे प्रति बिलकुल उदासीन हो, तटस्थ हो। उसने तुम्हें देखा तक न हो। आखिर हो क्या रहा है? हम अपने-अपने भाव दूसरों पर फैला रहे हैं।

यही कारण है कि सुहागरात में चंद्रमा तुम्हें सुंदर, चमत्कारपूर्ण और अपूर्व दिखाई देता है। उस समय सारा संसार तुम्हें अपूर्व मालूम देता है। और हो सकता है उसी रात तुम्हारे पड़ोसी के लिए यह अदभुत रात्रि अस्तित्व में न हो। और अगर उसका बच्चा मर गया हो तो वही चांद उसके लिए उदास, दुखी और असहनीय मालूम पड़ेगा। और वही चांद तुम्हारे लिए इतना मोहक है, मादक है और तुम्हें पागल किए दे रहा है। क्यों? क्या चंद्रमा स्त्रोत है, आधार है? यह चंद्रमा केवल पर्दा है जिस पर तुम अपने को फैला रहे हो, प्रक्षेपित कर रहे हो।

यह सूत्र कहता है: 'जब किसी व्यक्ति के पक्ष या विपक्ष में कोई भाव उठे तो उसे उस व्यक्ति पर मत आरोपित करो, बल्कि केंद्रित रहो।'

यहां व्यक्ति की जगह कोई वस्तु भी हो सकती है—विषय के रूप में कुछ भी काम देगा। तुम सदा केंद्रित रहो। याद रहे कि तुम स्रोत हो और विषय की ओर गति करने की बजाय स्रोत की ओर गति करो। जब घृणा का भाव उठे तो घृणा के विषय पर जाने की बजाय उस

बिंदु पर जाना बेहतर है जहां से घृणा आ रही है। उस व्यक्ति को मत खोजो जो इस घृणा का विषय है, लक्ष्य है; उस केंद्र को खोजो जहां से घृणा उठ रही है। केंद्र की तरफ चलो, भीतर जाओ। अपनी घृणा या प्रेम या जो भी भाव हो उसे केंद्र की ओर, स्रोत की ओर, उदगम की ओर यात्रा का साधन बनाओ। उदगम पर जाओ, और वहां केंद्रित रहो।

इसे प्रयोग करो। यह बहुत ही मनोवैज्ञानिक विधि है। किसी ने तुम्हारा अपमान किया और तुम क्रोधित हो गए, ज्वरग्रस्त हो गए। अभी तुम्हारा यह क्रोध उस व्यक्ति की तरफ प्रवाहित हो रहा है जिसने तुम्हें अपमानित किया। तुम अपने पूरे क्रोध को उस आदमी पर प्रक्षेपित कर दोगे। लेकिन उसने कुछ भी नहीं किया है। अगर उसने तुम्हें अपमानित किया तो सच में क्या किया? उसने केवल तुम्हें थोड़ा कुरेदा। उसने तुम्हारे क्रोध को उभरने में थोड़ी सहायता कर दी। लेकिन यह क्रोध तुम्हारा है।

वही व्यकित बुद्ध के पास जाए और उन्हें अपमानित करे तो वह उनमें कोई क्रोध पैदा नहीं कर सकेगा। वह अगर जीसस के पास जाए तो जीसस उसे अपना दूसरा गाल भी हाजिर कर देंगे। और बोधिधर्म के पास जाए तो बे अट्टाहास कर उठेंगे। यह व्यक्ति-व्यक्ति पर निर्भर है।

इसलिए दूसरा व्यक्ति स्रोत नहीं है। स्रोत सदा तुम्हारे भीतर है। दूसरा सिर्फ स्रोत पर चोट कर रहा है। लेकिन अगर तुम्हारे भीतर क्रोध नहीं है तो क्रोध बाहर नहीं आएगा। यदि तुम बुद्ध को चोट करो तो करुणा आएगी, क्योंकि उनके भीतर करुणा ही है। बुद्ध के भीतर से क्रोध नहीं आएगा, क्योंकि वहां क्रोध नहीं है।

एक सूखे कुएं में बाल्टी डालो तो कुछ भी हाथ नहीं आता। पानी वाले कुएं में बाल्टी डालो और वह पानी से भरकर बाहर आती है। लेकिन पानी कुएं में है, कुआं स्रोत है। बाल्टी तो पानी को बाहर लाने का निमित्त मात्र है।

जो आदमी तुम्हें अपमानित करता है वह बाल्टी का काम करता है; वह तुम्हारे भीतर से तुम्हारे क्रोध, घृणा या किसी भी आग को बाहर ले आता है। तो स्मरण रहे, तुम स्रोत हो।

इस विधि के लिए विशेष रूप से इस बात को ध्यान में रख लो कि दूसरों पर तुम जो भी भाव प्रक्षेपित करते हो उसका स्रोत सदा तुम्हारे भीतर है। इसलिए जब भी कोई भाव पक्ष या विपक्ष में उठे तो तुरंत भीतर प्रवेश करो और उस स्रोत के पास पहुंचो जहां से यह. भाव उठ रहा है। स्रोत पर केंद्रित रहो, विषय कौ चिंता ही छोड़ दो। किसी ने तुम्हें तुम्हारे क्रोध को जानने का मौका दिया है, इसके लिए उसे तुरंत धन्यवाद दो और उसे भूल जाओ। फिर आंखें बंद कर लो और अपने भीतर सरक जाओ। और उस स्रोत पर ध्यान दो जहां से यह प्रेम या क्रोध का भाव उठ रहा है।

भीतर गति करने पर तुम्हें वह स्रोत मिल जाएगा, क्योंकि ये भाव उसी स्रोत से आते हैं। घृणा हो या प्रेम, सब तुम्हारे स्रोत से आता है। इस स्रोत के पास उस समय पहुंचना आसान है जब तुम क्रोध या प्रेम या घृणा सक्रिय रूप से अनुभव करते हो। इस क्षण में भीतर प्रवेश करना आसान होता है। जब तार गर्म है तो उसे पकड़कर भीतर जाना आसान होता है। और भीतर जाकर जब तुम एक शीतल बिंदु पर पहुंचोगे तो अचानक एक भिन्न आयाम, एक दूसरा ही संसार सामने खुलने लगता है।

इसलिए क्रोध, घृणा या प्रेम जो भी हो उसका उपयोग अंतर्यात्रा के लिए करो। हम सदा दूसरों की तरफ गति करने में इन भावों का उपयोग करते हैं। और जब अपने भाव आरोपित करने के लिए हमें कोई नहीं मिलता तो बड़ी निराशा लगती है, तब हम अपने भावों को निर्जीव वस्तुओं पर भी आरोपित करने लगते हैं। मैंने लोग देखे हैं जो अपने जूतों पर क्रोध करते हैं और क्रोध में उन्हें फेंकते हैं। वे क्या कर रहे हैं? मैंने लोग देखे हैं जो घर के दरवाजे पर क्रोध करते हैं, क्रोध में उसे खोलते हैं, उसे गालियां तक देते हैं। वे क्या कर रहे हैं?

इस प्रसंग में मैं एक झेन अंतर्दृष्टि की चर्चा से अपनी बात समाप्त करूं। एक बहुत बड़े झेन सदगुरु लिंची कहा करते थे :

मैं जब युवा था तो मुझे नौका-विहार का बहुत शौक था। मेरे पास एक छोटी सी नाव थी और उसे लेकर मैं अक्सर अकेला झील की सैर करता था। मैं घंटों झील में रहता था।

एक दिन ऐसा हुआ कि मैं अपनी नाव में आंख बंद कर सुंदर रात पर ध्यान कर रहा था। तभी एक खाली नाव उलटी दिशा से आई और मेरी नाव से टकरा गई। मेरी आंखें बंद थीं, इसलिए मैंने मन में सोचा कि किसी व्यक्ति ने अपनी नाव मेरी नाव से टकरा दी है और मुझे क्रोध आ गया।

मैंने आंखें खोलीं और मैं उस व्यक्ति को क्रोध में कुछ कहने ही जा रहा था कि मैंने देखा कि दूसरी नाव खाली है। अब मुझे कुछ करने का कोई उपाय न रहा। किस पर यह क्रोध प्रकट करूं? नाव तो खाली है! और वह नाव धार के साथ बहकर आई थी और मेरी नाव से टकरा गई थी। अब मेरे लिए कुछ भी करने को न रहा। एक खाली नाव पर क्रोध उतारने की कोई संभावना न थी। तब फिर एक ही उपाय बाकी रहा। मैंने आंखें बंद कीं और अपने क्रोध को पकड़कर उलटी दिशा में बहना शुरू किया। और वह खाली नाव मेरे आत्मज्ञान का कारण बन गई। उस मौन रात में मैं अपने भीतर, अपने केंद्र पर पहुंच गया। वह खाली नाव मेरा गुरु थी।

और फिर लिंची ने कहा, अब जब कोई आदमी मेरा अपमान करता हे तो मैं हंसता हूं और कहता हूं कि यह नाव भी खाली है। मैं आंखें बंद करता हूं और अपने भीतर चला जाता हूं।

इस विधि को प्रयोग करो। यह तुम्हारे लिए चमत्कार कर सकती है।

आज इतना ही।

16

अचेतन पाप के पार

प्रश्न-सार

1. दमन के बिना अपने स्त्रोत पर लौटने का क्या उपाय है?
2. पश्चिम के मनोविशलेषक मन के निग्रंथन के उपाय में सफल क्यों नहीं हो पाते?
3. क्या यह सच नहीं है कि कोई विधि तब तक शक्तिशाली नहीं होती जब तक व्यक्ति को उसमें दीक्षित न किया जाए?
4. अगर तादात्म्य एकमात्र पाप है तो अनेक विधियां ऐसा क्यों कहती हैं कि किसी चीज के साथ एकात्म हो जाओ?

पहला प्रश्न:

कल जिस विधि की आपने चर्चा की उसमें कहा गया कि जब कोई भाव किसी व्यक्ति के पक्ष या विपक्ष में उठे तो उसे उस व्यक्ति पर आरोपित मत करो, बल्कि केंद्रित रहो। लेकिन जब हम इस बिधि का प्रयोग अपने क्रोध, घृणा आदि भावों पर करते हैं तो ऐसा लगता है कि हम अपने मनोभावों का दमन कर रहे हैं और उससे एक दमन-ग्रंथि निर्मित होती है। कृपया समझाएं कि इन विधियों का प्रयोग करते हुए दमन-ग्रंथि से कैसे बचा जाए?

और दमन एक ही सिक्के के दो पहलू हैं। वे विरोधाभासी हैं, लेकिन बुनियादी रूप से भिन्न नहीं हैं। अभिव्यक्ति और दमन दोनों में दूसरा व्यक्ति केंद्र रहता है, दूसरा ही महत्वपूर्ण रहता है। मुझे क्रोध हुआ और मैं उस क्रोध को दमित करता हूं। मैं तुम्हारे विरुद्ध क्राध को प्रकट करने जा रहा था, अब उसका दमन कर रहा हूं। लेकिन चाहे अभिव्यक्ति हो या दमन, क्रोध तुम पर ही आरोपित हो रहा है।

यह विधि दमन के लिए नहीं है। यह विधि अभिव्यक्ति और दमन दोनों के आधार को ही बदल देती है। विधि कहती है कि भाव को दूसरे पर आरोपित मत करो, उसके स्रोत तुम स्वयं हो। चाहे अभिव्यक्ति करो या दमन, तुम स्रोत हो।

यहां अभिव्यक्ति या दमन पर जोर नहीं है, जोर इस बात के जानने पर है कि भाव कहां से उठ रहा है। तुम्हें उस उदगम की ओर यात्रा करनी है, जहां से क्रोध, घृणा और प्रेम का भाव उदित हो रहा है। जब तुम उसका दमन करते हो तो तुम केंद्र की ओर गति नहीं करते, तुम सिर्फ अभिव्यक्ति से लड़ते हो।

यदि मेरे भीतर क्रोध पैदा हुआ है तो सामान्यतः मैं दो काम करूंगा, या तो उसे किसी पर प्रकट करूंगा या उसे दमित करूंगा। लेकिन दोनों स्थिति में मैं दूसरे की फिक्र करूंगा। क्रोध की ऊर्जा से, जो उठकर सतह पर आ गई है, मेरा लेना-देना है। क्रोध का स्रोत यहां मेरी चिंता में नहीं है।

यह विधि दूसरे को बिलकुल भूल जाने को कहती है। यह कहती है कि क्रोध की उठती हुई ऊर्जा को देखो और उसके साथ प्रतिक्रम से अपने भीतर उस स्रोत तक जाओ जहां से वह आती है। और जब वह स्रोत मिल जाए तो उस स्रोत के साथ केंद्रित होकर रहो।

याद रहे, क्रोध के साथ यहां कुछ नहीं करना है। अभिव्यक्ति में क्रोध के साथ तुम कुछ करते हो। इस विधि के प्रयोग में क्रोध के साथ कुछ नहीं करना है। उसमें गहरे उतरो, ताकि जान सको कि उसका जन्म कहां होता है। और जब स्रोत का पता चल जाए तो वहां

▲

केंद्रित होना बहुत आसान है। सच तो यह है कि हम यहां क्रोध का उपयोग स्रोत तक जाने की राह के रूप में करते हैं। इसके लिए क्रोध ही नहीं, कोई भी मनोभाव काम देगा।

जब तुम दमन करते हो तो तुम स्रोत को नहीं खोज रहे हो। तुम केवल उस ऊर्जा के साथ संघर्ष कर रहे हो जो उठी है और प्रकट होना चाहती है। तुम उसे दमित कर सकते हो, लेकिन देर-अबेर वह प्रकट होगी। जागी हुई ऊर्जा के साथ निरंतर संघर्ष संभव नहीं है। वह अभिव्यक्त होगी ही। तुम अगर उसे अ पर न प्रकट कर सके तो ब या स पर प्रकट करोगे। जो भी तुम्हें तुमसे कमजोर मिलेगा, तुम उस ऊर्जा को उस पर प्रकट कर दोगे। और जब तक प्रकट नहीं करोगे तब तक तुम तनावग्रस्त, भारग्रस्त, बोझिल और बीमार अनुभव करोगे। उसे प्रकट होना ही है। तुम उसे सतत दबाकर नहीं रख सकते, कहीं न कहीं से वह ऊर्जा फूट निकलेगी। क्योंकि अगर नहीं निकले तो उसके कारण तुम निरंतर चिंतित रहोगे।

इसलिए दमन यथार्थतः स्थगन है, टालना है। तुम अभिव्यक्ति को टाल भर रहे हो। तुम्हें अपने मालिक पर क्रोध आया है, तुम उसे प्रकट नहीं कर सकते। प्रकट करना लाभ प्रद नहीं होगा। तुम उस क्रोध को नीचे सरका दोगे। ऐसा करके तुम महज प्रतीक्षा करोगे और मौका आने पर उसे अपनी पत्नी, बच्चे या नौकर पर प्रकट कर दोगे। घर पहुंचने की देर है और तुम उसे प्रकट कर दोगे। और वहां क्रोध प्रकट करने के लिए तुम कारण भी ढूंढ लोगे। क्योंकि मनुष्य तर्कनिष्ठ प्राणी है। तुम अपने क्रोध को तर्कसम्मत बनाना चाहोगे। उसके लिए कोई भी छोटा सा कारण बहाना बन जाएगा और तुम उस छोटे से कारण को बहुत अर्थपूर्ण बना लोगे।

दमन स्थगन का उपाय है। और तुम किसी भाव को महीनों और वर्षों तक स्थगित कर सकते हो। और जो जानते हैं वे कहते हैं कि तुम उन्हें जन्मों-जन्मों तक स्थगित कर सकते हो।. लेकिन अंततः उसे प्रकट होना है।

इस विधि को दमन या अभिव्यक्ति से कुछ लेना-देना नहीं है। यह विधि अपने भीतर जाने के लिए, गहरे उतरने के लिए, तुम्हारे भाव को मार्ग की तरह उपयोग में लाती है।

गुरजिएफ ऐसी स्थिति पैदा करता था जिसमें तुम अपने क्रोध, घृणा या किसी भी भाव को प्रकट करने के लिए मजबूर हो जाते। वह स्थिति कृत्रिम होती थी, तुम्हें उसका पता भी नहीं चलता। गुरजिएफ अपने शिष्यों के साथ बैठा है और तुमने उसके कमरे में प्रवेश किया। तुम्हें पता नहीं है कि वहां क्या होने वाला है। लेकिन वहां वे लोग तुम्हारे क्रोध को भड़काने के लिए तैयार बैठे हैं। वे कुछ ऐसा व्यवहार करेंगे कि तुम्हारे भीतर क्रोध भड़क उठे। कोई व्यक्ति कुछ बोलेगा और शेष लोग ऐसे अपमानजनक ढंग से पेश आएंगे कि तुम आग-बबूला हो उठोगे। अचानक क्रोध उठ आया और तुम अंगारा बन गए।

और जब गुरजिएफ देखता कि वह बिंदु आ गया जहां से तुम भीतर सरक सकते हो या उसे प्रकट कर सकते हो, जहां क्रोध शिखर पर आ गया और विस्फोट होने वाला है, वह तुमसे कहता कि आंखें बंद करो और अपने क्रोध के प्रति जागो और पीछे लौटो। तब तुम्हें पता चलेगा कि सारी स्थिति तुम्हारे लिए बनाई गयी थी। कोई सच में तुम्हें अपमानित नहीं करना चाहता था। वह एक नाटक था—मनोनाटक।

लेकिन क्रोध तो पैदा हो ही गया और यह जानने पर भी कि वह नाटक था, वह तुरंत विलीन होने वाला नहीं है। वह समय लेगा। अब तुम इस गिरती हुई ऊर्जा के साथ उतर सकते

▲

हो और स्रोत पर पहुंच सकते हो। यह ऊर्जा तुम्हें वहां ले जाने में सहयोगी होगी जहां से वह आई है। इस ऊर्जा के सहारे अब तुम मूल स्रोत से संबंधित हो सकते हो।

यह विधि ध्यान की सर्वाधिक सफल विधियों में एक है। कोई भी भाव पैदा कर लो। पैदा करने की भी जरूरत नहीं है, क्योंकि दिनभर भाव आते-जाते रहते हैं। और ध्यान के लिए किसी भी भाव का उपयोग कर सकते हो। तब तुम दूसरे व्यक्ति को भूल जाते हो, और तब तुम कुछ दमन नहीं कर रहे हो। तुम सिर्फ उस ऊर्जा के साथ नीचे की ओर गति करते हो जो ऊर्जा ऊपर उठ आई थी। हरेक ऊर्जा स्रोत से आती है। और जब आती है तब मार्ग सक्रिय हो जाता है, और उस मार्ग को तुम प्रतिक्रमण के लिए उपयोग में ला सकते हो। और जिस क्षण ऊर्जा अपने मूल स्रोत पर पहुंचती है, वह उसमें विलीन हो जाती है।

यह दमन नहीं है, ऊर्जा सिर्फ अपने मूल स्रोत में लौट गई है। और जब तुम अपनी ऊर्जा को मूल स्रोत से संयुक्त करने में सक्षम हो जाते हो तो तुम अपने शरीर के, मन के और अपनी ऊर्जा के मालिक हो गए। अब तुम मालिक हो, अब तुम अपनी ऊर्जा नष्ट नहीं कर सकते। एक बार तुम जान गए कि कैसे ऊर्जा को उसके स्रोत पर वापस लौटा लिया जाए तो फिर न दमन की जरूरत है और न अभिव्यक्ति की। अभी तुम क्रोध में नहीं हो। मैं कुछ कहता हूं और तुम क्रोधित हो जाते हो। यह ऊर्जा कहां से आती है? एक क्षण पहले तुम्हें क्रोध नहीं था, लेकिन तुममें ऊर्जा तो थी। वही ऊर्जा क्रोध बन गई। अगर यह ऊर्जा अपने स्रोत में वापस लौट जाए तो तुम वैसे ही हो जाओगे जो क्षणभर पहले थे।

स्मरण रहे, ऊर्जा न क्रोध है, न प्रेम है और न घृणा है। ऊर्जा मात्र ऊर्जा है—तटस्थ ऊर्जा। वही ऊर्जा क्रोध बन जाती है। वही ऊर्जा कामवासना बन जाती है। वही ऊर्जा प्रेम बन जाती है। और वही घृणा भी बन जाती है। वे एक ही ऊर्जा के अलग-अलग रूप हैं। रूप तुम देते हो, रूप तुम्हारा मन देता है, और ऊर्जा उसमें प्रवेश कर जाती है।

ध्यान रहे, अगर तुम गहरे प्रेम में हो तो तुम्हारे पास क्रोध करने के लिए बहुत ऊर्जा नहीं बचेगी। लेकिन अगर तुम प्रेम बिलकुल नहीं करते तो क्रोध के लिए तुम्हारे पास अतिशय ऊर्जा होगी। और उसे प्रकट करने के लिए तुम सदा अवसर की खोज में रहोगे कि क्रोध को प्रकट कर सको। अगर तुम्हारी ऊर्जा कामवासना में प्रकट होती है तो तुममें हिंसा की मात्रा बहुत कम होगी। और अगर वह कामवासना में प्रकट नहीं होती है तो तुम बहुत हिंसक होओगे। यही कारण है कि सेना में सिपाहियों के लिए काम-संबंध निषिद्ध है, वर्जित है। अगर उन्हें काम-भोग में उतरने दिया जाए तो सेनाएं युद्ध के लिए बिलकुल नपुंसक हो जाएंगी। और यही कारण है कि जब कोई सभ्यता शिखर छूती है तो उसकी युद्ध की क्षमता समाप्त हो जाती है।

इसलिए सदा सभ्य और सुसंस्कृत समाज अपने से कम सभ्य समाजों द्वारा पराजित होते आए हैं। यह सदा हुआ है। क्योंकि एक विकसित समाज अपने लोगों की हर जरूरत की फिक्र करता है; इन जरूरतों में कामवासना भी सम्मिलित है। जब कोई समाज सचमुच प्रतिष्ठित और समृद्ध होता है, तब उसके हर सदस्य की कामजन्य आवश्यकता पूरी की जाती है। और जिसकी कामवासना की जरूरत पूरी होती है वह लड़ नहीं सकता है। अगर तुम्हारी कामवासना की जरूरत पूरी नहीं हुई है तो तुम लड़ सकते हो, और आसानी से लड़ सकते हो।

इसलिए अगर दुनिया में शांति चाहिए तो कामवासना के लिए अधिक स्वतंत्रता जरूरी

हो जाती है। और यदि युद्ध चाहिए, हिंसा और रक्तपात चाहिए, तो काम-दमन जरूरी हो जाता है, काम-बिरोधी दृष्टि जरूरी हो जाती है।

यह बड़ी विरोधाभासी बात है कि एक ओर तथाकथित साधु-महात्मा शांति की चर्चा करते हैं और दूसरी ओर थे कामवासना की निंदा भी किए जाते हैं। एक साथ वे यौन-बिरोधी वातावरण बनाते हैं और शांति की जरूरत पर भी बल देते हैं। यह बहुत अनर्गल बात है। उनसे तो हिप्पी ज्यादा ठीक हैं। हिप्पियों का नारा है—प्रेम करो, युद्ध मत करो। यह सही दृष्टिकोण है। अगर तुम सच में प्रेम करो तो तुम युद्ध नहीं कर सकते।

इसीलिए तथाकथित संन्यासी, जिन्होंने अपनी कामवासना का दमन किया है, हमेशा क्रोध और हिंसा से भरे रहते हैं। वे अकारण ही क्रोध और हिंसा से भरे होते हैं, और इतने कि किसी भी क्षण विस्फोट हो सकता है। उनकी सब ऊर्जा अनभिव्यक्त पड़ी है। और जब तक उसे स्रोत से न संयुक्त कर दिया जाए, तब तक सच्चा ब्रह्मचर्य संभव नहीं होगा। तुम काम-दमन कर सकते हो, लेकिन तब वह हिंसा में प्रकट होगा।

तुम्हारी काम-ऊर्जा अगर केंद्र पर पहुंच जाए तो तुम फिर बच्चे की भांति हो जाओगे। बच्चे में तुमसे ज्यादा काम-ऊर्जा है, लेकिन अभी वह अपने स्रोत पर स्थित है। अभी वह शरीर में नहीं गई है, लेकिन जाएगी। जब शरीर तैयार होगा, ग्रंथियां तैयार होंगी, जब शरीर प्रौढ़ होगा, तब काम-ऊर्जा शरीर में चली जाएगी।

बच्चा क्यों इतना निर्दोष है? इसलिए कि उसकी ऊर्जा अभी स्रोत पर है, वहां से अलग नहीं हुई है। वही घटना दूसरी बार घटती है, जब कोई व्यक्ति बुद्धत्व को प्राप्त होता है। तब उसकी सब ऊर्जा स्रोत्र में लौट आती है, और वह व्यक्ति बच्चे की भांति हो जाता है। जीसस का यही मतलब है, जब वे कहते हैं कि मेरे प्रभु के राज्य में वे ही प्रवेश कर सकेंगे जो बच्चों की भांति होंगे।

इसका क्या अर्थ है? इसका वैज्ञानिक अर्थ है कि तुम्हारी समूची ऊर्जा अपने स्रोत पर लौट आई है। जब तुम कर्जा को अभिव्यक्ति देते हों तो वह बाहर जाती है। अभिव्यक्ति देकर तुम ऊर्जा के लिए बाहर जाने की, स्खलित होने की आदत निर्मित करते हो। और जब तुम ऊर्जा को दमित करते हो; तब ऊर्जा न भीतर जाती है और न बाहर, वह सिर्फ अधर में लटकी रहती है। और अधर में लटकी हुई ऊर्जा बोझ बन जाती है।

यही वजह है कि जब तुम क्रोध निकाल देते हो, तुम हलकापन महसूस करते हो। जब तुम संभोग से गुजर लेते हो तब तुम एक तरह की राहत अनुभव करते हो। वैसे ही जब तुम किसी चीज को नष्ट करके अपनी घृणा को प्रकट कराते हो तो तुम्हें चैन सा लगता है।

दमित ऊर्जा बोझ बनी रहती है। तुम्हारा मन उससे भारी बना रहता है। और तुम्हारे सामने दो ही विकल्प हैं। या तो उस ऊर्जा को बाहर फेंको, या उसे पीछे लौटकर अपने स्रोत से संयुक्त होने दो। स्रोत में वापस लौटकर ऊर्जा निराकार हो जाती है। स्त्रोत पर सब ऊर्जा निराकार होती है। :

उदाहरण के लिए, बिजली है, वह भी निराकार है। जब बिजली पंखे में जाती है तो एक रूप ले लेती है, और बही बल्ब में प्रवेश कर दूसरा रूप ले लेती है। तुमे हजार तरह से उसका उपयोग कर सकते हो। ऊर्जा वही है, और यंत्र के द्वारा उसे आकार मिलता है।

वैसे ही क्रोध एक यंत्र है; काम, प्रेम, घृणा भी यंत्र हैं। ऊर्जा जब घृणा की नहर में जाती है तो घृणा बन जाती है। वही ऊर्जा प्रेम में प्रवेश कर प्रेम बन जाती है। और जब वह अपने स्रोत पर लौट आती है तो फिर वह अरूप ऊर्जा, शुद्ध ऊर्जा बन जाती है। यह अरूप ऊर्जा निर्दोष है। निराकार परम निर्दोष है। यही कारण है कि बुद्ध इतने निर्दोष दिखते हैं। उनकी ऊर्जा स्रोत पर पहुंच गई है।

ऊर्जा को अभिव्यक्त मत करो, क्योंकि वह अपव्यय है। वैसा करके तुम अपनी ही ऊर्जा नष्ट नहीं करते, दूसरे की ऊर्जा भी नष्ट करने में सहयोगी होते हो। और ऊर्जा का दमन भी मत करो। क्योंकि दमित ऊर्जा तनाव में होती है और सदा प्रकट होने की राह खोजती है। तो करना क्या?

यह विधि कहती है कि भाव के साथ कुछ मत करो, बल्कि उस स्रोत की तरफ जाओ जहां से वह भाव आया है। और जब भाव सक्रिय है तब मार्ग भी स्पष्ट हे, और उसी क्षण तुम भीतर गति कर सकते हो। भावों का ध्यान के लिए उपयोग करो। उसके अदभुत परिणाम होंगे, जिन पर तुम्हें विश्वास न होगा। और एक बार तुम्हें वह कुंजी मिल गई जो ऊर्जा को उसके स्रोत पर पहुंचा देती है तो तुम्हारे व्यक्तित्व का गुणधर्म ही और हो जाएगा। तब तुम अपनी ऊर्जा नष्ट न करोगे। नष्ट करना मूढ़ता मालूम होगी।

बुद्ध कहते हैं कि जब तुम किसी पर क्रोध करते हो तो उसका अर्थ है कि दूसरे के दुष्कृत्यों के लिए तुम अपने को दंड दे रहे हो। किसी ने तुम्हें अपमानित किया, यह उसका कृत्य हे और क्रुद्ध होकर तुम अपने को दंड देते हो, तुम अपनी ऊर्जा नष्ट करते हो। यही मूढ़ता है।

फिर हम बुद्ध, महावीर और जीसस को सुनकर ऊर्जा का दमन करने लगते हैं। हम सुनते हैं कि क्रोध करना मूढ़ता है तो हम सोचते हैं कि क्रोध नहीं करना चाहिए। और तब हम अपनी ऊर्जा से लड़ते हैं, उसका दमन करते हैं। परिणामस्वरूप हम दमित ऊर्जा के ज्वालामुखी बन जाते हैं, जिसका किसी भी क्षण विस्फोट हो सकता है।

तुम इकट्ठा कर रहे हो। दिनभर का क्रोध इकट्ठा हो गया, फिर महीनेभर का क्रोध इकट्ठा हो गया, फिर वर्षभर का क्रोध, फिर पूरे जीवनभर का क्रोध इकट्ठा हो गया। ऐसे जन्मों-जन्मों का क्रोध भी इकट्ठा हो सकता है। वह सब वहां इकट्ठा हे जो किसी भी क्षण फूट सकता है। और तब तुम जीने से भी डरने लगते हो, क्योंकि किसी भी क्षण कोई चिंगारी विस्फोट पैदा कर सकती है। इसलिए तुम भयभीत हो, और तुम्हारा प्रत्येक क्षण खींचातानी बन जाता है।

मनोविज्ञान कहता है कि दमन की बजाय अभिव्यक्ति बेहतर है, लेकिन धर्म ऐसा नहीं कह सकता। धर्म कहता है कि दमन और अभिव्यक्ति दोनों मूढ़ताएं हैं। ऊर्जा को अभिव्यक्ति देकर तुम दूसरे को हानि पहुंचाते हो और अपने को भी। दमन करके तुम अपनी हानि कर रहे हो, और किसी दिन दूसरे की भी हानि करोगे। धर्म कहता है कि स्रोत की तरफ लौट चलो जहां पहुंचकर ऊर्जा निराकार हो जाती है। तब क्रोध किए बिना ही तुम शक्तिशाली महसूस करोगे। तब तुम ओजस्वी और जीवंत होओगे। तब तुम्हारे जीवन में तीव्रता और त्वरा होगी और तुम्हारी उपस्थिति प्रभावकारी होगी। तब तुम्हें किसी पर प्रभुत्व करने की जरूरत नहीं

रहेगी, तुम्हारी उपस्थिति ही कहेगी कि यहां कोई शक्ति का स्रोत आ गया है।

जब तुम किसी बुद्ध या कृष्ण के पास पहुंचते हो तो तुरंत अपने को एक भिन्न ही माहौल में पाते हो। कारण यह है कि बुद्ध और कृष्ण शक्ति के स्त्रोत बन जाते हैं। उनकी सन्निधि में जाते ही तुम पर चुंबकीय प्रभाव पड़ता है, जादू सा हो जाता है। कोई तुम पर जादू करता नहीं है, कुछ भी नहीं करता है; सिर्फ उपस्थिति काम करती है। तुम्हें लगेगा कि किसी ने तुम्हें सम्मोहित कर दिया। लेकिन बात ऐसी नहीं है। यह बुद्ध की उपस्थिति है जो सम्मोहित कर रही है, क्योंकि बुद्ध की ऊर्जा स्रोत पर पहुंच गई है, वह ऊर्जा केंद्रित होकर निराकार हो गई है। ऐसी उपस्थिति सम्मोहक होती है।

बुद्धत्व प्राप्ति के पूर्व बुद्ध के पांच शिष्य थे। वे सभी तपस्वी थे। तब बुद्ध स्वयं एक बड़े तपस्वी थे। उन्हें अपने शरीर को सताने में बड़ा रस आता था। वे नए-नए ढंगों से, अनेक ढंगों से अपने को सताते थे। एक तरह से वे आत्म-पीड़क थे। और उस समय ये पांचों उनके निष्ठावान शिष्य थे।

और फिर बुद्ध को बोध हुआ कि तपस्या बिलकुल व्यर्थ है, अपने को सताकर कोई बुद्धत्व को नहीं प्राप्त हो सकता है। जब उन्हें यह बोध हुआ तो उन्होंने तपस्या का मार्ग छोड़ दिया। फलतः उनके पांचों शिष्य तुरंत उन्हें छोड़कर अलग हो गए। उन्होंने कहा कि तुम अब तपस्वी न रहे, तुम्हारा पतन हो गया है। और वे सभी कहीं और चले गए।

फिर जब बुद्ध बुद्धत्व को उपलब्ध हुए तो सबसे पहले उन्हें अपने इन पांचों शिष्यों का स्मरण आया। कभी वे उनके अनुयायी थे, इसलिए उन्हें पहले उनकी खोज करनी चाहिए। बुद्ध को लगा कि मेरा उनके प्रति एक कर्तव्य है। पहले उन्हें खोजकर वह बताना है जो मुझे मिला है।

तो बुद्ध उन्हें ढूंढने के लिए बोधगया से वाराणसी गए। वे लोग उन्हें सारनाथ में मिले। कथा कहती है कि बुद्ध दूसरी बार लौटकर वाराणसी कभी नहीं गए, सारनाथ कभी नहीं गए। वे सिर्फ इन शिष्यों के लिए आए थे।

जब बुद्ध सारनाथ पहुंचे तो संध्या का समय था। बुद्ध के पांचों शिष्य एक पहाड़ी पर बैठे थे। जब उन्होंने बुद्ध को अपनी ओर आते देखा तो उन्होंने कहा कि यह वही गौतम सिद्धार्थ है जो मार्ग छोड़कर पतित हो गया है; हम उसे कोई आदर नहीं देंगे, हम उसके साथ मामूली शिष्टाचार भी नहीं निभाएंगे। और ऐसा कहकर पांचों ने आंखें बंद कर लीं।

लेकिन जैसे-जैसे बुद्ध उनके निकट पहुंचे, अनदेखे ही उन पांचों के मन बदलने लगे। वे बेचैन हो उठे। और जब बुद्ध बिलकुल उनके पास आ गए तो अचानक उन पांचों की आंखें खुल गईं और वे सीधे बुद्ध के चरणों पर गिर पड़े। बुद्ध ने पूछा कि तुम लोग ऐसा क्यों करते हो? तुमने तो यह तय किया था कि तुम मुझे सम्मान नहीं दोगे। फिर यह क्या?

उन्होंने कहा कि हम कुछ कर नहीं रहे हैं, सब अपने आप हो रहा है। आपको कुछ मिला है, आप एक चुंबकीय शक्ति बन गए हैं और हम आपकी तरफ खिंचे जा रहे हैं। क्या आप हम पर सम्मोहन कर रहे हैं? बुद्ध ने कहा, नहीं, मैं कुछ नहीं कर रहा हूं। लेकिन मुझे कुछ हुआ है, कुछ मिला है। मेरी समस्त ऊर्जा अपने स्रोत से जा मिली है। इसलिए मैं जहां जाता हूं वहां एक चुंबकीय शक्ति अनुभव होती है।

▲

इसी कारण से सदियों से बुद्ध या महावीर के विरोधी कहते आए हैं कि वे लोग अच्छे नहीं थे, वे लोगों को सम्मोहित कर लेते थे। असल में कोई सम्मोहित नहीं करता है, यह दूसरी बात है कि लोग सम्मोहित हो जाते हैं। जब ऊर्जा मूल स्रोत से मिलती है तो वह एक चुंबकीय केंद्र पैदा करती है। यह विधि तुम्हारे भीतर वही चुंबकीय केंद्र पैदा करने की विधि है।

दूसरा प्रश्नः

कल आपने कहा कि मन को निर्ग्रंथ करने की जो ध्यान-विधियां है, वे बहुत महत्वपूर्ण हैं। पश्चिम में सैकड़ों फ्रायडवादी और जुंगवादी मनोचिकित्सक इन विधियों का प्रयोग कर रहे हैं, लेकिन व्यक्ति को रूपांतरित करने में उन्हें कोई महत्वपूर्ण सफलता नहीं मिली है। उनकी असफलता के कारण क्या हैं? उनकी विधि की त्रुटियां क्या हैं?

अनेक बातें यहां विचारणीय हैं। एक तो यह कि पाश्चात्य मनोविज्ञान अभी मनुष्य की आत्मा में विश्वास नहीं करता है। वह केवल मनुष्य के मन को मानता है। अभी पश्चिम के मनोविज्ञान के लिए मन के पार कुछ नहीं है। और अगर मन के पार कुछ भी नहीं है तो फिर तुम जो भी करोगे उससे मनुष्य का भला नहीं होगा। ज्यादा से ज्यादा उससे मनुष्य को सामान्य बनाया जा सकता है, बस। और यह सामान्य होना क्या है?

सामान्य होना औसत होना है। और अगर औसत व्यक्ति ही सामान्य नहीं है तो सामान्य होने का कुछ भी अर्थ नहीं है। उसका केवल इतना अर्थ होता है कि तुम भीड़ के साथ समायोजित हो गए। पश्चिम का मनोविज्ञान एक ही काम करता है—जब भी किसी व्यक्ति का भीड़ के साथ समायोजन टूट जाता है तो पश्चिमी विधियां फिर से भीड़ के साथ उसका समायोजन जोड़ देती हैं। लेकिन भीड़ को कोई नहीं देखता कि यह भीड़ ठीक है अथवा नहीं।

पूर्वीय मनोविज्ञान के लिए भीड़ मापदंड नहीं है। इस फर्क को स्मरण रखो। पूर्व के मनोविज्ञान के लिए भीड़ मापदंड नहीं है, समाज मापदंड नहीं है। समाज तो खुद रुग्ण है। फिर मापदंड क्या है? हमारे लिए बुद्ध मापदंड हैं। जब तक तुम बुद्ध जैसे नहीं होते तब तक तुम रुग्ण हो। समाज मापदंड नहीं है।

लेकिन पश्चिमी मनोविज्ञान के लिए समाज ही मापदंड है, बुद्ध उनके लिए मापदंड नहीं हो सकते। क्योंकि वे नहीं मानते कि आत्मा जैसी कोई चीज है। और अगर आत्मा नहीं है तो बुद्धत्व भी नहीं हो सकता है। क्योंकि आत्मा का प्रकाशित होना ही बुद्धत्व है। इसलिए पश्चिम का मनोविज्ञान मात्र चिकित्सा है, चिकित्सा का अंग है। वह तुम्हें समायोजित होने में सहयोग देता है। वह अतिक्रमण नहीं है।

पूर्व मन के अतिक्रमण के लिए प्रयत्न करता है। क्योंकि हमारे लिए मानसिक रुग्णताएं नहीं हैं। याद रहे, हमारे लिए मानसिक रोग नहीं हैं। हमारे लिए तो मन ही रुग्णता है, मन ही रोग है। पश्चिम के मनोविज्ञान के लिए मन रोग नहीं है। वह तो तुमको मन समझता है, तुम मन हो। वह मन को रोग कैसे मान सकता है। उसके लिए मन स्वस्थ भी हो सकता है, मन बीमार भी हो सकता है। हमारे लिए मन ही रोग है, मन कभी स्वस्थ नहीं हो सकता है। जब तक तुम मन के पार नहीं जाते, तुम स्वस्थ नहीं हो सकते।

तब तक तुम या तो रुग्ण और समायोजित हो या रुगण और असमायोजित हो, लेकिन स्वस्थ नहीं हो। सामान्य आदमी स्वस्थ नहीं है। वह सीमा के भीतर रुग्ण है। असामान्य वह है जो सीमा के बाहर चला जाता है। और सामान्य तथा असामान्य में केवल मात्रा का फर्क है, गुण का नहीं। तुम्हारे और पागलखाने में रहने वाले के बीच कोई गुणात्मक फर्क नहीं है, सिर्फ मात्रा का फर्क है। वह तुमसे थोड़ा ज्यादा विक्षिप्त है, बस। तुम सीमा के भीतर हो। कामकाज के तल पर तुम चला लेते हो। वह नहीं चला पाता है। वह तुमसे आगे बढ़ गया है। उसकी बीमारी बहुत आगे बढ़ गई है। तुम रास्ते में हो, वह पहुंच गया है।

पश्चिम का मनोविज्ञान इस आगे चले गए आदमी को भीड़ में वापिस लाकर समायोजित कर देता है। वह उसे सामान्य बना देता है। यह ठीक है; जितना हो जाए उतना ही ठीक है। लेकिन हमारे लिए जब तक आदमी मन के पार नहीं जाता है तब तक वह पागल ही है, क्योंकि मन ही पागलपन है। इसलिए हम मन का निर्ग्रंथन करते हैं, ताकि हम उसको जान सकें जो मन के पार है। वे भी मन के निर्ग्रंथन के कुछ उपाय करते हैं, लेकिन उद्देश्य समायोजन है। उनके लिए मन के पार कुछ नहीं है। और खयाल रहे, जब तक तुम स्वयं के पार नहीं जाते, कुछ भी महत्वपूर्ण घटित नहीं होगा। जब तक तुम्हारे लिए तुमसे कुछ पार पाने को नहीं है, तब तक जीवन निरर्थक है।

कुछ और बातें हैं। फ्रायड और फ्रायडवादियों के लिए मनुष्य ऐसा प्राणी है जो सुखी नहीं हो सकता है। उसके होने में ही कुछ है कि आदमी सुखी नहीं हो सकता है। तुम दुखी न होओ, यही काफी है। इतने से संतुष्ट हो जाओ कि तुम दुखी नहीं हो, यही काफी है। तुम सुखी तो हो नहीं सकते। क्यों?

इसलिए कि फ्रायडवादी मनोविज्ञान कहता है कि केवल वृत्ति के अनुकूल जीने से पशुवत जीने से सुख उपलब्ध होता है। लेकिन मनुष्य वैसा नहीं हो सकता। बुद्धि निरंतर हस्तक्षेप करती है, दखल देती है। अगर तुम अपनी बुद्धि को छोड़ दो, तर्क को अलग कर दो, तो सुखी हो सकते हो।

लेकिन तब तुम्हें अपने सुख का बोध नहीं होगा। फ्रायडियन मनोविज्ञान का यही विरोधाभास है। अगर तुम नीचे गिरकर पशु हो जाओ तो सुखी तो हो जाओगे, लेकिन इस सुख का तुम्हें बोध नहीं होगा। और अगर तुम बोधपूर्ण होने की कोशिश करोगे तो सुखी नहीं रह सकते, क्योंकि तब तुम्हारे लिए पशु जैसा होना कठिन हो जाएगा।

और बुद्धि निरंतर हर चीज में हस्तक्षेप करती है। मनुष्य तर्क को छोड़ नहीं सकता, और तर्क के साथ रहना बड़ी मुसीबत है। और यही मनुष्य की समस्या है, पीड़ा है। फ्रायड के अनुसार सुखी होना असंभव है। ज्यादा से ज्यादा तुम यही कर सकते हो, अगर तुम बुद्धिमान हो, कि अपने जीवन को इस ढंग से नियोजित करो कि दुख न हो। लेकिन यह बहुत नकारात्मक बात है।

पूर्वीय मनोविज्ञान के सामने एक विधायक गंतव्य भी है। और वह है कि तुम सुखी हो सकते हो। सुखी ही नहीं, तुम आनंदपूर्ण हो सकते हो। और पूर्वीय मनोविज्ञान यह भी कहता है कि अगर तुम्हें पता है कि तुम दुखी हो तो उसका इतना ही अर्थ है कि तुम्हारे भीतर सुखी होने की क्षमता है, संभावना है। अन्यथा दुख का बोध नहीं हो सकता। यदि कोई व्यक्ति अंधेरे

को देख सकता है तो उसका अर्थ है कि उसके पास आंखें हैं। और जो अंधेरे को देख सकता है वह प्रकाश को भी देख सकता है।

याद रहे, अंधा व्यक्ति अंधकार को नहीं देख सकता है। तुम सोचते होगे कि अंधे लोग अंधकार में जीते होंगे। इस बात को भूल जाओ। वे अंधेरे को भी नहीं देख सकते हैं, क्योंकि उसके लिए भी आंखें चाहिए। वैसे ही अगर तुम दुख अनुभव करते हो तो सुख भी अनुभव कर सकते हो। सच तो यह है कि अगर तुम सुख नहीं अनुभव कर सकते तो दुख को भी अनुभव करने की कोई संभावना नहीं है। ये ध्रुवीय विपरीतताएं हैं।

तुम पूरी तरह सुखी हो सकते हो, लेकिन तब मन व्यर्थ हो जाएगा। इसे ऐसे समझो—अगर तुम नीचे उतरकर सिर्फ शरीर रह जाओ तो तुम सुखी हो जाओगे। फ्रायड भी इस बात से सहमत है कि अगर तुम नीचे गिरकर अपनी बुद्धि को बिलकुल भूल जाओ, अगर तुम पशु जैसे हो जाओ, सिर्फ शरीर रह जाओ, तो तुम सुखी हो जाओगे। लेकिन तब तुम्हें यह होश नहीं रहेगा कि मैं सुखी हूं। मन से तुम जान सकते हो कि तुम सुखी हो, लेकिन तब कठिनाई यह है कि तुम सुखी नहीं हो सकते, क्योंकि मन सदा हस्तक्षेप करता रहता है। शरीर तो सुखी हो सकता है, लेकिन मन उसमें बाधा डालता है।

पूर्व ने एक और संभावना का विकास किया है, और वह है पार जाने की संभावना। फ्रायड कहता है कि तुम पीछे लौटकर और पशु होकर सुखी हो सकते हो, लेकिन इस सुख का बोध नहीं होगा। बोध के लिए मन जरूरी है, मन में होकर ही तुम सुख को जान सकते हो। लेकिन मन के रहते सुखी नहीं हुआ जा सकता है। पूर्वीय अनुसंधान कहता है कि मन के पार जाने से तुम सुखी हो सकते हो और साथ-साथ होशपूर्ण भी। वह तीसरा विकल्प है—मन के पार जाने का विकल्प।

तो ये तीन विकल्प हैं। मनुष्य बीच में है। नीचे पशु का जगत है। जंगल में जाकर पशुओं को देखो, अनजाने ही सही, वे सुखी हैं। उन्हें नहीं मालूम है कि वे सुखी हैं, लेकिन तुम जान सकते हो कि वे सुखी हैं। सुबह-सुबह समुद्र-तट पर चले जाओ, या किसी बगीचे में चले जाओ और चिड़ियों की चहचहाहट सुनो। उन्हें भले ही पता न हो, लेकिन तुम जान जाओगे कि वे सुखी हैं। उनकी तरह तुम कभी नहीं गा सके हो। उनकी आंखों में झाँककर देखो, कैसी निरभ्र और निर्दोष आंखें हैं। वे पक्षी सुखी हैं, पर तुम सुखी नहीं हो।

नीचे गिरकर केवल शरीर रह जाओ तो तुम सुखी हो जाओगे। या ऊपर उठकर आत्मा हो जाओ तो भी तुम सुखी हो जाओगे। लेकिन मध्य में रहकर तुम सदा तनाव में रहोगे। क्योंकि मन मंजिल नहीं है; वह दो यथार्थों के बीच, शरीर और आत्मा के बीच तनी हुई एक रस्सी है।

तुम्हारी हालत रस्सी पर चलने वाले नट जैसी है। वह कभी चैन में नहीं रह सकता। या तो उसे आगे जाना होगा या पीछे जाना होगा, बीच में खड़ा नहीं रहा जा सकता। तब उसे रस्सी से उतरना होगा। दो ही विकल्प हैं, या तो वह आगे जाए या पीछे जाए। मन भी वैसी रस्सी है, और मन के साथ जीना रस्सी पर चलना है। उसमें असंतुलन और बेचैनी अनिवार्य है। हरेक क्षण चिंता और संताप का क्षण है। मन का जीवन तनाव का जीवन है।

यही कारण है कि पश्चिम का मनोविज्ञान तुम्हें सामान्य बना देता है, लेकिन वह तुम्हें

आत्मोपलब्ध नहीं बना सकता। लेकिन अब पश्चिम भी सोच रहा है, वहां भी नए अंकुर फूट रहे हैं और प्रगाढ़ रूप से पूर्व पश्चिम में प्रवेश कर रहा है।

असल में पूरब के जीतने का वही ढंग है। पश्चिम ने पूरब पर विजय पाई, लेकिन उसका ढंग बड़ा स्थूल था। पूरब के जीतने के अपने रास्ते हैं। वे बहुत सूक्ष्म और शांत हैं। अब पूरब पश्चिमी मन में प्रवेश कर रहा है। किसी हिंसा और संघर्ष के बगैर पूरब पश्चिम के मन में छाता जा रहा है। देर-अबेर पश्चिम के मनोविज्ञान को अतिक्रमण की धारणा, मन के पार जाने की धारणा विकसित करनी होगी।

मन का निर्ग्रंथन दोनों ढंग से सहयोगी सिद्ध हो सकता है। अगर तुम सिर्फ चित्त को सामान्य बनाना चाहते हो तो वह उसमें भी सहयोगी होगा। उस हालत में अतिक्रमण तुम्हारा उद्देश्य नहीं है। और अगर अतिक्रमण उद्देश्य हो तो उसमें भी निर्ग्रंथन सहयोगी होगा। ये विधियां मानसिक शांति के लिए भी काम आ सकती हैं। और ये विधियां उस सच्ची शांति के लिए भी काम आ सकती हैं जो मन की नहीं हैं।

शांति भी दो प्रकार की है। एक तो मन की शांति है और दूसरी शांति है जो मन के पार की है। और मन के नहीं हो जाने पर जो शांति उपलब्ध होती है, वह मन की शांति से सर्वथा भिन्न है। मन की शांति में मन रह जाता है, लेकिन उसकी विक्षिप्तता न्यून हो जाती है।

पश्चिम के मनोविज्ञान को अध्यात्म पर आना होगा, तभी मनुष्य अतिक्रमण कर सकता है। उसको दर्शन भी बनना होगा, और अंततः उसे धर्म बनना होगा। केवल तभी वह मनुष्य को समाधि में ले जा सकता है।

तीसरा प्रश्नः

आप ध्यान की अनेक विधियां हमें समझाते रहे हैं। लेकिन क्या यह सच नहीं है कि कोई विधि तब तक बहुत शक्तिशाली और कारगर नहीं हो सकती जब तक साधक को उसमें दीक्षित न किया जाए?

कोई भी विधि गुणात्मक रूप-से भिन्न हो जाती है जब तुम्हें उसमें दीक्षित किया जाता है। मैं विधियों की चर्चा कर रहा हूं, तुम उन्हें प्रयोग में ला सकते हो। तुम उसकी वैज्ञानिक पृष्ठभूमि को और उसके ढंग-ढांचे को जान लो, तो तुम उसे प्रयोग में ला सकते हो। लेकिन दीक्षा से उसकी गुणवत्ता बदल जाएगी। अगर मैं तुम्हें किसी विशेष विधि में दीक्षित करूं तो बात और हो जाएगी।

दीक्षा के संबंध में बहुत सी बातें समझने जैसी हैं। जब मैं तुमसे किसी विधि की चर्चा और व्याख्या करता हूं तो तुम अपने ढंग से उसे प्रयोग में ला सकते हो। विधि तो तुम्हें समझा दी गई है, लेकिन वह तुम्हारे अनुकूल है या नहीं, वह तुम पर काम करेगी या नहीं, या तुम किस ढंग के आदमी हो, ये बातें नहीं बताई गईं। वह संभव भी नहीं है।

दीक्षा में तुम विधि से अधिक महत्वपूर्ण होते हो। जब गुरु तुम्हें दीक्षित करता है तो तुम्हारा निरीक्षण भी करता है। वह खोजता है कि तुम किस ढंग के आदमी हो, कि तुमने पिछले जन्मों में क्या साधना की है, कि तुम ठीक इस क्षण कहां हो, कि इस क्षण तुम किस

केंद्र पर जीते हो, और तब वह विधि के संबंध में निर्णय लेता है, तब वह तुम्हें तुम्हारी विधि देता है। यह वैयक्तिक मामला है। उसमें विधि नहीं तुम महत्वपूर्ण हो। उसमें तुम्हारा अध्ययन, निरीक्षण और विश्लेषण किया जाता है। तुम्हारे पूर्वजन्म, तुम्हारी चेतना, तुम्हारा मन, तुम्हारा शरीर, सबको काट-पीटकर देखा जाता है। तुम अभी कहां हो, इस बात की पूरी छानबीन की जाती है। क्योंकि यात्रा उसी बिंदु से शुरू होती है जिस बिंदु पर तुम अभी हो।

इसलिए ऐसा नहीं है कि किसी भी विधि से काम चल जाएगा। इतनी छानबीन के बाद गुरु तुम्हारे लिए कोई खास विधि चुनता है। और अगर उसे लगे कि तुम्हारे लिए किसी विधि में कोई हेर-फेर की जरूरत है तो गुरु उतना हेर-फेर करके विधि को तुम्हारे उपयुक्त बनाता है। और तब वह दीक्षा देता है। तब वह विधि देता है।

यही कारण है कि इस बात पर जोर दिया जाता है कि जब तुम किसी विधि में दीक्षित किए जाओ तो तुम उसके बारे में किसी को कुछ मत बताओ। इसे गुप्त इसलिए रखना है कि यह वैयक्तिक है। किसी दूसरे को बताने से न सिर्फ उसका लाभ खो सकता है, बल्कि वह हानिकर भी सिद्ध हो सकती है।

इसलिए गोपनीयता जरूरी है। जब तक तुम उपलब्ध न हो जाओ और तुम्हारे गुरु न कहें कि तुम अब दूसरों को दीक्षित कर सकते हो, तब तक इसके संबंध में अपने पति, अपनी पत्नी, या मित्र से भी एक शब्द नहीं कहना है। यह अत्यंत गोपनीय है, क्योंकि यह खतरनाक है, यह बहुत शक्तिशाली है। यह केवल तुम्हारे लिए चुनी गई विधि है, इसलिए तुम पर ही काम करेगी।

सच तो यह है कि प्रत्येक व्यक्ति इतना अनूठा है कि उसके लिए एक अलग विधि की जरूरत पड़ेगी। और थोड़े ही हेर-फेर के साथ कोई विधि उसके लिए उपयुक्त हो सकती है।

यह जो चर्चा मैं इन एक सौ बारह विधियों के संबंध में कर रहा हूं वे सामान्य विधियां हैं, सामान्यीकृत विधियां हैं। वे विधियां हैं जिन पर प्रयोग हुए हैं। यह उनका सामान्य रूप है, ताकि तुम उनसे परिचित हो सको, ताकि तुम प्रयोग कर सको। यदि उनमें से कोई तुम्हें जंच जाए, तो तुम उसे जारी रख सकते हो।

लेकिन यह विधि में दीक्षा नहीं है। दीक्षा तो गुरु और शिष्य के बीच बिलकुल वैयक्तिक बात है। दीक्षा एक गुह्य संप्रेषण है। इतना ही नहीं, दीक्षा में और अनेक बातें निहित हैं। तब गुरु को विधि देने के लिए एक सम्यक क्षण का चुनाव करना पड़ता है, ताकि विधि तुम्हारे अचेतन की गहराई में उतर सके।

जब मैं इनकी चर्चा कर रहा हूं तो तुम्हारा चेतन मन सुन रहा है। तुम उन्हें भूल जाओगे। जब चर्चा समाप्त होगी, तब इन एक सौ बारह विधियों के तुम नाम भी नहीं बता सकोगे। अनेक को तुम पूरी तरह भूल जाओगे। और जो थोड़ी सी विधियां याद रहेंगी वे एक-दूसरे में इतनी उलझी होंगी कि तुम्हें कहना मुश्किल होगा कि कौन क्या है।

इसलिए गुरु को ठीक क्षण खोजना पड़ता है जब कि तुम्हारा अचेतन ग्राहक हो, तभी वह विधि बताता है। ऐसा करने से विधि अचेतन की गहराई में उतर जाती है। इसलिए अनेक बार नींद में दीक्षा दी जाती है जब तुम्हारा चेतन मन बिलकुल सोया होता है और अचेतन मन खुला होता है।

यही कारण है कि दीक्षा में समर्पण बहुत जरूरी है। जब तक तुम समर्पित नहीं होते तब तक दीक्षा नहीं दी जा सकती है। इसका कारण है कि समर्पण के बिना चेतन मन सजग बना रहता है। समर्पण के बाद चेतन मन को छुट्टी दे दी जाती है और अचेतन मन सीधे-सीधे गुरु के संपर्क में होता है। इसलिए दीक्षा का क्षण चुनना बहुत महत्वपूर्ण है।

इतना ही नहीं, दीक्षा के लिए तैयारी भी उतनी ही जरूरी है। तुम्हें तैयार करने में महीनों लग सकते हैं। उसके लिए सम्यक भोजन चाहिए, सम्यक नींद चाहिए। और सब चीजों को एक शांत बिंदु पर इकट्ठा होना चाहिए। तभी तुम्हें दीक्षा दी जा सकती है। दीक्षा एक लंबी प्रक्रिया है, वैयक्तिक प्रक्रिया है। जब तक कोई पूरी तरह समर्पित होने को तैयार नहीं है तब तक दीक्षा संभव नहीं है।

तो मैं यहां तुम्हें इन विधियों में दीक्षित नहीं कर रहा हूं, मैं सिर्फ तुम्हें उनसे परिचित करा रहा हूं। अगर किसी को लगे कि कोई विधि उसको गहन रूप से छूती है और उसे उस विधि में दीक्षित होना चाहिए तो ही मैं उसे दीक्षित कर सकता हूं। लेकिन तब यह एक लंबी प्रक्रिया होगी। तब तुम्हारी वैयक्तिकता को पूरी तरह जानना होगा। तब तुम्हें पूरी तरह नग्न हो जाना पड़ेगा, ताकि कुछ भी छिपा न रहे। और तब चीजें आसान हो जाती हैं। क्योंकि जब किसी सम्यक व्यक्ति को किसी सम्यक क्षण में कोई सम्यक विधि दी जाती है तो वह विधि तुरंत कारगर होती है।

कभी-कभी तो ऐसा होता है कि शिष्य दीक्षित होते-होते ही बुद्धत्व को उपलब्ध हो जाता है। उसके लिए दीक्षा ही संबोधि बन जाती है। जब गुरु गोपनीयता के साथ और वैयक्तिक ढंग से किसी शिष्य को विधि देता है तो वह विधि जीवंत हो उठती है।

तो यहां जो मैं कह रहा हूं वह दीक्षा नहीं है, इसे याद रखो। यह तो एक सौ बारह विधियों को पुनर्जीवित करने के लिए, उन्हें प्रकाश में लाने के लिए एक वैज्ञानिक प्रयत्न है। लेकिन अगर कोई उत्सुक होगा तो उसे दीक्षा दी जाएगी। और जब कोई सचमुच उत्सुक होता है तो वह दीक्षा की खोज करता है। किसी विधि पर अकेले-अकेले काम करना बड़ी लंबी प्रक्रिया है। उसमें वर्षों लग सकते हैं, जन्मों लग सकते हैं। और हो सकता है कि इतने लंबे समय तक चलने का धीरज तुम्हारे पास न हो।

दीक्षा से बात बहुत सरल हो जाती है। तब विधि खुद संप्रेषण बन जाती है। तब विधि के जरिए गुरु तुम पर काम करने लगता है। दीक्षा गुरु के साथ जीवंत संबंध है। और जीवंत संबंध निस्संदेह गहरा जाता है। वह तुम्हें बदल देता है और रूपांतरित करता है।

अगला प्रश्न:

आपने जार्ज गुरजिएफ को उद्धृत करते हुए कहा कि तादात्म्य ही एकमात्र पाप है। लेकिन यहां अनेक विधियों में तादात्म्य का उपयोग किया गया है। उदाहरण के लिए, कहा गया है कि अपनी प्रेमिका के साथ एक हो जाओ, कि गुलाब के फूल के साथ एक हो जाओ, कि गुरु के साथ एक अनुभव करो। और फिर समानुभूति को ध्यानपूर्ण और आध्यात्मिक गुण माना जाता है। इसलिए गुरजिएफ का यह कथन अंशतः ही सही हो सकता है, और वह भी थोड़ी सी विधियों के प्रसंग में हीं!

▲

नहीं, यह अंशतः नहीं समग्रतः सही है। लेकिन इसे समझने की जरूरत है। तादात्म्य अचेतन प्रक्रिया है। लेकिन जब तुम किसी ध्यान-विधि में तादात्म्य का उपयोग करते हो तो वह चेतन प्रक्रिया है।

उदाहरण के लिए, तुम्हारा नाम राम है। किसी ने राम को गाली दी तो तुम तुरंत अपमानित अनुभव करते हो, क्योंकि राम नाम के साथ तुम्हारा तादात्म्य है। लेकिन यह तादात्म्य चेतन नहीं, अचेतन है। तुम्हारा मन इस तरह कभी नहीं विचार करता है कि लोग मुझे राम कहते हैं, लेकिन मैं राम नहीं हूं; यह सिर्फ नाम है मेरा, वैसे हर कोई अनाम पैदा होता है; नाम दिया हुआ है, कामचलाऊ है; वह आदमी मेरे कामचलाऊ नाम को गाली दे रहा है; इसलिए विचारणीय है कि मैं क्रोध करूं या नहीं। तुम इस तरह कभी तर्क-वितर्क नहीं करते हो। और अगर करो तो तुम्हें कभी क्रोध नहीं होगा। लेकिन होता यह है कि राम को गाली दी जाती है और तुम अपमानित अनुभव करते हो, यद्यपि यह नाम कामचलाऊ और सांयोगिक है। यह तादात्म्य अचेतन है, चेतन नहीं।

लेकिन जब तुम गुलाब के साथ तादात्म्य कर रहे हो तो यह चेतन प्रयत्न है। गुलाब के साथ तुम्हारा पहले से कोई तादात्म्य नहीं है। तुम गुलाब के साथ तादात्म्य बनाने की चेष्टा करते हो और तुम अपने को भूलने की चेष्टा करते हो। तुम गुलाब के साथ एक होने के प्रयत्न में हो और तुम्हें इसका गहरा बोध है, पूरी प्रक्रिया के प्रति तुम जागरूक हो। यह तुम कर रहे हो। और यदि तादात्म्य भी सचेतन किया जाए तो वह ध्यान बन जाता है।

और यह भी स्मरण रहे कि अगर किसी ध्यान की विधि को बेहोशी में प्रयोग करो तो वह ध्यान नहीं है। तुम हर सुबह या हर रात प्रार्थना करते हो। यह बिलकुल अचेतन है, तुम्हारी दिनचर्या का हिस्सा है। यह यांत्रिक है। प्रार्थना करते हुए तुम्हें होश नहीं है कि तुम क्या कर रहे हो। प्रार्थना के जो शब्द कहते हो उनके प्रति भी तुम सजग नहीं हो। तुम तोते की तरह उन्हें दोहरा भर रहे हो। यह ध्यान नहीं है।

और अगर तुम स्नान भी होशपूर्वक करते हो तो वह ध्यान है। इस बात को खयाल में रख लो कि जो भी तुम सचेतन, सावधानी से और बोधपूर्वक करते हो वह ध्यान बन जाता है। अगर पूरे होश में बोधपूर्वक तुम किसी की हत्या भी कर दो तो वह ध्यान है।

इसीलिए कृष्ण अर्जुन को कह सके कि डरो मत, मारो—यह जानते हुए मारो कि न कोई मारता है और न कोई मरता है। अर्जुन आसानी से अपने शत्रुओं को बेहोशी में मार सकता है, वह क्रोध से पागल होकर हत्या कर सकता है। यह आसान है। लेकिन कृष्ण कहते हैं कि जागरूक रहो, पूरे होश में रहो और परमात्मा के निमित्त बन जाओ, और यह भी जानो कि कोई न मरता है न मारा जाता है। आत्मा अमर है, शाश्वत है। कृष्ण अर्जुन को कहते हैं कि सिर्फ शरीर मरता है, इसलिए शरीर को मारो।

और अगर अर्जुन इतना ध्यानपूर्ण हो सकता है, इतना जागरूक हो सकता है तो उसमें कोई हिंसा नहीं है। फिर न कोई मरता है और न कोई पाप होता है।

मैं तुम्हें नागार्जुन के जीवन से एक प्रसंग बताता हूं। भारत ने जो महान गुरु पैदा किए हैं, नागार्जुन उनमें से एक थे। वे बुद्ध, महावीर और कृष्ण की क्षमता रखते थे। और नागार्जुन एक दुर्लभ प्रतिभा थी। सच तो यह है कि बौद्धिक तल पर सारी दुनिया में वे अतुलनीय हैं।

ऐसी तीक्ष्ण और प्रगाढ़ प्रतिभा कभी-कभी घटित होती है।

नागार्जुन एक नगर से गुजर रहे थे। वह राजधानी है। और नागार्जुन सदा नग्न रहते थे। उस राज्य की रानी को नागार्जुन के प्रति बहुत प्रेम था, बहुत श्रद्धा थी, बहुत भक्ति थी। नागार्जुन भोजन मांगने राजमहल आए उनके हाथ में लकड़ी का भिक्षापात्र था। रानी ने उनसे कहा कि आप कृपा कर मुझे यह भिक्षापात्र दे दें। मैं इसे आपकी भेंट समझूंगी और इसकी जगह मैंने आपके लिए दूसरा भिक्षापात्र निर्मित कराया है।

नागार्जुन ने भेंट स्वीकार कर ली। दूसरा भिक्षापात्र सोने का बना था और उसमें बहुमूल्य रत्न जड़े हुए थे। वह बहुत कीमती था। लेकिन नागार्जुन ने कुछ नहीं कहा। सामान्यतः कोई संन्यासी उसे नहीं लेता, वह कहता कि मैं सोना नहीं छूता हूं। लेकिन नागार्जुन ने उसे ले लिया। अगर सच में सोना मिट्टी है तो भेद क्या करना? नागार्जुन ने उसे ले लिया।

रानी को यह बात अच्छी नहीं लगी। उसने सोचा कि इतने बड़े संत हैं, उन्हें इनकार करना चाहिए था। स्वयं नग्न रहते हैं, पास में कुछ संग्रह नहीं रखते, फिर उन्होंने इतना कीमती भिक्षापात्र कैसे स्वीकार किया। और अगर नागार्जुन इनकार करते तो रानी उन पर लेने के लिए जोर डालती और तब उसे अच्छा लगता। लेकिन नागार्जुन उसे लेकर चले गए।

एक चोर ने नगर से उन्हें गुजरते हुए देखा। उसने सोचा कि यह आदमी ऐसा बहुमूल्य भिक्षापात्र अपने पास नहीं रख सकेगा, कोई न कोई जरूर इसकी चोरी कर लेगा। एक नंगा आदमी कैसे उसकी रक्षा कर सकता है? और वह चोर नागार्जुन के पीछे हो लिया।

नागार्जुन नगर के बाहर एक मठ में रहते थे और अकेले रहते थे। वह मठ जीर्ण-शीर्ण था। नागार्जुन उसके भीतर गए। उन्होंने अपने पीछे आते हुए इस आदमी की पदचाप सुनी। वे समझ गए कि वह किस लिए पीछे-पीछे आ रहा है, वह मेरे लिए नहीं इस भिक्षापात्र के लिए आ रहा है। अन्यथा इस जरा-जीर्ण मठ में कौन आता। नागार्जुन मठ के अंदर गए और चोर बाहर दीवार के पीछे खड़ा हो गया।

यह देखकर कि चोर बाहर ताक में खड़ा है, नागार्जुन ने भिक्षापात्र को दरवाजे से बाहर फेंक दिया। चोर तो चकित रह गया, उसको कुछ समझ में नहीं आया। यह कैसा आदमी है! नंगा है, इसके पास इतना कीमती पात्र है और यह उसे बाहर फेंक देता है।

तो चोर ने नागार्जुन से कहा कि क्या मैं अंदर आ सकता हूं, क्योंकि मुझे एक प्रश्न पूछना है। नागार्जुन ने कहा कि मैंने पात्र को इसीलिए बाहर फेंक दिया कि तुम अंदर आ सको। मैं अभी अपनी दोपहर की नींद लेने जा रहा हूं। तुम भिक्षापात्र लेने अंदर आते, लेकिन मुझसे तुम्हारी मुलाकात नहीं होती। तुम अंदर आ जाओ।

चोर अंदर गया। उसने पूछा कि ऐसी बहुमूल्य वस्तु को आपने फेंक कैसे दिया? मैं चोर हूं। लेकिन आप ऐसे संत हैं कि आपसे मैं झूठ नहीं बोल सकता। मैं चोर हूं। नागार्जुन ने कहा कि चिंता मत करो, हर कोई चोर है। तुम अपनी बात निस्संकोच कहो। फिजूल की बातों में वक्त मत खराब करो।

चोर ने कहा कि कभी-कभी आप जैसे व्यक्ति को देखकर मेरे मन में भी कामना उठती है कि काश, इस स्थिति को मैं भी उपलब्ध होता। लेकिन चोर हूं और यह स्थिति मेरे लिए असंभव है। लेकिन मेरी आशा और प्रार्थना रहेगी कि किसी दिन मैं भी ऐसी कीमती चीज फेंक

▲

सकूं। बड़ी कृपा होगी यदि आप मुझे उपदेश करें। मैं अनेक संतों के पास गया हूं। वे मुझे जानते हैं, क्योंकि मैं एक नामी चोर हूं। वे सब यही कहते हैं कि तुम पहले अपने धंधे को छोड़ो, तभी तुम्हें ध्यान में गति मिल सकती है। लेकिन यह मेरे लिए असाध्य मालूम होता है, मैं चोरी का धंधा छोड़ नहीं सकता। क्या मेरे लिए ध्यान नहीं है?

नागार्जुन ने उत्तर में कहा कि अगर कोई कहता है कि पहले चोरी छोड़ो और तब ध्यान करो, तो उसे ध्यान के बारे में कुछ भी पता नहीं है। ध्यान और चोरी के बीच संबंध क्या है? कोई संबंध नहीं है। तुम जो भी करते हो किए जाओ। और मैं तुम्हें विधि देता हूं, तुम उसका प्रयोग करो। तो चोर ने कहा कि ऐसा लगता है कि आपके साथ मेरा तालमेल बैठ सकता है। क्या सच ही मैं अपना धंधा जारी रख सकता हूं? कृपया जल्दी अपनी विधि बताएं।

नागार्जुन ने कहा, तुम सिर्फ होश रखो, बोध बढ़ाओ। जब चोरी करने जाओ तो उसके प्रति भी सजग रहो, होशपूर्ण रहो। जब सेंध लगाओ तब जानते रहो कि मैं सेंध लगा रहा हूं, पूरे होश में रहो। जब खजाने से कुछ निकालो तब भी जागरूक रहो, होश के साथ निकालो। तुम क्या करते हो इससे मुझे लेना-देना नहीं है, लेकिन जो भी करो बोधपूर्वक करो। और पंद्रह दिन बाद मेरे पास आना। लेकिन यदि इस विधि का अभ्यास न कर सको तो मत आना। पंद्रह दिन निरंतर अभ्यास करो। जो भी जी में आए करो, लेकिन पूरे सजग होकर करो।

चोर तीसरे ही दिन वापिस आया और उसने नागार्जुन से कहा, पंद्रह दिन का समय बहुत है, मैं आज ही आ गया। आप बड़े चालाक आदमी मालूम होते हैं। आपने ऐसी विधि बताई कि मेरा धंधा चलना मुश्किल है। पूरा होश रखकर मैं चोरी नहीं कर सकता हूं। पिछली तीन रातों से मैं रजमहल जा रहा हूं। मैं खजाने तक गया, उसे खोल भी लिया। मेरे सामने बहुमूल्य हीरे-जवाहरात थे, लेकिन मैं तभी पूरी तरह सजग हो गया। और सजग होते ही मैं बुद्ध की मूर्ति की तरह हो गया, मैं कुछ भी नहीं कर सका। मेरे हाथों ने हिलने से इनकार कर दिया और सारा खजाना व्यर्थ मालूम पड़ने लगा। तीन रातों से मैं लौट-लौटकर राजमहल जाता हूं। समझ में नहीं आता कि मैं क्या करूं। आपने तो कहा था कि इस विधि में धंधा छोड़ने की शर्त नहीं है, लेकिन ऐसा लगता है कि विधि में ही कोई छिपी प्रक्रिया है।

नागार्जुन ने कहा, दुबारा मेरे पास मत आना। अब चुनाव तुम्हें करना है। अगर चोरी जारी रखना चाहते हो तो ध्यान को भूल जाओ। और अगर ध्यान चाहते हो तो चोरी को भूल जाओ। चुनाव तुम्हें करना है।

चोर ने कहा, आपने तो मुझे बड़े धर्मसंकट में डाल दिया। इन तीन दिनों में मैंने जाना कि मेरे भी आत्मा है, और जब मैं राजमहल में कुछ चोरी किए बिना वापिस आया तो पहली दफा मुझे लगा कि मैं सम्राट हूं, चोर नहीं। ये तीन दिन इतने आनंदपूर्ण रहे हैं कि मैं अब ध्यान नहीं छोड़ सकता। आपने मेरे साथ चालाकी की। अब आप मुझे दीक्षा दें और अपना शिष्य बना लें। और अधिक प्रयोग की जरूरत नहीं है, तीन दिन काफी हैं।

कुछ भी विषय हो, यदि तुम सजग रहो तो सब कुछ ध्यान बन जाता है। तादात्म्य को जागरूक होकर प्रयोग में लाओ, तब वह ध्यान बन जाएगा। बेहोशी में किया गया तादात्म्य पाप है।

तुम सब अनेक चीजों से तादात्म्य किए बैठे हो। यह मेरा है, वह मेरा है—यह

तादात्म्य है। यह मेरा देश है, यह मेरा राष्ट्रीय झंडा है—ऐसा भाव तादात्म्य है। अगर किसी ने तुम्हारे राष्ट्रीय झंडे को फेंक दिया तो तुम क्रोध से भभक उठते हो, लेकिन वह कर क्या रहा है? तुम्हारा कोई राष्ट्र नहीं है और सभी राष्ट्रीय झंडे कल्पित हैं, झूठे हैं। बच्चों की तरह उनके साथ खेलना अच्छा है, वे खिलौने ही हैं। लेकिन तुम उनके लिए मरने-मारने पर उतारू हो। एक राष्ट्रीय झंडे के अपमान के लिए देश बनते हैं और नष्ट किए जाते हैं। और यह सब केवल एक कपड़े के टुकड़े के लिए। यह क्या है?

यह सब तुम्हारा तादात्म्य है। यह तादात्म्य मूर्च्छा में है। और मूर्च्छा पाप है।

आज इतना ही।

ओशो–एक परिचय

ओशो एक नया प्रारंभ हैं, वे अतीत की किसी भी धार्मिक परंपरा या श्रृंखला की कड़ी नहीं हैं। ओशो ने एक नये मनुष्य का, एक नये जगत का, एक नये युग का सूत्रपात किया है, जिसकी आधारशिला अतीत के किसी धर्म में नहीं है, किसी दार्शनिक विचार-पद्धति में नहीं है।

ओशो एक नवोन्मेष हैं नये मनुष्य के, नयी मनुष्यता के। यह नया मनुष्य 'ज़ोरबा दि बुद्धा' एक ऐसा मनुष्य है जो ज़ोरबा की भांति भौतिक जीवन का पूरा आनंद मनाना जानता है और जो गौतम बुद्ध की भांति मौन होकर ध्यान में उतरने में भी सक्षम है—ऐसा मनुष्य जो भौतिक और आध्यात्मिक, दोनों तरह से समृद्ध है। 'ज़ोरबा दि बुद्धा' एक समग्र व अविभाजित मनुष्य है। ओशो का यह नया मनुष्य भविष्य की एकमात्र आशा है; इसके बिना पृथ्वी का कोई भविष्य नहीं है।

अपने प्रवचनों के द्वारा ओशो ने मानव-चेतना के विकास के हर पहलू को उजागर किया। बुद्ध, महावीर, कृष्ण, शिव, शांडिल्य, नारद, जीसस के साथ ही साथ भारतीय अध्यात्म-आकाश के अनेक नक्षत्रों—आदिशंकराचार्य, गोरख, कबीर, नानक, मलूकदास, रैदास, दरियादास, मीरा आदि पर उनके हजारों प्रवचन उपलब्ध हैं। जीवन का ऐसा कोई भी आयाम नहीं है जो उनके प्रवचनों से अस्पर्शित रहा हो। योग, तंत्र, ताओ, झेन, हसीद, सूफी जैसी विभिन्न साधना-परंपराओं के गूढ़ रहस्यों पर उन्होंने सविस्तार प्रकाश डाला है। साथ ही राजनीति, कला, विज्ञान, मनोविज्ञान, दर्शन, शिक्षा, परिवार, समाज, गरीबी, जनसंख्या-विस्फोट, पर्यावरण तथा संभावित परमाणु युद्ध के व उससे भी बढ़कर एड्स महामारी के विश्व-संकट जैसे अनेक विषयों पर भी उनकी क्रांतिकारी जीवन-दृष्टि उपलब्ध है।

शिष्यों और साधकों के बीच दिए गए उनके ये प्रवचन छह सौ पचास से भी अधिक पुस्तकों के रूप में प्रकाशित हो चुके हैं और तीस से अधिक भाषाओं में अनुवादित हो चुके हैं। वे कहते हैं, "मेरा संदेश कोई सिद्धांत, कोई चिंतन नहीं है। मेरा संदेश तो रूपांतरण की एक कीमिया, एक विज्ञान है।"

एक निमंत्रण

ओशो के प्रवचनों को पढ़ना, उन्हें सुनना अपने आप में एक आनंद है। इनके द्वारा आप अपने जीवन में एक अपूर्व क्रांति की पदचाप सुन सकते हैं। लेकिन यह केवल प्रारंभ है, शुभ आरंभ है। इन प्रवचनों को पढ़ते हुए आपने महसूस किया होगा कि ओशो का मूल संदेश है : ध्यान। ध्यान की भूमि पर ही प्रेम के, आनंद के, उत्सव के फूल खिलते हैं। ध्यान आमूल क्रांति है।

निश्चित ही आप भी चाहेंगे कि आपके जीवन में ऐसी आमूल क्रांति हो; आप भी एक ऐसी आबोहवा को उपलब्ध करें जहां आप अपने आप से परिचित हो सकें, आत्म-अनुभूति की दिशा में कुछ कदम उठा सकें; कोई ऐसा स्थान जहां और भी कुछ लोग इस दिशा में गतिमान हों।

ओशो ने एक ऐसी ही ध्यानमय, उत्सवमय आबोहवा वाला ऊर्जा-क्षेत्र निर्मित किया है पूना में: ओशो कम्यून इंटरनेशनल। यहां हजारों लोगों ने ओशो ध्यान विधियों का प्रयोग कर ध्यान की गहराइयों को छुआ है। यह स्थान एक ऐसा सघन ऊर्जा-क्षेत्र बन गया है कि व्यक्ति ध्यान के द्वारा यहां त्वरित रूपांतरित हो सकता है।

विश्व के लगभग सौ देशों से लोग यहां आकर इस अंतर्राष्ट्रीय वातावरण में ध्यान का रसास्वादन करते हैं। दुनिया में जितने भी प्रकार के लोग हैं, ओशो ने उन सब के लिए विशेष प्रकार की वैज्ञानिक ध्यान-विधियों को ईजाद किया है। ये विधियां आधुनिक जीवन के तनावों को दूर कर एक निश्चित, आनंदपूर्ण जीवन जीने की कला सिखाती हैं। आज विश्व की समस्त साधना-पद्धतियों की विधियां यहां एक ही छत के नीचे मौजूद हैं। ओशो कम्यून इंटरनेशनल विश्व भर में एकमात्र ऐसा केंद्र है जहां पर सभी राष्ट्रों और धर्मों के लोग अपने अनुकूल ध्यान प्रयोगों के द्वारा एक साथ रूपांतरित हो सकते हैं।

इसमें आपका भी स्वागत है।

अतिरिक्त जानकारी के लिए संपर्क-सूत्र :
ओशो कम्यून इंटरनेशनल
17, कोरेगांव पार्क, पुणे-411001, महाराष्ट्र
फोन: 020-4019999 फैक्स : 020-4019990
e-mail - resotinfo@osho.net
Web Site - www.osho.com

▲

ओशो का हिन्दी साहित्य

उपनिषद
सर्वसार उपनिषद
कैवल्य उपनिषद
अध्यात्म उपनिषद
कठोपनिषद
ईशावास्य उपनिषद
निर्वाण उपनिषद
आत्म-पूजा उपनिषद
केनोपनिषद
मेरा स्वर्णिम भारत (विविध उपनिषद-सूत्र)

कृष्ण
गीता-दर्शन (आठ भागों में अठारह अध्याय)
कृष्ण-स्मृति

कबीर
सुनो भई साधो
कहै कबीर दीवाना
कहै कबीर मैं पूरा पाया
न कानों सुना न आंखों देखा (कबीर व फरीद)

बुद्ध
एस धम्मो सनंतनो (बारह भागों में)

अष्टावक्र
अष्टावक्र महागीता (छह भागों में)

महावीर
महावीर-वाणी (दो भागों में)
जिन-सूत्र (दो भागों में)
महावीर या महाविनाश
महावीरः मेरी दृष्टि में
ज्यों की त्यों धरि दीन्हीं चदरिया

लाओत्से
ताओ उपनिषद (छह भागों में)

अन्य रहस्यदर्शी
अथातो भक्ति जिज्ञासा (शांडिल्य)
भक्ति-सूत्र (नारद)
शिव-सूत्र (शिव)
भजगोविन्दम् मूढ़मते (आदिशंकराचार्य)
एक ओंकार सतनाम (नानक)
जगत तरैया भोर की (दयाबाई)
बिन घन परत फुहार (सहजोबाई)
पद घुंघरू बांध (मीरा)
नहीं सांझ नहीं भोर (चरणदास)
संतो, मगन भया मन मेरा (रज्जब)
कहै वाजिद पुकार (वाजिद)
मरौ हे जोगी मरौ (गोरख)
सहज-योग (सरहपा-तिलोपा)
बिरहिनी मंदिर दियना बार (यारी)
प्रेम-रंग-रस ओढ़ चदरिया (दूलन)

दरिया कहै सब्द निरबाना
(दरियादास बिहारवाले)
हंसा तो मोती चुगैं (लाल)
गुरु-परताप साध की संगति (भीखा)
मन ही पूजा मन ही धूप (रैदास)
झरत दसहुं दिस मोती (गुलाल)
नाम सुमिर मन बावरे (जगजीवन)
अरी, मैं तो नाम के रंग छकी (जगजीवन)
कानों सुनी सो झूठ सब (दरिया)
अमी झरत बिगसत कंवल (दरिया)
हरि बोलौ हरि बोल (सुंदरदास)
ज्योति से ज्योति जले (सुंदरदास)
जस पनिहार धरे सिर गागर (धरमदास)
का सोवै दिन रैन (धरमदास)
सबै सयाने एक मत (दादू)
पिव पिव लागी प्यास (दादू)
अजहूं चेत गंवार (पलटू)
सपना यह संसार (पलटू)
काहे होत अधीर (पलटू)
कन थोरे कांकर घने (मलूकदास)
रामदुवारे जो मरे (मलूकदास)
जरथुस्त्रः नाचता-गाता मसीहा (जरथुस्त्र)

प्रश्नोत्तर
नहिं राम बिन ठांव
प्रेम-पंथ ऐसो कठिन
उत्सव आमार जाति, आनंद आमार गोत्र
मृत्योर्मा अमृतं गमय
प्रीतम छवि नैनन बसी
रहिमन धागा प्रेम का
उड़ियो पंख पसार
सुमिरन मेरा हरि करैं
पिय को खोजन मैं चली
साहेब मिल साहेब भये
जो बोलैं तो हरिकथा
बहुरि न ऐसा दांव
ज्यूं था त्यूं ठहराया
ज्यूं मछली बिन नीर
दीपक बारा नाम का
अनहद में बिसराम
लगन महूरत झूठ सब
सहज आसिकी नाहिं
पीवत रामरस लगी खुमारी
रामनाम जान्यो नहीं
सांच सांच सो सांच
आपुई गई हिराय
बहुतेरे हैं घाट
कोंपलें फिर फूट आईं
फिर पत्तों की पांजेब बजी
फिर अमरित की बूंद पड़ी
क्या सोवै तू बावरी
चल हंसा उस देस
कहा कहूं उस देस की
पंथ प्रेम को अटपटो
माटी कहै कुम्हार सूं
मैं धार्मिकता सिखाता हूं, धर्म नहीं

तंत्र
संभोग से समाधि की ओर
तंत्र-सूत्र (पांच भागों में)

योग
पतंजलि : योग-सूत्र (पांच भागों में)
योगः नये आयाम

झेन, सूफी और उपनिषद की कहानियां
बिन बाती बिन तेल
सहज समाधि भली
दीया तले अंधेरा

बोध-कथा
मिट्टी के दीये

ध्यान, साधना

ध्यान विज्ञान
ध्यानयोगः प्रथम और अंतिम मुक्ति
नेति-नेति
चेति सकै तो चेति
हसिबा, खेलिबा, धरिबा ध्यानम्
समाधि कमल
साक्षी की साधना
धर्म साधना के सूत्र
मैं कौन हूं
समाधि के द्वार पर
अपने माहिं टटोल
ध्यान दर्शन
तृषा गई एक बूंद से
ध्यान के कमल
जीवन संगीत
जो घर बारे आपना
प्रेम दर्शन

साधना-शिविर

साधना-पथ
मैं मृत्यु सिखाता हूं
जिन खोजा तिन पाइयां
समाधि के सप्त द्वार (ब्लावट्स्की)
साधना-सूत्र (मेबिल कॉलिन्स)
ध्यान-सूत्र
जीवन ही है प्रभु
असंभव क्रांति
रोम-रोम रस पीजिए

अंतरंग वार्ताएं

संबोधि के क्षण
प्रेम नदी के तीरा
सहज मिले अविनाशी
उपासना के क्षण

विचार-पत्र

क्रांति-बीज
पथ के प्रदीप

पत्र-संकलन

अंतर्वीणा
प्रेम की झील में अनुग्रह के फूल
ढाई आखर प्रेम का
पद घुंघरू बांध
प्रेम के फूल
प्रेम के स्वर
पाथेय

राष्ट्रीय और सामाजिक समस्याएं

देख कबीरा रोया
स्वर्ण पाखी था जो कभी और
अब है भिखारी जगत का
शिक्षा में क्रांति
नये समाज की खोज
नये भारत की खोज
नये भारत का जन्म
नारी और क्रांति
शिक्षा और धर्म
भारत का भविष्य

विविध

अमृत-कण
मैं कहता आंखन देखी
एक एक कदम
जीवन क्रांति के सूत्र
जीवन रहस्य
करुणा और क्रांति
विज्ञान, धर्म और कला
शून्य के पार
प्रभु मंदिर के द्वार पर
तमसो मा ज्योतिर्गमय

प्रेम है द्वार प्रभु का
अंतर की खोज
अमृत की दिशा
अमृत वर्षा
अमृत द्वार
चित चकमक लागे नाहिं
एक नया द्वार
प्रेम गंगा
समुंद समाना बुंद में
सत्य की प्यास
शून्य समाधि
व्यस्त जीवन में ईश्वर की खोज

अज्ञात की ओर
धर्म और आनंद
जीवन-दर्शन
जीवन की खोज
क्या ईश्वर मर गया है
नानक दुखिया सब संसार
नये मनुष्य का धर्म
धर्म की यात्रा
स्वयं की सत्ता
सुख और शांति
अनंत की पुकार

ओशो के आडियो-वीडियो प्रवचन एवं साहित्य के संबंध में
समस्त जानकारी हेतु संपर्क सूत्र :
साधना फाउंडेशन, 17 कोरेगांव पार्क, पुणे-411001
फोन: 020-4019999 फैक्स : 020-4019990
e-mail - distrib@osho.net
Web Site - www.osho.com